HEYNE BÜCHER

SCIENCE FICTION

Herausgegeben
von Wolfgang Jeschke

Von George R. R. Martin erschienen in der Reihe
HEYNE SCIENCE FICTION & FANTASY:

Armageddon Rock · 06/4595
Fiebertraum · 06/4817

GEORGE R.R. MARTIN

Fiebertraum

Roman

Deutsche Erstausgabe

Science Fiction

WILHELM HEYNE VERLAG
MÜNCHEN

HEYNE SCIENCE FICTION & FANTASY
Band 06/4817

Titel der amerikanischen Originalausgabe
FEVRE DREAM
Deutsche Übersetzung von Michael Kubiak
Das Umschlagbild malte Thomas Thiemeyer

Redaktion: Friedel Wahren

Printed in Germany 1991
Umschlaggestaltung: Atelier Ingrid Schütz, München
Satz: Schaber, Wels
Druck und Bindung: Elsnerdruck, Berlin

ISBN 3-453-05006-1

FÜR HOWARD WALDROP

einen phantastischen Schriftsteller,
einen phantastischen Freund
und einen fiebernden Träumer, wie es nie einen gab

KAPITEL EINS

St. Louis, April 1857

Abner Marsh schlug mit dem Knauf seines Hickoryspazierstocks scharf auf das Hotelpult, um den Angestellten auf sich aufmerksam zu machen. »Ich bin hier mit einem Mann namens York verabredet«, sagte er. »Josh York, so nennt er sich, glaube ich. Gibt es hier einen solchen Gast?«

Der Angestellte war ein älterer Mann mit Brille. Er zuckte bei dem Klopfen zusammen, dann wandte er sich um, entdeckte Marsh und lächelte. »Hallo, das ist ja Cap'n Marsh«, sagte er liebenswürdig. »Ich hab' Sie ja seit einem halben Jahr nicht mehr gesehen, Cap'n. Habe aber trotzdem von Ihrem großen Pech gehört. Schlimm, ganz einfach schlimm. Ich bin schon seit '36 hier, aber soviel Packeis habe ich bisher noch nie gesehen.«

»Lassen Sie es gut sein«, antwortete Abner Marsh unwirsch. Er hatte mit solchen Kommentaren gerechnet. Das Planters' House war unter den Dampfbootleuten eine beliebte Herberge. Marsh selbst hatte dort vor jenem grausamen Winter regelmäßig gespeist. Aber seit dem Packeis hatte er sich davon ferngehalten, und nicht nur wegen der Preise. So gerne er das Essen im Planters' House mochte, so wenig erpicht war er auf die Gesellschaft, die er dort antraf: Lotsen und Kapitäne und Maate, allesamt Flußleute, alte Freunde und alte Rivalen, und sie alle wußten von seinem Mißgeschick. Abner Marsh wollte kein Mitleid. »Verraten Sie mir nur, wo Yorks Zimmer ist«, forderte er den Angestellten bestimmt auf.

Der Angestellte wackelte nervös mit dem Kopf. »Mister York ist nicht in seinem Zimmer, Cap'n. Sie treffen ihn im Speisesaal, wo er seine Mahlzeit einnimmt.«

»Jetzt? Um diese Zeit?« Marsh blickte auf die reich verzierte Hoteluhr, dann öffnete er die Messingknöpfe seines Rockes und zog seine eigene goldene Taschenuhr hervor. »Zehn Minuten nach Mitternacht«, stellte er ungläubig fest. »Er ißt, haben Sie gesagt?«

»Ja, Sir. Das tut er. Er sucht sich seine eigenen Zeiten aus, dieser Mister York, und er ist keiner von der Sorte, der man etwas verweigert.«

Abner Marsh erzeugte einen unfreundlichen Laut tief in seiner Kehle, steckte seine Uhr wieder in die Tasche und wandte sich wortlos um und entfernte sich mit langen, festen Schritten durch die prachtvoll ausgestattete Hotelhalle. Er war ein großer Mann und nicht gerade der geduldigste, und er war an geschäftliche Treffen um Mitternacht nicht gewöhnt. Er trug seinen Spazierstock mit lässiger Gebärde, als hätte er nie einen Rückschlag erlebt und als wäre er noch immer der Mann, der er einmal gewesen war.

Der Speisesaal war fast genauso erhaben und luxuriös wie der Hauptsalon auf einem Dampfboot, mit Kronleuchtern aus geschliffenem Glas und polierten Messingarmaturen und Tischen, die mit feinstem Leinen und bestem Porzellan und Kristall gedeckt waren. Während der normalen Stunden hätten an diesen Tischen scharenweise Reisende und Dampfbootleute gesessen, aber nun war der Raum leer, die meisten Lampen waren gelöscht. Vielleicht ließ sich doch etwas Positives über solche mitternächtlichen Treffen sagen, überlegte Marsh; wenigstens brauchte er sich keine Beileidsbezeugungen gefallen zu lassen. Unweit der Küchentür standen zwei farbige Kellner und unterhielten sich leise. Marsh beachtete sie nicht und ging zum anderen Ende des Saales, wo ein gepflegt gekleideter Fremder saß und alleine speiste.

Der Mann mußte gehört haben, wie er näher kam, aber er blickte nicht auf. Er war damit beschäftigt, Mockturtle-Suppe aus einer Porzellanschüssel zu löffeln. Der Schnitt seines langen schwarzen Rockes machte deutlich, daß er kein Flußmann war; dann wohl einer aus dem Osten oder vielleicht jemand aus Übersee. Marsh sah, daß er groß war, wenngleich auch bei weitem nicht so groß wie Marsh; sitzend vermittelte er den Eindruck von Höhe, aber er hatte nicht Marsh' Statur. Zuerst hielt Marsh ihn für einen alten Mann, denn seine Haare waren weiß. Dann, als er näher kam, erkannte er, daß sie gar nicht weiß waren, sondern von einem sehr fahlen Blond, und plötzlich machte der Fremde einen fast jungenhaften Eindruck. York war glattrasiert, und seine Haut war so hell wie sein Haar. Er hatte Hände wie eine Frau, dachte Marsh, als er vor dem Tisch stand.

Er klopfte mit seinem Stock auf den Tisch. Die Tischdecke dämpfte das Geräusch und ließ es wie ein leises Pochen erklingen. »Sind Sie Josh York?« fragte er.

York blickte auf, und ihre Augen trafen sich.

Bis zum Ende seiner Tage würde Abner Marsh sich an diesen Moment erinnern, an diesen ersten Blick in die Augen von Joshua York. Was immer er an Gedanken gehabt hatte, was immer die Pläne waren, die er geschmiedet hatte, alles wurde von dem Maelstrom in den Augen von Joshua York aufgesogen. Junge und alter Mann und Dandy und Fremder, all dies war im Nu verschwunden, und da war nur noch York, der Mann selbst, die Macht in ihm, der Traum, die Kraft, die Stärke.

Yorks Augen waren grau, erstaunlich dunkel in einem so blassen Gesicht. Seine Pupillen waren stecknadelkopfgroß, brannten schwarz, und sie drangen in Marsh ein und erforschten seine Seele bis auf den Grund. Das Grau um sie herum schien lebendig zu sein, es bewegte sich wie Nebel auf dem Fluß in einer finsteren Nacht, wenn das Ufer verschwindet und die Lichter verblassen und dann nichts mehr da ist auf der ganzen Welt außer dem Boot und dem Fluß und dem Nebel. In diesem Nebel sah Abner Marsh Dinge; Visionen, eben noch geschaut und schon wieder verschwunden. Eine kalte Intelligenz starrte aus diesen Nebelschwaden heraus. Aber da war auch ein Raubtier, düster und furchteinflößend, angekettet und rasend, den Nebel verfluchend. Gelächter und Einsamkeit und grausame Leidenschaft. York hatte all das in seinen Augen.

Aber am meisten war Macht in diesen Augen, eine schreckliche Macht, eine Kraft so unbarmherzig und gnadenlos wie das Eis, das Marsh' Träume zerquetscht hatte. Irgendwo in diesem Nebel spürte Marsh, wie das Eis sich bewegte, langsam, so langsam, und er konnte das furchtbare Splittern seiner Boote und das Zerbrechen seiner Träume hören.

Abner Marsh hatte sich schon mit vielen Männern in seinem Leben Blickduelle geliefert, und er hielt dem Blick lange stand. Dabei krampfte seine Hand sich so fest um den Spazierstock, daß er befürchtete, er würde ihn in zwei Teile zerbrechen. Aber am Ende senkte er den Blick.

Der Mann am Tisch schob seine Suppe beiseite, machte eine Geste und meinte: »Cap'n Marsh. Ich habe Sie erwartet. Bitte leisten Sie mir Gesellschaft.« Seine Stimme klang weich, gebildet, leicht.

»Ja«, sagte Marsh, ebenfalls leise und sanft. Er zog sich den Stuhl York gegenüber heran und setzte sich. Marsh war ein massiger Mann, eins achtzig groß und etwa dreihundert Pfund schwer. Er hatte ein rotes Gesicht und einen dichten schwarzen Bart, den er trug, um dahinter eine flache, eingeschlagene Nase zu verbergen und ein Gesicht voller Warzen, aber nicht einmal der Bart half viel dabei; sie nannten ihn den häßlichsten Mann auf dem Fluß, und er wußte es. In seinem schweren blauen Kapitänsrock mit seiner Doppelreihe Messingknöpfe war er eine furchteinflößende imposante Gestalt.

Aber Yorks Augen hatten ihm jeden Impuls zum Widerspruch geraubt. Der Mann war ein Fanatiker, entschied Marsh. Er hatte Augen wie diese schon früher gesehen, bei Wahnsinnigen und die Hölle beschwörenden Predigern und einmal im Gesicht des Mannes namens John Brown unten im verdammten Kansas. Marsh wollte nichts zu tun haben mit Fanatikern, mit Predigern und Abolitionisten und Abstinenzlern.

Aber als York zu reden begann, klang er gar nicht wie ein Fanatiker. »Mein Name ist Joshua Anton York, Captain. J. A. York im Geschäft und Joshua für meine Freunde. Ich hoffe, wir beide werden irgendwann zu Geschäftspartnern und Freunden.« Seine Stimme klang herzlich und vernünftig.

»Das werden wir noch sehen«, meinte Marsh unsicher. Die grauen Augen seines Gegenübers erschienen nun reserviert und leicht amüsiert; was immer er in ihnen gesehen hatte, es war verschwunden. Er war verwirrt.

»Ich nehme an, Sie haben meinen Brief erhalten?«

»Ich hab' ihn bei mir«, erwiderte Marsh und zog den zusammengefalteten Umschlag aus seiner Rocktasche. Das Angebot war ihm wie ein unmöglicher Glücksfall vorgekommen, als es eintraf, eine Rettung all dessen, was er längst als verloren betrachtet hatte. Nun war er sich nicht mehr so sicher. »Sie wollen also ins Dampfbootgeschäft einsteigen, nicht wahr?« sagte er und beugte sich vor.

Ein Kellner erschien. »Wollen Sie mit Mister York speisen, Cap'n?«

»Bitte, machen Sie mir die Freude«, drängte York.

»Ich glaube schon«, sagte Marsh. Mochte York auch in der Lage sein, jedes Augenduell gegen ihn zu gewinnen, so gab es doch auf dem ganzen Fluß niemanden, der ihn beim Essen übertraf. »Ich nehme etwas von der Suppe und ein Dutzend Austern und ein paar Brathühner mit Gemüse und allen sonstigen Beilagen. Schön knusprig müssen sie sein. Und etwas, womit ich alles runterspülen kann. Was trinken Sie, York?«

»Burgunder.«

»Schön, dann bringen Sie mir davon eine Flasche.«

York machte ein belustigtes Gesicht. »Sie haben einen einzigartigen Appetit, Captain.«

»Das ist eine einzigartige Stadt«, meinte Marsh wachsam, »und ein einzigartiger Fluß, Mister York. Man muß sich seine Kraft erhalten. Das ist nicht New York, und auch nicht London.«

»Dessen bin ich mir durchaus bewußt«, meinte York.

»Nun, das hoffe ich, wenn Sie ins Dampfbootgeschäft einsteigen. Das ist das einzigartigste von allem.«

»Sollen wir dann gleich zum Geschäftlichen kommen? Sie besitzen eine Frachtlinie. Ich möchte mich daran zur Hälfte beteiligen. Da Sie hergekommen sind, nehme ich an, daß mein Angebot Sie interessiert.«

»Ich bin durchaus interessiert«, gab Marsh zu, »und ich bin auch erheblich verwirrt, Sie sehen aus wie ein kluger Mensch. Ich nehme an, Sie haben mich überprüfen lassen, ehe Sie mir diesen Brief schrieben.« Er klopfte mit dem Finger darauf. »Sie sollten wissen, daß der vergangene Winter mich praktisch ruiniert hat.«

York sagte nichts, aber irgend etwas in seinem Gesicht forderte Marsh auf, fortzufahren.

»Die Fevre River Packet Company, das bin ich«, redete Marsh weiter. »Ich hab' sie nach dem Ort benannt, an dem ich geboren wurde, oben am Fevre unweit Galena, nicht weil ich ausschließlich auf diesem Fluß gearbeitet habe, was nicht geschah. Ich besaß sechs Schiffe, die vorwiegend auf dem oberen Mississippi unterwegs waren, von St. Louis nach St. Paul sowie einige Trips den Fevre hinauf und den Illinois und den Missouri. Es ging mir gut, und ich fügte jedes Jahr ein oder zwei neue Schiffe hinzu und dachte sogar daran, in den Handel in Ohio einzusteigen, vielleicht sogar in den von New Orleans. Aber im vergangenen Juli platzte auf meiner *Mary Clarke* ein Kessel, und sie verbrannte, oben bei Dubuque, sie brannte herunter bis zur Wasserlinie, und hundert kamen um. Und in diesem Winter — es war ein furchtbarer Winter. Vier meiner Schiffe lagen hier in St. Louis zum Überwintern. Die *Nicholas Perrot,* die *Dunleith,* die *Sweet Fevre* und meine *Elizabeth A.*, brandneu, erst vier Monate im Dienst und ein schönes Schiff dazu, etwa 300 Fuß lang mit 12 großen Kesseln, so schnell wie jedes andere Dampfboot auf dem Fluß. Ich war richtig stolz auf meine Lady Liz. Sie kostete mich 200 000 $, aber sie war jeden Penny wert.« Die Suppe kam. Marsh kostete einen Löffelvoll und verzog unwillig das Gesicht. »Zu heiß«, stellte er fest. »Nun, jedenfalls, St. Louis ist ein günstiger Ort zum Überwintern. Es friert hier unten nicht so stark, und wenn doch, dann dauert es niemals lange. Aber dieser Winter war ganz anders. Ja, Sir, Packeis. Der verdammte Fluß fror vollständig zu.« Marsh schob eine mächtige rote Hand über den Tisch, die Handfläche nach oben, und schloß die Finger langsam zu einer Faust. »Legen Sie dort ein Ei hinein, und Sie bekommen eine Vorstellung, York. Eis kann ein Dampfboot leichter zerquetschen als ich ein Ei. Wenn es aufbricht, ist es sogar noch schlimmer, Eisschollen treiben den Fluß hinunter, zerschmettern Landungsbrükken, Uferdämme, Schiff, nahezu alles. Der Winter ging zu Ende, und ich verlor meine Schiffe, alle vier. Das Eis hat sie mir weggenommen.«

»Versicherung?« fragte York.

Marsh widmete sich seiner Suppe und schlürfte sie geräuschvoll. Zwischen den einzelnen Löffeln schüttelte er den Kopf. »Ich bin kein Spieler, Mister York. Ich habe nie in Versicherungen investiert. Das ist das reinste Glücksspiel, mehr nicht, außer daß man gegen sich selbst setzt. Alles Geld, das ich verdient habe, steckte ich in meine Boote.«

York nickte. »Ich glaube, ein Dampfboot besitzen Sie noch.«

»So ist es«, entgegnete Marsh. Er beendete seine Suppe und winkte, daß man ihm den nächsten Gang bringen solle. »Die *Eli Reynolds,* ein kleiner 150-Tonnen-Heckraddampfer. Ich hab' sie immer auf dem Illinois eingesetzt, weil sie nicht allzu tief liegt. Den Winter über lag sie in Peoria und ist vom schlimmsten Eisgang verschont geblieben. Das ist mein restliches Kapital, Sir, alles, was mir noch geblieben ist. Schlimm ist nur, Mister York, daß die *Eli Reynolds* nicht allzuviel wert ist. Sie hat mich neu nur 25 000 $ gekostet, und das war damals im '50er Jahr.«

»Vor sieben Jahren also«, sagte York. »Das ist keine lange Zeit.«

Marsh schüttelte den Kopf. »Sieben Jahre sind für ein Dampfboot sogar eine sehr lange Zeit«, erklärte er. »Die meisten halten nicht länger als vier oder fünf. Der Fluß frißt sie regelrecht auf. Die *Eli Reynolds* war stabiler gebaut als die meisten, aber dennoch, viel länger hält sie nicht mehr durch.« Marsh wandte sich jetzt seinen Austern zu, löffelte sie aus der Muschelhälfte und schluckte sie ganz, um jede mit einem kräftigen Schluck Wein hinunterzuspülen. »Deshalb bin ich ein wenig verwirrt, Mister York«, fuhr er fort, nachdem er ein halbes Dutzend Austern vertilgt hatte. »Sie wollen sich zur Hälfte an meiner Frachtlinie beteiligen, die aus nicht mehr besteht als aus einem kleinen, alten Boot. In Ihrem Brief haben Sie eine Summe genannt. Eine zu hohe Summe. Vielleicht, wenn ich noch sechs Boote besäße, dann wäre die Fevre River Packets so viel wert. Aber nicht jetzt.« Er schlürfte eine weitere Auster. »Sie bekommen Ihre Einlage in zehn Jahren nicht heraus, jedenfalls nicht mit der *Reynolds.* Sie kann nicht genug Fracht laden, und Passagiere auch nicht.« Marsh tupfte sich die Lippen mit der Serviette ab und betrachtete den Fremden über den Tisch hinweg. Die Mahlzeit hatte ihm gutgetan, und nun fühlte er sich wieder stark und der Situation voll und ganz gewachsen. Yorks Augen hatten einen intensiven, zwingenden Ausdruck, aber es war nichts darin, weswegen er hätte Angst haben müssen.

»Sie brauchen mein Geld, Captain«, sagte York. »Warum erzählen Sie mir das alles? Befürchten Sie nicht, daß ich mich nach einem anderen Geschäftspartner umsehe?«

»Das ist nicht mein Stil«, sagte Marsh. »Ich bin jetzt schon seit dreißig Jahren auf dem Fluß, York. Bin mit dem Floß nach New Orleans runtergefahren, als ich noch ein Kind war, und hab' dann auf Flachbooten und Kielbooten gearbeitet, bis ich auf einen Dampfer kam. Ich war Lotse und Maat und Bursche und hab' sogar den Schlammspringer gemacht. Ich war alles, was man in diesem Geschäft sein kann, aber eines war ich nie, und zwar ein Schwindler.«

»Ein ehrlicher Mann also«, sagte York mit einem Hauch von Schärfe in der Stimme, so daß Marsh nicht mit Sicherheit feststellen konnte, ob sein Gegenüber sich über ihn lustig machte. »Es freut mich, daß Sie mir den augenblicklichen Zustand Ihres Unternehmens dargestellt haben, Captain. Aber eigentlich wußte ich längst darüber Bescheid. Mein Angebot bleibt bestehen.«

»Warum?« fragte Marsh schroff. »Nur ein Narr wirft Geld zum Fenster hinaus. Und Sie sehen nicht wie ein Narr aus.«

Die Speisen kamen, ehe York darauf etwas erwidern konnte. Marsh' Brathuhn war herrlich knusprig, genauso, wie er es am liebsten mochte. Er trennte einen Schenkel ab und begann hungrig zu essen. York bekam eine dicke Scheibe Rinderbraten vorgesetzt, rot und roh, im eigenen Blut und Bratensaft schwimmend. Marsh sah ihm dabei zu, wie er ihm geschickt und lässig zu Leibe rückte. Sein Messer glitt durch das Fleisch, als wäre es Butter, ohne zu sägen oder zu hacken, wie Marsh es häufig machte. Er ging mit seiner Gabel um wie ein Gentleman, wechselte sie von einer Hand in die andere, wenn er sein Messer beiseite legte. Kraft und Grazie; York hatte beides in seinen langen, blassen

Händen, und Marsh gefiel das. Er wunderte sich, daß er sie jemals für Frauenhände angesehen hatte. Sie waren weiß, aber kräftig, hart wie die weißen Tasten des großen Flügels im Großen Salon auf der *Eclipse.*

»Nun?« meinte Marsh. »Sie haben meine Frage noch nicht beantwortet.«

Joshua York zögerte einen Moment. Schließlich sagte er: »Sie sind zu mir ehrlich gewesen, Captain Marsh. Ich möchte Ihre Offenheit nicht mit Lügen beantworten, wie ich es eigentlich beabsichtigt hatte. Aber ich werde Sie auch nicht mit der Wahrheit belasten. Es gibt da Dinge, über die ich nicht reden darf, Dinge, die Sie wahrscheinlich nicht wissen wollen. Lassen Sie mich Ihnen meine Bedingungen nennen, unter diesen Umständen, und dann wollen wir sehen, ob wir auf dieser Basis zu einer Einigung kommen können. Wenn nicht, dann trennen wir uns in friedlichem Einvernehmen.«

Marsh löste das Brustfleisch von seinem zweiten Brathuhn. »Reden Sie weiter«, meinte er. »Ich habe nicht vor zu gehen.«

York legte Messer und Gabel beiseite, stützte die Fingerspitzen gegeneinander und formte damit einen Spitzkegel. »Aus ganz persönlichen Gründen möchte ich der Herr eines Dampfbootes sein. Ich möchte auf diesem großen Fluß unterwegs sein, in allem Komfort und völlig ungestört, und zwar nicht als Passagier, sondern als Kapitän. Ich habe einen Traum, ein Ziel sozusagen. Ich suche Freunde und Verbündete, und ich habe Feinde, viele Feinde. Die Einzelheiten brauchen Sie nicht zu interessieren. Wenn Sie mich danach fragen, dann werde ich Ihnen irgendwelche Lügen erzählen. Also dringen Sie nicht in mich.« In seine Augen trat plötzlich ein harter Glanz, der jedoch sogleich wieder verschwand, als er lächelte. »Das einzige, worüber Sie Bescheid wissen müssen, Captain, ist mein Wunsch, ein Dampfboot zu besitzen und zu lenken. Wie Sie sicherlich längst bemerkt haben, bin ich kein Flußschiffer. Ich habe von Dampfbooten keine Ahnung, auch nicht vom Mississippi, bis auf das, was ich in ein paar Büchern gelesen habe und was ich in den Wochen erfahren konnte, die ich in St. Louis verbracht habe. Es ist ganz offensichtlich, daß ich einen Partner brauche, jemanden, der sich mit dem Fluß und den Leuten dort auskennt, jemanden, der die alltäglichen Dinge im Zusammenhang mit dem Boot regeln kann, so daß ich frei bin, meine eigenen Ziele zu verfolgen.

Dieser Partner muß auch noch über andere Eigenschaften verfügen. Er muß verschwiegen sein, da ich nicht möchte, daß mein Verhalten — welches, wie ich zugebe, manchmal etwas seltsam anmutet — zum allgemeinen Tagesklatsch wird. Er muß vertrauenswürdig sein, da ich ihm sämtliche Befehlsgewalt über unser Unternehmen überlassen will. Er muß Mut haben. Ich möchte keinen Schwächling oder abergläubischen Mann oder jemanden, der übermäßig religiös ist. Sind Sie ein religiöser Mensch, Captain?«

»Nein«, erwiderte Marsh. »Ich hab' für die Bibelschwinger nie viel übrig gehabt, und sie für mich auch nicht.«

York lächelte. »Sehr pragmatisch. Ich brauche einen Pragmatiker. Ich brauche jemanden, der sich auf seinen Teil des Geschäftes konzentriert und mir nicht zu viele Fragen stellt. Ich lege großen Wert auf meine Privatsphäre, darauf, ungestört zu sein und in Ruhe gelassen zu werden, und wenn meine Aktivitäten manchmal seltsam oder widersinnig oder launenhaft erscheinen, dann möchte ich nicht, daß sie in Frage gestellt werden. Erkennen Sie meine Forderungen an?«

Marsh zupfte nachdenklich an seinem Bart. »Und wenn ich es tue?«

»Dann werden wir Partner«, sagte York. »Lassen Sie Ihre Linie von Ihren Anwälten und Angestellten verwalten. Sie werden mit mir auf dem Fluß unterwegs sein. Ich werde als Kapitän fungieren. Sie können sich

Lotse, Maat, Co-Kapitän oder was immer Sie wollen nennen. Die eigentliche Führung des Bootes überlasse ich Ihnen. Meine Befehle werden unregelmäßig erfolgen, aber wenn ich einen Befehl gebe, dann werden Sie dafür sorgen, daß er widerspruchslos ausgeführt wird. Ich habe Freunde, die mit uns reisen werden, in eigener Kabine und kostenlos. Möglicherweise halte ich es für angebracht, ihnen gewisse Aufgaben auf dem Boot zu übertragen, für die ich sie geeignet halte. Sie werden diese Entscheidungen nicht kritisieren. Es ist auch möglich, daß ich am Fluß andere Leute kennenlerne, mich mit ihnen anfreunde und sie ebenfalls an Bord hole. Sie werden sie willkommen heißen. Wenn Sie sich mit diesen Bedingungen einverstanden erklären können, Captain Marsh, dann werden wir gemeinsam reich und auf Ihrem Fluß in Luxus und Behaglichkeit unterwegs sein.«

Abner Marsh lachte. »Nun, schon möglich. Aber es ist nicht mein Fluß, Mister York, und wenn Sie glauben, wir könnten auf der alten *Eli Reynolds* in Luxus reisen, dann werden Sie eine unangenehme Überraschung erleben, wenn Sie erst mal an Bord kommen. Sie ist ein primitiver alter Eimer mit ziemlich heruntergekommenen Einrichtungen, und die meiste Zeit ist sie vollbesetzt mit Fremden, die per Deckspassage zu irgendwelchen seltsamen Orten unterwegs sind. Ich war schon seit zwei Jahren nicht mehr auf dem Boot — der alte Cap'n Yoerger steuert sie für mich — aber als ich das letztemal mit ihr unterwegs war, da hat sie ziemlich übel gestunken. Wenn Sie Luxus suchen, dann sollten Sie zusehen, daß Sie sich in die *Eclipse* oder die *John Simonds* einkaufen.«

Joshua York trank von seinem Wein und lächelte. »Ich hatte auch gar nicht an die *Eli Reynolds* gedacht, Captain Marsh.«

»Sie ist das einzige Boot, das ich besitze.«

York stellte das Weinglas auf den Tisch. »Kommen Sie«, sagte er, »brechen wir unser Gespräch hier ab. Wir können auf mein Zimmer gehen und dort die Angelegenheit weiter diskutieren.«

Marsh versuchte es mit einem schwachen Protest — das Planters' House hatte eine ganz exzellente Dessertkarte, und die wollte er sich nicht entgehen lassen. Aber York ließ sich nicht umstimmen.

Yorks Zimmer war eine große, bestens eingerichtete Suite, die beste, die das Hotel zu bieten hatte und die gewöhnlich für reiche Plantagenbesitzer aus New Orleans reserviert war. »Setzen Sie sich«, sagte York im Kommandoton und dirigierte Marsh zu einem bequem aussehenden Sessel im Salon. Marsh nahm Platz, während sein Gastgeber in einer kleinen Seitenkammer verschwand und wenig später mit einer kleinen mit Eisenbeschlägen versehenen Kiste zurückkehrte. Er stellte sie auf einen Tisch und machte sich am Schloß zu schaffen. »Kommen Sie«, sagte er, aber Marsh hatte sich bereits erhoben und war hinter ihn getreten. York öffnete den Deckel.

»Gold«, hauchte Marsh leise. Er streckte eine Hand aus und berührte die Münzen, ließ sie durch seine Finger gleiten und genoß das Gefühl des weichen gelben Metalls, den Glanz und das Klingeln. Eine Münze führte er zum Mund und prüfte sie. »Echt«, meinte er und spuckte aus. Er warf die Münze zurück in die Kiste.

»Zehntausend Dollar in zwanzig-Dollar-Münzen«, erklärte York. »Ich habe noch zwei weitere Kisten wie diese sowie Kreditbriefe von Banken in London, Philadelphia und Rom über beträchtlich höhere Summen. Nehmen Sie mein Angebot an, Captain Marsh, und Sie bekommen ein zweites Boot, viel größer und prächtiger als Ihre *Eli Reynolds*. Oder vielleicht sollte ich lieber sagen, daß *wir* ein zweites Boot haben werden.« Er lächelte.

Abner Marsh hatte die Absicht gehabt, Yorks Angebot abzulehnen. Er brauchte das Geld dringend, aber er war ein mißtrauischer Mensch und hatte für Geheimnisse nichts übrig, und York verlangte von ihm, zuviel auf reiner Vertrauensbasis zu akzeptieren. Das Angebot hatte zu verlockend geklungen; Marsh war überzeugt, daß die Gefahr irgendwo im Verborgenen lauerte, und er wäre ganz schön dumm, wenn er annahm. Aber nun, im Angesicht von Yorks Reichtum, spürte er, wie seine Vorbehalte dahinschmolzen. »Ein neues Boot, sagen Sie?« erkundigte er sich überwältigt.

»Ja«, entgegnete York, »und das liegt im Wert noch über dem, was ich für die Hälfte Ihrer Frachtlinie bezahlen würde.«

»Wieviel ...«, begann Marsh. Seine Lippen war wie Pergament. Er befeuchtete sie nervös. »Wieviel sind Sie bereit auszugeben, um dieses neue Boot bauen zu lassen, Mister York?«

»Wieviel ist nötig?« stellte York die Gegenfrage.

Marsh nahm eine Handvoll Goldmünzen aus der Kiste und ließ sie durch die Finger gleiten und wieder zurückrieseln. Dieser Glanz, dachte er, aber er sagte nur: »Sie sollten nicht so viel Geld mit sich herumschleppen, York. Es gibt Gauner, die würden Sie schon für eine einzige dieser Münzen umbringen.«

»Ich kann mich schützen, Captain«, sagte York. Marsh sah wieder diesen Ausdruck in den Augen des anderen und fror. Ihm tat der Räuber leid, der versuchen würde, sich an Joshua Yorks Gold zu vergreifen.

»Würden Sie mit mir einen Spaziergang machen? Auf dem Flußdeich?«

»Sie haben mir noch keine Antwort gegeben, Captain.«

»Sie werden Ihre Antwort bekommen. Aber zuerst begleiten Sie mich. Ich muß Ihnen etwas zeigen.«

»Na schön«, sagte York. Er schloß den Deckel der Kiste, und der weiche, gelbe Glanz verschwand aus dem Raum, der plötzlich eng und düster erschien.

Die Nacht war kühl und feucht. Die Boote schickten ihre Geräusche in vielfältigen Echos über das Wasser, als sie durch die dunklen und verlassenen Straßen schlenderten, York mit geschmeidiger Grazie und Marsh mit schwerem, ehrfurchtgebietendem Schritt. York trug einen weiten Lotsenmantel, der wie ein Cape geschnitten war, und einen hohen alten Biberhut, der im Licht des Halbmondes einen langen Schatten warf. Marsh starrte in die dunklen Gassen zwischen den tristen Ziegelbauten der Lagerhäuser und versuchte eine Aura solider, bedrohlicher Kraft zu erzeugen, die ausreichte, irgendwelche Strauchdiebe abzuschrecken.

Der Uferdeich war dicht mit Dampfbooten belegt, mindestens vierzig waren an Pollern und Pontons festgemacht. Selbst um diese Zeit war es nicht völlig still. Hohe Frachtstapel warfen im Mondlicht schwarze Schlagschatten, und sie kamen an Schauerleuten vorbei, die an Kisten und Heuballen lehnten, Flaschen herumgehen ließen oder ihre Maiskolbenpfeifen rauchten. In den Fenstern von einem Dutzend oder mehr Booten brannte immer noch Licht. Das Missouri-Postschiff, die *Wyandotte,* war erleuchtet und heizte ihre Kessel an. Sie gewahrten einen Mann, der hoch oben auf dem Texasdeck eines großen Paketbootes mit Seitenrädern stand und neugierig auf sie herabstarrte. Abner Marsh geleitete York an ihm vorbei, vorbei auch an einer Reihe dunkler, stummer Dampfboote, deren hohe Schornsteine vor den Sternen wie eine Reihe verkohlter Baumstämme mit seltsamen Blüten an der Spitze erschienen.

Schließlich blieb er vor einem großen, prachtvollen Raddampfer stehen, Fracht türmte sich auf dem Hauptdeck auf, und die Brücke war zum Schutz gegen unerwünschte Eindringlinge hochgezogen, während das Schiff sich an dem verwitterten alten Liegeponton rieb. Selbst im Halbdämmer des Halbmondlichtes war die Herrlichkeit des Bootes zu erkennen. Kein Dampfer am ganzen Uferdeich war so mächtig und so stolz.

»Ja?« sagte Joshua York ruhig und respektvoll. In

diesem Augenblick hatte sich alles entschieden, dachte Marsh später — es war der Respekt in seiner Stimme.

»Das ist die *Eclipse*«, sagte Marsh. »Sehen Sie, der Name steht auf dem Radkasten.« Er zeigte mit seinem Spazierstock darauf. »Können Sie es lesen?«

»Sehr gut. Ich verfüge über eine hervorragende Nachtsicht. Ist das denn ein besonderes Boot?«

»Teufel, ja, sie ist etwas Besonderes. Es ist die *Eclipse*. Jeder verdammte Mann und Junge auf diesem Fluß kennt sie. Sie ist schon alt — sie wurde '52 erbaut, vor fünf Jahren. Aber sie ist immer noch herrlich. Sie soll 375 000 $ gekostet haben, so erzählt man sich, und das ist sie auch wert. Es hat noch nie ein größeres, schöneres, herrlicheres Schiff gegeben als das hier. Ich habe sie genauestens untersucht, hab' sogar auf ihr eine Passage gebucht. Ich weiß Bescheid.« Marsh breitete die Arme aus. »Sie mißt 365 Fuß mal 40 Fuß, und ihr Großer Salon ist 330 Fuß lang, und so etwas wie sie haben Sie noch nie gesehen. Am einen Ende steht eine goldene Statue von Henry Clay, und Andy Jackson steht am anderen Ende, die beiden starren sich während des ganzen verdammten Weges gegenseitig an. Mehr Kristall und Silber und farbiges Glas, als der Planters' Club sich je würde träumen lassen, Ölgemälde, Speisen, wie Sie sie noch nie gekostet haben, und Spiegel — riesige Spiegel. Und all das ist noch gar nichts, wenn man ihre Geschwindigkeit bedenkt.

Unter dem Hauptdeck befinden sich 15 Kessel. Sie hat einen 11-Fuß-Hub, und es gibt kein Boot auf dem ganzen Fluß, das mit ihr mithalten kann, wenn Cap'n Sturgeon ihr richtig Dampf macht. Sie hat schon mal achtzehn Meilen pro Stunde stromaufwärts geschafft, leicht. Damals, '53, stellte sie den Rekord von New Orleans nach Louisville auf. Ich weiß ihre Zeit auswendig. Vier Tage, neun Stunden, dreißig Minuten, und sie hat die verfluchte *A. L. Shotwell* um fünfzig Minuten geschlagen, und die *Shotwell* war auch nicht gerade langsam.« Marsh wandte sich wieder zu York um. »Ich hatte gehofft, meine *Lady Liz* würde es eines Tages mit der *Eclipse* aufnehmen, würde sie schlagen oder wenigstens mit ihr Bug an Bug einlaufen, aber sie hätte es niemals geschafft, das weiß ich jetzt. Ich hab' mir nur etwas vorgemacht. Ich hatte nie das Geld, um ein Boot zu bauen, das es mit der *Eclipse* aufnimmt.

Geben Sie mir das Geld, Mister York, und Sie haben einen Partner. Da haben Sie Ihre Antwort, Sir. Sie wollen die Hälfte von Fevre River Packets und einen Partner, der die Dinge ruhig laufen läßt und Ihnen keine Fragen über Ihre Geschäfte stellt? Prima. Dann geben Sie mir das Geld, um ein Dampfboot wie dieses dort zu bauen.«

Joshua York starrte den riesigen Raddampfer an, wie er erhaben und still in der Dunkelheit lag, leicht wie eine Feder auf dem Wasser schwamm, bereit für jeden Herausforderer. Er wandte sich mit einem leisen Lächeln auf den Lippen und einer winzigen flackernden Flamme in den dunklen Augen zu Abner Marsh um. »In Ordnung«, war alles, was er sagte. Und er streckte ihm seine Hand entgegen.

Marsh verzog sein Gesicht zu einem verschlagenen Grinsen, womit er seine Zahnstümpfe entblößte, und er umschloß Yorks schlanke weiße Hand mit seiner eigenen fleischigen Pfote und drückte zu. »In Ordnung«, sagte er laut, und er sammelte all seine massige Kraft, drückte und quetschte, wie er es immer bei Geschäften machte, um den Willen und den Mut des Mannes zu testen, mit dem er es zu tun hatte. Er drückte inmer zu, bis er den Schmerz in ihren Augen sah.

Aber Yorks Augen behielten ihren klaren Ausdruck, und seine eigene Hand umklammerte die von Marsh mit einer Kraft, die verblüffend war. Fester und fester drückte die Hand zu, und die Muskeln unter dem fahlen Fleisch spannten sich und verhärteten sich wie Stahlfedern, und Marsh schluckte heftig und bemühte sich, nicht aufzuschreien.

York entspannte seine Hand. »Kommen Sie«, sagte er und schlug Marsh dabei auf die Schultern, so daß er ein wenig schwankte. »Wir müssen jetzt Pläne machen.«

KAPITEL ZWEI

New Orleans, Mai 1857

Sour Billy Tipton betrat um kurz nach zehn Uhr die Französische Börse und schaute zu, als vier Fässer Wein, sieben Kisten Stoff und eine ganze Ladung Möbel versteigert wurden, ehe sie die Sklaven hereinbrachten. Er stand schweigend da, die Ellbogen auf die Marmorbar gestützt, die sich halb um die Rundhalle erstreckte, trank einen Absinth, während er verfolgte, wie die *encanteurs* ihre Waren zweisprachig anpriesen. Sour Billy war ein düsterer, leichenhaft blasser Mann, dessen längliches Pferdegesicht seit seiner Jugend von Pockennarben gezeichnet war, die Haare dünn und braun und voller Schuppen. Er lächelte nur selten, und er hatte furchterregende eisblaue Augen.

Diese Augen, diese kalten und gefährlichen Augen, waren Sour Billys Schutz. Die Französische Börse war ein imposanter Ort, für seinen Geschmack zu prachtvoll, und im Grunde hielt er sich dort überhaupt nicht so gerne auf. Die Warenbörse befand sich im Rundbau des St. Louis Hotels unter einer riesigen Glaskuppel, durch die Tageslicht sich auf den Auktionsblock und auf die Kaufinteressenten ergoß. Die Kuppel hatte einen Durchmesser von mindestens achtzig Fuß. Hohe Säulen standen im Rund der Halle, Galerien verliefen an der Innenwand der Kuppel, die Decke war kunstvoll gearbeitet und reich geschmückt, die Wände waren mit Malereien bedeckt, die Bar bestand aus Marmor, der Fußboden war Marmor, und die Pulte der *encanteurs* bestanden ebenfalls aus Marmor. Die Kunden waren mindestens ebenso erlesen wie die Einrichtung; reiche Pflanzer vom Oberlauf des Flusses und junge kreolische Dandies aus der alten City. Sour Billy verabscheute die

Kreolen mit ihren feinen Kleidern und ihrer hochnäsigen Art und den dunklen verächtlich blickenden Augen. Er mischte sich nicht gerne unter sie. Sie waren heißblütig und streitsüchtig, waren schnell zu einem Duell bereit, und manchmal fühlte einer der Jungen sich durch Sour Billy beleidigt, durch die Art und Weise, wie er ihre Sprache verstümmelte und ihre Frauen anstarrte, durch ihr ehrloses aggressives anmaßendes amerikanisches Auftreten. Doch dann traf sie der Blick seiner Augen, blaß und starrend und bedrohlich — und oft genug wandten sie sich ab und gingen ihm aus dem Weg.

Dennoch, wenn es nach ihm ginge, würde er lieber seine Negereinkäufe drüben in der Amerikanischen Börse im St. Charles tätigen, wo die Sitten noch nicht so verfeinert waren, wo Englisch anstelle von Französisch gesprochen wurde und wo er sich nicht ganz so fehl am Platze fühlte. Die Pracht der Rundhalle im St. Louis beeindruckte ihn überhaupt nicht, allenfalls die Qualität der Drinks, die man dort servierte.

Nichtsdestoweniger mußte er einmal im Monat hingehen, weil ihm keine andere Wahl blieb. Die Amerikanische Börse war der geeignete Ort, um einen Feldsklaven oder eine Köchin zu kaufen, so dunkelhäutig, wie man es wünscht, aber für ein hübsches Mädchen, eine der jungen, graziösen Oktaronenschönheiten, die Julian bevorzugte, mußte man die Französische Börse aufsuchen. Julian wollte Schönheit, er bestand darauf.

Sour Billy tat alles, was Damon Julian ihm befahl.

Es war etwa elf Uhr, als der letzte Rest Wein seinen Käufer fand und die Händler damit begannen, ihre Ware aus den Sklavenställen in der Moreau, der Esplanade und der Common Street hereinzuschaffen; Männer und Frauen, alt und jung, und auch Kinder; eine vergleichsweise große Anzahl von ihnen mit hellerer Haut und hellen Gesichtern. Dazu noch intelligent, wie Sour Billy wußte, wahrscheinlich auch der französischen Sprache mächtig. Sie wurden auf einer Seite der Halle aufgestellt, um begutachtet werden zu können, und einige junge kreolische Männer schlenderten an der Reihe entlang und unterhielten sich gutgelaunt, während sie sich das Angebot dieses Tages ansahen. Sour Billy blieb an der Bar und bestellte einen weiteren Absinth. Er hatte sich gestern in den meisten Ställen umgeschaut und sich über das Angebot informiert. Er wußte, was er wollte.

Einer der Auktionatoren ließ einen Holzhammer auf sein Marmorpult knallen, und augenblicklich unterbrachen die Kunden ihre Gespräche und wandten sich zu ihm um. Er gab ein Zeichen, und eine junge Frau um die zwanzig kletterte unsicher auf eine in geringer Entfernung aufgestellte Kiste. Sie war eine zierliche Terzeronin mit großen Augen, auf ihre Art durchaus hübsch. Sie trug ein Kalikokleid und hatte sich grüne Bänder ins Haar geflochten, und der Auktionator begann ihre Vorzüge mit farbigen Worten laut aufzuzählen. Sour Billy schaute desinteressiert zu, während zwei junge Kreolen sich gegenseitig hochboten. Am Ende wurde sie für 1400 $ verkauft.

Als nächste wurde eine ältere Frau, laut Beschreibung eine gute Köchin, versteigert, dann kam eine Mutter mit zwei Kindern, die gemeinsam einen Interessenten fanden. Sour Billy verfolgte eine Reihe weiterer Verkäufe. Es war etwa Viertel nach zwölf, und die Französische Börse war vollgestopft mit Bietenden und Schaulustigen, als die Ware, die er für sich ausgesucht hatte, vorgestellt wurde.

Ihr Name laute Emily, erklärte der *encanteur* den Umstehenden. »Schaut sie euch an, Sirs«, plappert er auf französisch, »seht sie euch nur an. Welch eine Vollkommenheit! Es ist Jahre her, daß ein solches Prachtstück angeboten wurde, Jahre, und es wird wieder Jahre dauern, daß etwas annähernd Vergleichbares zum Verkauf stehen wird.« Sour Billy war durchaus bereit, dem zu-

zustimmen. Nach seiner Schätzung war Emily sechzehn oder siebzehn, aber schon ausgesprochen fraulich. Sie wirkte oben auf dem Auktionsblock etwas verängstigt, aber die dunkle Schlichtheit ihres Kleides zeigte ihre Figur besonders vorteilhaft, und außerdem hatte sie ein schönes Gesicht — große, sanft blickende Augen und eine milchkaffeefarbene Haut. Die wird Julian sicher gefallen.

Das Bieten verlief lebhaft. Die Plantagenbesitzer waren an solch einem hübschen Mädchen nicht interessiert, doch sechs oder sieben Kreolen waren ganz heiß darauf, sie zu erwerben. Zweifellos hatten die anderen Sklaven Emily eine kleine Vorstellung davon vermittelt, wie ihre Zukunft sich entwickeln könnte. Sie war hübsch genug, um, beizeiten, ihre Freiheit geschenkt zu bekommen und von einem dieser feinen kreolischen Dandies in einem kleinen Haus in der Ramparts Street ausgehalten zu werden, zumindest bis er heiratete. Sie würde die Terzeronenbälle im Orleans Ballroom besuchen, seidene Kleider und bunte Bänder tragen und die Ursache für mehr als nur ein Duell sein. Ihre Töchter hätten eine noch hellere Haut und würden in das gleiche angenehme Leben hineinwachsen. Vielleicht, wenn sie älter wäre, könnte sie lernen, Haare zu frisieren oder eine Pension zu führen. Sour Billy nippte an seinem Drink, sein Gesicht eine eisige Maske.

Die Gebote stiegen stetig an. Bei 2000 $ waren bis auf drei alle Bieter ausgeschieden. In diesem Moment forderte einer der drei, ein vierschrötiger glatzköpfiger Mann, daß sie entkleidet werden solle. Der *encanteur* stieß einen kurzen Befehl hervor, und Emily öffnete geschmeidig ihr Kleid und schlüpfte heraus. Jemand grölte ein obszönes Kompliment, das bei den Schaulustigen brüllendes Gelächter auslöste. Das Mädchen reagierte mit einem müden Lächeln, während der Auktionator grinste und mit einer passenden Bemerkung antwortete. Dann ging das Bieten weiter.

Bei 2500 $ stieg der Kahlköpfige aus, nachdem er zu sehen bekommen hatte, was er hatte sehen wollen. Übrig blieben zwei Bieter, beide Kreolen. Dreimal überboten sie sich gegenseitig und trieben den Preis bis auf 3200 $. Dann kam ein Augenblick des Zögerns. Der Auktionator lockte dem jüngeren der beiden Männer ein letztes Gebot heraus: 3300 $.

»Dreitausendvierhundert«, meinte sein Konkurrent gelassen. Sour Billy erkannte ihn. Er war ein junger schlanker Kreole namens Montreuil, ein notorischer Spieler und Duellant.

Der andere Mann schüttelte den Kopf; die Versteigerung war beendet. Montreuil musterte Emily mit erwartungsvollen Blicken. Sour Billy wartete drei Herzschläge lang, bis der Hammer im Begriff war, auf das Pult zu schlagen. Dann stellte er sein Absinthglas auf die Bar und sagte mit lauter, klarer Stimme: »Dreitausendsiebenhundert.«

Encanteur und Mädchen blickten überrascht in seine Richtung. Montreuil und einige seiner Freunde fixierten Billy mit düsteren, drohenden Blicken. »Dreitausendachthundert«, sagte Montreuil.

»Viertausend«, rief Sour Billy.

Es war ein hoher Preis, selbst für eine solche Schönheit. Montreuil sagte etwas zu den beiden Männern, die bei ihm standen, und die drei machten abrupt auf dem Absatz kehrt und verließen ohne ein weiteres Wort die Kuppelhalle, wobei ihre Schritte wütend auf dem Marmor widerhallten.

»Es sieht so aus, als hätte ich die Auktion gewonnen«, stellte Sour Billy fest. »Zieht sie an und macht sie zurecht, damit wir gehen können.« Die Umstehenden starrten ihn an.

»Aber natürlich!« stotterte der *encanteur.* Ein anderer Auktionator erhob sich hinter seinem Pult und machte die Menge der Interessenten mit einem Schlag seines Hammers auf ein weiteres hübsches Mädchen aufmerksam, und bald setzte in der Französischen Börse der übliche hektische Verkaufslärm wieder ein.

Sour Billy Tipton führte Emily den langen Arkadengang von der Kuppelhalle zur St. Louis Street hinunter, vorbei an all den Modegeschäften, wo Spaziergänger und wohlhabende Durchreisende ihnen neugierig nachschauten. Als er ins Tageslicht hinaustrat und im grellen Sonnenschein blinzelnd die Augen zukniff, tauchte Montreuil neben ihm auf. »*Monsieur*«, sprach er ihn an.

»Reden Sie Englisch, wenn Sie etwas von mir wollen«, entgegnete Sour Billy schneidend. »Hier draußen heißt es Mister Tipton, Montreuil.« Seine langen Finger zuckten, und er fixierte sein Gegenüber mit seinen kalten Eisaugen.

»Mister Tipton«, sagte Montreuil in flachem, akzentfreiem Englisch. Sein Gesicht war leicht gerötet. Hinter ihm standen reglos und angespannt seine beiden Begleiter. »Ich habe schon des öfteren auf Mädchen verzichten müssen«, sagte der Kreole. »Sie ist auffallend schön, aber es macht mir nichts aus, sie zu verlieren. Jedoch empfinde ich Ihre Art des Bietens als eine Beleidigung, Mister Tipton. Sie haben mich dort drinnen zum Gespött gemacht, haben mir den Sieg weggeschnappt und mich wie einen Narren behandelt.«

»Nun, nun«, sagte Sour Billy. »Immer sachte.«

»Sie treiben ein gefährliches Spiel«, warnte Montreuil. »Wissen Sie, wer ich bin? Wenn Sie ein Gentleman wären, dann würde ich Satisfaktion von Ihnen fordern, Sir.«

»Duelle sind verboten, Montreuil«, erwiderte Sour Billy. »Haben Sie das noch nicht gehört? Und überdies bin ich kein Gentleman.« Er wandte sich zu dem Terzeronenmädchen um, das vor der Hotelmauer stand und ihren Disput verfolgte. »Komm«, forderte er sie auf. Er ging den Gehsteig hinunter, und sie folgte ihm.

»Dafür werden Sie noch büßen, *Monsieur!*« rief Montreuil ihm nach.

Sour Billy kümmerte sich nicht darum und bog um eine Ecke. Er ging eilig, und sein Schritt wurde zu einem Stolzieren, wie man es in der Französischen Börse nicht hatte beobachten können. Es waren die Straßen, wo Sour Billy sich zu Hause fühlte; dort war er aufgewachsen, dort hatte er es gelernt zu überleben. Das Sklavenmädchen hastete, so gut es ging, hinter ihm her, wobei ihre nackten Füße auf die Ziegel des Gehsteigs klatschten. Die Straßen des Vieux Carre waren mit Ziegel- und Stuckhäusern gesäumt, jedes mit einem kunstvollen schmiedeeisernen Balkon versehen, der den Gehsteig überschattete und den Eindruck von Eleganz vermittelte. Aber die Straßen selbst waren ungepflastert, und die letzten Regengüsse hatten sie in einen einzigen großen Schlammsee verwandelt. Entlang der Gehsteige verliefen offene Abflüsse, tiefe Gräben zwischen den Zypressen, in denen das Wasser stand und nach Moder und Abfall stank.

Sie eilten an schmucken kleinen Läden und Sklavenställen mit massiven Gittern vor den Fenstern vorbei, an eleganten Hotels und verrauchten Kneipen, die von selbstbewußten freien Negern bevölkert wurden, vorbei an engen, feuchten Gassen und großzügigen Höfen mit ihren Brunnen und Wasserspielen, passierten hochmütige Kreolenladies mit ihren Begleitern und Anstandsdamen und eine Gruppe von geflüchteten und wieder eingefangenen Sklaven in Halseisen und Ketten, die die Abflüsse unter dem wachsamen Blick eines Weißen mit harten Augen und einer Peitsche am Gürtel säuberten. Kurz darauf ließen sie das Französische Viertel ganz hinter sich und gelangten in den primitiveren, neueren amerikanischen Teil von New Orleans. Sour Billy hatte sein Pferd dort vor einer Kneipe angebunden. Er schwang sich in den Sattel und befahl dem Mädchen, neben ihm herzulaufen. Sie verließen die Stadt in südlicher Richtung und bogen schon bald von den Hauptstraßen ab, legten nur einmal eine kurze Rast ein, so daß

Sour Billy seinem Pferd etwas Ruhe gönnen und selbst etwas von dem trockenen harten Brot und Käse in seiner Satteltasche essen konnte. Er ließ Emily Wasser aus einem Bach trinken.

»Sind Sie mein neuer Massa, Sir?« fragte sie ihn dann in bemerkenswert gutem Englisch.

»Aufseher«, antwortete Sour Billy. »Du wirst Julian heute abend kennenlernen, Mädchen. Wenn es Nacht ist.« Er lächelte. »Er wird Gefallen an dir haben.« Dann hieß er sie, zu schweigen.

Da das Mädchen zu Fuß war, kamen sie nur langsam voran, und die Abenddämmerung senkte sich schon herab, als sie die Julian-Plantage erreichten. Die Straße folgte dem Lauf des Bayou, eines versumpften Flußarms, und wand sich durch ein Wäldchen mit dicht zusammen stehenden Bäumen, deren Äste sich unter dem Gewicht des Spanischen Mooses bogen. Sie umgingen eine hohe, kahle Eiche und gelangten hinaus ins freie Feld, das vom Licht der untergehenden Sonne in rötlichen Schein getaucht war. Die Felder erstreckten sich vom Flußufer bis hin zum Haus und lagen brach oder waren von Unkraut überwuchert. Es gab ein altes, vermodertes Anlegefloß und einen Holzplatz am Flußufer für vorbeifahrende Dampfboote und hinter dem Haus eine Reihe Sklavenbaracken. Aber es gab keine Sklaven, und auf den Feldern war schon seit einigen Jahren nicht mehr gearbeitet worden. Das Haus war weder so groß, wie Plantagenhäuser gewöhnlich sind, noch war es besonders prächtig; es war ein schlichter kantiger Bau aus von der Witterung grauem Holz, von dem überall die Farbe abblätterte, und das einzige Auffällige daran war ein hoher Turm mit einer Witwengalerie.

»Wir sind zu Hause«, sagte Sour Billy.

Das Mädchen fragte, ob die Plantage einen Namen habe.

»Früher mal«, meinte Sour Billy, »vor einigen Jahren, als sie noch Garroux gehörte. Aber er wurde krank und starb, er und seine guten Söhne, und jetzt hat sie keinen Namen mehr. Aber halt lieber den Mund und spute dich.«

Er führte sie um das Haus herum nach hinten, zu seinem eigenen Eingang und öffnete das Vorhängeschloß mit einem Schlüssel, der an einer Kette um seinen Hals hing. Er hatte drei Zimmer für sich alleine im Bedienstetentrakt des Hauses. Er zerrte Emily ins Schlafzimmer. »Steig aus den Kleidern«, zischte Sour Billy.

Das Mädchen schickte sich an zu gehorchen, beobachtete ihn jedoch mit angsterfüllten Augen.

»Schau mich nicht so an«, sagte er. »Du gehörst Julian, ich werd' mich an dir nicht vergreifen. Ich sorge für heißes Wasser. In der Küche steht eine Badewanne. Du wäscht dir den Schmutz vom Leibe und ziehst dich dann an.« Er öffnete einen Kleiderschrank aus reich geschnitztem Holz und zog ein dunkles Brokatkleid heraus. »Da, das dürfte passen.«

Sie atmete zischend ein. »So etwas kann ich nicht tragen. Das ist nur etwas für eine weiße Lady.«

»Halt den Mund und tu, was ich dir befehle«, meinte Sour Billy. »Julian möchte, daß du schön aussiehst, Mädchen.« Dann verließ er sie und ging in den Hauptteil des Hauses.

Er fand Julian in der Bibliothek, wo er in der Dunkelheit in einem hohen Ledersessel lehnte, ein Brandyglas in der Hand. Um ihn herum und mit Staub bedeckt standen die Bücher, die einmal dem alten Rene Garroux und seinen Söhnen gehört hatten. Keines war in den Jahren angefaßt worden. Damon Julian war keiner von denen, die viel lesen.

Sour Billy trat ein und hielt sich in respektvoller Entfernung und schwieg, bis Julian das Wort ergriff.

»Nun?« fragte endlich die Stimme aus der Dunkelheit. »Viertausend«, sagte Sour Billy, »aber sie wird Ihnen gefallen. Sie ist jung, hübsch und zart, schön, wirklich bildschön.«

»Die anderen werden bald hier sein. Alain und Jean sind bereits da, diese Narren. Der Durst quält sie. Bring sie in den Ballsaal, wenn sie soweit ist.«

»Ja«, sagte Sour Billy hastig. »Es gab Ärger bei der Auktion, Mister Julian.«

»Ärger?«

»Ein kreolischer Angeber namens Montreuil. Er war auch scharf auf sie, es gefiel ihm gar nicht, überboten worden zu sein. Ich dachte mir, daß er vielleicht mißtrauisch wird. Er ist ein Spieler und treibt sich viel in den Spielsalons herum. Soll ich mich irgendwann einmal abends eingehender mit ihm befassen?«

»Erzähl mir von ihm«, befahl Julian. Seine Stimme war wohltönend, weich und tief und ausdrucksvoll, so vollmundig wie alter Cognac.

»Jung, dunkel. Schwarze Augen, schwarzes Haar. Hochgewachsen. Ein Duellant, wie erzählt wird. Ein harter Mann. Stark und gewandt, aber er hat ein hübsches Gesicht, wie man es bei vielen von der Sorte finden kann.«

»Ich werde mich um ihn kümmern«, sagte Damon Julian.

»Ja, Sir«, sagte Sour Billy Tipton. Er wandte sich um und kehrte auf seine Zimmer zurück.

Emily war wie verwandelt, als sie in das Brokatkleid schlüpfte. Sklavin und Kind verschwanden; gewaschen und entsprechend angezogen, war sie eine Frau von dunkler, nahezu ätherischer Schönheit. Sour Billy betrachtete sie eingehend. »So ist es gut«, meinte er. »Komm, du gehst auf einen Ball.«

Der Ballsaal war der größte und prachtvollste Raum des Hauses, erleuchtet von drei riesigen Kandelabern aus geschliffenem Glas, an denen jeweils hundert Kerzen brannten. Flußlandschaften, mit kräftigen Ölfarben gemalt, hingen an den Wänden, und der Fußboden bestand aus herrlichem polierten Holz. An einem Ende des Raums öffneten sich breite Doppeltüren zu einer geräumigen Vorhalle; am anderen Ende schwang eine breite Treppe sich nach oben und zur Seite, deren Geländer im Kerzenschein glänzte.

Sie warteten schon, als Sour Billy sie hereinführte.

Neun von ihnen waren anwesend, Julian selbst eingeschlossen; sechs Männer, drei Frauen, die Männer in dunklen Anzügen von europäischem Schnitt, die Frauen in hellen Seidenkleidern. Außer Julian warteten sie auf der Treppe, reglos und schweigend, respektvoll. Sour Billy kannte sie alle: die blassen Frauen, die sich selbst Adrienne und Cynthia und Valerie nannten, der dunkle hübsche Raymond mit dem jungenhaften Gesicht, Kurt, dessen Augen wie glühende Kohlen brannten, all die anderen. Einer von ihnen, Jean, zitterte unmerklich, während er wartete, die Lippen gespannt, so daß sie seine langen weißen Zähne freigaben, die Hände fahrig und zuckend. Der Durst hatte ihn schlimm gepackt, aber er unternahm nichts. Er wartete auf Damon Julian. Sie alle warteten auf Damon Julian.

Julian schritt durch den Ballsaal auf das Sklavenmädchen Emily zu. Er bewegte sich dabei mit der kraftvollen Grazie einer Katze. Er bewegte sich wie ein Lord, wie ein König. Er bewegte sich wie fließende Dunkelheit, stetig und unausweichlich. Er war ein düsterer Mann, irgendwie und unerklärlich, obgleich seine Haut sehr blaß war; sein Haar war schwarz und gelockt, seine Kleidung dunkel, seine Augen wie glitzernder Feuerstein.

Er blieb vor ihr stehen und lächelte. Julian zeigte ein charmantes, wohlgesetztes Lächeln. »Exquisit«, sagte er einfach.

Emily errötete und geriet ins Stottern. »Schweig«, schnappte Sour Billy. »Du hast nur zu reden, wenn Mister Julian es dir gestattet.«

Julian fuhr mit einem Finger über eine weiche, dunkle Wange, und das Mädchen zitterte und versuchte, still zu stehen. Er streichelte ihr übers Haar, dann hob er ihr

Gesicht und ließ seine Blicke in ihre Augen tauchen. In diesem Augenblick wich Emily zurück und stieß einen ängstlichen Schrei aus, aber Julian hielt ihr Gesicht mit beiden Händen fest und ließ nicht zu, daß sie wegschaute. »Reizend«, sagte er. »Du bist schön, Kind: Wir wissen Schönheit zu schätzen, wir alle hier.« Er gab ihr Gesicht frei, legte eine ihrer zierlichen Hände in seine eigene, hob sie hoch, dann drehte er sie um und beugte sich vor, um einen Kuß auf die Innenseite ihres Handgelenks zu hauchen.

Das Sklavenmädchen zitterte noch immer, aber sie wehrte sich nicht. Julian drehte sie sacht und reichte Sour Billy Tipton ihren Arm. »Würdest du die Honneurs machen, Billy?«

Sour Billy griff nach hinten und zog das Messer aus der Scheide, die er im Nacken trug. Emilys Augen weiteten sich und quollen angstvoll hervor, und sie versuchte, zurückzuweichen, sich loszureißen, aber er hatte sie fest im Griff, und er war schnell, sehr schnell. Die Klinge war kaum zu sehen gewesen, und plötzlich war sie naß; ein einziger schneller Schnitt quer über die Innenseite ihres Handgelenks, wo Julian sie mit seinen Lippen berührt hatte. Blut quoll aus der Wunde und begann auf den Fußboden zu tropfen, das Klatschen überlaut in der Stille des Ballsaals.

Das Mädchen wimmerte kurz auf, aber ehe sie wußte, was überhaupt mit ihr geschah, hatte Sour Billy sein Messer schon wieder in die Scheide geschoben, und Julian hatte wieder ihre Hand ergriffen. Er hob ihren schlanken Arm noch einmal hoch, dann preßte er seine Lippen auf ihr Handgelenk und begann zu saugen.

Sour Billy zog sich zur Tür zurück. Die anderen verließen die Treppe und kamen näher, wobei das Rascheln der Kleider der Frauen wie ein leises Flüstern klang. Sie standen hungrig im Kreis um Julian und seine Beute herum, die Augen dunkel und gierig glühend. Als Emily das Bewußtsein verlor, trat Sour Billy schnell vor und fing sie in seinen Armen auf und stützte sie. Sie wog fast nichts.

»Was für eine Schönheit«, murmelte Julian, als er sich von ihr löste, die Lippen naß, die Augen verhangen und satt. Er lächelte.

»Bitte, Damon«, flehte derjenige, der den Namen Jean trug und dabei zitterte, als hätte er hohes Fieber.

Blut rann langsam und dunkel an Emilys Arm herab, während Julian Jean mit einem kalten, mißbilligenden Blick bedachte. »Valerie«, sagte er, »die Reihe ist an dir.« Die blasse junge Frau mit den violetten Augen und dem gelben Kleid trat vor, kniete sich anmutig nieder und begann das aufzulecken, was herausgeflossen war. Erst als sie den Arm völlig sauber geleckt hatte, drückte sie ihren Mund auf die offene Wunde.

Raymond kam als nächster, als Julian ihn gewähren ließ, dann Adrienne, dann Jorge. Schließlich, als auch die anderen an der Reihe gewesen waren, wandte Julian sich mit einem Lächeln und einer Geste zu Jean um. Er stürzte sich mit einem erstickten Schluchzen auf sie, entriß sie Sour Billys Armen und begann das weiche Fleisch von ihrem Hals zu fetzen. Damon Julian verzog angewidert das Gesicht. »Wenn er fertig ist«, meinte er zu Sour Billy, »dann mach alles sauber.«

KAPITEL DREI

New Albany, Indiana, Juni 1857

Dichte Nebelschwaden lagen über dem Fluß, und die Luft war feucht und kalt. Es war kurz nach Mitternacht, als Joshua York, nachdem er endlich aus St. Louis eingetroffen war, Abner Marsh in den verlassenen Docks von New Albany traf. Marsh wartete schon fast eine halbe Stunde, als York endlich auftauchte und wie eine gespenstische Erscheinung aus dem Nebel heraustrat. Hinter ihm, als stumme Schatten zu erkennen, kamen vier andere Personen.

Marsh grinste breit. »Joshua«, sagte er. Er nickte den anderen kurz zu. Er hatte sie im April in St. Louis kurz kennengelernt, ehe er mit einem Flußdampfer nach New Albany aufgebrochen war, um den Bau seines Traums zu beaufsichtigen. Sie waren Yorks Freunde und Reisebegleiter, aber eine seltsamere Gruppe hatte Marsh nie zuvor getroffen. Zwei waren Männer unbestimmbaren Alters mit fremd klingenden Namen, an die er sich weder erinnern, noch die er aussprechen konnte; er taufte sie insgeheim Smith und Brown, was York amüsierte. Sie plapperten dauernd in einem ausländischen Kauderwelsch miteinander. Der dritte, ein hohlwangiger Mann aus dem Osten, war gekleidet wie ein Totengräber, trug den Namen Simon und redete überhaupt nicht. Die Frau, Katherine, war angeblich eine Britin. Sie war groß und ging irgendwie vornübergebeugt und bot einen kranken, siechen Anblick. Sie erinnerte Marsh an einen riesigen weißen Geier. Aber sie war mit York befreundet, sie alle waren es, und York hatte ihn schon vorher gewarnt, daß er einige sonderbare Freunde habe, daher verkniff Abner Marsh sich jede Bemerkung.

»Guten Abend, Abner«, begrüßte York seinen Partner. Er blieb stehen und schaute sich in den Docks um, wo die zur Hälfte fertiggestellten Dampfboote im wallenden grauen Nebel wie eine Ansammlung von Skeletten erschienen. »Eine kalte Nacht, nicht wahr? Für Juni jedenfalls.«

»Das stimmt wohl. Hatten Sie einen weiten Weg?«

»Ich habe im Galt House drüben in Louisville eine Suite gemietet. Dann nahmen wir uns ein Boot, das uns über den Fluß brachte.« Seine kühlen grauen Augen studierten interessiert das Dampfboot in ihrer nächsten Nähe. »Ist das unseres?«

Marsh schnaubte. »Das kleine Ding? Zum Teufel, nein, das ist nur ein mickriger billiger Heckraddampfer, der für den Dienst in Cincinnati gebaut wird. Sie haben doch wohl nicht angenommen, daß ich bei unserem Boot ein verdammtes Heckrad einbauen lasse, oder?«

York lächelte. »Verzeihen Sie meine Unkenntnis. Wo ist denn nun unser Boot?«

»Kommen Sie hier entlang«, antwortete Marsh und deutete mit seinem Spazierstock. Er führte sie zwischen den Docks hindurch. »Dort«, meinte er dann und zeigte in die entsprechende Richtung.

Die Nebelschwaden gaben ihnen die Sicht frei, und da stand es, hoch und stolz, und überragte alle anderen Boote. Die Kabinen und Geländer erstrahlten von frischer Farbe so weiß wie Schnee, die sogar unter dem grauen Nebelmantel hell leuchtete. Hoch oben auf dem Texasdach, auf halbem Weg zu den Sternen, schien das Ruderhaus zu funkeln; ein gläserner Tempel, dessen Zierkuppel rundum mit hübschen Schnitzereien geschmückt war, so fein und filigranhaft wie irische Spitze. Die Schornsteine, Zwillingssäulen, die vorne auf dem Texasdeck standen, ragten hundert Fuß in die Höhe, schwarz und kerzengerade und hochmütig: Ihre befiederten Spitzen schienen wie dunkle Blumen aus Stahl aufzublühen. Der Rumpf war schlank und schien kein

Ende zu haben, denn das Heck war vom Nebel verhüllt. Wie alle erstklassigen Boote war es ein Seitenraddampfer. Mittschiffs liegend, bildeten die Radkästen gigantische Gehäuse, die einen Eindruck von der enormen Kraft der Schaufelräder vermittelten, die sich darin drehen sollten. Sie schienen auch deshalb viel größer zu sein, um den Namen zu tragen, der in Kürze auf sie aufgemalt werden sollte.

In der Nacht und vom Nebel umwallt und inmitten all jener kleineren, schlichteren Boote liegend, erschien der Dampfer wie eine Vision, ein weißes Phantom aus dem Traum eines Flußmannes. Das Schiff raubte einem schier den Atem, dachte Marsh, als sie dastanden und es betrachteten.

Smith plapperte etwas, und Brown antwortete im gleichen schnellen Plapperton, aber Joshua York konnte nur schweigend schauen. Lange stand er so da, dann nickte er. »Wir haben etwas Wunderschönes geschaffen, Abner«, stellte er fest.

Marsh lächelte.

»Ich hatte nicht damit gerechnet, daß der Bau schon soweit fortgeschritten und nahezu beendet ist«, sagte York.

»Wir sind hier in New Albany«, erinnerte Marsh ihn. »Deshalb bin ich hierher gegangen anstatt in eine der Werften in St. Louis. Hier werden Dampfboote gebaut, seit ich ein Kind war, im vergangenen Jahr waren es alleine zweiundzwanzig Schiffe, dieses Jahr werden es bestimmt genauso viele. Ich wußte, daß man hier unseren Auftrag ausführen könnte: Sie hätten dabei sein sollen. Ich tauchte mit einer der kleinen Kisten Gold auf, und ich kippte den Inhalt dem Direktor auf den Tisch, und dann sagte ich zu ihm: ›Ich will, daß ein Dampfer gebaut wird, und er soll sofort gebaut werden, und ich will, daß dieses Boot das schnellste und schönste und tollste ist, daß Sie je gebaut haben, verstanden? Und jetzt schaffen Sie mir ein paar Ingenieure heran, Ihre besten. Es ist mir egal, ob Sie sie aus irgendeinem Hurenhaus drüben in Louisville herausholen müssen, ich will sie heute abend noch sehen, damit wir endlich anfangen können. Und dann holen Sie mir die besten verdammten Zimmerleute und Anstreicher und Kesselbauer und den ganzen verdammten Rest, denn wenn ich nicht wirklich die allerbesten bekomme, dann wird Ihnen das verdammt noch mal noch leid tun.‹« Marsh lachte. »Sie hätten ihn sehen sollen. Wußte gar nicht, was er machen sollte, mir zuhören oder das Gold auf seinem Tisch anstarren, er schien richtige Angst zu haben. Aber er hat es geschafft, hat es so gemacht, wie wir es wollten.« Er wies mit einem Kopfnicken auf das Dampfboot. »Natürlich ist das Prachtstück noch nicht fertig. Die Innenteile müssen noch gestrichen werden, vorwiegend in Blau und Silber, damit es zu all dem Silber paßt, das Sie im Salon haben wollten. Und wir warten noch immer auf die Luxusmöbel und die Wandspiegel, die Sie in Philadelphia bestellt haben, und andere Dinge. Aber im wesentlichen ist das Boot fertig, Joshua, ist der Bau beendet. Kommen Sie, ich zeigen es Ihnen.«

Arbeiter hatten eine Laterne auf einem Holzstapel unweit des Bootshecks stehengelassen. Marsh riß ein Streichholz an seiner Hose an, entzündete die Laterne und hielt sie mit auffordernder Geste Brown hin. »Da, tragen Sie das«, sagte er grob. Stampfend ging er über eine lange Bohle auf das Hauptdeck, die anderen folgten ihm. »Vorsicht, wenn Sie etwas anfassen«, warnte er. »Stellenweise ist die Farbe noch feucht.«

Das unterste, oder Haupt-Deck war mit Maschinen und Geräten vollgestellt. Die Laterne gab ein klares, stetiges Licht, aber Brown bewegte sie hin und her, so daß die Schatten der schweren Maschinen sich zu verformen und umherzuspringen schienen, als wären es lebendige Wesen. »He, halten Sie das Licht still«, kommandierte Marsh. Er wandte sich zu York um und begann ihm Einzelheiten zu erklären, wobei er mit seinem Stock herumfuchtelte und wie mit einem langen Hickoryfinger auf die Kessel wies, mächtige Stahlzylinder, die den vorderen Teil des Decks säumten. »Achtzehn Kessel«, sagte Marsh voller Stolz, »drei mehr als die *Eclipse.* Durchmesser dreißig Inch, jeder achtundzwanzig Fuß lang.« Sein Spazierstock wechselte die Richtung. »Die Feuerlöcher sind mit Schamottsteinen und Eisenplatten ausgekleidet und stehen auf Stelzen über dem Deck, so daß die Brandgefahr eingeschränkt ist.« Er folgte dem Verlauf der Dampfleitungen über ihnen, die die Kessel mit den Maschinen verbanden, und sie wandten sich alle dem Heck zu. »Wir haben Sechsunddreißig-Inch-Zylinder, Hochdruck, mit einem Hub von elf Fuß, genauso wie die *Eclipse.* Dieses Boot wird den alten Fluß ganz schön aufwühlen, das kann ich Ihnen flüstern.«

Brown plapperte, Smith plapperte, und Joshua York lächelte.

»Kommen Sie mit rauf«, sagte Marsh. »Ihre Freunde scheinen sich für die Maschinen nicht sonderlich zu interessieren, aber ich denke doch, daß es ihnen oben bestens gefallen wird.«

Der Treppenaufgang war breit und reich verziert, polierte Eiche mit elegant kannelierten Geländern. Er begann oben am Bug, seine Breite verbarg die Dampfkessel und die Maschinen von den Logierpassagieren, dann teilte der Aufgang sich und schwang auf beiden Seiten in einem eleganten Bogen hinauf zum zweiten oder auch Kesseldeck. Sie wählten ihren Weg über die Steuerbordseite, wobei Marsh mit seinem Spazierstock und Brown mit der Laterne vorausgingen und die Stiefel der Besucher auf dem Hartholzboden des Promenadenganges knallten, während sie die feinen gotischen Details der Säulen und der Reling betrachteten, all das sorgfältig modellierte Holz, das mit Schnitzereien von Blumen und Girlanden und Eicheln bedeckt war. Kabinentüren und -fenster erstreckten sich in einer langen Reihe vom Bug bis zum Heck; die Türen bestanden aus dunklem

Walnußholz, die Fenster aus farbigem Glas. »Die Kabinen sind noch nicht eingerichtet«, sagte Marsh, öffnete eine Tür und betrat einen Raum; »aber wir bekommen ausnahmslos nur das Allerbeste geliefert, Federbetten und -kissen, einen Spiegel und eine Öllampe für jede Kabine. Unsere Kabinen sind auch geräumiger als üblich — wir werden zwar nicht so viele Passagiere aufnehmen können wie andere Boote von dieser Größe, aber dafür haben sie bei uns mehr Platz.« Er lächelte. »Überdies können wir höhere Preise verlangen.«

Jede Kabine besaß zwei Türen; eine führte auf das Deck, die andere ins Schiffsinnere, in den großen Salon, die Hauptkabine des Raddampfers. »Die Hauptkabine ist auch nicht annähernd fertig«, erklärte Marsh, »aber Sie können sie sich trotzdem einmal anschauen.«

Sie traten ein und blieben stehen, während Brown die Laterne hochhob, um die enormen Ausmaße, ihre gesamte Länge möglichst auszuleuchten. Der große Salon erstreckte sich über die ganze Länge des Kesseldecks, offen und nicht unterteilt bis auf eine Gangway mittschiffs. »Im vorderen Teil befinden sich die Toiletten für die Herren, im hinteren Teil die Erfrischungsräume für die Damen«, erklärte Marsh. »Sehen Sie sich um. Noch ist das alles nicht fertig, aber es wird sicherlich die reinste Pracht. Die Bar aus Marmor dort drüben ist vierzig Fuß lang, und dahinter wird ein Spiegel aufgehängt, der genauso lang ist. Bestellt ist er schon. Auch an jeder Kabinentür werden Spiegel angebracht, mitsamt einem Rahmen aus Silber, und ans hintere Ende in die Damentoilette kommt ein Spiegel, der zwölf Fuß hoch ist.« Er wies mit seinem Stock nach oben. »Im Augenblick kann man es nicht sehen, weil es schon dunkel ist, aber die Oberlichter bestehen aus farbigem Glas und sind über den gesamten Raum verteilt. Dann legen wir einen dieser großen Brüsseler Teppiche aus, und auch die Kabinen bekommen ihre Teppiche. Wir haben einen silbernen Wasserkühler mit Silberbechern, der auf einem prachtvollen Holztisch aufgestellt wird, und wir verfügen auch über einen Flügel und nagelneue Samtstühle und Tischdecken aus reinem Leinen. Allerdings ist das alles noch nicht geliefert worden.«

Auch ohne Teppich, Spiegel und Möblierung vermittelte die langgestreckte Kabine einen Eindruck von Eleganz. Sie schritten sie langsam ab, schweigend, und im umhertanzenden Licht der Laterne tauchten Details ihrer gediegenen Pracht aus der Dunkelheit auf, um gleich wieder hinter ihnen zu verschwinden:die hohe gewölbte Decke mit ihren gebogenen Balken, die mit Schnitzereien versehen waren so fein wie geklöppelte Spitze. Lange Reihen schlanker Säulen flankierten die Kabinentüren und wiesen die feinste Kannelierung auf. Die Bar aus schwarzem Marmor mit seiner kräftigen farbigen Äderung. Der warme ölige Glanz des dunklen Holzes. Die Doppelreihe Kronleuchter, jeder mit vier großen Kristallkugeln ausgestattet, die von einem feinziselierten Gitterwerk aus Schmiedeeisen herabhingen. Es waren nur noch Öl und eine Flamme und all jene Spiegel nötig, um den gesamten Salon mit strahlendem, prachtvollem Licht zu erfüllen.

»Die Kabinen erschienen mir etwas klein«, meinte Katherine plötzlich, »aber dieser Raum wird grandios.«

Marsh sah sie stirnrunzelnd an. »Die Kabinen sind groß, Ma'am. Acht Fuß im Quadrat. Sechs sind üblich. Dies ist ein Raddampfer, müssen Sie wissen.« Er wandte sich von ihr ab und wies mit seinem Spazierstock durch den Saal. »Das Büro des Zahlmeisters liegt ganz vorne, die Küche und die Waschräume befinden sich bei den Radkästen. Ich weiß auch schon, welchen Koch ich hole. Er hat früher auf meiner *Lady Liz* gearbeitet.«

Das Dach des Kesseldecks war gleichzeitig das Sturmdeck. Sie stiegen eine enge Treppe hinauf und betraten die nächste Etage vor den mächtigen schwarzen Eisenschornsteinen, dann kam eine weitere kürzere Treppe hinauf zum Texasdeck, das von den Schornsteinen bis zu den Radkästen reichte. »Die Kabinen der Mannschaft«, erklärte Marsh, ohne seinen Rundgang auf diesen Bereich auszudehnen. Das Ruderhaus stand auf dem Texasdeck. Er führte seine Begleiter hinauf und ließ sie eintreten.

Von dort aus konnte man die gesamte Werft überschauen; all die kleineren Boote waren in Nebel gehüllt, dahinter die schwarzen Fluten des Ohio River und sogar die fernen Lichter von Louisville, die als geisterhaftes Funkeln durch den Nebel erkennbar waren. Das Innere des Lotsenhauses war großzügig und gediegen eingerichtet. Die Fenster waren aus dem besten und klarsten Glas hergestellt, mitsamt ihren Verzierungen aus farbigen Glasstreifen. Überall schimmerte dunkles Holz, und poliertes Silber erstrahlte fahl und kalt im Laternenlicht.

Und dort war das Ruderrad. Nur die obere Hälfte war zu sehen, so groß war es, und selbst die war so hoch, wie Marsh groß war, während die untere Hälfte in einem Spalt im Fußboden verschwand. Es war aus weichem schwarzem Teakholz gefertigt, kühl und glatt anzufassen, und die Speichen trugen als Verzierung schmale Silberbänder ähnlich wie die Strumpfhalterbänder eines Tanzmädchens. Das Rad schien sich nach der Hand des Steuermannes zu sehnen.

Joshua York näherte sich dem Rad und berührte es, strich mit einer blassen Hand über das schwarze Holz mit seinem Silberschmuck. Dann umfaßte er den äußeren Holzring, als wäre er selbst der Steuermann, und für einen langen Moment stand er da, die Hand am Rad und seine grauen Augen mit düsterem Blick auf die Nacht und den für diesen Juni ungewöhnlichen Nebel gerichtet. Die anderen verstummten nach und nach, und für einen kurzen Augenblick konnte Abner Marsh nahezu fühlen, wie sich das Dampfboot bewegte, wie es über einen finsteren Fluß der Einbildung, der Phantasie glitt, auf einer seltsamen und endlosen Reise.

Joshua York wandte sich um und zerriß damit die Verzauberung dieses Augenblicks. »Abner«, sagte er, »ich würde gerne lernen, dieses Boot zu steuern. Können Sie mir das beibringen?«

»Steuern, was?« meinte Marsh überrascht. Es fiel ihm nicht schwer, sich York als seinen Meister und Kapitän vorzustellen, aber das Steuern eines Schiffes war etwas ganz anderes — dennoch stimmte diese Frage allein ihn seinem Partner gewogener, erwärmte ihn für York und half ihm, ihn am Ende ein wenig zu verstehen. Abner Marsh wußte genau, was in ihm vorging, wenn er den Wunsch empfand, ein solches Schiff auch einmal selbst zu lenken. »Nun, Joshua«, sagte er, »ich habe auch schon sehr oft hinter dem Rad gestanden, und ich muß sagen, das Steuern gibt einem das tollste Gefühl der Welt. Kapitän zu sein ist nichts im Vergleich zum Lenken eines Schiffs. Aber das ist keine Tätigkeit, die man so einfach erlernen kann, die man jemand anderem abschaut, wenn Sie wissen, was ich damit sagen will.«

»Mir kommt es so vor, als wäre es nicht schwer, mit dem Rad umzugehen«, sagte York.

Marsh lachte. »Zum Teufel, ja, aber es ist nicht das Rad, dessen Bedienung man lernen muß. Es ist der Fluß, York, der Fluß. Der alte Mississippi selbst. Ich war acht Jahre lang Lotse, ehe ich meine eigenen Boote hatte, und besaß die Lizenz für den oberen Mississippi und den Illinois. Niemals für den Ohio oder den Unterlauf des Mississippi, und trotz allem, was ich über Dampfboot wußte, hätte ich niemals ein Boot auf diesen Flüssen steuern können, ohne mein Leben zu riskieren — ich kannte sie nicht. Und bei denen, die ich kannte, habe ich Jahre gebraucht, um sie kennenzulernen, und ich lerne immer noch, es hat nie aufgehört. Mittlerweile habe ich so lange nicht mehr in einem Ruderhaus gestanden, daß ich jeden Fluß wieder ganz von vorne kennenlernen muß. Der Fluß verändert sich, Joshua, das tut er ständig. Er ist beim zweiten Befahren stets anders als beim ersten, und man muß sich jeden Inch davon einprägen.« Marsh ging zum Rad und streichelte es zärtlich. »Nun, ich habe vor, dieses Boot zu lenken, wenigstens einmal. Ich habe zu lange von diesem Schiff geträumt, um es nicht einmal selbst in die Hand nehmen zu wollen. Wenn wir gegen die *Eclipse* ein Rennen fahren, dann beabsichtige ich, ebenfalls für einen kurzen Zeitraum im Ruderhaus zu stehen, das tue ich ganz bestimmt. Aber das Schiff ist für alles andere als den Frachttransport um New Orleans einfach zu groß, und das heißt, daß der Unterlauf des Flusses unser Gebiet sein wird, deshalb muß ich wieder mit dem Lernen anfangen, jeden verdammten Fußbreit am und auf dem Fluß muß ich mir einprägen. Und das kostet Zeit und ist harte Arbeit.« Er sah York an. »Wollen Sie immer noch ans Ruderrad, jetzt, wo Sie wissen, was Sie erwartet?«

»Wir können doch gemeinsam lernen, Abner«, erwiderte York.

Yorks Begleiter wurden unruhig. Sie wanderten von Fenster zu Fenster, Brown wechselte die Laterne von einer in die andere Hand, Simon erinnerte in seiner stoischen Grimmigkeit an eine Leiche. Smith sagte in einer fremden Sprache etwas zu York. York nickte. »Wir müssen zurück«, sagte er.

Marsh schaute sich noch ein letztesmal um, hatte noch keine Lust zu gehen, und führte die Besucher dann aus dem Ruderhaus.

Als sie ein Stück über das Werftgelände zwischen den Docks gegangen waren, wandte York sich um und schaute zurück auf ihr Dampfboot, das auf seinen Stützen hockte und einen fahlen hellen Schatten vor dem Nachthimmel bildete. Die anderen blieben ebenfalls stehen und warteten schweigend.

»Kennen Sie Byron?« wollte York von Marsh wissen.

Marsh überlegte einige Zeit. »Ich kannte mal einen Burschen namens Blackjack Pete, der die *Grand Turk* steuerte. Ich glaube, sein Name lautete Brian.«

York lächelte. »Nicht Brian. Byron. Lord Byron, der englische Dichter.«

»Oh«, sagte Marsh. »Den meinen Sie. Ich habe für Gedichte nicht viel übrig. Ich glaube, ich habe schon mal von ihm gehört. Ein mutiger Kerl, nicht wahr? Und ein Liebling der Frauen.«

»Genau der, Abner. Ein bemerkenswerter Mann. Ich hatte das große Glück, ihn einmal persönlich kennenzulernen. Unser Dampfboot erinnert mich an ein Gedicht, das er einmal geschrieben hat.«

Er begann zu rezitieren.

In ihrer Schönheit wandelt sie
Wie wolkenlose Sternennacht;
Vermählt auf ihrem Antlitz sieh
Des Dunkels Reiz, des Lichtes Pracht:
Der Dämmrung zarte Harmonie,
Die hinstirbt, wenn der Tag erwacht.

»Byron schrieb natürlich von einer Frau, aber die Worte scheinen genausogut auf unser Boot zu passen, oder nicht? Sehen Sie sie doch nur an, Abner! Was meinen Sie?«

Abner wußte nicht so recht, was er denken sollte; der normale Dampfbootmann lief nicht herum und deklamierte Gedichte, und er hatte keine Ahnung, was er zu dem bemerken sollte, was er gerade gehört hatte. »Sehr interessant, Joshua«, war alles, was er zustandebrachte.

»Wie sollen wir das Schiff nennen?« fragte York und betrachtete noch immer das Boot, während ein leises Lächeln in seinem Gesicht spielte. »Gibt das Gedicht Ihnen irgendeine Idee?«

Marsh runzelte die Stirn. »Wir werden das Boot nicht nach irgendeinem verrückten Briten nennen, falls Sie das im Sinn haben«, erwiderte er unwirsch.

»Nein«, sagte York, »das war es nicht, was ich vorschlagen wollte. Ich hatte etwas anderes im Sinn wie zum Beispiel *Dark Lady,* oder ...«

»Ich hab' mir auch etwas ausgedacht«, sagte Marsh. »Unsere Firma heißt trotz allem Fevre River Packets, und dieses Boot stellt alles dar, was ich mir jemals erträumt habe.« Er hob den Hickorystock und wies auf den Radkasten. »Dort malen wir es hin, in großen blauen und silbernen Lettern, so prachtvoll wie möglich. *Fiebertraum.*« Er lächelte. »Die *Fiebertraum* gegen die *Eclipse,* sie werden noch von dem Rennen reden, wenn wir schon lange tot sind.«

Für einen kurzen Augenblick lag etwas Seltsames und Gespenstisches in Joshua Yorks grauen Augen. Dann war es wieder genauso schnell verschwunden, wie es aufgetaucht war. »*Fiebertraum*«, sagte er. »Halten Sie diese Wahl nicht für ein wenig ... hmmm ... unheimlich? Für mich stecken in dem Namen Krankheit, Fieber und Tod und Wahnvorstellungen. Träume, die ... Träume, die man nicht träumen sollte, Abner.«

Marsh blickte ihn finster an. »Ich sehe das nicht so. Mir gefällt der Name.«

»Werden die Leute ein Boot mit einem solchen Namen besteigen, sich damit befördern lassen? Es ist schon passiert, daß auf Raddampfern Typhus und Gelbfieber gewütet haben. Sollen wir die Menschen am Fluß daran erinnern?«

»Sie sind mit meiner *Sweet Fevre* gefahren«, sagte Marsh. »Sie fahren mit der *War Eagle* und der *Ghost* und sogar auf Booten, die nach Indianern benannt sind. Sie werden auch dieses Schiff benutzen.«

Der hagere und fahle Mann namens Simon sagte daraufhin etwas mit einer Stimme, die kratzte wie eine rostige Säge, und in einer Sprache, die Marsh fremd vorkam, obgleich es nicht die Sprache war, in der Smith und Brown sich lebhaft unterhielten. York hörte ihm zu, und sein Gesicht nahm einen nachdenklichen Ausdruck an, wobei es immer noch Besorgtheit zeigte. »*Fiebertraum*«, sagte er wieder. »Ich hatte auf einen — einen freundlicheren Namen gehofft, aber Simon hat mir etwas klargemacht. Machen Sie es so, wie Sie wollen, Abner. Soll das Boot ruhig *Fiebertraum* heißen.«

»Gut«, meinte Marsh.

York nickte geistesabwesend. »Treffen wir uns doch morgen zum Dinner im Galt House. Um acht Uhr. Dann könne wir uns über unsere Fahrt nach St. Louis unterhalten und über die Mannschaft und die Vorräte beraten, die wir noch brauchen, falls es Ihnen paßt.«

Marsh gab seine knurrige Zustimmung, und York und seine Gefährten entfernten sich, um zu ihrem Boot zu gehen, und wurden vom Nebel verschluckt. Noch lange, nachdem sie gegangen waren, stand Marsh in den Docks und betrachtete den stummen, starren Raddampfer. »*Fiebertraum*«, sagte er laut, um den Geschmack der Worte auf seiner Zunge zu kosten. Aber seltsamerweise, zum erstenmal, klang der Name in seinen Ohren irgendwie falsch, enthielt er Gedankenverbindungen, die ihm gar nicht behagten. Er fröstelte, für einen kurzen Moment empfand er eine unerklärliche Kälte, dann schnaufte er und suchte sein Zimmer auf, um zu Bett zu gehen.

KAPITEL VIER

An Bord des Raddampfers *Fiebertraum*
Ohio River, Juli 1857

Die *Fiebertraum* verließ New Albany nach Einbruch der Dunkelheit an einem schwülen Abend Anfang Juli. In all den Jahren auf dem Fluß hatte Abner Marsh sich nie so lebendig gefühlt wie an diesem Tag. Den Morgen verbrachte er damit, die letzten wichtigen Kleinigkeiten in Louisville und New Albany zu regeln; er stellte einen Friseur ein, traf sich mit den Werftarbeitern zum Lunch und brachte einige Briefe zur Post. In der Hitze des Nachmittags zog er sich in seine Kabine zurück, machte einen letzten Rundgang auf dem Raddampfer, um sich zu vergewissern, daß alles in Ordnung und startbereit war, und begrüßte einige der Kabinenpassagiere, als sie sein Schiff betraten. Das Abendessen wurde zu einer eiligen Angelegenheit, und danach begab er sich auf das Hauptdeck, um den Maschinisten und seine Handlanger beim Überprüfen der Dampfkessel zu beaufsichtigen und um den Maat dabei zu beobachten, wie er das Verladen der letzten Frachtstücke kontrollierte. Die Sonne schickte unbarmherzig ihre sengenden Strahlen auf die Szenerie, und die Luft war schwer und lastend, so daß die Haut der Schauerleute vor Schweiß glänzte, während sie Kisten, Ballen und Fässer über die schmalen Ladeplanken auf das Schiff schleppten, während der Maat sie unaufhörlich zur Eile antrieb. Marsh wußte, daß auf der anderen Seite des Flusses in Louisville andere Boot ebenso beladen wurden und sich auf die Abfahrt vorbereiteten: die große, mit Niederdruckmaschinen ausgerüstete *Jacob Strader* der Cincinnati Mail Line, die schnelle *Southerner* von der Cincinnati & Louisville Packet Company sowie ein halbes Dutzend kleinerer Boote. Er hielt sorgfältig Ausschau, ob eines der Schiffe flußabwärts fuhr, und fühlte sich trotz der Hitze und der Moskitoschwärme, die nach Sonnenuntergang vom Fluß aufgestiegen waren, ausgesprochen wohl.

Das Hauptdeck war vorn und hinten mit Fracht vollgestopft; sie nahm den Raum ein, der nicht von den Dampfkesseln und Feuerungen und Maschinen besetzt wurde. Das Schiff transportierte hundertfünfzig Tonnen in Ballen gepackten Blattabak, dreißig Tonnen Stabeisen, zahllose Fässer mit Zucker, Mehl und Brandy, Kisten mit Luxusmöbeln für einen wohlhabenden Empfänger in St. Louis, zwei Salzblöcke, einige Ballen Seide und Baumwollstoff, dreißig Fässer Nägel, achtzehn Kisten mit Gewehren; eine Anzahl Bücher und Papier und sonstige Waren. Und Schweineschmalz. Ein Dutzend große Fässer vom besten Schweineschmalz. Aber das Schmalz war keine Fracht, genaugenommen; Marsh hatte es selbst erworben und befohlen, es an Bord zu bringen.

Auf dem Hauptdeck drängten sich aber auch Passagiere, Männer und Frauen und Kinder; dicht wie die Flußmoskitos schwärmten und wimmelten sie inmitten der Fracht. Etwa dreihundert Menschen waren zusammengekommen, jeder bezahlte einen Dollar für die Passage nach St. Louis. Die Passage war auch das einzige, was ihnen zustand; sie verpflegten sich davon, was sie an Bord mitgenommen hatten, und die Glücklichen unter ihnen hatten auf dem Deck sogar einen Platz zum Schlafen gefunden. Es waren vorwiegend Fremde, Iren und Schweden und kräftige Holländer, die sich in Sprachen lautstark untereinander verständigten, die Marsh nicht kannte, die tranken und mit ihren Kindern schimpften und sie mit Schlägen zur Ordnung riefen. Ein paar Trapper und einfache Arbeiter waren ebenfalls dort unten, zu arm, um sich bei Marshs Frachtraten mehr als nur die Deckspassage leisten zu können.

Die Kabinenpassagiere hatten ganze zehn Dollar bezahlt, zumindest diejenigen, die bis nach St. Louis mitfuhren. Fast alle Kabinen waren ausgebucht, und das sogar bei dem Preis; der Zahlmeister meldete Marsh, daß einhundertsiebenundsiebzig Kabinenpassagiere an Bord seien, was Marsh, angesichts der vielen Siebenen, für eine glückliche Zahl hielt. Die Passagierliste enthielt ein Dutzend Plantagenbesitzer, den Direktor einer großen Pelzfabrik in St. Louis, zwei Bankiers, einen reichen Briten und seine drei Töchter sowie vier Nonnen auf dem Weg nach Iowa. Sie hatten auch einen Prediger an Bord, aber das war nicht weiter schlimm, da sie keine graue Stute beförderten (es ging unter den Flußleuten die Rede, daß ein Prediger und eine graue Stute gleichzeitig auf einem Schiff Katastrophen geradezu magisch anzögen).

Was die Mannschaft betraf, so war Marsh damit hochzufrieden. Lediglich die beiden Lotsen waren nichts Besonderes, doch die hatte er nur dazu angeheuert, um den Raddampfer nach St. Louis zu bringen, da sie den Ohio River kannten und die *Fiebertraum* den Dienst von New Orleans aus aufnehmen wollte. Er hatte bereits Briefe nach St. Louis und nach New Orleans abgeschickt, und im Planter's House warteten schon zwei schnelle Lotsen für den Unterlauf des Mississippi auf ihn. Die restliche Mannschaft war mindestens genausogut wie jede andere gute Truppe von Flußfahrern auf jedem anderen Fluß, davon war Marsh überzeugt. Der Maschinist war Whitey Blake, ein hitziger kleinwüchsiger Mann, in dessen widerspenstigen weißen Schnurrbarthaaren stets Schmier- und Rußspuren von den Maschinen zu entdecken waren. Whitey war mit Abner Marsh auf der *Eli Reynolds* gefahren und später auf der *Elizabeth A.* und auf der *Sweet Fevre,* und es gab niemanden, der sich mit einer Dampfmaschine besser auskannte als er. Jonathon Jeffers, der Zahlmeister, trug eine goldgeränderte Brille und hatte glatt zurückgekämmtes braunes Haar und modische Knopfgamaschen, aber er war der reinste Schrecken, wenn es um Zahlen und ums Feilschen ging; er vergaß nichts, kannte jeden Trick im Frachtgeschäft und galt als gerissener Schachspieler. Jeffers hatte im Hauptbüro der Frachtlinie gearbeitet, bis Marsh ihn angeschrieben und aufgefordert hatte, seine Siebensachen zu packen und den Dienst auf der *Fiebertraum* anzutreten. Er hatte sich sofort auf den Weg gemacht; denn trotz seiner dandyhaften äußeren Erscheinung war Jeffers ein Flußmann bis auf den Grund seiner finsteren Krämerseele. Er führte auch stets einen Stockdegen mit goldenem Griff bei sich. Der Koch war ein freier Farbiger namens Toby Lanyard, der schon vierzehn Jahre lang bei Marsh arbeitete, seitdem er seine Kochkünste unten in Natchez-under-the-Hill kennengelernt, ihn gekauft und ihm danach die Freiheit geschenkt hatte. Und der Maat (er hieß Michael Theodore Dunne, nur nannte niemand ihn anders als Hairy Mik — außer den Schauerleuten, die ihn mit Mister Dunne Sir anredeten) war eine der imposantesten, bösartigsten und stursten Männer auf dem Fluß. Er war weit über sechs Fuß groß, hatte grüne Augen und einen schwarzen Schnurrbart und drahtiges krauses Haar auf den Armen, den Beinen und der Brust. Er fluchte in einem fort, war reizbar wie eine Klapperschlange und hatte, wo er ging und stand, stets seinen drei Fuß langen schwarzen Eisenknüppel bei sich. Abner Marsh hatte es nie erlebt, daß Hairy Mike jemanden damit geschlagen hatte, bis auf ein- oder zweimal, aber der Knüppel lag immer verborgen in seiner Hand, und es ging unter den Schauerleuten das Gerücht, daß er einmal einem Mann, der ein Brandyfaß in den Fluß hatte fallen lassen, den Schädel gespalten habe. Er war ein strenger, fairer Maat, und niemand ließ seine Last fallen, wenn er Aufsicht führte. Jedermann auf dem Fluß hatte verdammt großen Respekt vor Hairy Mike Dunne.

Es war eine verflucht gute Mannschaft, diese Männer auf der *Fiebertraum.* Gleich vom ersten Tag an taten sie alle ihre Arbeit, so daß in dem Moment, als die Stern über New Albany aufgingen, die Fracht verladen war und die Passagiere an Bord waren und alles auf Listen festgehalten war, der Dampf den nötigen Druck hatte und die Schornsteine in einem schrecklich schönen roten Licht erstrahlten und heiß genug waren, um das Hauptdeck mindestens genauso warm zu machen wie Natchez-under-the-Hill in einer Sommernacht, und in der Küche ein vorzügliches Mahl auf dem Herd stand. Abner Marsh überprüfte alles, und als alles zu seiner Zufriedenheit war, stieg er hinauf zum Ruderhaus, das erhaben und würdevoll über dem Chaos und dem Lärm des übrigen Schiffes zu schweben schien. »Holen Sie sie rückwärts raus«, wies er seinen Lotsen an. Und der Lotse rief nach unten, man solle Dampf machen, und stellte die beiden mächtigen Seitenräder auf Rückwärtslauf. Abner Marsh hielt zu seinem Lotsen respektvolle Distanz, und die *Fiebertraum* glitt behäbig hinaus in die schwarzen, von Sternen beschienenen Fluten des Ohio.

Draußen auf dem Fluß änderte der Lotse die Drehrichtung der Schaufelräder und lenkte das Schiff stromabwärts, und der riesige Raddampfer erbebte und glitt nahezu gewichtslos in den Hauptkanal; die Räder stampften und rauschten, als sie sich durch das Wasser wühlten und es aufschäumen ließen. Das Boot wurde immer schneller, angetrieben von der Strömung und von seinem Dampf, und es rauschte dahin, schnell wie der Traum eines Dampfbootfahrers, schnell wie die Sünde, schnell wie die *Eclipse* damals. Über ihren Köpfen stießen die Schornsteine zwei langgezogene dicke schwarze Qualmfahnen aus, und Funken flogen in dichten Wolken heraus und verglühten hinter ihnen, senkten sich nieder auf den Fluß, um dort zu vergehen wie unzählige rote und orangefarbene Glühwürmchen. Für Abner Marshs Augen boten der Qualm und der Dampf und die Funken, die wie eine Fahne hinter ihnen herflatterten, einen herrlicheren, grandioseren Anblick als das Feuerwerk, das sie am 4. Juli in Louisville erlebt hatten. Der Lotse griff in diesem Augenblick nach oben und ließ ihre Dampfpfeife ertönen, und ihr anhaltender schriller Schrei machte sie für Sekunden taub; es war eine wunderbare Pfeife, ihr Ton hatte so viel Schärfe und Kraft, daß er meilenweit zu hören war.

Erst als die Lichter von Louisville und New Albany hinter ihnen verschwanden und die *Fiebertraum* zwischen Uferwällen dahinstampfte, die so schwarz und kahl waren wie schon vor einem Jahrhundert, bemerkte Abner Marsh, daß Joshua York zum Ruderhaus heraufgestiegen war und neben ihm stand.

Er hatte sich elegant herausgeputzt, trug eine Hose und einen Frack in reinstem Weiß, dazu eine tiefblaue Weste, ein weißes Hemd mit Spitzen und Rüschen und eine blaue Seidenkrawatte. Die Uhrkette, die sich über seine Weste spannte, war aus Silber, und an einer blassen Hand trug York einen großen Silberring mit einem kunstvoll gefaßten hellblauen Stein, der lebhaft funkelte. Weiß und Blau und Silber, das waren die Schiffsfarben, und York sah aus, als wäre er ein Teil davon. Das Ruderhaus war mit prächtigen blauen und silberfarbenen Vorhängen dekoriert, und die ausladende Couch im hinteren Teil war ebenfalls blau, das Wachsleinen desgleichen. »Kompliment, Sie gefallen mir, Joshua«, sagte Marsh zu ihm.

York lächelte. »Danke sehr«, erwiderte er. »Ich hielt es für angemessen. Sie sehen aber auch nicht übel aus.« Marsh hatte sich eine neue Lotsenjacke mit glänzenden Messingknöpfen sowie eine Mütze gekauft, auf deren vorderem Rand der Name seines Schiffs mit Silberfaden eingestickt war.

»Hmmm-ja«, knurrte Marsh. Komplimente machten ihn immer verlegen; das Fluchen fiel ihm leichter, und es war ihm vertrauter. »Nun«, meinte er, »haben Sie unser Auslaufen miterlebt?« York hatte fast den ganzen Tag in der Kapitänskabine auf dem Texasdeck geschlafen, während Marsh geschwitzt und sich den Kopf zerbrochen und die meisten Pflichten wahrgenommen hatte, die ein Kapitän erledigen mußte. Marsh hatte sich allmählich daran gewöhnt, daß York und seine Gefährten erst abends und nachts richtig wach wurden und den Tag größtenteils verschliefen. Er hatte auch schon andere Leute kennengelernt, die es genauso gehalten hatten, und als er York einmal darüber hatte ausfragen wollen, hatte Joshua nur gelächelt und das Gedicht zitiert, das Marsh schon einmal von ihm gehört hatte.

»Ich habe oben auf dem Sturmdeck gestanden, ein Stück vor den Schornsteinen, und habe mir alles angeschaut. Sobald wir Fahrt aufnahmen, war es dort oben angenehm kühl.«

»Ein schneller Raddampfer schafft sich seinen Wind selbst«, sagte Marsh. »Ganz gleich wie heiß der Tag ist oder wie heftig das Holz in den Feuerungen verbrennt, dort oben ist es immer frisch und angenehm. Manchmal tun mir die armen Teufel unten auf dem Hauptdeck richtig leid, aber zum Teufel noch mal, dafür zahlen sie auch nur einen Dollar für die Fahrt.«

»Natürlich«, pflichtete Joshua York ihm bei.

Das Schiff gab in diesem Augenblick einen dumpfen Laut von sich und erzitterte leicht.

»Was war das?« fragte York.

»Wahrscheinlich sind wir über einen Baumstamm gelaufen«, entgegnete Marsh. »Stimmt das?« fragte er den Lotsen.

»Wir haben ihn gestreift«, antwortete der Mann. »Aber keine Sorge, Cap'n. Es ist nichts beschädigt worden.«

Abner Marsh nickte und wandte sich wieder zu York um. »Sollen wir nicht mal runtergehen in die Hauptkabine? Die Passagiere haben sich bestimmt dort versammelt, denn immerhin ist dies ja der erste Abend unserer Fahrt. Wir könnten uns mit ein paar von ihnen bekannt machen, uns mit ihnen unterhalten und nachschauen, ob alles in Ordnung ist und es ihnen an nichts mangelt.«

»Das wäre mir ein Vergnügen«, entgegnete York. »Aber vorher, Abner, darf ich Sie auf einen Drink in meine Kabine einladen? Wir sollten auf unsere Abfahrt anstoßen, meinen Sie nicht auch?«

Marsh hob die Schultern. »Ein Drink? Nun, ich wüßte nicht, warum wir das nicht tun sollten.« Er gab dem Lotsen ein Zeichen und tippte grüßend gegen seine Mütze. »Gute Nacht, Mister Daly. Wenn es Ihnen recht ist, lasse ich Ihnen Kaffee hinaufschicken.«

Sie verließen das Ruderhaus und suchten die Kapitänskabine auf, wo sie einen Moment lang stehenblleben, während York die Tür aufschloß — er hatte darauf bestanden, daß seine Kabine und auch alle anderen Kabinen auf dem Schiff mit stabilen Schlössern gesichert waren. Das war etwas seltsam, aber Marsh hatte widerspruchslos eingewilligt. York kannte schließlich das Leben auf einem Raddampfer nicht, doch die meisten seiner anderen Forderungen waren recht einleuchtend und sinnvoll gewesen, wie zum Beispiel all das Silber und die Spiegel, die den Hauptsalon zu einem so luxuriösen Ort machten.

Yorks Kabine war dreimal so lang wie die Passagierkabinen und doppelt so breit, daher war sie nach Raddampfer-Maßstäben riesig. Und dies war das erstemal, daß Abner Marsh sie betrat, seit York sie bezogen hatte, deshalb schaute er sich neugierig um. Je eine Öllampe an den gegenüberliegenden Wänden der Kabine tauchten das Innere in ein warmes, anheimelndes Licht. Die breiten Fenster aus farbigem Glas waren jetzt verdunkelt, mit Läden versehen und von Vorhängen aus schwarzem Samt verhüllt, der im Lampenlicht schwer und teuer aussah. In einer Ecke stand eine hohe Schubladenkommode mit einer Waschschüssel darauf, und dahinter hing ein Spiegel mit silbernem Rahmen. Es gab ein schmales, aber gemütlich aussehendes Federbett und zwei große Ledersessel sowie einen breiten Rosenholzschreibtisch mit zahlreichen Schubladen und Nischen und Geheimfächern. Er war an eine der Wände gerückt. Darüber war eine wunderschöne alte Landkarte vom Flußsystem des Mississippi an die Wand geheftet. Die Schreibfläche des Tisches war mit ledergebundenen Folianten und zahlreichen Zeitungsstapeln bedeckt. Das war eine andere seltsame Eigenschaft von Joshua York; er las eine unglaubliche Menge Zeitungen aus jeder Ecke der Welt — Zeitungen aus England, Zeitungen in fremden Sprachen, Mr. Greeleys *Tribune* natürlich und den *Herald* aus New York ebenfalls, nahezu alle Zeitungen aus St. Louis und New Orleans und alle möglichen Wochenpublikationen der kleineren Städte am Fluß. Jeden Tag bekam er paketeweise Zeitungen geliefert. Auch Bücher; in der Kabine stand ein hoher Bücherschrank, bis obenhin vollgestopft, und weitere Bücher stapelten sich auf dem kleinen Tisch am Bett; auf dem Stapel stand eine halb heruntergebrannte Lesekerze.

Abner Marsh vergeudete keine Zeit damit, sich die Bücher anzusehen. Neben dem Bücherschrank befand sich ein Weinregal aus Holz mit zwanzig oder dreißig liegenden Flaschen. Er wandte sich sofort dem Weinregal zu und zog eine Flasche heraus. Die Flasche war nicht etikettiert, und die Flüssigkeit darin war tiefrot, so dunkel, daß sie fast schwarz aussah. Der Korken war mit einer Haube aus glänzendem schwarzen Wachs versiegelt. »Haben Sie ein Messer?« fragte er York und drehte die Flasche in der Hand.

»Ich glaube nicht, daß Sie an diesem Getränk großen Gefallen haben werden, Abner«, sagte York. Er hielt ein Tablett mit zwei Silberkelchen und einer Kristallkaraffe in der Hand. »Ich habe hier einen exquisiten Sherry. Warum trinken wir nicht den?«

Marsh zögerte. Yorks Sherry war gewöhnlich ganz hervorragend, und er hatte wenig Lust, sich dieses Vergnügen entgehen zu lassen, aber da er Joshua etwas besser kennengelernt hatte, war er überzeugt, daß jeder Wein, von dem er sich einen Vorrat angelegt hatte, einfach superb sein mußte. Abgesehen davon war er neugierig. Er wechselte die Flasche von einer Hand in die andere. Die Flüssigkeit darin schwappte träge und floß langsam wie ein besonders süßer Likör. »Was ist das überhaupt?« fragte Marsh stirnrunzelnd.

»Ein ganz spezielles selbstgemachtes Gebräu«, antwortete York. »Es besteht aus Wein und Brandy und Likör, schmeckt aber nach keiner der Zutaten. Ein sehr seltenes Getränk, Abner. Meine Gefährten und ich haben eine Vorliebe dafür, aber den meisten Leuten mundet es überhaupt nicht. Ich bin sicher, daß Sie den Sherry vorziehen werden.«

»Nun«, meinte Marsh und wog die Flasche in der Hand, »alles, was Sie trinken, Joshua, wird bestimmt auch mir schmecken. Sie haben allerdings einen sehr guten Sherry, das stimmt schon.« Sein Gesicht hellte sich auf. »Hören Sie, wir haben doch Zeit, und ich habe einen ganz schrecklichen Durst. Warum kosten wir nicht von beidem?«

Joshua York lachte, es war ein Lachen spontanen Vergnügens, volltönend und melodisch. »Abner«, sagte er, »Sie sind wirklich einmalig und ein wunderbarer Kerl. Ich mag Sie. Mein Drink wird Ihnen trotzdem nicht schmecken. Aber wenn Sie darauf bestehen, dann trinken wir beides.«

Sie machten es sich in den beiden Ledersesseln bequem, und York stellte das Tablett auf den niedrigen Tisch zwischen den Sesseln. Marsh reichte seinem Gastgeber die Flasche mit dem Wein oder was immer darin war. Aus irgendeiner verborgenen Tasche seines weißen Anzugs holte York ein schlankes kleines Messer mit einem Elfenbeingriff und einer langen Silberklinge hervor. Er schnitt das Wachs ab und bohrte mit einer einzigen schnellen Bewegung die Klingenspitze in den

Korken und schnippte ihn mit einem leisen Knall heraus. Die Flüssigkeit floß langsam wie rotschwarzer Honig in die Silberkelche. Sie war undurchsichtig und schien winzige schwarze Körnchen zu enthalten. Sicherlich besonders stark; Marsh hob seinen Kelch hoch und roch daran, und der Alkohol darin ließ ihm das Wasser in die Augen schießen.

»Wir sollten auf etwas trinken«, meinte York und hob seinen Kelch.

»Auf all das Geld, das wir verdienen werden«, schlug Marsh scherzhaft vor.

»Nein«, widersprach York ernst. In seinen dämonenhaft grauen Augen lag ein Ausdruck tiefer Melancholie, so kam es Marsh vor. Er hoffte, daß York nicht schon wieder anfing, Gedichte aufzusagen. »Abner«, fuhr York fort, »ich weiß, was die *Fiebertraum* Ihnen bedeutet. Ich möchte, daß Sie wissen, daß sie mir mindestens ebenso wichtig ist. Dieser Tag ist der Beginn eines herrlichen neuen Lebens für mich. Sie und ich, wir beide gemeinsam, haben das Schiff zu dem gemacht, was es ist, und wir werden dafür sorgen, daß es zur Legende wird. Ich habe Schönheit schon immer bewundert, Abner, aber dies ist das erstemal in meinem langen Leben, daß ich sie geschaffen oder zumindest bei ihrer Erschaffung geholfen habe. Es ist ein schönes Gefühl, der Welt etwas Neues und Schönes beschert zu haben. Vor allem für mich. Ich muß Ihnen dafür danken.« Er hob seinen Kelch. »Lassen Sie uns auf die *Fiebertraum* trinken und auf alles, was sie darstellt, mein Freund — Schönheit, Freiheit, Hoffnung. Auf unser Schiff und auf eine bessere Welt.«

»Auf den schnellsten Raddampfer auf dem ganzen Fluß!« schloß Marsh sich ihm an, und sie tranken. Beinahe hätte er gewürgt. Yorks Spezialgetränk brannte ihm im Mund wie Feuer, es versengte seine Kehle und schickte glühende Pfeile in seine Eingeweide, aber gleichzeitig war eine klebrige erstickende Süße in der

Flüssigkeit und die Andeutung eines überaus unangenehmen Geruchs, den der Alkohol und die Süße nicht ganz verbergen konnten. Es schmeckt, als wäre in der Flasche irgend etwas verfault, dachte er.

Joshua York leerte seinen Kelch in einem einzigen langen Zug, wobei er den Kopf in den Nacken legte. Dann stellte er den Kelch hin, schaute Marsh an und lachte wieder. »Der Ausdruck in Ihrem Gesicht, Abner, ist herrlich grotesk. Zwingen Sie sich nicht, höflich zu sein. Ich habe Sie gewarnt. Warum nehmen Sie nicht einen Sherry?«

»Ich denke, das tue ich«, erwiderte Marsh. »Das tue ich wirklich.«

Später, als zwei Gläser Sherry den Nachgeschmack von Yorks Getränk aus Marshs Mund gespült hatten, kamen die beiden Männer zur Sache.

»Was geschieht als nächstes nach St. Louis, Abner?« erkundigte sich York.

»Das New-Orleans-Geschäft. Es gibt für ein Boot von dieser Größe keine andere Möglichkeit.«

York schüttelte ungehalten den Kopf. »Das weiß ich, Abner. Ich war nur neugierig, wie Sie Ihren Traum verwirklichen wollen, die *Eclipse* zu schlagen. Wollen Sie sie suchen und sie herausfordern? Ich bin dazu bereit, solange es uns nicht allzu lange aufhält oder uns zwingt, unseren geplanten Kurs zu verlassen.«

»Ich wünschte, es wäre so einfach, aber das ist es nicht. Zum Teufel, Joshua, auf dem Fluß sind Tausende von Raddampfern unterwegs, und alle würden die *Eclipse* in einem Rennen gerne besiegen. Sie muß ihre Fahrten machen, genauso wie wir, sie muß Passagiere und Fracht transportieren. Sie kann nicht dauernd an irgendwelchen Rennen teilnehmen. Außerdem wäre ihr Kapitän ein Narr, wenn er auf eine Herausforderung von uns einginge. Wer sind wir schon? Irgendein neuer Raddampfer, frisch von der Werft in New Albany, von dem noch nie jemand etwas gehört hat. Die *Eclipse* hätte in einem Rennen gegen uns nichts zu gewinnen und alles zu verlieren.« Er leerte ein weiteres Glas Sherry und hielt es York hin, damit er es erneut füllte. »Nein, zuerst einmal müssen wir unseren Geschäften nachgehen und uns einen Ruf aufbauen. Wir müssen uns flußauf und flußab als schnelles Boot erweisen und die Aufmerksamkeit auf uns lenken. Nicht lange, und die Leute fangen an, sich darüber zu unterhalten, wie schnell unser Schiff ist, und sie fragen sich, wie ein Rennen zwischen der *Eclipse* und der *Fiebertraum* wohl verlaufen würde. Vielleicht treffen wir sie gelegentlich auf dem Fluß und überholen sie. Wir schüren das Gerede der Leute, und sie schließen die ersten Wetten ab. Vielleicht machen wir auch mal die eine oder andere Fahrt der *Eclipse* und unterbieten ihre Zeiten. Ein schneller Raddampfer bekommt mehr Aufträge. Die Plantagenbesitzer und Frachtunternehmer und solche Leute wollen, daß ihre Waren schnellstens auf den Markt gelangen, deshalb arbeiten sie mit dem schnellsten Schiff, das sie finden können. Und die Passagiere fahren am liebsten auf einem berühmten Schiff, sofern sie das Geld für die Passage aufbringen können. Nach einiger Zeit kommt es dann so weit, daß die Leute denken, daß wir das schnellste Boot auf dem Unterlauf des Flusses sind, und die Aufträge fallen uns in den Schoß, wir machen die guten Geschäfte, und die *Eclipse* wird da getroffen, wo es am meisten weh tut, nämlich in der Kasse. Und dann werden Sie erleben, wie schnell wir unser Rennen bekommen, um ein für allemal zu entscheiden, welches der beiden Schiffe das schnellere ist.«

»Ich verstehe«, sagte York. »Soll denn diese Fahrt nach St. Louis schon etwas für unseren guten Ruf bewirken?«

»Na ja, ich habe nicht vor, einen Rekord aufzustellen. Unser Schiff ist noch neu und muß erst eingefahren werden. Wir haben noch nicht einmal unseren festen Lotsen an Bord, niemand weiß so richtig, wie das Boot sich verhält, und wir müssen Whitey die Zeit lassen, um all die kleineren Probleme mit den Maschinen zu beseitigen und seine Handlanger auf Vordermann zu bringen.« Er stellte sein leeres Glas ab. »Das heißt aber nicht, daß wir nicht doch irgend etwas in der Richtung unternehmen können«, meinte er grinsend. »Ich habe da so ein paar Ideen. Sie werden schon sehen.«

»Gut«, sagte Joshua York. »Noch etwas Sherry?«

»Nein«, lehnte Marsh ab. »Ich glaube, wir sollten uns mal unten im Salon zeigen. Ich lade Sie dann an unserer Bar zu einem Drink ein. Und ich kann Ihnen garantieren, daß der besser schmeckt als Ihr verdammtes Zeug.«

York lächelte. »Es wird mir ein Vergnügen sein«, meinte er.

Diese Nacht war für Abner Marsh nicht mit anderen Nächten zu vergleichen. Es war eine verzauberte Nacht, ein Traum. Sie schien mindestens vierzig oder fünfzig Stunden lang zu dauern, das hätte er schwören können, und jede dieser Stunden war unendlich wertvoll. Er und York blieben wach bis zum Morgengrauen, sie tranken und unterhielten sich angeregt und wanderten über das Wunder von Schiff, das sie gebaut hatten. Am Tag danach erwachte Marsh mit einem derartigen Brummschädel, daß er sich kaum an alles erinnern konnte, was er in der voraufgegangenen Nacht getan hatte. Aber einige Augenblicke waren in seiner Erinnerung unauslöschlich.

Er erinnerte sich daran, wie er den großen Salon betreten hatte, und es war besser, als das beste Hotel der Welt zu betreten. Die Kronleuchter erstrahlten, die Lampen leuchteten, und die Kristallpracht glitzerte. Die Spiegel ließen die lange und schmale Kabine doppelt so breit erscheinen, wie sie tatsächlich war. Eine Gästeschar hatte sich an der Bar versammelt und unterhielt sich über Politik und andere Themen, und Marsh gesellte sich für eine Weile zu ihnen und hörte zu, wie sie sich über die Abolitionisten beklagten und darüber diskutierten, ob Stephen A. Douglas Präsident werden sollte, während York Smith und Brown begrüßte, die an einem der Tische mit einem Pflanzer und einem Berufsspieler Karten spielten. Jemand klimperte auf dem Flügel, Kabinentüren öffneten und schlossen sich während der ganzen Zeit, und der gesamte Raum war strahlend hell und voller Gelächter.

Später begaben sie sich hinunter auf das Hauptdeck in eine andere Welt; überall war Fracht aufgestapelt, Arbeiter und Deckshelfer schliefen auf Taurollen und Zuckersäcken, eine Familie hatte sich um ein kleines Feuer versammelt, auf dem irgend etwas zu kochen schien, ein Betrunkener sank hinter der Treppe zusammen und schlief ein, wo er lag. Der Maschinenraum war vom höllengleichen roten Glühen der Feuerungen erleuchtet, und Whitey stand mittendrin, das Hemd schweißdurchtränkt und Schmiere im Bart, und brüllte seine Handlanger an, damit sie ihn über dem Zischen des Dampfs und dem Stampfen der Räder, die das Wasser aufwühlten, hörten konnten. Die Stangen, die kraftvoll hin und her fuhren, boten einen eindrucksvollen Anblick. Sie schauten eine Weile zu, York und er, bis die Hitze und der Geruch des Maschinenöls ihnen zuviel wurden.

Einige Zeit später stiegen sie hinauf zum Sturmdeck, reichten eine Flasche hin und her, spazierten umher und unterhielten sich im kühlen Fahrtwind. Die Sterne über ihnen funkelten wie Diamanten, die Fevre River-Fahnen flatterten vorn und hinten an den Fahnenstangen, und das Wasser um sie herum war schwärzer als der schwärzeste Sklave, den Marsh je gesehen hatte.

Sie waren die ganze Nacht unterwegs. Daly hatte oben im Ruderhaus die lange Wache am Ruder und hielt ein gutes Tempo bei — obgleich die Geschwindigkeit im Vergleich zu der, die das Schiff im Bedarfsfall erreichen konnte, wie Marsh wußte, völlig unbedeutend war — hier auf dem dunklen Ohio, mit abgrundtiefer Schwärze um sie herum. Es war eine glatte Fahrt ohne Baumstümpfe oder Holzbalken oder Sandbänke, die sie hätten aufhalten können. Zweimal mußten sie eine Jolle zur Überprüfung der Flußtiefe vorausschicken, und beide Male fanden sie genügend Wasser, als sie das Blei ausbrachten, und die *Fiebertraum* dampfte weiter. Ein paar Häuser waren am Ufer zu sehen, die meisten dunkel und für die Nacht mit Fensterläden gesichert, aber eines zeigte im oberen Stockwerk ein hell erleuchtetes Fenster. Marsh fragte sich, wer dort oben wohl noch wach war und was die Leute denken mochten, als der Raddampfer vorbeistampfte. Die *Fiebertraum* mußte einen großartigen Anblick bieten, mit ihren hell erleuchteten Decks und mit der Musik und dem Gelächter, das über das Wasser hinwegschallte, und mit dem Qualm und den Funken, die aus ihren Schornsteinen hochstoben, und ihrem Namen riesiggroß auf den Radkästen, *Fiebertraum* in dicken, blauen Schmucklettern mit silbernen Ornamenten darum. Fast wünschte er sich, er könne ebenfalls am Ufer stehen, um den Anblick zu genießen.

Der aufregendste Augenblick dieser Nacht kam kurz vor Mitternacht, als sie zum erstenmal einen anderen Raddampfer ausmachten, der vor ihnen die Fluten aufwühlte. Als Marsh ihn entdeckte, ergriff er Yorks Ellbogen und führte ihn hinauf zum Ruderhaus. Dort oben herrschte viel Betrieb, Daly stand immer noch am Ruderrad und trank Kaffee, zwei andere Lotsen und drei Passagiere saßen auf der Couch hinter ihm. Die Lotsen waren nicht von Marsh angeheuert worden, aber Lotsen konnten immer kostenlos mitfahren, wenn sie wollten, das war auf dem Fluß so Sitte, und gewöhnlich saßen sie im Ruderhaus, um mit dem Mann am Ruderrad zu schwatzen und sich jede Veränderung des Flusses einzuprägen. Marsh ignorierte sie. »Mister Daly«, sagte er zu seinem Lotsen, »vor uns befindet sich ein Dampfboot.«

»Ich hab's schon gesehen, Cap'n Marsh«, erwiderte Daly mit einem Grinsen.

»Möchte bloß wissen, was für ein Boot das ist. Haben Sie eine Ahnung, Daly?« Welches Boot auch immer es sein mochte, etwas Besonderes war es nicht; irgendein gedrungener Heckraddampfer mit einem Ruderhaus, so eckig wie eine Keksdose.

»Nicht die geringste«, entgegnete der Lotse.

Abner Marsh wandte sich an Joshua York. »Joshua«, sagte er, »Sie sind ja der eigentliche Kapitän, und ich habe nicht vor, Ihnen zu viele Tips zu geben. Aber die Wahrheit ist, daß ich doch verdammt gerne wissen möchte, welcher Raddampfer da vor uns herfährt. Warum befehlen Sie Daly nicht, ihn einzuholen, damit ich mich wieder beruhigen kann?«

York lächelte. »Klar doch«, sagte er. »Mister Daly, Sie haben Captain Marsh gehört. Meinen Sie, die *Fiebertraum* könnte das Boot vor uns einholen?«

»Die kann alles einholen«, antwortete der Lotse. Er rief in den Maschinenraum hinunter, um mehr Dampf zu fordern, und betätigte erneut die Dampfpfeife, und der wilde Furienschrei hallte über den Fluß, als wolle er das andere Dampfboot warnen, daß die *Fiebertraum* näher kam.

Der Pfiff reichte aus, um alle Passagiere aus dem Hauptsalon hinaus an Deck zu locken. Er scheuchte sogar die Deckspassagiere von ihren Mehlsäcken hoch, auf denen sie geschlafen hatten.

Zwei Passagiere kamen herauf und wollten das Ruderhaus betreten, aber Marsh schickte sie wieder nach unten, zusammen mit den dreien, die bereits oben gesessen hatten. Wie Passagiere es stets tun, rannten alle nach vorn und später zur Backbordseite, als zu erkennen war, daß sie das andere Boot auf dieser Seite überholen würden. »Verdammtes Volk«, schimpfte Marsh halblaut, so daß nur York ihn hören konnte. »Die haben keine Ahnung vom Austrimmen eines Bootes. Eines Tages rennen sie alle auf eine Seite und bringen unser Schiff zum Kentern, darauf könnte ich schwören.«

Trotz all seiner Beschwerden freute Marsh sich insgeheim. Whitey ließ unten mehr Holz in die Feuerungen werfen, die Flammen brüllten, und die mächtigen Schaufelräder drehten sich schneller und schneller. Es war bald vorbei. Die *Fiebertraum* schien die Meilen zwischen sich und dem anderen Boot geradezu zu fressen, und als sie es überholten, hallte von den unteren Decks heiseres Triumphgeschrei zu Marsh hinauf und war Musik in seinen Ohren.

Als sie an dem kleinen Heckraddampfer vorbeirauschten, las York seinen Namen vom Ruderhaus ab. »Es scheint die *Mary Kaye* zu sein«, sagte er dann.

»Der haben wir es gezeigt!« sagte Marsh.

»Ein bekanntes Boot?« erkundigte sich York.

»Teufel, nein«, sagte Marsh. »Ich habe noch nie von ihr gehört. Gibt es so was?« Dann brach er in brüllendes Gelächter aus und schlug York auf den Rücken, und bald lachte jeder der im Ruderhaus Anwesenden.

Ehe die Nacht vorüber war, hatte die *Fiebertraum* ein halbes Dutzend anderer Dampfboote eingeholt und überholt, darunter einen Raddampfer nahezu genauso groß wie sie selbst, aber es war kein einziges Mal mehr so aufregend wie beim erstenmal, als sie auf die *Mary Kaye* getroffen waren. »Sie wollten wissen, wie wir anfangen«, sagte Marsh zu York, als sie das Ruderhaus verließen. »Nun, Joshua, es hat soeben angefangen.«

»Ja«, sagte York und blickte nach hinten, wo die *Mary Kaye* in der Ferne immer kleiner wurde. »Das hat es wirklich.«

KAPITEL FÜNF

An Bord des Raddampfers *Fiebertraum*
Ohio River, Juli 1857

Kopfschmerzen hin, Kopfschmerzen her, Abner Marsh war ein zu guter Flußschiffer, um den Tag zu verschlafen; vor allem einen Tag, der so wichtig war wie dieser. Er schwang sich gegen elf Uhr, nach ein paar Stunden Schlaf, aus dem Bett, spritzte sich aus der Schüssel auf dem Nachttisch etwas lauwarmes Wasser ins Gesicht und kleidete sich an. Es war noch einiges zu erledigen, und York würde erst wieder gegen Abend auftauchen. Marsh setzte sich die Mütze auf den Kopf, schnitt sich selbst im Spiegel eine Grimasse und strich sich mit den Fingern durch den Bart, um ihn aufzulokkern, dann ergriff er seinen Spazierstock und schlenderte vom Texasdeck hinunter auf das Kesseldeck. Zuerst stattete er der Toilette einen Besuch ab, dann ging er nach hinten zur Küche. »Ich habe das Frühstück verpaßt, Toby«, sagte er zu dem Koch, der bereits mit den Vorbereitungen für das Mittagessen begonnen hatte. »Einer deiner Jungs soll mir ein halbes Dutzend Eier und eine Scheibe Speck in die Pfanne hauen und zum Texasdeck hinaufschicken, okay? Auch Kaffee. Und zwar reichlich.«

Im großen Salon nahm Marsh ein oder zwei schnelle Drinks, wonach er sich gleich besser fühlte. Er wechselte mit Passagieren und Kellnern ein paar höfliche Worte, dann eilte er zum Texasdeck zurück und wartete auf sein Essen.

Nach der Mahlzeit war Abner Marsh wieder ganz der alte.

Mit dem Frühstück im Bauch stieg er hinauf zum Ruderhaus. Die Schicht hatte gewechselt, und ein anderer

Lotse stand nun am Ruderrad, und nur noch einer der Freifahrer leistete ihm Gesellschaft. »Guten Morgen, Mister Kitch«, begrüßte Marsh seinen Lotsen. »Wie macht sie sich?«

»Kann mich nicht beklagen«, erwiderte der Lotse. Er sah Marsh flüchtig an. »Ihr Schiff ist eine ziemlich empfindliche Lady, Cap'n. Wenn Sie mit ihr nach New Orleans wollen, dann sollten Sie sich aber auf jeden Fall ein paar gute Lotsen an Bord holen. Sie braucht eine erfahrene Hand am Ruder.«

Marsh nickte. Das kam nicht unerwartet; die schnelleren Schiffe waren immer etwas schwieriger zu lenken. Das störte ihn jedoch nicht. Kein Lotse, der sich nicht bestens auskannte, würde auch nur in die Nähe des Ruders der *Fiebertraum* gelangen.

»Wie kommen wir vorwärts?« wollte Marsh wissen.

»Recht zügig«, antwortete der Pilot achselzuckend. »Sie würde mehr schaffen, aber Mister Daly sagte, Sie hätten es nicht eilig, daher lassen wir es gemütlich angehen.«

»Wenn wir nach Paducah kommen, dann legen Sie dort an«, befahl Marsh. »Ich muß zwei Passagiere absetzen und Fracht ausladen.« Er blieb noch ein paar Minuten und schwatzte mit dem Lotsen, dann ging er wieder hinunter zum Kesseldeck.

In der Hauptkabine war bereits für das Mittagessen die Tafel gedeckt worden. Das helle Sonnenlicht strömte in farbigen Kaskaden durch die Oberlichter herein, und darunter erstreckte sich eine Tischreihe über die gesamte Länge der Kabine. Die Kellner verteilten soeben das Besteck und das Geschirr; Kristallgläser funkelten im Licht. Aus der Küche drangen Marsh die verführerischsten und appetitlichsten Gerüche in die Nase, die ihm das Wasser im Munde zusammenlaufen ließen. Er blieb stehen, suchte sich eine Speisekarte, warf einen Blick darauf und entschied, daß er immer noch Hunger hatte. Überdies war York noch nicht aufgestanden, und es war nur angemessen, daß einer der Kapitäne mit den Kabinenpassagieren und den anderen Offizieren gemeinsam das Essen einnahm.

Das Mahl war für Marshs Geschmack exzellent. Er vertilgte eine Portion Lammschulter in Petersiliensauce, eine zarte Taube, eine Menge frischer Kartoffeln und grünen Mais und Karotten und zwei Stücke von Tobys berühmtem Nußkuchen. Nach dem Essen fühlte er sich mit der Welt im Einklang. Er gestattete sogar dem Prediger, einen kurzen Vortrag darüber zu halten, wie wichtig es war, die Indianer zum Christentum zu bekehren, obgleich er normalerweise nicht viel davon hielt, wenn auf seinen Schiffen mit der Bibel hantiert wurde. Irgendwie mußte er die Reisenden ja zerstreuen und bei guter Laune halten, dachte Marsh, und selbst das großartigste Panorama wird nach einiger Zeit langweilig.

Am frühen Nachmittag lief die *Fiebertraum* in Paducah ein, einem Ort, der am Kentuckyufer des Flusses lag, dort wo der Tennessee sich in den Ohio ergießt. Es war der dritte Zwischenstop während ihrer Fahrt, allerdings der erste längere. Sie hatten in der Nacht kurz bei Rossborough angelegt, um drei Passagiere aussteigen zu lassen, und sie hatten in Evansville Holz und eine kleinere Menge Fracht geladen, während Marsh geschlafen hatte. Aber in Paducah mußten sie zwölf Tonnen Stabeisen sowie Mehl und Zucker und Bücher abladen, und außerdem warteten um die vierzig oder fünfzig Tonnen Holz darauf, mitgenommen zu werden. Paducah war eine große Holzfällerstadt, bei der ständig Holzflöße den Tennessee herunterkamen, den Fluß versperrten und die Raddampfer behinderten. Wie die meisten Dampfschiffer hatte Marsh für die Flößer nicht viel übrig. Meistens setzten sie während der Nacht keine Positionslaternen, und oft genug wurden sie von einem unseligen Dampfboot überfahren, woraufhin die Flößer frech genug waren, sich lautstark zu beschweren, zu fluchen, zu brüllen und irgendwelche Gegenstände auf die Schiffe zu schleudern.

Glücklicherweise waren keine Flöße zu sehen, als die *Fiebertraum* in Paducah einlief und festmachte. Marsh warf einen kurzen Blick auf die Ladung, die am Flußufer aufgebaut war — dazu gehörten einige hohe Kistenstapel und eine Anzahl Tabaksballen — und entschied, daß es keine Schwierigkeiten machte, zusätzliche Fracht auf dem Hauptdeck unterzubringen. Es wäre eine Schande, dachte er bei sich, von Paducah loszufahren und dieses Transportgeschäft einem anderen Boot zu überlassen.

Die *Fiebertraum* lag bereits am Kai vertäut, und Schwärme von Schauerleuten schoben Planken vom Land herüber und begannen mit dem Ausladen. Hairy Mike ging zwischen ihnen umher und brüllte ihnen zu: »Beeilt euch, ihr seid keine Kabinenpassagiere bei einem Landausflug«, und: »Wenn du deine Last fallen läßt, Freundchen, dann lasse ich diese Eisenstange auf deinem Kopf landen« und andere Drohungen. Die Landungsbrücke krachte mit lautem Dröhnen herunter, und ein paar Passagiere, die nur bis Paducah bezahlt hatten, verließen das Schiff.

Marsh hatte eine Entscheidung gefaßt. Er ging zum Büro des Zahlmeisters, wo er Jonathon Jeffers antraf, der gerade die Ladelisten kontrollierte und auf den neuesten Stand brachte. »Müssen Sie diese Arbeit unbedingt jetzt erledigen, Mister Jeffers?« fragte er.

»Eigentlich nicht, Cap'n Marsh«, antwortete Jeffers. Er nahm die Brille ab und putzte sie mit seinem Halstuch. »Die sind für Cairo bestimmt.«

»Gut«, meinte Marsh. »Dann begleiten Sie mich. Wir gehen an Land und erkundigen uns, wem all die schöne Ladung da draußen in der Sonne gehört und wohin sie transportiert werden soll. Ich schätze, sie soll nach St. Louis gehen, jedenfalls ein Teil davon, und vielleicht können wir daran ein wenig verdienen.«

»Hervorragend«, meinte Jeffers. Er erhob sich von

seinem Hocker, strich seinen feinen schwarzen Rock glatt, vergewisserte sich, daß der massive Stahlsafe verschlossen war,und griff nach seinem Stockdegen. »Ich kenne auch eine hübsche Kneipe in Paducah«, fügte er hinzu, als sie aufbrachen.

Marshs Vorhaben erwies sich als gewinnbringend. Sie fanden den Tabakspediteur schnell und luden ihn in die Kneipe ein, wo Marsh ihn überredete, seine Waren der *Fiebertraum* anzuvertrauen, und Jeffers einen guten Preis aushandelte. Es dauerte zwar an die drei Stunden, aber Marsh war mit seiner Arbeit verdammt zufrieden, als er und Jeffers in den Hafen und zur *Fiebertraum* zurückschlenderten. Hairy Mike lungerte am Kai herum, rauchte eine schwarze Zigarre und unterhielt sich mit dem Maat eines anderen Dampfschiffes, als sie dort ankamen. »Das dort drüben ist jetzt unsere Fracht«, informierte Marsh ihn und wies mit seinem Spazierstock auf die Tabakballen. »Sag deinen Jungs, sie sollen alles schnell einladen, damit wir weiter können.«

Marsh lehnte auf dem Kesseldeck an der Reling, dort wo es schattig und etwas kühler war, und schaute ihnen zu, wie sie sich mit den schweren Ballen abmühten, während Whitey die Kessel anheizte und für entsprechenden Dampfdruck sorgte. Durch Zufall entdeckte er auch noch etwas anderes: eine lange Schlange von Pferden gezogener Hotelwagen, die auf der Straße unweit der Landestelle warteten. Marsh beobachtete sie einen Moment lang neugierig, dann zupfte er sich an den Schnurrbartspitzen und kletterte zum Ruderhaus hinauf.

Der Lotse genehmigte sich gerade ein Stück Kuchen und eine Tasse Kaffee. »Mister Kitch«, wandte Marsh sich an ihn, »legen Sie nicht ab, bevor ich es Ihnen sage.«

»Warum das, Cap'n? Sie ist fast beladen, und der Dampf hat den richtigen Druck.«

»Schauen Sie mal hinaus«, forderte Marsh ihn auf

und hob seinen Stock. »Die Gefährte dort drüben bringen Passagiere zur Landestelle oder warten auf deren Ankunft. Nicht unsere Passagiere, und außerdem warten sie nicht auf irgendeinen Heckraddampfer, der zufällig einläuft. Ich habe da so eine Ahnung.«

Ein paar Augenblicke später bewahrheitete sich seine Ahnung. Unter dicken Dampfwolken, mit einer Fahne aus Qualm und Funken und schnell wie der Teufel den Ohio herunterrauschend kam ein langer, hocheleganter Raddampfer in Sicht. Marsh erkannte ihn sofort, noch bevor er seinen Namen lesen konnte; es war die *Southerner* von der Cincinnati & Louisville Packet Company. »Ich wußte es!« sagte er. »Sie muß Louisville einen halben Tag nach uns verlassen haben. Außerdem war sie schneller als wir.« Er trat ans Seitenfenster, schob die geschmackvollen Vorhänge beiseite, die die heiße Nachmittagssonne abhielten, und schaute zu, wie der andere Raddampfer einlief, festmachte und Passagiere aussteigen ließ. »Sie wird nicht lange brauchen«, meinte Marsh zu seinem Lotsen. »Sie hat keine Fracht ein- oder auszuladen, sondern nur Passagiere. Lassen Sie sie zuerst ablegen, verstanden? Lassen Sie sie den Fluß ein Stück abwärts fahren, dann ziehen Sie raus und folgen ihr.«

Der Pilot verzehrte den letzten Bissen Kuchen und wischte sich mit der Serviette ein Stückchen Baiser aus dem Mundwinkel. »Ich soll also der *Southerner* einen Vorsprung lassen und dann versuchen, sie einzuholen? Cap'n, wir werden bis Cairo ihren Qualm atmen müssen. Danach werden wir sie sowieso aus den Augen verloren haben.«

Abner Marshs Gesicht verfinsterte sich, als wäre dort ein drohendes Gewitter aufgezogen, das sich jeden Moment entladen konnte. »Was für einen Unsinn reden Sie da, Mister Kitch? Einen solchen Quatsch will ich nie mehr hören. Wenn Sie ein so schlechter Lotse sind, daß Sie das nicht schaffen, dann sagen Sie es nur, und ich werde Mister Daly aus dem Bett scheuchen und ihn herholen, damit er das Ruder übernimmt.«

»Das ist immerhin die *Southerner*«, beharrte Kitch.

»Und dies hier ist die *Fiebertraum,* damit Sie es niemals vergessen!« brüllte Marsh. Er wandte sich um und stürmte mit finsterem Gesicht aus der Kabine. Diese verdammten Lotsen, die kamen sich vor, als wären sie die Könige des Flusses. Natürlich waren sie das, wenn das Boot erst einmal auf dem Fluß unterwegs war, aber das gab ihnen noch nicht das Recht, sich gegen ein kleines Wettrennen zu sträuben und die Fähigkeiten seines Raddampfers anzuzweifeln.

Seine Wut verflog, als er sah, daß die *Southerner* bereits weitere Passagiere aufnahm. Er hatte auf eine solche Gelegenheit gewartet, seit er die *Southerner* quer über den Fluß in Louisville gesichtet hatte, aber er hatte nicht zu hoffen gewagt, daß es so schnell dazu kommen würde. Wenn die *Fiebertraum* die *Southerner* einholen konnte, dann wäre ihr Ruf schon halb gefestigt, sobald die Leute am Fluß davon erfuhren. Der andere Raddampfer und seine Schwester, die *Northerner,* waren der Stolz der ganzen Linie. Es waren ganz besondere Schiffe, im Jahr '53 ausschließlich auf Geschwindigkeit gebaut. Kleiner als die *Fiebertraum,* waren sie die einzigen Dampfschiffe, von denen Marsh wußte, daß sie keine Fracht, sondern nur Passagiere transportierten. Er konnte sich überhaupt nicht vorstellen, wie sich etwas verdienen ließ, aber das war auch nicht wichtig. Wichtig war nur, wie schnell sie waren. Die *Northerner* hatte einen neuen Rekord für die Strecke Louisville—St. Louis aufgestellt, damals, im Jahr '54. Im darauffolgenden Jahr hatte die *Southerner* ihn unterboten, und ihre Zeit war noch immer die kürzeste; ein Tag und neunzehn Stunden genau. Hoch oben an ihrem Ruderhaus trug sie das goldene Geweih, das sie als schnellsten Raddampfer auf dem Ohio kennzeichnete.

Je mehr er sich mit der Aussicht beschäftigte, es mit

ihr aufnehmen zu können, desto aufgeregter wurde Abner Marsh. Plötzlich kam ihm der Gedanke, daß dies etwas war, das Joshua sicherlich auf keinen Fall versäumen wollte, Schönheitsschlaf hin, Schönheitsschlaf her. Marsh stampfte nach vorn zu Yorks Kabine, entschlossen, ihn herauszutrommeln. Er klopfte mit dem Knauf seines Spazierstocks heftig an die Tür.

Keine Antwort. Marsh klopfte erneut, lauter und drängender. »Hallo da drin!« dröhnte er. »Schwingen Sie sich aus dem Bett, Joshua, wir veranstalten ein Wettrennen!«

Noch immer drang kein Geräusch aus Yorks Kabine. Marsh drehte den Knauf und fand die Tür verschlossen. Er rüttelte daran, schlug gegen die Kabinenwände, trommelte gegen die Fensterläden, brüllte; alles war zwecklos. »Verdammt noch mal, York«, schimpfte er, »kommen Sie hoch, oder Sie versäumen alles!« Dann hatte er eine Idee. Er ging zurück zum Ruderhaus. »Mister Kitch, Sir!« rief er hinauf. Abner Marsh konnte alles übertönen, wenn er seine Lunge füllte und ihre ganze Kraft einsetzte. Kitch schob den Kopf aus der Tür und schaute zu ihm herab. »Lassen Sie mal die Pfeife erschallen«, bat Marsh ihn, »und pfeifen Sie solange, bis ich abwinke, verstanden?«

Er kehrte zu Yorks verschlossener Tür zurück und schlug wieder heftig dagegen, und plötzlich stieß die Dampfpfeife ihren durchdringenden Schrei aus. Einmal. Zweimal. Dreimal. Lange, wütende Stöße. Marsh ließ dazu seinen Spazierstock wirbeln.

Yorks Kabinentür schwang auf.

Marsh warf einen gründlichen Blick auf Yorks Augen, und sein Mund blieb mitten im Ruf offen stehen. Die Dampfpfeife ertönte wieder, und er winkte hastig. Sie verstummte. »Kommen Sie rein«, flüsterte Joshua York mit eisiger Stimme.

Marsh trat ein, und York schlug die Tür hinter ihm zu. Marsh hörte, wie er abschloß. Sehen konnte er es nicht. Er sah überhaupt nichts. Sobald die Tür ins Schloß gefallen war, herrschte in Yorks Kabine eine Finsternis wie in einem tiefen Schacht. Nicht ein Lichtstrahl drang unter der Tür oder durch die mit Läden verbarrikadierten und mit Vorhängen verhüllten Fenster herein. Marsh kam sich vor, als wäre er plötzlich erblindet. Aber in seinem Gedächtnis blieb eine Vision haften, das letzte, was er erkannt hatte, ehe es dunkel wurde. Joshua York in der Türöffnung stehend, so nackt wie am Tag seiner Geburt, die Haut so todeshaft weiß wie Alabaster, die Lippen in tierhafter Wut verzerrt, die Augen wie zwei rauchige graue Schlitze, hinter denen die Hölle lauerte.

»Joshua«, sagte Marsh, »können Sie keine Lampe anzünden? Oder die Vorhänge aufziehen? Ich kann nichts sehen.«

»Ich kann sehr gut sehen«, antwortete Yorks Stimme aus der Finsternis hinter ihm. Marsh hatte nicht gehört, wie er sich genähert hatte. Er wandte sich um, stieß gegen etwas. »Stehenbleiben«, befahl York mit einer derartigen Schärfe und Bestimmtheit, daß Marsh keine andere Möglichkeit hatte als zu gehorchen. »Moment, ich mache Ihnen Licht, bevor Sie meine Kabine demolieren.«

Ein Zündholz flackerte auf der anderen Seite des Raums auf, und York hielt es an seine Lesekerze, dann setzte er sich auf den Rand seines zerwühlten Bettes. Er zog sich schwerfällig eine Hose über, doch sein Gesicht war hart und eine Maske des Schreckens. »Nun«, sagte er. »Also, *warum sind Sie hier?* Ich warne Sie, hoffentlich haben Sie eine plausible Erklärung!«

Marsh geriet allmählich in Zorn. Niemand redete so mit ihm, absolut niemand. »Die *Southerner* liegt neben uns, York«, schnappte er. »Das schnellste verdammte Boot auf diesem Fluß, es trägt das Geweih und alles. Ich beabsichtige, die *Fiebertraum* hinter ihr herzujagen, und ich nahm an, Sie wollten sich das ansehen. Wenn Sie nicht zugeben, daß das Grund genug ist, Sie aus dem Bett zu holen, dann sind Sie kein Dampfschiffer und werden es wohl auch niemals werden! Und außerdem sollten Sie sich vorsehen, wie Sie mit mir umspringen, klar?«

Irgend etwas loderte in Joshua Yorks Augen auf, und er machte Anstalten aufzustehen, aber noch ehe das geschah, gewann er die Beherrschung über sich zurück und wandte sich ab. »Abner«, sagte er. Er hielt inne und runzelte die Stirn. »Es tut mir leid. Ich wollte nicht unhöflich zu Ihnen sein oder Ihnen Angst einjagen. Ihre Absicht war in Ordnung.« Marsh sah mit Schrecken, wie der andere die Hand krampfartig zur Faust ballte, ehe er sie wieder entspannte und ein Zittern unterdrückte. York durchquerte die halbdunkle Kabine mit drei entschlossenen Schritten. Auf seinem Schreibtisch stand eine Flasche mit seinem Spezialgetränk: Es war die Flasche, die zu öffnen Marsh ihn am Abend vorher überredet hatte. Er schenkte sich einen ganzen Kelch voll, legte den Kopf in den Nacken und leerte den Kelch auf einen Zug. »Ah«, machte er leise. Er drehte sich wieder zu Marsh um. »Abner«, sagte er, »ich habe Ihnen Ihr Traumschiff gebaut, aber nicht als Geschenk. Wir haben eine Abmachung getroffen. Sie haben die Befehle, die ich gebe, zu befolgen, sie müssen mein exzentrisches Verhalten respektieren und dürfen keine Fragen stellen. Haben Sie die Absicht, Ihren Teil des Vertrags einzuhalten?«

»Ich stehe zu meinem Wort!« knurrte Marsh trotzig.

»Fein«, sagte York. »Hören Sie zu. Sie haben es gut gemeint, aber es war falsch, daß Sie mich geweckt haben, wie es geschehen ist. Tun Sie das nie wieder! Niemals. Egal, aus welchem Grund.«

»Wenn der Kessel platzt und wir in Brand geraten, soll ich Sie hier drin verschmoren lassen, meinen Sie das so?«

Yorks Augen glitzerten im Halbdunkel. »Nein«, lenkte er ein. »Aber es wäre wahrscheinlich sicherer, wenn Sie das täten. Ich bin ziemlich unberechenbar, wenn ich plötzlich geweckt werde, ich bin dann nicht ich selbst. Bei solchen Gelegenheiten habe ich schon Dinge getan, die ich später bedauert habe. Deshalb war ich zu Ihnen so kurzangebunden. Ich entschuldige mich dafür, aber es wird wieder passieren. Vielleicht sogar noch schlimmer. Begreifen Sie, Abner? Kommen Sie niemals herein, wenn die Tür verriegelt ist.«

Marsh verzog das Gesicht, aber er hatte keine Ahnung, was er darauf erwidern sollte. Immerhin hatte er ein Abkommen getroffen; wenn York sich wegen eines solchen bißchen Schlaf aufregte, dann war das seine Sache. »Ich verstehe«, sagte er. »Ich nehme Ihre Entschuldigung an, und bei dieser Gelegenheit bitte auch ich um Entschuldigung. Also, wollen Sie nicht mit hinaufkommen und miterleben, wie wir die *Southerner* einholen? Nun, da Sie schon mal wach sind und halb angezogen?«

»Nein«, sagte York mit ernstem Gesicht. »Es ist nicht so, daß ich daran kein Interesse habe, Abner. Das habe ich. Aber — Sie müssen das verstehen — ich brauche meine Ruhe, sie ist lebensnotwendig für mich. Und ich habe für Tageslicht nicht viel übrig. Die Sonne ist so grell, sie brennt so sehr. Hatten Sie schon mal einen schlimmen Sonnenbrand? Wenn ja, dann können Sie mich sicher verstehen. Sie haben ja selbst gesehen, wie blaß und hell meine Haut ist. Die Sonne und ich, wir passen nicht zusammen. Es ist eine Art Krankheit, Abner. Und ich möchte nicht mehr darüber reden.«

»Na gut«, sagte Marsh. Unter seinen Füßen begann das Deck, leicht zu vibrieren. Die Dampfpfeife gab ihren durchdringenden Ton von sich. »Wir legen ab«, sagte Marsh. »Ich muß gehen, Joshua. Es tut mir leid, daß ich Sie gestört habe, aufrichtig leid.«

York nickte, wandte sich ab und schenkte sich noch einen Kelch von dem widerwärtigen Getränk ein. »Ich weiß.« Diesmal nippte er nur. »Gehen Sie«, sagte er. »Wir sehen uns heute abend zum Essen.« Marsh ging zur Tür, aber Yorks Stimme ließ ihn innehalten, ehe er die Tür öffnen konnte. »Abner.«

»Ja?« fragte Marsh.

Joshua York schenkte ihm ein fahles, dünnes Lächeln. »Schlagen Sie sie, Abner. Gewinnen Sie.«

Marsh grinste und verließ die Kabine.

Als er das Ruderhaus erreichte, hatte die *Fiebertraum* sich schon von der Anlegestelle weggbewegt und änderte die Drehrichtung ihrer Schaufelräder. Die *Southerner* war bereits ein Stück flußabwärts verschwunden. Im Ruderhaus drängte sich etwa ein halbes Dutzend dienstfreier Lotsen, sie unterhielten sich, kauten Tabak und schlossen Wetten darauf ab, ob sie das andere Boot einholten oder nicht. Selbst Mister Daly hatte seine Pause unterbrochen, um heraufzukommen und das Geschehen zu verfolgen. Die Passagiere ahnten ebenfalls, daß irgend etwas im Gange war; die unteren Decks waren dicht bevölkert, und alle drängten sich an die Reling und strebten zum Vorderdeck, um gute Sicht zu haben.

Kitch ließ das große schwarzsilberne Rad rotieren, und die *Fiebertraum* schob sich hinaus in den Hauptkanal, glitt in die schnelle Strömung und folgte ihrer Rivalin. Kitch forderte von den Maschinen mehr Dampf. Whitey warf Pech in die Feuerungen, und sie lieferten den Leuten am Ufer ein Schauspiel, stießen dicke Wolken dichten schwarzen Qualms aus, als sie davondampften. Abner Marsh stand hinter dem Lotsen, stützte sich auf seinen Spazierstock und blickte blinzelnd voraus. Die Nachmittagssonne schien auf das klare blaue Wasser vor ihnen und erzeugte lebhafte Reflexe, die tanzten und schimmerten und in den Augen schmerzten, außer dort, wo die schäumende Flut von den Schaufelrädern der *Southerner* die Lichtstreifen in Tausende Feuerfunken geschlagen hatte.

Für einen kurzen Augenblick erschien das Unterfangen einfach. Die *Fiebertraum* stürmte los und stieß Qualm und Funken aus, die amerikanischen Flaggen vorn und hinten flatterten wild, die Räder peitschten das Wasser in immer schnellerem Rhythmus, und die Maschinen dröhnten dumpf. Der Abstand zwischen ihr und dem anderen Raddampfer verringerte sich deutlich. Aber die *Southerner* war keine *Mary Kaye*, kein mickriger Heckraddampfer, den man ganz nach Belieben hinter sich lassen konnte. Es dauerte nicht lange, bis ihr Kapitän oder Lotse erkannte, was geschah, und die Antwort war eine schlagartige Steigerung des Tempos. Der Qualm wurde dicker und strömte auf die *Fiebertraum* zu, und ihre Heckwelle wurde noch wilder und angriffslustiger, daher mußte Kitch mit der *Fiebertraum* einen weiten Bogen schlagen, um sie zu meiden, wobei er die Strömung nicht mehr voll nutzen konnte. Der Abstand zwischen ihnen wuchs wieder und blieb dann konstant.

»Bleiben Sie an ihr dran«, befahl Marsh seinem Lotsen, nachdem klar war, daß die beiden Raddampfer ihre Positionen hielten. Er verließ das Ruderhaus und machte sich auf die Suche nach Hairy Mike Dunne, den er schließlich auf dem vorderen Teil des Hauptdecks fand, wo er es sich gemütlich gemacht hatte, die Stiefel auf eine Kiste hochgelegt und eine dicke Zigarre im Mund. »Rufen Sie die Schauerleute und die Deckshelfer zusammen«, sagte Marsh zu dem Maat. »Sie sollen das Boot austrimmen.« Hairy Mike nickte und erhob sich, drückte seine Zigarre aus und begann zu brüllen.

Wenig später hielt sich der größte Teil der Mannschaft hinten und an Backbord auf, um wenigstens teilweise das Gewicht der Passagiere auszugleichen, die sich nahezu vollständig vorn und an Steuerbord drängten, um sich das Wettrennen anzusehen. »Verdammte Passagiere«, schimpfte Marsh halblaut. Die *Fiebertraum* nun etwas besser ausbalanciert, holte allmählich wieder zur *Southerner* auf. Marsh kehrte in das Ruderhaus zurück.

Beide Boote fuhren jetzt mit voller Kraft, und sie waren sich nahezu ebenbürtig. Abner Marsh rechnete sich aus, daß die *Fiebertraum* stärker war, aber das reichte nicht aus. Sie war mit Fracht schwer beladen und lag tief im Wasser und in der Heckwelle der *Southerner*, so daß die Wellen ab und zu über ihren Bug schwappten und sie leicht bremsten, während die *Southerner* so leicht wie nur irgend möglich vorwärts kam, da sie lediglich Passagiere beförderte und vor sich den freien Fluß hatte. Nun, sofern es zu keinen Defekten oder Unfällen kam, lag es allein an den Lotsen. Kitch stand konzentriert am Rad, bediente es leicht und umsichtig und gab sich alle Mühe, bei jeder sich bietenden Gelegenheit ein paar Minuten gutzumachen. Hinter ihm führten Daly und die freien Lotsen lebhafte Gespräche und gaben Tips hinsichtlich des Flusses und seines Zustands und wie man sich am besten darauf bewegte.

Über eine Stunde lang jagte die *Fiebertraum* die *Southerner*, verlor sie bei Flußbiegungen ein- oder zweimal aus den Augen, schob sich jedoch jedesmal näher heran, wenn Kitch die Kurven schnitt. Einmal kamen sie so nahe, daß Marsh die Gesichter der Passagiere genau erkennen konnte, die an der hinteren Reling des Schiffs lehnten, doch dann tat die *Southerner* wieder einen Satz und stellte die alte Distanz zwischen ihnen wieder her. »Ich wette, sie haben gerade die Lotsen gewechselt«, äußerte Kitch seine Vermutung und spuckte eine Ladung Tabaksaft in einen Spucknapf in der Nähe. »Haben Sie gesehen, wie sie zugelegt hat?«

»Habe ich gesehen«, knurrte Marsh. »Und jetzt möchte ich erleben, wie wir ebenfalls zulegen.«

Dann bekamen sie ihre Chance. Gerade hatte die *Southerner* vor ihnen noch die alte Entfernung eingehalten und glitt um eine dicht bewaldete Biegung. Dann erklang unvermittelt ihre Dampfpfeife, und sie verlangsamte die Fahrt und zitterte, und ihre Schaufelräder drehten sich rückwärts.

»Vorsichtig«, sagte Daly zu Kitch. Kitch spuckte erneut aus und drehte an dem Rad, behutsam, und die *Fiebertraum* schob sich über die heftige Heckwelle der *Southerner* hinweg, um freizukommen und auf ihre Steuerbordseite zu gelangen. Als sie die Biegung zur Hälfte hinter sich gebracht hatten, sahen sie auch den Grund für die Schwierigkeiten; ein anderer Raddampfer, das Hauptdeck unter riesigen Tabakballen geradezu begraben, war auf eine Sandbank aufgelaufen. Der Maat und die Mannschaft waren mit Stangen und Winden draußen und versuchten, das Schiff über das Hindernis hinwegzuschaukeln. Die *Southerner* hätte das andere Schiff beinahe gerammt.

Einige bange Minuten lang war die Lage auf dem Fluß chaotisch. Die Männer an der Bar brüllten und winkten, die *Southerner* fuhr rückwärts wie vom Teufel gehetzt, die *Fiebertraum* stampfte auf freies Wasser zu. Dann ließ die *Southerner* ihre Schaufelräder wieder in Vorwärtsfahrt laufen, und ihr Bug drehte ab; es sah aus, als wolle sie direkt vor der *Fiebertraum* den Fluß kreuzen. »Verdammter Schweinekerl«, schimpfte Kitch, und er drehte erneut am Rad und wies Whitey an, die Backbordseite etwas zu erleichtern. Aber er ging weder auf Rückwärtsfahrt noch versuchte er, das Boot anzuhalten. Die beiden riesigen Raddampfer schoben sich aufeinander zu, sie kamen sich immer näher. Marsh konnte unten die Passagiere ängstlich schreien hören, und ein oder zwei Sekunden lang glaubte sogar er, daß sie kollidieren würden.

Aber dann drehte die *Southerner* sich, und ihr Lotse lenkte den Bug wieder stromabwärts, und die *Fiebertraum* glitt in wenigen Fuß Abstand an ihr vorbei. Unten wurden Siegesrufe ausgestoßen.

»Lassen Sie sie laufen«, murmelte Marsh so leise, daß niemand ihn gehört haben konnte. Die *Southerner* ließ ihre Schaufelräder einen regelrechten Gischtnebel erzeugen und jagte ihnen nach, lag jetzt klar hinter ihnen, wenn auch nicht viel, höchstens eine Bootslänge. Alle verdammten Passagiere rannten natürlich nach hinten, und die Mannschaft mußte nach vorn eilen, so daß der Raddampfer unter dem Stampfen der rennenden Füße erzitterte.

Die *Southerner* holte wieder auf. Sie peilte ihre Backbordseite an, hielt sich parallel zu ihnen und dicht an ihrem Heck. Ihr Bug schob sich nun neben das Heck der *Fiebertraum*, und sie kam Zoll um Zoll näher. Die Seiten der beiden Raddampfer waren sich jetzt so nahe, daß Passagiere von einem Boot auf das andere hätten springen können, wenn sie das gewollt hätten, wenngleich die *Fiebertraum* etwas höher war. »Verdammt«, sagte Marsh, als das andere Schiff sie beinahe überholte. »Genug ist genug. Kitch, rufen Sie nach unten und sagen Sie Whitey, er soll mein Schweineschmalz nehmen.«

Der Pilot warf ihm einen Blick zu und grinste von Ohr zu Ohr. »Schmalz, Cap'n? Oh, ich wußte, daß Sie ein ganz Abgebrühter sind.« Er bellte ein Kommando durch das Sprachrohr hinunter in den Maschinenraum.

Die beiden Raddampfer jagten jetzt Bug an Bug dahin. Marshs Hand, mit der er seinen Spazierstock umklammerte, war schweißnaß. Unten diskutierten die Deckshelfer wahrscheinlich mit ein paar Reisenden, die sich auf die Schmalzfässer gehockt hatten und verscheucht werden mußten, ehe man das Schmalz zu den Feuerungen bringen konnte. Marsh brannte innerlich vor Ungeduld, genauso heiß, wie sein Schmalz bald brennen würde. Gutes Schmalz war teuer, aber auf einem Raddampfer erwies es sich als sehr praktisch. Der Koch konnte es verwenden, und es entwickelte eine verdammte Hitze, wenn es verbrannte, und genau das brauchten sie jetzt, viel heißen Hochdruckdampf, den das Holz allein nicht erzeugen konnte.

Als das Schmalz ins Feuer gekippt wurde, war das im Ruderhaus nicht zu übersehen. Hohe weiße Dampfsäulen schossen aus den Ventilen, und Qualm wälzte sich aus den Schornsteinen; die *Fiebertraum* spuckte Feuer und erbebte heftig, und dann stampfte sie funkensprühend vorwärts, schnell wie ein Eisenbahnzug, und die Schaufelräder ließen mit ihrem rasenden Rhythmus das Deck tanzen. Sie entfernte sich von der *Southerner,* löste sich von ihr, und als der Abstand groß genug war, lenkte Kitch sie genau vor das andere Boot, damit es ihre Heckwelle abreiten mußte. Alle diese nichtswürdigen, ehrlosen Lotsen kicherten und verteilten untereinander Zigarren und schwatzten darüber, was für ein höllisch gutes Boot diese *Fiebertraum* war, während die *Southerner* hinter ihnen zurückblieb, und Abner Marsh grinste wie ein kleines Kind.

Sie hatten volle zehn Minuten Vorsprung vor der *Southerner,* als sie in Cairo einliefen, wo sich die klaren Fluten des breiten Ohio mit dem schlammigen Mississippi vermischten. Zu diesem Zeitpunkt hatte Abner Marsh den kleinen Zwischenfall mit Joshua York schon fast vergessen.

KAPITEL SECHS

Julian-Plantage, Louisiana, Juli 1857

Sour Billy war vorn und schleuderte sein Messer auf den abgestorbenen großen Baum, der vor dem Kiesweg stand, als die Reiter sich näherten. Es war noch früh am Morgen, aber trotzdem schon heiß wie in der Hölle, und Sour Billy war in Schweiß gebadet und überlegte, ob er nach seinen Messerwerf-Übungen hinunter zum Fluß gehen sollte, um ein Bad zu nehmen. Dann sah er, wie die Reiter aus dem Wald auftauchten, wo die alte Straße eine Kurve beschrieb. Er ging hinüber zu dem toten Baum, zog das Messer aus dem Stamm und schob es wieder in die Scheide, die er auf dem Rücken an seinem Gürtel trug; er dachte nicht mehr daran, schwimmen zu gehen.

Die Reiter näherten sich nur langsam, aber dafür dreist wie hohe Tiere, und ritten im hellen Tageslicht heran, als gehörten sie dorthin. Sie konnten unmöglich aus dieser Gegend stammen, dachte Sour Billy; sämtliche Nachbarn wußten genau, daß Damon Julian es nicht duldete, wenn jemand ohne seine Erlaubnis sein Land betrat. Als die Reiter noch zu weit entfernt waren, um etwas Genaueres erkennen zu können, überlegte Sour Billy, ob es nicht einige von Montreuils Kreolenfreunden waren, die herkamen, um Streit anzufangen. Wenn das der Fall wäre, dann würde es ihnen bald leid tun.

Dann sah er, warum die Gruppe so langsam vorankam, und Sour Billy entspannte sich. Zwei Neger in Ketten stolperten hinter den beiden Männern auf den Pferden her. Er verschränkte die Arme vor der Brust und lehnte sich gegen den Baumstamm, um die Besucher zu erwarten.

Und richtig, sie hielten an. Einer der Männer zu Pferde schaute hinüber zum Haus mit seiner abblätternden Farbe und den halb verfallenen Eingangsstufen, spuckte eine Ladung Tabaksaft aus und wandte sich an Sour Billy. »Ist dies die Julian-Plantage?« fragte er. Er war ein massiger Mann mit gerötetem Gesicht und einer Warze auf der Nase. Gekleidet war er in stinkendes Lederzeug, und auf dem Kopf trug er einen zerknitterten Filzhut.

»Das ist sie«, erwiderte Sour Billy. Aber er blickte an dem Reiter und seinem Gefährten, einem schlanken Jungen mit rosigen Wangen, der offensichtlich sein Sohn war, vorbei. Er ging hinüber zu den beiden verstört aussehenden Negern, die schwankend und unterwürfig in ihren Ketten dastanden, und Sour Billy lächelte. »Na so was«, meinte er, »wenn das nicht Lily und Sam sind. Hätte nie gedacht, daß ihr beide euch noch einmal hier blicken lassen würdet. Es dürfte an die zwei Jahre her sein, seit ihr weggelaufen seid. Mister Julian wird sicherlich erfreut sein, daß ihr zurückgekommen seid.«

Sam, ein großer, kräftig wirkender Bursche, hob den Kopf und starrte Sour Billy an, aber in seinen Augen lag kein Trotz. Nur Angst. »Sie liefen uns oben in Arkansas über den Weg, meinem Jungen und mir«, berichtete der rotgesichtige Mann. »Sie wollten uns weismachen, sie seien freie Nigger, aber sie haben mich nicht eine Minute lang getäuscht, no, Sir.«

Sour Billy sah die Sklavenjäger an und nickte. »Fahren Sie fort.«

»Sie waren verdammt stur, diese beiden. Konnte sie kaum dazu bringen, uns zu verraten, woher sie kamen. Mußte sie ordentlich verprügeln, und hab' auch noch ein paar andere Tricks angewandt, die ich kenne. Mit Niggern ist es gewöhnlich einfach, man macht ihnen ordentlich Angst, und schon erzählen sie einem, was man wissen will. Aber nicht die da.« Er spuckte aus. »Nun, am Ende bekamen wir es doch aus ihnen heraus. Zeig's ihm, Jim.«

Der Junge saß ab, ging zu der Frau hinüber und hob ihren rechten Arm hoch. Drei Finger fehlten an ihrer Hand. Einer der Stummel war noch mit Blut verkrustet.

»Wir haben mit der rechten angefangen, weil uns aufgefallen war, daß sie Linkshänderin ist«, sagte der Mann. »Wir wollten sie nicht zu sehr zum Krüppel machen, das verstehen Sie sicher, aber wir fanden nichts in den offiziellen Verlautbarungen, und es hingen keine Steckbriefe aus, daher ...« Er zuckte gleichgültig die Schultern. »Wir kamen bis zum dritten Finger, wie Sie sehen, und dann rückte der Mann endlich mit der Sprache heraus. Die Frau hat ihn deshalb wie wild beschimpft.« Er lachte abgehackt. »Jedenfalls, hier sind sie. Zwei Sklaven wie die sollten Ihnen eigentlich eine Belohnung wert sein, wenn man sie Ihnen zurückbringt. Ist dieser Mister Julian zu Hause?«

»Nein«, sagte Sour Billy und blickte zur Sonne. Bis Mittag waren es noch rund zwei Stunden.

»Na schön«, sagte der rotgesichtige Mann, »dann sind Sie sicherlich der Aufseher, stimmt's? Der, den sie Sour Billy nennen?«

»Der bin ich«, entgegnete er. »Haben Sam und Lily von mir erzählt?«

Der Sklavenjäger lachte erneut. »Oh, die haben eine Menge zusammengeredet, als wir erst einmal wußten, woher sie kommen. Bis hierher haben sie in einem fort gequatscht. Ein- oder zweimal haben wir, mein Sohn und ich, versucht, ihnen das Maul zu stopfen, aber kurz darauf ging es gleich wieder los. Ganz schön wilde Geschichten haben sie erzählt.«

Sour Billy bedachte die beiden Ausreißer mit einem Blick aus seinen kalten, tückischen Augen, aber keiner der beiden erwiderte seinen Blick.

»Vielleicht können Sie die beiden jetzt übernehmen und uns unsere Belohnung auszahlen, damit wir unseren Weg fortsetzen können«, schlug der Mann vor.

»Nein«, meinte Sour Billy Tipton. »Sie müssen warten. Mister Julian will sich persönlich bei Ihnen bedanken. Lange wird es nicht dauern. Bei Einbruch der Dunkelheit ist er wieder zurück.«

»Am Abend erst?« fragte der Mann. Er und sein Sohn wechselten einen Blick. »Seltsam, Mister Sour Billy, aber diese beiden Nigger meinten, daß Sie genau das sagen würden. Sie erzählen verrückte Geschichten von Dingen, die hier nach Einbruch der Dunkelheit vorgehen. Mein Junge und ich, wir wollen lieber unser Geld, und dann reiten wir gleich weiter, wenn es Ihnen recht ist.«

»Das wird aber Mister Julian nicht recht sein«, widersprach Sour Billy. »Und ich kann Ihnen sowieso kein Geld geben. Glauben Sie etwa alle verrückten Geschichten, die Ihnen von Niggern aufgetischt werden?«

Der Mann runzelte die Stirn und kaute nachdenklich auf seinem Tabak. »Niggergeschichten sind so eine Sache«, meinte er schließlich, »aber ich habe schon Nigger gekannt, die ab und zu auch mal die Wahrheit sagten. Na ja, wissen Sie was, Mister Sour Billy, wir machen es so, wie Sie sagten, wir warten, bis Mister Julian nach Hause kommt. Aber glauben Sie ja nicht, daß wir uns übers Ohr hauen lassen.« Er trug eine Pistole an der Seite. Die tätschelte er. »Ich werd' meine Freundin bei mir behalten, solange wir warten, und mein Junge hat auch so eine, außerdem können wir ganz gut mit dem Messer umgehen. Sie verstehen? Diese Nigger haben uns von Ihrem kleinen Messer erzählt, daß Sie im Nakken versteckt tragen, also greifen Sie lieber nicht nach hinten, um sich zu kratzen zum Beispiel, sonst fängt es nämlich auch in unseren Fingern an zu jucken. Wir wollen in aller Ruhe warten und uns vertragen, nicht wahr?«

Sour Billy sah den Sklavenjäger an und fixierte ihn mit kalten Blicken, aber der massige Mann war einfach zu dumm, um es auch nur wahrzunehmen. »Wir warten im Haus«, erklärte Sour Billy und achtete darauf, daß seine Hände seinem Rücken nicht zu nahe kamen.

»Ist mir recht«, meinte der Sklavenjäger. Er saß ab. »Ich heiße übrigens Tom Johnston, und das ist mein Sohn Jim.«

»Mister Julian wird sich freuen, Sie kennenzulernen«, sagte Sour Billy. »Binden Sie Ihre Pferde an, und bringen Sie die Nigger ins Haus. Seien Sie auf der Treppe vorsichtig. Sie ist stellenweise etwas morsch.«

Die Frau begann zu wimmern, als sie sie zum Haus zerrten, aber Jim Johnston versetzte ihr einen heftigen Schlag auf den Mund, und sie verstummte wieder.

Sour Billy brachte sie in die Bibliothek und zog die schweren Vorhänge auf, um etwas Licht in den dämmrigen und staubigen Raum hereinzulassen. Die Sklaven setzten sich auf den Fußboden, während die beiden Sklavenjäger sich in den beiden schweren Ledersesseln ausstreckten. »Also«, sagte Tom Johnston, »hier gefällt es mir.«

»Alles ist morsch und staubig, Daddy«, meinte der Junge. »Genau wie die Nigger es geschildert haben.«

»Also so was«, sagte Sour Billy und betrachtete die beiden Neger. »Nein, nein. Mister Julian wird es gar nicht gefallen, daß ihr Geschichten über sein Haus verbreitet habt. Damit habt ihr euch mindestens eine Tracht Prügel eingehandelt.«

Der große Schwarze, Sam, fand den Mut, den Kopf zu heben und seinen Peiniger trotzig anzublicken. »Ich hab' vor Prügel keine Angst.«

Sour Billy reagierte mit einem schmalen Lächeln. »Na schön, aber es gibt schlimmere Dinge als Prügel, Sam. Die gibt es wirklich.«

Das war für die Frau, Lily, zuviel. Sie sah den Jungen an. »Er sagt die Wahrheit, Massa Jim, bestimmt. Sie müssen aufpassen. Bringen Sie uns noch vor der Nacht von hier weg. Sie und Ihr Daddy können uns behalten, wir arbeiten für Sie, wir arbeiten wie verrückt, ganz bestimmt. Wir laufen auch niemals weg. Wir sind gute Nigger. Wir wären auch nie weggelaufen, wenn nicht ... nicht ... warten Sie nicht bis zum Abend, Massa, tun Sie's nicht! Denn dann ist es zu spät!«

Der Junge schlug sie mit dem Kolben seiner Pistole, der auf ihrer Wange eine rote Strieme hinterließ, und sie wurde rückwärts auf den Teppich geschleudert, wo sie zitternd und schluchzend liegenblieb. »Halt dein verdammtes schwarzes Lügenmaul«, sagte er.

»Kann ich Ihnen einen Drink anbieten?« fragte Sour Billy.

Die Stunden vergingen. Sie leerten fast zwei Flaschen von Julians bestem Brandy und schütteten ihn in sich hinein, als wäre es billigster Fusel. Sie aßen. Sie unterhielten sich. Sour Billy redete selbst nicht viel, sondern er stellte nur Fragen, um Tom Johnston auszuhorchen, der betrunken und eitel und in seine eigene Stimme verliebt war. Die Sklavenjäger operierten von Napoleon, Arkansas aus, so schien es, aber da sie häufig unterwegs waren, hielten sie sich dort nur selten auf. Es gab auch eine Missus Johnston, aber die blieb mit ihrer Tochter stets zu Hause. Sie erzählten ihr nicht viel von den Geschäften, die sie betrieben. »Es gibt keinen Grund, warum eine Frau über das Kommen und Gehen ihres Mannes genau Bescheid wissen sollte. Wenn man ihnen irgend etwas erzählt, dann haben sie nachher nichts anderes zu tun, als einen zu belästigen und zu fragen, warum man wieder so spät nach Hause kommt. Dann muß man sie immer ein wenig verprügeln.« Er spuckte aus. »Da ist es schon besser, wenn sie überhaupt keine Ahnung haben, um so mehr freuen sie sich, wenn man dann plötzlich vor der Tür steht.« Johnston erweckte bei Sour Billy den Eindruck, daß er es vorzog, sich mit Negermädchen abzugeben, und daß er seine Ehefrau überhaupt nicht vermißte.

Draußen ging die Sonne im Westen unter.

Als die Schatten länger wurden und den Raum füllten, erhob sich Sour Billy, zog die Vorhänge vor und zündete einige Kerzen an. »Ich gehe Mister Julian Bescheid sagen«, meinte er dann.

Der jüngere Johnston war furchtbar blaß, als er sich an seinen Vater wandte, dachte Sour Billy. »Daddy, ich habe nicht gehört, daß irgend jemand zum Haus geritten kam«, sagte er.

»Einen Moment«, sagte Sour Billy Tipton. Er verließ sie, wanderte durch den finsteren, leeren Ballsaal und stieg die breite Treppe hinauf. Oben betrat er ein geräumiges Schlafzimmer, dessen Fenster mit Läden verrammelt waren und in dem das Bett von einem schwarzen Samtvorhang verhüllt wurde. »Mister Julian«, rief er sanft von der Tür. Das Zimmer war total schwarz und wirkte beklemmend.

Hinter dem Vorhang rührte sich etwas. Die samtenen Stoffbahnen wurden zurückgeschoben. Damon Julian tauchte auf; fahl, still, kalt. Seine schwarzen Augen schienen aus der Dunkelheit herauszuspringen und Sour Billy zu berühren. »Ja, Billy«, antwortete die sanfte Stimme.

Sour Billy berichtete ihm alles.

Damon Julian lächelte. »Bring sie ins Eßzimmer. Ich komme nach.«

Im Eßzimmer hing ein großer Kronleuchter, aber der war, so lange Sour Billy sich erinnern konnte, niemals erleuchtet gewesen. Nachdem er die Sklavenjäger hereingeleitet hatte, suchte er Zündhölzer und setzte eine kleine Öllampe in Brand, die er in die Mitte des langen Tisches stellte, so daß sie einen kleinen Ring aus Licht auf die weiße Leinentischdecke warf, den Rest des schmalen, hohen Raumes jedoch dunkel ließ. Die Johnstons nahmen Platz, und der jüngere schaute sich unbehaglich um, wobei seine Hand die Pistole an seiner Seite keine Sekunde lang losließ. Die Neger blieben unglücklich an einem Ende des Tisches stehen.

»Wo ist dieser Julian?« erkundigte Tom Johnston sich mißmutig.

»Gleich, Tom«, sagte Sour Billy. »Warten Sie.«

Fast zehn Minuten lang sagte niemand ein Wort. Dann atmete Jim Johnston zischend ein. »Daddy«, sagte er, »sieh doch. Jemand steht in der Tür!«

Die Tür führte zur Küche. Dort herrschte schwarze Finsternis. Die Nacht war endgültig hereingebrochen, und die einzige Lichtquelle in diesem Teil des Hauses war die Öllampe auf dem Tisch. Hinter der Küchentür war nichts zu erkennen außer undeutlichen, bedrohlichen Schatten — und etwas, das aussah wie die Umrisse einer menschlichen Gestalt, die unbeweglich dastand.

Lily wimmerte, und der Neger Sam drückte sie noch fester an sich. Tom Johnston sprang auf, sein Stuhl scharrte über den Holzfußboden nach hinten, sein Gesicht war gespannt. Er zog und spannte seine Pistole. »Wer ist da?« rief er. »Kommen Sie raus!«

»Sie brauchen nicht zu erschrecken«, beruhigte Damon Julian ihn.

Sie fuhren alle herum, Johnston zuckte zusammen, als wäre ihm ein Geist erschienen. Julian stand im Durchgang zur Vorhalle, hinter sich undurchdringliche Dunkelheit, lächelte charmant und war mit einem langen dunklen Anzug und einer roten Seidenkrawatte um den Hals bekleidet. Seine Augen waren dunkel und blickten amüsiert in die Runde, und die Flamme der Lampe wurde von ihnen reflektiert. »Das ist nur Valerie«, sagte Julian.

Mit einem Rascheln ihrer Röcke trat sie vor und stand in der Küchentür, blaß und still, dabei von betörender Schönheit. Johnston sah sie an und lachte. »Ach«, stieß er erleichtert hervor, »nur eine Frau. Entschuldigen Sie, Mister Julian, Diese Niggergeschichten haben mich schon völlig verrückt gemacht.«

»Das kann ich gut verstehen«, sagte Damon Julian.

»Hinter ihm sind noch mehr«, flüsterte Jim Johnston. Sie sahen sie jetzt alle; düstere Gestalten, undeutlich, halb verschluckt von der Dunkelheit hinter Julian.

»Nur meine Freunde«, erklärte Damon Julian lächelnd. Eine Frau in einem hellblauen Gewand erschien zu seiner Rechten. »Cynthia«, stellte er vor. Eine weitere Frau, in Grün, stand links neben ihm. »Adrienne«, fügte Julian hinzu. Er hob einen Arm und vollführte damit eine träge, geschmeidige Geste. »Und das sind Raymond und Jean und Kurt.« Sie erschienen gemeinsam, wobei sie sich so lautlos wie Katzen bewegten, aus anderen Türen, die ringsum in den langgestreckten Raum führten. »Und hinter Ihnen kommen Alain und Jorge und Vincent.«

Johnston wirbelte herum, und da waren sie und traten aus den Schatten. Und weitere waren hinter Julian zu sehen. Außer dem Rascheln, das ihre Kleider verursachten, war von ihnen kein Laut zu hören, als sie hereinkamen. Und sie alle starrten die Besucher an und lächelten einladend.

Sour Billy lachte nicht, obgleich es ihn sehr amüsierte, wie Tom Johnston seine Pistole umklammerte und sich gehetzt umschaute wie ein in die Enge getriebenes Tier. »Mister Julian«, sagte er, »ich sollte Ihnen mitteilen, daß unser Mister Johnston hier nicht die Absicht hat, sich betrügen zu lassen. Er hat immerhin eine Pistole, Mister Julian, und sein Sohn auch, und sie können beide bestens mit Messern umgehen.«

»Aha«, sagte Damon Julian.

Die Neger begannen zu beten. Der junge Jim Johnston sah Damon Julian an und zog ebenfalls seine Pistole. »Wir haben Ihnen Ihre Nigger zurückgebracht«, sagte er. »Wir wollen von Ihnen auch keine Belohnung dafür. Wir wollen uns nur schnellstens verabschieden.«

»Sie wollen schon gehen?« fragte Julian. »Aber, aber, ich soll Sie ohne eine Belohung von dannen ziehen lassen? Wo Sie doch den weiten Weg von Arkansas bis hierher gekommen sind, um uns zwei Schwarze zu bringen? Das kann ich auf keinen Fall zulassen.« Er durchquerte den Raum. Jim Johnston, der von den Augen des Gastgebers wie gebannt war, hielt seine Pistole hoch und rührte sich nicht. Julian nahm sie ihm aus der Hand und legte sie auf den Tisch. Er berührte die Wange des Jungen. »Unter dem Schmutz sind Sie ein hübscher Junge«, sagte er.

»Was machen Sie da mit meinem Sohn?« wolte Tom Johnston wissen. »Lassen Sie ihn in Ruhe! Finger weg!« Er zückte seine Pistole.

Damon Julian ließ einen Blick in die Runde schweifen. »Ihr Junge hat eine urtümliche, unverbrauchte Schönheit«, meinte er. »Dafür haben Sie jedoch eine Warze.«

»Er ist eine Warze«, verbesserte Sour Billy Tipton seinen Herrn und Meister.

Tom Johnston starrte ihn wütend an, und Damon Julian lächelte. »Tatsächlich«, sagte er. »Sehr amüsant, Billy.« Julian gab Valerie und Adrienne ein Zeichen. Sie glitten auf ihn zu, und jede ergriff eine Hand Jim Johnstons.

»Brauchen Sie Hilfe?« bot Sour Billy sich an.

»Nein«, erwiderte Julian, »danke sehr.« Mit einer graziösen, fast lässigen Geste hob er eine Hand und führte sie sacht über den Hals des Jungen. Jim Johnston stieß einen gurgelnden, erstickten Laut aus. Ein dünne rote Linie erschien plötzlich um seinen Hals, ein kleines, geschwungenes Halsband, dessen hellrote Perlen unter den Blicken aller Anwesenden größer und größer anschwollen, dann nacheinander platzten und seinen Hals herabrieselten. Jim Johnston bäumte sich auf, warf sich hin und her, aber der eiserne Griff der beiden Frauen ließ ihm keinen Raum, sich zu bewegen. Damon Julian beugte sich vor und preßte den offenen Mund auf den Schnitt, um das heiße helle Blut aufzufangen.

Tom Johnston machte ein undeutliches tierhaftes Geräusch tief in seiner Brust und brauchte eine halbe

Ewigkeit, um zu reagieren. Schließlich spannte er seine Pistole ganz und brachte sie in Anschlag. Alain trat ihm in den Weg, und plötzlich tauchten Vincent und Jean rechts und links von ihm auf, und Raymond und Cynthia berührten ihn von hinten mit kalten weißen Händen. Johnston stieß einen Fluch aus und schoß. Ein Blitz flammte auf, ein scharfer beißender Geruch nach Pulver breitete sich aus, und der spindeldürre Alain wich schwankend zurück und stürzte, niedergeschleudert durch die Wucht des Geschosses. Blut sickerte durch die rüschenbesetzte weiße Hemdbrust, die er trug. Halb sitzend, halb liegend, berührte Alain seine Brust, und seine Hand kam blutig wieder hoch.

Raymond und Cynthia hielten Johnston endlich fest, und Jean nahm ihm die Pistole mit einer geschmeidigen, lässigen Geste aus der Hand. Der massige rotgesichtige Mann widersetzte sich nicht. Er starrte nur auf Alain. Der Blutfluß hatte aufgehört. Alain lächelte und zeigte dabei lange weiße Zähne, raubtierhaft, furchteinflößend. Er erhob sich und kam näher. »Nein«, schrie Johnston, »nein, ich hab' dich erschossen, du mußt tot sein, ich habe geschossen!«

»Manchmal erzählen Nigger tatsächlich die Wahrheit, Mister Johnston«, sagte Sour Billy Tipton. »Nichts als die Wahrheit. Sie hätten darauf hören sollen.«

Raymond griff unter Johnstons Schlapphut, wühlte mit den Händen in seinen Haaren und riß ihm den Kopf zurück, um den dicken roten Hals freizulegen. Alain lachte und riß Johnstons Kehle mit den Zähnen auf. Dann drängten die anderen heran.

Sour Billy griff nach hinten, zog das Messer und huschte zu den beiden Negern hinüber. »Kommt schon«, sagte er. »Mister Julian braucht euch heute nacht nicht, aber ihr beide werdet nie mehr weglaufen. Runter in den Keller. Kommt schon, beeilt euch, oder ich lasse euch bei *denen.*« Das scheuchte sie auf, wie Sour Billy aus Erfahrung wußte.

Der Keller war eng und feucht. Man mußte durch eine Falltür, die von einem Teppich bedeckt wurde, hinuntersteigen. Das Land war in dieser Gegend zu naß für einen richtigen Keller, aber dies war auch kein richtiger Keller. Der Boden war zwei Zoll hoch mit Wasser bedeckt, die Decke war so niedrig, daß kein Mann aufrecht stehen konnte, und die Wände waren grün vor Schimmel. Sour Billy kettete die Neger an, und zwar nahe genug beieinander, daß sie einander berühren konnten. Er hielt sich deshalb für einen ausgesprochen netten Menschen. Er brachte ihnen sogar eine warme Mahlzeit.

Anschließend bereitete er sich seine eigene Mahlzeit und spülte sie mit dem Rest in der zweiten Brandyflasche hinunter, die die Johnstons geöffnet hatten. Er war gerade fertig geworden, als Alain in die Küche kam. Das Blut auf seinem Hemd war eingetrocknet, und dort, wo ihn der Schuß getroffen hatte, klaffte ein schwarzes Brandloch, doch ansonsten war seine Kleidung makellos. »Es ist vorbei«, meldete Alain ihm. »Julian möchte, daß Sie in die Bibliothek kommen.«

Sour Billy schob den Teller zurück, um der Aufforderung nachzukommen. Das Eßzimmer mußte gründlich gesäubert werden, wie er beim Hindurchgehen bemerkte. Adrienne und Kurt und Armand tranken in der Stille genußvoll ein Glas Wein, die Leichen — oder was davon noch übrig war — lagen nur ein paar Schritte von ihnen entfernt. Ein paar von den anderen hatten sich in den Salon begeben und unterhielten sich.

In der Bibliothek war es tiefschwarz. Sour Billy hatte erwartet, Damon Julian allein anzutreffen, aber als er eintrat, gewahrte er in den Schatten drei verschiedene Gestalten; zwei saßen, eine stand. Er konnte nicht erkennen, wer sie waren. Er wartete an der Tür, bis Julian endlich das Wort ergriff. »In Zukunft bringen Sie nie mehr solche Leute in meine Bibliothek«, sagte die Stimme. »Sie waren schmutzig. Sie haben einen Geruch hinterlassen.«

Sour Billy empfand seine plötzliche Furcht wie einen Messerstich. »Ja, Sir«, sagte er und blickte den Sessel an, aus dem Julian geredet hatte. »Es tut mir leid, Mister Julian.«

Nach einem Moment des Schweigens sagte Julian: »Schließ die Tür, Billy. Komm herein. Du darfst die Laterne anzünden.«

Die Laterne war aus rot gefärbtem Glas zusammengesetzt; ihre Flamme tauchte den staubigen Raum in den rotbraunen Farbton von getrocknetem Blut. Damon Julian saß in einem hochlehnigen Sessel, die langen dünnen Finger unter dem Kinn gefaltet, ein gedankenverlorenes Lächeln im Gesicht. Valerie saß an seiner rechten Seite. Der Ärmel ihres Gewandes war bei dem Kampf zerfetzt worden, aber sie schien es noch nicht bemerkt zu haben. Sour Billy dachte, daß sie noch blasser war als sonst. Ein paar Fuß entfernt stand Jean hinter einem anderen Sessel, vermittelte einen gefaßten und gleichzeitig nervösen Eindruck und spielte mit einem großen goldenen Ring am Finger.

»Muß er dabei sein?« fragte Valerie Julian. Sie schenkte Billy nur einen kurzen Blick, und in ihren großen violetten Augen funkelte unverhohlene Abneigung.

»Nun, Valerie«, erwiderte Julian. Er streckte den Arm aus und ergriff ihre Hand. Sie zitterte und preßte die Lippen fest zusammen. »Ich habe Billy gerufen, um dir ein Gefühl der Sicherheit zu vermitteln«, fuhr Julian fort.

Jean raffte all seinen Mut zusammen und blickte Sour Billy direkt in die Augen, runzelte dabei die Stirn. »Dieser Johnston hatte eine Frau.«

Das war es also, dachte Sour Billy. »Haben Sie Angst?« fragte er Jean spöttisch. Jean gehörte nicht zu Julians Lieblingen, daher war es nicht gefährlich, ihn zu hänseln. »Er hatte eine Frau«, sagte Billy, »aber das ist kein Grund zur Besorgnis. Er hat nie viel mit ihr geredet, hat ihr nie erzählt, wohin er ging oder wann er wieder zurückkäme. Sie wird der Sache bestimmt nicht nachgehen und Sie verfolgen.«

»Mir gefällt das nicht, Damon«, brummte Jean.

»Was ist mit den Sklaven?« meldete Valerie sich wieder zu Wort. »Sie waren zwei Jahr lang weg. Sie haben den Johnstons einiges erzählt, gefährliche Dinge. Genausogut können sie auch mit anderen Leuten geredet haben.«

»Billy?« sagte Julian.

Sour Billy hob die Schultern. »Ich schätze, die haben ihre Geschichten jedem Nigger von hier bis Arkansas erzählt«, sagte er. »Das beunruhigt mich aber nicht. Es sind doch alles nur Niggerstories, die sowieso niemand glaubt.«

»Ich weiß nicht recht«, sagte Valerie. Dann wandte sie sich an Damon Julian, flehte ihn an. »Damon, bitte, Jean hat recht. Wir sind schon viel zu lange hier: Es ist kein sicherer Ort mehr. Weißt du noch, was sie mit der Frau in New Orleans, dieser Lalaurie, die ihre Sklaven zum Vergnügen gefoltert hat, gemacht haben? Irrgendwann wurden Geschichten über sie bekannt, und sie wurde erwischt. Und was sie getan hatte, war nichts im Vergleich ...« Sie zögerte, schluckte, und fügte dann hastig hinzu: »... zu den Dingen, die wir tun. Den Dingen, die wir tun müssen.« Sie wandte ihr Gesicht von Julian ab. Langsam, sanft, streckte Julian eine fahle Hand aus, berührte ihre Wange, strich in einer zärtlichen Liebkosung mit dem Finger an einer Gesichtsseite entlang, dann legte er ihr die Hand unter das Kinn und zwang sie, ihn anzusehen. »Bist du jetzt so ängstlich, Valerie? Muß ich dich daran erinnern, wer du bist? Hast du wieder mal zu viel auf Jean gehört? Ist er jetzt der Meister? Ist er Blutmeister?«

»Nein«, antwortete sie; ihre tiefvioletten Augen waren größer als sonst, und ihre Stimme zitterte vor Angst. »Nein.«

»Wer ist der Blutmeister, liebe Valerie?« fragte Julian.

Seine Augen funkelten bedrohlich und schienen sie versengen zu wollen.

»Du bist es, Damon«, flüsterte sie. »Du.«

»Schau mich an, Valerie. Meinst du, ich müßte irgendwelche Geschichten fürchten, die von einer Sklavenbande erzählt werden? Was kümmert es mich, was sie über mich reden?«

Valerie öffnete den Mund. Keine Worte drangen heraus.

Zufrieden löste Damon Julian seinen Griff, mit dem er sie festgehalten hatte. Dort, wo seine Finger sich in ihr Fleisch gegraben hatten, waren rote Flecken zu erkennen. Er lächelte Sour Billy an, während Valerie sich zurückzog. »Was meinst du denn dazu, Billy?«

Sour Billy starrte auf seine Füße und scharrte nervös damit. Er wußte, was er hätte sagen sollen, aber er hatte schon vor einiger Zeit nachgedacht, und es gab Dinge, die er Julian sagen mußte, die er aber gar nicht gerne hören würde. Er hatte es die ganze Zeit aufgeschoben, aber nun sah es so aus, als hätte er keine andere Wahl mehr, als den Mund aufzumachen. »Ich weiß nicht, Mister Julian«, meinte er zaghaft.

»Du weißt nicht, Billy? Was weißt du nicht?« Die Stimme klang kalt und hatte einen drohenden Unterton.

Sour Billy fuhr ohne Rücksicht auf Verluste fort. »Ich weiß nicht, wie lange wir noch so weitermachen können, Mister Julian«, sagte er mutig. »Ich hab' darüber nachgedacht, und es gibt da Dinge, die mir nicht gefallen. Diese Plantage hier brachte viel Geld ein, als Garroux sie noch leitete, aber mittlerweile ist sie nahezu wertlos. Sie wissen, daß ich jeden Sklaven zum Arbeiten bringen kann, ich will verdammt sein, wenn ich das nicht kann, aber die, die tot sind oder weglaufen, kann ich kaum arbeiten lassen. Als Sie und Ihre Freunde damit anfingen, die Kinder aus den Baracken zu holen oder geeignete junge Frauen ins Haupthaus zu bringen, von wo sie nicht mehr zurückkehrten, fingen unsere

Schwierigkeiten an. Seit mehr als einem Jahr hatten Sie keine Sklaven mehr, bis auf die hübschen Mädchen, und die bleiben auch nicht lange hier.« Er lachte nervös. »Wir ernten nichts mehr. Wir haben die halbe Plantage verkauft, die besten Parzellen Ackerland. Und diese schönen Frauen, Mister Julian, sind teuer. Wir sind in ernsten Geldschwierigkeiten.

Und das ist noch nicht alles. Nigger zu töten, ist die eine Sache, aber sich auch an Weißen zu vergreifen, um den Durst zu stillen, das ist gefährlich. Nun, in New Orleans ist es vielleicht nicht so schlimm, aber Sie und ich, wir wissen genau, daß Cara Henri Cassands Jungen umgebracht hat. Und der ist ein Nachbar von uns, Mister Julian. Alle wissen, daß hier seltsame Dinge vorgehen; wenn jetzt auch noch deren Sklaven und sogar deren Kinder sterben, dann kommen große Probleme auf uns zu.«

»Probleme?« fragte Damon Julian. »Wir zählen fast zwanzig Leute, dich mitgerechnet. Was kann das Vieh uns da antun?«

»Mister Julian«, sagte Sour Billy, »was ist, wenn sie bei Tag kommen?«

Julian winkte lässig ab. »Das wird nicht geschehen. Wenn doch, dann werden wir mit ihnen so verfahren, wie sie es verdienen.«

Sour Billy verzog das Gesicht. Julian brauchte sich keine großen Sorgen zu machen, denn er selbst, Sour Billy, war es, der das größte Risiko einging. »Ich denke, daß sie vielleicht recht hat, Mister Julian«, meinte er unglücklich. »Ich finde, wir sollten woanders hingehen. Wir haben diesen Ort völlig ausgesaugt. Hier zu bleiben ist zu gefährlich.«

»Ich fühle mich hier wohl, Billy«, widersprach Julian. »Ich ernähre mich von dem Vieh. Ich laufe nicht davor weg.«

»Dann zum Geld. Woher sollen wir noch Geld bekommen?«

»Unsere Gäste haben Pferde hinterlassen. Bring sie morgen nach New Orleans, und verkauf sie dort. Sieh zu, daß sie nicht auffallen. Du kannst auch noch etwas von dem Land verkaufen. Neville von der Bayou Cross wird sicherlich noch etwas kaufen wollen. Geh zu ihm, Billy.« Julian lächelte. »Du kannst ihn auch hierher zum Dinner einladen, damit wir über mein Angebot verhandeln können. Sag ihm, er soll mit seiner hübschen Frau und seinem reizenden Sohn kommen. Sam und Lily können bei Tisch servieren. Es wird genauso sein wie früher, bevor die Sklaven wegliefen.«

Er macht Scherze, dachte Sour Billy. Aber es war nie geraten, Julians Worte, egal, was er sagte, nicht ernst zu nehmen. »Das Haus«, erinnerte Billy. »Wenn sie zum Essen erscheinen, werden sie sehen, wie weit es heruntergekommen ist. Das geht nicht. Sobald sie wieder zu Hause sind, werden sie eine Menge zu erzählen haben.«

»*Falls* sie nach Hause zurückkehren, Billy.«

»Damon«, sagte Jean bebend, »es ist doch wohl nicht dein Ernst ...«

In dem dämmrigen, in Rot getauchten Raum war es heiß. Sour Billy schwitzte. »Neville ist — bitte, Mister Julian, Sie können unmöglich Neville töten. Sie können nicht einfach weiterhin Menschen aus dieser Gegend umbringen und schöne Mädchen kaufen.«

»Darin hat dieses Geschöpf dieses eine Mal wirklich recht«, ließ Valerie sich mit leiser Stimme vernehmen. »Hör auf seine Worte.« Jean nickte ebenfalls, mutig geworden, da er mit seiner Meinung nicht allein dastand.

»Wir könnten das ganze Anwesen verkaufen«, sagte Billy. »Es verfällt sowieso zusehends. Dann ziehen wir alle nach New Orleans. Dort unten sind die Bedingungen für uns viel besser. Bei all den Kreolen und den freien Niggern und dem Abschaum vom Fluß wird niemand ein paar mehr oder weniger vermissen, nicht wahr?«

»Nein«, erwiderte Damon Julian eisig. Seine Stimme

verriet ihnen, daß er sich auf keine weitere Diskussion einlassen würde. Sour Billy verstummte. Jean begann wieder mit seinem Ring zu spielen, den Mund mißmutig und ängstlich verzogen.

Erstaunlicherweise war es Valerie, die weiterredete. »Dann laß *uns* gehen.«

Julian wandte träge den Kopf. »Uns?«

»Jean und mich«, sagte sie. »Schick uns fort. Das wäre besser. Für dich auch. Es ist sicherer, wenn nicht so viele von uns zusammen sind. Du wirst länger etwas von deinen schönen Mädchen haben.«

»Ich soll dich fortschicken, liebe Valerie? Nun, du würdest mir fehlen. Und ich würde mir außerdem um dich Sorgen machen. Wohin würdest du gehen, frage ich mich.«

»Irgendwohin. Egal wohin.«

»Hoffst du noch immer, deine dunkle Stadt in einer Höhle zu finden?« meinte Julian spöttisch. »Dein Glaube ist rührend, Kind. Betrachtest du unseren armen schwachen Jean etwa als den fahlen König?«

»Nein«, entgegnete Valerie. »Nein. Wir wollen uns nur ausruhen. Bitte, Damon. Wenn wir alle zusammenbleiben, dann finden sie uns. Sie werden uns jagen und töten. Laß uns von hier fortziehen.«

»Du bist so schön, Valerie. So einzigartig.«

»Bitte«, flehte sie, zitternd. »Weg von hier. Ruhe.«

»Arme kleine Valerie«, sagte Julian. »Es gibt keine Ruhe. Wo immer du hingehst, der Durst wird dich begleiten. Nein, du wirst hierbleiben.«

»Bitte«, wiederholte sie dumpf. »Mein Blutmeister.«

Damon Julians Augen verengten sich nahezu unmerklich, und sein Lächeln verflog. »Wenn du so sehr darauf bedacht bist wegzugehen, dann sollte ich dir vielleicht gewähren, worum du bittest.«

Valerie und Jean schauten ihn hoffnungsvoll an.

»Vielleicht sollte ich euch wegschicken«, sinnierte Julian. »Euch beide. Aber nicht gemeinsam, nein. Du bist so schön, Valerie. Du verdienst etwas Besseres als Jean. Was meinst du, Billy?«

Sour Billy grinste. »Schicken Sie sie alle fort, Mister Julian. Sie brauchen sie nicht. Sie haben mich doch. Schicken Sie sie fort, und sie werden sehen, wie es ihnen dann gefällt.«

»Interessant«, sagte Damon Julian. »Ich werde es mir überlegen. Und jetzt laßt ihr alle mich allein. Billy, du verkaufst die Pferde. Sprich mit Neville über den Landverkauf.«

»Kein Dinner?« fragte Sour Billy erleichtert.

»Nein«, antwortete Julian.

Sour Billy ging als letzter zur Tür. Hinter ihm löschte Julian das Licht, und die Finsternis füllte den Raum. Aber Sour Billy verharrte an der Schwelle und wandte sich noch einmal um.

»Mister Julian«, sagte er, »Ihr Versprechen — es ist jetzt schon Jahre her. Wann?«

»Wenn ich dich nicht mehr brauche, Billy. Du bist mir tagsüber soviel wert wie meine Augen. Du vollbringst Dinge, zu denen ich nicht in der Lage bin. Wie könnte ich dich jetzt entbehren? Aber habe keine Angst. Es wird nicht mehr lange dauern. Und Zeit wird dir nichts mehr bedeuten, wenn du erst einmal einer der unseren bist. Jahre und Tage sind für den einerlei, der über ewiges Leben verfügt.« Das Versprechen erfüllte Sour Billy mit einem Gefühl der Zuversicht. Er ging, um Julians Aufträge auszuführen.

In jener Nacht träumte er. In seinen Träumen war er so düster und elegant wie Julian selbst, so fein und raubtierhaft. In seinen Träumen herrschte immer Nacht, und er strich unter einem fahlen Vollmond durch die Straßen von New Orleans. Sie sahen ihn aus ihren Fenstern und von ihren schmiedeeisernen Balkonen vorbeigehen, und er spürte ihre Blicke auf sich, die der Männer voller Angst, während die Frauen sich von der dunklen Macht angezogen fühlten. In der Dunkelheit jagte, überfiel er sie, huschte lautlos über Ziegelmauern, hörte ihre eiligen Schritte und ihr Keuchen. Unter dem tanzenden Feuer einer Öllampe erwischte er einen feinen jungen Dandy und zerfetzte ihm lachend die Kehle. Eine aufreizende kreolische Schönheit beobachtete ihn von weitem, und er verfolgte sie, hetzte sie durch Gassen und über Hinterhöfe, während sie vor ihm davonrannte. Schließlich, in einem Hof, der von einer gußeisernen Laterne erleuchtet wurde, wandte sie sich zu ihm um. Sie sah Valerie ähnlich. Ihre Augen waren violett und voller Feuer. Er näherte sich ihr und stieß sie nach hinten und nahm sie. Kreolenblut war genauso heiß und scharf wie kreolisches Essen. Die Nacht gehörte ihm und alle Nächte der Ewigkeit, und der rote Durst hatte ihn gepackt.

Als er aus dem Traum erwachte, war er am ganzen Körper erhitzt und wie im Fieber, und seine Bettlaken waren schweißnaß.

KAPITEL SIEBEN

St. Louis, Juli 1857

Die *Fiebertraum* lag für zwölf Tage in St. Louis.

Es war für die gesamte Mannschaft eine geschäftige Zeit, außer für Joshua York und seine seltsamen Freunde. Abner Marsh war jeden Morgen schon früh auf den Beinen und gegen zehn Uhr unterwegs, suchte Spediteure und Hoteldirektoren auf, pries sein Boot an und versuchte, Aufträge hereinzuholen. Er hatte einen Stapel Handzettel für Fevre River Packets drucken lassen — nun, da er wieder mehr als ein Paketboot besaß — und ein paar Jungen engagiert, die sie überall in der Stadt verteilten und an Wände klebten. Während er an den besten Adressen speiste und trank, erzählte Marsh immer wieder die Geschichte, wie die *Fiebertraum* die *Southerner* überholt hatte, um dafür zu sorgen, daß die Nachricht sich schnellstens verbreitete. Er ließ sogar in drei Zeitungen in der Stadt Annoncen drucken.

Die Lotsen, die Abner Marsh für den Unterlauf des Flusses angeheuert hatte, kamen an Bord, sobald die *Fiebertraum* in St. Louis festgemacht hatte, und holten sich ihren Lohn für die Zeit, die sie mit Warten verbracht hatten. Lotsen waren nicht billig, vor allem keine Lotsen wie diese beiden, aber Marsh weinte dem Geld nicht nach, da er für seinen Raddampfer die besten gewünscht hatte. Sobald sie ausbezahlt waren, ergingen die Männer sich wieder im Nichtstun; Lotsen erhielten dauernd den vollen Lohn, rührten aber keinen Finger, bis der Raddampfer auf dem Fluß schwamm. Alles außer dem Lotsendienst war unter ihrer Würde.

Die beiden Lotsen, die Marsh gefunden hatte, vertrieben sich die Wartezeit auf recht unterschiedliche Weise. Dan Albright, steif und zurückhaltend und gutaussehend, kam an dem Tag, an dem die *Fiebertraum* einlief, an Bord, begutachtete das Boot, die Maschinen und das Ruderhaus, nickte zufrieden und bezog sofort seine Kabine. Er verbrachte die Tage damit, Bücher aus der gut ausgestatteten Bibliothek des Dampfers zu lesen, und spielte mit Jonathon Jeffers einige Schachpartien im Hauptsalon, obgleich Jeffers ihn jedesmal schlug. Karl Framm hingegen war gewöhnlich in den Billardsälen am Fluß anzutreffen, wo er unter seinem breitkrempigen Filzhut ständig ein verschlagenes Grinsen zeigte und damit prahlte, wie er und sein neues Schiff schon bald jeden Konkurrenten auf dem Fluß und Grund und Boden fahren würden. Framm hatte einen Ruf als Draufgänger. Er machte gern seine Witze, indem er erzählte, er habe eine Frau in St. Louis, eine in New Orleans und eine in Natchez-under-the-Hill.

Abner Marsh hatte keine Zeit, sich den Kopf darüber zu zerbrechen, was seine Lotsen trieben; er war zu sehr mit den verschiedensten Aufgaben beschäftigt. Er sah auch nicht viel von Joshua York und seinen Freunden, obgleich er wußte, daß York regelmäßig lange nächtliche Ausflüge in die Stadt unternahm, häufig mit Simon, dem Schweigsamen. Simon lernte außerdem das Mixen von Drinks, da Joshua Marsh eröffnet hatte, er beabsichtige ihn auf der Fahrt nach New Orleans nachts als Barkeeper einzusetzen.

Marsh traf seinen Partner regelmäßig beim Abendessen, welches Joshua York gewöhnlich in der Hauptkabine mit den anderen Offizieren einnahm, ehe er sich in seine eigene Kabine oder in die Bibliothek zurückzog, um die Zeitungen zu lesen. Diese wurden ihm jeden Tag frisch von den einlaufenden Raddampfern paketeweise geliefert. Einmal kündigte York an, daß er in die Stadt gehen wolle, um sich die Aufführung einer Schauspielertruppe anzusehen. Er lud Abner Marsh und die anderen Offiziere ein, ihn zu begleiten, aber Marsh hatte keine Lust, daher ging York mit Jonathon Jeffers zu der

Vorstellung. »Gedichte und Theaterstücke«, meinte Marsh grollend zu Hairy Mike Dunne, während die beiden sich auf den Weg machten, »man fragt sich wirklich, wie weit es mit diesem verdammten Fluß schon gekommen ist.« Später begann Jeffers, Joshua York das Schachspiel beizubringen.

»Er ist ganz schön aufgeweckt, Abner«, berichtete Jeffers Marsh ein paar Tage später, am Morgen ihres achten Tages in St. Louis.

»Wer?«

»Nun, Joshua York natürlich. Ich hab' ihm vor zwei Tagen die Züge erklärt. Gestern abend traf ich ihn im Salon, wo er die Züge eines Spiels von Morphy nachspielte, das in einer der New Yorker Zeitungen abgedruckt war, die er bezieht. Ein seltsamer Mann. Was wissen Sie von ihm?«

Marsh runzelte finster die Stirn. Er wollte nicht, daß die Leute wegen Joshua York zu neugierig wurden; das war schließlich ein Teil ihrer Abmachung. »Joshua hat wenig Lust, über sich selbst zu reden. Ich frage ihn auch nicht. Ich finde, die Vergangenheit eines Mannes geht mich nichts an. Sie sollten die gleiche Haltung einnehmen, Mister Jeffers. Mehr noch, gewöhnen Sie sie sich tunlichst an.«

Der Zahlmeister zog die dünnen dunklen Augenbrauen zusammen. »Wenn Sie meinen, Cap'n«, entgegnete er. Aber in seinem Gesicht spielte ein kühles Lächeln, das Abner Marsh höchst beunruhigend fand.

Jeffers war nicht der einzige, der Fragen stellte. Auch Hairy Mike kam zu Marsh und berichtete, daß die Schauerleute und die Heizer über York und seine vier Gäste ein paar seltsame Geschichten verbreiteten, und ob Marsh wolle, daß er sich einmal darum kümmerte und etwas dagegen tat.

»Was für ein Gerede ist das?«

Hairy Mike zuckte vielsagend die Achseln. »Darüber, daß er nur nachts herauskommt. Auch über seine komischen Freunde. Sie kennen Tom, der den mittleren Backbordkessel heizt? Er erzählt eine ganz wilde Geschichte — er sagt, daß es an dem Abend geschah, als wir Louisville verließen, nun, Sie erinnern sich sicher, wie dicht die Moskitoschwärme waren, also, Tom erzählt, daß er den alten Simon unten auf dem Hauptdeck sah, wie er sich die Gegend anschaute, als ein Moskito auf seiner Hand landete; er erwischte das Biest mit der anderen Hand. Zerquetschte es. Und Sie wissen ja, wie prall die Moskitos sich manchmal vollsaugen, daß alles voller Blut ist, wenn man sie totschlägt. Tom meint, daß sei auch bei dem Moskito auf Simons Handrücken so gewesen, der anschließend mit Blut verschmiert war, nachdem er den Moskito erwischt hatte. Dann, so erzählt Tom weiter, stand Simon da und starrte lange auf seine Hand, bis er sie hob, und Tom will verdammt sein, wenn Simon sie nicht abgeleckt hat.«

Abner Marsh verzog zornig das Gesicht. »Sagen Sie Ihrem Tom, diesem Bengel, daß er aufhören soll, solche Schauermärchen zu verbreiten, oder er kann den mittleren Backbordkessel auf einem anderen Raddampfer heizen.« Hairy Mike nickte, schlug sich mit seinem Eisenknüppel in die andere Handfläche, daß es klatschte, und wandte sich zum Gehen. Aber Marsh hielt ihn auf. »Nein«, sagte er. »Warten Sie. Sagen Sie ihm, er soll seine Geschichten für sich behalten. Aber wenn er wieder etwas Sonderbares beobachten sollte, dann möge er zu mir oder zu Ihnen kommen. Bestellen Sie ihm, daß er sich damit einen halben Dollar verdienen kann.«

»Für einen halben Dollar würde er nur lügen.«

»Na schön, dann vergessen Sie den halben Dollar, aber bestellen Sie ihm den Rest.«

Je länger Abner über Toms Geschichte nachdachte, desto mehr beunruhigte sie ihn. Er war nur froh, daß Joshua York Simon als Barkeeper einsetzen wollte, wo er sich in der Öffentlichkeit bewegte und wo man ihn im Auge behalten konnte. Marsh hatte Totengräber noch nie gemocht, und Simon erinnerte ihn an etwas Scheußliches, wenn er ihm mal nicht so erschien wie Gevatter Tod persönlich. Er konnte nur hoffen, daß Simon keine Moskitoreste aufleckte, während er den Kabinenpassagieren Drinks servierte. So etwas konnte den Ruf eines Schiffs verdammt schnell ruinieren.

Marsh verdrängte diesen Vorfall schnell aus seinem Bewußtsein und stürzte sich wieder in die Arbeit. Am Abend vor ihrer geplanten Abfahrt beunruhigte ihn jedoch noch etwas anderes. Er hatte Joshua York in seiner Kabine aufgesucht, um noch einige Einzelheiten ihrer bevorstehenden Reise zu besprechen. York saß an seinem Schreibtisch, hatte sein schlankes Messer mit dem Elfenbeingriff in der Hand und war gerade damit beschäftigt, einen Artikel aus einer Zeitung herauszuschneiden. Er und Marsh unterhielten sich ein paar Minuten lang über anstehende geschäftliche Angelegenheiten, und Marsh wollte sich schon wieder verabschieden, als sein Blick auf eine Ausgabe des *Democrat* auf Yorks Schreibtisch fiel. »Heute sollte eigentlich eine Anzeige von uns drinstehen«, sagte Marsh und griff nach der Zeitung. »Haben Sie die schon durchgelesen, Joshua?«

York bedeutete ihm mit einer Geste, die Zeitung ruhig mitzunehmen. »Ich brauche sie nicht mehr«, meinte er.

Abner Marsh klemmte sich die Zeitung unter den Arm, ging damit in die Hauptkabine und blätterte sie durch, während Simon ihm einen Drink servierte. Er ärgerte sich. Er konnte die Anzeige nicht finden. Allerdings konnte es durchaus sein, daß sie dringestanden hatte; York hatte eine Meldung aus der Seite ausgeschnitten, auf deren Rückseite die Transportangebote abgedruckt waren, und mitten in der Seite klaffte nun ein Loch. Marsh leerte sein Glas, faltete die Zeitung zusammen und ging nach vorn zum Zahlmeisterbüro. »Haben Sie die letzte Ausgabe des *Democrat?*« fragte

Marsh Jonathon Jeffers. »Ich glaube, dieser verdammte Blair hat meine Annonce vergessen.«

»Sie liegt dort drüben«, antwortete Jeffers, »aber vergessen hat er sie nicht. Sehen Sie mal bei den Transportangeboten nach.«

Und da war sie tatsächlich, ein Kasten mitten in einer Spalte ähnlicher Kästen:

> **FEVRE RIVER PACKET COMPANY**
>
> Der äußerst schnelle Raddampfer *Fiebertraum* beginnt seine Fahrt nach New Orleans, Louisiana, über alle Zwischenstops und Anlegestellen am Donnerstag in Rekordzeit und geführt von erfahrenen Offizieren und einer gut ausgebildeten Mannschaft. Anfragen wegen Frachtraten oder Passagekosten können an das Zahlmeisterbüro an Bord des Schiffes selbst oder an die Büros der Gesellschaft am Ende der Pine Street gerichtet werden.
>
> — Abner Marsh, Präsident

Marsh betrachtete die Annonce, nickte und blätterte zurück, um nachzusehen, was Joshua York ausgeschnitten hatte. Der Artikel war eine nachgedruckte Meldung aus der Lokalzeitung eines Ortes weiter flußabwärts. Sie handelte von einem alten Holzplatzverwalter, den man in seiner Hütte am Fluß nördlich von New Madrid aufgefunden hatte. Der Maat eines Dampfers, der angelegt hatte, um frisches Holz aufzunehmen, hatte ihn gefunden, als niemand zur Anlegestelle kam. Einige nahmen an, daß es das Werk von Indianern war, andere sprachen von Wölfen, da die Leiche zerfetzt und halb aufgefressen war. Mehr stand in der Meldung nicht.

»Stimmt etwas nicht, Cap'n Marsh?« fragte Jeffers. »Sie haben so einen seltsamen Gesichtsausdruck.«

Marsh faltete Jeffers *Democrat* zusammen und klemmte sich das Blatt mitsamt Yorks Exemplar unter den Arm. »Nein, es ist nichts, die Zeitung hat lediglich zwei Worte falsch geschrieben.«

Jeffers grinste. »Sind Sie sicher? Ich weiß doch, daß Rechtschreibung nicht gerade eine Ihrer Stärken ist, Cap'n.«

»Machen Sie sich nicht schon wieder über mich lustig, oder ich schmeiße Sie in den Fluß, Mister Jeffers«, warnte Marsh. »Ich werde Ihre Zeitung mitnehmen, wenn Sie nichts dagegen haben.«

»Tun Sie, was Sie nicht lassen können«, sagte Jeffers. »Ich hab' sie sowieso schon gelesen.«

An der Bar überflog Marsh die Geschichte von dem Mann vom Holzplatz noch einmal. Warum schnitt Joshua York eine Meldung über einen armen Teufel, der von Wölfen gerissen worden war, aus der Zeitung? Marsh wußte keine Antwort darauf, aber es beunruhigte ihn. Er blickte auf und sah in dem großen Spiegel über der Bar, daß Simon ihn beobachtete. Marsh faltete den *Democrat* hastig zusammen und steckte ihn in eine Tasche. »Geben Sie mir ein kleines Glas Whiskey«, bat er.

Marsh trank den Whiskey in einem Zug und seufzte laut »aaaaaahhh«, als das brennende Gefühl sich in seiner Brust ausbreitete. Es machte seinen Kopf auf einen Schlag klar. Es gab Möglichkeiten, wie er mehr über diese Sache herausbekommen konnte, aber andererseits ging es ihn eigentlich gar nichts an, welche Zeitungen Joshua York zu lesen pflegte. Überdies hatte er sein Wort gegegeben, sich nicht in Yorks Angelegenheiten einzumischen, und Abner Marsh war stolz darauf, ein Mann zu sein, der sein Wort hielt. Entschlossen stellte Marsh das Glas auf die Theke und verließ die Bar. Er polterte die breite, geschwungene Treppe zum Hauptdeck hinunter und warf beide Zeitungen in eine der schwarzen Feuerungen. Die Deckshelfer beobachteten ihn mit seltsamen Blicken, aber Marsh fühlte sich sofort viel besser. Ein Mann sollte nicht herumlaufen und Verdacht gegen seinen Partner hegen, vor allem wenn er so großzügig und in seinen Manieren tadellos war wie Joshua York. »Was gafft ihr herum?« blaffte er die Deckshelfer an. »Habt ihr nichts zu tun? Ich hole Hairy Mike her und sorge dafür, daß er etwas Passendes für euch findet.« Sofort wurden die Männer geschäftig. Abner Marsh kehrte nach oben in die Hauptkabine zurück und genehmigte sich einen weiteren Drink.

Am nächsten Morgen ging Marsh hinüber zur Pine Street ins Hauptbüro seiner Gesellschaft und kümmerte sich einige Stunden lang um seine Geschäfte. Zum Lunch ging er ins Planters' House, um im Kreise alter Freunde und alter Konkurrenten zu speisen, und fühlte sich großartig. Marsh prahlte mit seinem Raddampfer und mußte Farrell und O'Brien ertragen, die sich mit ihren eigenen Schiffen brüsteten, aber das war schon in Ordnung, er schmunzelte nur und meinte: »Nun, Jungs, vielleicht begegnen wir uns mal auf dem Fluß. Das wäre doch riesig, oder?« Niemand erwähnte seine Pechsträhne vom letzten Winter, und drei Männer kamen an seinen Tisch und fragten Marsh, ob er nicht einen Lotsen für den unteren Mississippi brauchen könne. Es waren zwei wundervolle Stunden.

Auf dem Rückweg zum Fluß kam Marsh zufällig an einer Schneiderwerkstatt vorbei. Er hielt inne und zupfte gedankenverloren an seinem Bart, während er eine Idee überdachte, die ihm plötzlich gekommen war. Dann ging er hinein, grinsend, und bestellte für sich eine neue Kapitänsjacke. Eine weiße mit einer Doppelreihe Silberknöpfe, genau wie er es bei Joshua gesehen hatte. Marsh hinterließ zwei Dollar als Anzahlung und vereinbarte, daß er die Jacke abholen würde, wenn die Fiebertraum nach St. Louis zurückkehren würde. Als er den Laden verließ, war er mit sich selbst sehr zufrieden. Im Hafen herrschte ein chaotisches Durcheinander. Eine

Ladung Textilien war erst spät angeliefert worden, und die Schauerleute hetzten umher, damit sie rechtzeitig auf das Schiff kam. Whitey hatte bereits für Dampfdruck gesorgt; hohe weiße Wolken stiegen von den Druckventilen auf, und dunkler Qualm wälzte sich aus den blütenähnlichen Schornsteinen. Der Raddampfer links von der *Fiebertraum* legte unter dicken Qualmwolken, lautem Dampfpfeifengetöse und wildem Geschrei ab.

Der große Raddampfer auf der rechten Seite ließ seine Fracht auf ein Anlegefloß packen, das aus einem alten verwitterten Raddampferrumpf bestand, der an der Anlegestelle auf Dauer befestigt war. Überall im Hafen lagen Dampfschiffe, in beiden Richtungen und so weit das Auge blicken konnte, mehr Schiffe, als Marsh zählen konnte. Neun Schiffe weiter lag die luxuriöse *John Simonds* mit ihren drei Decks und nahm Passagiere auf. Neben ihr lag der Raddampfer *Northern Light* mit einem Gemälde der Aurora auf den Radkästen; sie war ein nagelneuer Dampfer für den oberen Mississippi, und die Northwestern Line ließ verkünden, daß sie schneller war als jedes andere Gefährt, das je diese Gewässer durchpflügt hatte. Flußabwärts kam die *Grey Eagle,* welche die *Northern Light* schlagen mußte, um zu beweisen, daß ihre Prahlereien keine leeren Worte waren. Da waren außerdem die *Northerner* und die plumpe, starke *St. Joe,* ein Heckraddampfer, und die *Die Vernon II* und die *Natchez.*

Marsh betrachtete sie nacheinander, die verschlungenen Muster zwischen den Schornsteinen, die hübschen Laubsägeverzierungen und die hellen Farben, die zischend aufwallenden Dampfwolken, die kraftvollen Schaufelräder. Und dann schaute er auf sein eigenes Schiff, die *Fiebertraum,* ganz in Weiß und Blau und Silber, und es kam ihm so vor, als stiege ihr Dampf höher als der der anderen Schiffe und als hätte ihre Dampfpfeife einen klareren, süßeren Klang und als wären ihre

Farben viel strahlender und ihre Schaufelräder viel größer und stärker, und sie war insgesamt höher als alle anderen Dampfer bis auf drei oder vier, und sie war länger als alle, die im Hafen lagen. »Wir schlagen sie alle«, murmelte er leise, und er stieg hinunter in den Schoß seiner Herzdame.

KAPITEL ACHT

An Bord des Raddampfers *Fiebertraum*
Mississippi River, Juli 1857

Abner Marsh schnitt eine Ecke Cheddar aus dem Käserad auf dem Tisch, setzte es sorgfältig auf den Rest seines Apfelkuchen und schob sich beides mit einer schnellen Bewegung seiner großen roten Hand in den Mund. Er rülpste, wischte sich den Mund mit der Serviette ab, schüttelte sich ein paar Krümel aus dem Bart und lehnte sich mit einem zufriedenen Lächeln zurück.

»Ist der Kuchen gut?« fragte Joshua York und lächelte Marsh über den Rand seines Brandyglases hinweg an.

»Toby backt keinen schlechten Kuchen«, erwiderte Marsh. »Sie hätten ein Stück kosten sollen.« Er schob seinen Stuhl zurück und stand auf. »Na los, trinken Sie aus, Joshua. Es ist soweit.«

»Es ist soweit?«

»Sie wollen doch den Fluß kennenlernen, oder nicht? Wenn Sie die ganze Zeit am Tisch sitzen, wird daraus nichts, soviel kann ich Ihnen schon jetzt versichern.«

York leerte sein Glas, und sie stiegen gemeinsam zum Ruderhaus hinauf. Karl Framm hatte Dienst. Er räkelte sich auf der Couch, Rauch kräuselte aus seiner Pfeife, während sein Lehrling — ein hochgewachsener Junge mit langen blonden Haaren, die ihm bis in den Kragen hingen — am Ruderrad stand. »Cap'n Marsh«, begrüßte Framm seine Besucher und nickte. »Und Sie müssen dieser geheimnisvolle Cap'n York sein. Erfreut, Sie kennenzulernen. War bisher noch nie auf einem Raddampfer mit zwei Kapitänen.« Er grinste breit und entblößte dabei einen blitzenden Goldzahn. »Dieses Boot hat fast so viele Kapitäne wie ich Ehefrauen. Natürlich leuchtet das ein. Nun, dieses Schiff hat mehr Kessel und mehr

Spiegel und mehr Silber als jedes andere, das ich je gesehen habe, deshalb muß es wohl auch mehr Kapitäne haben, denke ich mir.« Der hagere Lotse lehnte sich vor und klopfte etwas Asche aus seiner Pfeife in die Öffnung eines großen Eisenofens. Er war kalt und dunkel, da die Nacht heiß und schwül war. »Was kann ich für Sie tun, Gentlemen?« fragte Framm..

»Erklären Sie uns den Fluß«, sagte Marsh.

Framms Augenbrauen gingen in die Höhe. »Ich soll Ihnen den Fluß erläutern? Ich hab' schon einen Lehrling. Stimmt's nicht, Jody?«

»Sicher doch, Mister Framm.«

Framm lächelte und zuckte die Achseln. »Wissen Sie, ich lerne Jody an, und es ist alles längst abgemacht, ich bekomme sechshundert Dollar von seinem ersten Lohn, nachdem er die Lizenz bekommen hat und in die Gemeinschaft aufgenommen wurde. Ich mache es nur deshalb so billig, weil ich seine Familie kenne. Ich kann aber nicht behaupten, daß ich Ihre Familien kenne, das kann ich ganz und gar nicht behaupten.«

Joshua York öffnete die Knöpfe seiner dunkelgrauen Weste. Er trug darunter einen Geldgürtel. Er holte eine Zwanzig-Dollar-Münze hervor und legte sie auf den Ofen, wo das Gold auf der schwarzen Unterlage des Ofens leuchtete. »Zwanzig«, sagte York. Er legte eine weitere Münze darauf. »Vierzig«, sagte er. Dann eine dritte. »Sechzig.« Als er bei dreihundert angelangt war, knöpfte York die Weste zu. »Ich fürchte, das ist alles, was ich bei mir habe, Mister Framm, aber ich versichere Ihnen, daß ich nicht ohne Reserven bin. Einigen wir uns auf siebenhundert Dollar für Sie und den gleichen Betrag für Mister Albright, wenn Sie beide mich in die Anfangskenntnisse des Steuerns einweisen und Captain Marshs Kenntnisse auffrischen, so daß er sein eigenes Schiff lenken kann, wenn nötig. Zahlbar sofort, und nicht aus zukünftigen Löhnen. Was meinen Sie?«

Framm reagierte erstaunlich gelassen, dachte Marsh.

Er zog ein paar Sekunden lang nachdenklich an seiner Pfeife, als würde er über das Angebot nachdenken, und schließlich streckte er die Hand aus und nahm den Stapel Goldmünzen. »Für Mister Albright kann ich nicht entscheiden, aber für mich selbst; ich war für die Farbe des Goldes schon immer empfänglich. Ich werde Sie einweisen. Was halten Sie davon, wenn Sie morgen im Laufe des Tages, wenn meine Schicht beginnt, heraufkommen?«

»Für Captain Marsh ist das vielleicht ein guter Vorschlag«, meinte York, »ich würde lieber jetzt gleich anfangen.«

Framm schaute sich um. »Zum Teufel«, sagte er. »Sehen Sie das denn nicht? Es ist Nacht. Ich habe Jody jetzt schon fast ein Jahr bei mir, und erst seit einem Monat lasse ich ihn auch mal nachts und bei Nebel ein Boot steuern. Bei Nacht auf dem Fluß zu fahren ist niemals einfach. Nein.« Sein Ton war bestimmt. »Ich kann mit Ihnen schon früh am Tag anfangen, wenn man sehen kann, wohin man fährt.«

»Ich werde bei Nacht lernen. Ich habe einen seltsamen Tagesablauf, Mister Framm. Aber Sie brauchen sich keine Sorgen zu machen. Ich verfüge über eine ausgezeichnete Nachtsichtfähigkeit, besser als Ihre, vermute ich.«

Der Lotse streckte die langen Beine aus, erhob sich und stakste durch das Ruderhaus, um das Rad wieder zu übernehmen. »Geh nach unten«, befahl er seinem Lehrling. Als der Junge gegangen war, sagte Framm. »Kein Mensch hat so gute Augen, daß er nachts auf einem schwierigen Flußabschnitt fahren kann.« Er wandte ihnen den Rücken zu und starrte auf das schwarze, von Sternenschein etwas erhellte Wasser vor dem Schiff. Weit flußaufwärts konnten sie die fernen Lichter eines anderen Dampfers erkennen. »Heute haben wir eine schöne, klare Nacht, keine nennenswerten Wolken, einen fast vollen Mond, einen guten Fluß. Sehen Sie auf das Wasser dort draußen. Wie schwarzes Glas. Schauen Sie sich die Ufer an. Es ist doch wirklich einfach, sie zu erkennen, nicht wahr?«

»Ja«, sagte York. Marsh grinste und sagte nichts.

»Nun«, sagte Framm, »so ist es nicht immer. Manchmal gibt es gar keinen Mond, manchmal verdecken die Wolken alles. Dann wird es verdammt schwarz um einen herum. Das wird so schlimm, daß Sie überhaupt nichts mehr erkennen. Die Ufer weichen zurück, so daß Sie nicht ausmachen können, wo sie verlaufen, und wenn Sie nicht wissen, was getan werden muß, dann laufen Sie Gefahr, mit dem Boot mitten hineinzufahren. Bei anderen Gelegenheiten treffen Sie auf Schatten, die sich auftürmen und so aussehen wie feste Gegenstände, und man muß dann wissen, daß sie es nicht sind, sonst verbringen Sie die ganze Nacht damit, Dingen auszuweichen, die überhaupt nicht vorhanden sind. Was meinen Sie, Cap'n York, woher weiß ein Lotse solche Dinge?« Framm gab ihm gar keine Gelegenheit zu einer Erwiderung. Er tippte sich gegen die Schläfe. »Er hat das alles in seinem Schädel, indem er den Fluß den ganzen Tag vor sich sieht und sich an alles erinnert, an jede Biegung, an jedes Haus am Ufer, an jeden Holzplatz, an jede tiefe und an jede seichte Stelle und wo man entlangfahren muß. Man lenkt einen Raddampfer mit dem, was man weiß, Cap'n York, und nicht mit dem, was man sieht. Aber man muß erst sehen, ehe man weiß, und bei Nacht kann man nicht richtig sehen.«

»Das ist wahr, Joshua«, bestätigte Abner Marsh und legte York eine Hand auf die Schulter.

York sagte leise: »Das Boot vor uns ist ein Dampfer mit Seitenrädern. Zwischen den Schornsteinen scheint die Lichterkette ein K zu bilden, und das Schiff hat ein Ruderhaus mit Kuppeldach. Im Augenblick passiert das Boot einen Holzplatz. Es gibt dort ein halbverfallenes Anlegefloß, an dessen Ende ein Schwarzer sitzt und auf den Fluß hinausschaut.«

Marsh ließ Yorks Schulter los und ging zum Fenster und schaute blinzelnd hinaus. Das andere Boot hatte noch einen großen Vorsprung. Er konnte undeutlich ausmachen, daß es ein Seitenraddampfer war, aber das Gebilde zwischen ihren Schornsteinen ... die Schornsteine waren schwarz vor einem schwarzen Himmel, er konnte sie kaum erkennen, und dann auch nur dank der Funken, die herausgeschleudert wurden. »Verdammt«, sagte er.

Framm drehte sich um und starrte York mit überraschten Augen an. »Ich kann noch nicht mal die Hälfte erkennen«, sagte er, »aber ich glaube dennoch, daß Sie recht haben.« Ein paar Augenblicke später dampfte die Fiebertraum an dem Holzplatz vorbei, und da saß der alte Farbige genauso, wie York ihn beschrieben hatte. »Er raucht eine Pfeife«, sagte Framm schmunzelnd. »Das haben Sie ausgelassen.«

»Entschuldigung«, sagte Joshua York.

»Nun«, sagte Framm nachdenklich, »nun.« Er kaute auf seiner Pfeife herum und richtete den Blick nach vorn auf den Fluß. »Sie haben wirklich gute Augen, das muß ich Ihnen doch mal sagen. Aber ich bin mir noch immer nicht ganz sicher. In einer klaren Nacht ist es nicht schwer, einen Holzplatz schon von weitem zu erkennen. Einen alten Schwarzen zu entdecken, ist sehr viel schwerer, wo diese Leute doch mit dem Hintergrund völlig verschmelzen, aber das ist nur eine Sache, und der Fluß selbst ist eine ganz andere. Es gibt sehr viele kleine Dinge, die ein Lotse erkennen können muß, die der normale Kabinenpassagier nicht einmal bemerkt. Die Veränderungen im Wasser, wenn eine Sandbank oder ein sonstiges Hindernis unter der Oberfläche lauert. Alte abgestorbene Bäume, die einem das Alter des Flusses hundert Meilen weiter verraten. Die Merkmale, wodurch ein Felsriff sich von einem Windriff unterscheidet. Sie müssen den Fluß lesen können wie ein Buch, in dem die Strömungen und Turbulenzen die

Worte sind, manchmal schon so verblaßt, daß man sie nicht mehr richtig erkennen kann, und dann müssen Sie sich auf das verlassen können, woran Sie sich vom letzten Lesen dieser speziellen Buchseite erinnern können. Aber Sie würden doch niemals versuchen, ein Buch bei Dunkelheit zu lesen, oder etwa doch?«

York ging nicht auf die Frage ein. »Ich kann eine Turbulenz im Wasser genauso leicht erkennen wie einen Holzplatz, wenn ich weiß, wonach ich Ausschau halte. Mister Framm, wenn Sie mir nichts über den Fluß beibringen können, dann suche ich mir einen Lotsen, der es kann. Ich will Sie nur daran erinnern, daß ich der Eigentümer und Kapitän der *Fiebertraum* bin.«

Framm blickte in die Runde und runzelte diesmal die Stirn. »Noch mehr Arbeit für die Nacht«, sagte er. »Wenn Sie nachts lernen wollen, dann erhöht sich der Preis auf achthundert.«

Yorks Gesichtsausdruck entspannte sich zu einem zurückhaltenden Lächeln. »Abgemacht«, sagte er. »Und jetzt wollen wir anfangen.«

Karl Framm schob seinen Schlapphut so weit zurück, daß er nur noch seinen Hinterkopf bedeckte, und stieß einen langen Seufzer aus wie ein Mann, dem man einen Schabernack spielte. »Na schön«, sagte er, »es ist Ihr Geld und auch Ihr Boot. Kommen Sie nicht zu mir, wenn dem Schiff der Boden aufgerissen wird. Hören Sie jetzt genau zu: Der Fluß verläuft von St. Louis bis hinunter nach Cairo ziemlich gerade, ehe der Ohio hineinmündet. Aber Bescheid wissen müssen Sie darüber. Dieser Abschnitt wird gelegentlich ›der Friedhof‹ genannt, denn hier sind eine Menge Boote untergegangen. Man kann von einigen noch die Schornsteine sehen, die aus dem Wasser ragen, oder das ganze verdammte Wrack im Schlamm, wenn der Fluß seichter ist — die Lage derer, die unterhalb der Wasserlinie liegen, sollten Sie sich lieber merken, oder das nächste verdammte Boot, das flußabwärts unterwegs ist, wird erfahren müssen, wo *Sie* liegen. Sie müssen auch alle Kennzeichen erlernen und wie Sie mit einem Boot umgehen müssen. Da, kommen Sie her, und nehmen Sie das Rad, damit Sie ein Gefühl dafür bekommen. Im Augenblick würden Sie den Grund noch nicht einmal mit einem Kirchturm berühren, es besteht zur Zeit keinerlei Gefahr.« York und Framm tauschten die Plätze. »Also, der erste Punkt nach St. Louis ...«, begann Framm. Abner Marsh ließ sich auf die Couch nieder und hörte zu, während der Lotse fortfuhr, von den Markierungen zu den Tricks des Steuerns überging und weiter zu Geschichten über die Raddampfer, die versunken im Friedhof lagen, über den sie gerade hinwegliefen. Er war ein leidenschaftlicher Geschichtenerzähler, aber nach jeder Story widmete er sich wieder seiner augenblicklichen Aufgabe und kam auf die Markierungen zu sprechen. York nahm alles in sich auf, ohne ein Wort zu sagen. Er schien den Trick des richtigen Steuerns sehr schnell zu erlernen, und immer dann, wenn Framm innehielt und ihn aufforderte, einige der Informationen zu wiederholen, rasselte Joshua sie augenblicklich herunter.

Nach einiger Zeit, nachdem sie den Seitenraddampfer, der vor ihnen unterwegs gewesen war, eingeholt und überholt hatten, ertappte Marsh sich dabei, daß er gähnte. Aber es war eine so schöne klare Nacht, daß er keinesfalls Lust hatte, jetzt zu Bett zu gehen. Er raffte sich auf und ging hinunter zum Texasdeck, von wo er mit einer Kanne heißen Kaffees und einem Teller Pastetchen zurückkehrte. Als er ankam, sponn Karl gerade das Seemannsgarn über das Wrack der *Drennan Whyte,* die im Jahr '50 mit einem Schatz an Bord oberhalb von Natchez gesunken war. Die *Evermonde* versuchte sie zu heben, fing Feuer und soff ebenfalls ab. Die *Ellen Adams,* ein Bergungsdampfer, suchte '51 nach dem Schatz, lief auf einen Baumstamm auf und sackte halb weg. »Der Schatz ist verflucht, verstehen Sie«, sagte

Framm, »entweder das, oder der alte Teufel von Fluß gibt nicht her, was er einmal hat.«

Marsh lächelte und schenkte Kaffee ein. »Joshua«, sagte er, »diese Geschichte entspricht den Tatsachen, aber glauben Sie nicht alles, was er sagt. Dieser Mann ist der hemmungsloseste Lügner auf dem ganzen Fluß.«

»Nun, Cap'n!« sagte Framm grinsend. Er wandte sich wieder zum Fluß. »Sehen Sie die alte Hütte dort unten mit der halb zerfallenen Veranda?« fragte er. »Gut, denn die müssen Sie sich merken ...« Und er war wieder bei seinen Schiffen gelandet. Es dauerte zwanzig Minuten, ehe er durch die Geschichte von der *E. Jenkins* abgelenkt wurde, von dem Raddampfer, der dreißig Meilen lang war und in der Mitte Scharniere besaß, so daß er um die Flußbiegungen herumkam. Selbst Joshua York bedachte Framm deswegen mit einem ungläubigen Blick. Aber er lächelte.

Marsh zog sich eine Stunde, nachdem er die letzten Pasteten verzehrt hatte, zurück. Framm war recht amüsant, aber er würde seine Lektionen bei Tag nehmen, wenn er die Markierungen deutlich sehen konnte, die der Lotse aufzählte und erklärte.

Als er erwachte, war es früher Morgen, und die *Fiebertraum* befand sich in Cape Girardeau und nahm eine Ladung Mahlgut auf. Er erfuhr, daß Framm beabsichtigt hatte, dort während der Nacht anzulegen, falls es Nebel geben sollte. Cape Girardeau war eine stolze Stadt, die oben auf ihren Felsen thronte, etwa 150 Meilen flußabwärts von St. Louis, und Marsh stellte einige Berechnungen an und war mit ihrer Zeit zufrieden. Es war kein Rekord, aber die Zeit war gut.

Nach einer Stunde war die *Fiebertraum* wieder unterwegs und fuhr flußabwärts. Die Julisonne schickte ihre glühenden Strahlen vom Himmel, die Luft war zäh vor Hitze und Feuchtigkeit und Insekten, aber oben auf dem Texasdeck war es kühl und friedlich. Die Zwischenstops waren zahlreich. Mit ihren achtzehn Kesseln, die geheizt werden mußten, fraß der Raddampfer das Holz geradezu, aber der Treibstoffnachschub war kein Problem; Holzplätze waren in regelmäßigen Abständen am Ufer angelegt. Immer wenn ihr Vorrat zur Neige ging, gab der Maat dem Lotsen ein Zeichen, und sie legten unweit irgendeiner winzigen windschiefen Hütte an, die von hohen Stapeln zurechtgeschnittener Birken- oder Eichen- oder Kastanienbretter umgeben war, und Marsh oder Jonathon Jeffers gingen an Land, um mit dem Holzplatzverwalter zu verhandeln. Sobald sie ein Zeichen gaben, strömten die Deckshelfer an Land und stürzten sich auf die bezeichneten Holzberge, und im Nu waren die Stapel abgetragen und an Bord des Dampfers verstaut. Die Kabinenpassagiere schauten immer gern von der Reling auf dem Kesseldeck zu, wenn Holz aufgenommen wurde. Die Deckspassagiere standen immer nur im Weg.

Sie hielten auch an allen möglichen Städten und Ortschaften an und sorgten stets für große Aufregung. Sie stoppten an einer unmarkierten Anlegestelle, um einen Passagier aussteigen zu lassen, und an einem privaten Liegeplatz, um einen anderen aufzunehmen. Gegen Mittag legten sie wegen einer Frau und eines Kindes an, die ihnen vom Ufer aus zugewinkt hatten, und gegen vier mußten sie ihre Fahrt verlangsamen und die Schaufelräder rückwärts laufen lassen, damit drei Männer in einem Ruderboot den Dampfer einholen und an Bord klettern konnten. An diesem Tag fuhr die *Fiebertraum* nicht weit, und sie kam auch nicht schnell voran. Als die untergehende Sonne die Fluten des breiten Flusses tiefrot färbte, kam Cairo in Sicht, und Dan Albright entschied, daß sie dort für die Nacht anlegen sollten.

Südlich von Cairo mündete der Ohio in den Mississippi, und die beiden Flüsse boten einen seltsamen Anblick. Sie vermischten sich nicht sofort, sondern blieben vorerst getrennt, wodurch die klaren blauen Fluten des Ohio einen hellen Streifen am östlichen Ufer bildeten und in Kontrast zum schlammigen braunen Wasser des Mississippi standen. Von diesem Punkt an gewann der Fluß auch seinen ganz speziellen, sonderbaren Charakter; von Cairo bis nach New Orleans und weiter zum Golf, auf einer Strecke von fast 1100 Meilen also, wand und krümmte sich der Mississippi wie eine Schlange, änderte seinen Lauf beim geringsten Hindernis, fraß sich dann unerwarteterweise durch weiches Erdreich, ließ manchmal Docks hoch und ausgetrocknet aufragen und setzte an anderen Stellen ganze Städte unter Wasser. Die Lotsen behaupteten, daß der Fluß niemals das gleiche Gesicht zeigte. Der obere Mississippi, wo Abner Marsh geboren worden war und sein Handwerk erlernt hatte, war eine völlig andere Gegend. Dort floß er zwischen hohen, felsigen Hängen dahin und verlief im wesentlichen gerade. Marsh stand lange oben auf dem Sturmdeck, betrachtete die vorbeigleitende Szenerie und versuchte ihre Andersartigkeit und ihre Auswirkung auf seine Zukunft zu spüren. Er war vom Oberlauf auf den Unterlauf des Flusses hinübergewechselt, dachte er, und somit in einen ganz neuen Lebensabschnitt.

Kurz darauf hielt Marsh mit Jeffers in dessen Büro ein Schwätzchen, als er hörte, wie die Glocke dreimal anschlug. Es war das Signal zum Anlegen. Er runzelte fragend die Stirn und schaute aus Jeffers' Fenster. Es war nichts zu sehen als bewaldete Ufer. »Ich möchte wissen, warum wir haltmachen«, sagte Marsh. »Der nächste Zwischenstop sollte New Madrid sein. Ich kenne diesen Teil des Flusses kaum, aber New Madrid ist das ganz bestimmt nicht.«

Jeffers hob die Schultern. »Vielleicht hat uns jemand gewinkt.«

Marsh entschuldigte sich und stieg hinauf ins Ruderhaus. Dan Albright stand am Ruderrad. »Hat jemand ein Signal gegeben?« erkundigte Marsh sich.

»No, Sir«, antwortete Albright. Er gehörte zu der

wortkargen Sorte. Er antwortete nur auf das, was man ihn fragte, und das sehr sparsam.

»Wo legen wir an?«

»An einem Holzplatz, Cap'n.«

Marsh sah, daß voraus am Westufer tatsächlich ein Holzplatz lag. »Mister Albright, ich denke, wir haben erst vor einer Stunde frisches Holz geladen. Das kann doch nicht alles schon wieder verheizt sein. Hat Hairy Mike Ihnen gesagt, Sie sollen anlegen?« Der Maat hatte die Aufgabe, den Holzvorrat zu überwachen und darauf aufmerksam zu machen, wenn Nachschub gebraucht wurde.

»Nein, Sir. Das geschieht auf Captain Yorks Befehl. Mir wurde mitgeteilt, ich solle an diesem speziellen Holzplatz anlegen, ob wir Holz brauchen oder nicht.« Albright wandte sich zu Marsh um. Er war ein hübscher kleiner Bursche mit einem schmalen dunklen Schnurrbart, einer roten Seidenkrawatte und Lederstiefeln. »Wollen Sie, daß ich weiterfahre?«

»Nein«, sagte Abner Marsh hastig. York hätte ihm Bescheid sagen können, dachte er, aber ihre Abmachung gab Joshua das Recht, seltsame Befehle zu erteilen. »Wissen Sie, wie lange wir hier bleiben werden?«

»York hat an Land zu tun. da er nie vor Einbruch der Dunkelheit aus seiner Kabine kommt, dann dürfte es wohl den ganzen Tag bis in die Nacht hinein dauern.«

»Verdammt. Unser Fahrplan — die Passagiere werden mir jede Menge lästige Fragen stellen.« Marsh machte ein finsteres Gesicht. »Na ja, ich denke, daran kann man nichts ändern. Wenn wir schon mal hier sind, können wir auch gleich Holz nachladen. Ich kümmere mich darum.«

Marsh handelte mit dem Jungen, der den Holzplatz leitete, einem schlanken Neger in einem leichten Baumwollhemd, einen erträglichen Preis aus. Viel schien der Neger vom Feilschen nicht zu halten; Marsh bekam von ihm Birkenholz zu Cottonwood-Preisen und überredete ihn, auch noch ein paar Tannenkloben dazuzupacken. Während die Schauerleute und die Deckshelfer herüberkamen, um mit dem Laden zu beginnen, schaute Marsh dem Farbigen in die Augen, lächelte und sagte: »Du bist neu hier, nicht wahr?«

Der Junge nickte. »Yassuh, Cap'n.« Marsh nickte und schickte sich an, auf seinen Dampfer zurückzukehren, als der Junge fortfuhr: »Ich bin erst eine Woche hier, Cap'n. Der alte Weiße, der früher hier wohnte, wurde von Wölfen gefressen.«

Marsh starrte den Jungen an. »Wir sind hier doch nur zwei Meilen von New Madrid entfernt, oder nicht, Junge?«

»Das stimmt, Cap'n.«

Als Abner Marsh auf die *Fiebertraum* kam, war er innerlich in Aufruhr. Verdammter Joshua York, dachte er. Was hatte der Mann vor, und warum mußten sie einen ganzen Tag an diesem verschlafenen Holzplatz vergeuden? Marsh hatte nicht übel Lust, zu Yorks Kabine hinaufzustürmen und ihm die Meinung zu sagen. Er zog diesen Schritt kurz in Erwägung, dann überlegte er es sich jedoch anders. Es ging ihn nichts an, rief Marsh sich ins Gedächtnis. Er fand sich damit ab, auf seinen Partner zu warten.

Die Stunden verstrichen träge, während die *Fiebertraum* wie tot im Wasser vor dem Holzplatz lag. Ein Dutzend anderer Raddampfer glitten zu Abner Marshs Verärgerung in dieser Zeit flußabwärts. Fast ebenso viele waren flußaufwärts unterwegs. Die einzige Abwechslung des Nachmittags bot ein Messerduell zwischen zwei Deckspassagieren, bei dem niemand verletzt wurde. Die meiste Zeit verbrachten die Passagiere und die Mannschaft der *Fiebertraum* auf ihren Decks, wo sie die Liegestühle in die Sonne geschoben hatten und rauchten oder Tabak kauten oder über Politik diskutierten. Jeffers und Albright spielten im Ruderhaus Schach. Framm erzählte im großen Salon wilde Geschichten. Einige der Damen äußerten den Wunsch zu tanzen. Und Abner Marsh wurde immer ungeduldiger.

Bei Einbruch der Dunkelheit saß Marsh oben auf der Texasveranda, trank Kaffee und zerquetschte Moskitos, als er zufällig gerade rechtzeitig zum Ufer blickte, um Joshua York beim Verlassen des Raddampfers zu beobachten. Simon begleitete ihn. Sie gingen zur Hütte, unterhielten sich kurz mit dem Holzplatzjungen, dann verschwanden sie auf einer zerfurchten Lehmstraße im Wald. »Ich glaub', ich werd' nicht mehr«, sagte Marsh und erhob sich. »Ohne ein Wort zu sagen.« Er runzelte die Stirn. »Und auch ohne Abendessen.« Das erinnerte ihn an seinen Hunger, und er ging hinunter in die Hauptkabine, um zu speisen.

Die Nacht verstrich; Passagiere und Mannschaft wurden allmählich unruhig. An der Bar wurde viel getrunken. Ein Plantagenbesitzer holte Karten hervor und begann eine Runde Brag, und andere Gäste stimmten ein heiseres Lied an, und ein säuerlicher junger Mann fing sich einen Stockhieb ein, weil er lauthals die Abschaffung der Sklaverei forderte.

Kurz vor Mitternacht kehrte Simon alleine zurück. Abner Marsh hielt sich im Salon auf, als Hairy Mike ihm auf die Schulter tippte; Marsh hatte Befehl gegeben, man solle ihn sofort benachrichtigen, wenn York wieder zurückkam. »Holen Sie Ihre Leute an Bord, und bestellen Sie Whitey, er soll Dampf machen«, sagte er dem Maat, »wir müssen einige Zeit aufholen.« Dann wollte er York aufsuchen. Aber York war nicht da.

»Joshua will, daß Sie weiterfahren«, meldete Simon. »Er bleibt an Land und trifft uns in New Madrid. Dort sollen Sie auf ihn warten.« Hitzige Fragen ergaben aber keine weiteren Informationen; Simon fixierte Marsh nur mit seinen kleinen kalten Augen und wiederholte die Nachricht, daß die *Fiebertraum* in New Madrid auf York warten solle.

Sobald genügend Dampf in den Kesseln war, wurde

es eine kurze, angenehme Fahrt. New Madrid lag nur ein paar Meilen flußabwärts von dem Holzplatz entfernt, wo sie den ganzen Tag gelegen hatten. Marsh fiel der Abschied von diesem öden Ort nicht schwer, als sie in die Nacht hinausdampften. »Dieser verdammte Joshua«, murmelte er.

In New Madrid verloren sie fast zwei volle Tage.

»Er ist tot«, äußerte Jonathon Jeffers seine Meinung, als sie schon eineinhalb Tage festlagen. New Madrid hatte Hotels, Billardhallen, Kirchen und allerlei andere Unterhaltungsmöglichkeiten, die man auf Holzplätzen nicht antraf, daher war die Zeit, die man festlag, nicht annähernd so langweilig, aber nichtsdestoweniger warteten alle ungeduldig auf die Fortsetzung der Reise. Ein halbes Dutzend Passagiere, ungehalten über den Aufenthalt bei besten Wetterbedingungen — das Boot war in gutem Zustand, die Landungsbrücke stand hoch — kamen zu Marsh und forderten die Rückzahlung der Passagengebühr. Sie wurden entrüstet abgewiesen, aber Marsh schäumte innerlich vor Wut und fragte ziemlich laut, in was Joshua York wohl hineingeraten sein mochte.

»York ist nicht tot«, sagte Marsh. »Ich sage nicht, daß er sich vielleicht den Tod wünschen wird, wenn ich ihn in die Finger bekomme, aber noch ist er nicht tot.«

Hinter seiner goldgeränderten Brille wölbten sich Jeffers Augenbrauen. »Nein? Wie können Sie so sicher sein, Cap'n? Er war allein und wollte bei Nacht zu Fuß durch den Wald. Dort gibt es jede Menge Gesindel und wilde Tiere. Soviel ich weiß, sind in den letzten paar Jahren einige Leute in der Umgebung von New Madrid ums Leben gekommen.«

Marsh starrte ihn an. »Was soll das heißen?« fragte er. »Woher wissen Sie das?«

»Ich hab's in den Zeitungen gelesen«, entgegnete Jeffers.

Marshs Gesicht verfinsterte sich. »Nun, das heißt gar

nichts. York ist nicht tot. Das weiß ich, Mister Jeffers, das weiß ich ganz sicher.«

»Kann er sich dann verirrt haben?« äußerte der Zahlmeister eine andere Vermutung und lächelte kühl. »Sollen wir eine Mannschaft zusammenstellen und ihn suchen, Cap'n?«

»Ich überleg's mir«, sagte Abner Marsh.

Aber das war nicht nötig. An diesem Abend, eine Stunde nach dem die Sonne untergegangen war, kam Joshua York zur Anlegestelle geschlendert. Er sah nicht so aus wie jemand, der zwei Tage allein im Wald verbracht hatte. Seine Stiefel und seine Hosenbeine waren staubig, aber ansonsten sah seine Kleidung genauso elegant aus wie an dem Abend, an dem er das Schiff verlassen hatte. Sein Schritt war schnell, aber geschmeidig. Er stürmte die Landungsbrücke hinauf und lächelte, als er Jack Ely sah, den zweiten Maschinisten. »Holen Sie Whitey, und machen Sie Dampf«, meinte York zu Ely, »wir legen ab.« Dann, ehe jemand ihm eine Frage stellen konnte, war er die breite Treppe schon zur Hälfte hinaufgeeilt.

Trotz seiner Verärgerung und seiner Unruhe, so stellte Marsh fest, war er über Joshuas Rückkehr doch erstaunlich erleichtert. »Los, lassen Sie die verdammte Glocke schlagen, daß die, die an Land gegangen sind, wissen, daß wir weiterfahren wollen«, forderte er Hairy Mike auf. »Ich will so schnell wie möglich draußen auf dem Fluß sein.«

York hatte seine Kabine aufgesucht und wusch sich die Hände in der Waschschüssel, die auf seiner Schubladenkommode stand. »Abner«, sagte er höflich, als Marsh nach kurzem, donnergleichem Anklopfen hereinstürzte. »Meinen Sie, ich könnte Toby noch um ein sehr spätes Abendessen bitten?«

»Erst einmal will ich wissen, warum wir soviel Zeit vergeudet haben«, sagte Marsh. »Verdammt noch mal, Joshua, ich weiß ja, Sie meinten, Sie würden sich gelegentlich etwas seltsam benehmen, aber *zwei Tage!* So kann man kein Paketschiff betreiben, das muß ich Ihnen sagen.«

York trocknete sich die langen, blassen Hände sorgfältig ab und wandte sich um. »Es war wichtig. Und ich warne Sie schon jetzt, daß es möglicherweise wieder vorkommen kann. Sie werden sich an meine Eigenheiten gewöhnen müssen, Abner, und dafür sorgen, daß man mir keine neugierigen Fragen stellt.«

»Wir haben Fracht zu transportieren und Passagiere, die für eine Passage bezahlt haben und nicht dafür, auf irgendwelchen Holzplätzen herumzulungern. Was soll ich denen erzählen, Joshua?«

»Was immer Sie wollen. Sie sind doch so klug, Abner. Ich habe das Geld in unsere Partnerschaft eingebracht. Dafür erwarte ich, daß Sie die Entschuldigungen finden.« Sein Tonfall war freundlich, aber bestimmt. »Falls es Sie tröstet, diese erste Fahrt dürfte die unangenehmste sein. Auf weiteren Fahrten rechne ich mit weniger von meinen geheimnisvollen Ausflügen. Sie werden Ihre Rekordfahrt bekommen, ohne daß ich Ihnen Schwierigkeiten mache.« Er lächelte. »Ich hoffe, das stellt Sie etwas zufrieden. Halten Sie Ihre Ungeduld im Zaum, Freund. In Kürze werden wir in New Orleans ankommen, und dann wird alles etwas einfacher werden. Können Sie das akzeptieren, Abner? Abner? Stimmt etwas nicht?«

Abner Marsh hatte angestrengt auf etwas geschielt und York dabei gar nicht zugehört. Ihm wurde bewußt, daß sein Gesicht einen seltsamen Ausdruck zeigen mußte. »Nein«, sagte er hastig, »es waren nur die zwei Tage, die waren etwas unerfreulich. Aber das ist jetzt gleichgültig. Es macht überhaupt nichts aus. Was immer Sie wollen, Joshua.«

York nickte, offensichtlich zufrieden. »Ich werde mich umziehen, dann werde ich Toby um eine Mahlzeit bitten, und anschließend komme ich ins Ruderhaus, um mehr über Ihren Fluß zu erfahren. Wer hat heute nacht Spätschicht?«

»Mister Framm«, sagte Marsh.

»Gut«, sagte York. »Karl ist sehr unterhaltsam.«

»Das ist er«, pflichtete Marsh ihm bei. »Entschuldigen Sie mich, Joshua. Ich muß nach unten gehen und mich um einige Dinge kümmern, wenn wir heute noch ablegen wollen.« Er drehte sich ruckartig um und eilte aus der Kabine. Aber draußen, in der Hitze der Nacht, stützte Abner Marsh sich schwer auf seinen Spazierstock und starrte hinaus in die sternenübersäte Dunkelheit und versuchte sich wieder ins Bewußtsein zu rufen, was er quer durch die Kabine zu sehen geglaubt hatte.

Wenn doch nur seine Augen besser wären. Wenn York doch nur beide Öllampen entzündet hätte, statt nur einer. Wenn er es doch nur gewagt hätte, etwas näher heranzugehen. Es war schwierig gewesen, es genau zu erkennen, ein gutes Stück entfernt auf der Schubladenkommode. Aber Marsh konnte es nicht aus seinem Gedächtnis verbannen. Das Tuch, an dem York sich die Hände abgewischt hatte, wies Flecken auf. Dunkle Flekken. Rötliche Flecken.

Und sie hatten verdammt noch mal zu sehr nach Blut ausgesehen.

KAPITEL NEUN

An Bord des Raddampfers *Fiebertraum*
Mississippi River, August 1857

Ein langweiliger Tag nach dem anderen verstrich, als die *Fiebertraum* den Mississippi hinunterkroch.

Ein schneller Raddampfer schaffte die Reise von St. Louis nach New Orleans und zurück in achtundzwanzig Tagen, und zwar mit Zwischenstops und gelegentlichen Landungen, mit über einer Woche Liegezeit im Hafen zum Be- oder Entladen und bei einigen Schlechtwetterperioden. Aber das Tempo der *Fiebertraum* war noch träger, sie würden wohl einen ganzen Monat brauchen, nur um New Orleans zu erreichen. Abner Marsh erschien es so, als hätten das Wetter, der Fluß und Joshua York sich miteinander verschworen, ihn aufzuhalten. Zwei Tag lang lag Nebel auf dem Wasser, so dicht und grau wie schmutzige Baumwolle; Dan Albright fuhr sechs Stunden lang mit dem Schiff weiter, lenkte es vorsichtig in dichte, wallende Nebelwälle hinein, die zerstoben und dem Dampfer Platz machten, bis Marsh nur noch ein Nervenbündel war. Wenn es nach ihm gegangen wäre, hätten sie schon in dem Augenblick irgendwo angelegt, als der Nebel sich auf sie niedersenkte, anstatt die *Fiebertraum* in Gefahr zu bringen, aber draußen auf dem Fluß war es allein der Lotse, der solche Dinge entschied, nicht der Kapitän, und Albright setzte die Fahrt fort. Am Ende jedoch wurde sogar ihm der Nebel zu dicht, und sie verloren eineinhalb Tage an einer Anlegestelle in der Nähe von Memphis, wo sie den braunen Fluten zusahen, wie sie vorüberrauschten und an ihnen zerrten, und wo sie einem gelegentlichen fernen Plätschern im Nebel lauschten. Einmal kam ein Floß vorbei, auf seinem Deck brannte ein Feuer, und sie hörten, wie die Flößer ihnen etwas zuriefen, undeutliche Rufe, die über den Fluß halten, ehe der Nebel Floß und Geräusche verschluckte.

Als sich der Nebel endlich so weit hob, daß Karl Framm entschied, man könne sich wieder auf den Fluß hinauswagen, dampften sie kaum eine Stunde weiter, ehe sie auf ein Hindernis aufliefen, weil Framm versucht hatte, eine nicht ganz sicher erscheinende Abkürzung zu durchfahren, um etwas Zeit einzusparen. Deckshelfer und Heizer und Schauerleute strömten an Land, wobei Hairy Mike die Aufsicht führte, und trugen den Dampfer regelrecht über die Sandbank, aber es dauerte mehr als drei Stunden, und anschließend ging es in Kriechfahrt weiter, wobei Albright mit der Jolle vorausfuhr und die Tiefenwerte ausrief. Am Ende ließen sie die Abkürzung hinter sich und gelangten wieder in tieferes Wasser, aber damit waren ihre Probleme noch nicht überstanden. Drei Tage später ging ein Unwetter über sie hinweg, und mehr als einmal mußte die *Fiebertraum* wegen Baumstümpfen oder Untiefen in den Abkürzungen oder an den Stromschnellen den langen Weg um eine Flußbiegung nehmen, oder sie schlich weiter mit sich kaum drehenden Schaufelrädern, während die Lotjolle mit dem dienstfreien Lotsen und einem Offizier und einer ausgesuchten Mannschaft vorausfuhr und die Wassertiefe ausrief: »Viertel zwei«, oder »Viertel weniger drei«, oder »Marke drei«. Wenn mal kein Nebel aufkam, waren die Nächte pechschwarz und bewölkt; wenn das Boot überhaupt weiterfuhr, dann nur sehr langsam, mit Viertelkraft oder noch weniger; oben im Ruderhaus durfte nicht geraucht werden, und alle Fenster auf den Decks waren sorgfältig mit Läden und Vorhängen verdunkelt, so daß von dem Boot kein Lichtschein ausging und der Steuermann den Fluß leichter erkennen konnte. Die Ufer waren in solchen Nächten stockfinster und verlassen und schienen sich herumzuwälzen wie ruhelose Schläfer, bewegten sich hin und her, so daß man nicht eindeutig ausmachen konnte, wo das Wasser tief genug war oder gar wo das Wasser endete und das Land begann. Der Fluß lag so düster da, wie die Sünde, ohne daß sich das Licht des Mondes oder der Sterne in seinen Fluten widerspiegelte. In einigen Nächten war es sogar schwierig, die Nachteule zu erkennen, ein Gerät etwa auf halber Höhe des Flaggenmastes, mittels dessen die Lotsen ihre Markierungen anpeilten. Aber Framm und Albright, so verschieden sie auch waren, erwiesen sich als erstklassige Lotsen, und sie hielten die *Fiebertraum* auf Kurs, so lange ein Weiterfahren überhaupt möglich war. Wenn sie wirklich einmal anlegten, dann geschah es nur dann, wenn sich auf dem Fluß überhaupt nichts mehr rührte, außer Flößen und Baumstämmen und einer Handvoll Flachrumpfboote und kleine Dampfer, die so gut wie überhaupt keinen Tiefgang hatten.

Joshua York half ihnen weiter; jede Nacht erschien er oben im Lotsenhaus, um wie ein gehorsamer Lehrling seine Wache anzutreten. »Ich hab' ihm sofort gesagt, daß es in einer solchen Nacht gar keinen Sinn hätte«, erzählte Framm Marsh einmal während des Abendessens. »Ich kann ihm doch keine Markierungen erklären, die ich selbst nicht einmal deutlich erkennen kann, habe ich recht? Nun, dieser Mann hat die verdammt besten Augen bei Dunkelheit, die ich je erlebt habe. Es gibt Augenblicke, da könnte ich schwören, daß er nur ins Wasser blickt und alles sieht, und es macht ihm gar nichts aus, wie schwarz es ist. Ich stehe neben ihm und erkläre ihm die Markierungen, und in neun von zehn Fällen erkennt er sie schon vor mir. Letzte Nacht hätte ich das Boot mindestens für die halbe Spätschicht irgendwo anlegen lassen, wäre Joshua nicht dabei gewesen.«

Aber York hielt den Dampfer andererseits auch auf. Sechsmal wurde auf seinen Befehl hin haltgemacht, in Greenville und in zwei anderen kleinen Städten, an einem privaten Anlegefloß in Tennessee und zweimal an

Holzplätzen. Zweimal verschwand er für die ganze Nacht. In Memphis hatte York an Land nichts zu erledigen, aber sonst dehnte er ihre Aufenthalte unerträglich lange aus. Als sie in Helena anlegten, blieb er die ganze Nacht weg, und in Napoleon hielt er sie drei Tage auf, er und Simon; weiß der Himmel, was sie die ganze Zeit trieben. In Vicksburg war es sogar noch schlimmer; dort vertrödelten sie vier Tage, ehe Joshua York endlich wieder auf der *Fiebertraum* erschien.

Am Tag, als sie Memphis verließen, war der Sonnenuntergang besonders schön. Ein paar noch zurückgebliebene Dunstschwaden erglühten in einem Orangeton, und die Wolken im Westen nahmen ein leuchtendes feuriges Rot an, bis der ganze Himmel in Flammen zu stehen schien. Doch Abner Marsh, der allein oben auf dem Texasdeck stand, hatte nur Augen für den Fluß. Keine anderen Dampfschiffe waren in Sicht. Das Wasser vor ihnen war ruhig; hier erzeugte der Wind ein Wellengekräusel, dort umschäumte die Strömung die tückischen schwarzen Gliedmaßen eines abgestorbenen Baumes, der vom Ufer ins Wasser hinausragte, doch im wesentlichen war der alte Teufel friedlich. Und als die Sonne endgültig unterging, bekam das schlammige Wasser einen roten Schimmer, einen Schimmer, der zunahm und sich ausbreitete und dunkler wurde, bis es so aussah, als wäre die *Fiebertraum* auf einem dahinströmenden Fluß aus Blut unterwegs. Dann verschwand die Sonne hinter den Bäumen und den Wolken, und allmählich verdunkelte sich das Blut, es wurde braun, wie es bei getrocknetem Blut immer der Fall ist, und schließlich war es schwarz, tödlich schwarz, schwarz wie das Grab. Marsh beobachtete, wie der letzte rote Schimmer sich verflüchtigte. In dieser Nacht waren keine Sterne zu sehen. Er ging hinunter zum Abendessen und dachte dabei an Blut.

Seit New Madrid waren einige Tage vergangen, und Abner Marsh hatte nichts getan und nichts gesagt. Aber er hatte eine Menge nachgedacht über das, was er in Joshuas Kabine gesehen oder nicht gesehen hatte. Natürlich konnte er sich nicht einmal sicher sein, ob er überhaupt etwas gesehen hatte. Überdies, was hieß es, wenn ja? Vielleicht hatte Joshua sich im Wald irgendwie verletzt … obgleich Marsh am folgenden Abend Yorks Hände eingehend betrachtet und keine Spur von einem Schnitt oder einem Kratzer gefunden hatte. Vielleicht hatte er ein Tier geschlachtet oder sich gegen Diebe verteidigt; ein Dutzend einleuchtende Gründe boten sich an, aber alle waren durch die simple Tatsache, daß Joshua sich ausschwieg, hinfällig. Wenn Joshua nichts zu verbergen hatte, warum tat er dann so geheimnisvoll? Je mehr Abner Marsh darüber nachdachte, desto weniger gefiel ihm das Ganze.

Marsh hatte schon vorher But zu sehen bekommen, und zwar eine ganze Menge; Schlägereien und Prügelstrafen, Duelle und Schießereien. Der Fluß strömte durch Sklavenland, und bei denen, deren Haut schwarz war, floß das Blut sehr schnell. In den freien Staaten war es nicht viel besser. Marsh hatte sich einige Zeit in dem verfluchten Kansas aufgehalten und miterlebt, wie Männer verbrannt und erschossen wurden. Als er noch jünger war, hatte er in der Miliz von Illinois gedient und im Black-Hawk-Krieg gekämpft. Gelegentlich träumte er sogar noch von der Schlacht von Bad Axe, als sie das Volk von Black Hawk niedergemacht hatten, auch Frauen und Kinder, als sie versuchten, den Mississippi zu überqueren und zum westlichen Ufer und damit in Sicherheit zu gelangen. Das war ein blutiger Tag gewesen, aber notwendig; schließlich hatte Black Hawk seine Raub- und Kriegszüge in Illinois veranstaltet.

Das Blut, das möglicherweise an Joshuas Händen geklebt hatte, oder auch nicht, war irgendwie anders. Marsh war beunruhigt und fühlte sich unbehaglich.

Trotzdem, so rief er sich ins Gedächtnis zurück, hatte er eine Abmachung getroffen. Und für Abner Marsh war eine Abmachung eine wichtige Angelegenheit, und ein Mann mußte jede, die er getroffen hatte, unbedingt einhalten, seien sie gut oder schlecht, ob mit einem Prediger oder mit einem Gauner oder mit dem Teufel persönlich. Joshua York hatte erwähnt, daß er Feinde habe, erinnerte Marsh sich, und wie ein Mann mit seinen Feinden umspringt, war seine eigene Sache. York war Marsh gegenüber stets fair gewesen.

Dies waren seine Gedanken, und er versuchte, die ganze Angelegenheit aus seinem Bewußtsein zu verdrängen.

Aber der Mississippi verwandelte sich in Blut, und auch in seinen Träumen floß viel von dem Saft. An Bord der *Fiebertraum* wurde die Stimmung gelangweilt und trübe. Ein Öler war unvorsichtig und zog sich durch ausströmenden Dampf Verbrühungen zu und mußte in Napoleon an Land gebracht werden. Ein Schauermann machte sich in Vicksburg aus dem Staub, was ziemlich verrückt war, denn immerhin befand man sich im Sklavenland, und er war ein freier Farbiger. Es kam zu Streitereien unter den Deckspassagieren. Daran seien nur die Langeweile und die schwüle, erstickende feuchte Augusthitze schuld, erklärte Jeffers ihm. Abschaum dreht schon mal durch, wenn es heiß wird, bekräftigte Hairy Mike. Abner Marsh war sich da nicht so sicher. Ihm schien es fast so, als würden sie für irgend etwas bestraft.

Missouri und Tennessee blieben hinter ihnen zurück, und Marsh schäumte innerlich vor Wut. Städte und Ortschaften und Holzplätze glitten vorbei, Tage wurden zu quälend langsam verstreichenden Wochen; und sie verloren wegen Yorks Fahrtunterbrechungen Passagiere und Fracht. Marsh ging an Land, suchte Saloons und Hotels auf, die von Dampfschiffern bevölkert wurden und lauschte den Gesprächen, und ihm gefiel das Gerede überhaupt nicht, das über sein Boot geführt wurde. Trotz all ihrer Kessel, so lautete eine dieser Geschichten, war die *Fiebertraum* zu schwer und zu groß gebaut worden, und angeblich war sie überhaupt nicht schnell. Maschinendefekte, lautete ein anderes Gerücht; die Schweißnähte an den Kesseln stünden kurz vor dem Aufreißen. Das war schlimmes Gerede; Kesselexplosionen waren ein gefürchteter Unglücksfall. Ein Maat von irgendeinem Schiff in New Orleans erzählte Marsh in Vicksburg, daß die *Fiebertraum* zwar sehr gut aussah, daß aber ihr Kapitän nur ein unfähiger Mann vom oberen Flußlauf sei, der nicht die Courage habe, sie voll auszufahren. Marsh platzte fast der Schädel bei solchem Unsinn. Es wurde auch über York geredet, über ihn und seine seltsamen Freunde. Die *Fiebertraum* war tatsächlich im Begriff, einen bestimmten Ruf zu bekommen, das stimmte schon, aber der war nicht so geartet, daß Abner Marsh darüber in Freudenstürme ausgebrochen wäre.

Als sie sich Natchez näherten und in den Hafen hineindampften, hatte Marsh wirklich genug erlebt.

Es war die Stunde der ersten zaghaften Dämmerung, als sie Natchez zum erstenmal in der Ferne sichteten. Die ersten Lampen brannten am trüben Nachmittag, und die Schatten wurden von Westen her immer länger. Bis auf die Hitze war es ein schöner Tag gewesen; sie hatten seit dem Verlassen Cairos ihre beste Zeit geschafft. Auf dem Fluß lag ein goldener Glanz, und die Sonne blitzte darauf wie polierter Messingschmuck, prachtvoll auf dem Wasser hüpfend und tanzend, als ein leichter Wind aufkam und die Fluten kräuselte. Marsh hatte sich an diesem Nachmittag ins Bett gelegt, weil er sich etwas unwohl fühlte, aber er tauchte aus seiner Kabine auf, als er den Schrei der Dampfpfeife hörte als Antwort auf den Ruf eines anderen Raddampfers, der hoch und schnell durch das Wasser herankam. Sie verständigten sich, wie Marsh wußte, wie es immer geschieht, wenn ein flußabwärts und ein flußaufwärts fahrendes Schiff sich begegnen, und teilten sich gegenseitig mit, welches von beiden sich rechts hielt und welches links, wenn sie einander passierten. So etwas geschah jeden Tag etwa dutzendmal. Aber im Ruf des anderen Bootes war etwas, das ihn anrief, ihn aus seinen verschwitzten Laken herausscheuchte, und er kam rechtzeitig auf das Texasdeck, um sie vorbeirauschen zu sehen; die *Eclipse,* schnell und würdevoll; das vergoldete Gebilde zwischen ihren Schornsteinen funkelte in der Sonne, die Passagiere drängten sich an Deck, und dichte Rauchwolken wallten hinter ihr her. Marsh schaute ihr nach, als sie flußaufwärts verschwand, bis nur noch die Rauchschwaden zu erkennen waren. Dabei hatte er die ganze Zeit ein seltsames Gefühl in der Magengrube.

Nachdem die *Eclipse* verschwunden war, wie ein Traum am Morgen verblaßt, wandte Marsh sich um, und da lag Natchez vor ihm. Er hörte das Glockensignal, das das Anlegemanöver ankündigte, und ihre Pfeife ließ sich erneut vernehmen.

Ein Gedränge von Raddampfern besetzte den Kai, und dahinter warteten zwei Städte auf die *Fiebertraum.* Hoch oben auf seinen ausgedehnten Felsbastionen lag Natchez-on-the-Hill, die eigentliche Stadt mit ihren breiten Straßen, den Bäumen und Blumen und all den prächtigen Häusern. Jede Straße hatte einen Namen. Monmouth. Linden. Auburn. Ravenna. Concord und Belfast und Windy Hill. The Burn. Marsh war in jüngeren Jahren, bevor er eigene Dampfschiffe besaß, etliche Male in Natchez gewesen, und er hatte sich geschworen, einmal dort hinaufzusteigen und sich all die mehrstöckigen Häuser anzusehen. Es waren gottverdammte Paläste, jedes von ihnen, und Marsh fühlte sich dort nicht richtig wohl. Die alten Familien, die darin wohnten, benahmen sich auch noch wie Könige; hochmütig und arrogant, tranken sie ihre Mint Juleps und ihre Sherry Cobblers, kühlten ihren verdammten Wein mit Eis, vertrieben sich die Zeit, indem sie ihre hochgezüchteten Pferde um die Wette laufen ließen, und jagten Bären, duellierten sich mit Revolvern und Bowiemessern wegen der geringsten Kleinigkeiten. Marsh hatte einmal gehört, wie man sie nannte: die Nabobs. Sie waren ein feiner Haufen, und jeder gottverdammte Bursche davon führte sich auf, als ob er mindestens Colonel wäre. Manchmal tauchten sie am Anlegeplatz auf, und dann mußte man sie an Bord einladen, zu Zigarren und Drinks, ganz gleich, wie sie sich benahmen.

Aber es war auch eine seltsam blinde Gesellschaft. Von ihren großen Häusern auf den Felsen aus blickten die Nabobs auf die funkelnde Majestät des Flusses, aber aus irgendeinem Grunde konnten sie die Dinge nicht sehen, die sich direkt unter ihnen befanden.

Denn unterhalb ihrer Anwesen, ihrer Herrenhäuser, zwischen dem Fluß und den Felsbastionen befand sich eine andere Stadt: Natchez-under-the-Hill. Keine Marmorsäulen standen dort, und es gab dort auch verdammt wenige Blumen. Die Straßen waren Schlamm und Staub. Freudenhäuser drängten sich um den Dampfboothafen und säumten die Silver Street oder was davon noch übrig war. Ein großer Teil der Straße war vor zwanzig Jahren in den Fluß gesackt, und die Gehsteige, die noch übrig waren, hingen schief herab und waren mit aufgedonnerten Frauen und gefährlichen, fischäugigen, geckenhaften jungen Männern besetzt. Die Main Street bestand aus Saloons und Billardsälen und Spielhallen, und jede Nacht kochte und brodelte die Stadt unter der Stadt. Streit und Prügeleien und Blut, gezinktes Poker und spanische Beerdigungen, Huren, die zu fast allem bereit waren, und Männer, die einen angrinsten und einem die Geldbörse abnahmen und einem dafür die Kehle aufschlitzten, das war Natchez-under-the-Hill. Whiskey und Fleisch und Karten, rotes Licht und obszöne Lieder und verwässerter Gin, so sah der Betrieb am Fluß aus. Dampfschiffer liebten und haßten Natchez-under-the-Hill und seine umherhastende Bevölkerung von billigen Frauen und Halsabschneidern und Glücksspielern und freien Schwarzen und Mulatten, obgleich die älteren Männer schworen, daß die Stadt unter den Felsen bei weitem nicht mehr so wild war wie vor vierzig Jahren oder gar vor dem Tornado, den Gott 1840 geschickt hatte, um sie zu säubern. Marsh wußte davon nichts; für ihn war sie wild genug, und er hatte vor einigen Jahren dort so manche denkwürdige Nacht verbracht. Aber diesmal hatte er ein ungutes Gefühl dabei.

Marsh erwog kurz den Gedanken, die Stadt zu passieren, zum Ruderhaus hinaufzusteigen und Albright mitzuteilen, er solle die Fahrt fortsetzen. Aber sie mußten Passagiere absetzen, Fracht löschen, und die Mannschaft freute sich sicher schon auf eine Nacht im vielgerühmten Natchez, daher verwarf Marsh seine düsteren Ahnungen. Die *Fiebertraum* dampfte in den Hafen und machte für die Nacht fest. Sie legten sie still, ließen den Dampf ab und die Feuer in ihren Eingeweiden verlöschen, und dann strömte die Mannschaft vom Schiff wie Blut aus einer offenen Wunde. Einige blieben auf dem Kai zurück, um Eiscreme oder Obst bei den schwarzen Händlern mit ihren Karren zu kaufen, doch die meisten eilten durch die Silver Street zu den verheißungsvollen hellen Lichtern.

Abner Marsh lungerte auf dem Texasdeck herum, bis die ersten Sterne sich hervorwagten. Gesangsfetzen schwebten aus den Fenstern der Freudenhäuser über das Wasser, aber sie verbesserten seine Stimmung nicht. Schließlich öffnete Joshua York seine Kabinentür und trat in die Nacht hinaus. »Gehen Sie an Land, Joshua?« fragte Marsh ihn.

York lächelte kühl. »Ja, Abner.«

»Wie lange werden Sie diesmal wegbleiben?«

Joshua York deutete ein Achselzucken an. »Das kann ich nicht sagen. Ich werde so schnell es geht wieder zurückkommen. Warten Sie auf mich.«

»Ich sollte Sie lieber begleiten, Joshua«, sagte Marsh.

»Das dort draußen ist Natchez. Natchez-under-the-Hill. Dort weht ein rauher Wind. Am Ende hängen wir hier einen ganzen Monat fest, während Sie mit aufgeschlitzter Kehle irgendwo in der Gosse liegen. Lassen Sie mich mitkommen, um auf Sie aufzupassen. Ich bin ein Mann vom Fluß. Sie nicht.«

»Nein«, wehrte York ab. »Ich habe an Land einige Geschäfte zu erledigen, Abner.«

»Wir sind doch Partner, nicht wahr? Ihre Geschäfte sind meine Geschäfte, wenn es die *Fiebertraum* betrifft.«

»Ich habe neben Ihrem Raddampfer auch noch andere Interessen, mein Freund. Dinge, bei denen Sie mir nicht helfen können. Einige Dinge, die ich ganz allein erledigen muß.«

»Simon geht mit Ihnen, nicht wahr?«

»Manchmal. Das ist etwas anderes, Abner. Simon und ich haben ... gewisse gemeinsame Interessen, die wir beide, Sie und ich, nicht haben.«

»Sie haben einmal Feinde erwähnt, Joshua. Wenn es das ist, was Sie vorhaben, sich um die zu kümmern, die Ihnen geschadet haben, dann sagen Sie es nur. Ich helfe Ihnen.«

Joshua York schüttelte den Kopf. »Nein, Abner. Meine Feinde sind wahrscheinlich nicht Ihre Feinde.«

»Lassen Sie das lieber mich entscheiden, Joshua. Sie waren bisher zu mir immer fair. Vertrauen Sie darauf, daß auch ich fair sein werde.«

»Das kann ich nicht«, entgegnete York kummervoll. »Abner, wir haben eine Abmachung getroffen. Stellen Sie mir keine Fragen. Bitte. Und nun lassen Sie mich freundlicherweise durch.«

Abner Marsh nickte und trat beiseite, und Joshua York eilte an ihm vorbei und die Treppe hinunter. »Joshua«, rief Marsh ihm nach, als York fast das Ende der Treppe erreicht hatte. Der Angerufene drehte sich um. »Nehmen Sie sich in acht, Joshua«, warnte Marsh. »In Natchez geht es oft ... blutig zu.«

York starrte einen langen Augenblick zu ihm hinauf, seine Augen grau und der Ausdruck in ihnen unlesbar wie Rauch. »Ja«, sagte er schließlich. »Ich werde mich vorsehen.« Dann drehte er sich um und eilte davon.

Abner Marsh schaute ihm nach, während er an Land ging und sich in Richtung Natchez-under-the-Hill entfernte, wobei seine schlanke Gestalt im Licht der Petroleumlampen lange Schatten warf. Als Joshua York nicht mehr zu sehen war, wandte Marsh sich um und ging nach vorn zur Kapitänskabine. Die Tür war verschlossen, wie er es erwartet hatte. Marsh griff in seine geräumige Tasche und holte den Schlüssel heraus.

Er zögerte, ehe er ihn ins Schloß schob. Sich von den Schlüsseln Duplikate anfertigen zu lassen und sie im Safe des Dampfers aufzubewahren, war kein Verrat, sondern einfach nur vernünftig. Es kam vor, daß Menschen in ihren verriegelten Kabinen starben, und dann war es günstiger, einen Ersatzschlüssel zu haben, als die Tür aufzubrechen. Aber diesen Schlüssel auch zu benutzen, war eine andere Sache. Er hatte immerhin eine Vereinbarung getroffen. Aber Geschäftspartner mußten sich gegenseitig vertrauen, und wenn Joshua York ihm nicht trauen wollte, wie konnte er dann andererseits von ihm Vertrauen erwarten? Entschlossen entriegelte Marsh das Schloß und betrat Yorks Kabine.

Er zündete eine Petroleumlampe an und verriegelte die Tür hinter sich. Für einen Moment stand er unschlüssig da, schaute sich um und fragte sich, was er eigentlich zu finden hoffte. Yorks Kabine war lediglich ein geräumiges Einzelabteil und sah genauso aus wie bei allen vorherigen Gelegenheiten, bei denen Marsh sich in ihr aufgehalten hatte. Dennoch mußte es irgend etwas geben, das ihm Aufschluß über York geben würde, das ihm einen Hinweis auf Herkunft und Ursache der Absonderlichkeiten seines Partners lieferte.

Marsh bewegte sich zum Schreibtisch, der ihm als wahrscheinlichste Ort erschien, mit seiner Suche zu beginnen, ließ sich langsam in Yorks Sessel sinken und begann die Zeitungen durchzublättern. Er berührte sie behutsam und merkte sich die Position jeder Zeitung, bevor er sie zu einer eingehenderen Untersuchung herauszog, so daß er alles so hinterlassen würde, wie er es vorgefunden hatte. Die Zeitungen waren ... nun, Zeitungen. Etwa fünfzig Stück lagen auf dem Schreibtisch, alte und neue Ausgaben, der *Herald* und die *Tribune* aus New York, einige Zeitungen aus Chicago, sämtliche Blätter aus St. Louis und New Orleans, Zeitungen aus Napoleon und Baton Rouge und Memphis und Greenville und Vicksburg und Bayou Sara sowie Wochenjournale aus einem Dutzend kleiner Flußorte: Die meisten waren unversehrt. Aus einigen waren Artikel ausgeschnitten worden.

Unter dem Zeitungsstapel fand Marsh zwei in Leder gebundene Hauptbücher. Er zog sie behutsam hervor und versuchte dabei, ein nervöses Verkrampfen seines Magens zu ignorieren. Vielleicht hatte er ein Journal oder ein Tagebuch in Händen, dachte Marsh, etwas, das ihm verriet, woher York kam und welche Ziele er verfolgte. Er schlug das erste Buch auf und runzelte enttäuscht die Stirn. Kein Tagebuch. Nur Artikel, sorgfältig aus Zeitungen ausgeschnitten und eingeklebt, jeder mit einem Datum und einer Ortsangabe in Joshuas flüssiger Handschrift versehen.

Marsh las den Artikel, den er aufgeschlagen hatte, aus einer Zeitung in Vicksburg, über eine Leiche, die am Flußufer angetrieben worden war. Laut Datum war das vor sechs Monaten geschehen. Auf der gegenüberliegenden Seite befanden sich zwei Meldungen, beide ebenfalls aus Vicksburg; eine Familie war tot in einer Baracke, zwanzig Meilen von der Stadt entfernt, aufgefunden worden; ein Negermädchen — wahrscheinlich eine Ausreißerin — war im Wald gefunden worden, tot aus unbekannten Gründen.

Marsh blätterte weiter, las, blätterte weiter. Nach einiger Zeit schlug er das Buch zu und griff nach dem nächsten. Es war das gleiche. Seite für Seite mit aufgefundenen Leichen, geheimnisvollen Todesfällen, unbekannten Toten, die man hier und da gefunden hatte, alle um die Stadt verteilt. Marsh schlug die Bücher zu, legte sie an ihren Platz zurück und versuchte nachzudenken. In den Zeitungen standen zahlreiche Meldungen über Sterbefälle und Morde, die auszuschneiden York sich gar nicht die Mühe gemacht hatte. Warum? Er blätterte ein paar Zeitungen durch und überflog sie, bis er sich ganz sicher sein konnte. Dann machte Marsh ein finsteres Gesicht. Es schien, als interessiere Joshua sich nicht für Schießereien oder Messerstechereien, für Flußleute, die ertrunken oder bei einer Kesselexplosion ums Leben gekommen und verbrannt waren, für Diebe, die nach einem Richterspruch gehängt worden waren. Die Geschichten, die er sammelte, waren anders. Es waren Todesfälle, für die man niemanden verantwortlich machen konnte. Leute mit zerfetzten Kehlen. Leichen, allesamt verstümmelt und aufgeschlitzt oder auch schon zu stark verwest, um feststellen zu können, welche Todesursache vorlag. Aber auch unversehrte Leichen, die man tot aufgefunden hatte und für die es keine Erklärung gab, die Wunden aufwiesen, die einfach zu klein waren, um auf Anhieb gefunden zu werden, die vollkommen blutleer waren. In den beiden Hauptbüchern mußten sich fünfzig oder sechzig solcher Geschichten befinden; Todesfälle aus neun Monaten, die sich entlang des unteren Mississippi verteilten. Abner Marsh empfand kurz ein Gefühl der Angst, ihm wurde fast schlecht bei dem Gedanken, daß Joshua vielleicht Hinweise auf seine bösen Taten sammelte und sie wie Trophäen aufhob. Aber ein kurzes Nachdenken sagte ihm, daß das nicht der Fall sein konnte. Einige schon, vielleicht, aber in anderen Fällen stimmten die Datumsangaben nicht; als die Menschen ihren schrecklichen Tod gefunden hatten, war Joshua mit ihm in St. Louis oder New Albany oder an Bord der *Fiebertraum* gewesen. Er konnte damit nichts zu tun haben.

Dennoch, so erkannte Marsh, lag den Aufenthalten, die York angeordnet hatte, und seinen heimlichen Landausflügen ein spezielles Muster zugrunde. Er suchte die Schauplätze dieser Meldungen nacheinander auf. Was suchte York? Was ... oder wen? Einen Feind? Einen Feind, der all das auf dem Gewissen hatte, der irgendwie unerkannt am Fluß unterwegs war? Wenn ja, dann stand Joshua auf der Seite des Rechts. Aber warum das Schweigen, wenn seine Absicht völlig berechtigt war?

Es mußte mehr als nur ein Feind sein, erkannte Marsh. Keine einzelne Person konnte für all die Morde auch nur in einem der Bücher verantwortlich sein, und Joshua hatte schließlich von ›Feinden‹ gesprochen. Außerdem war er aus New Madrid zurückgekommen und hatte Blut an den Händen gehabt, aber damit war seine Suche noch nicht beendet.

Er konnte sich keinen Reim darauf machen.

Marsh widmete sich bei seiner Suche jetzt den Schubladen und Fächern in Yorks Schreibtisch. Papier, gediegenes Briefpapier mit einem Bild der *Fiebertraum* und dem Namen Dampfschiffahrtslinie versehen; Briefumschläge, Tinte, ein halbes Dutzend Bleistifte, ein Tintenlöscher. Eine Karte vom Flußsystem mit eingezeichneten Markierungen, Stiefelwichse, Siegelwachs: kurz, nichts Verwendbares. In einer Schublade fand er Briefe und nahm sie sich sofort hoffnungsvoll vor. Aber sie verrieten ihm nichts. Zwei waren Kreditbriefe, und der Rest war simple Geschäftskorrespondenz mit Agenten in London, New York, St. Louis und anderen Städten. Marsh stieß auf einen Brief von einem Bankier in St. Louis, der York auf die Fevre River Packets aufmerksam machte. »Ich denke, diese Firma ist für Ihre Zwecke, so wie Sie sie beschreiben, am besten geeignet«, hatte der Mann geschrieben. »Der Eigentümer ist ein erfahrener

Flußmann, der für seine Ehrlichkeit bekannt ist, der ungeheuer häßlich und dabei fair sein soll und der kürzlich einige Rückschläge einstecken mußte, die ihn für Ihr Angebot empfänglich machen dürften.« Der Brief ging noch weiter, aber er verriet Marsh nichts, was er nicht schon längst gewußt hatte.

Nachdem er die Briefe wieder genauso arrangiert hatte, wie er sie vorgefunden hatte, erhob Abner Marsh sich und ging in der Kabine umher auf der Suche nach etwas anderem, nach anderen Hinweisen, die ihm Aufschlüsse geben könnten. Er fand nichts; Kleidung in den Schubladen, Yorks widerwärtig schmeckendes Spezialgetränk im Weinregal, Anzüge im Schrank, überall Bücher. Marsh las die Titel der Bände auf Yorks Nachttisch, einer war ein Buch mit Gedichten von Shelley, der andere ein medizinisches Fachbuch, von dem er kaum eine Zeile verstand. Das hohe Bücherregal enthielt eine Menge ähnlicher Werke; viel Prosa und Lyrik, zahlreiche historische Abhandlungen, Bücher über Medizin und Philosophie und Naturwissenschaften, ein staubiger alter Foliant über Alchemie, eine ganze Reihe Bücher in fremden Sprachen. Ein paar Bücher ohne Titel standen ebenfalls dort, handgebunden in bestem Leder und mit Goldschnitt versehen, und Marsh zog eins heraus in der Hoffnung, daß er das Tagebuch oder Journal gefunden hatte, das ihm die Antworten auf seine Fragen lieferte. Aber wenn es so etwas sein sollte, dann konnte er es dennoch nicht entziffern; der Text war in einer seltsamen verdrehten Sprache geschrieben, und die Handschrift zeigte nicht jene für Joshua typische Leichtigkeit und Eleganz, sondern sie war krakelig und winzig.

Marsh ließ seine Blicke ein letztesmal durch die Kabine schweifen, um sich zu versichern, daß er nichts übersehen hatte, und entschied schließlich, sie zu verlassen, am Ende genauso schlau wie in dem Augenblick, als er sie betreten hatte. Er schob den Schlüssel ins Schloß, drehte ihn behutsam, löschte die Lampe, trat hinaus und verriegelte die Tür hinter sich. Es hatte sich draußen etwas abgekühlt. Marsh bemerkte erst jetzt, daß er in Schweiß gebadet war. Er verstaute den Schlüssel wieder in seiner Jackentasche und wandte sich zum Gehen.

Und verharrte.

Ein paar Meter entfernt stand die gespenstische alte Frau, Katherine, und starrte ihn an, einen Ausdruck eisiger Feindseligkeit in den Augen. Marsh beschloß, die Situation mit Unverfrorenheit zu überspielen. Er tippte an seine Mütze. »Guten Abend, Ma'am«, sagte er zu ihr.

Katherine lächelte kalt; der in einem Grinsen langsam aufklaffende Mund verzerrte ihr fuchsartiges Gesicht zu einer Maske grausamer Schadenfreude. »Guten Abend, Captain«, erwiderte sie. Ihre Zähne waren, wie Marsh bemerkte, gelb — und sehr lang.

KAPITEL ZEHN

New Orleans, August 1857

Nachdem Adrienne und Alain mit dem Dampfer *Cotton Queen,* der die Strecke nach Baton Rouge und Bayou Sara befuhr, abgereist waren, beschloß Damon Julian, auf dem Uferdeich zu einem französischen Kaffeehaus zu spazieren, das er kannte. Sour Billy Tipton ging nervös neben ihm her und musterte jeden, dem sie begegneten, mit argwöhnischen Blicken. Der Rest von Julians Gesellschaft folgte; Kurt und Cynthia gingen nebeneinander, während Armand den Schluß bildete, verstohlen und unruhig, bereits vom Durst gepeinigt. Michelle war im Haus geblieben.

Die anderen waren nicht mehr da, hatten sich zerstreut, waren auf Julians Befehl mit dem einen oder anderen Dampfer flußaufwärts oder abwärts unterwegs auf der Suche nach Geld, Sicherheit, einem neuen Versammlungsort. Damon Julian hatte endlich gehandelt.

Das Mondlicht lag weich und hell auf dem Fluß wie Butter. Die Sterne funkelten. Entlang des Uferdeichs drängten sich die Raddampfer neben den Segelschiffen mit ihren hohen, stolzen Masten und zusammengerollten Leinensegeln. Neger schleppten Baumwolle und Zucker und Mehl von einem Schiff auf das andere. Die Luft war feucht und duftete süßlich, in den Straßen herrschte dichtes Gedränge.

Sie fanden einen Tisch, von dem aus sie eine gute Aussicht auf das Getriebe hatten, und bestellten Milchkaffee und fritiertes Zuckergebäck, für das das Café berühmt war. Sour Billy biß in sein Gebäck und streute sich Puderzucker über die Weste und die Jackenärmel. Er fluchte laut.

Damon Julian lachte, und sein Lachen war so sanft

und geschmeidig wie das Licht des Mondes. »O Billy. Wie amüsant du bist!«

Ausgelacht zu werden, haßte Sour Billy mehr als alles andere, aber er blickt auf in Julians Augen und zwang sich zu einem Grinsen. »Ja, Sir«, meinte er mit einem matten Kopfschütteln.

Julian verzehrte sein Gebäck mit mehr Geschick, so daß kein Zuckerstäubchen weiße Spuren auf dem dunklen Grau seines Anzugs oder auf dem seidigen Glanz seiner scharlachroten Krawatte hinterließ. Nachdem er das letzte Stück vertilgt hatte, trank er von seinem Kaffee, während sein Blick über den Uferdeich huschte und zwischen den Passanten auf der Straße umherstreifte. »Dort«, sagte er knapp, »die Frau unter der Zypresse.« Die anderen folgten seinem Blick. »Ist sie nicht atemberaubend?«

Es war eine Kreolin, die von zwei gefährlich aussehenden Gentlemen begleitet wurde. Damon Julian starrte sie an wie ein verliebter Schuljunge, sein blasses Gesicht faltenlos und heiter, sein Haar ein Wust feiner dunkler Locken, seine Augen groß und melancholisch. Doch sogar quer über den Tisch konnte Sour Billy die Hitze in den Augen spüren, und er fürchtete sich.

»Sie ist einzigartig«, pflichtete Cynthia ihm bei.

»Sie hat Valeries Haar«, fügte Armand hinzu.

Kurt lächelte. »Wirst du sie nehmen, Damon?«

Die Frau und ihre Begleiter entfernten sich und gingen nun an einem prachtvollen schmiedeeisernen Gitter entlang. Damon Julian beobachtete sie nachdenklich. »Nein«, sagte er schließlich, wandte sich wieder seinem Tisch zu und trank von seinem Milchkaffee. »Die Nacht ist noch zu jung, auf den Straßen herrscht zuviel Betrieb, und ich bin müde. Wir wollen noch etwas sitzenbleiben.«

Armand sah niedergeschlagen und unruhig aus. Julian lächelte ihn kurz an, dann beugte er sich vor und legte eine Hand auf Armands Ärmel. »Wir werden trinken, ehe der Morgen anbricht«, versprach er. »Ich gebe dir mein Wort.«

»Ich kenne ein Etablissement«, erklärte Sour Billy in verschwörerischem Ton, »ein richtig elegantes Haus mit einer Bar, roten Samtsesseln, guten Drinks. Die Mädchen sind allesamt bildhübsch, Sie werden sehen. Man kann für ein Zwanzig-Dollar-Goldstück die ganze Nacht da bleiben. Bis zum Morgen, wirklich.« Er kicherte. »Aber wenn sie bemerken, was passiert ist, sind wir längst über alle Berge, und außerdem ist es billiger, als schöne Mädchen zu kaufen. Jawohl, Sir.«

Damon Julians schwarze Augen funkelten belustigt. »Billy macht mich noch zum Geizhals«, sagte er zu den anderen, »aber was würden wir ohne ihn tun?« Er schaute sich wieder gelangweilt um. »Ich sollte öfter in die Stadt gehen. Wenn man richtig satt ist, verliert man den Blick für andere Vergnügungen.« Er seufzte. »Kannst du es fühlen? Die Luft ist voll davon, Billy!«

»Wovon?« fragte Sour Billy.

»Leben, Billy.« Julians Lächeln verspottete ihn, aber Billy zwang sich, ebenfalls zu lächeln. »Leben und Liebe und Lust, gutes Essen und guter Wein, erfüllte Träume und Hoffnung, Billy. All das umgibt uns. Möglichkeiten.« Seine Augen funkelten. »Warum soll ich die Schönheit verfolgen, die eben an uns vorbeiging, wenn es so viele andere gibt, so viele andere Möglichkeiten? Kannst du mir das beantworten?«

»Ich — Mister Julian, ich kann nicht ...«

»Nein, Billy, du kannst es nicht, habe ich recht?« Julian lachte. »Meine Launen bedeuten für dieses Vieh Leben oder Tod, Billy. Wenn du jemals einer von uns werden willst, dann mußt du dir darüber im klaren sein. Ich bin die Lust, Billy. Ich bin die Macht. Und die Essenz von allem, das ich bin, von Lust und Macht, steckt in der Möglichkeit. Meine eigenen Möglichkeiten sind unendlich und kennen keine Beschränkung, genauso wie unsere Jahre nicht begrenzt sind. Aber ich bin die Beschränkung für dieses Vieh, ich bin das Ende all ihrer Hoffnungen, all ihrer Möglichkeiten. Fängst du allmählich an zu begreifen? Den roten Durst zu stillen, ist nichts, dazu reicht irgendein alter Nigger auf seinem Totenbett. Doch um wieviel schöner und angenehmer ist es, von den Jungen zu trinken, den Reichen, den Schönen, von denen, deren Leben sich vor ihnen noch ausbreitet, deren Tage und Nächte vor Verheißung funkeln! Blut ist nichts als Blut, jedes Tier kann davon trinken, wirklich jedes!« Er vollführte eine lässige Geste und wies auf die Dampfschiffer auf dem Uferdeich, auf die Neger, die sich mit ihren Fässern abschleppten, und auf das prachtvoll gekleidete Volk des Vieux Carré. »Es ist nicht das Blut, das einen adelt, das aus einem einen Meister macht. Es ist das Leben, Billy. Trinke von ihrem Leben, und deines wird länger sein. Iß von ihrem Fleisch, und das deine wird erstarken. Genieße ihre Schönheit, und werde selbst viel schöner.«

Sour Billy Tipton hörte begierig zu; er hatte Julian selten in einer so gesprächigen Stimmung erlebt. In der Dunkelheit der Bibliothek sitzend, war Julian meistens kurz angebunden und furchteinflößend. Außerhalb, wieder draußen in der Welt, da erstrahlte er und erinnerte Sour Billy mit seinem Auftreten daran, wie er zum erstenmal mit Charles Garoux auf der Plantage erschien, wo Billy als Aufseher arbeitete. Er sprach aus, was in seinem Kopf vorging.

Julian nickte. »Ja«, meinte er, »die Plantage ist ein sicherer Ort, aber in der Sicherheit und der Sattheit liegt auch Gefahr.« Seine Zähne schimmerten weiß, als er lächelte. »Charles Garoux«, murmelte er versonnen. »Ah, die grenzenlosen Möglichkeiten der Jugend! Er war auf seine Art schön, stark, gesund. Ein unruhiger Geist, von allen Damen geliebt, von Männern bewundert. Er hätte ein großartiges Leben führen können! Seine Natur war so offen, so zugänglich, es war so einfach, sich mit ihm anzufreunden, sein unendliches Vertrauen zu erwerben, indem man ihn vor unserem armen Kurt beschützte.« Julian lachte auf. »Dann, nachdem man mich erst einmal in sein Haus eingeladen hatte, war es noch einfacher, jede Nacht zu ihm zu kommen und ihn nach und nach auszusaugen, so daß es schien, als wäre er krank und müßte sterben. Einmal erwachte er, als ich schon in seinem Zimmer war, und dachte, ich sei gekommen, um ihn zu trösten. Ich beugte mich über sein Bett, und er streckte die Arme aus und drückte mich an sich, und ich trank. Ah, die Süße meines Charles, all diese Kraft und Schönheit!«

»Der alte Mann war ganz schön durcheinander, als er sich aufbäumte und starb«, warf Sour Billy ein. Insgeheim hatte er sich gefreut. Charles Garoux hatte seinem Vater dauernd in den Ohren gelegen, daß Billy mit den Niggern zu grob umsprang, und alles versucht, um ihn zu entlassen. Als könnte man einen Nigger ans Arbeiten bringen, wenn man ihn mit Nachsicht behandelte.

»Ja, Garoux war fassungslos«, sagte Julian. »Wie froh er war, daß ich ihm in seiner tiefen Trauer Trost spendete. Ich, der beste Freund seines Sohnes. Wie oft gestand er mir später in seinen Stunden der Trauer, daß ich für ihn so etwas wie ein vierter Sohn geworden war.«

Sour Billy erinnerte sich noch gut daran. Julian hatte alles sorgfältig eingefädelt. Die jüngeren Söhne hatte ihren Vater enttäuscht und im Stich gelassen; Jean-Pierre war ein Trinker und Philip ein Schwächling, der bei der Beerdigung seines Bruders geweint hatte wie ein altes Weib, während Damon Julian erschien wie ein Monument mannhafter Stärke. Sie hatten Charles auf der Plantage beerdigt, auf dem Familienfriedhof. Da der Untergrund in dieser Gegend so naß war, hatte man ihn in einem riesigen Marmormausoleum mit der Statue einer geflügelten Viktoria, der Siegesgöttin, über dem Eingang zur letzten Ruhe gebettet. Dort war es immer angenehm kühl, sogar bei der Augusthitze. Sour Billy war in den Jahren danach oft zu dem Grabmal gegangen, um zu trinken und sich auf Charles Sarg zu entleeren. Einmal hatte er ein Negermädchen mitgeschleppt, hatte sie ein wenig verprügelt und es dann drei-, viermal mit ihr getrieben, damit der Geist des alten Charles sich ansehen konnte, wie man Nigger richtig behandelte.

Charles war nur der Anfang gewesen, erinnerte sich Sour Billy. Sechs Monate später ritt Jean-Pierre davon, um in der Stadt herumzuhuren und sein Glück am Spieltisch zu versuchen; er kam nie zurück, und nicht lange danach wurde der arme ängstliche Philip im Wald aufgefunden, wo ein wildes Tier ihn angefallen und zerfetzt haben mußte. Der alte Garoux war fast wahnsinnig vor Leid, aber Damon Julian stand ihm zur Seite und half ihm, so gut es ging. Schließlich adoptierte Garoux ihn und setzte ein neues Testament auf, in dem er ihm seinen gesamten Besitz hinterließ.

Nicht viel später kam es eines Nachts zu einer Szene, die Sour Billy niemals vergessen würde, als Damon Julian demonstrierte, wie gründlich René Garoux sich in seiner Macht befand. Es geschah oben im Schlafzimmer des alten Mannes. Valerie war dort und auch Adrienne und Alain, sie alle wohnten in dem großen Haus, da jeder Freund Julians beim alten Garoux willkommen war. Sie schauten zusammen mit Sour Billy zu, während Damon Julian neben dem großen Baldachinbett stand und den alten Mann mit seinen schwarzen Augen und einem leisen Lächeln zu durchbohren schien und ihm die Wahrheit erzählte, die ganze Wahrheit über das, was mit Charles und Jean-Pierre und Philip geschehen war. Julian trug Charles' Siegelring, und Valerie hatte den gleichen Ring an einer Kette um den Hals hängen. Ihrer hatte früher einmal dem vermißten Jean-Pierre gehört. Sie hatte ihn nicht tragen wollen, aber der Durst hatte sie gepackt, und sie wollte mit dem alten Garoux so schnell wie möglich und ohne viel Worte fertig werden. Damon Julian hatte ihren Protest mit sanften Worten und kalten Augen erstickt, deshalb trug sie den Ring und stand unterwürfig da und hörte zu.

Nachdem Julian seine Geschichte beendet hatte, fing Garoux an zu zittern, und seine Augen waren voller Tränen und Schmerz und Haß. Und dann, es war schier unglaublich, hatte Damon Julian Sour Billy aufgefordert, dem alten Mann sein Messer zu reichen. »Er ist noch nicht tot, Mister Julian«, hatte Billy protestiert. »Er schlitzt Ihnen den Bauch auf!«

Aber Julian sah ihn nur an und lächelte, daher griff Sour Billy nach hinten, holte das Messer hervor und legte es in Garouxs welke, leberfleckige Hand. Die Finger zitterten so stark, daß Billy Angst gehabt hatte, daß er das verdammte Ding fallen lassen würde, aber irgendwie hatte er es festgehalten. Damon Julian saß auf dem Bettrand. »René«, sagte er, »meine Freunde sind durstig.« Seine Stimme klang ruhig, einschmeichelnd.

Das war alles, was er sagen mußte. Alain kam mit einem Glas aus feinstem Kristall, in das das Familienwappen eingraviert war, und der alte René Garoux ritzte sich vorsichtig die Vene an seinem Handgelenk auf und füllte das Glas mit seinem eigenen dampfenden Blut, wobei er in einem fort weinte und zitterte. Valerie und Alain und Adrienne reichten das Glas von Hand zu Hand, aber es war an Damon Julian, es vollständig zu leeren, während Garoux in seinem Bett verblutete.

»Garoux schenkte uns ein paar schöne Jahre«, sagte Kurt. Seine Worte rissen Sour Billy aus seinen Erinnerungen. »Reich und in Sicherheit, ganz für uns und die Stadt in der Nähe, wann immer wir sie besuchen wollten. Essen und Trinken und Nigger, die uns bedienten, jeden Monat ein schönes Mädchen.«

»Und doch ist es zu Ende«, sagte Julian mit einem Unterton des Bedauerns. »Alles geht einmal zu Ende, Kurt. Tut es dir leid?«

»Die Dinge sind nicht mehr so, wie sie einmal waren«, gab Kurt zu. »Überall Staub, das Haus verfällt,

Ratten. Ich hab' es nicht so eilig, weiterzuziehen, Damon. Draußen in der Welt sind wir niemals sicher. Nach einer Jagd kommt immer die Angst, das Verstecken, das Weglaufen. Das möchte ich nicht mehr durchmachen müssen.«

Julian lächelte bösartig. »Unbequem, stimmt schon, aber nicht ohne Reiz. Du bist jung, Kurt. Aber bedenke, so sehr sie dich auch jagen mögen, du bist der Meister. Du wirst sie sterben sehen, und ihre Kinder und ihre Kindeskinder. Das Garoux-Haus wird verfallen. Es ist nichts. Alle Dinge, die das Vieh schafft, verfallen irgendwann. Ich habe miterlebt, wie Rom zu Staub wurde. Nur wir überdauern.« Er zuckte die Achseln. »Und vielleicht finden wir auch einen zweiten René Garoux.«

»So lange wir mit dir zusammen sind«, sagte Cynthia ängstlich. Sie war eine zierliche hübsche Frau mit braunen Augen, und sie war Julians Favoritin, seitdem er Valerie hatte ziehen lassen, doch selbst Sour Billy konnte erkennen, daß sie sich ihrer Position nicht sicher war. »Es ist schlimmer, wenn wir allein sind.«

»Demnach hast du nicht den Wunsch, mich zu verlassen?« fragte Damon Julian sie lächelnd.

»Nein«, antwortete sie. »Bitte.« Kurt und Armand schauten ihn ebenfalls hilfesuchend an. Julian hatte vor einem Monat ziemlich überraschend begonnen, sich von seinen Gefährten zu trennen. Valerie wurde als erste weggeschickt, wie sie es gewünscht hatte, obwohl er sie flußaufwärts hatte ziehen lassen, und zwar nicht mit dem lästigen Jean zusammen, sondern mit dem dunklen und attraktiven Raymond, der grausam und stark war und — angeblich — Julians eigener Sohn. Raymond würde schon darauf achten, daß ihr nichts geschähe, sagte Julian spöttisch, als Valerie in jener Nacht vor ihm kniete. Jean durfte in der darauffolgenden Nacht von dannen ziehen, und er machte sich allein auf den Weg, und Sour Billy dachte, daß damit alles erledigt wäre. Er irrte sich. Damon Julian verfolgte einen neuen Plan, und so wurde Jorge eine Woche später weggeschickt und dann Cara und Vincent und dann die anderen, allein oder paarweise. Und die, die zurückblieben, wußten nun, daß dieses Schicksal auch sie treffen könnte.

»Ah«, sagte Julian mit einem amüsierten Grinsen zu Cynthia. »Nun, wir sind nur noch zu fünft. Wenn wir uns in acht nehmen und immer nur wenig trinken und jedes Mädchen ein, zwei Monate lang reicht — nun, dann werden wir es wohl bis zum Winter schaffen. Bis dahin wird sich vielleicht einer der anderen gemeldet haben. Wir werden sehen. Bis dahin darfst du bleiben, Liebling. Und Michelle ebenfalls und auch Kurt.«

Armand machte ein verzweifeltes Gesicht. »Und ich?« stieß er hervor. »Damon, bitte.«

»Ist es der Durst, Armand? Zitterst du deshalb? Nimm dich zusammen. Wirst du wieder reißen und zerfetzen, wenn wir Billys Freunde treffen? Du weißt genau, wie sehr ich das verabscheue.« Seine Augen verengten sich. »Ich mache mir noch immer Gedanken über dich, Armand.«

Armand senkte den Blick und starrte in sein leeres Glas.

»Ich bleibe«, erklärte Sour Billy.

»Ah«, meinte Damon Julian. »Natürlich. Ja, Billy, was würden wir ohne dich anfangen?« Sour Billy Tipton gefiel es gar nicht, wie Julian in diesem Moment lächelte, aber es gab nichts, das er hätte tun können.

Kurz darauf brachen sie zu dem Etablissement auf, das Billy ihnen hatte zeigen wollen. Das Haus stand außerhalb des Vieux Carré, im amerikanischen Teil von New Orleans, war aber noch zu Fuß zu erreichen. Damon Julian ging voraus und spazierte mit Cynthia Arm in Arm durch die engen, von Gaslampen erleuchteten Straßen. Ein ganz eigenes Lächeln spielte um seine Lippen, als er die Eisenbalkone betrachtete, die Tore, die sich zu Höfen mit ihren Fackeln und Brunnen öffneten und die Gaslampen auf ihren Eisenpfählen. Sour Billy wies ihm den Weg. Bald gelangten sie in den dunkleren, primitiveren Teil der Stadt, wo die Gebäude aus Holz oder aus bröckeligen Mörtelziegeln bestanden, die sich aus zermahlenen Muschelschalen und Sand zusammensetzten. Selbst die Gasleitungen waren nicht bis hierher vorgedrungen, obgleich die Stadt schon seit über zwanzig Jahren über eine umfangreiche Gasversorgung verfügte. An den Straßenecken baumelten Öllampen an schweren Eisenketten, die quer über die Straßen gespannt waren und von Haken gehalten wurden, die in den Seitenwänden der Gebäude steckten. Sie verströmten ein sinnliches, rauchiges Licht. Julian und Cynthia wechselten auf ihrem Weg von Lichtfleck in Schatten und wieder zurück in Lichtfleck, dann wieder in Schatten. Sour Billy und die anderen folgten.

Eine Gruppe von drei Männern trat aus einer Gasse heraus und kreuzten ihren Weg. Julian beachtete sie nicht, aber einer der Männer gewahrte Sour Billy, als er in den Lichtkegel einer Straßenlampe geriet. »*Sie!*« stieß er hervor.

Sour Billy wandte sich zu ihnen um und sagte nichts. Es waren junge Kreolen, halb betrunken und deshalb gefährlich. »Ich kenne Sie, *Monsieur*«, sagte der Mann. Er näherte sich Sour Billy, und sein Gesicht war von Alkohol und Wut gerötet. »Haben Sie mich vergessen? Ich war dabei, als Sie Georges Montreuil in der Französischen Börse beleidigten.«

Sour Billy erkannte ihn wieder. »Schön, und?« fragte er.

»Monsieur Montreuil verschwand in einer Nacht im Juni, nachdem er in St. Louis den Abend am Spieltisch verbracht hatte«, sagte der Mann steif.

»Das tut mir aufrichtig leid«, erwiderte Sour Billy. »Ich schätze, er hat zuviel gewonnen und wurde ausgeraubt.«

»Er hat verloren, *Monsieur*. Er hatte schon seit einigen Wochen nur noch verloren. Er besaß nichts mehr von

Wert, was man ihm hätte stehlen können. Nein, ich glaube nicht, daß er beraubt wurde. Ich glaube eher, daß Sie damit zu tun haben, Mister Tipton. Er hat sich nach Ihnen erkundigt. Er wollte mit Ihnen so verfahren, wie man es mit Abschaum von Ihrer Sorte zu tun pflegt. Sie sind kein Gentleman, *Monsieur,* sonst würde ich Sie zum Duell fordern. Sollten Sie es jedoch wagen, sich noch einmal im Vieux Carré zu zeigen, dann verspreche ich Ihnen, daß ich Sie durch die Straßen peitschen werde wie einen Nigger. Haben Sie verstanden?«

»Ich hab's gehört«, sagte Sour Billy. Er spuckte dem Mann auf einen Stiefel.

Der Kreole stieß einen Fluch aus, und sein Gesicht wurde vor Wut blaß. Er machte einen Schritt nach vorn und streckte die Hände nach Sour Billy aus, aber Damon Julian schob sich zwischen sie und hinderte den Mann, indem er ihm eine Hand auf die Brust legte. *»Monsieur«,* mit einer Stimme wie Wein und Honig. Der Mann hielt etwas verwirrt inne. »Ich kann Ihnen versichern, daß Mister Tipton Ihrem Freund nichts getan hat, Sir.«

»Wer sind Sie?« Obwohl halbbetrunken, erkannte der Kreole sofort, daß Julian eine ganz andere Persönlichkeit war als Sour Billy; seine feine Kleidung, seine aristokratischen Züge, die kultivierte Stimme, all das wies ihn als Gentleman aus. Julians Augen funkelten gefährlich im Lampenschein.

»Ich bin Mister Tiptons Arbeitgeber«, sagte Julian. »Können wir die Angelegenheit nicht an einem anderen Ort als auf dieser öffentlichen Straße besprechen. Ich kenne ein Etablissement nicht weit von hier, wo wir unter freiem Himmel sitzen und etwas trinken können, während wir uns unterhalten. Darf ich Sie und Ihre Freunde zu einer Erfrischung einladen?«

Einer der anderen Kreolen trat neben seinen Freund. »Hören wir uns an, was er zu sagen hat, Richard.«

Widerstrebend erklärte der Mann sich einverstanden.

»Billy«, sagte Damon Julian, »zeig uns den Weg.« Sour Billy Tipton unterdrückte ein Lächeln, nickte und ging voraus. Einen Block weiter bogen sie in eine Gasse ein und folgten ihr bis in einen finsteren Hinterhof. Sour Billy hockte sich an den Rand eines mit Unrat bedeckten Teichs. Das Wasser drang durch den Stoff seiner Hose, aber das war ihm gleichgültig.

»Was sollen wir hier?« wollte Montreuils Freund wissen. »Das ist kein Wirtshaus.«

»Nein so was«, sagte Sour Billy Tipton. »Nun, dann muß ich mich geirrt haben und falsch abgebogen sein.« Die anderen Kreolen hatten den Hof betreten, gefolgt von den restlichen Begleitern Julians. Kurt und Cynthia standen in der Mündung der Gasse. Armand näherte sich dem Brunnen.

»Das gefällt mir nicht«, sagte einer der Männer.

»Was hat das zu bedeuten?«

»Was das zu bedeuten hat?« wiederholte Damon Julian die Frage. »Nun ja. Ein dunkler Hof, das Mondlicht, ein Teich. Ihr Freund Montreuil ist an einem solchen Ort gestorben, *Monsieur.* Nicht hier, aber er hat diesem hier sehr ähnlich gesehen. Nein, schauen Sie nicht Billy an. Ihn trifft keine Schuld. Wenn Sie einen Streit anfangen wollen, dann gefälligst mit mir.«

»Mit Ihnen?« fragte Montreuils Freund. »Wie Sie wünschen. Gestatten Sie mir, mich für einen kurzen Moment zurückzuziehen. Meine Gefährten werden als Sekundanten fungieren.«

»Natürlich«, sagte Julian. Der Mann entfernte sich, beriet sich kurz mit seinen beiden Freunden. Einer von ihnen trat vor. Sour Billy erhob sich vom Teichrand und ging ihm entgegen.

»Ich bin Mister Julians Sekundant«, sagte Sour Billy. »Wollen Sie die Bedingungen aushandeln?«

»Sie sind kein angemessener Sekundant«, begann der Mann. Er hatte ein längliches, hübsches Gesicht und dunkelbraune Haare. »Bedingungen«, wiederholte Sour

Billy. Seine Hand griff nach hinten in seinen Nacken. »Was mich betrifft, so ziehe ich Messer vor.«

Der Mann stieß einen kurzen Grunzlaut aus, stolperte rückwärts. Er starrte entsetzt nach unten. Sour Billys Messer steckte bis zum Heft in seinem Bauch, und ein roter Fleck breitete sich auf seiner Weste aus. »O Gott«, wimmerte der Mann.

»Das war nur ich«, fuhr Sour Billy fort. »Und ich bin kein Gentleman, nein, Sir, und auch kein ernstzunehmender Sekundant.« Der Mann sackte auf die Knie, und seine Freunde bemerkten es plötzlich und eilten aufgeregt zu ihm hin. »Mister Julian hier, er denkt da ganz anders. Seine Waffen sind« — Billy lächelte — »Zähne.«

Julian stürzte sich auf Montreuils Freund, auf den mit dem Name Richard. Die anderen wollten sich umdrehen und weglaufen. Cynthia umarmte einen von ihnen in der Gasse und gab ihm einen langen, feuchten Kuß. Er warf sich hin und her, bäumte sich auf, aber er konnte sich nicht aus der Umarmung befreien. Ihre blassen Hände strichen über seinen Nacken, und lange Fingernägel, scharf und dünn wie Rasiermesser, schlitzten seine Venen auf. Ihr Mund verschluckte seinen Schrei.

Sour Billy zog sein Messer heraus, während Armand sich zu seinem wimmernden Opfer hinabbeugte. Im Mondlicht sah das Blut auf der Klinge fast schwarz aus. Billy schickte sich an, sie im Teich zu säubern, dann zögerte er. Er näherte das Messer seinen Lippen und leckte über die Klinge. Dann verzog er das Gesicht. Es schmeckte widerlich, überhaupt nicht so, wie er es sich immer ausgemalt hatte. Trotzdem, er wußte, das würde sich ändern, wenn Julian ihn verwandelte.

Sour Billy spülte sein Messer ab und schob es wieder in die Scheide. Damon Julian hatte Richard an Kurt weitergereicht und stand alleine und blickte zum Mond hinauf. Sour Billy trat zu ihm. »Auf diese Weise haben wir eine Menge Geld gespart«, sagte er.

Julian lächelte.

KAPITEL ELF

An Bord des Raddampfers *Fiebertraum*
Natchez, August 1857

Für Abner Marsh wollte die Nacht nicht vorübergehen. Er nahm einen kleinen Imbiß ein, um seinen Magen zu beruhigen und seine Angst zu dämpfen, und kurz darauf zog er sich in seine Kabine zurück, aber der Schlaf wollte sich nicht einstellen. Stundenlang lag er da, starrte in die Dunkelheit, während in seinem Geist Aufruhr herrschte und seine Gedanken ein Durcheinander von Mißtrauen und Wut und Schuld waren. Unter dem dünnen gestärkten Laken schwitzte Marsh wie ein Schwein. Wenn er doch einmal einschlief, dann wälzte und warf er sich herum und erwachte häufig, gepeinigt von Träumen voller Blut und brennender Dampfboote und gelber Zähne und Joshua Anton York, der fahl und kalt unter einem scharlachroten Lichtkegel stand, Fieber und Tod in den zornblitzenden Augen.

Der nächste Tag war der längste Tag, den Abner Marsh je erlebt hatte. All seine Gedanken führten ihn unaufhörlich im Kreis herum und brachten ihn immer wieder an den gleichen Ort zurück. Gegen Mittag wußte er, was er tun mußte. Er war erwischt worden, daran ließ sich nichts ändern. Dem mußte er sich stellen und Joshua alles gestehen. Wenn dies das Ende ihrer Partnerschaft bedeutete, dann sollte es wohl so sein, wenngleich die Vorstellung, seine *Fiebertraum* zu verlieren, Marsh krank und trübsinnig machte, ihn in die gleiche Verzweiflung stürzte, die er an dem Tag empfunden hatte, an dem er die Holztrümmer hatte sehen müssen, zu denen das Eis seine Dampfboote zerquetscht hatte. Es wäre sein Ende, dachte Marsh, und vielleicht verdiente er es deshalb nicht anders, weil er Joshuas Vertrauen mißbraucht hatte. Aber es konnte nicht einfach so weitergehen wie bisher. Joshua mußte die ganze Geschichte auch aus seinem Munde hören, beschloß Marsh, was bedeutete, daß er ihn eher aufsuchen mußte als diese Frau, Katherine.

Er ließ die Anweisung verbreiten. »Ich will sofort Bescheid bekommen, wenn er zurückgekehrt ist«, sagte er, »ganz gleich, wann das ist oder was ich gerade tue, jemand soll mich holen. Verstanden?« Dann wartete Abner Marsh und suchte so gut wie möglich Trost in einem Mittagessen aus Schweinebraten mit grünen Erbsen und Zwiebeln und einem halben Blaubeerkuchen als Nachtisch.

Zwei Stunden vor Mitternacht kam jemand von der Mannschaft zu ihm. »Cap'n York ist zurück, Cap'n. Hat ein paar Leute mitgebracht. Mister Jeffers teilt ihnen gerade Kabinen zu.«

»Ist Joshua schon in seiner Kabine?« fragte Narsh. Der Mann nickte. Marsh schnappte sich seinen Spazierstock und ging zur Treppe.

Vor Yorks Kabine zögerte er kurz, straffte die breiten Schultern und schlug mit dem Knauf seines Stocks hart gegen die Tür. York öffnete beim dritten Klopfen. »Kommen Sie rein, Abner«, begrüßte er seinen Besucher lächelnd. Marsh trat ein, schloß die Tür hinter sich und lehnte sich dagegen, während York durch den Raum ging und mit dem fortfuhr, was er gerade getan hatte. Er holte ein Silbertablett hervor und drei Gläser. Nun griff er nach einem vierten. »Ich freue mich, daß Sie heraufgekommen sind. Ich habe ein paar Leute an Bord geholt, die ich Ihnen gerne vorstellen möchte. Sie werden auf einen Drink heraufkommen, sobald sie sich in ihren Kabinen häuslich eingerichtet haben.« York zog eine Flasche mit seinem persönlichen Spezialgetränk aus dem Weinregal, holte ein Messer hervor und entfernte mit einem Schnitt das Wachssiegel.

»Lassen Sie es damit gut sein«, sagte Marsh barsch. »Joshua, wir müssen reden.«

York stellte die Flasche auf das Tablett und wandte sich zu Marsh um. »Ach? Worüber? Sie klingen erregt, Abner.«

»Ich verfüge über Ersatzschlüssel für jedes Schloß auf diesem Boot. Mister Jeffers bewahrt sie für mich im Safe auf. Als Sie in Natchez waren, holte ich mir einen Schlüssel und durchsuchte Ihre Kabine.«

Joshua York blieb fast reglos, aber als er Marshs Worte hörte, preßten seine Lippen sich etwas fester aufeinander. Abner Marsh blickte ihm direkt in die Augen, wie ein Mann es bei einer Gelegenheit wie dieser tun sollte, und spürte dort Kälte und rasende Wut über den Verrat. Es wäre ihm schon beinahe lieber gewesen, wenn Joshua ihn angebrüllt oder sogar eine Waffe gezogen hätte, als ihn mit solchen Augen anzuschauen. »Haben Sie irgend etwas von Interesse gefunden?« fragte York schließlich mit ausdrucksloser Stimme.

Abner Marsh riß sich von Joshuas grauen Augen los und schlug mit dem Stock auf den Tisch. »Ihre Aktenordner«, sagte er. »Sie sind voll von toten Leuten.«

York sagte nichts. Er streifte den Tisch mit einem Blick, runzelte die Stirn, ließ sich dann in einen seiner Lehnstühle fallen und schenkte sich noch von seinem dickflüssigen, ekelhaften Getränk ein. Er trank davon und gab Marsh erst dann ein Zeichen. »Setzen Sie sich«, befahl er. Als Marsh schließlich ihm gegenüber Platz genommen hatte, fügte York schließlich noch ein einziges Wort hinzu: »Warum?«

»Warum?« wiederholte Marsh mit einem deutlichen Zeichen von Zorn in der Stimme. »Vielleicht weil ich es leid bin, einen Partner zu haben, der mir nichts erzählt, der mir einfach nicht traut.«

»Wir hatten eine Abmachung.«

»Ich weiß das, Joshua. Und es tut mir leid, sofern das jetzt überhaupt noch von Bedeutung ist. Es tut mir leid, daß ich es getan habe, und es tut mir verdammt noch mal mehr leid, daß ich dabei erwischt wurde.« Er grinste bedauernd. »Diese Katherine hat mich herauskommen gesehen. Sie wird Ihnen sicherlich davon erzählen. Natürlich, ich hätte direkt zu Ihnen kommen und Ihnen erzählen sollen, was mich beschäftigt. Das tue ich hiermit. Vielleicht ist es zu spät, aber jetzt bin ich hier. Joshua, ich liebe dieses Boot mehr als alles andere je in meinem Leben, und der Tag, an dem wir das Geweih von der *Eclipse* holen, wird der großartigste Tag meines Lebens sein. Aber ich habe nachgedacht, und ich bin zu der Erkenntnis gelangt, daß ich diesen Tag aus meinem Bewußtsein streichen muß, und auch diesen Dampfer, anstatt so weiterzumachen, wie wir es bisher getan haben. Dieser Fluß wimmelt von Ganoven und Falschspielern und Bibelschwingern und Abolitionisten und Republikanern und allen möglichen anderen seltsamen Leuten, aber ich schwöre, Sie sind der seltsamste von allen. Was in den Nachtstunden passiert, das ist mir egal, das interessiert mich nicht. Bücher voller toter Leute, das ist schon etwas anderes, aber es geht im Grunde niemanden etwas an, was ein Mann gerne liest. Nun, ich kannte einen Lotsen auf der Grand Turk, der hatte Bücher bei sich, bei denen sogar Karl Framm vor Scham rot geworden wäre. Aber diese ständigen Unterbrechungen der Reise, Ihre einsamen Ausflüge, das sind die Dinge, die ich nicht länger ertragen kann. Sie halten meinen Raddampfer auf, verdammt, Sie ruinieren unseren Namen, ehe wir ihn uns richtig gemacht haben. Und, Joshua, das ist noch nicht alles. Ich habe Sie in der Nacht gesehen, als Sie aus New Madrid zurückkamen. Sie hatten Blut an den Händen, leugnen Sie es nur, wenn Sie wollen. Beschimpfen Sie mich. Aber ich weiß es genau. Sie hatten Blut an den Händen, und ich will verdammt sein, wenn es nicht so war.«

Joshua York nahm einen tiefen Schluck und runzelte nachdenklich die Stirn, während er sein Glas wieder füllte. Als er Marsh wieder ansah, war das Eis in seinen Augen geschmolzen. Sein Gesicht war ernst. »Wollen Sie vorschlagen, daß wir unsere Partnerschaft auflösen?« fragte er.

Marsh kam sich vor, als hätte ihm ein Maultier in den Magen getreten. »Wenn Sie das wünschen, dann haben Sie das Recht dazu. Ich verfüge natürlich nicht über das Geld, um Sie auszuzahlen. Aber Sie hätten dann die *Fiebertraum,* und ich könnte meine *Eli Reynolds* behalten, vielleicht mit ihr sogar Gewinn einfahren und Ihnen immer soviel schicken, wie ich entbehren kann.«

»Wäre es Ihnen so am liebsten?«

Marsh funkelte ihn an. »Verdammter Kerl, Joshua, Sie wissen genau, daß es nicht so ist.«

»Abner«, sagte York, »ich brauche Sie. Ich kann die *Fiebertraum* nicht allein führen. Ich lerne gerade, ein wenig mit der Steuerung umzugehen, und ich bin mit dem Fluß und seinen Eigenarten etwas vertrauter geworden, aber wir beide wissen, daß ich kein Dampfschiffer bin. Wenn Sie gehen, wird die halbe Mannschaft mit Ihnen gehen. Mister Jeffers und Mister Blake und Hairy Mike ganz bestimmt, und zweifellos auch noch andere. Sie stehen treu zu Ihnen.«

»Ich kann Ihnen befehlen, bei Ihnen zu bleiben«, bot Marsh an.

»Lieber wäre mir, wenn *Sie* blieben. Wenn ich bereit wäre, über Ihr Eindringen hinwegzusehen, könnten wir dann so weitermachen wie bisher?«

Der Kloß in Abner Marshs Kehle war so dick, daß er glaubte, er würde daran ersticken. Er schluckte und gab dann die schwerste Antwort, die er in seinem Leben je gegeben hatte: »Nein.«

»Ich verstehe«, sagte Joshua.

»Ich muß meinem Partner vertrauen können«, erklärte Marsh. »Und er muß mir trauen. Reden Sie mit mir, Joshua, erzählen Sie mir, was überhaupt vorgeht, was das alles zu bedeuten hat, und Sie haben einen Partner.«

Joshua York verzog das Gesicht, nahm ein paar kleine Schlucke von seinem Drink und überlegte. »Sie werden mir nicht glauben«, meinte er schließlich. »Es ist eine noch phantastischere Geschichte als eine von denen, die Framm immer erzählt.«

»Dann schießen Sie mal los! Es tut bestimmt nicht weh.«

»Oh, das kann es doch, Abner, und wie es das kann.« Yorks Stimme klang ernst. Er stellte sein Glas ab und ging hinüber zum Bücherregal. »Als Sie hier herumgesucht haben«, sagte er, »galt Ihre Aufmerksamkeit auch meinen Büchern?«

»Ja«, gab Marsh zu.

York holte einen der unbetitelten Bände im Ledereinband heraus, ging zu seinem Sessel zurück und schlug eine Seite voller krakeliger Symbole auf. »Wenn Sie es hätten lesen können«, sagte er, »dann hätte dieses Buch und die anderen Bände Ihnen Aufschluß geben können.«

»Ich habe es mir angeschaut. Aber es ergab keinen Sinn.«

»Natürlich nicht«, sagte York. »Abner, was ich Ihnen erzählen werde, wird für Sie überaus schwierig zu verstehen sein. Ob Sie das Ganze glauben oder nicht, es darf auf keinen Fall außerhalb dieser Kabine jemals zur Sprache kommen. Haben Sie das verstanden?«

»Ja.«

Yorks Augen fixierten ihn. »Diesmal darf kein Fehler mehr gemacht werden, Abner. Ist das klar?«

»Ich sagte ja, Joshua«, knurrte Marsh beleidigt.

»Na schön«, sagte Joshua. Er legte den Finger auf die Seite. »Dieser Kode ist in einer relativ einfachen Chiffre gehalten, Abner, aber um sie zu entschlüsseln, müssen Sie sich darüber klar sein, daß es sich bei der Sprache um einen primitiven russischen Dialekt handelt, der schon seit einigen hundert Jahren nicht mehr gesprochen wird. Die ursprünglichen Schriftstücke, die in diesen Band übertragen wurden, sind sehr, sehr alt. Sie erzählten die Geschichte von einigen Leuten, die vor vielen Jahrhunderten in der Gegend nördlich des Kaspischen Meers gelebt haben und auch dort gestorben sind.« Er hielt inne. »Entschuldigen Sie. Nicht ›Leute‹. Das Russische gehört nicht zu meinen besten Sprachen, aber ich glaube, das richtige Wort lautet *Odoroten.*«

»Wie?« fragte Marsh.

»Das ist natürlich nur ein Begriff. Andere Sprachen haben andere Namen. *Kruvnik, Védomec, Wieszczy. Vilkakis* und *Vrkolák* ebenfalls, obgleich die Bedeutung dieser beiden Begriffe sich von den anderen etwas unterscheidet.«

»Sie reden Kauderwelsch«, sagte Marsh, obgleich einige der Worte, die Joshua genannt hatte, ihm durchaus vertraut vorkamen und entfernt an das Geplapper erinnerten, mit dem Smith und Brown sich den ganzen Tag verständigten.

»Ich werde Ihnen nicht die afrikanischen Bezeichnungen nennen«, sagte Joshua, »oder die asiatischen oder eine der anderen. Sagt Ihnen *Nosferatu* irgend etwas?«

Marsh blickte ihn verständislos an.

Joshua York seufzte. »Wie ist es mit *Vampir*?«

Das Wort kannte Abner Marsh. »Was für eine Geschichte wollen Sie mir erzählen?« fragte er ungeduldig.

»Eine Vampirgeschichte«, erwiderte York mit einem schwachen Lächeln. »Sicherlich haben Sie davon schon mal gehört. Von den lebenden Toten, den Unsterblichen, den Geschöpfen der Nacht, Kreaturen ohne Seele, dazu verdammt, ewig umherzuwandern. Sie schlafen in Särgen, die mit ihrer Heimaterde gefüllt sind, scheuen das Tageslicht und das Zeichen des Kreuzes und erheben sich abends und trinken das Blut der Lebenden. Sie können auch ihre Gestalt verändern und als Fledermäuse oder Wölfe auftreten. Diejenigen, die sich regelmäßig der Wolfsgestalt bedienen, werden Werwölfe genannt und als eine völlig andere Gattung betrachtet, aber das ist ein Irrtum. Sie sind wie zwei Seiten einer einzigen düsteren Münze, Abner. Vampire können auch als Nebel erscheinen, und ihre Opfer werden selbst zu Vampiren. Es ist ein Wunder, daß der Vampir, betrachtet man seine Möglichkeiten zur Vermehrung, nicht schon längst den Platz der menschlichen Rasse einnimmt. Glücklicherweise haben sie bei all ihrer unermeßlichen Macht auch einige Schwächen. Obgleich ihre Stärke beängstigend ist, können sie kein Haus betreten, in das sie nicht eingeladen wurden, und zwar weder als Mensch, Tier oder Nebel. Sie erzeugen jedoch einen starken animalischen Magnetismus, nämlich die Kraft, die Mesmer beschrieben hat, und können ihre Opfer häufig entsprechend beeinflussen, daß sie sie hereinbitten. Aber das Zeichen des Kreuzes schlägt sie in die Flucht, Knoblauch kann sie auf Distanz halten, und sie können kein fließendes Wasser überqueren. Obwohl sie genauso aussehen wie Sie und ich, besitzen sie keine Seele und werden deshalb auch von keinem Spiegel reflektiert. Weihwasser verbrennt sie, Silber verabscheuen sie, das Tageslicht kann sie vernichten, wenn der Morgen sie fern ihrer Särge überrascht. Und indem man ihre Köpfe von den Körpern trennt und ihnen Holzpflöcke durchs Herz treibt, kann man die Welt für immer von ihnen befreien.« Joshua lehnte sich zurück, griff nach seinem Glas, trank, lächelte. »*Diese* Vampire, Abner«, sagte er. Er klopfte mit einem langen Finger auf das Buch. »Dies ist die Geschichte von einigen von ihnen. Es gibt sie wirklich. Sie sind alt, leben ewig und sind real. Ein im sechzehnten Jahrhundert lebender *Odorote* schrieb dieses Buch über die, die vor ihm gelebt haben. Ein Vampir.«

Abner Marsh sagte nichts.

»Sie glauben mir nicht«, stellte Joshua York fest.

»Leicht fällt es mir nicht«, gab Marsh zu. Er zupfte an den widerspenstigen Haaren seines Bartes. Er scheute sich, einige Dinge auszusprechen. Joshuas Informationen über Vampire beunruhigten ihn nicht halb soviel wie die bohrende Frage, inwieweit Joshua in dieser ganzen Angelegenheit eine Rolle spielte. »Halten wir uns nicht damit auf, ob ich Ihnen glaube oder nicht«, sagte Marsh. »Wenn ich Mister Framms Geschichten schlukke, dann sollte ich Ihnen wenigstens zuhören. Fahren Sie fort.«

Joshua lächelte. »Sie sind ein kluger Mann, Abner. Eigentlich sollten Sie sich den Rest selbst zusammenreimen können.«

»Im Augenblick fühle ich mich aber überhaupt nicht klug«, wandte Marsh ein. »Reden Sie.«

York trank einen Schluck, hob die Schultern. »Die sind meine Feinde. Sie sind real, Abner, und sie halten sich hier auf, überall entlang Ihres geliebten Flusses. Durch Bücher wie diese, durch Studium der Zeitungen, durch mühevolle Arbeit habe ich sie von den Bergen Osteuropas, den Wäldern Deutschlands und Polens, den Steppen Rußlands verfolgt. Hierher. In Ihr Mississippi-Land, in die Neue Welt. Ich kenne sie, ich bereite ihnen und allem, was sie je dargestellt haben, ein Ende.« Er lächelte. »Verstehen Sie nun meine Bücher, Abner? Und das Blut an meinen Händen?«

Abner Marsh ließ sich das kurz durch den Kopf gehen, ehe er antwortete. Schließlich sagte er: »Ich erinnere mich, daß Sie anstelle von Ölgemälden im großen Salon ausschließlich große Spiegel haben wollten. Zum ... Schutz?«

»Genau. Und Silber. Kennen Sie einen Raddampfer, der jemals soviel Silber mit sich herumgefahren hat?«

»Nein.«

»Und dann haben wir natürlich noch den Fluß. Den alten Teufel von Strom. Den Mississippi. Ein fließendes Gewässer, wie die Welt kein zweites je gesehen hat! Die *Fiebertraum* ist so etwas wie eine sichere Zufluchtsstätte. Ich kann sie jagen, sehen Sie, aber sie können nicht an uns heran.«

»Ich wundere mich, daß Sie Toby nicht den Auftrag gegeben haben, alles mit Knoblauch zu sichern«, sagte Marsh.

»Ich hatte es kurz erwogen«, erwiderte Joshua. »Aber ich kann Knoblauch nicht aussehen.«

Marsh dachte darüber nach. »Nehmen wir einmal an, ich glaube alles«, meinte er. »Ich sage nicht ausdrücklich, daß ich es tue, aber nur um einen Standpunkt zu beziehen, widerspreche ich nicht und lasse alles gelten. Es gibt aber immer noch ein paar Dinge, die mich stören. Warum haben Sie mir all das nicht schon früher erzählt?«

»Wenn ich Ihnen all das bereits im Planters House eröffnet hätte, wären Sie niemals mein Partner in diesem Geschäft geworden. Und ich muß die uneingeschränkte Möglichkeit haben, jeden Ort schnell aufsuchen zu können, wo ich gebraucht werde.«

»Und wie kommt es, daß Sie immer nur nachts losgehen?«

»*Sie* treiben sich nachts herum. Es ist einfacher, sie aufzustöbern, wenn sie unterwegs sind, als wenn sie sich in der Sicherheit ihrer Zufluchtsorte aufhalten und dort verstecken. Ich kenne die Gewohnheiten derer, die ich jage. Ich lebe praktisch nach ihrem Zeitplan.«

»Und Ihre Freunde? Simon und die anderen?«

»Simon ist schon seit langem mein Gefährte. Die anderen sind erst in jüngster Zeit zu mir gestoßen. Sie kennen die Wahrheit, sie helfen mir bei der Erfüllung meiner Mission. Was, wie ich hoffe, auch Sie nun tun werden.« Joshua kicherte. »Keine Sorge, Abner, jeder von uns ist genauso sterblich wie Sie.«

Marsh strich sich mit den Fingern durch den Bart. »Ich brauche etwas zu trinken«, sagte er. Als York sich vorbeugte, fügte er schnell hinzu: »Nein, nicht dieses Zeug, Joshua. Etwas anderes. Haben Sie Whiskey?«

York erhob sich und schenkte ihm ein Glas ein. Marsh leerte es in einem Zug. »Ich kann nicht behaupten, daß mir die ganze Sache gefällt. Totes Volk, Blut trinken und all das, daran habe ich nie geglaubt.«

»Abner, ich spiele da ein gefährliches Spiel. Ich hatte niemals die Absicht, Sie oder jemanden von Ihrer Mannschaft mit hineinzuziehen. Ich hätte Ihnen all das auch niemals erzählt, wenn Sie nicht darauf bestanden hätten. Wenn Sie jetzt aussteigen wollen, dann habe ich nichts dagegen. Tun Sie nur das, worum ich Sie gebeten habe, lenken Sie für mich die *Fiebertraum,* das ist alles, worum ich Sie bitte. Ich werde mich mit *denen* befassen. Oder trauen Sie mir die Fähigkeit nicht zu, das zu tun?«

Marsh hörte, mit welcher Lässigkeit Joshua darüber sprach, und er erinnerte sich an die Energie in diesen grauen Augen, an die Festigkeit des Händedrucks. »Ich weiß nicht.«

»Ich bin in vielem, was ich Ihnen gesagt habe, ehrlich gewesen«, fuhr Joshua fort. »Meine Aufgabe ist nicht meine einzige Leidenschaft. Ich liebe diesen Raddampfer genauso, wie Sie es tun, Abner, und teile viele Ihrer Träume über das Schiff. Ich möchte das Boot lenken, ich kenne den Fluß. Ich möchte an dem Tag dabei sein, wenn wir der *Eclipse* auf und davon fahren. Glauben Sie mir, wenn ich sage ...«

Jemand klopfte an die Tür.

Marsh erschrak. Joshua lächelte und hob entschuldigend die Schultern. »Meine Freunde aus Natchez kommen auf einen Drink herauf«, erklärte er. »Einen Moment!« rief er laut. Zu Marsh meinte er mit leiser, drängender Stimme: »Denken Sie über alles nach, was ich Ihnen gesagt habe, Abner. Wenn Sie wollen, können wir uns noch einmal unterhalten. Aber enttäuschen Sie nicht mein Vertrauen, und reden Sie mit niemandem darüber. Ich möchte keine anderen in die Sache hineinziehen.«

»Sie haben mein Wort«, erwiderte Marsh. »Außerdem, wer würde mir schon Glauben schenken?«

Joshua lächelte. »Wenn Sie jetzt so freundlich wären,

meine Gäste einzulassen, während ich uns einschenke«, meinte er. Marsh erhob sich und öffnete die Tür. Draußen standen ein Mann und eine Frau und flüsterten angeregt miteinander. Hinter ihnen sah Marsh den Mond wie eine Dekorationslaterne zwischen den Schornsteinen am Himmel stehen. Er hörte aus Natchez-under-the-Hill die leisen Klänge eines obszönen Liedes. »Bitte, treten Sie ein«, sagte er.

Die Fremden waren ein blendend aussehendes Paar, wie Marsh sehen konnte, als sie eintraten. Der Mann war nicht alt, fast noch jungenhaft, sehr schlank und attraktiv, mit schwarzen Haaren, heller Haut und kräftigen, sinnlichen Lippen. Er hatte ein grelles, kaltes Funkeln in den schwarzen Augen, als er Marsh mit einem kurzen Blick streifte. Und die Frau ... Abner Marsh schaute sie an und, es fiel ihm schwer, den Blick wieder von ihr zu lösen. Sie war eine wahre Schönheit. Langes Haar, so schwarz wie die Nacht, die Haut so weich wie milchweiße Seide, hohe Wangenknochen. Ihre Taille war so schlank, daß Marsh den unwillkürlichen Wunsch verspürte, die Arme auszustrecken und zu versuchen, ob er sie mit seinen großen Händen umfassen konnte. Statt dessen schaute er ihr ins Gesicht und entdeckte, daß sie ihn ebenfalls anstarrte. Ihre Augen waren unglaublich. Marsh hatte noch nie zuvor Augen von einer solchen Farbe gesehen; es war ein tiefes, samtiges Violett, voller Verheißung. Er hatte das Gefühl, in diesen Augen versinken zu können. Sie erinnerten ihn an einen Farbton, den er ein- oder zweimal schon im Zwielicht auf dem Fluß gesehen hatte, eine seltsame violettfarbene Ruhe, nur kurz wahrzunehmen, ehe die Dunkelheit endgültig hereinbrach. Es kam Marsh so vor, als starrte er für eine kleine Ewigkeit hilflos in diese Augen, bis die Frau ihm endlich ein rätselhaftes Lächeln schenkte und sich schnell abwandte.

Joshua hatte vier Gläser gefüllt; für Marsh einen Becher Whiskey, für sich selbst und die anderen von seinem Spezialgetränk. »Ich freue mich, daß Sie nun hier sind«, sagte er, während er mit dem Tablett herumging. »Ich gehe davon aus, daß Sie mit Ihrer Unterkunft zufrieden sind?«

»Sehr«, sagte der Mann, hob sein Glas hoch und betrachtete es argwöhnisch. Als Marsh daran dachte, wie das Zeug ihm geschmeckt hatte, konnte er das durchaus verstehen.

»Sie haben ein sehr schönes Dampfschiff, Captain York«, sagte die Frau mit warmer Stimme. »Es wird mir eine große Freude sein, damit zu reisen.«

»Ich hoffe, daß wir eine geraume Zeit zusammen reisen werden«, erwiderte Joshua galant. »Was die *Fiebertraum* betrifft, so bin ich sehr stolz auf sie, aber Ihre Komplimente sollten Sie eher an meinen Partner weitergeben.« Er wies auf ihn. »Wenn Sie gestatten, mache ich die Herrschaften miteinander bekannt: Dieser Gentleman ist Captain Abner Marsh, mein Geschäftspartner in der Fevre River Packets und der wahre Meister der *Fiebertraum,* um der Wahrheit die Ehre zu geben.«

Die Frau lächelte Abner Marsh wieder an, während der Mann steif mit dem Kopf nickte. »Abner«, fuhr York fort, »darf ich Sie mit Mister Raymond Ortega aus New Orleans und seiner Verlobten Miss Valerie Mersault bekannt machen?«

»Es ist mir eine Freude, Sie auf dem Schiff zu haben«, sagte Marsh linkisch.

Joshua hob sein Glas. »Einen Toast«, sagte er. »Auf einen neuen Anfang!«

Sie wiederholten seine Worte und tranken.

KAPITEL ZWÖLF

An Bord des Raddampfers *Fiebertraum*
Mississippi River, August 1857

Abner Marsh hatte einen Verstand, der seinem Körper nicht unähnlich war. Er war groß, geräumig an Volumen und Fassungsvermögen, und er stopfte alle möglichen Dinge hinein. Er war auch stark; wenn Abner Marsh etwas in die Hand nahm, dann entglitt es ihm nicht so leicht, und wenn er sich in seinem Kopf etwas einprägte, dann wurde es nicht so leicht vergessen. Er war ein fähiger Mann mit einem fähigen Gehirn, aber Körper und Geist hatten auch noch eine andere Eigenschaft gemeinsam: Sie waren bedächtig. Einige meinten sogar langsam, träge. Marsh rannte nicht, er tanzte nicht, er hastete und beeilte sich nicht; er stolzierte würdig und gemessenen Schrittes immer geradeaus und gelangte nichtsdestoweniger stets an sein Ziel. Genauso war es mit seinem Verstand. Abner Marsh war nicht schnell, wenn es ums Denken oder um geschliffene Worte ging, aber er war alles andere als dumm; er kaute seine Gedanken gründlich durch, aber er allein bestimmte das Tempo.

Während die *Fiebertraum* Natchez verließ, begann Marsh erst, sich die Geschichte, die er von Joshua York erfahren hatte, durch den Kopf gehen zu lassen. Je länger er darüber nachdachte, desto mehr ärgerte er sich. Wenn man sie glauben konnte, dann erklärte Joshuas ausgefallene Geschichte über seine Jagd auf Vampire eine ganze Menge der seltsamen Vorkommnisse, die die *Fiebertraum* aufgehalten hatten. Aber sie erklärte nicht alles. Abner Marshs langsames, aber zuverlässiges Gedächtnis warf weiterhin Fragen auf und produzierte Erinnerungen, die in seinem Kopf herumschwammen wie abgestorbenes Holz auf dem Fluß, zu nichts zu gebrauchen, aber störend und hinderlich.

Zum Beispiel Simon, der zerquetschte Moskitos aufleckt. Joshuas außergewöhnliche Nachtsicht.

Und vor allem die Art und Weise, wie er an dem Tag in Wut geraten war, als Marsh in seine Kabine gestürmt war. Er war auch nicht herausgekommen, um sich anzusehen, wie sie die *Southerner* ausmanövrierten und hinter sich ließen. Das beunruhigte Marsh erheblich. Es mochte durchaus so sein, wie Joshua sagte, nämlich daß er wegen der Vampire hauptsächlich nachts auf den Beinen war, aber das war noch keine Erklärung für sein Verhalten an jenem Nachmittag. Die meisten Leute, die Abner Marsh kannte, nutzten den hellen Tag, aber das hieß nicht, daf sie sich nicht gelegentlich auch schon um drei Uhr in der Frühe aus dem Bett quälen würden, wenn es etwas Interessantes zu beobachten gab.

Marsh verspürte das heftige Bedürfnis, mit jemandem über das alles zu reden. Jonathan Jeffers war ganz wild auf Bücher, und Karl Framm kannte wahrscheinlich jede verrückte Geschichte, die an diesem Fluß in Umlauf war; und beide wüßten sicherlich so gut wie alles, was man über Vampire wissen konnte. Doch er konnte nicht mit ihnen sprechen. Er hatte Joshua Stillschweigen versprochen, und er war dem Mann verpflichtet und würde ihn nicht noch ein zweitesmal betrügen. Jedenfalls nicht ohne triftigen Grund, und bisher hatte er nicht mehr als einen nur unzureichend bewiesenen Verdacht.

Doch seine Zweifel wurden jeden Tag greifbarer, während die *Fiebertraum* den Mississippi hinunterdampfte. Gewöhnlich waren sie jetzt tagsüber unterwegs, gingen bei Einbruch der Dämmerung vor Anker und setzten am nächsten Morgen ihre Fahrt fort. Sie kamen schneller voran als vor ihrem Aufenthalt in Natchez, was Marsh nur recht war. Andere Veränderungen gefielen ihm weniger.

Marsh konnte sich für Joshuas neue Freunde überhaupt nicht erwärmen; sehr bald schon kam er zu der Überzeugung, daß sie mindestens genauso seltsam waren wie Joshuas alte Freunde, da auch sie erst nachts lebendig wurden und so weiter. Raymond Ortega war für Marsh ein ruheloser, wenig vertrauenerweckender Zeitgenosse. Der Mann blieb nicht in den für die Passagiere des Schiffs zugänglichen Bereichen, sondern tauchte regelmäßig an Orten auf, wo er nichts zu suchen hatte. Er war immerhin auf seine arrogante und lässige Art höflich, aber Marsh lief es in seiner Nähe kalt über den Rücken.

Valerie erschien wärmer und wirkte mit ihren sanften Worten und ihrem reizenden Lächeln und ihren unergründlichen Augen geradezu beunruhigend. Sie benahm sich überhaupt nicht wie Raymond Ortegas Verlobte. Von Anfang an war sie zu Joshua ausnehmend freundlich. Zu verdammt freundlich, wenn es nach Marsh ging. Das mußte zu Schwierigkeiten führen. Eine anständige Lady wäre im Damensalon geblieben, aber Valerie verbrachte ihre Nächte gemeinsam mit Joshua im großen Salon und unternahm mit ihm gelegentlich Spaziergänge an Deck. Marsh hörte sogar, wie einmal jemand erzählte, sie seien gemeinsam in Joshuas Kabine gegangen. Er versuchte York vor dem üblen Gerede zu warnen, das mittlerweile entstanden war, aber Joshua ging mit einem Achselzucken darüber hinweg. »Sollen sie doch ihren Skandal haben, Abner, wenn es ihnen Spaß macht«, sagte er. »Valerie interessiert sich für unser Schiff, und ich gönne mir das Vergnügen, es ihr zu zeigen. Zwischen uns ist nicht mehr als Freundschaft, darauf gebe ich Ihnen mein Wort.« Er erschien beinahe traurig, als er das sagte. »Ich wünschte manchmal, es wäre anders, aber das ist die Wahrheit.«

»Sie sollten sich lieber genau überlegen, was Sie sich wünschen«, platzte Marsh heraus. »Dieser Ortega hat in dieser Angelegenheit vielleicht eine ganze andere

Meinung. Er kommt aus New Orleans und ist wahrscheinlich einer dieser Kreolen. Die duellieren sich ja wegen jeder Lächerlichkeit, Joshua.«

Joshua York lächelte. »Ich habe vor Raymond keine Angst, aber ich danke Ihnen für Ihre Warnung, Abner. Und nun lassen Sie Valerie und mich unsere eigenen Angelegenheiten regeln.«

Genau das tat Marsh, allerdings nicht ohne Bedenken. Er war überzeugt, daß Ortega früher oder später Schwierigkeiten machen würde, vor allem als Valerie Mersault während der folgenden Nächte zu Joshua Yorks ständiger Begleiterin wurde. Diese gottverdammte Frau machte ihn für alle Gefahren, die ihn umgaben, völlig blind, aber es gab nichts, was Marsh hätte dagegen tun können.

Und das war nur der Anfang. An jeder Landungsstelle kamen weitere Fremde an Bord, und Joshua wies auch ihnen eigene Kabinen zu. In Bayou Sara verließen er und Valerie das Schiff für eine Nacht und kehrten mit einem blassen, düsteren Mann namens Jean Ardant zurück. Ein paar Minuten weiter flußabwärts legten sie dann an einem Holzplatz an, und Ardant verschwand, um diesen fahlgesichtigen Dandy namens Vincent zu holen. In Baton Rouge kamen vier andere Fremde aufs Schiff, und in Donaldsville waren es noch mal drei.

Und dann fanden diese Abendessen statt. Als seine Gesellschaft anwuchs, ließ Joshua York einen Tisch im Texassalon aufstellen und decken, und dort speiste er dann mit seinen Gefährten, den alten sowie den neuen, stets gegen Mitternacht. Das normale Abendessen nahmen sie mit allen anderen Passagieren im großen Salon ein, doch diese Diners waren rein privater Natur. Das erstemal kam es in Bayou Sara dazu. Abner Marsh ließ Joshua York gegenüber einmal verlauten, wie gut ihm die Vorstellung von einer regelmäßigen Mahlzeit um Mitternacht gefiel, aber das verschaffte ihm keine Einladung dazu. Joshua lächelte nur, und die Diners wurden weiterhin veranstaltet, wobei die Anzahl der Gäste ständig stieg. Am Ende gab Marsh seiner bohrenden Neugier nach, und er schaffte es, einige Male an dem Salon vorbeizugehen und einen Blick durch das Fenster zu werfen. Viel gab es nicht zu sehen. Nur ein paar Leute, die gemeinsam aßen und sich angeregt unterhielten. Die Öllampen waren heruntergedreht und gaben gedämpftes Licht, die Vorhänge waren halb zugezogen. Joshua saß am Kopfende des Tisches, Simon ihm zur Rechten und Valerie an seiner Linken. Jeder trank aus Gläsern von Joshuas widerwärtigem Elixier, von dem einige Flaschen geöffnet worden waren. Als Marsh zum erstenmal am Fenster vorbeikam, redete Joshua eindringlich, und die Anwesenden lauschten aufmerksam. Valerie starrte ihn an, als würde sie ihn anbeten. Als Abner das zweitemal hineinlugte, hörte Joshua Jean Ardant zu, wobei eine seiner Hände entspannt auf der Tischdecke lag. Während Marsh das Geschehen verfolgte, legte Valerie ihre Hand darauf. Joshua sah sie an und lächelte sie voller Zuneigung an. Valerie erwiderte das Lächeln. Abner Marsh schaute sich suchend nach Raymond Ortega um, murmelte ein halblautes »gottverdammtes verrücktes Weib« und zog sich zurück.

Marsh versuchte einen Sinn zu erkennen in all diesen seltsamen Fremden, den rätselhaften Vorgängen, in allem, was Joshua York ihm über Vampire erzählt hatte. Es war nicht leicht, und je mehr er darüber nachdachte, desto verwirrter wurde er. In der Bibliothek auf der *Fiebertraum* gab es keine Bücher über Vampire oder solche Erscheinungen, und er hatte ganz bestimmt nicht die Absicht, noch einmal in Joshuas Kabine einzudringen. In Baton Rouge begab er sich in die Stadt und spendierte in einigen Kneipen ein paar Runden und hoffte, auf diese Art und Weise etwas mehr herauszubekommen. Wenn es sich anbot, brachte er das Gespräch auf das Vampir-Thema, indem er sich gewöhnlich an seine Trinkkumpane wandte und meinte: »Sagen Sie mal, haben Sie schon irgendwas über Vampire gehört, die sich hier am Fluß herumtreiben sollen?« Er dachte sich, daß es so sicherer war, als wenn er auf dem Raddampfer von diesem Thema angefangen hätte, wo allein schon das Wort bestimmt zu schlimmen Gerüchten geführt hätte.

Ein paar Leute lachten ihn aus oder musterten ihn mit argwöhnischen Blicken. Ein freier Farbiger, ein stämmiger kohlschwarzer Bursche mit gebrochener Nase, den Marsh in einer ausgesprochen verräucherten Kneipe ansprach, rannte davon, kaum daß Marsh seine Frage beendet hatte. Marsh versuchte ihm nachzulaufen, aber schon bald mußte er sein Vorhaben mit pfeifender Lunge aufgeben. Andere schienen über Vampire recht gut Bescheid zu wissen, allerdings hatte keine ihrer Geschichten auch nur entfernt mit dem Mississippi zu tun. Alles, was er von Joshua erfahren hatte, über Kreuze und Knoblauch und Särge voller Erde, bekam er erneut zu hören, und sogar noch weitere Einzelheiten.

Marsh begann York und seine Gefährten während des Mittagessens und anschließend im großen Salon genau zu beobachten. Vampire aßen und tranken nicht, hatte er erfahren, aber Joshua und die anderen tranken reichliche Mengen Whiskey und Wein und Brandy, wenn sie nicht gerade Yorks Privatgebräu zusprachen, und alle waren nur allzu bereit, einem leckeren Brathuhn oder einer Schweinshaxe zu Leibe zu rücken.

Joshua trug stets seinen Silberring mit dem Saphir, so groß wie ein Taubenauge, und keiner der anderen schien sich durch das Silber in der großen Kabine gestört zu fühlen. Sie benutzten beim Essen auch wie selbstverständlich das silberne Besteck, und zwar weitaus geschickter als die meisten Mannschaftsangehörigen der *Fiebertraum*.

Und sobald die Kronleuchter abends angezündet wurden, erstrahlten die Spiegel in der Hauptkabine, und ein elegant gekleidetes Völkchen erwachte in ihnen zum Leben und tanzte und trank und spielte Karten genauso wie die richtigen Leute im richtigen Salon. Abend für Abend ertappte Abner Marsh sich dabei, wie er in diese Spiegel starrte. Joshua war immer da, wo er sein sollte, lächelnd, lachend, und er schwebte mit Valerie am Arm von Spiegel zu Spiegel, unterhielt sich mit einem Passagier über Politik, lauschte Framms wilden Flußgeschichten, wechselte ein paar persönliche Worte mit Simon oder Jean Ardant; jede Nacht wanderten tausend Joshua Yorks über das mit Teppichen ausgestattete Deck der *Fiebertraum*, jeder so lebendig und prächtig wie alle anderen. Und auch seine Freunde hatten Spiegelbilder.

Das hätte eigentlich ausreichen müssen, aber Marshs langsamer, mißtrauischer Geist war immer noch beunruhigt. Es dauerte bis Donaldsonville, daß er einen Plan schmiedete, was zu tun war, um seine Sorgen zu beenden. Er ging mit einer Feldflasche in den Ort und füllte sie in einer Papistenkirche unweit des Flusses mit Weihwasser. Dann nahm er einen Jungen beiseite, der an ihrem Ende des Tisches bediente, und gab ihm fünfzig Cents. »Heute nacht füllst du Cap'n Yorks Glas aus dieser Flasche, verstanden?« befahl Marsh ihm. »Ich will ihm einen Streich spielen.«

Während des Abendessens beobachtete der Kellner Joshua York in der Erwartung, daß er in schallendes Gelächter ausbrach. Aber er wurde enttäuscht. Joshua trank das geweihte Wasser wie selbstverständlich. »Nun, ich will verdammt sein«, murmelte Marsh anschließend, »damit dürfte diese Angelegenheit wohl geklärt sein.«

Das war aber nicht der Fall, und in dieser Nacht verließ Marsh den großen Salon schon recht früh, um in Ruhe nachzudenken. Er hatte schon zwei Stunden lang auf der Texasveranda gesessen, allein, den Sessel zurückgekippt und die Füße auf dir Reling gelegt, als er vom Treppenaufgang her das Rascheln von Röcken hörte.

Valerie näherte sich, blieb dicht neben ihm stehen

und lächelte auf ihn herab. »Guten Abend, Captain Marsh«, sagte sie.

Abner Marshs Sessel schlug mit einem dumpfen Laut nach vorne auf das Deck, als er mit finsterer Miene seine Füße von der Reling nahm. »Passagiere haben auf dem Texasdeck nichts zu suchen«, sagte er und versuchte, sich seine Verärgerung nicht anmerken zu lassen.

»Es war unten so heiß. Ich dachte mir, daß es hier oben vielleicht etwas kühler ist.«

»Nun, das ist richtig«, erwiderte Marsh unsicher. Er wußte nicht so recht, was er als nächstes sagen sollte. Die Wahrheit war, daß die Nähe von Frauen ihm schon immer Unbehagen bereitet hatte. Sie hatten keinen Platz in der Welt eines Dampfschiffers, und Marsh wußte nie, wie er richtig mit ihnen umgehen sollte. Schöne Frauen machten ihn sogar noch unsicherer, und Valerie war beunruhigender als jede andere hübsche Frau aus New Orleans.

Sie stand da, eine schlanke Hand leicht um einen mit Schnitzereien verzierten Pfosten gelegt, und blickte über das Wasser nach Donaldsonville. »Morgen erreichen wir New Orleans, nicht wahr?« erkundigte sie sich.

Marsh stand auf, da ihm einfiel, daß es wohl kein Zeichen von Höflichkeit war, wenn er saß, während Valerie bei ihm stand. »Ja, Ma'am«, antwortete er. »Wir sind nur noch ein paar Stunden von dort entfernt, und ich werde mit voller Kraft losdampfen, so daß wir im Nu dort sind.«

»Ich verstehe.« Sie wandte sich plötzlich um, und ihr blasses, wohlgeformtes Gesicht zeigte einen ernsten Ausdruck, als sie ihn mit ihren großen violetten Augen eindringlich ansah. »Joshua sagt, Sie seien der wahre Meister der *Fiebertraum.* Auf eine ziemlich seltsame Art und Weise hat er sehr viel Respekt vor Ihnen. Er wird auf Sie hören.«

»Wir sind Partner«, erklärte Marsh.

»Wenn Ihr Partner sich in Gefahr befände, würden Sie ihm dann zu Hilfe kommen?«

Abner Marsh blickte finster, dachte an die Vampirgeschichten, die Joshua ihm erzählt hatte, und war sich bewußt, wie blaß und schön Valerie im Sternenlicht aussah, wie unergründlich tief ihre Augen waren. »Joshua weiß, daß er zu mir kommen kann, wenn er in Schwierigkeiten ist«, sagte Marsh. »Ein Mann, der seinem Partner nicht helfen würde, verdient es nicht, ein Mann genannt zu werden.«

»Worte«, sagte Valerie spöttisch und warf ihre vollen schwarzen Haare mit einem Schwung des Kopfes nach hinten. Der Wind spielte damit und wehte es über ihr Gesicht, während sie fortfuhr. »Joshua York ist ein großer Mann, ein starker Mann. Ein König. Er verdient einen besseren Partner, als Sie es sind, Captain Marsh.«

Abner Marsh spürte, wie ihm das Blut ins Gesicht schoß. »Was, zum Teufel, reden Sie da?« wollte er wissen.

Sie lächelte schlau. »Sie sind in seine Kabine eingebrochen«, meinte sie.

Marsh geriet plötzlich in Zorn. »Hat er Ihnen das erzählt?« schnaubte er. »Verdammter Kerl, das war zwischen uns längst erledigt. Außerdem geht es Sie überhaupt nichts an.«

»Das tut es doch«, widersprach sie. »Joshua schwebt in großer Gefahr. Er ist tollkühn, leichtsinnig. Er braucht Hilfe. Ich möchte ihm helfen, aber Sie, Captain Marsh, machen nichts als große Worte.«

»Ich habe nicht die leiseste Ahnung, wovon Sie reden, Frau«, sagte Marsh. »Welche Art von Hilfe braucht Joshua? Ich habe ihm angeboten, ihn bei diesen gottverfluchten Vam ... bei einigen Problemen zu unterstützen, die er lösen muß, aber er wollte davon nichts wissen.«

Valeries Gesicht entspannte sich und nahm plötzlich einen weichen Ausdruck an. »Würden Sie ihm tatsächlich helfen?« fragte sie.

»Er ist mein verdammter Partner.«

»Dann wenden Sie Ihren Dampfer, Captain Marsh. Bringen Sie uns von hier weg, bringen Sie uns nach Natchez, nach St. Louis, es ist mir egal. Aber nicht nach New Orleans. Wir dürfen morgen nicht in New Orleans ankommen.«

Abner Marsh schnaubte. »Warum nicht, zum Teufel?« fragte er. Als Valerie den Blick abwandte, anstatt ihm eine Antwort zu geben, fuhr er fort. »Das hier ist ein Raddampfer, nicht irgendein verdammtes Pferd, das ich hinlenken kann, wohin ich gerade will. Wir müssen einen Fahrplan einhalten, wir haben Passagiere, die für ihre Fahrt mit uns bezahlt haben, wir müssen Fracht liefern. Wir müssen nach New Orleans.« Er runzelte die Stirn. »Und was ist mit Joshua?«

»Er wird bei Morgengrauen in seiner Kabine liegen und schlafen«, sagte Valerie. »Wenn er aufwacht, sind wir ein gutes Stück weiter flußaufwärts und in Sicherheit.«

»Joshua ist mein Partner«, sagte Marsh. »Ein Mann muß seinem Partner vertrauen. Sicher, ich habe ihm einmal nachspioniert, aber so etwas werde ich nie wieder tun, weder für Sie noch für sonst jemanden. Und ich werde die *Fiebertraum* auch nicht wenden, ohne ihn davon zu informieren. Wenn Joshua zu mir kommt und sagt, daß er doch nicht nach New Orleans will, zum Teufel, dann können wir darüber reden. Aber nicht anders. Wollen Sie, daß ich Joshua deswegen frage?«

»Nein!« erwiderte Valerie hastig, als hätte sie plötzlich Angst.

»Ich hätte nicht übel Lust, es ihm so oder so zu erzählen«, meinte Marsh. »Er sollte eigentlich wissen, was Sie planen, sobald er Ihnen den Rücken zudreht.«

Valerie streckte eine Hand aus und ergriff seinen Arm. »Bitte, nein«, flehte sie. Ihr Griff war kräftig. »Sehen Sie mich an, Captain Marsh.«

Abner Marsh war schon im Begriff gewesen davonzustürmen, doch etwas in ihrer Stimme drängte ihn, das zu tun, worum sie ihn gebeten hatte. Er schaute in diese violetten Augen und schaute und schaute.

»Es ist doch gar nicht so schwer, mich anzuschauen«, sagte sie lächelnd. »Ich habe Sie schon seit längerem beobachtet, Captain. Sie können die Augen gar nicht von mir lassen, nicht wahr?«

Marshs Kehle war plötzlich völlig trocken. »Ich ...«

Valerie schleuderte ihre Haare wieder mit einer wilden, herrischen Gebärde zurück. »Dampfschiffe sind sicherlich nicht das einzige, wovon Sie träumen, Captain Marsh. Dieses Boot ist eine kalte Lady, eine armselige Geliebte. Warmes Fleisch ist besser als Holz und Eisen.« Marsh hatte noch nie zuvor eine Frau so reden hören. Er stand da wie vom Donner gerührt. »Kommen Sie näher«, sagte Valerie, und sie zog ihn zu sich heran, bis er nur noch wenige Zoll von ihrer hochgewandten Gestalt entfernt war. »Schauen Sie mich an«, sagte sie. Er konnte ihre vibrierende Wärme in seiner Reichweite spüren, und ihre Augen waren unendlich tiefe violette Seen, kühl und weich wie Seide und verlockend. »Sie begehren mich, Captain«, flüsterte sie.

»Nein«, sagte Marsh.

»Oh, Sie begehren mich. Ich erkenne die Sehnsucht in Ihren Augen.«

»Nein«, protestierte Marsh. »Sie ... Joshua ...«

Valerie lachte; leicht, ein luftiges Lachen, sinnlich, musikalisch. »Zerbrechen Sie sich nicht den Kopf über Joshua. Nehmen Sie sich, was Sie wollen. Sie haben Angst, deshalb wehren Sie sich dagegen. Sie brauchen aber keine Angst zu haben.«

Abner Marsh bebte heftig, und er erkannte entsetzt, daß er vor Lust zitterte. Noch nie in seinem Leben hatte er eine Frau so heftig begehrt. Doch irgendwie widerstand er auch diesem Drang, wehrte er sich dagegen, obgleich Valeries Augen ihn immer dichter heranzogen und die ganze Welt von ihrem Duft erfüllt zu sein schien.

»Nehmen Sie mich mit in Ihre Kabine«, flüsterte sie. »Heute nacht gehöre ich Ihnen.«

»Wirklich?« fragte Marsh matt. Der Schweiß rann ihm aus den Augenbrauen und ließ ihn alles nur noch verschwommen erkennen. »Nein«, murmelte er. »Nein, das ist nicht ...«

»Doch, es wird geschehen«, drängte sie. »Sie brauchen es nur zu versprechen.«

»Versprechen?« fragte Marsh heiser.

Ihre violetten Augen lockten, funkelten. »Bringen Sie uns weg, weg von New Orleans. Versprechen Sie mir das, und Sie dürfen mich besitzen. Sie wollen es doch so sehr. Ich kann es spüren.«

Abner Marsh hob die Hände, umfaßte ihre Schultern. Er erbebte. Seine Lippen waren trocken. Er wollte sie in einer bärenhaften Umarmung an sich drücken, sie fast zerquetschen, mit ihr in sein Bett fallen. Doch statt dessen raffte er all seine Kraft, seine Energie zusammen und stieß sie grob von sich. Sie schrie auf, stolperte und fiel auf ein Knie. Und Marsh, der von diesen Augen erlöst war, brüllte los. »Verschwinden Sie von hier!« brüllte er. »Hauen Sie verdammt noch mal vom Texasdeck ab, was für eine Frau sind Sie eigentlich, verschwinden Sie, Sie sind nichts anderes als ... hauen Sie ab!«

Valeries Gesicht wandte sich ihm wieder zu, und ihre Lippen waren zurückgezogen. »Ich kann Sie zu ...«, setzte sie wütend an.

»Nein«, sagte Joshua York ruhig, als er hinter ihr auftauchte.

Joshua war so plötzlich aus den Schatten aufgetaucht, als hätte die Dunkelheit selbst menschliche Gestalt angenommen. Valerie starrte ihn an, stieß einen kehligen Laut aus und rannte die Treppe hinunter.

Marsh fühlte sich so ausgepumpt, daß er kaum aufstehen konnte. »Gottverdammt«, murmelte er. Er zog sein Taschentuch hervor und wischte sich den Schweiß von der Stirn. Als er das getan hatte, sah Joshua ihn geduldig an. »Ich weiß nicht, was Sie gesehen haben, Joshua, aber es war nicht so, wie Sie vielleicht annehmen.«

»Ich weiß genau, was es war, Abner«, entgegnete Joshua. Er klang nicht ausgesprochen böse. »Ich war fast die ganze Zeit hier. Als ich bemerkte, daß Valerie den Salon verlassen hatte, machte ich mich auf die Suche nach ihr, und dann vernahm ich Ihre beiden Stimmen, während ich die Treppe hinaufstieg.«

»Ich habe Sie nicht gehört«, sagte Marsh.

Joshua lächelte. »Ich kann sehr leise sein, wenn es meinen Absichten entgegenkommt, Abner.«

»Diese Frau«, sagte Marsh. »Sie ... hat angeboten ... sich selbst ... Hölle noch mal, sie ist eine gottverdammte ...« Die Worte wollten nicht über seine Lippen. »Sie ist keine Dame«, endete er schwach. »Schicken Sie sie weg, Joshua, sie und diesen Ortega, alle beide.«

»Nein.«

»Warum nicht, zum Teufel?« brüllte Abner Marsh. »Sie haben sie gehört?«

»Das macht keinen Unterschied«, meinte Joshua ruhig. »Wenn es überhaupt etwas bewirkt, dann steigert es höchstens noch meine Wertschätzung für Sie. Sie tat es für mich, Abner. Sie sorgt sich mehr um mich, als ich gehofft, als ich zu erwarten gewagt habe.«

Abner Marsh stieß einen wütenden Fluch aus. »Was Sie reden, ergibt für mich überhaupt keinen Sinn!«

Joshua lächelte sanft. »Wahrscheinlich nicht. Sie haben mit all dem auch nichts zu tun, Abner. Überlassen Sie Valerie mir. Sie wird keine Schwierigkeiten mehr machen. Sie hatte nur Angst.«

»Angst vor New Orleans«, sagte Marsh. »Vor Vampiren. Sie weiß Bescheid.«

»Ja.«

»Sind Sie sicher, daß Sie allein mit allem fertig werden, was Sie vorhaben?« fragte Marsh. »Wenn Sie New Orleans lieber meiden wollen, dann sagen Sie es, verdammt noch mal! Valerie meint ...«

»Was meinen Sie denn, Abner?« fragte York.

Marsh schaute ihn sehr lange an. Dann meinte er: »Ich denke, wir legen in New Orleans an«, und die beiden Männer lachten.

Und so kam es, daß die *Fiebertraum* am nächsten Morgen in New Orleans eintraf, mit dem eleganten Dan Albright am Ruderrad und Abner Marsh auf der Brücke, wo er sich in seiner neuen Kapitänsjacke und seiner neuen Mütze aufgebaut hatte. Die Sonne brannte heiß an einem tiefblauen Himmel, und jedes winzige Hindernis und jede kleine Unebenheit im Flußbett machte durch goldene Schaumkrönchen im Wasser auf sich aufmerksam, so daß das Lenken des Schiffs eine einfache Angelegenheit war und der Dampfer ein zügiges Tempo schaffte. Der Uferdeich in New Orleans war dicht belegt mit Raddampfern und allen möglichen Segelschifftypen; das bunte Leben auf dem Fluß wurde durch die Musik ihrer Pfeifen und Glocken untermalt. Marsh stützte sich auf seinen Spazierstock und betrachtete die vor ihm liegende Stadt. Dabei lauschte er der *Fiebertraum*, wie sie mit ihrer Dampfpfeife und der Landungsglocke die anderen Boote grüßte. Er war während seiner Jahre auf dem Fluß schon des öfteren in New Orleans gewesen, aber er war noch nie auf diese Art und Weise dort eingelaufen, auf der Brücke seines eigenen Raddampfers stehend, des größten und prächtigsten und schnellsten Schiffes im Hafen. Er kam sich vor wie der Herr der Schöpfung.

Sobald sie jedoch am Kai festgemacht hatten, gab es eine Menge Arbeit; Fracht mußte gelöscht werden, die Suche nach Aufträgen für die Rückfahrt nach St. Louis begann, Anzeigenaufträge für die lokalen Zeitungen mußten erteilt werden. Marsh beschloß, daß die Gesellschaft dort ein festes Büro eröffnen müßte, daher war er damit beschäftigt, entsprechende Räumlichkeiten zu besichtigen und ein Bankkonto zu eröffnen und einen Agenten einzustellen. An diesem Abend speiste er zusammen mit Jonathon Jeffers und Karl Framm im St. Charles Hotel, aber seine Gedanken wanderten von den Speisen zu den Gefahren, vor denen Valerie soviel Angst gehabt hatte, und er fragte sich, welche Absichten Joshua York haben mochte. Als Marsh auf den Dampfer zurückkehrte, unterhielt Joshua sich mit seinen Gefährten im Texassalon, und nichts schien anders zu sein als sonst, obgleich Valerie — die wieder an seiner Seite saß — irgendwie niedergeschlagen und gedemütigt wirkte. Marsh legte sich schlafen und verdrängte die ganze Angelegenheit aus seinem Bewußtsein, und in den nächsten Tagen dachte er kaum noch daran. Die *Fiebertraum* hielt ihn tagsüber zu sehr in Atem, und abends und bei Nacht dinierte er vorzüglich in der Stadt, prahlte bei seinen Drinks in den Kneipen am Hafen mit seinem Boot, spazierte durch das Vieux Carré und bewunderte dabei die bildhübschen Kreolinnen und die Innenhöfe der Häuser mit ihren Brunnen und schmiedeeisernen Gittern und Balkonen. New Orleans war genauso schön und gepflegt, wie er es in Erinnerung hatte, dachte Marsh anfangs.

Aber dann erfüllte ihn nach und nach eine ungewisse Unruhe, eine Art Mißtrauen und Unsicherheit, die ihn vertraute Dinge mit ganz anderen Augen betrachten ließ. Das Wetter war kaum erträglich; tagsüber war die Hitze drückend, die Luft schwül und feucht, sobald man die Kühle der Flußwinde verließ. Tag und Nacht stiegen stinkende Dämpfe aus der offenen Kanalisation auf, schwere faulige Düfte, die auf dem stehenden Wasser lagen wie der Hauch eines abstoßenden Parfüms. Kein Wunder, daß New Orleans so oft vom Gelbfieber heimgesucht wurde, dachte Marsh. In der Stadt wimmelte es von freien Farbigen und hübschen jungen Terzeroninnen und Oktaroninnen und *griffes,* die sich so elegant kleideten wie weißhäutige Frauen. Aber es wimmelte auch von Sklaven. Man sah sie überall, wenn sie für ihre Herren Botengänge ausführten, niedergeschlagen in den Sklavenställen in der Moreau und der Common Street herumsaßen oder umhergingen, wenn sie zwischen den großen Warenbörsen in Ketten hin und her geführt wurden oder wenn sie die Abflußkanäle reinigten. Selbst unten an der Dampferanlegestelle konnte man den äußeren Zeichen der Sklaverei nicht entfliehen; die großen Seitenraddampfer, die ihre Geschäfte von New Orleans aus führten, transportierten ständig Farbige flußauf und flußab, und Abner Marsh sah sie ständig kommen und gehen, wenn er zur *Fiebertraum* hinunterging. Die Sklaven waren meistens mit Ketten gefesselt und hockten trübsinnig inmitten der Fracht, wo sie in der Hitze der Kesselfeuerungen schwitzten.

»Das gefällt mir nicht«, beklagte Marsh sich bei Jonathon Jeffers. »Es ist unsauber. Und das will ich Ihnen sagen, davon kommt mir nichts auf die *Fiebertraum.* Niemand wird mein Boot mit diesem Zeug verpesten, verstanden?«

Jeffers sah ihn abschätzend von der Seite an. »Also, Cap'n, wenn wir nicht ins Sklavengeschäft mit einsteigen, dann verzichten wir auf einen ganz schönen Haufen Geld. Sie reden ja fast wie ein Abolitionist.«

»Ich bin kein verfluchter Abolitionist«, widersprach Marsh hitzig, »aber es ist mir ernst mit dem, was ich gesagt habe. Wenn jemand ein oder zwei Sklaven mitnehmen will, als Diener oder so, dann ist das in Ordnung. Sie bekommen von mir eine Kabinen-Passage oder auch nur eine an Deck, das ist mir gleich. Aber wir befördern sie nicht als Fracht, von irgendeinem gottverdammten Händler zusammengekettet.«

Am siebten Abend in Hew Orleans war Abner Marsh die Stadt seltsam leid, und er wartete ungeduldig darauf, daß sie ablegen konnten. An diesem Abend kam Joshua York mit einigen Flußkarten zum Abendessen. Seit ihrer Ankunft hatte Marsh seinen Partner nur selten zu Gesicht bekommen. »Wie gefällt Ihnen New Orleans?« fragte Marsh, während York Platz nahm.

»Die Stadt ist wunderschön«, antwortete York mit einer merkwürdig bedrückten Stimme, so daß Marsh von dem Brötchen aufblickte, das er gerade mit Butter bestrich. »Ich empfinde nichts als Bewunderung für das Vieux Carré. Es ist so völlig anders als andere Flußstädte, die wir gesehen haben, fast europäisch, und einige Häuser im amerikanischen Teil sind ähnlich prachtvoll. Nichtsdestoweniger gefällt es mir hier nicht.«

Marsh runzelte die Stirn. »Warum das?«

»Ich habe ein unangenehmes Gefühl, Abner. Die Stadt — die Hitze, die hellen Farben, die Gerüche, die Sklaven — es ist alles so lebendig, dieses New Orleans, aber im Kern, so glaube ich, ist es krank und verfault. Alles ist so vielfältig und schön hier, die Küche, die Sitten, die Architektur, aber dahinter ist dies ...« Er schüttelte den Kopf. »Man sieht all diese bezaubernden Hausgärten, jeder mit einem kunstvollen Brunnen in der Mitte. Und dann beobachtet man fliegende Händler, die Flußwasser aus Fässern verkaufen, und man muß begreifen, daß das Brunnenwasser nicht trinkbar ist. Man genießt die wohlschmeckenden Saucen und das Aroma der Speisen, und dann erfährt man, daß die Gewürze hinzugefügt werden, um zu verbergen, daß das Fleisch bereits schlecht geworden ist. Man wandert durch die St.-Louis-Börse und erfreut sich an all dem Marmor und an der wundervollen Kuppel, durch die das Licht in den Rundbau fällt, und dann wird man darauf aufmerksam gemacht, daß man sich in einem berühmten Sklavenmarkt aufhält, in dem Menschen wie Vieh versteigert werden. Sogar die Friedhöfe hier sind von besonderer Schönheit. Keine einfachen Grabsteine oder Holzkreuze, sondern große Marmormausoleen, eines prächtiger als das andere, mit einer Statue darauf und feingeistigen, poetischen Inschriften. Doch in jedem liegt ein verfaulender Kadaver, voll von Maden und Würmern. Sie müssen in Steinbauwerken aufbewahrt werden, weil der Untergrund noch nicht einmal zum

Bestatten der Toten taugt und weil die Gräber sich mit Wasser füllen. Und die Pestilenz hängt wie ein drohender Schatten über der Stadt.

Nein, Abner«, sagte Joshua mit einem merkwürdig fernen Blick in den grauen Augen, »ich liebe die Schönheit, aber manchmal enthält das Schöne in seinem Kern etwas Widerwärtiges und Böses. Je eher wir diese Stadt verlassen, desto lieber ist es mir.«

»Teufel auch«, sagte Abner Marsh. »Ich will verdammt sein, wenn ich wüßte warum, aber ich empfinde genauso. Keine Sorge, wir können schon bald wieder ablegen.«

Joshua York verzog das Gesicht. »Gut«, sagte er. »Aber vorher ist noch ein Letztes zu erledigen.« Er schob seinen Teller beiseite und faltete die Karte auseinander, die er mitgebracht hatte. »Morgen, kurz vor Einbruch der Dunkelheit, möchte ich mit der *Fiebertraum* flußabwärts fahren.«

»Flußabwärts?« fragte Marsh verblüfft. »Zum Teufel, den Fluß hinunter gibt es nichts für uns. Ein paar Plantagen, viele Cajuns, Sümpfe und Bayous und dann der Golf.«

»Sehen Sie«, sagte York. Sein Finger fuhr am Mississippi entlang. »Wir folgen dem Fluß bis etwa hier unten, dann fahren wir in dieses Bayou und dringen etwa ein halbes Dutzend Meilen darauf vor bis dort. Wir werden nicht lange dafür brauchen, und wir können am nächsten Abend schon zurück sein und unsere Passagiere für St. Louis aufnehmen. Ich möchte nämlich an dieser Stelle kurz anlegen.« Er klopfte mit dem Finger auf den Punkt.

Abner Marshs Hammelkotelett wurde serviert, aber er beachtete es nicht, sondern beugte sich vor, um erkennen zu können, auf welche Stelle Joshuas Finger zeigte.

»Cypress Landing«, las er von der Karte ab. »Nun, ich weiß nicht.« Er schaute sich in der Hauptkabine um, die ohne Passagiere an Bord nun zu drei Vierteln unbesetzt war. Karl Framm, Whitey Blake und Jack Ely nahmen am anderen Ende des Tisches ihre Mahlzeit ein. »Mister Framm«, rief Marsh, »kommen Sie doch mal kurz her.« Als Framm bei ihnen erschien, erklärte Marsh die Route, die York ihm gezeigt hatte. »Können Sie uns flußabwärts in dieses Bayou bringen? Oder liegen wir zu tief?«

Framm hob die Schultern. »Einige Bayous sind ziemlich breit und tief, andere kann man nicht einmal mit einer Jolle befahren, geschweige mit einem Dampfschiff. Aber wahrscheinlich schaffe ich es. Dort unten gibt es Anlegestellen und Plantagen, und andere Raddampfer verkehren dort. Allerdings sind die meisten nicht so groß wie unsere Lady. Es wird eine langsame Fahrt, das ist klar. Wir müssen den ganzen Weg loten und uns vor Sandbänken und Untiefen in acht nehmen, und wahrscheinlich müssen wir auch einige Baumäste absägen, wenn wir nicht wollen, daß sie unsere Schornsteine abrasieren.« Er beugte sich vor, um einen Blick auf die Karte zu werfen. »Wohin soll's denn gehen? Ich war ein- oder zweimal da unten.«

»Die Stelle heißt Cypress Landing«, meinte Marsh.

Framm schürzte nachdenklich die Lippen. »Das dürfte nicht zu schwierig sein. Das ist die alte Garoux-Plantage. Früher haben die Dampfboote dort regelmäßig angelegt und Süßkartoffeln und Zuckerrohr für New Orleans geladen. Dann ist Garoux gestorben, er und seine ganze Familie, und Cypress Landing wurde praktisch vergessen. Allerdings, wenn ich es recht bedenke, erzählt man sich über diese Gegend einige seltsame Geschichten. Warum wollen wir dorthin?«

»Eine persönliche Angelegenheit«, sagte Joshua York. »Sorgen Sie nur dafür, daß wir wirklich dorthin kommen, Mister Framm. Wir legen morgen am frühen Abend ab.«

»Sie sind der Cap'n«, sagte Framm. Er ging wieder zu seinem Platz und setzte seine Mahlzeit fort.

»Wo, zum Teufel, ist meine Milch?« beschwerte Abner Marsh sich. Er schaute sich um. Der Kellner, ein schlanker junger Neger, drückte sich an der Küchentür herum. »Bring endlich mein Abendessen«, brüllte Marsh ihn an, und der Junge schrak sichtlich zusammen. Marsh wandte sich wieder York zu. »Dieser Abstecher«, sagte er. »Hat der — mit dem zu tun, wovon Sie mir erzählt haben?«

»Ja«, antwortete York knapp.

»Gefährlich?« fragte Marsh.

Joshua York zuckte die Achseln.

»Mir gefällt das nicht«, sagte Marsh, »diese Sache mit den Vampiren.« Er senkte die Stimme zu einem Flüstern, als er *Vampire* aussprach.

»Es wird bald vorüber sein, Abner. Ich werde dieser Plantage einen Besuch abstatten, dort etwas erledigen, ein paar Freunde mitbringen, und das dürfte dann das Ende sein.«

»Dann lassen Sie mich mitgehen«, sagte Marsh. »Zu der Erledigung dieser Angelegenheit. Ich will nicht soweit gehen und sagen, daß ich Ihnen nicht glaube, aber es fiele mir leichter, Ihre ganze Geschichte zu glauben, wenn ich einen von ihnen — Sie wissen wen — mit eigenen Augen sehen könnte.«

Joshua schaute ihn an. Marsh blickte ihm kurz in die Augen, und irgend etwas war in ihnen, das nach ihm zu greifen, ihn zu packen schien, und plötzlich, ohne es bewußt zu wollen, mußte er wegschauen. Joshua faltete die Flußkarte zusammen. »Ich glaube nicht, daß das klug wäre«, sagte er, »aber ich werde darüber nachdenken. Entschuldigen Sie mich. Ich habe noch zu tun.« Er erhob sich und verließ den Tisch.

Marsh schaute ihm nach und fragte sich, was zwischen ihnen beiden soeben stattgefunden hatte. »Verdammter Kerl«, murmelte er schließlich und wandte seine Aufmerksamkeit dem Hammelkotelett auf seinem Teller zu.

Stunden später bekam Abner Marsh Besuch.

Er lag in seiner Kabine und versuchte zu schlafen. Das leise Klopfen an der Tür weckte ihn, als wäre es ein Donnerschlag gewesen, und Marsh spürte, wie sein Herz raste. Aus irgendeinem Grund hatte er plötzlich Angst. In der Kabine war es stockfinster. »Wer ist da?« rief er. »Verdammt noch mal!«

»Nur Toby, Cap'n« kam die leise geflüsterte Antwort.

Marshs Angst verflüchtigte sich plötzlich und erschien ihm lächerlich. Toby Lanyard war der sanfteste alte Kerl, der je den Fuß auf ein Dampfboot gesetzt hatte, und einer der unterwürfigsten dazu. Marsh rief: »Ich komme«, und zündete eine Lampe neben seinem Bett an, eher er aufstand, um die Tür zu öffnen.

Zwei Männer standen draußen. Toby war etwa sechzig, kahl bis auf einen Kranz eisengrauer Haare um seinen schwarzen Schädel, sein Gesicht verwittert und faltig und schwarz wie ein Paar alter, bequemer Stiefel. In seiner Begleitung befand sich ein junger Neger, ein kleiner, untersetzter braunhäutiger Mann in einem teuren Anzug. Im spärlichen Licht dauerte es einige Augenblikke, bis Marsh ihn als Jebediah Freeman erkannte, den Friseur, den er in Louisville angeheuert hatte. »Cap'n«, sagte Toby, »wir möchten mit Ihnen reden, privat, wenn es geht.«

Marsh winkte sie herein. »Was soll das, Toby?« fragte er, während er die Tür schloß.

»Wir sind sozusagen als Sprecher losgeschickt worden«, erklärte der Koch. »Sie kennen mich ja schon lange, Cap'n, und Sie wissen, daß ich Sie niemals anlügen würde.«

»Natürlich weiß ich das«, entgegnete Marsh.

»Ich würde auch niemals weglaufen. Sie haben mir die Freiheit und alles geschenkt, nur weil ich für Sie gekocht habe. Aber ein paar von den anderen Niggern, die Heizer und Handlanger, die wollen nicht auf Jeb und mich hören, wenn wir erzählen, was für ein feiner

Mann Sie sind. Die haben Angst, und die wollen weglaufen. Der Junge beim Abendessen heute, er hat gehört, wie Sie und Cap'n York darüber gesprochen haben, nach Cypress Landing zu fahren, und jetzt reden die Nigger über nichts anderes.«

»Wie bitte?« fragte Marsh. »Ihr wart doch noch nie dort unten, keiner von euch. Was bedeutet Cypress Landing für euch?«

»Überhaupt nichts«, ergriff Jeb das Wort. »Aber ein paar von den anderen Niggern haben davon gehört. Es gibt Geschichten über diesen Ort, Cap'n. Schlimme Geschichten. Alle Nigger sind von dort weggelaufen, wegen der Dinge, die passierten. Schreckliche Dinge, Cap'n, einfach schrecklich.«

»Wir sind gekommen, um Sie zu bitten, nicht dorthin zu fahren, Cap'n«, sagte Toby. »Sie wissen selbst, daß ich Sie noch nie um etwas gebeten habe.«

»Kein Koch und kein Friseur werden mir vorschreiben, wohin ich mit meinem Dampfschiff fahren soll«, erklärte Abner Marsh ernst. Aber dann sah er in Tobys Gesicht, und seine Stimme bekam einen versöhnlichen Klang. »Es wird nichts geschehen«, versprach er, »aber wenn ihr beide hier in New Orleans warten wollt, dann tut das ruhig. Auf einer so kurzen Fahrt brauchen wir keinen Koch und keinen Friseur.«

Toby strahlte ihn dankbar an, sagte aber dann: »Die Heizer allerdings ...«

»Die brauche ich.«

»Sie wollen nicht auf dem Schiff bleiben, Cap'n, glauben Sie mir.«

»Ich schätze, Hairy Mike wird dazu auch noch ein paar Worte zu sagen haben.«

Jeb schüttelte den Kopf. »Die Nigger haben vor Hairy Mike sicher viel Angst, aber noch mehr Angst haben sie vor dem Ort, zu dem Sie hinfahren wollen. Sie werden von Bord verschwinden, das ist gewiß.«

Marsh fluchte. »Verdammte Narren«, sagte er. »Nun,

ohne Heizer bekommen wir nicht genug Dampf. Aber es war Joshua, der den Abstecher machen wollte, nicht ich. Gebt mir ein paar Minuten, um mich anzuziehen, Jungs, und wir gehen zu Cap'n York und sprechen mit ihm darüber.«

Die beiden Schwarzen wechselten vielsagende Blicke, schwiegen jedoch.

Joshua York war nicht allein. Als Marsh sich der Kabinentür des Kapitäns näherte, hörte er von drinnen die Stimme seines Partners, laut und rhythmisch. Marsh zögerte, dann stöhnte er auf, als er begriff, daß Joshua ein Gedicht vorlas. Laut, ruhig. Er hämmerte mit seinem Stock gegen die Tür, und York unterbrach seine Lesung und forderte sie auf einzutreten.

Joshua saß entspannt da, ein Buch auf dem Schoß, ein langer blasser Finger auf der Stelle, an der er unterbrochen worden war, ein Glas Wein auf dem Tisch neben sich. Valerie saß im anderen Sessel. Sie blickte zu Marsh hoch und wandte sich dann schnell ab; sie war ihm seit jener Nacht auf dem Texasdeck aus dem Weg gegangen, und Marsh fiel es leicht, sie zu ignorieren. »Heraus damit, Toby«, sagte er.

Toby schien größere Schwierigkeiten zu haben, die richtigen Worte zu finden, als vorher bei Marsh, aber am Ende brachte er alles heraus. Danach stand er mit niedergeschlagenen Augen da und knetete mit den Händen seinen alten zerknitterten Hut.

Joshua Yorks Augen funkelten verärgert. »Wovor haben die Männer Angst?« fragte er in höflichem, kaltem Ton.

»Daß ihnen etwas zustößt, Sir.«

»Bestell ihnen, daß ich sie beschützen werde.«

Toby schüttelte den Kopf. »Cap'n York, ich will nicht unhöflich sein, aber die Nigger haben auch vor Ihnen Angst, vor allem jetzt, da Sie wollen, daß wir *dorthin* fahren.«

»Sie glauben, Sie seien einer von *denen*«, warf Jeb ein.

»Daß Sie und Ihre Freunde uns dorthin und zu den anderen locken wollen. In den Geschichten heißt es, daß die Leute dort unten bei Tag nicht herauskommen, und man sagt, daß es bei Ihnen genauso sei, Cap'n, genau wie bei denen. Natürlich wissen ich und Toby, daß es nicht so ist, aber die anderen glauben es.«

»Dann bestellt ihnen, daß ich für die Zeit, die wir im Bayou sind, ihren Lohn verdoppele«, sagte Marsh.

Toby blickte nicht auf, aber er schüttelte den Kopf. »Um Geld geht es ihnen nicht. Sie wollen weglaufen.«

Abner Marsh fluchte. »Joshua, wenn weder Geld noch Hairy Mike sie umstimmen können, dann rühren sie keinen Finger. Wir müssen sie alle entlassen und neue Heizer und Handlanger und Schauerleute anheuern, aber das dauert seine Zeit.«

Valerie beugte sich vor und legte eine Hand auf Joshua Yorks Arm. »Bitte, Joshua«, sagte sie leise. »Hör auf sie. Das ist ein Zeichen. Wir sollen diese Fahrt nicht machen. Bring uns zurück nach St. Louis. Du hast versprochen, mir St. Louis zu zeigen.«

»Das werde ich auch«, erwiderte Joshua, »aber nicht bevor ich meine Aufgabe erledigt habe. «Er sah Toby und Jeb stirnrunzelnd an. »Ich könnte auch auf dem Landweg sehr leicht nach Cypress Landing gelangen«, sagte er. »Sicherlich wäre das der schnellste und einfachste Weg, um mein Ziel zu erreichen. Aber das würde mir nicht passen, meine Herren. Entweder komme ich mit meinem Dampfer dorthin, oder nicht. Entweder bin ich hier der Kapitän, oder ich bin es nicht. Ich dulde es nicht, daß meine Mannschaft mir mißtraut. Und ich will nicht, daß meine Männer sich vor mir fürchten.« Er ließ den Gedichtband vernehmlich auf den Tisch plumpsen und machte keinen Hehl aus seiner Verärgerung. »Habe ich je irgend etwas getan, das euch geschadet hat, Toby?« wollte Joshua wissen. »Habe ich einen von euch schlecht behandelt? Habe ich irgend etwas getan, daß ihr Grund habt, mir zu mißtrauen?«

»Nein, Sir«, antwortete Toby leise.

»Nein, sagst du. Und trotzdem wollen sie mich im Stich lassen?«

»Ja, Sir. Ich fürchte, so ist es«, sagte Toby.

Joshua Yorks Gesicht nahm einen entschlossenen Ausdruck an. »Was wäre denn, wenn ich euch bewiese, daß ich nicht das bin, was ich nach eurer Meinung sein soll?« Seine Blicke wanderten von Toby zu Jeb und wieder zurück. »Wenn sie mich bei Tageslicht sehen könnten, würden sie mir dann vertrauen?«

»*Nein*«, stieß Valerie hervor. Sie war entsetzt. »Joshua, du kannst nicht ...«

»Ich kann«, sagte er, »und ich will. In Ordnung, Toby?«

Der Koch hob den Kopf, blickte York in die Augen und nickte langsam. »Nun, vielleicht ... wenn sie sehen, daß Sie nicht ...«

Joshua musterte die beiden Farbigen lange. »Nun gut«, sagte er schließlich. »Ich werde morgen zusammen mit euch zu Mittag speisen. Laßt für mich einen Platz am Tisch decken.«

»Ich glaube, ich werd' verrückt«, sagte Abner Marsh.

KAPITEL DREIZEHN

An Bord des Raddampfers *Fiebertraum*
New Orleans, August 1857

Joshua trug zum Dinner seinen weißen Anzug, und Toby übertraf sich selbst. Die Neuigkeit hatte sich natürlich herumgesprochen, und praktisch die gesamte Besatzung der *Fiebertraum* war zugegen. Die Kellner, blitzsauber in ihren adretten weißen Jacken, huschten hin und her und schleppten Tobys Festmahl auf großen dampfenden Platten und in erlesenen Porzellanschüsseln aus der Küche. Es gab Schildkrötensuppe und Hummersalat, gefüllte Krabben und in Schweineschmalz gebackene Kalbsbrieschen, Austernpastete und Hammelkoteletts, Dosenschildkröte, pfannengebratenes Huhn, weiße Rüben und gefüllte Pfefferschoten, Roastbeef und panierte Kalbsschnitzel, irische Kartoffeln und grünen Mais und Karotten und Artischocken und Bohnen, ein reichhaltiges Sortiment an Brot, Wein und Spirituosen von der Bar und frische Milch aus der Stadt, Schalen mit frisch gerührter Butter und als Dessert Plumpudding und Zitronenkuchen und ›Schwimmende Inseln‹ und Biskuitkuchen mit Schokoladensauce.

Abner Marsh hatte noch nie in seinem Leben eine bessere Mahlzeit eingenommen. »Verdammt«, sagte er zu York, »ich wünschte, Sie kämen häufiger zu Mittag heraus, damit wir so wie jetzt fast jeden Tag speisen können.«

Joshua rührte sein Essen jedoch kaum an. Im hellen Licht des Tages schien er ein ganz anderer Mensch zu sein; irgendwie zusammengeschrumpft, weniger imponierend. Unter den Oberlichtern hatte seine helle Haut eine ungesunde Bleiche, und Marsh glaubte, einen kreidig grauen Schimmer wahrnehmen zu können. Yorks Bewegungen erschienen träger und gelegentlich abgehackt, ohne die Geschmeidigkeit und verhaltene Kraft, die er normalerweise zeigte.

Aber die deutlichste Veränderung war an seinen Augen zu beobachten. Im Schatten des breitkrempigen weißen Hutes, den er trug, erschienen seine Augen müde, unendlich müde. Die Pupillen waren zu winzigen stecknadelkopfgroßen Punkten verkleinert, und das Grau drumherum war blaß und matt, völlig ohne die Intensität, die Marsh so oft hatte beobachten können.

Aber er war da, und das schien das wichtigste überhaupt zu sein. Er war am hellichten Tag aus seiner Kabine herausgekommen, war über die freien Decks und die Treppen hinuntergegangen und hatte sich vor Gott, der Mannschaft und allen anderen zu Tisch gesetzt, um zu Mittag zu essen. Was für Geschichten und Ängste seine nächtlichen Aktivitäten auch heraufbeschworen haben mochten, sie erschienen nun verdammt närrisch, wo das Licht des Tages auf Joshua York und seinen eleganten weißen Anzug fiel.

York schwieg fast während der ganzen Mahlzeit, doch er gab ab und zu fast schüchterne Antworten von sich, wenn jemand ihm eine Frage stellte, und gelegentlich beteiligte er sich auch durch kurze Kommentare am allgemeinen Tischgespräch. Als das Dessert serviert war, schob er den Teller beiseite und legte müde das Messer hin. »Rufen Sie Toby einmal her«, sagte er.

Der Koch tauchte aus der Küche auf, mit Mehl bestäubt und voller Ölspritzer. »Hat Ihnen das Essen nicht geschmeckt, Cap'n York?« fragte er. »Sie haben ja kaum etwas gegessen.«

»Es war vorzüglich, Toby. Ich fürchte, um diese Tageszeit habe ich nie besonders viel Appetit. Aber ich bin hier, und ich denke, ich habe damit etwas bewiesen.«

»Ja, Sir«, sagte Toby. »Es wird wohl keine Schwierigkeiten mehr geben.«

»Hervorragend«, sagte York. Als Toby in seine Küche zurückgekehrt war, wandte York sich an Marsh. »Ich habe beschlossen, noch einen Tag hierzubleiben«, sagte er. »Wir dampfen erst morgen abend los, und nicht schon heute.«

»Klar, sicher, Joshua«, beeilte Marsh sich zu erwidern. »Würden Sie mir bitte noch ein Stück von dem Kuchen reichen?« York lächelte und tat ihm den Gefallen.

»Cap'n, heute abend wäre es aber günstiger als morgen«, meinte Dan Albright, der sich mit einem Fischbeinstäbchen die Zähne säuberte. »Ich habe es in der Nase, daß ein Sturm im Anmarsch ist.«

»Morgen«, beharrte York.

Albright zuckte die Achseln.

»Toby und Jeb können hierbleiben. Und«, fuhr York fort, »ich möchte nur die nötigste Mannschaft mitnehmen, die gebraucht wird, um das Boot in Fahrt zu halten. Alle Passagiere, die schon frühzeitig an Bord gekommen sind, sollen für ein paar Tage an Land untergebracht werden, bis wir wieder zurück sind. Wir werden keine Fracht aufnehmen, deshalb können die Schauerleute auch ein paar freie Tage bekommen. Wir nehmen nur eine Wache mit. Ist das möglich?«

»Ich denke schon«, sagte Marsh. Er blickte die lange Tafel hinunter. Die Offiziere blickten Joshua allesamt neugierig an.

»Also dann, morgen abend bei Einbruch der Dunkelheit«, sagte York: »Entschuldigen Sie mich. Ich muß mich ausruhen.« Er erhob sich und schien für einen kurzen Moment unsicher auf den Füßen zu stehen. Marsh sprang schnell von seinem Platz auf, aber York winkte ab. »Es ist alles in Ordnung«, sagte er. »Ich ziehe mich jetzt in meine Kabine zurück. Sorgen Sie dafür, daß ich nicht gestört werde, bis wir soweit sind, daß wir New Orleans verlassen können.«

»Kommen Sie heute nicht zum Abendessen herunter?« erkundigte Marsh sich.

»Nein«, sagte York. Seine Blicke wanderten durch den Salon. »Ich denke, die Nacht ist mir in jeder Hinsicht lieber«, stellte er fest. »Lord Byron hatte recht. Der Tag ist viel zu grell.«

»Äh?« fragte Marsh.

»Erinnern Sie sich nicht mehr?« sagte York. »Das Gedicht, das ich in der Bootswerft in New Albany rezitierte. Es paßt genau auf die *Fiebertraum. In ihrer Schönheit wandelt sie ...«*

»*... wie wolkenlose Sternennacht*«, fuhr Jeffers fort und rückte seine Brille zurecht. Abner Marsh starrte ihn verblüfft an. Jeffers war ein Teufelskerl beim Schachspiel und im Umgang mit Zahlen. Und er ging sogar ins Theater, aber Marsh hatte ihn noch nie Dichtung rezitieren gehört.

»Sie kennen Byron?« rief Joshua hocherfreut aus. Für einen kurzen Augenblick sah er fast wieder so aus wie sonst immer. »Tue ich«, gab Jeffers zu. Eine Augenbraue hatte er hochgezogen, als er York ansah. »Cap'n, wollen Sie damit behaupten, daß unsere Tage auf der *Fiebertraum* voller Frömmigkeit sein werden?« Er lächelte. »Nun, das wird für Hairy Mike und Mister Framm eine überraschende Neuigkeit sein.«

Hairy Mike lachte schallend, während Framm protestierte. »He, Moment mal, drei Ehefrauen heißen doch nicht, daß ich nicht gut bin. Schließlich würde fast jede für mich die Hand ins Feuer legen.«

»Über was, zum Teufel, wird hier geredet?« meldete Abner Marsh sich zu Wort. Die meisten Offiziere und Mannschaftsangehörigen schienen genauso verwirrt zu sein wie er.

Joshua reagierte mit einem flüchtigen Lächeln. »Mister Jeffers erinnert mich nur an die letzte Strophe des Gedichtes von Byron«, sagte er. Er deklamierte:

O diese Wang, o diese Braun,
Wie sanft, wie still, und doch beredt,
Was wir in ihrem Lächeln schaun!
Ein frommes Wirken früh und spät,
Ein Herz voll Frieden und Vertraun,
Und Lieb, unschuldig wie Gebet.

»Sind wir unschuldig, Cap'n?« fragte Jeffers.

»Niemand ist vollkommen schuldig«, erwiderte Joshua York, »aber nichtsdestoweniger spricht das Gedicht zu mir, Mister Jeffers. Die Nacht ist wunderbar, und wir können hoffen, in ihrer düsteren Pracht Frieden und Würde zu finden. Zu viele Menschen haben unbegründete Angst vor der Dunkelheit.«

»Vielleicht«, sagte Jeffers. »Manchmal sollte man sich jedoch davor fürchten.«

»Nein«, sagte Joshua York, und nach diesen Worten verließ er sie und brach das Wortgeplänkel mit Jeffers jäh ab. Sobald er sich zurückgezogen hatte, begannen auch die anderen, die Tafel zu verlassen, um sich wieder ihren Aufgaben zu widmen, nur Jonathan Jeffers blieb zurück und starrte gedankenverloren in den leeren Salon. Marsh setzte sich wieder, um seinen Kuchen aufzuessen. »Mister Jeffers«, sagte er, »ich weiß nicht, was an diesem Fluß vor sich geht. Verdammte Gedichte. Welchen Sinn hatte dieses alberne Geschwätz überhaupt? Wenn dieser Byron etwas Wichtiges zu sagen hatte, warum hat er das dann nicht geradeheraus und in einer einfachen Sprache getan? Beantworten Sie mir das.«

Jeffers schaute ihn an und blinzelte. »Entschuldigung, Cap'n«, sagte er. »Ich habe versucht, mich an etwas zu erinnern. Was haben Sie gesagt?«

Marsh schob sich eine Gabel voll Kuchen in den Mund, spülte alles mit einem kräftigen Schluck Kaffee hinunter und wiederholte dann seine Frage.

»Sehen Sie, Cap'n«, meinte Jeffers mit einem gequälten Lächeln, »das Wesentliche ist, daß Dichtung etwas

Schönes ist. Es ist die Art und Weise, wie die Worte zusammenpassen, ihr Rhythmus, es sind die Bilder, die sie malen. Gedichte sind etwas Angenehmes, wenn sie laut gesprochen werden. Die Reime, die innere Musik, eben die Art, wie sie *klingen.*« Er nahm einen Schluck Kaffee. »Es ist schwierig zu erklären, wenn Sie es nicht in Ihrem Innern spüren. Aber man könnte vielleicht sagen, daß es damit genauso ist wie mit einem Raddampfer, Cap'n.«

»Ich hab' noch nie ein Gedicht zu Gesicht bekommen, das so schön ist wie ein Dampfboot«, sagte Marsh schroff.

Jeffers grinste. »Cap'n, warum hat wohl die *Northern Light* das große Bild der Aurora auf ihrem Radkasten? Eigentlich braucht sie es doch nicht. Die Schaufeln würden auch ohne es durchs Wasser rauschen. Warum ist unser Lotsenhaus und vieles andere so reich mit Schnörkeln und Schnitzereien und Beschlägen verziert, warum ist jeder Raddampfer, der diese Bezeichnung verdient, so voll von edlem Holz und Teppichen und Ölgemälden und Modellsägearbeiten? Warum sehen unsere Schornsteine am oberen Rand aus wie aufblühende Blumen? Der Qualm würde genauso glatt herauskommen, wenn sie einfach und schlicht aussähen.«

Marsh rülpste und blickte finster.

»Man könnte Raddampfer sehr viel schmuckloser und einfacher bauen«, schloß Jeffers, »aber gerade die Art und Weise, wie sie heute aussehen, macht das Vergnügen größer, das man bei ihrem Anblick und bei einer Fahrt darauf empfindet. Genauso ist es mit der Dichtung, Cap'n. Ein Dichter könnte, was er zu sagen hat, auch einfach und klar ausdrücken, ganz bestimmt sogar, aber wenn er seine Botschaft in Reime und in ein bestimmtes Versmaß packt, dann klingt alles etwas großartiger.«

»Na ja, kann sein«, meinte Marsh zweifelnd.

»Ich wette, daß ich ein Gedicht finden könnte, das

auch Ihnen gefällt«, sagte Jeffers. »Byron hat so eins nämlich geschrieben. ›Senheribs Untergang‹ lautet sein Titel.«

»Und wo ist das?«

»Es muß heißen: wer, nicht wo«, verbesserte Jeffers ihn. »Es ist ein Gedicht über einen Krieg, Cap'n. Ein wundervoller Rhythmus liegt darin. Es trabt so lebhaft dahin wie ›Buffalo Girls‹.« Er stand auf und glättete seinen Rock. »Kommen Sie mit, ich zeige es Ihnen.«

Marsh leerte seine Kaffeetasse, stand auf und folgte Jonathan Jeffers nach achtern in die Bibliothek der *Fiebertraum.* Er ließ sich erleichtert in einen großen Polstersessel fallen, während der Zahlmeister die Regale absuchte, die den Raum füllten und bis zur Decke reichten. »Da ist es ja«, sagte Jeffers schließlich und zog einen mittelgroßen Band heraus. »Ich wußte doch, daß wir irgendwo ein Buch mit den Gedichten Byrons haben mußten.« Er ging die Seiten durch — einige waren noch nicht aufgeschnitten worden, und er trennte sie mit einem Fingernagel —, bis er fand, wonach er suchte. Dann warf er sich in die Brust und las ›Senheribs Untergang‹.

Das Gedicht hatte wirklich einen ganz eigentümlichen Rhythmus, das mußte Marsh zugeben, vor allem wurde er durch Jeffers' Vortrag deutlich. Aber es erinnerte nicht an ›Buffalo Girls‹. Trotzdem gefiel es ihm irgendwie. »Nicht schlecht«, lobte er ehrlich, als Jeffers seine Lesung beendet hatte. »Das Ende hätte er sich schenken können. Diese verdammten Bibelschwinger müssen am Ende fast immer mit dem lieben Gott kommen.«

Jeffers lachte. »Lord Byron war kein Bibelfreund, das kann ich Ihnen versichern«, sagte er. »Er war sogar sehr unmoralisch. Jedenfalls wird es so berichtet.« Er bekam wieder einen nachdenklichen Blick und begann erneut zu blättern.

»Was suchen Sie jetzt?«

»Das Gedicht, an das ich mich bei Tisch zu erinnern versucht habe«, antwortete Jeffers. »Byron hat auch ein Gedicht über die Nacht geschrieben. Es widerspricht eigentlich — ah, da ist es ja.« Er ließ den Blick über die Buchseite gleiten und nickte. »Hören Sie sich das einmal an, Cap'n. Der Titel lautet ›Finsternis‹.« Er begann vorzulesen.

Ich hatte einen Traum, der nicht ganz Traum:
Das Licht der Sonne war verlöscht, die Sterne
Im Dunkel durch die ew'gen Räume zogen,
Strahllos und pfadlos, und die kalte Erde
Hing schwarz und blind im mondlos trüben Äther.
Der Morgen kam und ging und kam und brachte
Doch keinen Tag, und in dem öden Graus
Vergaßen ihre Leidenschaft die Menschen,
Und aller Herzen flehten bang um Licht ...

Die Stimme des Zahlmeisters hatte einen hohlen, unheimlichen Klang angenommen, während er las; das Gedicht dauerte und dauerte, länger als jedes andere. Marsh konnte schon bald die Worte nicht mehr richtig verfolgen, aber sie berührten ihn gleichwohl und füllten den Raum mit einem furchterregenden kalten Hauch. Phrasen und Fetzen von Textzeilen geisterten durch sein Gemüt; das Gedicht war voll von düsteren, vergeblichen Gebeten, von Verzweiflung, Wahnsinn und mächtigen Begräbnisfeuern, von Krieg und Hunger und Menschen, die sich benahmen wie Bestien.

... mit Blut erkauft
Ward jedes Mahl, das jeder einsam mürrisch
Verschlang; nur ein Gedanke war die Erde,
Und dieser: Tod — ruhmlos und allzu nah.
Des Hungers Wut zerfraß die Eingeweide,
Und unbegraben blieb der Sterbenden
Gebein und Fleisch; der Magere verschlang
Den Magren, Hunde fielen ihre Herrn

und Jeffers las weiter, Zeile um Zeile, bis er zum Ende kam:

Sie schliefen überm strudellosen Abgrund.
Die Wogen tot — die Fluten in dem Grab —
Der Mond, ihr Herrscher, vorher schon gestorben;
Die Winde moderten in stiller Luft,
Die Wolken kamen um, die Finsternis
Bedurfte ihrer nicht — sie war die Welt.

Er klappte das Buch zu.

»Delirien«, sagte Marsh. »Das klingt nach einem Mann, der sich im Fieberwahn befindet.«

Jonathon Jeffers lächelte matt. »Es gab noch nicht einmal eine göttliche Erscheinung.« Er seufzte. »Ich glaube, Byron hatte zur Finsternis ein gespaltenes Verhältnis. In diesem Gedicht jedenfalls ist von Unschuld nicht viel zu finden. Ich frage mich, ob Cap'n York sich da auskennt.«

»Natürlich tut er das«, sagte Marsh und stemmte sich aus dem Sessel hoch. »Geben Sie das mal her.« Er streckte eine Hand aus. Jeffers reichte ihm das Buch. »Fangen Sie jetzt an, sich für Dichtung zu interessieren, Cap'n?«

»Das geht Sie doch wohl nichts an«, entgegnete Marsh und ließ das Buch in seine Tasche gleiten. »Haben Sie eigentlich nichts in Ihrem Büro zu tun?«

»Gewiß doch«, sagte Jeffers. Er empfahl sich.

Drei oder vier Minuten lang stand Abner Marsh in der Bibliothek und kam sich ziemlich seltsam vor; das Gedicht hatte eine erschütternde Wirkung auf ihn gehabt. Vielleicht steckte am Ende sogar etwas hinter dieser Dichterei, dachte er. Er beschloß, zu seiner Zerstreuung das Buch zu lesen und zu versuchen, selbst eine Erklärung zu finden.

Marsh hatte jedoch noch einige eigene Angelegenheiten zu regeln, und die hielten ihn den größten Teil des Nachmittags bis in den frühen Abend beschäftigt. Anschließend vergaß er das Buch in seiner Tasche. Karl Framm wollte nach New Orleans und mit Charles einen trinken gehen, und Marsh beschloß, sich ihm anzuschließen. Es war schon fast Mitternacht, als sie auf die *Fiebertraum* zurückkehrten. Während er sich in seiner Kabine auszog, fiel Marsh das Buch wieder in die Hände. Er legte es behutsam auf seinen Nachttisch, streifte sich das Nachthemd über und machte es sich bequem, um beim Kerzenschein noch etwas zu lesen.

›Finsternis‹ erschien bei Nacht und in der dämmerigen Abgeschiedenheit seiner kleinen Schiffskabine noch unheimlicher, obgleich in den gedruckten Worten auf dem Papier nicht die eisige Bedrohung mitschwang, die Jeffers ihnen mit seinem Vortrag verliehen hatte. Trotzdem beunruhigten sie ihn. Er blätterte weiter und las ›Senheribs Untergang‹ und ›In ihrer Schönheit wandelt sie‹ und noch einige andere Gedichte, aber seine Gedanken kehrten immer wieder zu ›Finsternis‹ zurück. Trotz der Hitze der Nacht kroch Abner Marsh eine Gänsehaut über die Arme.

Im vorderen Teil des Buches befand sich ein Bild von Lord Byron. Marsh betrachtete es lange. Er sah hübsch aus, dunkel und sinnlich wie ein Kreole; es war leicht zu erkennen, warum die Frauen seine Gunst suchten, auch wenn er angeblich ein Krüppel gewesen sein sollte. Natürlich war er zugleich Adliger. So stand es unter seinem Bild:

GEORGE GORDON, LORD BYRON
1788—1824

Abner Marsh betrachtete Byrons Gesicht eine Zeitlang eingehend und ertappte sich dabei, wie er den Dichter um sein gutes Aussehen beneidete. Schönheit war noch nie etwas gewesen, das er am eigenen Leibe erlebt hatte; wenn er von großartigen, prachtvollen Raddampfern träumte, dann lag es wahrscheinlich daran, daß es ihm selbst so sehr an Schönheit mangelte. Mit seinem Wanst, seinen Warzen und seiner plattgeschlagenen Nase hatte Marsh sich nie den Kopf über Frauen zerbrechen müssen. Als er noch jünger war und mit Flößen oder Flachbooten auf dem Fluß unterwegs war, und auch nachdem er einige Zeit auf den Dampfern gearbeitet hatte, hatte Marsh Orte in Natchez-under-the-Hill und in New Orleans aufgesucht, wo ein Flußmann eine ganze Nacht lang zu einem anständigen Preis seinen Spaß haben konnte. Und später, als die Fevre River Packets aufzublühen begann, waren da ein paar Frauen in Galena und Dubuque und St. Paul gewesen, die ihn geheiratet hätten, wären sie nur darum gebeten worden; gute, standhafte, strenggesichtige Witwen, die den Wert eines gesunden starken Mannes, wie er einer war, mit all seinen Dampfbooten, zu schätzen wußten. Aber sie hatten nach seinem Unglück sehr schnell das Interesse verloren, und außerdem waren sie niemals das gewesen, was er sich gewünscht hatte. Als Abner Marsh sich gestattete, über diese Dinge nachzudenken, was nicht allzu häufig geschah, träumte er von Frauen wie den dunkeläugigen Kreolinnen und den hellbraunen freien Terzeroninnen von New Orleans, schlank und graziös und stolz wie seine Dampfboote.

Marsh schnaubte und blies seine Kerze aus. Er versuchte zu schlafen. Aber seine Träume waren wirr und unheimlich; Worte hallten schwach und angsteinflößend in den düsteren Windungen seines Geistes wider.

... der Morgen kam und ging und kam und brachte doch keinen Tag ...

... mit Blut erkauft war jedes Mahl, das jeder einsam mürrisch verschlang.

... und in dem öden Graus
Vergaßen ihre Leidenschaft die Menschen.

... mit Blut erkauft ward jedes Mahl.

... ein erstaunlicher Mann.

Abner Marsh saß kerzengerade im Bett, hellwach, und lauschte dem Schlag seines Herzens. »Verdammt«, murmelte er. Er fand ein Streichholz, zündete seine Nachttischkerze an und öffnete den Gedichtband auf der Seite mit dem Bild Byrons. »Verdammt«, stieß er noch einmal hervor.

Marsh kleidete sich hastig an. Er sehnte sich nach etwas Wildem als Gesellschaft, nach Hairy Mikes Muskeln und schwarzem Eisenknüppel oder nach Jonathon Jeffers und seinem Stockdegen. Aber das war eine Sache zwischen ihm und Joshua allein und er hatte ihm sein Wort gegeben, mit niemandem darüber zu reden.

Er spritzte sich Wasser ins Gesicht, griff nach seinem Hickorystock und ging hinaus aufs Deck und wünschte sich dabei, er hätte einen Prediger an Bord oder gar ein Kreuz. Der Gedichtband befand sich in seiner Tasche. Ein gutes Stück weiter unten am Landungskai war ein anderer Dampfer dabei, Dampf zu machen und zu laden; Marsh konnte hören, wie die Schauerleute einen langsamen, melancholischen Gesang anstimmten, als sie die Fracht über die Planken an Bord schleppten.

Vor der Tür zu Joshuas Kabine hob Abner Marsh seinen Stock, um anzuklopfen, dann zögerte er, da ihm plötzlich Zweifel kamen. Joshua hatte allgemeinen Befehl gegeben, ihn nicht zu stören. Joshua würde sich gehörig über das ärgern, was Marsh ihm zu sagen hatte. Das Ganze war reiner Unsinn, das Gedicht hatte ihm nur ein paar unangenehme Träume beschert, vielleicht hatte er auch etwas gegessen, was ihm nicht bekommen war. Dennoch, dennoch ...

Er stand noch immer da, mit gerunzelter Stirn und in Gedanken versunken, den Stock erhoben, als die Kabinentür lautlos aufschwang.

Dahinter war es so dunkel wie im Bauch einer Kuh. Mond und Sterne warfen einen winzigen Lichtschimmer durch den Türrahmen, doch dahinter gähnte eine samtige Schwärze. Ein paar Schritte von der Tür entfernt stand eine schattenhafte Gestalt. Das Mondlicht berührte nackte Füße, und man konnte die undeutlichen Umrisse eines Mannes schwach erahnen. »Kommen Sie herein, Abner«, drang die Stimme aus der Dunkelheit. Joshuas Stimme war ein krächzendes Flüstern.

Abner Marsh setzte sich in Bewegung und trat über die Schwelle.

Der Schatten rührte sich, und plötzlich war die Tür geschlossen. Marsh hörte, wie sie verriegelt wurde. Es war vollkommen dunkel. Er konnte nicht das geringste erkennen. Eine kraftvolle Hand erfaßte seinen Arm und zog ihn mit sich. Dann wurde er nach hinten gestoßen, und er empfand während eines kurzen Augenblicks Angst, bis er unter sich einen Sessel spürte.

Das Rascheln einer Bewegung in der Dunkelheit. Marsh schaute um sich, blind, bemüht, in der Schwärze etwas zu erkennen. »Ich habe nicht geklopft«, hörte er sich sagen.

»Nein«, lautete Joshuas Erwiderung. »Ich habe Sie kommen hören. Und ich habe Sie erwartet, Abner.«

»Er sagte, Sie würden kommen«, erklang eine andere Stimme aus einer anderen Richtung in der Finsternis. Die Stimme einer Frau, weich, bitter. Valerie.

»Sie!« stieß Marsh verblüfft hervor. Das hatte er nicht erwartet. Er war verwirrt, verärgert, unsicher, und Valeries Anwesenheit machte es ihm noch schwieriger. »Was tun Sie denn hier?« wollte Marsh wissen.

»Das gleiche könnte ich Sie fragen«, antwortete ihre weiche Stimme. »Ich bin hier, weil Joshua mich braucht, Captain Marsh. Um ihm zu helfen. Und das ist mehr, als Sie getan haben, trotz all Ihrer Worte. Sie und Ihre Leute, mit all dem Mißtrauen, all diesen frommen ...«

»Genug, Valerie«, schnitt Joshua ihr das Wort ab.

»Abner, ich weiß nicht, warum Sie heute nacht hergekommen sind, aber ich war sicher, daß Sie früher oder später auftauchen würden. Ich hätte wahrscheinlich besser daran getan, einen Dummkopf zum Partner zu nehmen, einen Mann, der widerspruchslos Befehle ausführt. Sie sind zu Ihrem eigenen Schaden wahrscheinlich zu schlau, und auch zu meinem Schaden. Ich wußte, daß es nur eine Frage der Zeit war, bis Sie das Garn entwirrten, das ich für Sie in Natchez gesponnen habe. Ich habe wohl mitbekommen, wie Sie uns beobachtet haben. Ich weiß auch über Ihre kleinen Prüfungen Bescheid.« Er stieß ein rauhes, gequältes Kichern aus. »Weihwasser, ausgerechnet!«

»Wie ... Sie wußten alles?« fragte Marsh.

»Ja.«

»Dieser verfluchte Junge.«

»Seien Sie ihm nicht böse. Er hatte wenig damit zu tun, Abner, obwohl ich bemerkt habe, wie er mich die ganze Zeit während des Essens anstarrte.« Joshuas Lachen klang unecht, furchtbar verkrampft. »Nein, es war das Wasser selbst, das mir den Hinweis gab. Ein paar Tage nach unserem Gespräch taucht plötzlich vor mir auf dem Tisch ein Glas frisches Wasser auf, was hätte ich davon halten sollen? Die ganze Zeit auf dem Fluß bekommen wir Wasser voller Schlamm und Schwebeteilchen. Ich hätte mit dem Dreck, den ich immer auf dem Boden meines Glases zurückgelassen habe, einen Garten anlegen können.« Er gab ein trockenes, höhnisches Schnalzgeräusch von sich. »Oder ich hätte damit meinen Sarg füllen können.«

Auf die letzte Bemerkung ging Abner Marsh nicht ein. »Umrühren und mit dem Wasser runterspülen«, sagte er. »Das macht Sie zu einem Flußmann.« Er hielt inne. »Vielleicht auch nur zu einem richtigen Mann«, fügte er hinzu.

»Aha«, sagte Joshua, »demnach kommen wir allmählich zum Thema.« Er sagte lange Zeit nichts mehr, und die Atmosphäre in der Kabine wurde erstickend, überladen mit Finsternis und Stille. Als Joshua wieder zu reden begann, klang er kalt und ernst. »Haben Sie ein Kreuz mitgebracht, Abner? Oder einen Holzpflock?«

»Ich habe dies dabei«, sagte Marsh. Er holte den Gedichtband hervor und schleuderte ihn durch die Luft zu der Stelle, wo er Joshua vermutete.

Er hörte eine Bewegung, ein scharfes Klatschen, als das wirbelnde Buch aus der Luft gefangen wurde. Seiten raschelten. »Byron«, stellte Joshua verwirrt fest.

Abner Marsh hätte seine Finger nicht sehen können, wenn er damit nur wenige Zoll vor seinem Gesicht herumgespielt hätte, so gründlich war die Kabine verrammelt und abgedunkelt. Aber Joshua konnte nicht nur ausreichend sehen, um das Buch aufzufangen, sondern auch, um darin zu lesen. Marsh spürte, wie trotz der Hitze eine Gänsehaut an ihm hochkroch.

»Warum Byron?« fragte Joshua. »Sie geben mir Rätsel auf. Eine weitere Prüfung, ein Kreuz, Fragen, mit so etwas hätte ich gerechnet. Nicht mit Byron.«

»Joshua«, sagte Marsh, »wie alt sind Sie?«

Stille.

»Ich kann sehr gut schätzen, wie alt jemand ist«, sagte Marsh. »Bei Ihnen ist es schwierig, mit Ihrem weißen Haar und allem. Trotzdem, Ihrem Aussehen — Ihrem Gesicht, Ihren Händen — nach zu urteilen würde ich sagen, dreißig, höchstens fünfunddreißig. In diesem Buch dort steht, daß er vor dreiunddreißig Jahren starb. Und Sie sagen, Sie kannten ihn.«

Joshua seufzte. »Ja.« Er klang wehmütig. »Ein dummer Fehler. Ich war von dem Anblick des Raddampfers so überwältigt, daß ich mich vergaß. Nachher dachte ich, daß es nicht wichtig gewesen war. Sie hatten keine Ahnung von Byron. Ich war überzeugt, Sie würden es vergessen.«

»Ich bin zwar nicht immer der Schnellste. Aber ich vergesse nichts.« Marsh umklammerte seinen Stock, als verleihe ihm das Gefühl des soliden Holzes neue Sicherheit, und beugte sich vor.

»Joshua, ich möchte, daß wir einmal ernsthaft miteinander reden. Schicken Sie die Frau weg.«

Valerie lachte eisig in der Dunkelheit. Sie schien näher gekommen zu sein, obgleich Marsh nicht wahrgenommen hatte, wie sie sich bewegt hatte. »Er ist ein unverschämter Narr«, sagte sie.

»Valerie wird bleiben, Abner«, sagte Joshua barsch. »Sie genießt mein Vertrauen und kann alles mit anhören, was Sie mir zu sagen haben. Sie ist das gleiche wie ich.«

Marsh fühlte sich auf einmal kalt und sehr einsam. »Das gleiche wie Sie«, wiederholte er schleppend. »Na schön. *Was sind Sie?*«

»Urteilen Sie selbst«, erwiderte Joshua. Ein Streichholz flackerte plötzlich in der schwarzen Kabine auf.

»O mein Gott«, krächzte Marsh.

Die kurze kleine Flamme warf ein grelles Licht auf Joshuas Züge. Seine Lippen waren geschwollen und rissig. Verbrannte, geschwärzte Haut spannte sich straff über Stirn und Wangen. Blasen, prall mit Wasser und Eiter, wölbten sich unter seinem Kinn und auf der Hand, die das Streichholz umhüllte. Seine grauen Augen starrten weißlich und triefend aus tiefen Höhlen. Joshua York lächelte grimmig, und Marsh hörte, wie das versengte Fleisch knisterte und riß. Eine fahlweiße Flüssigkeit sickerte an einer Wange aus einem frisch entstandenen Riß. Ein Stück Haut löste sich, und zurück blieb rosiges rohes Fleisch.

Dann erlosch das Streichholz, und die Dunkelheit war ein Segen.

»Sie bezeichneten sich als sein Partner«, sagte Valerie anklagend. »Sie würden ihm helfen, sagten Sie. Dies ist also die Hilfe, die Sie ihm zuteil werden ließen, Sie und Ihre Mannschaft mit ihrem Mißtrauen und ihren Drohungen. Ihretwegen hätte er sterben können. Er ist der fahle König, und Sie sind nichts, aber er tat sich dies selbst an, um Ihrer aller wertlose Loyalität zu erringen. Sind Sie jetzt zufrieden, Captain Marsh? Es scheint nicht so, da Sie hier sind.«

»Was, zur Hölle, ist mit Ihnen passiert?« fragte Marsh und ignorierte Valerie.

»Ich hielt mich im Licht Ihres grellen Tages weniger als zwei Stunden lang auf«, entgegnete Joshua, und nun verstand Marsh sein gequältes Flüstern. »Ich war mir des Risikos bewußt. Ich habe so etwas schon früher gemacht, wenn es sich als notwendig erwies. Vier Stunden hätten mich wahrscheinlich umgebracht. Sechs Stunden ganz bestimmt. Aber zwei Stunden oder weniger, das meiste davon im direkten Sonnenlicht verbracht — nun, ich kannte meine Grenzen. Die Verbrennungen sehen schlimmer aus, als sie es in Wirklichkeit sind. Die Schmerzen sind erträglich. Und das alles wird schnell vorübergehen. Morgen um diese Zeit wird niemand einen Hinweis finden, daß mir so etwas zugestoßen ist. Mein Fleisch beginnt bereits zu heilen. Die Blasen platzen auf, die tote Haut löst sich ab. Sie haben es selbst gesehen.«

Abner Marsh schloß die Augen, riß sie wieder auf. Es machte keinen Unterschied. Die Dunkelheit war vollkommen, so oder so, und er konnte immer noch das blaßblaue Nachbild von dem Streichholz vor seinen Augen wahrnehmen und die furchtbare Erscheinung von Joshuas geschändetem Gesicht. »Dann ist das also mit dem Weihwasser und den Spiegeln wirkungslos«, sagte er. »Es hat keine Bedeutung. Sie können nicht bei Tag herauskommen, jedenfalls nicht richtig. Was Sie erzähit haben — von Ihren gottverdammten Vampiren. Sie sind echt. Aber Sie haben mich angelogen. Sie haben gelogen, Joshua! Sie sind kein Vampirjäger, Sie sind selbst einer von ihnen. Sie und Ihre Freundin und alle anderen. *Sie alle sind selbst gottverdammte Vampire!«* Marsh hielt seinen Spazierstock vor sich, ein nutzloses Hickoryschwert, um Dinge abzuwehren, die er nicht sehen konnte. Seine Kehle war wund und trocken. Er hörte Valerie hell lachen und näher kommen.

»Reden Sie leise, Abner«, sagte Joshua ruhig, »und verschonen Sie mich mit Ihrer Entrüstung. Ja, ich habe Sie angelogen. Bei unserer ersten Zusammenkunft habe ich Sie gewarnt, daß Sie nur Lügen zu hören bekämen, wenn Sie mich ausfragten. Sie haben mich zu den Lügen gezwungen. Ich bedaure nur, daß es keine besseren Lügen waren.«

»Mein Partner«, sagte Abner Marsh wütend. »Zur Hölle, ich kann es noch immer nicht glauben. Ein Mörder, schlimmer noch als ein Mörder. Was haben Sie in all den Nächten getrieben? Haben Sie sich auf einsame Leute gestürzt, ihr Blut getrunken, ihnen die Kehle aufgerissen? Und dann sind Sie weitergezogen, *yessir,* jetzt begreife ich alles. Jede Nacht eine andere Stadt, auf diese Weise kann Ihnen nichts passieren, wenn die Leute an Land herausfinden, was Sie getan haben, sind Sie längst woanders. Und nicht einfach zu Fuß, nein, in einem prachtvollen Raddampfer, im großen Stil, mit eigener Kabine und allem, was dazu gehört. Kein Wunder, daß Sie sich so sehr ein Dampfschiff gewünscht haben, Mister Cap'n York. Gott sollte Sie in die Hölle werfen.«

»Seien Sie still«, schnappte York mit solchem Nachdruck in der Stimme, daß Marsh jäh den Mund zuklappte. »Senken Sie Ihren Stock, ehe Sie damit noch etwas beschädigen. Runter damit, sage ich.« Marsh ließ den Spazierstock auf den Teppich fallen. »Gut«, lobte Joshua.

»Er ist genauso wie alle anderen, Joshua«, sagte Valerie. »Er versteht nicht. Er empfindet für dich nichts als Furcht und Haß. Wir dürfen ihn nicht laufen lassen.«

»Schon möglich«, sagte Joshua widerstrebend. »Ich glaube, in ihm steckt etwas Besonderes, aber wahrscheinlich irre ich mich. Was ist nun, Abner? Seien Sie vorsichtig, was Sie sagen. Reden Sie, als hinge von jedem Ihrer Worte Ihr Leben ab.«

Aber Abner Marsh war viel zu aufgebracht, um einen klaren Gedanken zu fassen. Die Angst, die ihn erfüllt hatte, hatte dem Fieber rasender Wut Platz gemacht; er war angelogen worden, war zu einem Teil dieses Spiels gemacht worden, hatte den großen häßlichen Narren spielen dürfen. Niemand behandelte Abner Marsh so, niemand, egal ob es ein Mensch war oder nicht. York hatte seine *Fiebertraum*, seine Lady, in eine Art schwimmenden Alptraum verwandelt. »Ich fahre schon lange auf diesem Fluß«, sagte Marsh. »Versuchen Sie also nicht, mir Angst zu machen. Als ich auf meinem ersten Dampfer arbeitete, habe ich mitangesehen, wie einem Freund von mir in einem Saloon in St. Joe die Eingeweide aus dem Balg geschnitten wurden. Ich hab' mir den Ubeltäter, der das getan hat, geschnappt, hab' ihm das Messer abgenommen und ihm das Genick gebrochen. Ich war auch in Bad Axe und unten im verfluchten Kansas, deshalb wird kein gottverfluchter Blutsauger mich bluffen. Wenn Sie mir ans Leder wollen, dann kommen Sie sofort. Ich bin zweimal so schwer wie Sie, und Sie sind noch völlig verbrannt. Ich reiße Ihnen den gottverdammten Schädel von den Schultern, Wahrscheinlich sollte ich das wegen der Dinge, die Sie getan haben, sowieso tun.«

Stille. Dann — eine verblüffende Reaktion — lachte Joshua York lange und laut. »O Abner«, sagte er, als er sich wieder beruhigt hatte, »Sie sind wirklich ein Dampfschiffer. Zur Hälfte Träumer, zur anderen Hälfte ein Prahlhans und alles in allem ein Narr. Sie sitzen da, sind total blind und wissen dabei, daß ich im Licht, das durch die Fensterläden und Vorhänge und unter der Tür hindurch hereindringt, perfekt alles sehen kann. Sie sitzen da, fett und träge, und kennen meine Kraft, meine Schnelligkeit. Eigentlich müßten Sie wissen, wie leise ich mich bewegen kann.« Eine Pause trat ein, ein Knarren, und plötzlich erklang Yorks Stimme am anderen Ende der Kabine. »Zum Beispiel so.« Wieder Stille. »Und so.« Hinter ihm. »Und so.« Er war wieder dort, wo er mit seiner Darbietung begonnen hatte; Marsh, der den Kopf gedreht hatte, um der Stimme zu folgen, fühlte sich etwas benommen. »Ich könnte Sie mit hundert sanften Berührungen, die Sie kaum spüren, verbluten lassen. Ich könnte mich an Sie anschleichen und Ihnen die Kehle aufreißen, ehe Sie überhaupt merken, daß ich aufgehört habe zu reden. Und trotzdem, trotz all dieser Dinge, hocken Sie da, starren in die falsche Richtung, recken Ihren Bart vor und prahlen und drohen mir.« Joshua seufzte. »Sie haben Mut, Abner Marsh. Ein schlechtes Urteilsvermögen, aber eine Menge Mut.«

»Wenn Sie vorhaben, mich zu töten, dann kommen Sie schon, und bringen Sie es hinter sich«, sagte Marsh. »Ich bin bereit. Vielleicht werde ich niemals die *Eclipse* schlagen, aber ich habe das meiste von dem getan, was ich mir vorgenommen habe. Lieber vermodere ich in einem dieser eleganten Grabmäler in New Orleans, als für eine Bande von Vampiren einen Raddampfer zu führen.«

»Ich habe Sie einmal gefragt, ob Sie ein abergläubischer Mensch sind oder ein religiöser«, sagte Joshua. »Sie haben es verneint. Und jetzt höre ich Sie über Vampire reden wie irgendein dummer, ahnungsloser Ignorant.«

»Was reden Sie da? Sie haben mir doch erzählt ...«

»Ja, ja. Särge voller Erde, seelenlose Kreaturen, die sich nicht in Spiegeln zeigen, Dinge, die nicht über fließendes Wasser hinwegschreiten können, Kreaturen, die sich in Wölfe und Fledermäuse und Nebelschwaden verwandeln können, dabei aber vor einer Knoblauchzwiebel zurückweichen. Sie sind ein zu intelligenter Mann, Abner, um solchen Unsinn zu glauben. Legen Sie für einen kurzen Moment Ihre Wut und Ihre Ängste ab, und denken Sie nach!«

Das ließ Abner Marsh aufmerken. Der spöttische Ton

in Joshuas Stimme ließ alles ziemlich lächerlich erscheinen. Vielleicht hatte York sich bei dem bißchen Tageslicht die Haut verbrannt, aber das änderte nichts an der Tatsache, daß er Weihwasser trank, Silberschmuck trug und sich in Spiegeln zeigte. »Wollen Sie mir etwa jetzt weismachen, daß Sie gar keine Vampire sind, oder was?« sagte Marsh etwas ratlos.

»Es gibt so etwas wie Vampire überhaupt nicht«, fuhr Joshua geduldig fort. »Sie sind genauso wie diese Flußgeschichten, die Karl Framm so hübsch erzählt. Der Schatz der *Drennan Whyte.* Der Phantomdampfer von Raccourci. Der Lotse, der so pflichteifrig war, daß er sogar zu seiner Ruderwache erschien, nachdem er gestorben war. Geschichten, Abner. Lockere Unterhaltung, von einem erwachsenen Mann auf keinen Fall ernstzunehmen.«

»Einige dieser Geschichten entsprechen zum Teil der Wahrheit«, protestierte Marsh schwach. »Ich meine, ich kenne viele Lotsen, die schwören, die Lichter des Phantoms gesehen zu haben, wenn sie die Raccourci-Abkürzung benutzten, und sie haben sogar gehört, wie ihre Führer und Lenker geschimpft und geflucht haben. Und die *Drennan Whyte,* schön, ich glaube nicht an Flüche, aber sie soff genauso ab, wie Mister Framm es geschildert hat, und die Boote, die sich einfanden, um sie zu heben, versanken auch. Und was den toten Lotsen betrifft, denn kannte ich persönlich. Er war Schlafwandler, so war es, und er lenkte den Raddampfer, als er tief im Schlaf war. Die Geschichte wurde auf ihrem Weg flußab, flußauf nur etwas ausgeschmückt.«

»Damit haben Sie einen Punkt für sich gemacht, Abner. Wenn Sie auf dem Wort bestehen, dann ja, Vampire sind etwas Reales. Aber die Geschichten über uns wurden auch erheblich ausgeschmückt. Ihr Schlafwandler wurde im Laufe der Jahre und nach dem x-ten Erzählen der Geschichte zu einer Leiche. Versuchen Sie sich vorzustellen, was er in einem Jahrhundert sein wird.«

»Was sind Sie denn dann, wenn kein Vampir?«

»Ich kenne kein simples Wort für das, was ich bin«, sagte Joshua. »Auf englisch können Sie mich vielleicht einen Vampir, Hexer, Zauberer, Werwolf, Magier, Dämon, Ghoul nennen. Andere Sprachen haben andere Namen: *Nosferatu, Odoroten, Upir, Loup Garou.* Alles Namen, die Ihre Leute so armseligen Wesen verliehen haben, wie ich eines bin. Ich mag diese Namen nicht. Keiner davon trifft auf mich zu. Dennoch kann ich nichts anderes statt dessen anbieten. Wir haben für uns selbst keine Bezeichnung.«

»Und Ihre eigene Sprache ...«, sagte Marsh.

»Wir haben keine Sprache. Wir benutzen die menschliche Sprache, menschliche Bezeichnungen. So haben wir es schon immer gemacht. Wir sind keine Menschen, wir sind auch keine Vampire. Wir sind ... eine andere Rasse. Wenn wir uns selbst benennen, dann geschieht es gewöhnlich mit einem Ihrer Worte in einer Ihrer Sprachen, dem wir eine geheime Bedeutung verliehen haben. Wir sind das Volk der Nacht, das Volk des Blutes. Oder ganz einfach das Volk.«

»Und wir?« wollte Marsh wissen. »Wenn Sie das Volk sind, was sind dann wir?«

Joshua York zögerte kurz, und Valerie ergriff das Wort. »Das Volk des Tages«, sagte sie schnell.

»Nein«, sagte Joshua. »Das ist mein Ausdruck. Er wird von meinem Volk im allgemeinen nicht benutzt. Valerie, die Zeit für Lügen ist vorbei. Erzähl Abner die Wahrheit.«

»Sie wird ihm nicht gefallen«, warnte sie. »Joshua, das Risiko ...«

»Und wenn schon«, unterbrach Joshua sie. »Valerie, erzähl's ihm.«

Für einen Moment herrschte bleierne Stille. Dann sagte Valerie leise: »Das Vieh. So nennen wir Sie, Captain. Das Vieh.«

Abner Marsh blickte finster und ballte die Faust.

»Abner«, sagte Joshua, »Sie wollten die Wahrheit hören. Ich habe in der letzten Zeit viel über Sie nachgedacht. Nach Natchez befürchtete ich, ich müßte für Sie einen Unfall arrangieren. Wir dürfen nicht das Risiko der Entlarvung eingehen, und Sie sind für uns eine Bedrohung. Simon und Katherine haben mich bestürmt, Sie umzubringen. Diejenigen meiner neueren Gefährten, die ich ins Vertrauen gezogen habe, wie Valerie und Jean Ardant, waren ebenfalls dafür. Und doch, obgleich meine Leute und ich entschieden sicherer wären, wenn Sie tot wären, tat ich es nicht. Ich bin den Tod leid, die Angst, das endlose Leid des Mißtrauens zwischen unseren Rassen. Ich fragte mich statt dessen, ob wir nicht versuchen könnten zusammenzuarbeiten, aber ich war mir nie ganz sicher, ob Ihnen zu trauen ist. Bis zu dieser Nacht in Donaldsonville, ich meine die Nacht, in der Valerie versucht hatte, Sie dazu zu bewegen, mit der *Fiebertraum* zu wenden. Sie erwiesen sich als stärker, als ich hätte jemals erwarten können, als Sie ihr widerstanden, und Sie verhielten sich auch weitaus loyaler. Zu diesem Zeitpunkt traf ich meine Entscheidung. Sie sollten am Leben bleiben, und wenn Sie jemals wieder mit Fragen zu mir kämen, würde ich Ihnen die Wahrheit erzählen, die ganze Wahrheit, die gute wie die schlechte. Wollen Sie es sich anhören?«

»Habe ich eine andere Wahl?« fragte Marsh.

»Nein«, gab Joshua York zu.

Valerie seufzte. »Joshua, ich flehe dich an, es dir noch einmal zu überlegen. Er ist einer von *denen,* ganz gleich wie gern du ihn hast. Er wird nicht verstehen. Eines Tages kommen sie mit angespitzten Holzpflöcken herauf, du weißt genau, daß sie es tun.«

»Ich hoffe nicht«, sagte Joshua. Dann, an Marsh gewandt, fuhr er fort: »Sie hat Angst, Abner. Dies ist etwas ganz Neues, was ich zu zu tun im Begriff bin, und neue Schritte sind immer gefährlich. Hören Sie mich zu Ende an, und verurteilen Sie mich nicht, vielleicht kann es zwischen uns eine echte Partnerschaft geben. Ich habe noch nie zuvor jemandem von Ihrer Rasse diese Wahrheit erzählt ...«

»Einem Stück Vieh also«, knurrte Marsh. »Nun, ich hab' bisher noch nie einem Vampir zugehört, demnach sind wir quitt. Fangen Sie an. Ihr getreuer Bulle lauscht.«

KAPITEL VIERZEHN

Von Zeiten fern und dunkel

Dann hören Sie zu, Abner, aber zuerst meine Bedingungen. Ich wünsche keine Unterbrechungen. Ich wünsche keine empörten Ausbrüche, keine Urteile, keine Fragen. Jedenfalls nicht, bevor ich meinen Bericht beendet habe. Vieles von dem, was ich zu berichten habe, werden Sie schlimm und grauenvoll finden, davor warne ich Sie, aber wenn Sie mir in Ruhe vom Anfang bis zum Ende zuhören, dann verstehen Sie vielleicht. Sie haben mich einen Mörder, einen Vampir genannt, und in gewissem Sinn bin ich das auch. Aber auch Sie haben getötet, Sie haben es selbst zugegeben. Sie glauben, daß Ihre Taten durch die Umstände gerechtfertigt sind. Ich tue es auch. Wenn schon nicht gerechtfertigt, so gelten doch in jedem Fall mildernde Umstände. Hören Sie sich *alles an,* was ich zu sagen habe, ehe Sie mich und meine Rasse verdammen.

Lassen Sie mich mit mir selbst beginnen, mit meinem eigenen Leben, und dann erzähle ich Ihnen den Rest, wie ich ihn habe in Erfahrung bringen können.

Sie haben nach meinem Alter gefragt. Ich bin jung, Abner, nach den Maßstäben meiner Rasse habe ich die Schwelle zum Erwachsensein gerade erst überschritten. Ich wurde im Jahr 1785 in der französischen Provinz geboren. Meine Mutter habe ich nie gesehen, aus Gründen, auf die ich später noch eingehen will. Mein Vater war von niederem Adel. Das heißt, er versah sich selbst mit einem Titel, als er sich in der französischen Gesellschaft bewegte. Er hielt sich schon seit einigen Generationen in Frankreich auf, daher erfreute er sich eines hohen Ansehens, obgleich er betonte, daß er aus Osteuropa stammte. Er war wohlhabend und verfügte über etwas Landbesitz. Er erklärte seine Langlebigkeit durch einen Trick um 1760, indem er als sein eigener Sohn auftrat und sein eigener Nachfolger wurde.

Sie sehen also, daß ich etwa 72 Jahre alt bin, und ich hatte tatsächlich das Vergnügen, Lord Byron persönlich kennenzulernen. Das geschah jedoch einige Zeit später.

Mein Vater war genauso wie ich. Desgleichen zwei unserer Bediensteten, zwei, die nicht im eigentlichen Sinn Diener waren, sondern eher Gefährten. Die drei Erwachsenen meiner Rasse lehrten mich Sprachen, Manieren, die Geheimnisse der Welt ... und Vorsicht. Ich schlief bei Tag, ging nur nachts hinaus, lernte es, mich vor der Dämmerung in acht zu nehmen, so wie die Kinder Ihrer Rasse die Vorsicht vor dem Feuer lernen, nachdem sie sich daran verbrannt haben. Ich sei anders als die anderen, wurde mir erklärt, ich sei überlegen und habe nichts mit ihnen gemein, ich sei ein Herr, ein Meister. Ich dürfe jedoch nicht über diese Unterschiede reden, sonst weckte ich beim Vieh Angst und würde getötet. Ich müsse so tun, als wäre meine Tageseinteilung von mir willkürlich gewählt, weil es mir so lieber sei. Ich mußte die Ausdrucksformen des Katholizismus erlernen und genau beachten, und ich mußte sogar bei bestimmten Mitternachtsmessen in unserer Privatkapelle die Kommunion empfangen. Ich mußte — nun, ich will es dabei bewenden lassen. Sie müssen sich bewußt machen, Abner, daß ich nur ein Kind war. Sicherlich hätte ich im Laufe der Zeit noch mehr lernen können, vielleicht hätte ich sogar angefangen, die mir Nahestehenden und das Leben, das wir führten, zu verstehen, wenn alles so weitergegangen wäre. Sicherlich wäre ich dann ein ganz anderer geworden.

Im Jahr 1789 jedoch veränderten die Feuer der Revolution mein Leben von Grund auf. Als das Schreckensregiment ausbrach, wurden wir gefangengenommen. Trotz all seiner Vorsichtsmaßnahmen, seiner Kapellen und Spiegel hatte mein Vater Verdacht erregt durch seine nächtlichen Gewohnheiten, sein Alleinsein, seinen geheimnisvollen Reichtum. Unsere Diener — unsere menschlichen Diener wohlgemerkt — denunzierten ihn als Hexenmeister, als Satanisten, als einen Anhänger des Marquis de Sade. Und außerdem bezeichnete er sich selbst als Aristokraten, was sowieso das schlimmste Vergehen war.

Seine beiden Gefährten, die von der Umwelt nur als Hauspersonal betrachtet wurden, konnten entweichen, aber mein Vater und ich wurden eingekerkert.

So jung ich auch damals war, so habe ich doch eine sehr lebendige Erinnerung an die Zelle, in der wir eingesperrt waren. Sie war kalt und feucht, alles nur rauhes Gestein, mit einer mächtigen Tür aus Eisen, so dick und so schwer verankert und verriegelt, daß nicht einmal die Kraft meines Vaters etwas dagegen ausrichten konnte. In der Zelle stank es nach Urin, und wir schliefen ohne Decken auf dreckigem Stroh, das auf den Fußboden gestreut war. Es gab nur ein Fenster, aber das befand sich hoch über uns und war nicht mehr als eine kleine Öffnung in einer mindestens zehn Fuß dicken Mauer. Es war sehr klein und außen vergittert. Wir befanden uns praktisch unterhalb der Erdoberfläche, glaube ich, in einer Art Keller. Nur sehr wenig Licht drang zu uns nach unten, aber das hatte natürlich für uns auch wieder gewisse Vorteile.

Als wir allein waren, erklärte mein Vater mir, was ich tun müsse. Er konnte das Fenster noch nicht einmal erreichen, da die Öffnung im Gestein einfach zu eng war, aber ich konnte es; ich war ja noch klein. Und ich verfügte auch über die Kraft, um die Gitterstäbe zu überwinden. Er befahl mir, ihn zu verlassen. Er gab mir auch noch einen anderen Rat. Nämlich mich in Lumpen zu kleiden und keine Aufmerksamkeit zu erregen. Mich bei Tag zu verstecken und mir bei Nacht etwas zu essen zu suchen. Niemals jemandem zu erzählen, daß ich anders sei. Mir ein Kreuz zu suchen und es um den Hals zu tragen. Ich verstand nicht die Hälfte von dem, was er sagte, und ich vergaß schon bald einiges davon, aber ich gelobte, ihm zu gehorchen. Er meinte, ich solle Frankreich verlassen und die Bediensteten suchen, die hatten fliehen können. Ich solle nicht versuchen, ihn zu rächen, sagte er. Ich würde irgendwann meine Rache schon auskosten können, denn all diese Menschen würden sterben, während ich weiterleben dürfe. Dann sagte er etwas, das ich niemals vergessen habe. »Sie können sich nicht selbst helfen. Der rote Durst hat diese Nation überkommen, und nur Blut wird ihn stillen. Das ist unser aller Fluch.« Ich fragte ihn, was der rote Durst sei. »Du wirst ihn noch früh genug kennenlernen«, antwortete er. »Ein Irrtum ist unmöglich.« Dann hieß er mich zu gehen. Ich zwängte mich durch den schmalen Gang bis zur Fensteröffnung. Die Gitterstäbe waren alt und durchgerostet. Da es unmöglich gewesen war, an sie heranzukommen, hatte sich niemand darum gekümmert, sie zu ersetzen. Sie zerfielen in meinen Händen.

Ich sah meinen Vater nie wieder, aber später, nach der Restauration, die auf Napoleon folgte, stellte ich Nachforschungen an. Mein Verschwinden hatte sein Schicksal besiegelt. Er war eindeutig sowohl ein Zauberer als auch ein Adliger. Er wurde verurteilt und hingerichtet. Sein Kopf fiel auf einer Guillotine in der Provinz. Anschließend verbrannten sie seinen Körper auf Grund des Vergehens, ein Zauberer zu sein.

Aber damals hatte ich von alledem keine Ahnung. Ich floh aus dem Gefängnis, verließ die Gegend und wanderte nach Paris, wo wegen der chaotischen Lage in jenen Tagen das Überleben recht einfach war. Bei Tag suchte ich Zuflucht in Kellern, je dunkler, desto besser. Bei Nacht kam ich heraus und stahl Lebensmittel. Vorwiegend Fleisch. Für Gemüse oder Obst hatte ich nicht allzuviel übrig. Ich wurde ein gewandter Dieb. Ich war schnell, leise und furchtbar stark. Meine Nägel schienen jeden Tag schärfer und härter zu werden. Ich konnte mich durch Holz hindurchkratzen, wenn ich es wollte. Niemand bemerkte mich oder belästigte mich mit Fragen. Ich sprach ein gutes, kultiviertes Französisch, einigermaßen Englisch und ein paar Brocken einfaches Deutsch. In Paris erlernte ich auch den Jargon der Gosse. Ich suchte nach unseren verschwundenen Dienern, den einzigen anderen Angehörigen meiner Rasse, die ich je kennengelernt hatte, aber ich hatte keinen Hinweis, wo ich sie hätte suchen sollen, und meine Bemühungen führten zu nichts.

So wuchs ich inmitten Ihres Volkes auf. Inmitten des Viehs, des Volkes des Tages. Ich war klug und beobachtete genau. So ähnlich ich denen, die mich umgaben, im Aussehen auch war, so anders war ich im Kern, wie ich schnell erkannte. Und zwar besser, wie man mir erklärt hatte. Stärker, schneller und — ich glaubte es damals schon — auch langlebiger. Das Tageslicht war mein einziger Schwachpunkt. Ich bewahrte mein Geheimnis perfekt.

Das Leben jedoch, das ich in Paris führte, war schlecht, verdorben und langweilig. Ich wollte mehr. Ich begann neben den Lebensmitteln auch Geld zu stehlen. Ich fand jemanden, der mir das Lesen beibrachte, und danach stahl ich Bücher, wann immer es möglich war. Ein- oder zweimal wurde ich beinahe erwischt, aber ich konnte immer rechtzeitig verschwinden. Ich konnte mich im Schatten so gut wie unsichtbar machen, konnte blitzschnell Wände hochklettern und mich so leise bewegen wie eine Katze. Wahrscheinlich haben die, die mich gelegentlich verfolgten, geglaubt, ich könnte mich auch in blauen Dunst verwandeln. Manchmal muß es ihnen so erschienen sein.

Als die Napoleonischen Kriege ausbrachen, war ich darauf bedacht, die Armee zu meiden, da ich wußte, daß ich dort gezwungen sein würde, mich dem Tageslicht auszusetzen. Aber ich folgte den Soldaten bei ihren Kriegszügen. Auf diese Art und Weise zog ich durch Europa und sah viel Brandschatzen und Töten. Und wo der Kaiser gewesen war, dort gab es für mich reiche Beute.

1805 in Österreich sah ich meine große Chance. Nachts auf der Straße begegnete ich einem reichen Wiener Kaufmann, der vor den französischen Armeen auf der Flucht war. Er hatte sein gesamtes Geld bei sich, umgewechselt in Gold und Silber, eine phantastisch hohe Summe. Ich folgte ihm zu dem Gasthaus, in dem er die Nacht verbrachte, und als ich sicher war, daß er schlief, brach ich ein, um mein Glück zu machen. Er schlief jedoch nicht. Der Krieg hatte ihn ängstlich gemacht. Er erwartete mich bereits, und er war bewaffnet. Er zog eine Pistole unter der Decke hervor und schoß auf mich.

Schock und Schmerz überwältigten mich. Der Aufprall der Kugel warf mich um. Sie hatte mich im Bauch getroffen, und ich blutete heftig. Aber dann verebbte der Blutstrom plötzlich und der Schmerz ließ nach. Ich stand auf. Ich mußte einen furchtbaren Anblick geboten haben, mit fahlem Gesicht und mit Blut besudelt. Ein seltsames Gefühl machte sich in mir breit, ein Gefühl, das ich noch nie zuvor gespürt hatte. Der Mond schien durch das Fenster, und der Kaufmann brüllte, und bevor ich wußte, was ich tat, hatte ich mich schon auf ihn gestürzt. Ich wollte ihn zum Schweigen bringen, wollte meine Hand auf seinen Mund pressen, aber ... irgend etwas ergriff Besitz von mir. Meine Hände berührten ihn, meine Fingernägel — sie sind sehr scharf und hart. Ich schlitzte ihm den Hals auf. Er erstickte in seinem eigenen Blut.

Ich stand da, zitternd, und sah zu, wie das dicke schwarze Blut aus ihm herauspulste, sein Körper warf sich auf dem Bett im fahlen Mondlicht hin und her. Er lag im Sterben. Ich hatte schon früher, in Paris und im Krieg, Menschen sterben gesehen. Dies war jedoch anders. *Ich* hatte ihn getötet. Eine große Leidenschaft schien mich zu erfüllen, und ich verspürte ... *Begierde.* Ich hatte schon oft in den Büchern, die ich stahl, von Begierde gelesen, von Lust und den fleischlichen Gelüsten, denen der Mensch unterliegt. Ich hatte bisher nie etwas davon gespürt. Ich hatte unbekleidete Frauen betrachtet, unbekleidete Männer, Paare, die sich sexuell vereinigten, und nichts davon hatte mich irgendwie angerührt. Ich konnte diesen ganzen Unsinn, von dem ich las, nicht verstehen, die unbeherrschbaren Leidenschaften, diese Lustgefühle, die einen wie Feuer verschlangen. Doch nun kannte ich sie. Das fließende Blut, dieser fette reiche Mann, der durch meine Hand in den Tod geschickt worden war, die Laute, die er von sich gab, das Trommeln seiner Füße auf dem Bett. Das alles schien irgendein wildes Raubtier tief in mir zu wecken. Das Blut benetzte meine Hände. Es war so dunkel, so heiß. Es dampfte, als es aus seiner Kehle quoll. Daher beugte ich mich vor und kostete es. Der Geschmack machte mich wahnsinnig, rasend. Plötzlich vergrub ich das Gesicht in seinem Hals, biß mit den Zähnen zu, zerrte, fetzte, saugte das Blut auf, schluckte. Er hörte auf, sich herumzuwälzen. Ich speiste. Und dann sprang die Tür auf, und da waren Männer mit Messern und Gewehren. Ich blickte auf, erschrocken. Wie muß ich sie damals entsetzt haben. Ehe sie reagieren konnten, war ich durch das Fenster gesprungen und in der Nacht verschwunden. Ich war noch gerade geistesgegenwärtig genug, den Geldgürtel mitzunehmen, als ich mich davonmachte. Damit hatte ich nur einen winzigen Teil des Vermögens dieses Mannes erwischt, aber es war genug.

Ich rannte in dieser Nacht noch lange und weit und verbrachte den nächsten Tag im Keller eines Bauernhauses, das verbrannt und verlassen worden war.

Ich war zwanzig Jahre alt. Im Volk der Nacht noch ein Kind, das aber nun erwachsen wurde. Als ich an jenem Abend in dem Keller erwachte, bedeckt mit getrocknetem Blut und den Geldgürtel umklammernd, erinnerte ich mich an die Worte meines Vaters. Endlich wußte ich, was der rote Durst war. Und nur Blut wird ihn stillen, hatte er gesagt. Ich war gesättigt. Ich fühlte mich stärker und gesünder als je zuvor in meinem Leben. Dennoch war mir schlecht, und ich war entsetzt. Ich war inmitten Ihres Volkes aufgewachsen, wissen Sie, und ich dachte genauso wie Sie. Ich war kein Tier, kein Monstrum. An diesem Ort und zu diesem Zeitpunkt beschloß ich, meine Lebensweise gründlich zu ändern, damit so etwas nie wieder geschah. Ich wusch mich und stahl Kleider, die feinsten, die ich finden konnte. Ich zog in Richtung Westen und entfernte mich vom Zentrum der Kämpfe. Dann nach Norden. Tagsüber nahm ich mir Zimmer in Gasthäusern und mietete mir Kutschen, um bei Nacht von Stadt zu Stadt zu fahren. Schließlich, unter den durch den Krieg entstandenen Schwierigkeiten, fand ich den Weg nach England. Ich nahm einen neuen Namen an und beschloß, das Leben eines Gentleman zu führen. Das Geld dazu hatte ich. Den Rest konnte ich erlernen.

Meine Reisen hatten etwa einen Monat gedauert. In meiner dritten Nacht in London fühlte ich mich seltsam, schlecht. Ich war noch nie in meinem Leben krank gewesen. Die nächste Nacht war noch schlimmer. In der Nacht danach erkannte ich dieses Gefühl schließlich als das, was es in Wirklichkeit war. Der rote Durst hatte mich gepackt. Ich schrie und raste. Ich bestellte mir eine umfangreiche Mahlzeit, ein großes und dickes Stück rotes Fleisch, von dem ich hoffte, daß es meine Gier dämpfen würde. Ich verspeiste es und zwang mich dazu, ganz ruhig zu bleiben. Es war nutzlos. Schon nach einer Stunde war ich draußen auf der Straße. Ich fand eine Gasse, wartete. Eine junge Frau war das erste Wesen, das vorbeikam. Etwas in mir bewunderte ihre Schönheit; dieser Teil meiner Persönlichkeit brannte wie Feuer. Ein anderer Teil hatte ganz einfach Hunger. Ich riß ihr fast den Kopf ab, aber wenigstens war es schnell vorüber. Anschließend weinte ich.

Monatelang lebte ich in tiefer Verzweifelung. Aus den Büchern wußte ich, was ich sein mußte. Ich hatte diese Worte beim Lesen erfahren und sie mir eingeprägt. Zwanzig Jahre lang hatte ich mich für überlegen gehalten. Nun stellte ich fest, daß ich etwas Unnatürliches war, eine Bestie, ein seelenloses Monstrum. Ich konnte nicht entscheiden, ob ich ein Vampir oder ein Werwolf war, was mich in Verwirrung stürzte. Weder ich noch mein Vater hatten die Fähigkeit gehabt, uns in irgend etwas zu verwandeln, aber der rote Durst überkam mich monatlich mit einer Regelmäßigkeit, die dem Mondzyklus zu entsprechen schien — obwohl der Höhepunkt des Durstes nicht immer genau mit dem Vollmond zusammenfiel. Das war das Charakteristikum des Werwolfs, las ich. Ich informierte mich damals recht umfassend über dieses Thema, las eine Menge und versuchte, mich selbst zu verstehen. Wie der legendäre Werwolf riß ich meinen Opfern oft die Kehle auf und vertilgte eine kleine Menge Fleisch, vor allem dann, wenn der Durst besonders quälend war. Und wenn der Durst nicht in mir wütete, schien ich eine völlig normale Person zu sein, was ebenfalls zu den Erzählungen vom Werwolf paßte. Andererseits machte Silber mir nichts aus und auch nicht der Gelbe Eisenhut, ich veränderte auch nicht meine Gestalt, und mir wuchs kein Fell. Wie der Vampir konnte ich nur nachts unterwegs sein. Und dann kam es mir so vor, als wäre es im Grunde nur das Blut, dem meine Gier galt, und nicht das Fleisch. Aber ich schlief im Bett und nicht im Sarg, und ich hatte ohne Schwierigkeiten bei Hunderten von Gelegenheiten fließendes Wasser überquert. Ich war ganz bestimmt nicht tot, und religiöse Gegenstände übten keine nachteilige Wirkung auf mich aus. Einmal, um ganz sicher zu gehen, nahm ich den Körper eines Opfers mit und war gespannt, ob er als Werwolf oder als Vampir wieder auferstehen würde. Er blieb eine Leiche. Nach einer Weile begann er zu riechen, und ich begrub ihn.

Sicherlich können Sie sich mein Grauen vorstellen. Ich war kein Mensch, aber ich war auch keine dieser legendären Kreaturen. Ich entschied, daß meine Bücher für mich nutzlos waren. Ich war allein auf mich gestellt.

Monat für Monat überkam mich der rote Durst. Jene Nächte waren voll eines schrecklichen Triumphierens, Abner. Indem ich Leben raubte, lebte ich so intensiv wie noch nie zuvor. Aber es kam immer die Zeit nachher, und dann wurde ich von Abscheu über das geschüttelt, was ich geworden war. Ich mordete die Jungen, die Unschuldigen, die Schönen, sie vor allen anderen. Sie schienen eine Art inneres Leuchten zu besitzen, das den Durst in mir entfachte, wie alte und kranke Menschen es nicht schafften. Und bei anderen Gelegenheiten liebte ich genau die Qualitäten, die zu töten ich getrieben wurde.

Verzweifelt versuchte ich mich zu ändern. Mein Wille, der normalerweise so stark war, zerfloß zu nichts, wenn der rote Durst mich überkam. Ich wandte mich voller Hoffnung der Religion zu. Als ich die ersten Vorzeichen des nahenden Fiebers spürte, suchte ich eine Kirche auf und beichtete dem Priester, der auf mein Klopfen öffnete, alles, was ich getan hatte. Er glaubte mir nicht, aber er erklärte sich bereit, mit mir gemeinsam zu beten. Ich trug ein Kreuz um den Hals, kniete vor dem Altar, betete inständig, die Kerzen und Heiligenbilder um mich herum, sicher im Hause Gottes mit einem seiner Geistlichen an meiner Seite. Nach drei Stunden stürzte ich mich auf ihn und tötete ihn dort in der Kirche. Es war eine kleine Sensation, als die Leiche am nächsten Tag gefunden wurde.

Dann versuchte ich es mit Logik. Wenn die Religion keine Antworten lieferte, dann konnte das, was mich trieb, nicht übernatürlichen Ursprungs sein. Ich schlug Tiere anstatt Menschen. Ich stahl Menschenblut aus der Praxis eines Arztes. Ich brach bei Begräbnisunternehmen ein, wenn ich wußte, daß ein soeben Verstorbener in den Räumen aufgebahrt war. All das half, mein Durst wurde etwas gemildert, aber ganz zum Verschwinden ließ er sich damit nicht bringen. Die beste dieser Hilfsmaßnahmen bestand darin, ein lebendiges Tier zu töten und das noch körperwarme Blut zu trinken. Es war das Leben, sehen Sie, das Leben genauso wie das Blut selbst.

Bei alledem achtete ich auch auf meinen Schutz. Ich zog einige Male in England um, damit der Tod und das Verschwinden meiner Opfer sich nicht an einem Ort auffällig häuften. Ich begrub so viele Körper wie möglich. Und schließlich setzte ich bei der Jagd auch mehr und mehr meinen Intellekt ein. Ich brauchte Geld, daher suchte ich mir stets wohlhabende Beute aus. Ich wurde reich und reicher. Geld führt zu mehr Geld, und sobald ich erst einmal einiges zusammen hatte, fiel mir immer mehr — rechtschaffen und sauber — in den Schoß. Mittlerweile beherrschte ich das Englische recht fließend. Ich änderte erneut meinen Namen, putzte mich zum Gentleman heraus, kaufte mir ein einsames Haus im schottischen Moor, wo mein Verhalten nur wenig Aufsehen erregte, und stellte einige verschwiegene Diener ein. Jeden Monat war ich einmal in Geschäften unterwegs und blieb stets die Nacht über fort. Keines meiner Opfer lebte in meiner Nähe. Die Diener ahnten nichts von allem.

Am Ende hatte ich eine Idee, von der ich glaubte, daß sie die Lösung meiner Probleme lieferte. Eine meiner Dienerinnen, ein hübsches junges Mädchen, war mir immer vertrauter geworden. Sie schien mich gern zu haben, und nicht einfach nur als ihren Arbeitgeber. Ich erwiderte ihre Zuneigung. Sie war ehrlich, freundlich und recht intelligent, wenn auch etwas ungebildet. Ich begann sie als meine Freundin zu betrachten und sah in ihr einen Ausweg. Oft hatte ich über die Möglichkeit nachgedacht, mich selbst in Ketten zu legen oder mich sonstwie einzusperren, bis der rote Durst vergangen war, aber ich hatte nie einen richtigen Plan entwickeln können, der wirklich funktioniert hätte. Wenn ich den Schlüssel irgendwo in Reichweite plazierte, dann würde ich ihn auch benutzen, wenn der rote Durst mich wirklich ergriffen hatte. Wenn ich ihn wegwarf, wie hätte ich mich dann wieder aus den Ketten befreien können? Nein, ich brauchte die Hilfe einer anderen Person, aber ich hatte immer noch die Warnung meines Vaters im Ohr gehabt, niemandem von Ihrer Rasse mein Geheimnis anzuvertrauen.

Nun beschloß ich, ein Wagnis einzugehen. Ich entließ meine anderen Bediensteten und schickte sie fort und stellte niemand Neues ein. Ich ließ einen Raum in meinem Haus bauen. Ein kleines fensterloses Zimmer mit dicken Steinwänden und einer Eisentür so dick wie in der Zelle, die ich mit meinem Vater geteilt hatte. Sie konnte von außen mit drei mächtigen Eisenriegeln versperrt werden. Ich würde nicht herauskommen können. Als der Raum fertiggestellt war, rief ich meine hübsche kleine Zofe herein und gab ihr Anweisungen. Ich vertraute ihr noch nicht genug, um ihr die volle Wahrheit zu offenbaren. Ich hatte Angst davor, Abner, daß sie, wenn sie tatsächlich wußte, wer ich in Wirklichkeit war, mich denunzieren oder sofort weglaufen würde, und damit wäre die so greifbare Lösung meines Problems ebenfalls zerronnen, zusammen mit meinem Haus und meinem Besitz und dem Leben, das ich mir aufgebaut hatte. So erzählte ich ihr, daß ich jeden Monat einen kurzen Anfall von Raserei hätte, ein Zustand, wie man ihn auch nach Epilepsieanfällen gelegentlich beobachten könnte. Während dieser Anfälle würde ich mich in meinen Spezialraum zurückziehen, und sie müsse mich dort einriegeln und mich ganze drei Tage dort festhalten. Ich würde Lebensmittel und Wasser mitnehmen, außerdem ein paar lebende Hühner, um den Durst wenigstens etwas zu mildern.

Sie war schockiert, besorgt und sehr verwirrt, aber

am Ende erklärte sie sich bereit zu tun, um was ich sie bat. Ich glaube, sie liebte mich auf ihre Art und war bereit, so gut wie alles für mich zu tun. So betrat ich den Raum, und sie verriegelte die Tür hinter mir.

Und der Durst stellte sich ein. Es war beängstigend. Obwohl keine Fenster vorhanden waren, fühlte ich das Kommen und Gehen des Tages. Ich schlief bei Tag — wie immer —, aber die Nächte waren ein einziger Horror. Gleich in der ersten Nacht tötete ich alle Hühner und sättigte mich an ihnen. Ich verlangte, herausgelassen zu werden, und meine treue Zofe verweigerte es mir. Ich beschimpfte sie. Dann schrie ich nur noch und stieß unzusammenhängende Laute wie ein Tier aus. Ich warf mich gegen die Wände, trommelte gegen die Tür, bis meine Fäuste blutig waren, dann hockte ich mich hin, um gierig mein eigenes Blut aufzusaugen. Ich versuchte auch, mich durch das weiche Gestein hindurchzukratzen. Aber ich konnte nicht heraus.

Am dritten Tag beruhigte ich mich und begann wieder nachzudenken. Es war so, als wäre mein Fieberwahn gebrochen. Ich befand mich wieder auf dem Weg der Besserung und fand zu meinem alten Selbst zurück. Ich spürte, wie der Durst nachließ und verging. Ich rief meine Zofe an die Tür und erklärte ihr, es sei vorbei, sie könne mich wieder herauslassen. Sie weigerte sich und meinte, ich hätte ihr aufgetragen, mich drei ganze Nächte lang eingesperrt zu halten, wie ich es auch wirklich getan hatte. Ich lachte und gab zu, daß das stimmte, sagte aber auch, daß der Anfall gekommen und wieder vergangen wäre und daß ich wüßte, daß es erst wieder in einem Monat so weit wäre. Auch dann wollte sie die Tür nicht öffnen. Ich beschimpfte sie nicht. Ich meinte statt dessen, daß ich sie verstünde, und ich lobte sie dafür, daß sie ihre Befehle so genau befolgte. Ich bat sie, zu bleiben und mit mir zu reden, da ich mich in meinem Gefängnis ziemlich einsam fühle. Sie war einverstanden, und wir unterhielten uns fast eine ganze Stunde lang. Ich war ruhig und zuvorkommen, sogar charmant und geduldig in mein Schicksal ergeben, das noch eine weitere Nacht in dieser Kammer für mich bereit hatte. Wir unterhielten uns so gründlich und ausgeglichen, daß sie am Ende zugab, daß ich so klang, als wäre alles wieder in Ordnung. Ich erklärte, was für ein gutes Mädchen sie doch sei, wenn sie so genau auf meine Stimme und meine Worte hörte. Ich äußerte mich über ihre Verdienste und meine Zuneigung zu ihr. Schließlich bat ich sie sogar, mich zu heiraten, sobald ich wieder frei sei.

Sie öffnete die Tür. Sie sah so glücklich aus, Abner. So unsagbar glücklich und vor Leben sprühend. Sie war so lebendig. Sie kam mir entgegen, um mich zu küssen, und ich umschlang sie mit den Armen und zog sie an mich. Wir küßten uns mehrmals. Dann glitten meine Lippen an ihrem Hals herab und ich fand die Arterie und öffnete sie. Ich ... trank ... so lange. Ich war furchtbar durstig, und ihr Lebenssaft war so süß. Aber als ich sie losließ und sie vor mir zurückwich, lebte sie noch, nur wenig, nahezu ausgeblutet und sterbend, aber noch immer bei Bewußtsein. Der Ausdruck ihrer Augen, Abner! Der Ausdruck ihrer Augen!

Von all den Dingen, die ich je getan hatte, war dies die schrecklichste Tat. Sie wird mir immer im Bewußtsein bleiben. Immer sehe ich ihre Augen, die mich anschauen.

Danach war meine Verzweiflung grenzenlos. Ich versuchte mich selbst zu töten. Ich kaufte ein silbernes Messer, dessen Griff wie ein Kreuz geformt war — der Aberglaube hatte noch immer viel Macht über mich. Und ich schlitzte mir die Schlagadern auf und legte mich in eine Badewanne mit warmem Wasser, um zu sterben. Ich erholte mich jedoch. Ich stürzte mich in mein Schwert, wie es im Rom des Altertums Sitte gewesen war. Ich blieb am Leben. Jeden Tag lernte ich bei mir neue Fähigkeiten kennen. Meine Wunden heilten schnell, und die Phase der Schmerzen dauerte stets nur kurze Zeit. Mein Blut gerann praktisch augenblicklich, ganz gleich wie groß die Wunde war, die ich mir beigebracht hatte. Was immer ich sein mochte, ein lebendiges Wunder war ich ganz sicher.

Schließlich fand ich einen Weg. Draußen an meinem Haus brachte ich zwei schwere Eisenketten an der Mauer an. Bei Nacht schloß ich mich in die Handschellen ein und warf den Schlüssel so weit weg, wie ich es vermochte. Das war ein beträchtliches Stück. Ich wartete auf die Dämmerung. Die Sonne war noch schlimmer, als ich sie in Erinnerung hatte. Sie verbrannte und blendete mich. Alles verschwamm, flimmerte. Meine Haut stand in Flammen. Ich glaube, ich fing sogar an zu schreien. Ich weiß, daß ich die Augen schloß. Stundenlang war ich dort draußen und kam dem Tod immer näher. In mir war nichts als das Gefühl einer großen Schuld.

Und dann, irgendwie, im Fieber meines Todes, beschloß ich am Leben zu bleiben. Wie und warum kann ich Ihnen nicht sagen. Aber mir schien es, als hätte ich immer das Leben geliebt, bei mir und bei anderen. Das war auch der Grund, warum Gesundheit und Schönheit und Jugend mich so sehr angezogen hatten. Ich verabscheute mich selbst, weil ich der Welt den Tod gab, und dennoch war ich wieder im Begriff zu töten, auch wenn diesmal das Opfer ich selbst war. Ich dachte, ich könnte meine Sünden nicht mit noch mehr Blut abwaschen, mit noch einem Tod. Um Buße zu tun, mußte ich leben, mußte ich Leben und Schönheit und Hoffnung in die Welt zurückbringen, damit diese den Platz all dessen einnahmen, was ich der Welt gestohlen hatte. In diesem Moment erinnerte ich mich an die verschwundenen Bediensteten meines Vaters. Es gab in dieser Welt noch andere Vertreter meiner Rasse. Vampire, Werwölfe, Hexenmeister, was immer sie waren, sie trieben sich dort draußen in der Nacht herum. Wie kamen sie wohl mit dem roten Durst zurecht? fragte ich mich. Wenn ich sie doch finden könnte. Wenn ich schon den Menschen nicht trauen konnte, dann wenigstens meiner eigenen Art. Wir könnten uns gegenseitig helfen, das Böse in Schach zu halten, von dem wir besessen waren. Und ich könnte von ihnen viel lernen.

Ich beschloß also, nicht zu sterben.

Die Ketten waren sehr solide. Ich hatte sorgfältig darauf geachtet in der Angst, daß ich mich vielleicht doch den Schmerzen und dem Tod würde entziehen wollen. Doch nun fand ich in meinem Entschluß mehr Kraft als in allem, was ich je erlebt hatte, sogar im Zustand des roten Durstes, wenn er mich peinigte und zu grauenvollen Taten trieb. Ich versuchte, die Ketten zu sprengen, sie aus den Mauern zu reißen, in denen ich sie verankert hatte. Ich zog und zerrte und riß. Sie gaben nicht nach. Es waren starke Ketten. Ich hatte mich seit Stunden in der Sonne aufgehalten. Was mich bei Bewußtsein hielt, kann ich nicht sagen. Meine Haut war schwarz und verbrannt. Der Schmerz war so übermächtig geworden, daß ich ihn bewußt kaum noch spürte. Und ich mühte mich immer noch mit den Ketten ab.

Endlich brach eine davon aus der Halterung. Die linke. Der Ring, der in die Wand eingelassen war, kam zusammen mit zerbröckeltem Mauerwerk heraus. Ich war zur Hälfte frei. Aber ich war schwach, als würde ich jeden Moment sterben, und ich hatte seltsame Visionen. Ich wußte, daß ich bald das Bewußtsein verlieren würde, und wenn ich erst einmal auf dem Erdboden lag, dann gäbe es für mich kein Hochkommen mehr. Und die rechte Kette schien noch genauso fest und solide zu sein wie zu Beginn meiner Bemühungen, was schon eine kleine Ewigkeit her war.

Die Kette gab nicht nach, Abner. Dennoch gewann ich die Freiheit und suchte die Sicherheit meines kühlen dunklen Kellers auf, wo ich länger als eine Woche lag und träumte und brannte und mich vor Schmerzen wand, wobei ich jedoch stetig genas. Ich hatte mich sozusagen selbst geopfert. Ich nagte mein eigenes Handgelenk durch und ließ meine rechte Hand zurück, während ich den Stumpf durch die Handschelle zog.

Als ich, etwa eine Woche später, das Bewußtsein wiedererlangte, hatte ich meine Hand wieder. Sie war weich und klein, nur halb ausgeformt, und sie tat weh. Sie tat schrecklich weh. Aber nach einiger Zeit wurde die Haut fester. Dann schwoll die Hand an, und die Haut knackte und riß, und eine dickliche blasse Flüssigkeit trat heraus. Als sie getrocknet und abgezogen war, sah man darunter festeres und gesünderes Fleisch. Dreimal geschah dies. Der Prozeß dauerte mehr als drei Wochen, aber als er abgeschlossen war, wären Sie niemals auf die Idee gekommen, daß mit meiner Hand überhaupt etwas passiert war. Ich war verblüfft.

Das geschah im Jahr 1812 und bedeutete einen Wendepunkt in meinem Leben.

Als ich meine Kräfte wiederhergestellt hatte, stellte ich fest, daß ich mit einem großen Entschluß aus den Strapazen hervorgegangen war: mein Leben und das meines Volkes zu ändern, uns von dem zu befreien, was mein Vater den ›roten Durst‹ genannt hat, und uns in die Lage zu versetzen, das Leben und die Schönheit wiederherzustellen, die wir der Welt geraubt hatten. Um dies zu tun, mußte ich erst andere Angehörige meiner Rasse zusammensuchen, und die einzigen anderen, die ich kannte, waren die verschwundenen Bediensteten meines Vaters. Doch eine Suche war zum damaligen Zeitpunkt noch nicht möglich. England führte mit dem Französischen Reich Krieg, und es gab zwischen den beiden Nationen keinen Handel. Die erzwungene Verzögerung machte mir nichts aus. Ich wußte, daß ich alle Jahre zur Verfügung hatte, die ich brauchte.

Während ich abwartete, nahm ich das Studium der Medizin auf. Natürlich war über mein Volk nichts bekannt. Sogar unsere Existenz gehörte ins Reich der Legende. Aber es gab über Ihre Rasse soviel zu lernen, die der unseren so ähnlich und zugleich doch so verschieden davon war. Ich freundete mich mit einer Reihe Ärzte, einem führenden Chirurgen der damaligen Zeit, einigen Lehrern einer bekannten medizinischen Fakultät an. Ich las medizinische Texte, alte und neue. Ich arbeitete mich in die Chemie, Biologie, Anatomie, sogar in die Alchemie ein und suchte nach Erkenntnissen. Für bestimmte Experimente baute ich mir ein eigenes Labor in dem Raum ein, den ich als mein schicksalhaftes Gefängnis benutzt hatte. Nun, wenn ich ein Leben raubte — was ich jeden Monat tat —, nahm ich die Leiche mit, wann immer es möglich war, um sie zu untersuchen, sie zu sezieren. Wie sehr ich mir eine Leiche eines Mitglieds meiner eigenen Rasse wünschte, Abner, damit ich die Unterschiede aufspüren konnte!

Im zweiten Jahr meiner Studien schnitt ich mir einen Finger von der linken Hand ab. Ich wußte ja, daß er wieder nachwachsen würde. Ich wollte eine Probe meines Fleisches, um es zu untersuchen und zu analysieren.

Ein abgetrennter Finger reichte nicht aus, um ein Hundertstel meiner Fragen zu beantworten, aber der Schmerz lohnte sich dank dessen, was ich erfahren konnte, auf jeden Fall. Knochen, Fleisch und Blut wiesen deutliche Unterschiede zum Menschen auf. Das Blut war heller, ebenso das Fleisch, und ihm fehlten einige Bestandteile, die man im menschlichen Blut fand. Die Knochen enthielten hingegen mehr Elemente als ihre menschlichen Entsprechungen. Sie waren kräftiger und biegsamer als menschliche Knochen, Sauerstoff, dieses Wundergas von Priestley und Lavoisier, war im Blut und im Muskelgewebe in weit höherem Grad vorhanden als in entsprechenden Proben von Körpern Ihrer Rasse,

Ich hatte keine Ahnung, welche Schlüsse sich daraus ergeben mochten, jedoch entwickelte ich einige verrückte Theorien. Mir schien es, als stünde der Mangel in meinem Blut in einer Beziehung zu meinem Drang, das Blut anderer Wesen zu trinken. In diesem Monat, als der Durst gekommen und wieder verflogen war und ich mir mein Opfer geholt hatte, fügte ich mir selbst eine Wunde zu und untersuchte die Blutprobe. Die Zusammensetzung meines Blutes hatte sich verändert! Irgendwie hatte ich das Blut meines Opfers in mein eigenes verwandelt, hatte es dickflüssiger gemacht, es angereichert, zumindest für eine gewisse Zeit. Danach nahm ich täglich Blutproben von mir selbst. Meine Untersuchungen ergaben, daß mein Blut von Tag zu Tag dünner wurde. Vielleicht verhielt es sich so, daß der rote Durst sich einstellte, wenn das Verhältnis einen bestimmten kritischen Punkt erreichte, vermutete ich.

Meine Annahme ließ jedoch viele Fragen unbeantwortet. War Tierblut ungeeignet, um den Durst zu stillen? Oder gar Menschenblut, das aus einer Leiche stammte? Verlor es im Tode von seinem Gehalt? Warum hatte der Durst mich nicht schon vor meinem zwanzigsten Geburtstag überkommen? Was war in all den Jahren vorher gewesen? Ich kannte keine einzige Antwort, wußte auch nicht, wo ich sie zu suchen hatte, doch nun hatte ich wenigstens eine Hoffnung, einen Anfang. Ich begann, Mixturen herzustellen.

Was soll ich Ihnen davon erzählen? Es dauerte Jahre, endlose Experimente, langwierige Studien. Ich verwendete menschliches und tierisches Blut, Metalle und Chemikalien aller möglichen Arten. Ich kochte Blut, trocknete es, trank es roh, mischte es mit Wermut, Brandy, mit übelriechenden medizinischen Konservierungsmitteln, mit Kräutern, Salzen, Eisen. Ich trank tausend Mixturen ohne jeden Erfolg. Zweimal wurde mir davon todschlecht, so daß mein Magen revoltierte und sich verkrampfte, bis ich die Mischung herauswürgte, die ich verschluckt hatte. Es war immer fruchtlos. Ich konnte Mixturen und Gläser voller Blut und Drogen hundertfach konsumieren, doch immer noch trieb der rote Durst mich hinaus auf meine nächtliche Jagd. Ich tötete nun ohne Schuldgefühle, wußte ich doch, daß ich eine Antwort suchte, daß ich irgendwann meine tierische Natur unter Kontrolle hätte. Ich verzweifelte nicht, Abner.

Und schließlich und endlich, im Jahr 1815, fand ich die Antwort.

Einige meiner Mixturen hatten eine bessere Wirkung als andere, und mit denen hatte ich weitergearbeitet, hatte sie verbessert, die eine oder andere Änderung damit vorgenommen, geduldig, immer eine nach der anderen ausprobiert und gleichzeitig ständig nach neuen Wegen gesucht. Die Kombination, die ich am Ende schuf, enthielt als Basis Schafsblut in großen Mengen, gemischt mit einer reichlichen Portion Alkohol, der dazu diente, die Stoffe zu konservieren, glaube ich. Doch diese Beschreibung vereinfacht das Ganze bei weitem. Auch ein reichlicher Anteil Laudanum gehörte dazu, zur Beruhigung und Erzeugung schöner Visionen, plus Pottasche und Eisen und Wermut und verschiedene Kräuter und längst vergessen geglaubte alchemistische Zubereitungen. Drei Jahre lang hatte ich danach gesucht, und eines Nachts im Sommer 1815 trank ich die Mixtur, wie ich es mit anderen Mischungen schon so häufig getan hatte. In dieser Nacht überfiel mich der rote Durst nicht.

In der folgenden Nacht spürte ich die beginnende hitzige Ruhelosigkeit, die das Herannahen des Durstes anzeigt, und schenkte mir ein Glas von meinem Drink ein und leerte es voller Angst, daß mein Triumph, nur ein Traum, eine Einbildung war. Aber das Gefühl verflog. Auch in dieser Nacht litt ich nicht unter dem Durst und zog nicht hinaus, um zu jagen und zu töten.

Ich machte mich sofort ans Werk und produzierte die Substanz in größeren Mengen. Es ist nicht immer leicht, sie genau hinzubekomnen, und wenn die Mischung nicht exakt stimmt, dann hat sie keine Wirkung. Ich arbeitete jedoch äußerst gewissenhaft. Und das Ergebnis haben Sie ja selbst gesehen, Abner. Mein Spezialgetränk. Es befindet sich immer in meiner Reichweite, Abner, ich hatte etwas erreicht, was noch nie zuvor ein Angehöriger meiner Rasse versucht hatte, obgleich ich es damals in meiner Begeisterung noch gar nicht erkannte. Ich hatte den Beginn einer neuen Epoche ebenso für mein Volk wie auch für das Ihre ermöglicht. Dunkelheit, die keine Angst mehr erzeugt, ein Ende für den Jäger und die Beute, kein Verstecken mehr und keine Verzweifelung. Keine Nacht mehr, in der Blut floß und denkende Wesen sich in Tiere verwandelten. Abner, *ich hatte die Beherrschung des roten Durstes erlangt!*

Jetzt weiß ich, daß ich außerordentlich viel Glück gehabt hatte. Mein Verständnis war nur oberflächlich und ziemlich begrenzt. Ich dachte, daß die Unterschiede zwischen unseren Rassen allein im Blut zu suchen waren. Später erst erfuhr ich, wie sehr ich mich geirrt hatte. Ich glaubte, daß der Überschuß an Sauerstoff irgendwie für die Art und Weise verantwortlich war, in der der rote Durst durch meine Adern raste. Heute denke ich jedoch, daß der Sauerstoff meiner Rasse die Kraft verleiht und uns hilft, von schweren Verletzungen und Wunden zu genesen. Vieles von dem, was ich 1815 für wesentliche Erkenntnisse hielt, ist nach meinem heutigen Wissen reiner Unsinn. Aber das ist nicht so wichtig, denn meine Lösung des Problems war kein Unsinn.

Ich habe seitdem auch wieder getötet, Abner, das will ich gar nicht leugnen. Aber in der Weise, wie Menschen töten, aus menschlichen Gründen. Und seit jener Nacht in Schottland im Jahr 1815 habe ich kein Blut mehr zu mir genommen oder die Qualen des roten Durstes verspürt.

Ich hörte nicht auf zu lernen, bis heute nicht. Wissen hat für mich Schönheit, und ich genieße alle Arten von Schönheit, und es gab noch so viel über mich und mein Volk zu erfahren. Aber mit meiner großen Entdeckung änderte sich das Ziel meiner Sucher und ich begann nach weiteren Angehörigen meiner Rasse Ausschau zu halten. Anfangs setzte ich dazu Agenten ein und schrieb Briefe. Später, als wieder Frieden herrschte, reiste ich selbst über den Kontinent. So erfuhr ich auch, wie mein Vater umgekommen war. Wichtiger noch, in alten Aufzeichnungen fand ich Hinweise darauf, woher er stammte — oder zumindest woher zu stammen er behauptet hatte. Ich folgte der Spur durch das Rheinland, durch Preußen und Polen. Für die Polen war er ein dunkel in Erinnerung gebliebener, vielgefürchteter Einsiedler, von dem Urgroßeltern nur flüsternd gesprochen hatten. Einige meinten, er wäre ein teutonischer Ritter gewesen. Andere schickten mich noch weiter nach Osten bis hin zum Ural. Es machte keinen Unterschied; die teutonischen Ritter waren seit Jahrhunderten tot, und der Ural war ein riesiges Gebirge, zu weitläufig und unwegsam, als daß es einen Sinn gehabt hätte, wäre ich dort blindlings auf die Suche gegangen.

Zu guter Letzt beschloß ich, ein Wagnis einzugehen. Einen auffälligen Silberring und ein Kreuz um den Hals tragend, die, wie ich hoffte, ausreichen würden, irgendwelches Gerede oder Mißtrauen gar nicht erst aufkommen zu lassen, begann ich mich ganz offen nach Vampiren und Werwölfen und anderen solcher Legenden zu erkundigen. Einige lachten mich aus und verspotteten mich, ein paar bekreuzigten sich und liefen davon, aber die meisten waren nur zu bereit, dem einfältigen Engländer als Gegenleistung für einen Drink oder eine Mahlzeit die Geschichten zu erzählen, die er so gerne hören wollte. Aus ihren Geschichten gewann ich meine Hinweise. Es war nicht einfach. Die Jahre vergingen während meiner Suche. Ich erlernte die polnische und die bulgarische Sprache und etwas Russisch. Ich las Zeitungen in einem Dutzend fremder Sprachen, suchte nach Todesfällen, zu denen es möglicherweise durch Auswirkungen des roten Durstes gekommen war. Zweimal war ich gezwungen, nach England zurückzukehren und mehr von meinem Getränk zusammenzubrauen und mich um meine persönlichen Angelegenheiten zu kümmern.

Und schließlich fanden *sie* mich.

Ich befand mich in den Karpaten, in einem primitiven Landgasthaus. Ich hatte einige Fragen gestellt, und die Nachricht von meinen Nachforschungen hatte schnell die Runde gemacht. Müde und niedergeschlagen und die ersten Anzeichen des Durstes spürend, hatte ich mich schon früh, noch lange vor Anbruch der Dämmerung, auf mein Zimmer zurückgezogen. Ich saß vor einem knisternden Feuer, sprach meinem Getränk zu, als ich ein Klappern hörte, von dem ich anfangs annahm, das es durch den Sturm ausgelöst wurde, der die reifbedeckten Fenster in ihren Rahmen erzittern ließ. Ich wandte mich um — im Raum war es bis auf den Schein des Feuers vollkommen dunkel —, und das Fenster wurde von außen geöffnet, und dort, als Silhouette vor dem schwarzen Himmel, vor dem Schnee und den funkelnden Sternen, stand ein Mann auf dem Sims. Er kam so geschmeidig herein wie eine Katze, verursachte kein Geräusch, als er auf den Fußboden heruntersprang, umgeben vom kalten Hauch des Winters; der draußen sein stürmisches Regiment führte. Er war düster, aber seine Augen glühten, Abner, sie *glühten*. »Sie wollen etwas über Vampire erfahren, Engländer«, flüsterte er in passablem Englisch, während er das Fenster leise hinter sich schloß.

Es war ein beängstigender Augenblick, Abner. Vielleicht war es die Kälte von draußen, die den Raum füllte und mich zittern ließ, aber das glaube ich nicht. Ich betrachtete diesen Fremden, wie so viele Angehörige Ihrer Rasse mich gesehen hatten, ehe ich mich auf sie stürzte und mich an ihrem Blut labte; dunkel und mit glühenden Augen und furchterregend, ein Schatten mit Zähnen, der sich katzenhaft bewegte und sich in einem unheimlichen Flüstern verständigte. Als ich mich anschickte, mich aus meinem Sessel zu erheben, trat er vor ins Licht. Ich sah seine Fingernägel. Es waren Klauen, fünf Zoll lang, die Enden schwarz und messerscharf. Dann sah ich auf und in sein Gesicht. Es war ein Gesicht, das ich in meiner Kindheit gekannt hatte, und während ich es weiterhin anschaute, fiel mir auch der dazugehörige Name ein. »Simon«, sagte ich.

Er hielt inne. Unsere Blicke trafen sich.

Sie haben schon mal in meine Augen geschaut, Abner. Ich glaube, Sie haben die Kraft darin gesehen, und vielleicht auch andere, dunkle Dinge. So ist es bei allen Angehörigen unserer Rasse. Mesmer schrieb einmal vom animalischen Magnetismus, von einer seltsamen Kraft, die sich in allen lebendigen Dingen befindet, in einigen stärker als in anderen. Ich habe diese Kraft auch bei Menschen gesehen. Im Krieg können zwei Offiziere ihre Männer in einer geradezu selbstmörderische Mission schicken. Einer von ihnen wird für seinen Befehl von seinen eigenen Männern getötet. Während der andere, der in der gleichen Situation vielleicht die gleichen Worte benutzt, seine Männer dazu bringen kann, ihm bereitwillig in den sicheren Tod zu folgen. Bonaparte verfügte in hohem Maße über diese Kraft, wie ich annehme. Aber unsere Rasse besitzt diese Kraft am ausgeprägtesten. Sie schwingt in unseren Stimmen mit und ist vor allem in unseren Augen zu erkennen. Wir sind Jäger, und mit unseren Augen können wir unsere natürliche Beute einfangen und ruhig halten, können sie unserem Willen unterwerfen und sie manchmal sogar dazu bewegen, uns bei ihrer eigenen Tötung behilflich zu sein.

Damals wußte ich davon noch nichts. Alles, was ich erkannte, waren Simons Augen, die Hitze darin, die Wut und das Mißtrauen. Ich konnte spüren, wie in ihm der Durst brannte, und dieser Anblick weckte in mir die tief verschüttete Blutlust wie eine Stimme, die mich rief, bis ich Angst bekam. Ich konnte den Blick nicht abwenden. Er konnte es auch nicht. Wir schauten uns stumm an, umkreisten uns lauernd, die Blick ineinander getaucht. Mein Glas rutschte mir aus der Hand und zerschellte am Fußboden.

Wieviel Zeit verstrich, kann ich nicht sagen. Aber schließlich schaute Simon zu Boden, und es war vorbei. Dann tat er etwas Seltsames und zugleich für mich Erschreckendes. Er kniete vor mir nieder und biß sich die eigene Pulsader auf, so daß das Blut herausströmte, und hielt mir die Hand entgegen, damit ich mich bedienen konnte. »Blutmeister«, flüsterte er dazu auf französisch.

Das fließende Blut, in direkter Reichweite vor mir, ließ mir die Kehle trocken werden. Ich ergriff die Hand, zitternd, und begann mich hinabzubeugen. Und dann besann ich mich. Ich schlug ihn und wich zurück, und die Flasche stand auf dem Tisch vor dem Kamin. Ich schenkte zwei Gläser voll, leerte das eine und hielt ihm das andere hin, das er verständnislos anstarrte. »Trink«, befahl ich ihm, und er gehorchte. Ich war der Blutmeister, und mein Wort war Gesetz. Das war der Anfang, damals, 1826 in den Karpaten. Wie ich wußte, war Simon einer der beiden Gefährten meines Vaters gewesen. Mein Vater war Blutmeister gewesen. Nach seinem Tod hatte Simon, der stärker war als der andere, die Führung übernommen. Er führte mich in der darauffolgenden Nacht dorthin, wo er lebte, eine gemütliche Kammer, tief verschüttet in den Ruinen einer alten Bergfeste. Dort traf ich die anderen; eine Frau, die ich als die andere Hausangestellte aus meiner Kindheit erkannte, und zwei weitere Angehörige meines Volkes, die Sie Smith und Brown nennen. Simon war ihr Meister gewesen. Nun war ich es. Mehr noch, ich brachte ihnen auch die Freiheit vom roten Durst.

So tranken wir und verbrachten viele Nächte gemeinsam, und von ihnen erfuhr ich die Geschichte und die Gewohnheiten des Volkes der Nacht.

Wir sind ein altes Volk, Abner. Lange bevor Ihre Rasse im heißen Süden die ersten Städte erbaute, waren meine Vorfahren in den düsteren Wintern in Nordeuropa unterwegs und jagten. Unsere Überlieferungen besagen, daß wir aus dem Ural stammen oder auch aus den Steppen, und daß wir uns im Laufe der Jahrhunderte nach Westen und Süden ausgebreitet haben. Wir lebten in Polen, lange bevor es die ersten Polen gab, wir durchstreiften die deutschen Wälder vor dem Auftauchen der ersten germanischen Barbaren, wir herrschten schon vor den Tartaren über Rußland, vor Nowgorod dem Großen. Wenn ich sage *alt*, dann meine ich nicht Hunderte von Jahren, sondern Tausende. Jahrtausende verstrichen in der Kälte und Düsternis. Wir waren Wilde, erzählen die Geschichten, raffinierte nackte Tiere, eins mit der Nacht, schnell und tödlich und völlig frei. Von größerer Langlebigkeit als alle anderen Tierwesen, unmöglich zu töten, die Meister und Herren der Schöpfung. So lauten unsere Geschichten. Alles, was zwei oder vier Beine hatte, lief ängstlich vor uns davon. Bei Tag schliefen wir in Höhlen, als Rudel, Familien. Nachts herrschten wir über die Erde.

Dann betrat von Süden her Ihre Rasse unsere Welt. Das Tagesvolk, uns so ähnlich und doch wieder ganz anders. Ihr wart schwach. Wir töteten euch so leicht und fanden Vergnügen daran, denn für uns wart ihr schön, und mein Volk fühlte sich schon immer von Schönheit angezogen. Vielleicht war es eure Ähnlichkeit mit uns, die uns so sehr fesselte. Jahrhundertelang wart ihr nichts anderes als unsere Beute.

Aber im Laufe der Zeit fanden gewisse Veränderungen statt. Meine Rasse war sehr langlebig, doch nur gering an der Zahl. Der Paarungsdrang ist seltsamerweise bei uns nicht vorhanden, während er euch Menschen mindestens genauso beherrscht wie uns der rote Durst. Simon erzählte mir, als ich ihn nach meiner Mutter fragte, daß die männlichen Vertreter meiner Rasse nur dann

Begierde verspüren, wenn ein weibliches Wesen in Hitze ist, und das geschieht sehr selten — am häufigsten, wenn Mann und Frau gemeinsam getötet haben. Und selbst dann sind die Frauen nur selten fruchtbar, und dafür sind sie dankbar, denn eine Empfängnis bedeutet für unsere Frauen gewöhnlich den Tod. Ich tötete meine Mutter, wie Simon mir berichtete, indem ich mich aus ihrem Leib herauswühlte und in ihr soviel Schaden anrichtete, daß selbst unsere Heilkräfte nicht mehr viel ausrichten konnten. So ist es meistens, wenn Angehörige meiner Rasse das Licht der Welt erblicken. Wir beginnen unser Leben mit Blut und Tod, genauso wie wir später unser Dasein fristen.

Darin liegt ein gewisses Gleichgewicht, eine Ausgewogenheit. Gott, wenn Sie an ihn glauben, oder die Natur, wenn nicht, gibt und nimmt. Möglicherweise existieren wir noch tausend oder mehr Jahre.

Wären wir so fruchtbar wie Ihre Rasse, würden wir schon bald die Welt füllen. Ihre Rasse vermehrt sich ständig, schwärmt herum wie ein unendlicher Fliegenschwarm, aber sie stirbt auch wie die Fliegen, an kleinen Wunden und Krankheiten, die meine Leute einfach abschütteln.

Es ist kein Wunder, daß wir anfangs so gering von euch dachten. Aber ihr vermehrtet euch, ihr bautet Städte, und ihr habt gelernt. Wir hatten einen ebenbürtigen Verstand, aber wir brauchten unseren nie anzustrengen, weil wir so stark und mächtig waren. Ihre Rasse brachte Feuer auf die Welt, Armeen, Pfeil und Bogen, Kleidung, Kunst und Literatur und Sprache, Zivilisation, Abner. Und, zivilisiert, war sie kein Jagdwild mehr. Sie machte Jagd auf uns, tötete uns mit Feuer und Holzpflock, sie drang bei Tag in unsere Höhlen ein. Unsere Zahl, noch nie besonders groß, schrumpfte immer mehr. Wir kämpften gegen euch und starben, oder wir flohen vor euch, aber wohin wir uns auch wendeten, dorthin folgtet ihr uns schon bald. Schließlich taten wir, wozu wir letztendlich gezwungen waren. Wir lernten von euch.

Kleidung und Feuer, Waffen und Sprache, alles. Wir hatten nie etwas eigenes, wissen Sie. Wir liehen uns alles von den Ihren aus. Wir organisierten uns genauso, begannen nachzudenken und zu planen, und schließlich verschmolzen wir total mit ihnen, lebten in den Schatten der Welt, die Ihre Rasse gebaut hatte, und taten so, als wären wir von derselben Art; wir stahlen uns bei Nacht hinaus, um unseren Durst mit dem Blut Ihresgleichen zu stillen, und versteckten uns bei Tag aus Angst vor ihnen und ihrer Rache. Dies war die Geschichte meiner Rasse, des Volkes der Nacht, und zwar fast die ganzen Jahrtausende hindurch.

Ich erfuhr alles von Simon, wie er es Jahre zuvor von denen erfahren hatte, die schon lange tot und vergangen waren. Simon war der älteste der Gruppe, die ich gefunden hatte, und behauptete, fast sechshundert Jahre alt zu sein.

Ich hörte auch von anderen Dingen, die noch vor unserer mündlich überlieferten Geschichte lagen, in den ersten Dämmerstunden der Zeit überhaupt. Selbst dort erkannte ich den Einfluß Ihres Volkes, denn unsere Mythen stammten aus Ihrer christlichen Bibel. Brown, der eimal als Prediger aufgetreten war, las mir Passagen aus der Schöpfungsgeschichte über Adam und Eva und ihre Kinder, Kain und Abel, vor, über die ersten Menschen, die einzigen Menschen. Aber als Kain Abel erschlagen hatte, ging er in die Verbannung und nahm sich eine Frau aus dem Lande Nod. Wo sie herkam, wenn die anderen das einzige Volk der Erde waren, das erklärte die Geschichte nicht. Das machte dafür Brown: Nod sei das Land der Nacht und der Dunkelheit, sagte er, und diese Frau sei die Urmutter unserer Rasse. Von ihr und Kain stammen wir ab, und so sind wir die Kinder Kains, nicht die Schwarzen, wie einige von Ihrer Rasse es annehmen. Kain erschlug seinen Bruder und versteckte sich, und so kommt es, daß wir unsere fernen Vettern töten und uns verbergen müssen, wenn die Sonne aufgeht, da die Sonne das Gesicht Gottes ist. Wir sind sehr langlebig, wie es alle Menschen in den ersten Tagen waren, die in Ihrer Bibel beschrieben werden, aber unser Leben ist verflucht und muß in Angst und Dunkelheit gefristet werden. Viele von meiner Rasse waren gläubig gewesen, erfuhr ich. Andere hielten sich an andere Mythen, einige glaubten sogar die Vampirgeschichten, die sie gehört hatten, und betrachteten sich selbst als die unsterblichen Avataras des Bösen.

Ich lauschte den Geschichten von längst verschwundenen Vorfahren, von Kämpfen und Verfolgungen, von unseren Wanderungen. Smith erzählte mir von einer großen Schlacht in den einsamen Gebieten des Baltikums vor tausend Jahren, als ein paar hundert Vertreter meiner Rasse sich bei Nacht auf eine Horde von Tausenden stürzten, so daß die Sonne über einer Walstatt voller Blut und Leichen aufging. Ich wurde an Byrons ›Sennacherib‹ erinnert. Simon sprach vom strahlenden alten Byzanz, wo viele Angehörige unserer Rasse gelebt und sich im Laufe der Jahrhunderte gut entwickelt hatten, unsichtbar in der riesigen, belebten Stadt, bis die Kreuzzüge begannen, plünderten und vernichteten und viele von uns auf den Scheiterhaufen warfen. Sie trugen das Kreuz, diese Invasoren, und ich fragte mich, ob vielleicht das die wahre Legende ist, daß meine Rasse dieses christliche Symbol fürchtet und verabscheut. Von allen erfuhr ich die Legende von einer Stadt, die wir gebaut hatten, einer riesigen Stadt der Nacht, erbaut aus Eisen und schwarzem Marmor in riesigen Höhlen im Herzen Asiens, an den Ufern eines unterirdischen Flusses und Sees, den nie das Licht der Sonne berührt hatte. Lange vor Rom oder sogar Ur war unsere Stadt schon groß gewesen, wie alle beschworen, in klarem Widerspruch zu der Geschichte, die sie mir vorher erzählt hatten und nach der wir nackt durch mondbeschienene

Winterwälder gelaufen sein sollen. Dem Mythos nach waren wir wegen irgendeines Vergehens aus unserer Stadt vertrieben worden, waren Tausende von Jahren lang sinn- und ziellos umhergewandert. Aber die Stadt war immer noch da, und eines Tages würde unserem Volk ein König geboren, ein Blutmeister, größer als jeder, der vorher existiert hatte, einer, der unsere verstreut lebende Rasse sammeln und uns in die Stadt der Nacht am Ufer des sonnenlosen Sees zurückführen würde.

Abner, von allem, was ich hörte und lernte, übte diese Geschichte die nachhaltigste Wirkung auf mich aus. Ich bezweifle, daß eine so riesige unterirdische Stadt existiert, bezweifle, daß sie je existiert hat, aber allein das Vorhandensein einer solchen Geschichte bewies mir, daß mein Volk nicht die bösen und leeren Vampire der Schauermärchen sein konnte. Wir hatten keine eigene Kunst, keine Literatur, noch nicht einmal eine Sprache — aber die Geschichte zeigte, daß wir die Fähigkeit zu träumen, zur Phantasie besaßen. Wir hatten nie etwas gebaut, nie etwas geschaffen, wir haben unsere Kleidung stets gestohlen und haben in euren Städten gelebt und uns an eurem Leben gütlich getan, an eurer Lebendigkeit, an eurem Blut — aber auch wir könnten etwas schaffen, wenn wir die Gelegenheit bekämen, es steckt in uns, uns Geschichten von unseren eigenen Städten zu erzählen. Der rote Durst ist ein Fluch gewesen, hat unsere beiden Rassen zu Feinden gemacht, hat mein Volk aller edlen Absichten beraubt. Richtig, das Zeichen Kains.

Wir hatten auch unsere großen Führer, Abner, echte und eingebildete Blutmeister in den vergangenen Jahrhunderten. Wir hatten unsere Caesars, unsere Salomons, unsere Täufer. Aber wir warten auf unseren Erlöser, wissen Sie, wir warten auf unseren Jesus Christus. Zusammengedrängt in den Ruinen der verfallenen Burg und dem Heulen des Windes draußen lauschend, tranken Simon und die anderen mein Gebräu und musterten mich mit ernsten, fiebrigen Augen, und ich begriff, was sie denken mußten. Jeder von ihnen war Hunderte von Jahren älter als ich, aber ich war der stärkere, ich war der Blutmeister. Ich brachte ihnen ein Elixier, das den roten Durst bannte. Ich schien zur Hälfte menschlich zu sein. Abner, sie betrachteten mich als den legendären Erlöser, den verheißenen König der Vampire. Und ich konnte es nicht leugnen. Es war meine Bestimmung, damals erkannte ich es, meine Rasse aus der Finsternis herauszuführen.

Es gibt so viele Dinge, die ich tun möchte, Abner, so viele Dinge. Ihre eigenen Leute sind so ängstlich und abergläubisch und voller Haß, daher muß meine Rasse sich vorerst versteckt halten. Ich habe gesehen, wie Ihre Leute sich gegenseitig bekämpften, habe von Vlad Tepes gelesen — übrigens, der war keiner von uns —, von ihm und Gaius Caligula und anderen Königen, ich habe gesehen, wie Ihre Rasse alte Frauen verbrannt hat auf Grund des Verdachtes, daß sie zu uns gehörten, und hier in New Orleans habe ich miterlebt, wie Ihre Rasse ihresgleichen versklavt, sie auspeitscht und wie Vieh verkauft, nur weil ihre Haut dunkler ist. Die farbigen Menschen stehen Ihnen allen viel näher, als meine Rasse es je zu schaffen vermag. Sie könnte sogar mit ihren Frauen Kinder bekommen, während zwischen den Völkern des Tages und der Nacht eine solche Kreuzung nicht möglich ist. Nein, wir müssen uns vor Ihrem Volk verstecken, und zwar wegen unserer Sicherheit. Aber, vom roten Durst befreit, hoffe ich, daß wir uns irgendwann den Weitsichtigen unter Ihnen offenbaren können, den Männern der Wissenschaft und des Wissens, Ihren Anführern. Wir können uns gegenseitig in so vielen Dingen helfen, Abner! Wir können Sie Ihre eigene Geschichte lehren, und von uns könnten Sie vielleicht lernen, wie man sich selbst heilen und dadurch länger leben kann. Was uns betrifft, so haben wir gerade erst angefangen. Ich habe den roten Durst besiegt, und ich träume davon, daß es mir mit fremder Hilfe eines Tages gelingt, auch die Sonne zu überwinden, damit wir bei Tag umherreisen können. Ihre Ärzte und Medizinkundigen könnten unseren Frauen bei der Kindesgeburt behilflich sein, so daß die Vermehrung nicht gleichzeitig auch den Tod bedeutet.

Dem, was meine Rasse schaffen und erreichen kann, ist keine Grenze gesetzt. Als ich Simon zuhörte, erkannte ich, daß ich uns zu einem der bedeutendsten Völker der Erde machen könnte. Aber zuerst mußte ich meine Rasse finden, ehe ich damit beginnen konnte.

Die Aufgabe war nicht einfach. Simon erzählte, daß es in seiner Jugend fast tausend von uns gegeben hatte, verstreut über ganz Europa vom Ural bis nach Britannien. Legenden erzählten, daß einige von uns in den Süden nach Afrika oder nach Osten in die Mongolei und nach Kathai gezogen sind, aber niemand hatte einen Beweis für diese Trecks. Von den tausend, die in Europa gelebt hatten, waren die meisten in Kriegen oder Hexenprozessen umgekommen, oder sie waren gejagt und zur Strecke gebracht worden, nachdem sie sich unvorsichtig verhalten hatten. Etwa einhundert von uns seien noch übrig, schätzte Simon, vielleicht weniger. Geburten hatte es nur wenige gegeben. Und diejenigen, die überlebt hatten, waren verstreut und versteckten sich.

So begannen wir eine Suche, die etwa zehn Jahre in Anspruch nahm. Ich will Sie nicht mit allen Einzelheiten langweilen. In einer Kirche in Rußland fanden wir die Bücher, die Sie in meiner Kabine bereits gesehen haben, die einzige bekannte Literatur aus der Hand eines Angehörigen meiner Rasse. Ich übersetzte sie nach und nach und las die traurige Geschichte von einer Gemeinschaft von fünfzig Angehörigen unseres Blutes, von ihrem Leid, ihren Wanderungen, ihren Schlachten, ihrem Tod. Sie waren alle verschwunden, die letzten drei waren Jahrhunderte vor meiner Geburt gekreuzigt und verbrannt worden. In Transsylvanien fanden wir die ausgebrannte Hülle eine Bergfestung und in den Höhlen darunter die Knochenreste von zwei Angehörigen meiner Rasse. Vermoderte Holzpfähle ragten aus ihren Brustkörben heraus, ihre Schädel steckten auf Stangen. Ich erfuhr eine ganze Menge bei der Untersuchung dieser Knochen, aber wir hatten keine Überlebenden. In Triest fanden wir eine Familie, die niemals bei Tag ausging und über die man sich zuraunte, daß alle Mitglieder seltsam bleich wären. Das waren sie auch. Albinos. In Budapest stießen wir auf eine reiche Frau, eine schrecklich verdorbene und schlechte Frau, die ihre Mägde auspeitschte und ihnen mit Zangen und Messern blutende Wunden zufügte und sich selbst das Blut in die Haut massierte, um ihre Schönheit zu erhalten. Sie war jedoch eine von Ihnen. Ich gestehe, daß ich sie mit meinen eigenen Händen tötete, so furchtbar war mir zumute angesichts der Dinge, die sie verbrochen hatte. Sie stand überhaupt nicht unter dem Einfluß des Durstes; nur ihre böse Natur trieb sie zu dem, was sie getan hatte, und das erregte meine Wut. Am Ende, nachdem wir nichts gefunden hatten, kehrten wir in mein Zuhause in Schottland zurück.

Jahre verstrichen. Die Frau in unserer Gruppe, Simons Gefährtin und die Dienerin meiner Kindheit, starb 1840 aus Gründen, die ich niemals genau in Erfahrung bringen konnte. Sie war weniger als fünfhundert Jahre alt. Ich sezierte sie und lernte auf diesem Weg, wie verschieden, wie unmenschlich, wir sind. Sie besaß mindestens drei Organe, die ich noch nie bei menschlichen Leichen gesehen hatte. Ich habe von ihrer Funktion nur eine unklare Vorstellung. Ihr Herz war etwa anderthalb mal so groß wie das eines Menschen, aber ihre Eingeweide hatten nur einen Bruchteil der menschlichen Länge, und sie hatte einen zweiten Magen — ich nehme an, ausschließlich zur Verdauung von Blut. Und noch mehr, aber das ist jetzt unwichtig.

Ich las viel, erlernte andere Sprachen, schrieb ein paar Gedichte, versuchte mich in Politik. Wir nahmen an allen bedeutenden gesellschaftlichen Zusammenkünften teil, zumindest Simon und ich. Smith und Brown, wie Sie sie nennen, hatten nie viel Interesse am Englischen und hielten sich weitgehend für sich. Zweimal reisten Simon und ich auf den Kontinent, um weitere Suchexpeditionen durchzuführen. Einmal schickte ich ihn für drei Jahre nach Indien, allein.

Schließlich, kaum zwei Jahre ist es her, fanden wir Katherine, die in London wohnte, praktisch direkt vor unserer Nase. Sie gehörte natürlich zu unserer Rasse. Aber noch wichtiger war die Geschichte, die sie erzählte.

Sie berichtete, daß sich um 1750 eine umfangreichere Gruppe unseres Volkes über Frankreich und Bayern und Österreich und sogar Italien verstreut hatte. Sie nannte einige Namen; Simon erkannte sie. Wir hatten seit Jahren erfolglos nach diesen Leuten gesucht. Katherine erzählte uns, daß einer von ihnen um 1753 von der Polizei in München verfolgt und erschossen worden war und daß die anderen seitdem zunehmend Angst hätten. Ihr Blutmeister entschied, daß Europa zu dicht bevölkert und zu sehr durchorganisiert sei, um ihnen noch Sicherheit bieten zu können. Wir lebten in den Nischen und Schatten, und die wurden, wie es schien, immer weniger. Daher hatte er ein Schiff gechartert, und sie alle waren von Lissabon aus in See gestochen, mit dem Ziel New York, wo die Unzivilisiertheit und die endlosen Wälder und harten Kolonialbedingungen leichte Beute und Sicherheit versprachen. Warum mein Vater und seine Gruppe an der Reise nicht teilgenommen hatten, konnte sie nicht sagen.

Sie hatte mitziehen sollen, aber Regen und Sturm und ein gebrochenes Wagenrad behinderten ihre Fahrt nach Lissabon, und als sie dort eintraf, waren die anderen bereits unterwegs.

Natürlich ging ich sofort nach Lissabon und sah in allen möglichen Schiffsunterlagen nach, die die Portugiesen aufbewahrt hatten. Nach einiger Zeit fand ich das Gesuchte. Das Schiff war von seiner Fahrt nie zurückgekehrt, wie ich bereits vermutet hatte. Während der langen Zeit auf See hatten sie sicherlich keine andere Wahl gehabt, als sich von der Mannschaft, einer nach dem anderen, zu ernähren. Die Frage war nur, war das Schiff je in der Neuen Welt eingetroffen? Darüber konnte ich keine Aufzeichnung finden. Aber ich fand den Zielhafen: New Orleans. Von dort aus hätte ihnen über den Mississippi der gesamte Kontinent offengestanden.

Der Rest dürfte wohl klar sein. Wir kamen nach. Ich war überzeugt, alle finden zu können. Ich war der Ansicht, daß ich auf einem Dampfschiff den gleichen Luxus würde genießen können, an den ich mich gewöhnt hatte, sowie die Beweglichkeit und die Freiheit, die ich für meine Suche brauchte. Der Fluß war voller Exzentriker. Ein paar mehr würden gar nicht auffallen. Und wenn Geschichten von unserem prächtigen Boot und seinem seltsamen Kapitän, der nur nachts aus seiner Kabine herauskam, am Fluß die Runde machten, um so besser. Die Geschichten konnten so auch an die richtigen Ohren gelangen, und meine Leute würden zu mir kommen, wie Simon es vor vielen Jahren getan hat. Daher stellte ich Nachforschungen an, und wir trafen uns eines Nachts in St. Louis.

Ich glaube, den Rest kennen Sie oder Sie können ihn sich zusammenreimen. Eines will ich aber noch sagen. Als Sie mir in New Albany unseren Raddampfer zeigten, war meine Zufriedenheit nicht gespielt. Die *Fiebertraum* ist wunderschön, Abner, und das sollte sie auch sein. Zum erstenmal ist etwas Schönes durch uns in diese Welt gekommen. Es ist ein neuer Anfang. Der Name machte mir etwas Angst — Fieber war in meinem Volk ein anderes Wort für den roten Durst. Aber Simon machte mich darauf aufmerksam, daß ein solcher Name wahrscheinlich jeden Angehörigen unserer Rasse anlokken würde, der den Namen hört.

Das wäre meine Geschichte, jedenfalls fast. Die Wahrheit, auf der Sie bestanden haben. Sie waren auf Ihre Art ehrlich zu mir, und ich glaube Ihnen, wenn Sie sagen, daß Sie nicht abergläubisch sind. Wenn meine Träume wahr werden sollen, dann muß irgendwann eine Zeit kommen, in der Tag und Nacht sich über dem Zwielicht der Angst, die zwischen uns liegt, die Hand reichen. Es muß eine Zeit des Wagnisses anbrechen. Das alles soll jetzt bei Ihnen liegen. Meine Träume und Ihre, unser Dampfschiff, die Zukunft meines Volkes und des Ihren, Vampire und Vieh — ich überantworte sie Ihrem Urteil, Abner. Wie wird es ausfallen? Vertrauen oder Furcht? Blut oder edler Wein? Freunde oder Feinde?«

KAPITEL FÜNFZEHN

An Bord des Raddampfers *Fiebertraum*
New Orleans, August 1857

In der lastenden Stille, die auf Joshuas Geschichte folgte, konnte Abner Marsh seinen eigenen stetigen Atem und das dumpfe Schlagen seines Herzens spüren, das in der Brust die Arbeit verrichtete. Joshua hatte stundenlang erzählt, so schien es, aber in der dunklen Abgeschiedenheit der Kabine gab es keinerlei Hinweis auf das Verstreichen der Zeit. Draußen mochte es längst wieder hell werden. Toby bereitete das Frühstück vor, die Kabinenpassagiere unternahmen ihren Morgenspaziergang auf der Promenade des Batteriedecks, am Anlegeplatz herrschte hektische Betriebsamkeit. Aber in Joshua Yorks Kabine regierte weiterhin tiefe Nacht, tagaus, tagein, ewig.

Die Worte dieses verdammten Gedichts kamen ihm wieder in den Sinn, und Abner Marsh hörte sich sagen: »Der Morgen kam und ging und brachte doch keinen Tag.«

»Finsternis«, sagte Joshua leise.

»Und so haben Sie Ihr ganzes verdammtes Leben zugebracht«, sagte Marsh. »Kein Morgen, niemals. Mein Gott, Joshua, wie haben Sie das ertragen?«

York gab darauf keine Antwort.

»Es ergibt irgendwie keinen Sinn«, sagte Marsh. »Es ist die gottverdammteste Geschichte, der ich je ruhig zugehört habe. Aber ich will verdammt sein, wenn ich Ihnen nicht glaube.«

»Ich hatte es gehofft«, sagte York. »Und was nun, Abner?«

Jetzt kommt der schwierige Teil, dachte Abner Marsh. »Ich weiß nicht«, erwiderte er ehrlich. »Da sind alle die

Leute, die Sie getötet haben, wie Sie sagen, und ich habe trotzdem irgendwie Mitleid mit Ihnen. Ich weiß nicht, ob das richtig ist. Vielleicht sollte ich versuchen, Sie zu töten. Vielleicht wäre das die einzige verdammte christliche Sache, die erledigt werden sollte. Vielleicht sollte ich auch versuchen, Ihnen zu helfen.« Er schnaubte, ärgerte sich über diesen inneren Zwiespalt. »Ich denke, Ihnen sollte ich erst einmal noch eine Weile zuhören und abwarten, ehe ich einen Entschluß fasse. Denn Sie haben etwas weggelassen, Joshua. Das haben Sie ganz gewiß getan.«

»Tatsächlich?« meinte York.

»New Madrid«, sagte Abner Marsh beharrlich.

»Das Blut an meinen Händen«, meinte Joshua. »Was soll ich dazu sagen, Abner? Ich habe jemanden in New Madrid getötet. Aber es war nicht so, wie Sie vielleicht vermuten.«

»Dann erzählen Sie, wie es war. Los, reden Sie!«

»Simon hat mir viele Dinge aus der Geschichte unseres Volkes erzählt; von unseren Geheimnissen, unseren Sitten, unserer Art. Eine Sache, die er erwähnte, fand ich überaus beunruhigend. Diese Welt, die Ihr Volk geschaffen hat, ist eine Welt des Tageslichts, und es ist für uns nicht so einfach, darin zu leben. Manchmal, um es uns zu erleichtern, wendet einer von uns sich an einen von euch. Wir können dazu die Kraft einsetzen, die in unseren Augen und in unserer Stimme verborgen ist. Wir können unsere Stärke, unsere Vitalität, die Gewißheit des ewigen Lebens zu Hilfe nehmen. Wir können die Legenden, die Ihr Volk sich über uns erzählt, zu unserem eigenen Vorteil nutzen. Mit Lügen und Angst und Verheißungen können wir uns einen menschlichen Knecht schaffen. Eine solche Kreatur kann sehr nützlich sein. Der Knecht kann uns bei Tag beschützen, kann dorthin gehen, wohin wir nicht gelangen können, und sich ohne Argwohn zu erwecken unter den Menschen aufhalten.

In New Madrid hat es einen Mord gegeben. Auf eben dem Holzplatz, wo wir angelegt haben. Nach allem, was ich darüber in den Zeitungen gelesen habe, hegte ich große Hoffnungen, jemanden von meiner eigenen Rasse zu finden. Statt dessen fand ich — nun, nennen Sie ihn, wie Sie wollen. Einen Sklaven, ein Haustier, einen Helfer. Einen Knecht. Er war ein uralter Mann. Ein Mulatte, kahl, runzlig und häßlich mit einem trüben Auge und einem von einem Brand furchtbar zugerichteten Gesicht. Er bot keinen angenehmen Anblick, und innendrin — innendrin war er verkommen. Verdorben. Als ich auf ihn zukam, sprang er auf und schwang eine Axt gegen mich. Und dann blickte er in meine Augen. Er erkannte mich, Abner. Er wußte sofort, was ich war. Und er sank auf die Knie, heulte und jammerte, *huldigte* mir, kroch vor mir zu Kreuze wie ein Hund vor einem Menschen und flehte mich an, die Verheißung zu erfüllen, das Versprechen zu halten. ›Das Versprechen‹, sagte er in einem fort, ›das Versprechen, das *Versprechen.*‹

Schließlich befahl ich ihm zu schweigen, und er tat es. Sofort. Er krümmte sich vor Angst. Ihm war beigebracht worden, den Worten eines Blutmeisters zu gehorchen. Ich forderte ihn auf, mir die Geschichte seines Lebens zu erzählen, in der Hoffnung, daß er mir Hinweise auf mein eigenes Volk liefere.

Seine Geschichte war so schlimm wie meine eigene. Er wurde als freier Farbiger in einem Bezirk namens The Swamp geboren, wobei es sich vermutlich um ein berüchtigtes Viertel in New Orleans handelt. Dort bestritt er seinen Lebensunterhalt als Zuhälter, als Taschendieb und schließlich als Halsabschneider. Seine Opfer waren vorwiegend die Frachtbootleute, die in die Stadt herunterkamen. Er hatte schon zwei Männer getötet, ehe er zehn Jahre alt war. Später diente er unter Vincent Gambi, dem blutigsten aller Piraten von Barataria. Er war Aufseher über die Sklaven, die Gambi den spanischen

Sklavenhändlern raubte und in New Orleans weiterverkaufte. Er war auch ein Voodoomann. Und er hat uns gedient.

Er erzählte mir von seinem Blutmeister, dem Mann, der ihn zu seinem Knecht machte, der über seinen Voodoozauber lachte und versprach, ihn eine stärkere, dunklere Magie zu lehren. Diene mir, hatte der Blutmeister versprochen, und ich werde dich zu einem der Unseren machen. Deine Wunden werden heilen, dein Auge wird wieder sehen, du wirst Blut trinken und ewig leben, niemals altern. Also hatte der Mulatte ihm gedient. Fast dreißig Jahre lang tat er alles, was ihm aufgetragen wurde. Er lebte für dieses Versprechen. Er tötete auch für dieses Versprechen, wurde gelehrt, warmes Fleisch zu verzehren, Blut zu trinken.

Bis der Meister am Ende Besseres im Sinn hatte. Der Mulatte, mittlerweile alt und gebrechlich, wurde zu einem Hemmnis. Seine Nützlichkeit war erschöpft, daher wurde er entlassen. Es wäre vielleicht ein Akt der Gnade gewesen, ihn zu töten, statt dessen wurde er fortgeschickt, flußaufwärts, wo er für sich selbst sorgen sollte. Ein Leibeigener lehnt sich niemals gegen seinen Blutmeister auf, auch wenn er erfährt, daß das ihm gegebene Versprechen eine Lüge war. So wanderte der alte Mulatte fort, zu Fuß, lebte dabei von Raub und Mord und zog auf diese Weise langsam flußaufwärts. Manchmal verdiente er sich ehrliches Geld als Sklavenfänger oder Tagelöhner, aber die meiste Zeit über hielt er sich verborgen in den Wäldern, ein Einsiedler, der nur nachts lebendig wurde. Wenn keine Gefahr drohte, verspeiste er das Fleisch und trank das Blut seiner Opfer, immer noch in dem Glauben, beides werde dazu beitragen, Jugend und Gesundheit zurückzubringen. Ein Jahr lang habe er in der Umgebung von New Madrid gelebt, erzählte er mir. Er schlug gewöhnlich Holz für den Mann auf dem Holzplatz, der zu alt und schwach war, um diese Arbeit selbst zu tun. Er wußte, wie selten jemand diesen Holzplatz aufsuchte. Daher ... Nun, den Rest kennen Sie.

Abner, Ihr Volk kann viel von meinem Volk lernen. Aber nicht die Dinge, die er gelernt hat. Nicht *das.* Ich hatte Mitleid mit ihm. Er war alt und häßlich und ohne Hoffnung. Doch ich war auch wütend, so wütend wie in Budapest über die reiche Frau, die so gern in Blut badete. In den Legenden Ihrer Rasse ist mein Volk der absolute Ausbund des Bösen. Der Vampir hat keine Seele, keine Würde, keine Hoffnung auf Vergebung, so heißt es dort. Das nehme ich nicht an, Abner. Ich habe unzählige Male getötet, habe viele furchtbare Dinge getan, aber ich bin nicht schlecht. Ich habe es mir nicht ausgesucht, das zu sein, was ich von Anfang an war. Ohne freie Wahl kann es kein Gut oder Böse geben. Mein Volk konnte diese Entscheidung niemals treffen. Der Rote Durst hat uns beherrscht, uns verflucht, uns dessen beraubt, was wir hätten sein können. Aber Ihr Volk, Abner — Ihre Leute haben einen solchen Trieb nicht. Dieses Wesen, dem ich im Wald hinter New Madrid begegnete, es hat diesen Roten Durst niemals verspürt, es hätte alles mögliche werden können, hätte alles mögliche tun können. Statt dessen hat es sich entschieden, das zu werden, was es war. Oh, eines ist klar, die Schuld trägt auch ein Angehöriger meiner Rasse — der Mann, der den Alten belogen hat, der ihm Dinge versprochen hat, die niemals eintreten konnten. Dennoch kann ich den Grund verstehen, sosehr ich ihn auch verabscheue. Ein Verbündeter unter Ihren Leuten kann eine entscheidende Bedeutung haben. Wir alle kennen die Angst, Abner, meine Rasse und Ihre gleichermaßen.

Was ich nicht verstehen kann: warum einer von euch sich sosehr ein Leben in der Finsternis wünscht, warum er sich nach dem Roten Durst sehnt. Doch er wünschte ihn sich, und das mit aller Heftigkeit und Leidenschaft. Er flehte mich an, ihn nicht zu verlassen, wie der andere Blutmeister es getan hatte. Ich konnte ihm nicht geben, was er sich wünschte. Ich wollte es nicht, selbst wenn es möglich gewesen wäre. Ich gab ihm, was ich ihm geben konnte.«

»Sie haben ihm seine verdammte Kehle zerfetzt, nicht wahr?« fragte Abner Marsh in die Dunkelheit.

»Ich habe dich gewarnt«, meinte Valerie. Marsh hatte beinahe vergessen, daß sie da war, weil sie keinen Laut von sich gegeben hatte. »Er begreift nicht. Hör ihn dir an.«

»Ich habe ihn getötet«, gestand Joshua, »mit bloßen Händen. Ja, sein Blut rann mir über die Finger, versikkerte in der Erde. Aber es berührte niemals meine Lippen, Abner. Und ich habe ihn ansonsten unversehrt begraben.«

Wieder breitete sich Stille in der Kabine aus, während Abner Marsh sich am Bart zupfte und nachdachte. »Die freie Wahl, sagten Sie«, meinte er schließlich, »das sei der Unterschied zwischen Gut und Böse, sagten Sie. Nun sieht es so aus, als sei ich derjenige, der eine Entscheidung treffen muß.«

»Wir alle treffen unsere Wahl, Abner. Jeden Tag.«

»Das kann schon sein«, sagte Marsh. »Trotzdem bin ich im besonderen auf diese Entscheidung nicht erpicht. Sie sagen, Sie wollen meine Hilfe, Joshua. Sagen wir mal, ich gebe sie Ihnen. In welcher Weise unterscheide ich mich denn dann von diesem verdammten alten Mulatten, den Sie getötet haben? Beantworten Sie mir das!«

»Ich würde Sie niemals zu — so etwas machen«, erwiderte Joshua. »Das habe ich nie versucht. Abner, ich werde noch jahrhundertelang leben, wenn Sie schon lange tot und vergangen sind. Habe ich jemals versucht, Sie damit zu locken?«

»Sie haben mich statt dessen mit einem gottverdammten Dampfschiff in Versuchung geführt«, entgegnete Marsh. »Und ganz gewiß haben Sie mir einen Haufen Lügen erzählt.«

»Sogar in meinen Lügen steckte eine gewisse Art von

Wahrheit, Abner. Ich habe Ihnen erzählt, ich suche Vampire, um ihnen das Böse auszutreiben. Erkennen Sie denn nicht die Wahrheit darin, die Notwendigkeit? Ich brauche Ihre Hilfe, Abner, aber als Partner, und nicht so, wie ein Blutmeister einen menschlichen Sklaven braucht.«

Abner Marsh ließ sich das durch den Kopf gehen. »Na schön«, meinte er. »Vielleicht glaube ich Ihnen. Vielleicht sollte ich Ihnen auch trauen. Aber wenn Sie mich als Partner gewinnen wollen, dann müssen auch Sie Vertrauen zu mir haben.«

»Ich habe Ihnen mein Geheimnis offenbart. Reicht das nicht?«

»Zur Hölle, nein«, sagte Abner Marsh. »Schön, Sie haben mir die Wahrheit erzählt, und nun warten Sie auf eine Antwort. Nur wenn ich die falsche Antwort gebe, dann werde ich diese Kabine wohl nicht mehr lebendig verlassen, wie? Dafür wird Ihre Freundin sorgen, wenn Sie es nicht tun.«

»Sehr schlau erkannt, Captain Marsh«, ließ Valerie sich aus der Dunkelheit vernehmen. »Ich hege keinen Groll gegen Sie, aber Joshua darf auf keinen Fall etwas zustoßen.«

Marsh schnaubte. »Sehen Sie, was ich meine? Das hat nichts mit Vertrauen zu tun. Wir sind auf diesem Dampfer keine Partner mehr. Die Dinge sind ziemlich ungleich verteilt. Sie können mich töten, wann immer Sie wollen. So, wie ich das betrachte, macht mich das zu einem Sklaven, und nicht zu einem Partner. Außerdem bin ich allein. Sie haben alle Ihre blutsaufenden Freunde an Bord geholt, damit die Ihnen helfen, falls es Schwierigkeiten gibt. Gott weiß, was Sie im Sinn haben, Sie werden es mir ganz gewiß nicht verraten. Aber ich darf auch mit niemandem reden, wie Sie sagen, Joshua. Zur Hölle, vielleicht sollten Sie mich gleich hier und jetzt töten. Ich glaube nämlich nicht, daß mir eine solche Art von Partnerschaft gefällt.«

Joshua York dachte für einige Zeit schweigend darüber nach. Dann meinte er: »Sehr schön, ich verstehe Ihren Standpunkt. Was soll ich tun, um Ihnen mein Vertrauen zu beweisen?«

»Also, für den Anfang«, sagte Marsh, »einmal angenommen, ich wollte Sie töten. Wie schaffe ich das?«

»Nein!« schrie Valerie entsetzt. Marsh hörte ihre Schritte, als sie zu Joshua hinüberhuschte. »Das darfst du ihm nicht erzählen. Du weißt nicht, was er vorhat, Joshua. Warum sollte er dich danach fragen, wenn er es nicht tatsächlich im Sinn hätte, dich ...«

»Um uns einander ebenbürtig zu machen«, sagte Joshua leise. »Ich verstehe ihn, Valerie, und es ist ein Risiko, das wir eingehen müssen.« Sie setzte wieder an, ihn anzuflehen, ihn zu bestürmen, aber Joshua hieß sie schweigen und meinte zu Marsh: »Mit Feuer ist es möglich. Durch Ertränken. Mit einer Pistole, wenn Sie auf meinen Kopf zielen. Unsere Gehirne sind verletzlich. Ein Schuß in den Kopf würde mich töten, während ein Schuß ins Herz mich nur vorübergehend ausschalten würde, bis ich wiederhergestellt bin. Die Legenden treffen in einer Hinsicht zu. Wenn Sie uns die Köpfe abschneiden und Holzpflöcke mit dem Hammer in unsere Herzen schlagen, dann sterben wir.« Er kicherte rauh. »Einer von Ihrer Art würde genau das tun, glaube ich. Die Sonne kann ebenfalls tödlich sein, wie Sie schon gesehen haben. Der Rest, Silber und Knoblauch, das ist alles totaler Unsinn.«

Abner Marsh stieß zischend die Luft aus und merkte dabei kaum, daß er sie krampfhaft angehalten hatte. »Das war ja schon ganz schön aufschlußreich«, sagte er.

»Zufrieden?« fragte York.

»Fast«, erwiderte Marsh. »Eine Sache noch.«

Ein Zündholz scharrte über Leder, und plötzlich brannte eine kleine tanzende Flamme in Yorks gewölbter Hand. Er hielt sie an eine Öllampe, damit die Flamme über den Docht züngelte und schließlich ein dämmriger gelber Schein die Kabine erfüllte. »So«, sagte Joshua und löschte das Zündholz mit einem Schlenkern der Hand. »Besser so, Abner? Ist das entgegenkommend genug? Zur Besiegelung einer Partnerschaft gehört auch genügend Licht, meinen Sie nicht? Damit wir uns gegenseitig in die Augen schauen können.«

Abner Marsh stellte fest, daß ihm die Augen tränten; nachdem er sich so lange in totaler Dunkelheit aufgehalten hatte, erschien ihm sogar ein wenig Licht schon furchtbar grell. Aber der Raum wirkte jetzt viel größer, das Grauen und die erstickende Enge schmolzen dahin. Joshua York betrachtete Marsh ruhig und abwartend. Sein Gesicht war mit Flocken und Schuppen trockener, toter Haut bedeckt. Als er lächelte, platzte ein Stück ab und segelte zu Boden. Die Lippen waren immer noch aufgedunsen, und er erweckte den Eindruck, als hätte er zwei kohlschwarze Augen, doch die Verbrennungen und Blasen waren fast ganz verschwunden. Die Veränderung war verblüffend. »Was ist diese andere Sache, Abner?«

Marsh erinnerte sich an Yorks Worte und blickte ihm offen in die Augen. »Ich werde nicht diese Sache allein beginnen«, erklärte er. »Ich werde jemand anderen informieren, und zwar ...«

»*Nein*«, widersprach Valerie, die nun neben Joshua stand. »Einer ist schon schlimm genug, wir dürfen nicht zulassen, daß er es noch weiter verbreitet. Sie werden uns umbringen.«

»Zum Teufel, Frau, ich hatte nicht vor, eine Annonce im *True Delta* aufzugeben, wissen Sie!«

Joshua stellte die Finger gegeneinander und musterte Marsh nachdenklich. »An wen hatten Sie denn gedacht, Abner?«

»An ein oder zwei Leute«, sagte Marsh. »Sie müssen nämlich wissen, daß ich nicht der einzige bin, der mißtrauisch geworden ist. Und es könnte sein, daß Sie mehr Hilfe brauchen, als ich Ihnen geben kann. Ich rede nur mit denjenigen, die mir als vertrauenswürdig bekannt sind. Mit Hairy Mike zum Beispiel. Und mit Mister Jeffers. Er ist verdammt klug, und er hat sich über Sie bereits seine Gedanken gemacht. Die anderen brauchen nichts zu erfahren. Mister Albright ist ein bißchen zu empfindlich und gottesfürchtig, um sich das alles anhören zu können, und wenn man Mister Framm etwas erzählt, dann wäre das innerhalb einer Woche auf dem ganzen Fluß herum. Das gesamte Texasdeck könnte abbrennen, ohne daß Whitey Blake etwas davon mitbekäme, so lange seine Maschinen nicht in Gefahr geraten. Aber Hairy Mike und Mister Jeffers, die müßten Bescheid wissen. Das sind wirklich gute Männer, und es könnte sein, daß Sie sie noch einmal ganz gut gebrauchen können.«

»Sie gebrauchen?« fragte Joshua. »Wie das denn, Abner?«

»Was geschieht denn, wenn einer Ihrer Leute Ihr Spezialgetränk nicht mag?«

Joshua Yorks freundliches Lächeln erstarb sofort. Er stand auf, ging durch die Kabine und schenkte sich einen Drink ein: Whiskey, pur. Als er sich wieder umdrehte, runzelte er noch immer nachdenklich die Stirn. »Vielleicht«, sagte er. »Ich muß mir das mal durch den Kopf gehen lassen. Wenn man ihnen wirklich trauen kann ... Ich habe gewisse düstere Vorahnungen hinsichtlich unserer Fahrt in den Bayou.«

Diesmal ließ Valerie nicht den erwarteten Protest hören. Marsh streifte sie mit einem Seitenblick und sah, daß sie die Lippen krampfhaft zusammenpreßte, und in ihren Augen flackerte es, vermutlich die ersten Vorboten furchtbarer Angst. »Was ist los?« fragte Marsh. »Sie beide sehen auf einmal seltsam aus.«

Valeries Kopf zuckte hoch. *»Er«*, sagte sie. »Ich habe Sie schon weiter oben auf dem Fluß gebeten, umzukehren. Ich bäte erneut darum, wenn ich erwarten könnte, daß einer von euch auf mich hört. *Er* ist unten in Cypress Landing.«

»Wer?« fragte Marsh verwirrt.

»Ein Blutmeister«, sagte Joshua. »Abner, Sie müssen wissen, daß nicht alle Angehörige meiner Rasse genauso denken wie ich. Sogar unter meinen Getreuen gibt es solche ... Nun, Simon ist mir treu ergeben, Smith und Brown sind eher passiv, aber Katherine — von Anfang an habe ich bei ihr einen gewissen Widerspruch gespürt. Ich glaube, es gibt in ihrem Innern einen düsteren Bereich, der sich nach dem alten Leben sehnt, der dem Schiff nachtrauert, das sie verfehlt hat, und der unter meiner Befehlsgewalt leidet, sich dagegen auflehnt. Sie gehorcht, weil sie muß. Ich bin Blutmeister. Aber das gefällt ihr nicht. Und die anderen, jene, die wir entlang des Flusses an Bord genommen haben — bei denen bin ich mir auch nicht ganz sicher. Außer Valerie und Jean Ardent traue ich keinem vollständig. Erinnern Sie sich noch, daß Sie mich vor Raymond Ortega gewarnt haben? Ich teile Ihr Mißtrauen ihm gegenüber. Valerie bedeutet ihm nichts, daher irrten Sie sich, daß Eifersucht ein Motiv sein könnte, aber ansonsten hatten Sie wohl recht. Um Raymond in Natchez an Bord zu bringen, mußte ich ihn besiegen, so wie ich Simon vor langer Zeit in den Karpathen besiegt habe. Mit Cara de Gruy und Vincent Thibaut gab es ebenfalls Auseinandersetzungen. Nun folgen sie mir, weil sie müssen. Das ist so Sitte bei meinem Volk. Dennoch frage ich mich, ob nicht wenigstens einige wenige unter ihnen abwarten. Abwarten, um zu sehen, was wohl geschieht, wenn die *Fiebertraum* zum Bayou hinunterdampft und ich demjenigen gegenübertrete, der ihrer aller Meister ist.

Valerie hat mir viel von ihm erzählt. Er ist alt. Älter als Simon oder Katherine, älter als jeder von uns. Sein Alter allein beunruhigt mich schon. Nun nennt er sich Damon Julian, doch davor war er Giles Lamont, derselbe Giles Lamont, dem dieser armselige Mulatte dreißig sinnlose Jahre lang gedient hat. Ich habe gehört, daß er mittlerweile einen neuen menschlichen Diener hat ...«

»Sour Billy Tipton«, murmelte Valerie voller Abscheu.

»Valerie hat Angst vor diesem Julian«, erklärte Joshua York. »Die anderen sprechen ebenfalls voller Furcht von ihm, aber manchmal auch mit einer gewissen Gefolgschaftstreue. Als Blutmeister hat er für sie gesorgt. Er gewährte ihnen Zuflucht, bot ihnen Wohlstand und Festbankette. Sie labten sich an Sklaven. Kein Wunder, daß er sich dort niedergelassen hat, wo er sich jetzt aufhält.«

Valerie schüttelte den Kopf. »Laß ihn in Ruhe, Joshua! Bitte! Tu es für mich, wenn schon aus keinem anderen Grund. Damon wird sich über dein Erscheinen nicht freuen, er wird die Freiheit, die du bringst, sicher nicht gutheißen.«

Joshua verzog unwillig das Gesicht. »Er hat immer noch einige von unseren Leuten bei sich. Willst du, daß ich auch sie im Stich lasse? Nein. Und du kannst dich in Julian auch irren. Er lebt seit Jahrhunderten unter dem Einfluß des Roten Durstes, und ich vermag dieses Fieber zu lindern.«

Valerie verschränkte die Arme, wobei ihre violetten Augen wütend funkelten. »Und wenn er nicht besänftigt werden kann? Du kennst ihn nicht, Joshua.«

»Er ist gebildet, intelligent, kultiviert, er liebt alles Schöne«, sagte York beharrlich. »Soviel hast du jedenfalls von ihm erzählt.«

»Er ist außerdem sehr stark.«

»Das waren Simon und Raymond und Cara auch. Und die folgen mir jetzt.«

»Damon ist anders«, äußerte Valerie. »Das ist nicht dasselbe!«

Joshua vollführte eine ungeduldige Geste. »Das macht keinen Unterschied. Ich werde ihn schon unter meine Herrschaft bringen.«

Abner Marsh hatte ihre Diskussion in nachdenklichem Schweigen verfolgt, aber nun ergriff er das Wort. »Joshua hat recht«, sagte er zu Valerie. »Zum Teufel, ich habe ihm selbst ein- oder zweimal in die Augen geblickt, und dann hat er mir beim erstenmal, als wir uns die Hände schüttelten, beinahe jeden Knochen der Hand zerbrochen. Außerdem, wie haben Sie ihn genannt? Einen König?«

»Ja«, gab Valerie zu, »den Bleichen König.«

»Nun, wenn er dieser Bleiche König ist, für den Sie ihn halten, dann besteht doch eine begründete Aussicht, daß er am Ende gewinnen wird, oder etwa nicht?«

Valerie ließ den Blick von Marsh zu York und wieder zurück wandern. Dann erbebte sie. »Ihr habt ihn nicht gesehen, keiner von euch.« Sie zögerte einen Moment lang, dann strich sie sich mit blasser schlanker Hand das dunkle Haar zurück und schaute Abner Marsh in die Augen. »Vielleicht habe ich mich in Ihnen geirrt, Captain Marsh. Ich habe weder Joshuas Kraft noch sein Vertrauen. Ich wurde fast ein halbes Jahrhundert lang von dem Roten Durst beherrscht. Ihre Leute waren meine Beute. Man kann sich nicht mit seiner Beute anfreunden. Man kann es nicht. Man kann ihr auch nicht vertrauen. Deshalb habe ich Joshua gedrängt, Sie zu töten. Man kann die Vorsichtsmaßnahmen, die man ein Leben lang beachten mußte, nicht von heute auf morgen vergessen. Verstehen Sie das?«

Abner Marsh nickte düster.

»Ich bin mir immer noch unsicher«, fuhr Valerie fort, »aber Joshua hat uns schon sehr viele neue Dinge gezeigt, und ich gestehe ein, daß man Ihnen vielleicht vertrauen kann. Vielleicht.« Sie schüttelte heftig den Kopf. »Aber ob ich mich in Ihnen nun täusche oder nicht, was Damon Julian angeht, so habe ich ganz gewiß recht.«

Abner Marsh sah sie stirnrunzelnd an und wußte nicht, was er darauf erwidern sollte. Joshua streckte einen Arm aus und ergriff Valeries Hand. »Ich glaube, du irrst dich, wenn du Angst hast«, sagte er. »Aber zu deiner Beruhigung: Ich werde sehr vorsichtig zu Werke gehen. Abner, tun Sie, was Sie beabsichtigen, informieren

Sie Mister Jeffers und Mister Dunne. Es wird sicherlich gut sein, von ihnen Hilfe zu bekommen, falls Valerie recht hat. Wählen Sie die Männer für eine zusätzliche Wache aus und lassen Sie den Rest an Land gehen. Wenn die *Fiebertraum* den Bayou hinaufdampft, dann möchte ich als Besatzung nur unsere besten und zuverlässigsten Leute an Bord haben, und zwar das absolute Minimum, um das Schiff zu manövrieren. Keine religiösen Fanatiker, niemanden, der sich leicht fürchtet, niemanden, der zu übereilten Handlungen neigt.«

»Hairy Mike und ich werden die Auswahl treffen«, erklärte Marsh.

»Ich empfange Julian auf meinem eigenen Dampfer zu einem von mir bestimmten Zeitpunkt — Sie und Ihre Männer als Rückendeckung hinter mir. Überlegen Sie sich's gut, wie Sie es Jeffers und Dunne beibringen. Sie müssen den richtigen Weg finden.« Er sah Valerie fragend an. »Zufrieden?«

»Nein«, erwiderte sie.

Joshua lächelte. »Mehr kann ich nicht tun.« Er sah wieder Abner Marsh an. »Abner, ich bin froh, daß Sie nicht mein Feind sind. Ich stehe jetzt dicht vor dem Ziel, sehe die Erfüllung meiner Träume in Reichweite vor mir. Im Kampf gegen den Roten Durst habe ich meinen ersten großen Sieg errungen. Ich denke, daß Sie und ich heute nacht einen zweiten Sieg geschafft haben, nämlich den Anfang einer Freundschaft und eines Bandes des Vertrauens zwischen unseren Rassen. Die *Fiebertraum* wird auf dem schmalen Grat zwischen Nacht und Tag unterwegs sein und das Gespenst der alten Angst bannen, wo immer sie hingelangt. Wir werden gemeinsam große Dinge erreichen, Freund.«

Marsh hatte für eine derart blumige Sprache eigentlich nur wenig übrig, dennoch ließen Joshuas leidenschaftliche Worte ihn nicht unbewegt, und er reagierte mit einem widerstrebenden, verkniffenen Lächeln. »Wir haben noch verdammt viel Arbeit zu erledigen, ehe wir überhaupt irgend etwas erreichen«, sagte Marsh, griff nach seinem Spazierstock und stand auf. »Ich gehe dann.«

»Gut«, sagte Joshua lächelnd. »Ich werde mich zur Ruhe legen und sehe Sie bei Einbruch der Dämmerung heute abend wieder. Sorgen Sie dafür, daß das Schiff bald ablegen kann. Wir werden das Nötige so schnell wie möglich in Angriff nehmen.«

»Ich lasse die Kessel aufheizen«, versprach Marsh, ehe er endgültig ging.

Draußen war es Tag geworden.

Es scheint so etwa neun Uhr zu sein, dachte Abner Marsh, als er blinzelnd vor der Kapitänskajüte stand und nachdem Joshua die Tür hinter ihm verriegelt hatte. Der Morgen war trist; heiß und stickig mit grauen Wolken am Himmel, die die Sonne verdeckten. Der Ruß und Qualm der Flußdampfer hingen in der Luft. Es gibt wohl bald ein Unwetter, dachte Abner Marsh, und diese Aussicht behagte ihm nicht. Er wurde sich plötzlich bewußt, wie wenig Schlaf er bekommen hatte, und fühlte sich unendlich müde, aber es gab noch so viel zu tun, daß er an ein Nickerchen nicht einmal nur zu denken wagte.

Er ging in den Hauptsalon hinunter und hoffte, daß ein Frühstück seine Lebensgeister schon wecken würde. Er trank eine Gallone heißen schwarzen Kaffee, während Toby ihm ein paar gekochte Rindfleischscheiben sowie Waffeln und Blaubeeren brachte. Während er aß, betrat Jonathon Jeffers den Salon, entdeckte ihn und kam zu seinem Tisch herüber.

»Setzen Sie sich und essen Sie mit!« lud Marsh ihn ein. »Ich muß ausführlich mit Ihnen reden, Mister Jeffers. Allerdings nicht unbedingt hier und jetzt. Ich will lieber erst meine Mahlzeit beenden, und dann gehen wir in meine Kabine.«

»In Ordnung«, erwiderte Jeffers leicht geistesabwesend. »Cap'n, wo waren Sie die ganze Zeit über? Ich suche schon seit Stunden nach Ihnen. In Ihrer Kabine waren Sie nicht.«

»Joshua und ich haben uns ein wenig unterhalten«, erklärte Marsh. »Was ...?«

»Da ist ein Mann, der Sie sprechen will«, sagte Jeffers. »Er kam um Mitternacht an Bord. Er ist sehr hartnäckig.«

»Gefällt mir gar nicht, wenn man mich warten läßt, als wäre ich irgendein wertloser Abschaum«, sagte der Fremde. Marsh hatte den Mann nicht einmal hereinkommen sehen. Ohne dazu aufgefordert worden zu sein, zog sich der Mann einen Stuhl heran und setzte sich. Er war ein häßlicher, ausgezehrt wirkender Bursche, das Gesicht mit Pockennarben übersät. Dünnes schlaffes braunes Haar hing ihm in Strähnen in die Stirn. Der Teint sah ungesund aus, und Teile des Haars und Flecken auf der Haut waren mit schuppigen weißen Flocken bedeckt, als hätte er in seinem eigenen Schneeschauer gestanden. Indessen trug er einen teuren schwarzen Wollanzug, ein Hemd mit Rüschen und einen Kameering.

Abner Marsh ließ sich von seinem Aussehen, seinem Ton, den schmalen Lippen und den eisfarbenen Augen nicht einschüchtern. »Wer, zum Teufel, sind Sie?« fragte er grimmig. »Ich hoffe für Sie, daß Sie einen verdammt guten Grund haben, um mich beim Frühstück zu belästigen, denn sonst lasse ich Sie in den Fluß werfen.« Schon allein das Aussprechen der Worte bewirkte, daß Marsh sich besser fühlte. Er war schon immer der Meinung gewesen, daß kein Reiz darin lag, Dampfschiffkapitän zu sein, wenn man nicht ab und zu jemandem sagen konnte, er möge zur Hölle fahren.

Die säuerliche Miene des Fremden veränderte sich nicht, aber er richtete die eisigen Augen mit einem Ausdruck spöttischer Bosheit auf Marsh. »Ich will eine Passage auf Ihrem eleganten Kahn lösen.«

»Einen Teufel werden Sie«, entgegnete Marsh.

»Soll ich Hairy Mike rufen, damit er diesen Kerl wegschafft?« bot Jeffers kühl seine Hilfe an.

Der Mann streifte den Zahlmeister mit einem kurzen haßerfüllten Blick. Seine Augen sahen wieder Marsh an. »Cap'n Marsh, ich war gestern abend hier, um Ihnen und Ihrem Partner eine Einladung zu überbringen. Dachte, daß wenigstens einer von Ihnen abends zu erreichen wäre. Nun, jetzt ist Tag, deshalb gilt die Einladung für heute abend. Dinner im St. Louis, eine Stunde nach Sonnenuntergang, mit Ihnen und Cap'n York.«

»Ich kenne Sie nicht, und Sie interessieren mich nicht«, schnauzte Marsh. »Ich werde ganz gewiß nicht mit Ihnen zu Abend speisen. Überdies legt die *Fiebertraum* heute ab.«

»Ich weiß. Und ich weiß auch, wohin.«

Marsh runzelte die Stirn. »Was sagen Sie da?«

»Sie kennen die Nigger nicht, ich aber. Wenn ein Nigger etwas hört, dann weiß es bald jeder Nigger in der Stadt. Und ich, ich höre gut zu. Sie sollten mit Ihrem großen schönen Dampfer nicht den Bayou hochfahren, wie Sie es vorhaben. Sie laufen gewiß auf Grund und reißen sich am Ende noch den Rumpf auf. Ich kann Ihnen die Mühe ersparen. Sehen Sie, der Mann, den Sie suchen, wartet schon auf Sie. Wenn es also dunkel wird, dann bestellen Sie das Ihrem Meister, hören Sie? Sagen Sie ihm, Damon Julian erwartet ihn im St. Louis Hotel. Mister Julian ist ganz wild darauf, seine Bekanntschaft zu machen.«

KAPITEL SECHZEHN

New Orleans, August 1857

Sour Billy Tipton kehrte an diesem Abend mehr als nur ein wenig furchtsam ins St. Louis Hotel zurück. Julian würde die Nachricht nicht gefallen, die er von der *Fiebertraum* mitbrachte, und Julian war gefährlich und unberechenbar, wenn er sich ärgerte.

In dem verdunkelten Salon ihrer luxuriösen Suite war nur eine einzige Kerze angezündet worden. Ihre Flamme spiegelte sich in Julians schwarzen Augen wider, während er in einem tiefen Samtsessel am Fenster saß und einen Sazerac trank. In dem Raum war es still. Sour Billy spürte die prüfenden Blicke wie eine schwere Last auf sich. Der Riegel gab ein tödliches leises Klicken von sich, als die Tür hinter ihm zufiel. »Und, Billy?« fragte Damon Julian leise.

»Sie werden nicht kommen, Mister Julian«, sagte Sour Billy einen Deut zu schnell, ein wenig zu atemlos. Im schwachen Licht konnte er Julians Reaktion nicht erkennen. »Er sagt, *Sie* müssen zu ihm kommen.«

»Er sagt«, wiederholte Julian. »Wer ist *er*, Billy?«

»Er«, sagte Sour Billy. »Der — der andere Blutmeister. Joshua York, so nennt er sich. Der, von dem Raymond Ihnen geschrieben hat. Der andere, dieser Cap'n Marsh, der Dicke mit den Warzen und dem Schnurrbart, er will auch nicht kommen. Der ist auch verdammt grob. Aber ich wartete bis zur Dunkelheit, bis der Blutmeister aufstand. Schließlich ließen sie mich zu ihm.« Sour Billy fror noch immer, spürte die Kälte, als er sich an die Art und Weise erinnerte, wie der Blick aus Yorks grauen, so grauen Augen ihn getroffen hatte und seine Not erkannt hatte. So viel bitterer Abscheu hatte in diesen Augen geflackert, daß Billy den Blick abgewandt hatte.

»Erzähl uns doch, Billy«, sagte Damon Julian, »wie ist er, dieser andere! Dieser Joshua York. Dieser *Blutmeister.*«

»Er ist ...«, begann Billy, suchte nach Worten, »er ist ... Weiß, also, seine Haut und alles ist sehr blaß, und auch sein Haar ist völlig ohne Farbe. Er trug sogar einen weißen Anzug. Und Silber, er hatte eine Menge Silber. Er bewegt sich — wie einer dieser verdammten Kreolen, Mister Julian, stolz und herrisch. Er ist ... Er ist wie Sie, Mister Julian. Seine Augen ...«

»Fahl und stark«, murmelte Cynthia aus einer entfernten Ecke des Raums. »Und mit einem Wein, der den roten Durst bezwingt. Ist *er* es, Damon? Er muß es sein. Es stimmt demnach. Valerie glaubte schon immer an die Geschichten, und ich habe sie deshalb verspottet, aber es muß so sein. Er wird uns alle zusammenbringen, wird uns zurückführen zur versunkenen Stadt, in die dunkle Heimat. In unser Königreich, unser Land. Es stimmt doch, nicht wahr? Er ist der Blutmeister der Blutmeister, der König, auf den wir gewartet haben.« Sie blickte Damon Julian gespannt an und wartete auf eine Antwort.

Damon Julian nippte an seinem Sazerac und lächelte verschlagen, raubtierhaft. »Ein König«, sinnierte er. »Und was hat dieser König zu dir gesagt, Billy? Erzähl's uns!«

»Er forderte Sie auf, zum Schiff zu kommen, Sie alle. Morgen, nach Einbruch der Dunkelheit. Zum Dinner, sagte er. Er und Marsh werden nicht herkommen, wie Sie es wünschten, allein. Dieser Marsh meinte, wenn sie zu Ihnen kämen, dann wären noch andere bei ihnen.«

»Der König ist seltsam ängstlich«, stellte Julian fest.

»Töten Sie ihn!« platzte Sour Billy plötzlich heraus. »Gehen Sie zu diesem verdammten Schiff und töten Sie ihn, töten Sie alle! Er darf nicht leben, Mister Julian. Seine Augen, wie ein verdammter Kreole, so hat er mich angeschaut. Als wäre ich eine Laus, ein Nichts, obwohl ich doch von Ihnen kam. Er glaubt, er ist besser als Sie, und die anderen auch, dieser warzige Kapitän und sein verdammter Zahlmeister, alle herausgeputzt, lassen Sie mich mit dem Messer zu ihm, ich schneide ihn auf, bis sein Blut über die feinen Kleider fließt. Sie müssen ihn töten, Sie *müssen!*«

In dem Raum war es nach Sour Billys Ausbruch still. Julian schaute aus dem Fenster in die Nacht. Die Fenster waren weit geöffnet worden, so daß die Vorhänge sich sacht in der Nachtluft bauschten und der Straßenlärm von unten heraufdrang. Julians Augen waren dunkel, verhangen, auf Lichter in der Ferne gerichtet. Als er schließlich wieder den Kopf drehte, fingen seine Pupillen erneut die einzelne Kerzenflamme ein und hielten sie mit ihrem rötlichen flackernden Schein fest. Sein Gesicht wirkte plötzlich schlanker, raubtierhaft. »Das Getränk, Billy«, drängte er, weil er mehr hören wollte.

»Er verlangt, daß alle es trinken«, sagte Sour Billy. Er lehnte sich gegen die Tür und zog sein Messer hervor. Es war ein gutes Gefühl, es wieder in der Hand zu halten. Er fing an, den Schmutz unter seinen Fingernägel wegzukratzen, während er redete. »Es ist nicht nur Blut, sagte Cara. Es ist noch etwas anderes darin. Es tötet den Durst, das sagen sie alle. Ich ging auf dem ganzen Schiff umher, sprach mit Raymond und Jean und Jorge und noch ein paar anderen. Sie haben es mir bestätigt. Jean war ganz begeistert von diesem Getränk, beschrieb, wie gut er ihr tut, wenn Sie das glauben können.«

»Jean«, sagte Julian geringschätzig.

»Demnach stimmt es also«, sagte Cynthia. »Er ist größer und stärker als der Durst.«

»Da ist noch etwas«, fügte Sour Billy hinzu. »Raymond meinte, York habe sich mit Valerie zusammengetan.«

Die Stille im Salon war voller Spannung. Kurt runzelte die Stirn. Michelle schlug die Augen nieder. Cynthia trank aus ihrem Glas. Sie alle wußten, daß Valerie, die schöne Valerie, Julians besonderer Liebling gewesen war; sie alle beobachteten ihn aufmerksam. Julian schien nachzudenken. »Valerie?« fragte er. »Ich verstehe.« Lange blasse Finger trommelten auf die Armlehne des Sessels.

Sour Billy Tipton stocherte mit der Spitze seines Messers zwischen den Zähnen herum und schien zufrieden zu sein. Er hoffte, daß die Bemerkung über Valerie den Ausschlag geben werde. Damon Julian hatte Pläne mit Valerie gehabt, und Julian sah es gar nicht gern, wenn seine Pläne vereitelt wurden. Er hatte Billy alles darüber erzählt, mit einem Ausdruck verschlagener Belustigung, als Billy ihn gefragt hatte, warum er sie hatte wegschikken müssen. »Raymond ist jung und stark, und er kann sie festhalten«, hatte Julian geantwortet. »Sie werden allein sein, sie beide, allein miteinander und dem Durst. Eine romantische Vorstellung, findest du nicht auch? Und in einem Jahr oder in zwei oder in fünf wird Valerie schwanger sein. Am liebsten würde ich darauf wetten, Billy.« Und dann hatte er sein typisches wohltönendes tiefes Lachen ausgestoßen. Aber jetzt lachte er nicht.

»Was tun wir, Damon?« fragte Kurt. »Gehen wir hin?«

»Aber natürlich«, sagte Julian. »Wir dürfen eine solche freundliche Einladung kaum ausschlagen, und sie wurde außerdem noch von einem König ausgesprochen. Möchtest du denn seinen Wein nicht kosten?« Er sah sie nacheinander an, und keiner von ihnen wagte zu reden. »Ach«, sagte Julian, »wo ist denn eure Begeisterung? Jean hat uns dieses Getränk empfohlen, und Valerie wird es genauso tun, kein Zweifel. Ein Wein, süßer als Blut, voll des Stoffs, der das Leben ist. Denkt nur einmal an den Frieden, den dieses Zeug uns bringen wird.« Er lächelte. Niemand redete. Er wartete. Als die Stille für einige Zeit andauerte, zuckte Julian die Achseln und meinte: »Nun denn, ich hoffe, der König schaut nicht geringschätzig auf uns herab, wenn wir andere Getränke bevorzugen.«

»Er zwingt die anderen, den Stoff zu trinken, ob sie es wollen oder nicht.«

»Damon«, sagte Cynthia, »wirst du seine Einladung — zurückweisen? Das kannst du nicht tun. Wir müssen ihn aufsuchen. Wir müssen tun, wozu er uns aufgefordert hat. Wir müssen!«

Julian drehte langsam den Kopf und sah sie wieder an. »Meinst du das wirklich?« fragte er mit einem schmalen Lächeln.

»Ja«, flüsterte Cynthia, »wir müssen. Er ist ein Blutmeister.« Sie schlug die Augen nieder.

»Cynthia«, verlangte Damon Julian, »sieh mich an.«

Langsam, mit einem Ausdruck abgrundtiefen Widerwillens, hob sie den Kopf, bis sie in Julians Augen blickte. »Nein«, wimmerte sie, »bitte! Oh, bitte!«

Damon Julian schwieg. Cynthia wandte den Blick nicht ab. Sie rutschte aus dem Sessel, kniete auf dem Teppich, zitterte. Ein Armband aus gesponnenen Goldfäden und Amethysten schimmerte an ihrem schlanken Handgelenk. Sie schob es beiseite, und ihre Lippen klafften einen Spaltbreit auseinander, als wolle sie etwas sagen, und dann hob sie die Hand und führte sie an den Mund. Das Blut begann zu fließen.

Julian wartete, bis sie über den Teppich zu ihm gekrochen war und den Arm einladend darbot. In einer würdevollen Geste ergriff er ihre Hand und trank lange und reichlich. Als er genug hatte, erhob sich Cynthia unsicher, sank noch einmal zurück, berührte mit einem Knie den Fußboden und erhob sich vollends und stand schwankend da. »Blutmeister«, sagte sie mit gesenktem Kopf. »Blutmeister.«

Damon Julians Lippen waren rot und naß, und ein winziger Blutstropfen war von einem Mundwinkel herabgesickert. Julian holte ein Taschentuch hervor und tupfte sich die dünne feuchte Linie vom Kinn, dann verstaute er das Tuch sorgfältig wieder an seinem Platz. »Ist es ein großer Dampfer, Billy?« erkundigte er sich.

Sour Billy schob das Messer mit einer geübten fließenden Bewegung in die Nackenscheide und lächelte. Die Wunde an Cynthias Handgelenk, das Blut an Julians Kinn, das alles erhitzte ihn, regte ihn auf. Julian würde es diesem verdammten Schiffsvolk schon zeigen, dachte er. »Größer als jeder Dampfer, den ich je gesehen habe«, antwortete er. »Und auch eleganter. Silber und Spiegel und Marmor, jede Menge buntes Glas und dicke Teppiche. Es wird Ihnen dort sicher gefallen, Mister Julian.«

»Ein Dampfschiff«, überlegte Damon Julian laut. »Ich frage mich, warum mir niemals der Fluß in den Sinn gekommen ist. Die Vorteile sind doch offensichtlich.«

»Demnach gehen wir hin?« meinte Kurt.

»Ja«, sagte Julian, »o ja! Schließlich hat uns der Blutmeister gerufen. Der König.« Er lachte brüllend und warf den Kopf in den Nacken. »Der König!« rief er unter schallendem Gelächter aus. »Der *König!*« Nach und nach stimmten auch die anderen in das Gelächter ein.

Julian stand brüsk auf, wie ein aufspringendes Klappmesser, und sein Gesicht war wieder ernst. Das Gelächter verstummte augenblicklich. Er starrte hinaus in die Dunkelheit vor dem Hotel. »Wir müssen ein Geschenk mitbringen«, sagte er. »Man begibt sich niemals zu einem König ohne ein Gastgeschenk.« Er wandte sich an Sour Billy. »Morgen gehst du hinunter in die Moreau Street, Billy. Dort sollst du etwas für mich holen. Eine kleine Gabe für unseren bleichen König.«

KAPITEL SIEBZEHN

An Bord des Raddampfers *Fiebertraum*
New Orleans, August 1857

Es scheint, als hätte die Hälfte aller Dampfer in New Orleans sich entschlossen, an diesem Nachmittag abzulegen, dachte Abner Marsh, als er auf dem Sturmdeck stand und alle aufbrechen sah.

Es war üblich, daß Schiffe, die flußaufwärts dampften, stets gegen fünf Uhr vom Pier ablegten. Um drei Uhr heizten die Maschinisten die Feuerungen an und sorgten für Dampf. Terpentinharz und Pechkiefer wurden in die hungrigen Schlünde des Dampfers geworfen, zusammen mit Holz und Kohle, und nach und nach stieg von den Schiffen dicker schwarzer Qualm auf, wallte aus den bunten Schornsteinen in mächtigen heißen Säulen empor, dunklen Fahnen gleich, die zum Abschied geschwenkt wurden. Vier Meilen Dampfschiffe, die dicht hintereinander am Kai lagen, können eine Menge Qualm hervorbringen. Die rußigen Qualmsäulen verschmolzen ungefähr hundert Meter über dem Fluß zu einer einzigen dichten schwarzen Wolke; eine Wolke, durchsetzt mit Asche und voller rotleuchtender Glutfunken, die im Wind dahintrieben. immer größer wurde die Wolke, als weitere Dampfer die Kessel aufheizten und Rauch in die Luft stießen, bis die schwarze Masse die Sonne völlig verdeckte und ihr schwarzer Schatten wie ein Tuch über das Antlitz der Stadt glitt.

Von Abner Marshs Beobachtungspunkt auf dem Sturmdeck aus sah es so aus, als ginge die ganze Stadt New Orleans in Flammen auf, und als träfen alle Dampfer Anstalten zu fliehen. Der Anblick löste in ihm ein Gefühl des Unbehagens aus, als wüßten die anderen Kapitäne etwas, wovon er keine Ahnung hatte, als sollte auch die *Fiebertraum* ihre Feuer entfachen und sich aufs Ablegen vorbereiten. Marsh hatte es eilig, die Fahrt wiederaufzunehmen. Trotz des Profits und der Pracht, die New Orleans bot, sehnte er sich nach den Flußgegenden, die er kannte: nach dem Oberlauf des Mississippi mit seinen Felsufern und den dichten Wäldern, nach dem wilden lehmigen Missouri, der Dampfer verschlang, als wären sie nichts, nach dem schmalen Illinois und dem verschlammten eiligen Fevre. Die Jungfernfahrt der *Fiebertraum* den Ohio hinunter erschien ihm nun fast idyllisch, eine Erinnerung an einfachere, bessere Tage. Noch nicht einmal zwei Monate lag es zurück, und doch kam es ihm vor wie eine Ewigkeit. Seit sie St. Louis verlassen hatten und flußabwärts gefahren waren, war alles schlimmer geworden, und je weiter sie nach Süden vordrangen, desto mehr verschlechterte sich alles. »Joshua hat recht«, murmelte Marsh vor sich hin, als er die Blicke über New Orleans schweifen ließ. »Diese Stadt ist voller Fäulnis.« Es war zu verdammt heiß, zu verdammt feucht, es gab verdammt noch mal zu viele Insekten, genug, um einen auf den Gedanken zu bringen, daß auf der ganzen verdammten Gegend ein Fluch lag. Und vielleicht stimmte das auch, weil es eine Hochburg der Sklaverei war, dachte Marsh, aber war sich nicht ganz sicher. Nur eines wußte er genau, nämlich daß er Whitey am liebsten den Befehl gegeben hätte, die Kessel aufzuheizen, und Framm oder Albright ins Steuerhaus gerufen hätte, damit er mit der *Fiebertraum* vom Pier ablegen und flußaufwärts dampfen könnte. Jetzt gleich. Vor Sonnenuntergang. Ehe *sie* einträfen.

Abner Marsh wünschte sich so dringend, die entsprechenden Befehle geben zu können, daß er die Worte fast schmecken konnte, als sie ihm bitter und unausgesprochen auf der Zunge lagen. Er empfand eine Art abergläubischer Furcht vor diesem Abend, obgleich er sich immer und immer wieder klarmachte, daß er kein abergläubischer Mensch war. Aber er war auch nicht blind — der Himmel war heiß und erstickend, und im Westen baute sich ein Gewitter auf, ein mächtiges, ein Unwetter, der Sturm, den Dan Albright schon vor zwei Tagen gerochen hatte. Und die Dampfer legten ab, einer nach dem anderen, Dutzende, und während Marsh ihnen nachschaute, wie sie sich flußaufwärts entfernten und in den wabernden Hitzewellen verschwanden, fühlte er sich immer einsamer, als ob jedes Dampfschiff, das in die Ferne strebte, ein kleines Stück von ihm mitnähme, einen Teil seines Mutes, ein Bruchstück seiner Sicherheit, einen Traum oder eine winzige verzweifelte Hoffnung. Viele Raddampfer verlassen täglich New Orleans, dachte Marsh bei sich, und heute ist es nicht anderes als sonst, es ist ein Tag wie jeder andere Tag auf dem Fluß im August: heiß und voller Qualm und träge, während jedermann sich nur langsam bewegt und wartet, vielleicht auf einen Hauch kühler Luft oder den sauberen frischen Regen, der den Qualm vom Himmel spült.

Aber ein anderer Teil seiner Persönlichkeit, ein älterer, ahnungsvollerer Teil, wußte, daß das, worauf sie warteten, nicht die Kühle oder die Frische waren, und daß es keine Erlösung von der Hitze, der Feuchtigkeit, den Moskitos, der Angst bringen würde.

Tief unten schimpfte Hairy Mike mit seinen Schauerleuten herum und drohte ihnen mit seinem Eisenknüppel, doch der Lärm vom Kai und die Glocken und Dampfpfeifen der anderen Schiffe deckten seine Worte zu. Ein ganzer Berg Fracht wartete auf dem Pier, fast tausend Tonnen, das volle Ladegewicht der *Fiebertraum*. Kaum ein Viertel davon war über die schmalen Laufplanken auf das Hauptdeck geschleppt worden. Es würde noch Stunden dauern, den Rest an Bord zu bringen. Selbst wenn er es gewollt hätte, Marsh konnte gar nicht aufbrechen, nicht bei der Frachtmenge, die auf dem Kai wartete. Hairy Mike und Jeffers und die anderen würden glauben, er habe den Verstand verloren.

Er wünschte, er hätte ihnen alles erzählen können, wie er es beabsichtigt hatte, und mit ihnen gemeinsam Pläne schmieden können. Aber dazu war keine Zeit. Alles war so schnell gegangen, und heute abend, nach Einbruch der Dunkelheit, würde dieser Damon Julian auf die *Fiebertraum* kommen, um zu dinieren. Es blieb keine Zeit, mit Hairy Mike oder mit Jonathon Jeffers zu reden, keine Zeit, zu erklären oder zu überzeugen oder sich mit den Zweifeln und Fragen zu beschäftigen, die sie ganz gewiß äußern würden. Daher wäre Abner Marsh an diesem Abend allein — oder fast allein, nur er und Joshua York in einem Saal voll mit *ihnen,* dem Nachtvolk. Marsh zählte Joshua York nicht zu den anderen. Er unterschied sich von ihnen, irgendwie. Und Joshua sagte, daß alles gutginge, Joshua hatte sein Getränk, Joshua war voller schön klingender Worte und voller Träume. Aber Abner Marsh hatte seine bösen Ahnungen.

Die *Fiebertraum* war still, beinahe schon verlassen. Joshua hatte fast jeden an Land geschickt; das Dinner an diesem Abend sollte so privat sein, wie es sich einrichten ließ. Es war nicht gerade das, was Abner Marsh gefiel, aber Joshua duldete keinen Widerspruch, wenn er sich irgend etwas in den Kopf gesetzt hatte. In der Hauptkabine war der Tisch bereits gedeckt. Die Lampen waren noch nicht angezündet worden, und der Qualm, der Dampf und das heraufziehende Gewitter draußen hatten dazu beigetragen, daß das Licht, das durch die Oberlichter hereindrang, düster und trübe und schwach erschien. Es kam Marsh so vor, als wäre im Salon, auf seinem Dampfer, bereits die Dämmerung angebrochen. Die Teppiche sahen fast schwarz aus, die Spiegel waren voller Schatten. Hinter der langen schwarzen Marmorbar polierte ein Mann Gläser, aber sogar er wirkte irgendwie unwirklich, verschwommen. Nichtsdestoweniger nickte Marsh ihm grüßend zu und ging weiter zur Küche, die sich hinter dem Radkasten befand. Hinter den Küchentüren stieß er auf Geschäftigkeit; zwei von Tobys Küchenjungen rührten in großen Kupferkesseln oder wendeten in Pfannen liegende Brathühner, während die Kellner herumlungerten und sich Witze erzählten. Marsh roch den Duft der Pasteten in den Backöfen. Davon lief ihm das Wasser im Mund zusammen, doch er ging standhaft weiter. Er traf Toby in der Steuerbordkombüse, umgeben von Regalen mit Käfigen voller Hühner und Tauben und hier und da auch einigen Singvögeln und Enten und ähnlichem. Die Vögel veranstalteten einen schrecklichen Lärm. Toby blickte auf, als Marsh eintrat. Der Koch war gerade damit beschäftigt gewesen, Hühner zu schlachten. Drei geköpfte Vögel lagen bereits auf dem Tisch, und ein vierter zappelte hilflos auf dem Hauklotz vor ihm. Toby hatte das Hackbeil in der Hand. »Hallo, Cap'n Marsh!« sagte er lächelnd. Er schlug mit dem Hackbeil zu, und es sauste mit einem dumpfen Laut herunter. Blut spritzte, und das kopflose Huhn flatterte hektisch, als Toby es losließ. Seine harten schwarzen Hände waren naß von Blut. Er wischte sie sich an der Schürze ab. »Was kann ich für Sie tun?« fragte er.

»Ich wollte dir nur Bescheid sagen. Heute abend, wenn das Essen beendet ist, dann will ich, daß du vom Schiff verschwindest«, erklärte Marsh. »Du sorgst für das Essen, servierst wie immer, und dann nichts wie weg. Und nimm deine Küchenjungen und auch die Kellner gleich mit. Du hast verstanden, oder? Du hast gehört, was ich gesagt habe?«

»Klar doch, Cap'n«, sagte Toby grinsend. »Und wie. Sie feiern wohl 'ne kleine Party, nicht wahr?«

»Das geht dich nichts an«, sagte Marsh. »Sieh nur zu, daß du an Land kommst, sobald deine Arbeit beendet ist.« Er wandte sich zum Gehen, das Gesicht unverändert ernst. Doch irgend etwas brachte ihn dazu, sich noch einmal umzudrehen. »Toby«, sagte er.

»Yessuh?«

»Du weißt, daß ich für die Sklaverei noch nie viel übrig hatte, auch wenn ich niemals etwas dagegen unternommen habe. Ich hätte es sicher getan, aber diese verdammten Abolitionisten rannten nur mit der Bibel in der Hand herum. In letzter Zeit habe ich darüber ziemlich oft nachgedacht, und mir scheint, als hätten sie am Ende doch recht. Man darf einfach nicht hingehen — und andere Menschen benutzen, als wären es überhaupt keine Menschen. Du weißt, was ich meine? Früher oder später muß damit Schluß sein. Wäre zwar besser, wenn das Ende friedlich wäre, aber es muß aufhören, auch wenn es mit Feuer und Blut geschehen sollte, verstehst du? Wahrscheinlich ist es genau das, was die Abolitionisten die ganze Zeit predigen. Man versucht dauernd, vernünftig zu sein, das ist auch richtig so, aber wenn man damit nicht weiterkommt, dann muß man bereit sein, mit anderen Mitteln zu kämpfen. Es gibt Dinge, die sind ganz einfach falsch. Und die muß man dann abstellen.«

Toby schaute ihn mit einem seltsamen Gesichtsausdruck an, wobei er ganz in Gedanken mit den Händen über die Schürze wischte, hin und her, hin und her. »Cap'n«, sagte er leise, »Sie reden ja wie ein Abolitionist. Aber wir sind hier im Sklavenland, Cap'n. Sie könnten für Ihre Worte getötet werden.«

»Schon möglich, Toby, aber was Recht ist, muß Recht bleiben, soviel sage ich dazu.«

»Sie haben es mit dem alten Toby immer gut gemeint, Cap'n Marsh, haben mir sogar die Freiheit geschenkt, so daß ich für Sie kochen konnte. Das haben Sie getan.«

Abner Marsh nickte. »Toby«, sagte er, »sei doch so nett und hol mir ein Messer aus der Küche. Aber, hörst du, sag niemandem etwas davon, klar? Hol mir einfach nur ein scharfes Messer. Am besten wäre es, wenn ich es in einen Stiefel stecken könnte, glaube ich. Kannst du so etwas besorgen?«

»Yessuh, Cap'n Marsh«, sagte Toby. Die Augen verengten sich nur ein wenig in dem verwitterten schwarzen Gesicht. »Yessuh.« Dann rannte er los, um den Auftrag auszuführen.

Abner Marsh hatte während der nächsten beiden Stunden einen etwas seltsamen Gang mit dem langen Küchenmesser, das in seinem hohen Lederstiefel steckte. Als jedoch die Dunkelheit hereinbrach, fühlte das Messer sich verdammt angenehm an, und er vergaß beinahe, daß es sich überhaupt an seinem Platz befand.

Das Gewitter entlud sich kurz vor Sonnenuntergang. Die meisten flußaufwärts fahrenden Dampfer waren um diese Zeit schon lange verschwunden, obgleich mittlerweile andere Schiffe eingetroffen waren und ihren Platz am Kai einnahmen. Das Gewitter brach mit furchtbarem Gebrüll los, so als explodierten die Kessel eines Dampfers, und Blitze zuckten auf, und der Regen rauschte herunter, so heftig wie eine Springflut. Marsh stand unter der Abdeckung der Kesseldeckpromenade, lauschte den Wassermassen, die auf seinen Dampfer herabprasselten, und beobachtete Leute auf der Anlegestelle, die nach einer Gelegenheit suchten, um sich unterzustellen. Er hatte lange dort gestanden, an die Reling gelehnt und grübelnd, als plötzlich Joshua York neben ihm auftauchte. »Es regnet, Joshua«, sagte Marsh und wies mit seinem Gehstock hinaus in den Regen. »Vielleicht kommt Julian heute abend gar nicht her. Ist doch möglich, daß er nicht naß werden will.«

Joshua York hatte einen ungewöhnlich ernsten Ausdruck im Gesicht. »Er wird kommen«, sagte er. Mehr nicht. Nur: »Er wird kommen.«

Und er kam schließlich.

Das Gewitter hatte mittlerweile nachgelassen. Es regnete noch immer, aber sanfter, weicher, es war kaum mehr als ein feines Nieseln. Abner Marsh stand noch immer auf dem Kesseldeck, und er sah sie kommen, wie sie über den verlassenen regenglatten Kai schritten. Selbst bei dieser Entfernung wußte er, daß sie es waren.

Es lag an der Art und Weise ihres Gehens, graziös und raubtierhaft, von furchtbarer Schönheit. Einer von ihnen bewegte sich anders, schwankend und rutschend, so als versuche er, einer von ihnen zu sein, doch es gelang ihm nicht, und als sie näher herangekommen waren, erkannte Marsh, daß dieser andere Sour Billy Tipton war. Unbeholfen mühte er sich mit einer Last ab, die er im Arm trug.

Abner begab sich in den großen Salon. Die anderen saßen bereits am Tisch: Simon und Katherine, Smith und Brown, Raymond und Jean und Valerie und alle anderen, die Joshua entlang des Flusses aufgesammelt hatte. Sie unterhielten sich leise, verstummten schließlich, als Marsh eintrat. »Sie sind da«, sagte Marsh. Joshua York erhob sich von seinem Platz am Kopfende der Tafel und ging ihnen entgegen, um sie zu begrüßen. Abner Marsh schlenderte an die Bar und schenkte sich einen Whiskey ein. Er leerte das Glas in einem Zug, genehmigte sich ein zweites und begab sich dann zum Tisch. Joshua hatte darauf bestanden, daß Marsh ebenfalls am Kopfende saß, und zwar zu seiner Linken. Der Sessel zu seiner Rechten war für Damon Julian vorgesehen. Marsh ließ sich schwer auf seinen Platz fallen und betrachtete mit finsterer Miene den leeren Sessel ihm gegenüber.

Und dann kamen sie herein.

Wie Marsh feststellte, traten nur die vier Vertreter des Nachtvolks ein. Sour Billy waren irgendwo abgeblieben, was ihm nur recht war. Es waren zwei Frauen und ein großer blaßgesichtiger Mann, der düster dreinblickte und die Nässe aus seinem Mantel schüttelte. Und den anderen, ihn, erkannte Marsh sofort. Er hatte ein glattes altersloses Gesicht, das von schwarzen Locken eingerahmt wurde, und er sah wie ein Lord aus in seinem dunkelroten Anzug und einem Seidenhemd mit weichem Kragen und Rüschen. An einem Finger trug er einen goldenen Ring mit einem Saphir von der Größe eines Zuckerwürfels, und an seiner schwarzen Weste schien eine Lampe zu hängen, ein polierter Klotz von einem schwarzen Diamanten in einem weich schimmernden Netz aus gelben Goldfäden. Er ging durch den Raum, und dann — nachdem er den Tisch umrundet hatte — verharrte er, stand an Joshuas Platz, hinter dem Sessel am Kopf der Tafel. Er legte die glatten weißen Hände auf die Sessellehne, und er schaute sie an, einen nach dem anderen, die da am Tisch saßen.

Und sie erhoben sich.

Die drei, die als erste zu ihm gekommen waren, und dann Raymond Ortega, dann Cara und dann der Rest, einzeln und zu zweit, Valerie als letzte. Jeder im Raum stand am Ende, jeder außer Abner Marsh. Damon Julian blickte mit einem freundlichen warmen Lächeln in die Runde. »Es tut gut, wieder mit euch allen zusammen zu sein«, sagte er. Dann blickte er auf Katherine. »Nun, meine Liebe, wie viele Jahre ist es jetzt her? Wie viele endlose Jahre sind es wohl?«

Das Grinsen, das nun ihr aasgeierhaftes Gesicht erhellte, war für Marsh kaum zu ertragen. Er beschloß, die Dinge selbst in die Hand zu nehmen. »Setzen Sie sich!« bellte er Damon Julian an. Er zog ihn am Ärmel. »Ich habe Hunger, und wir haben mit dem Abendessen lange genug gewartet.«

»Ja«, sagte Joshua, und das brach den Zauber des Augenblicks, und jeder nahm wieder Platz. Doch Julian setzte sich auf Joshuas Sessel, auf den Platz am Kopfende der Tafel. Joshua kam heran und blieb vor Julian stehen. »Sie sitzen auf meinem Platz«, sagte er. Seine Stimme klang flach und angespannt. »Der Sessel dort ist für Sie bestimmt, Sir. Wenn Sie so freundlich sein wollen ...« York zeigte zu der entsprechenden Stelle am Tisch. Seine Augen waren auf Damon Julian gerichtet, und Marsh blickte hinauf in Joshuas Gesicht und sah darin die Macht, die kalte Eindringlichkeit, die Entschlossenheit.

Damon Julian lächelte. »Aha«, sagte er leise. Er deutete ein Achselzucken an. »Pardon.« Dann, ohne Joshua York ein einziges Mal anzuschauen, erhob er sich und wechselte zu dem anderen Sessel hinüber.

Joshua nahm in starrer Haltung Platz und gab mit den Fingern ein ungeduldiges Zeichen. Ein Kellner eilte aus dem Schatten des Salons herbei und stellte vor York eine Flasche auf den Tisch. »Und jetzt verlassen Sie bitte den Raum«, wies Joshua den jungen Mann an.

Die Flasche wurde ausgewickelt. Unter den Kandelabern und inmitten der funkelnden Gläser und des Bestecks erschien sie düster und bedrohlich. Sie war bereits geöffnet worden. »Sie wissen, was das ist«, sagte Joshua York mit verhaltener Stimme zu Damon Julian.

»Ja.«

York streckte eine Hand aus, ergriff Julians Weinglas und schenkte ein. Er füllte das Glas bis zum Rand und stellte es vor den anderen Mann. »Trinken Sie!« befahl er.

Yorks Blicke ruhten auf Julian. Julian starrte das Glas an, und ein feines Lächeln spielte um seine Mundwinkel, als wäre er an einem heimlichen Spaß beteiligt. Im großen Salon herrschte völlige Stille. In der Ferne hörte Marsh das schwache Hornsignal eines Dampfers, der durch den Regen stampfte. Dei Augenblick schien ewig zu dauern.

Damon Julian hob die Hand, nahm das Glas und trank. In einem einzigen tiefen Zug leerte er das Glas, und es war so, als sauge er gleichzeitig jegliche Spannung aus dem Raum. Joshua lächelte, Abner Marsh knurrte etwas, und unten, am anderen Ende des Tisches, tauschten andere wachsame, verwirrte Blicke aus. York füllte drei weitere Gläser und ließ sie an Julians Begleiter weiterreichen. Sie alle tranken. Murmelnd kamen einige Gespräche in Gang.

Damon Julian lächelte Abner Marsh an. »Ihr Dampfer ist wirklich sehr beeindruckend, Captain Marsh«, sagte er herzlich. »Ich hoffe, das Essen ist genauso exzellent.«

»Das Essen«, sagte Marsh, »ist besser.« Er brüllte einen Befehl, fühlte sich fast wieder in seinem Element, und die Kellner trugen das Festmahl auf, das Toby zubereitet hatte. Für mehr als eine Stunde wurde nur gegessen. Die Angehörigen des Nachtvolkes hatten feine Manieren, doch ihr Appetit war genauso ausgeprägt und gesund wie der eines jeden Flußmannes. Sie stürzten sich auf die Speisen wie eine Bande Schauerleute, die soeben den Ruf ›Essen fassen!‹ des Maats gehört hatten. Das heißt, alle außer Damon Julian. Julian aß langsam, fast geziert, und hielt häufig inne, um von seinem Wein zu trinken, wobei er ständig ohne einen ersichtlichen Grund lächelte. Marsh hatte bereits seinen dritten Teller geleert, und Julians Teller war noch immer halbvoll. Die allgemeine Unterhaltung war entspannt und launig. Diejenigen, die etwas weiter entfernt saßen, redeten leise und hitzig miteinander, daher konnte Marsh nicht verstehen, was sie sagten. In seiner Nähe äußerten Joshua York und Damon Julian sich wortreich über das Gewitter, die Hitze, den Fluß und die *Fiebertraum.* Solange sie nicht über seinen Dampfer sprachen, interessierte Abner Marsh sich nicht für ihre Unterhaltung und zog es vor, sich auf seinen Teller zu konzentrieren.

Schließlich wurden Kaffee und Brandy serviert, dann zogen die Kellner sich zurück, und die Hauptkabine des Raddampfers wurde nur noch von Abner Marsh und den Nachtschwärmern bevölkert. Marsh trank von seinem Brandy und hörte das Schlürfgeräusch, das er beim Trinken verursachte, ehe ihm bewußt wurde, daß die Gespräche verstummt waren. »Endlich sind wir wieder zusammen«, sagte Joshua mit ruhiger Stimme, »und dies ist ein neuer Anfang für uns, für das Volk der Nacht. Diejenigen, die zum Leben den Tag bevorzugen, können es den Anbruch eines neuen Morgens nennen.«

Er lächelte. »Für uns wäre die Anspielung auf einen neuen Sonnenuntergang sicherlich eine zutreffendere Metapher. Hört mir gut zu! Ich will euch meinen Plan erklären.« Dann stand Joshua auf und begann mit ernster Stimme seinen Vortrag.

Wie lange er redete, konnte Abner Marsh nicht sagen. Marsh hatte das alles schon mal gehört; die Befreiung vom roten Durst, ein Ende der Angst, das Vertrauen zwischen Nacht und Tag, die Vorteile, die sich aus einer Partnerschaft ergaben, die grandiose neue Ära. Joshua redete in einem fort, gewandt, leidenschaftlich, seine Rede war voller Gedichtfragmente und seltener großartiger Worte. Marsh achtete mehr auf die anderen, auf die Reihen blasser Gesichter am Tisch. Alle blickten auf Joshua, alle hörten ihm aufmerksam zu, alle schwiegen. Aber sie reagierten nicht auf die gleiche Weise. Simon schien ein wenig nervös zu sein und blickte ständig zwischen York und Julian hin und her. Jean Ardant folgte den Worten gebannt und hingebungsvoll, aber einige von den anderen Gesichtern waren ausdruckslos und kalt und schwer zu deuten. Raymond Ortega lächelte hinterhältig, und der große Mann namens Kurt runzelte die Stirn, Valerie wirkte nervös, und Katherine — sie hatte in ihrem schmalen harten Gesicht einen solchen Ausdruck totalen Abscheus, daß Marsh bei dem Anblick zusammenzuckte und jeden weiteren Blick vermied.

Dann schaute Marsh über den Tisch dorthin, wo Damon Julian saß, und sah, daß Julian ihn unverwandt anstarrte. Seine Augen waren schwarz, hart und glänzend wie ein Stück bester Kohle. Marsh sah dort Schächte, endlose, bodenlose Schächte, einen Abgrund, der nur darauf wartete, sie alle zu verschlingen. Er hatte Mühe, die Augen abzuwenden, aber er wollte noch nicht einmal versuchen, sich auf ein Augenduell mit Julian einzulassen, so wie er vor langer Zeit im Planters' House närrischerweise versucht hatte, York mit seinem Blick zu bezwingen. Julian lächelte, schaute wieder zu Joshua hoch, trank einen Schluck von seinem erkalteten Kaffee und hörte zu. Abner Marsh gefiel weder dieses Lächeln noch die bodenlose Tiefe dieser Augen. Plötzlich verspürte er wieder Furcht.

Und schließlich beendete Joshua seine Rede und setzte sich nieder.

»Der Raddampfer ist eine gute Idee«, meinte Julian freundlich. Seine leise Stimme war durch den ganzen Salon deutlich zu verstehen. »Ihr Getränk hat vielleicht sogar seinen Nutzen. Von Zeit zu Zeit sicherlich. Den Rest, lieber Joshua, den müssen Sie aber vergessen.« Sein Ton war freundlich, sein Lächeln entspannt und strahlend.

Jemand sog zischend die Luft ein, aber niemand wagte es, ein Wort zu sagen. Abner Marsh straffte sich und saß kerzengerade. Joshua runzelte die Stirn. »Entschuldigung«, sagte er.

Julian machte eine lässige, wegwerfende Handbewegung. »Ihre Geschichte macht mich traurig, lieber Joshua«, sagte er. »Nachdem Sie von Vieh umgeben aufgewachsen sind, denken Sie jetzt schon genauso. Das ist natürlich nicht Ihre Schuld. Sie werden schon bald die Wahrheit erfahren, und dann werden Sie Ihre wahre Natur feiern. Sie haben Sie verdorben, diese kleinen Tiere, zwischen denen Sie gelebt haben, sie haben Sie mit ihrer kleinmütigen Moral vollgestopft, mit ihren schwachen Religionen, mit ihren furchtsamen Träumen.«

»Was reden Sie da?« Joshuas Stimme klang wütend.

Julian gab ihm darauf keine direkte Antwort. Statt dessen wandte er sich an Marsh. »Captain Marsh«, sagte er, »dieser Braten, der Ihnen so gut gemundet hat, war früher einmal Teil eines lebendigen Tiers. Meinen Sie, daß dieses Tier, falls es reden könnte, damit einverstanden wäre, verspeist zu werden?« Seine Augen, diese bohrenden schwarzen Augen, waren auf Marsh gerichtet und forderten von ihm eine Antwort.

»Ich ... zum Teufel, nein ... aber ...«

»Aber Sie verzehren es trotzdem, nicht wahr?« Julian lachte fröhlich. »Natürlich tun Sie es, Captain, schämen Sie sich deswegen nicht?«

»Ich schäme mich ja gar nicht«, sagte Marsh trotzig. »Es ist schließlich nur eine Kuh.«

»Natürlich ist es das«, sagte Julian, »und Vieh bleibt nun mal Vieh.« Er sah wieder zu Joshua York. »Aber das Vieh sieht es vielleicht ganz anders. Das sollte jedoch unserem Kapitän kein Kopfzerbrechen verursachen. Er ist schließlich ein Wesen höherer Ordnung als sein Rind. Es liegt in seiner Natur, zu töten und zu verspeisen, und der Sinn der Kuh ist es, getötet und gegessen zu werden. Sie sehen, Joshua, das Leben ist wirklich sehr einfach.

Ihr Irrtum rührt daher, daß Sie unter Rindern aufgezogen wurden, die Sie gelehrt haben, sie nicht zu verspeisen. Sie sprechen vom sogenannten Bösen. Woher haben Sie diese Ideen? Natürlich von ihm, vom Vieh. Gut und Böse, das sind Begriffe des Viehs, sinnleer, nur dazu gedacht, sein wertloses Leben zu erhalten. Sie leben und sterben in einem Zustand tödlicher Furcht vor uns, die wir ihnen von Natur aus überlegen sind. Wir verfolgen sie sogar in ihren Träumen, daher suchen sie ihren Trost in Lügen und erfinden Götter, die Macht über uns haben, und wollen um jeden Preis glauben, daß Kreuze und Weihwasser uns bezwingen können.

Sie müssen begreifen, Joshua, daß es überhaupt kein Gut oder Böse gibt, sondern nur Stärke und Schwäche, Meister und Sklaven. Sie reden wie im Fieber von ihrer Moral, von Schuld und Schande. Wie närrisch das ist! Denn dies sind ihre Worte, und nicht unsere. Sie predigen einen neuen Beginn, aber was sollen wir beginnen? So zu sein wie das Vieh? Unter ihrer Sonne zu verbrennen, zu arbeiten, wo wir uns eigentlich nehmen können, was wir wollen, uns den Viehgöttern zu unterwerfen? Nein. Sie sind Tiere, uns von Natur aus unterlegen, unsere herrliche und schöne Beute. Das ist der Stand der Dinge.«

»Nein«, widersprach Joshua York. Er schob seinen Sessel zurück und erhob sich, so daß er hinter dem Tisch aufragte wie ein bleicher schlanker Goliath. »Sie denken, sie träumen, und sie haben eine Welt aufgebaut, Julian. Sie irren sich. Wir sind Vettern, beide Seiten ein und derselben Münze. Sie sind keine Beute. Sehen Sie sich doch nur an, was sie alles geschaffen haben! Sie bringen Schönheit in diese Welt. Was haben wir geleistet? Nichts. Der rote Durst ist unser Fluch gewesen.«

Damon Julian seufzte. »Ach, armer Joshua«, sagte er. Er trank seinen Brandy. »Soll das Vieh doch erschaffen — Leben, Schönheit, was Sie wollen. Und wir nehmen ihre Schöpfungen, benutzen sie, vernichten sie auch, wenn uns der Sinn danach steht. So ist es nun einmal. Wir sind die Meister. Meister arbeiten nicht. Sollen sie die Kleider schneidern. Wir tragen sie dann. Sollen sie die Dampfschiffe erbauen. Wir fahren damit. Sollen sie ruhig von einem ewigen Leben träumen. Wir leben es, und wir trinken von ihrem Leben und genießen das Blut. Wir sind die Herren dieser Erde, und das ist unsere Herkunft. Unser Schicksal, wenn Sie so wollen, lieber Joshua. Ergeben Sie sich Ihrer Natur, Joshua, versuchen Sie nicht, sie zu ändern. Das Vieh, das uns richtig kennt, beneidet uns. Jeder würde gern so sein wie wir, wenn er die Wahl hätte.« Julian lächelte maliziös. »Haben Sie sich denn niemals gefragt, warum dieser Jesus Christus, den sie anbeten, von seinen Anhängern verlangt hat, sie sollten von seinem Blut trinken, wenn sie ewig leben wollten?« Er kicherte verhalten. »Sie brennen darauf, genauso zu sein wie wir, so wie die Schwarzen davon träumen, weiß zu sein. Sie sehen ja, wie weit sie gehen. Um Meister spielen zu können, versklaven sie sogar Vertreter ihrer eigenen Art.«

»So wie Sie es tun, Julian«, entgegnete Joshua York

drohend. »Wie würden Sie denn die Gewalt sonst nennen, die Sie auf unser Volk ausgeübt haben? Sogar diejenigen, die Sie Meister nennen, machen Sie zu Sklaven Ihres eigenen kranken Willens.«

»Sogar bei uns gibt es Starke und Schwache, lieber Joshua«, sagte Damon Julian. »Ist doch naheliegend, daß die Starken die Führung übernehmen sollten.« Julian stellte sein Glas hin und blickte zum anderen Ende des Tisches. »Kurt«, sagte er dann, »ruf Billy herein!«

»Jawohl, Damon«, erwiderte der große Mann und erhob sich.

»Wohin wollen Sie?« fragte Joshua, während Kurt den Raum verließ, wobei sein Ebenbild durch ein Dutzend Spiegel wanderte.

»Sie haben lange genug die Rolle des Viehs gespielt, Joshua«, meinte Julian. »Ich werde Sie lehren, was es bedeutet, ein Meister zu sein.«

Abner Marsh fror plötzlich und verspürte Angst. Alle Augen im Saal wirkten glasig und waren wie gebannt auf die Vorgänge am Kopfende der Tafel gerichtet. Stehend schien Joshua York den sitzenden Damon Julian geradezu zu erdrücken, dennoch wirkte er nicht wie die dominierende Persönlichkeit. Joshuas graue Augen blickten so entschlossen und eindringlich, wie sie es bei einem Menschen vermochten. Doch Julian ist überhaupt kein Mensch, dachte Marsh.

Kurt kehrte schon nach wenigen Augenblicken zurück. Sour Billy mußte sich draußen aufgehalten haben, wie ein Sklave, der auf den Ruf seines Herrn wartet. Kurt begab sich wieder zu seinem Platz. Sour Billy kam zum Kopfende der Tafel, trug etwas auf den Armen und hatte den Ausdruck einer seltsamen Erregung in den eisig blickenden Augen.

Damon Julian wischte die Teller mit einem Arm beiseite und schaffte auf dem Tisch Platz. Sour Billy wikkelte seine Last aus und setzte einen kleinen braunhäutigen Säugling vor Joshua York auf die Tischdecke.

»Was soll das, *zur Hölle?*« brüllte Marsh. Er stieß sich vom Tisch ab, in seinen Augen loderte der nackte Zorn, und er machte Anstalten, sich zu erheben.

»Setz dich und bleib hübsch ruhig, mein Junge!« sagte Sour Billy mit flacher leiser Stimme. Marsh wollte sich zu ihm umdrehen und spürte plötzlich, wie sich ihm etwas Kaltes und sehr Scharfes von der Seite gegen den Hals preßte. »Wenn du den Mund aufmachst, dann ritz ich dich auf, bis dein Blut fließt«, versprach Sour Billy. »Und kannst du dir vorstellen, was sie tun, wenn sie das viele schöne heiße Blut sehen.«

Zitternd, zwischen Zorn und Entsetzen hin und her gerissen, saß Abner Marsh sehr still. Die Spitze von Billys Messer drückte etwas stärker, und Marsh spürte, wie ihm etwas Warmes und Nasses in den Kragen sikkerte. »Gut«, flüsterte Billy, »richtig brav.«

Joshua York blickte kurz zu Marsh und Sour Billy, dann wandte er die Aufmerksamkeit wieder Julian zu. »Ich finde das geradezu obszön«, sagte er kalt. »Julian, ich weiß nicht, warum Sie das Kind haben herbringen lassen, aber es gefällt mir nicht. Dieses Spiel wird auf der Stelle abgebrochen. Sagen Sie Ihrem Mann, er soll sein Messer vom Hals des Kapitäns nehmen.«

»Ah«, sagte Julian, »und wenn ich es nicht tue?«

»Sie werden es tun«, sagte Joshua. »Ich bin Blutmeister.«

»Sind Sie das?« fragte Julian mit sichtlich verhaltenem Spott.

»Ja, und mir gefallen Ihre Methoden der Gewalt nicht, Julian, aber wenn ich mich dazu gezwungen sehe, dann kann ich sie ebenfalls anwenden.«

»Ah«, sagte Julian. Er lächelte, stand auf, streckte sich träge wie eine große Katze, die aus einem kleinen Schläfchen aufgewacht war, und streckte eine Hand über den Tisch Sour Billy entgegen. »Billy, gib mir dein Messer!« befahl er.

»Aber — was ist mit ihm?« fragte Sour Billy.

»Captain Marsh wird sich jetzt ruhig verhalten«, sagte Julian. »Das Messer.«

Billy reichte es ihm mit dem Griff voran.

»Sehr gut«, sagte Joshua.

Er kam nicht weiter. Das Baby — winzig klein, mager, sehr braun und sehr nackt — gab ein gurgelndes Geräusch von sich und regte sich schwach. Und Damon Julian tat das Schrecklichste, das Abner Marsh in seinem ganzen Leben je gesehen hatte. Geschmeidig und sehr betont beugte er sich über den Tisch, holte mit Sour Billys Messer aus und trennte die kleine rechte Hand des Säuglings mit einem einzigen schnellen Hieb glatt ab.

Das Baby begann zu schreien. Blut spritzte über den Tisch, auf die Kristallgläser und das Besteck und die feine weiße Leinentischdecke. Das Baby strampelte schwach, und Blut sammelte sich auf dem Tisch zu einer Pfütze. Und Julian spießte die abgetrennte Hand — sie war so unendlich klein, kaum so groß wie Abner Marshs großer Zeh — auf die Spitze von Billys Messer. Er hielt sie hoch, bluttriefend, und zeigte sie Joshua York. »Trinken Sie!« sagte er, und alle Leichtigkeit war aus seiner Stimme verschwunden.

York schlug das Messer beiseite. Es rutschte aus Julians Hand und landete mit der immer noch aufgespießten Babyhand zwei Meter weiter auf dem Teppich. Joshua sah aus wie der leibhaftige Tod. Er beugte sich vor, legte je einen Finger auf beide Seiten des hin und her zuckenden Handgelenks des Kindes und drückte zu. Die Blutung versiegte. »Eine Kordel!« befahl er.

Niemand rührte sich. Der Säugling schrie noch immer …

»Es gibt einen einfacheren Weg, das Kind zum Schweigen zu bringen«, sagte Julian. Er streckte seine eigene harte fahle Hand aus und legte sie dem Baby auf den Mund. Die Hand umschloß den kleinen braunen Kopf vollständig und erstickte jeden Laut. Julian drückte zu.

»Lassen Sie los!« brüllte York.

»Sehen Sie hin!« erwiderte Julian. »Schauen Sie mich an, *Blutmeister!*«

Und ihre Blicke trafen sich, als sie beide am Tisch standen, die Hand eines jeden auf einem winzigen braunen Stück Mensch vor ihnen.

Abner Marsh saß reglos da, wie vom Donner gerührt, vor Übelkeit schwach und rasend vor Zorn und vom Wunsch getrieben, etwas zu tun, aber irgendwie unfähig, sich zu rühren. Wie alle anderen starrte er auf York und Julian, die eine unheimliche stumme Schlacht des Willens ausfochten.

Joshua York zitterte. Sein Mund war wütend zusammengekniffen, die Muskelstränge traten ihm am Hals hervor, und die grauen Augen waren so kalt und zwingend wie Packeis. Er stand da wie ein Besessener, ein fahler Gott in Weiß und Blau und Silber. Es gibt nichts, was diesem Willen, dieser Kraft widerstehen kann, dachte Marsh. Überhaupt nichts.

Und dann sah er zu Damon Julian hinüber.

Die Augen beherrschten das Gesicht: kalt, schwarz, bösartig, unerbittlich. Abner Marsh blickte einen winzigen Moment zu lange in diese Augen und fühlte sich plötzlich leicht benommen. Er hörte irgendwo Männer brüllen, weit entfernt, und in seinem Mund breitete sich warmer Blutgeschmack aus. Er sah alle die Masken sinken, die Damon Julian und Giles Lamont und Gilbert d'Aquin und Philip Caine und Sergej Alexow und tausend andere Namen hießen, Schicht für Schicht, und jede bestialischer als die vorhergehende, und am Ende, am Beginn, hatte dieses Ding keine Freundlichkeit, kein Lächeln, keine schönen Worte, keine elegante Kleidung oder Juwelen, das Ding hatte nichts Menschliches, war nichts Menschliches, es hatte nur den Durst, das Fieber, rot, *rot,* uralt und unstillbar. Es war urweltlich und unmenschlich, und es war stark. Es lebte und atmete und trank den Stoff der Angst in sich hinein, und es war alt, o so alt, älter als der Mensch und alle seine Werke, älter als die Wälder und Flüsse, älter als die Träume.

Abner Marsh blinzelte, und ihm gegenüber, auf der anderen Seite des Tisches, war ein Tier, ein großes schönes Tier in Dunkelrot, und an ihm war nichts Menschliches, und die Linien seines Gesichts waren die Linien des Schreckens, und seine Augen — seine Augen waren rot, überhaupt nicht schwarz, rot, und sie leuchteten von innen heraus, und sie brannten geradezu, rot, glühend, durstig, *rot*.

Joshua York ließ den Armstumpf des Kindes los. Ein letzter aufgestauter Blutstrom ergoß sich auf den Tisch. Einen Moment später erfüllte ein Laut wie ein nasses matschiges Knirschen den Salon.

Und Abner Marsh, immer noch halb benommen, zog das lange Küchenmesser aus seinem Stiefel und sprang brüllend, rasend, um sich schlagend von seinem Sessel auf. Sour Billy versuchte ihn von hinten festzuhalten, aber Marsh war zu stark, zu wild. Er wischte Billy einfach beiseite und warf sich über die Tafel Damon Julian entgegen. Julian löste sich gerade rechtzeitig aus Joshua Yorks zwingendem Blick und wich zurück. Das Messer verfehlte sein Auge um den Bruchteil eines Zentimeters und hinterließ einen langen aufklaffenden Schnitt quer über die rechte Seite seines Gesichts. Blut quoll aus der Wunde, und Julian stieß ein tiefes kehliges Knurren aus.

Dann packte jemand Marsh von hinten und riß ihn über den Tisch zurück und schleuderte ihn rückwärts quer durch den großen Salon, hob ihn hoch und warf ihn einfach, seine gesamten dreihundert Pfund, als wäre er ein federleichtes kleines Kind. Ein wilder Schmerz durchzuckte ihn, als er unsanft landete, doch irgendwie schaffte es Marsh, sich herumzurollen und auf die Füße zu kommen.

Er sah, daß Joshua ihn geworfen hatte, und es war Joshua, der gleich wieder neben ihm stand, Joshua, dessen blassen Hände zitterten und in dessen grauen Augen die nackte Angst flackerte. »Laufen Sie, Abner«, stieß er hervor, »verschwinden Sie von Bord. *Rennen Sie!*« Hinter ihm am Tisch hatten die anderen sich erhoben. Weiße Gesichter, zwingend blickende Augen, Hände, blaß und hart und zupackend. Katherine lächelte, sie lächelte ihn in der gleichen Weise an wie zu dem Zeitpunkt, als sie ihn dabei überrascht hatte, wie er aus Joshuas Kabine kam. Der alte Simon zitterte. Sogar Smith und Brown kamen langsam auf ihn zu, träge, umringten ihn, und ihre Augen blickten nicht freundlich, und ihre Lippen glänzten feucht. Sie bewegten sich, alle, die im Salon waren, und Damon Julian kam um den Tisch herum, fast lautlos, und das Blut auf seiner Wange trocknete, und der Schnitt schloß sich, während Marsh ihn noch betrachtete. Er schaute hinab auf seine Hände und stellte fest, daß er irgendwo das Messer verloren hatte. Er zog sich zurück, Schritt für Schritt, bis sein Rücken gegen eine mit einem Spiegel versehen Tür stieß.

»Rennen Sie, Abner!« wiederholte York.

Marsh tastete fahrig nach dem Knauf und öffnete die Tür und gelangte rückwärts in die Kabine hinter ihm, und er sah, wie Joshua sich umwandte und sich zwischen die Kabine und die anderen schob, Julian und Katherine und alle anderen, das Nachtvolk, die Vampire. Und das war das letzte, was er sah, ehe er sich herumwarf und losrannte.

KAPITEL ACHTZEHN

An Bord des Raddampfers *Fiebertraum*
Mississippi River, August 1857

Als am nächsten Morgen über New Orleans die Sonne aufging, ein geschwollenes gelbes Auge, das den Dunst über dem Fluß rot färbte und einen glühendheißen Tag ankündigte, wartete Abner Marsh am Liegeplatz.

Er war am Abend vorher weit gelaufen, war wie ein Wahnsinniger durch die von Gaslampen erleuchteten Straßen des Vieux Carré gejagt, war mit Passanten zusammengestoßen, stolpernd und keuchend, war gerannt wie nie zuvor in all den Jahren, bis er schließlich, reichlich verspätet, begriff, daß niemand ihn verfolgte. Dann hatte Marsh eine düstere, verrauchte Schnapsbude gefunden und hatte drei schnelle Whiskeys gekippt, um das Zittern seiner Hände zu beenden. Und am Ende, kurz vor Tagesanbruch, hatte er sich auf den Rückweg zur *Fiebertraum* gemacht. Noch nie zuvor in seinem Leben war Abner Marsh zorniger gewesen oder hatte er sich mehr geschämt. Sie hatten ihn von seinem eigenen Dampfschiff verjagt, hatten ihm ein Messer an den Hals gehalten, hatten vor seinen Augen ein Baby ermordet, auf seinem eigenen Tisch. Niemand springt auf diese Weise mit Abner Marsh um und kommt so einfach davon, dachte er; kein Weißer, kein Schwarzer, kein Indianer und schon gar kein verdammter Vampir. Damon Julian würde das noch ganz schön leid tun, schwor er sich. Der Tag war angebrochen, und die Jäger würden ihre Beute bekommen.

An der Anlegestelle herrschte bereits lebhafter Betrieb, als Marsh dort ankam. Ein anderer großer Seitenraddampfer hatte neben der *Fiebertraum* festgemacht und wurde entladen, Straßenhändler verkauften von ihren Karren Obst und Eiscreme, ein oder zwei Hotelkutschen waren zu sehen. Und die *Fiebertraum* stand unter Dampf, wie Marsh verblüfft und erschrocken zugleich feststellen konnte. Dunkler Qualm wälzte sich aus ihren Schornsteinen, und tief unten war eine Gruppe Schauerleute damit beschäftigt, die letzten Frachtstücke an Bord zu bringen. Er beschleunigte seinen Schritt und sprach einen der Männer an. Er rief: »He, du da! Wart mal!«

Der Arbeiter war ein großer massiger schwarzer Mann mit einem glänzenden kahlen Schädel, dem ein Ohr fehlte. Er wandte sich auf Marshs Ruf hin um, wobei er ein Faß auf der linken Schulter balancierte. »Ja, Sir, Cap'n?«

»Was geht hier vor?« wollte Marsh wissen. »Warum wird aufgeheizt? Ich habe keinen Befehl dazu gegeben.«

Der Schauermann runzelte die Stirn. »Ich lade nur ein, Cap'n. Ich hab' keine Ahnung von nichts, Suh.«

Marsh zerbiß einen Fluch und schob sich an ihm vorbei. Hairy Mike Dunne kam über den Laufgang geschlendert und wog seinen Eisenknüppel in der Hand. »Mike!« rief Marsh.

Hairy Mike machte ein finsteres Gesicht, und ein Ausdruck angestrengter Konzentration überschattete sein Gesicht. »'n Morgen. Cap'n. Haben Sie dieses Schiff wirklich verkauft?«

»Wie bitte?«

»Cap'n York sagt, Sie hätten es ihm zur Hälfte verkauft, und Sie führen nicht mit uns. Ich kam zwei Stunden nach Mitternacht zurück, ich und ein paar von den Jungs, und York sagt, Sie und er wären sich einig gewesen, daß bei zwei Kapitänen einer zuviel ist und daß er Sie ausgekauft hat. Und dann hat er Whitey den Befehl gegeben, Dampf zu machen, und das hat er getan, und da sind wir nun. Ist das die Wahrheit, Cap'n?«

Marsh verzog wütend das Gesicht. Die Schauerleute

drängten sich neugierig heran, daher packte er Hairy Mike am Arm und zog ihn über den Steg auf das Hauptdeck. »Ich habe jetzt keine Zeit für lange Geschichten«, meinte er, als sie beide ausreichend weit von allen anderen entfernt waren. »Also gehen Sie mir jetzt nicht mit irgendwelchen Fragen auf die Nerven, verstanden? Tun Sie nur, was ich Ihnen sage.«

Hairy Mike nickte. »Ärger, Cap'n?« erkundigte er sich und schlug sich mit dem Eisenknüppel klatschend in die mächtige Pranke.

»Wie viele sind zurück?« wollte Marsh wissen.

»Fast die ganze Mannschaft, einige Passagiere. Alle bis auf ein paar.«

»Wir warten nicht auf die anderen«, sagte Marsh. »Je weniger von diesen Leuten an Bord sind, desto besser. Suchen Sie Framm oder Albright, mir ist egal, wen, und schaffen Sie ihn rauf ins Ruderhaus, damit er uns rausbringt. Und zwar auf der Stelle, verstanden? Ich versuch', Mister Jeffers zu finden. Wenn Sie den Lotsen raufgeschafft haben, dann kommen Sie zu mir ins Büro des Zahlmeisters. Und sagen Sie niemandem, was los ist.«

Unter seinem schwarzen Schnurrbart war ein knappes Grinsen zu erkennen. »Soll das heißen, daß wir uns dieses Dampfschiff ganz billig wieder zurückholen, oder?«

»Nein«, sagte Abner Marsh. »Nein, wir wollen jemandem ans Leben. Und nicht Joshua. Jetzt ziehen Sie schon los! Ich erwarte Sie dann im Zahlmeisterbüro.«

Jonathon Jeffers war jedoch nicht in seinem Büro, daher mußte Marsh die Kabine des Zahlmeisters aufsuchen und laut klopfen, bis der verschlafene Jeffers, immer noch im Nachthemd, öffnete. »Cap'n Marsh«, sagte er und unterdrückte ein Gähnen. »Cap'n York sagte, Sie hätten verkauft. Das ergab für mich kaum einen Sinn, aber Sie waren nicht da, und ich wußte nicht, was ich von der Sache halten sollte. Kommen Sie herein!«

»Erzählen Sie mal, was gestern abend passiert ist«, forderte Marsh ihn auf, als er sich in der Kabine des Zahlmeisters befand.

Jeffers gähnte erneut. »Pardon, Cap'n«, sagte er. »Ich hatte nicht allzuviel Schlaf.« Er ging zu der Waschschüssel, die auf seiner Schubladenkommode stand, und spritzte sich etwas Wasser ins Gesicht, suchte nach seiner Brille und kam zu Marsh zurück und sah sich nun wieder etwas ähnlicher. »Lassen Sie mich mal einen Moment lang nachdenken. Wir waren im St. Charles, wie ich es auch schon vorher angekündigt hatte. Wir hatten vor, die ganze Nacht dort zu bleiben, so daß Cap'n York und Sie ungestört dinieren konnten.« Seine Augenbrauen verzogen sich leicht spöttisch. »Jack Ely war bei mir und Karl Framm und Whitey und ein paar von seinen Burschen und ... Nun, da war eine ganze Menge von uns. Mister Framms Lehrling war auch dabei. Mister Albright aß mit uns, ging jedoch nach dem Essen gleich zu Bett, während wir anderen blieben und tranken und uns unterhielten. Wir hatten Zimmer und alles, was dazugehörte, aber wir lagen kaum in unseren Betten — es muß wohl so um die drei oder vier Uhr morgens gewesen sein —, als Raymond Ortega und Simon und dieser komische Sour Billy Tipton erschienen, um uns auf den Dampfer zurückzuholen. Sie sagten, York brauche uns sofort.« Jeffers zuckte die Achseln. »Also kamen wir mit, und Cap'n York erwartete uns im großen Salon und erklärte, er habe Sie ausgekauft und daß wir schon sehr früh am Morgen ablegen würden. Einige von uns wurden losgeschickt, die restlichen Leute in New Orleans zu suchen und den Passagieren Bescheid zu geben. Der größte Teil der Mannschaft ist jetzt auf dem Schiff, wie ich annehme. Ich habe die Fracht verstauen lassen und wollte noch schnell eine Mütze Schlaf nehmen. Und was ist jetzt *wirklich* im Gange?«

Marsh schnaubte. »Ich habe keine Zeit für lange Erklärungen, und Sie würden mir sowieso nicht glauben.

Haben Sie gestern abend im Salon irgend etwas Ungewöhnliches bemerkt?«

»Nein«, entgegnete Jeffers. Eine Augenbraue hob sich. »Hätte ich das denn tun sollen?«

»Vielleicht«, sagte Marsh.

»Alles war abgedeckt worden nach dem Abendessen«, sagte Jeffers. »Wenn man es sich recht überlegt, war das schon etwas seltsam, denn die Kellner waren alle an Land gegangen.«

»Ich vermute, Sour Billy hat aufgeräumt«, sagte Marsh, »aber das tut nichts zur Sache. War Julian da?«

»Ja, er und noch ein paar andere, die ich noch nie gesehen habe. Cap'n York wies mich an, ihnen Kabinen zu geben. Dieser Damon Julian ist ein ganz Komischer. Er blieb die ganze Zeit dicht bei Cap'n York. Höflich war er ja, trotz allem, und er sieht auch ganz gut aus bis auf die Narbe.«

»Sie haben ihnen Kabinen gegeben, sagen Sie?«

»Ja«, meinte Jeffers, »Cap'n York meinte, Julian solle Ihre Kabine bekommen, aber damit war ich nicht einverstanden, denn es ist ja noch eine ganze Menge von Ihren Sachen drin. Ich bestand darauf, daß er eine der Passagierkabinen am Salon bekommt, bis ich mit Ihnen geredet hätte. Julian meinte, das sei schon in Ordnung, deshalb gab es weiter keine Probleme damit.«

Abner Marsh grinste. »Schön«, sagte er. »Und Sour Billy, wo ist der?«

»Er hat die Kabine gleich neben Julian«, sagte Jeffers, »aber ich bezweifle, daß er sich dort aufhält. Zuletzt sah ich ihn, als er in der Hauptkabine herumschlich und so tat, als gehöre das Schiff ihm, und die ganze Zeit spielte er mit seinem Messer herum. Wir hatten einen kleinen Zusammenstoß. Sie würden nicht glauben, was er getan hat — er stieß sein Messer in eine Ihrer eleganten Säulen, als wäre es ein abgestorbener Baum. Ich riet ihm, damit aufzuhören, sonst würde ich dafür sorgen, daß Hairy Mike ihn über Bord wirft, und er gehorchte, aber er schaute mich dabei recht böse an. Ich denke, mit dem wird es noch Ärger geben.«

»Was meinen Sie, ist er noch in den Hauptkabine?«

»Nun, ich habe geschlafen, aber er war dort, als ich das letzte Mal nachsah, da schlief er in einem Sessel.«

»Ziehen Sie sich an«, bat Abner Marsh ihn, »und zwar dalli! Und dann kommen Sie runter in Ihr Büro, ich erwarte Sie dort.«

»Klar doch, Cap'n«, meinte Jeffers etwas verwirrt.

»Und bringen Sie Ihren Stockdegen mit«, sagte Marsh noch zu ihm, ehe er hinausging und die Tür hinter sich schloß.

Weniger als zehn Minuten später saßen er und Jeffers und Hairy Mike Dunne zusammen im Büro des Zahlmeisters. »Seid mal still und hört zu«, begann Marsh, »was jetzt kommt, klingt ziemlich verrückt, aber ihr beide kennt mich seit Jahren, und ihr wißt, daß ich nicht blöd bin, und ich laufe auch nicht herum und erzähle wilde Geschichten wie Mister Framm. Es ist die gottverdammte Wahrheit, das schwöre ich, und der nächste verfluchte Kessel soll unter meinem Hintern explodieren, wenn ich lüge.«

Abner Marsh holte tief Luft und fing mit seiner Geschichte an. Er erzählte ihnen alles in einem einzigen wilden Redestrom und unterbrach seine Schilderung nur ein einziges Mal, als die Dampfpfeife des Schiffs ihn zum Schweigen brachte und das Deck zu vibrieren begann.

»Wir legen ab«, meldete Hairy Mike. »Wir dampfen flußaufwärts, wie Sie verlangt haben.«

»Gut«, sagte Marsh und fuhr mit seinem Bericht fort, während die *Fiebertraum* sich von dem New-Orleans-Pier löste, die großen Schaufelräder die Laufrichtung änderten und das Schiff sich unter einer heißen klaren Sonne auf den Mississippi hinausschob.

Als Marsh seine Schilderung beendet hatte, machte Jonathon Jeffers ein nachdenkliches Gesicht. »Nun«, meinte er, »faszinierend. Vielleicht hätten wir die Polizei rufen sollen.«

Hairy Mike Dunne schnaubte. »Das glauben Sie doch selbst nicht. Auf dem Fluß regelt man seine Probleme selbst.« Er hob zur Bekräftigung seinen Knüppel.

Abner Marsh pflichtete ihm bei. »Dies hier ist mein Dampfschiff, und ich hole keine Fremden zu Hilfe, Mister Jeffers.« Das war so Sitte auf dem Strom; es machte weniger Probleme, einen Störenfried zusammenzuschlagen und ihn über Bord zu werfen oder ihn den Schaufelrädern zu überlassen, die ihn schon beseitigten. Der alte Fluß bewahrte seine Geheimnisse. »Vor allem habe ich mit der Polizei von New Orleans nichts im Sinn. Die kümmern sich doch nicht um ein schwarzes Sklavenbaby, und außerdem hätten wir nicht mal eine Leiche vorzuweisen. Die sind ja selbst eine Bande von Gaunern, und sie hätten uns kein Wort geglaubt. Und selbst wenn, was dann? Sie kämen auch nur mit ihren Knüppeln und Pistolen, und die sind gegen Julian und seine Bande überhaupt nichts wert.«

»Demnach müssen wir selbst sehen, wie wir zurechtkommen«, sagte Jeffers. »Und wie?«

»Ich rufe die Jungs zusammen, und dann bringen wir sie alle um«, schlug Hairy Mike aufgeräumt vor.

»Nein«, sagte Abner Marsh, »Joshua kann die anderen in Schach halten, glaube ich. Das hat er schon früher getan. Er hat versucht, das Richtige zu tun, zu verhindern, was gestern abend hier passierte, nur war Julian für ihn zu stark. Wir müssen zusehen, daß wir Julian noch vor Einbruch der Dunkelheit loswerden.«

»Das dürfte doch nicht so schwierig sein«, bot Hairy Mike sich an.

Abner Marshs Gesicht verfinsterte sich. »Da wäre ich mir nicht so sicher«, sagte er. »Das hier ist nicht so wie in den Geschichten. Sie sind bei Tag nicht hilflos. Sie schlafen nur. Und wenn man sie weckt, dann sind sie furchtbar stark und furchtbar schnell, und es ist schwierig, sie zu bezwingen. Das Ganze muß richtig geplant werden. Ich glaube, daß wir drei das schaffen können, es hat keinen Sinn, auch noch andere mit hineinzuziehen. Falls irgend etwas schiefgeht, dann schaffen wir jeden vor Einbruch der Dunkelheit von dem Dampfer runter und verziehen uns irgendwohin flußaufwärts, wo niemand uns stört und wo keiner von den Nachtleuten fliehen kann, wenn es dazu kommen sollte, daß wir mehr von ihnen töten müssen als nur Julian. Aber ich denke, das wird nicht nötig sein.« Marsh schaute Jeffers an. »Haben Sie den zweiten Schlüssel von der Kabine, in die Sie Julian gelegt haben?«

»In meinem Safe«, sagte der Zahlmeister und wies mit seinem Stockdegen auf den schwarzen Stahlschrank.

»Gut«, sagte Marsh. »Mike, wie hart können Sie mit diesem Ding dort zuschlagen?«

Hairy Mike lächelte und ließ den Eisenknüppel mit einem Klatschen in die Hand fallen. Es knallte recht laut. »Wie hart soll ich denn zuschlagen, Cap'n?«

»Ich möchte, daß sie ihm den verdammten Schädel zerschmettern«, sagte Marsh. »Und es muß gleich beim ersten Schlag klappen. Zeit für einen zweiten Versuch werden wir nicht haben. Wenn Sie ihm nur die Nase brechen, dann reißt er Ihnen eine Sekunde später die Kehle auf.«

»Ein Schlag«, versprach Hairy Mike. »Nur einer.«

Abner Marsh nickte und vertraute darauf, daß der massige Maat sein Wort hielt. »Dann gibt es nur noch ein weiteres Problem. Sour Billy. Er ist Julians kleiner Wachhund. Vielleicht schläft er in irgendeinem Sessel, aber ich gehe mal davon aus, daß er schnell genug aufwacht, wenn er sieht, daß wir auf Julians Tür zugehen. Deshalb wird er uns gar nicht zu Gesicht bekommen. Die Kabinen auf dem Kesseldeck haben zwei Türen. Wenn Billy sich im Salon aufhält, dann dringen wir vom Promenadendeck aus ein, wenn er sich draußen herumdrückt, dann nehmen wir den Weg durch den Salon.

Ehe wir überhaupt irgend etwas tun, vergewissern wir uns, wo Billy sich aufhält. Das ist Ihr Job, Mister Jeffers. Sie müssen Mister Sour Billy Tipton suchen und uns dann mitteilen, wo er ist, und dann müssen Sie dafür sorgen, daß er nicht im Schiff herumwandert. Falls er irgendwelchen Lärm hört oder auf Julians Kabine zusteuert, dann will ich, daß Sie ihm Ihren Stockdegen durch den miesen kleinen Wanst jagen, verstanden?«

»Alles klar«, sagte der Zahlmeister grimmig. Er rückte die Brille zurecht.

Abner Marsh hielt einen Moment lang inne und betrachtete seine beiden Verbündeten aufmerksam: den schlanken Dandy von einem Zahlmeister mit der goldgeränderten Brille und den Knopfgamaschen, dem schmalen Mund, dem ordentlich zurückgekämmten glatten Haar und neben ihm den massigen Maat mit seinen derben Kleidern, dem groben Gesicht, der ungehobelten Art und den grünen harten Augen, der immer zu einem Kampf aufgelegt war. Sie waren ein seltsames Paar, aber ein schreckliches dazu, dachte Abner Marsh. Er schnaubte zufrieden. »Nun, worauf warten wir?« fragte er. »Mister Jeffers, schauen Sie erst mal nach, wo Sour Billy ist.«

Der Zahlmeister erhob sich und empfahl sich. »Natürlich«, sagte er.

Er war schon nach knapp fünf Minuten wieder zurück. »Er hält sich in der Hauptkabine auf und frühstückt. Die Pfeife muß ihn geweckt haben. Er ißt Rührei und Fleischpastete und trinkt jede Menge Kaffee, und er sitzt so, daß er die Tür von Julians Kabine sehen kann.«

»Gut«, sagte Marsh. »Mister Jeffers, warum gehen Sie nicht auch frühstücken?«

Jeffers lächelte. »Ich glaube, ich bekomme plötzlich einen Bärenhunger.«

»Aber zuerst die Schlüssel, bitte!«

Jeffers nickte und bückte sich zu seinem Safe hinunter. Mit den Schlüsseln in der Hand ließ Marsh dem

Zahlmeister gut zehn Minuten Zeit, um in den großen Salon zurückzukehren, ehe er sich erhob und tief Luft holte. Das Herz schlug ihm heftig. »Kommen Sie!« sagte er zu Hairy Mike Dunne und öffnete die Tür zur Welt draußen.

Der Tag war sonnenhell und heiß, was Marsh als gutes Omen ansah. Die *Fiebertraum* ritt mühelos flußaufwärts und zog eine Doppellinie weißgefleckten Schaums hinter sich her. Sie mußte eine Fahrt von achtzehn Meilen pro Stunde machen, schätzte Marsh, und verhielt sich dabei genauso glatt und geschmeidig, wie ein Kreole Manieren hat. Er ertappte sich dabei, wie er sich fragte, in welcher Zeit sie es wohl bis Natchez schaffen mochte, und plötzlich hatte er den Wunsch, oben im Ruderhaus zu sein und auf den Fluß hinauszublicken, den er sosehr liebte. Abner Marsh schluckte, hielt mit Mühe blinzelnd eine Träne zurück und fühlte sich reichlich unwohl und unmännlich.

»Cap'n?« fragte Hairy Mike unsicher.

Abner Marsh schüttelte ungehalten den Kopf. »Es ist nichts«, stieß er heftig hervor. »Es ist nur ... Gottverdammter Mist das alles ... Kommen Sie schon!« Er stapfte davon, wobei er den Schlüssel zu Damon Julians Kabine mit seiner mächtigen roten Hand krampfhaft umklammerte. Dabei färbten sich seine Knöchel weiß.

Vor der Kabine blieb Marsh stehen, um sich sichernd umzuschauen. Die Promenade war fast menschenleer. Eine Lady stand ein gutes Stück von ihnen entfernt nach achtern am Geländer, und etwa ein Dutzend Türen weiter nach vorn saß ein Mann in weißem Hemd und mit zurückgeschobenem Hut auf dem Kopf und hatte seinen Stuhl nach hinten gegen eine Kabinentür gekippt, aber keiner der beiden schien sich für Marsh und Hairy Mike zu interessieren. Marsh schob behutsam den Schlüssel ins Schloß. »Sie denken daran, was ich Ihnen gesagt habe«, flüsterte er dem Maat zu. »Schnell und leise. Ein Schlag.«

Hairy Mike nickte, und Marsh drehte den Schlüssel herum. Die Tür öffnete sich mit einem Klicken, und Marsh drückte dagegen. Es war eng und dunkel in der Kabine, alles war mit Vorhängen verdunkelt und mit Fensterläden verschlossen, so wie das Nachtvolk seine Zimmer am liebsten hatte, aber sie sahen eine blasse Gestalt unter einem Laken im Licht, das durch die offene Tür hereindrang. Sie huschten weiter und bewegten sich so leise, wie zwei große, an sich recht laut auftretende Männer es vermochten, und dann schloß Marsh die Tür hinter ihnen, und Hairy Mike Dunne trat vor, hob seinen knapp einen Meter langen schwarzen Eisenknüppel hoch über den Kopf, und Marsh sah undeutlich, wie das Ding im Bett sich rührte, sich zu dem fremden Geräusch umdrehte, zum Licht, und Hairy Mike war mit zwei langen schnellen Schritten zur Stelle, blitzartig, und der Eisenknüppel beschrieb am Ende des massigen Arms einen Bogen und raste auf den bleichen Schädel zu und schien dafür eine halbe Ewigkeit zu brauchen.

Dann fiel die Kabinentür ganz zu, der letzte Lichtschimmer riß ab, und in der pechschwarzen Finsternis hörte Abner Marsh ein Geräusch, als würde ein Stück Fleisch auf eine Metzgertheke geklatscht, und begleitet wurde dieses Geräusch von einem anderen Laut, so als zerbräche eine Eierschale, und Marsh hielt die Luft an.

In der Kabine herrschte tiefe Stille, und Marsh konnte überhaupt nichts erkennen. Aus der Dunkelheit drang ein leises kehliges Kichern zu ihm herüber. Kalter Schweiß bedeckte plötzlich Marshs Körper. »Mike«, flüsterte er. Er suchte krampfhaft nach einem Streichholz.

»Ja, Sir, Cap'n«, erklang die Stimme des Maats. »Ein Schlag, das reicht.« Er kicherte wieder.

Abner Marsh riß das Streichholz an der Wand an und blinzelte. Hairy Mike beugte sich über das Bett und hielt sein Eisen in der Hand. Das eine Ende war blutverschmiert und naß. Das Ding unter dem Laken hatte eine eingedrückte blutige Ruine als Gesicht. Die Hälfte der Schädelplatte war ebenfalls weggeschlagen worden, und ein dünner Blutstrom versickerte in den Laken. Haarbüschel und andere dunkle Partikel waren auf die Wand und auf das Kissen und auch auf Hairy Mikes Kleider gespritzt. »Ist er tot?« fragte Marsh und hatte plötzlich den wilden Verdacht, daß der eingedrückte Schädel sich von selbst wiederherstellen und die bleiche Leiche sich am Ende erheben und sie anlächeln würde.

»Ich habe nie jemanden gesehen, der toter ist«, sagte Hairy Mike.

»Schauen Sie nach!« befahl Abner Marsh. »Gehen Sie auf Nummer Sicher, verdammt noch mal!«

Hairy Mike Dunne reagierte mit einem betonten trägen Schulterzucken, hob das blutige Stück Eisen noch einmal und hieb damit erneut auf Schädel und Kissen ein. Ein zweites, ein drittes, ein viertes Mal. Als es vorüber war, konnte man kaum behaupten, daß das Ding überhaupt noch einen Kopf hatte. Hairy Mike Dunne war ein furchtbar starker Mann.

Das Streichholz verbrannte Marshs Finger. Er blies es aus. »Gehen wir«, sagte er heiser.

»Was tun wir mit ihm?« fragte Hairy Mike.

Marsh zog die Kabinentür auf. Die Sonne und der Fluß lagen vor ihm, eine ersehnte Wohltat. »Wir lassen ihn hier«, antwortete er. »In der Dunkelheit. Wenn es Nacht ist, werfen wir ihn in den Fluß.« Der Maat folgte Marsh nach draußen, und er schloß die Tür hinter ihm ab. Übelkeit quälte ihn. Er lehnte den massigen Körper gegen die Kesseldeckreling und konnte nur mühsam einen Brechreiz unterdrücken. Blutsauger oder nicht, was sie mit Damon Julian getan hatten, war in jedem Fall furchtbar.

»Brauchen Sie Hilfe, Cap'n?«

»Nein«, sagte Marsh. Er straffte sich. Der Morgen war bereits brütend heiß, denn die gelbe Sonne am Himmel schickte mit ihren Strahlen die ganze sengende

Kraft auf den Fluß hinunter. Marsh war bereits in Schweiß gebadet. »Ich hatte nicht viel Schlaf«, meinte er. Er stieß ein krampfhaftes Lachen hervor. »Ehrlich gesagt, habe ich kein Auge zugetan. Und dann macht es sicherlich auch den stärksten Mann fertig, was wir gerade getan haben.«

Hairy Mike hob die Schultern. Es schien, als hätte es ihn nicht sehr mitgenommen. »Gehen Sie schlafen«, schlug er vor.

»Nein«, erwiderte Marsh. »Kann nicht. Ich muß zu Joshua. Und ihm erzählen, was wir getan haben. Er muß Bescheid wissen, damit er für die anderen bereit ist.« Plötzlich ertappte Abner Marsh sich bei der bangen Frage, wie Joshua York wohl auf den brutalen Mord an einem Angehörigen seines Volkes reagieren werde. Nach dem vorhergehenden Abend konnte er sich nicht vorstellen, daß Joshua davon tiefer berührt würde, aber ganz sicher konnte er sich nicht sein — er kannte dieses Nachtvolk so gut wie gar nicht und wußte nichts von seiner Denkweise, und wenn Julian ein Kindermörder und ein Blutsauger war, nun, die anderen hatten ähnlich schlimme Dinge getan, sogar Joshua. Und Damon Julian war auch Joshuas Blutmeister gewesen, der König der Vampire. Wenn man den König eines Mannes tötet — selbst wenn er diesen König haßt —, ist er dann nicht verpflichtet, darauf zu reagieren? Abner Marsh erinnerte sich an die kalte Gewalt von Joshuas Wut, und im Angesicht dieser Erinnerung hatte er nicht allzuviel Lust, zur Kapitänskabine auf dem Texasdeck hinaufzueilen, vor allem nicht in diesem Augenblick, wenn Joshua nach dem Gewecktwerden schlechtester Laune wäre. »Vielleicht kann ich damit auch noch etwas warten«, hörte Marsh sich sagen. »Und vorher etwas schlafen.«

Hairy Mike nickte.

»Aber ich muß trotzdem zuerst zu Joshua«, sagte Marsh. Ihm war jetzt richtig übel, begriff er: benommen, schlapp, fiebrig. Er mußte sich ein paar Stunden hinlegen. »Ich darf ihn nicht im ungewissen lassen.« Er befeuchtete sich die Lippen, die trocken waren wie Pergamentpapier. »Reden Sie mit Jeffers, erzählen Sie ihm, wie es gelaufen ist, und dann soll einer von euch mich vor Sonnenuntergang wecken. Aber wirklich vorher, verstanden? Damit ich mindestens eine Stunde Zeit habe, hinaufzusteigen und mit Joshua zu reden. Ich wecke ihn auf und berichte ihm alles, und wenn es dann dunkel wird, dann weiß er, wie er mit den anderen Nachtleuten verfahren muß. Und Sie ... Lassen Sie einen Ihrer Jungs ein wachsames Auge auf Sour Billy werfen ... Mit dem müssen wir uns auch noch etwas einfallen lassen.«

Hairy Mike lächelte. »Soll der Fluß sich doch mit ihm beschäftigen.«

»Das wäre eine Idee«, gab Marsh zu. »Vielleicht. Ich lege mich jetzt erst mal hin, aber sorgen Sie auf jeden Fall dafür, daß ich rechtzeitig wieder auf den Beinen bin. Auf keinen Fall darf ich bis in den Abend hinein schlafen, haben Sie verstanden?«

»Klar.«

So stieg Abner Marsh müde zum Texasdeck hinauf und fühlte sich mit jedem Schritt schlechler und erschöpfter. Als er vor der Tür der eigenen Kabine stand, durchzuckte ihn eine plötzliche Furcht: Was wäre, wenn einer von denen trotz allem dort auf ihn lauerte, trotz allem, was Mister Jeffers gesagt hatte? Aber als er die Tür aufstieß und das Licht in den Raum fluten ließ, da war er leer. Marsh stolperte hinein, zog die Vorhänge zurück und öffnete das Fenster, um so viel Licht und frische Luft hereinzulassen wie nur möglich, dann schloß er die Tür ab und sank schwer auf das Bett, um die verschwitzte Kleidung auszuziehen. Er verzichtete sogar auf ein Nachthemd. Die Luft in der Kabine war drükkend und schwül, aber Marsh war zu erschöpft, um es richtig wahrzunehmen. Der Schlaf übermannte ihn augenblicklich.

KAPITEL NEUNZEHN

An Bord des Raddampfers *Fiebertraum*
Mississippi River, August 1857

Das beharrliche harte Klopfen an der Kabinentür holte Abner Marsh schließlich aus tiefem, traumlosem Schlaf. Er drehte sich benommen um und richtete sich in seinem Bett auf. »Einen Augenblick!« rief er. Er tastete sich zu seiner Waschschüssel wie ein großer nackter Bär, der soeben aus dem Winterschlaf aufgewacht war und darüber nicht allzu glücklich sein konnte. Erst als Marsh sich Wasser ins Gesicht spritzte, erinnerte er sich. »Gottverdammt noch mal!« fluchte er wütend und blickte in die grauen Schatten, die sich in jeder Ecke der dämmerigen Kabine sammelten. Vor den Fenstern war der Himmel dunkel und rot überhaucht. »Gottverdammt«, wiederholte er und stieg in eine saubere Hose. Er stampfte durch die Kabine und riß die Tür auf. »Was, zum Teufel, soll das heißen, daß man mich so lange schlafen läßt?« brüllte Marsh Jonathon Jeffers an. »Ich habe Hairy Mike angewiesen, mich eine ganze Stunde vor Sonnenuntergang zu wecken, verdammt noch mal!«

»Es *ist* eine Stunde vor Sonnenuntergang«, sagte Jeffers. »Es hat sich bezogen, deshalb ist es so dunkel. Mister Albright meint, wir bekämen bald wieder ein Unwetter.« Der Zahlmeister trat in Marshs Kabine und schloß die Tür hinter sich. »Ich habe Ihnen etwas mitgebracht«, sagte er und reichte ihm einen Spazierstock aus Hickoryholz. »Ich fand ihn in der Hauptkabine, Cap'n.«

Marsh nahm den Stock entgegen und war kurzzeitig besänftigt. »Den habe ich gestern abend verloren«, sagte er. »Ich hatte andere Dinge im Kopf.« Er lehnte den

Stock an die Wand und schaute mit finsterer Miene wieder aus dem Fenster. Jenseits des Flusses war der Horizont eine Masse bedrohlicher Wolken, die auf sie zukamen wie eine riesige schwarze Mauer aus Finsternis, die auf sie zu stürzen drohte. Die untergehende Sonne war nirgendwo zu sehen. Ihm gefiel das nicht im mindesten. »Ich glaube, ich gehe lieber mal rauf zu Joshua«, meinte er, holte ein Hemd hervor und zog sich weiter an.

Jeffers stützte sich auf seinen Stockdegen. »Soll ich Sie begleiten?« bot er sich an.

»Ich muß allein mit Joshua reden«, sagte Marsh und band sich die Krawatte, während er mit einem Auge in den Spiegel schaute. »Ich freue mich nicht gerade darauf. Kommen Sie doch mit rauf, und warten Sie draußen. Vielleicht möchte Joshua Sie dabeihaben, wenn wir überlegen, was wir jetzt tun sollen.« Unausgesprochen blieb der andere Grund, weshalb Marsh den Zahlmeister in seiner Nähe haben wollte — vielleicht würde er ihn hereinrufen wollen, falls Joshua York die Nachricht von Damon Julians Ableben nicht allzu begeistert aufnahm.

»Gut«, sagte Jeffers.

Marsh schlüpfte in seine Kapitänsjacke und ergriff seinen Stock. »Los, gehen wir, Mister Jeffers! Es ist sowieso schon zu dunkel.«

Die *Fiebertraum* dampfte zügig dahin, die Wimpel und Flaggen knatterten im Wind, und dunkler Qualm wallte aus den Schornsteinen. Im schwachen Licht des seltsamen dunkelvioletten Himmels sahen die Fluten des Mississippi fast schwarz aus. Marsh verzog das Gesicht und marschierte Seite an Seite mit Jeffers zu Joshua Yorks Kabine. Diesmal zögerte er nicht an der Tür; er hob seinen Stock und klopfte an. Beim dritten Klopfen rief er: »Joshua, machen Sie auf! Wir müssen miteinander reden!« Nach dem fünften Klopfen öffnete sich die Tür, schwang langsam nach innen in eine weiche stille Finsternis. »Warten Sie auf mich!« wies Marsh Jeffers an. Er betrat die Kabine und schloß die Tür. »Werden Sie jetzt nicht wütend, Joshua«, sagte er in die Dunkelheit, und seine Eingeweide krampften sich zusammen. »Ich wollte Sie nicht stören, aber diese Angelegenheit ist wichtig, und bald ist die Nacht angebrochen.« Es erfolgte keine Antwort, obgleich Marsh das Geräusch von Atemzügen zu hören glaubte. »Verdammt noch mal«, stieß er hervor, »warum müssen wir uns immer in der Dunkelheit unterhalten, Joshua? Das ist für mich verdammt ungemütlich.« Er runzelte die Stirn. »Zünden Sie doch mal eine Kerze an, ja?«

»Nein.« Die Stimme klang kurz, tief und geschmeidig. Und sie gehörte nicht Joshua.

Abner Marsh tat einen Schritt vorwärts. »O mein Gott, nein!« murmelte er, und ein Rascheln ertönte, während seine zitternde Hand die Tür hinter ihm ertastete und sie aufriß. Weit schwang sie auf, und mittlerweile hatten seine Augen sich an die Dunkelheit angepaßt, und selbst der purpurfarbene Schein des gewitterdunklen Himmels reichte aus, um den Schatten in der Kabine des Kapitäns Form zu verleihen. Er sah Joshua York ausgestreckt auf seinem Bett liegen, bleich und nackt, die Augen geschlossen und ein Arm bis auf den Fußboden herabhängend, und am Handgelenk war etwas, das aussah, wie ein schlimmer dunkler Bluterguß oder eine Kruste getrockneten Blutes. Und er sah Damon Julian auf sich zukommen, schnell und geschmeidig wie der Tod, und lächelnd. »Wir haben Sie doch getötet!« brüllte Marsh ungläubig, während er rückwärts aus der Kabine stolperte, mit den Füßen irgendwo hängenblieb und vor Jonathon Jeffers' Füßen landete.

Julian blieb in der Türöffnung stehen. Eine dünne rote Linie — kaum breiter als die Kratzspur einer Katze — lief an seiner Wange herab, wo Marsh am Abend vorher einen beträchtlichen Riß im Fleisch hinterlassen hatte. Ansonsten war er unversehrt. Er hatte Jackett und Weste ausgezogen, und das Rüschenhemd war völlig flekkenlos. »Kommen Sie herein, Captain!« sagte Julian leise. »Laufen Sie nicht weg. Kommen Sie herein und reden Sie.«

»Sie sind tot. Mike hat Ihren gottverdammten Schädel zu Brei geschlagen«, keuchte Marsh und erstickte fast an den eigenen Worten. Er sah Julian nicht in die Augen. Es war immer noch Tag, er wäre draußen in Sicherheit, Julians Zugriff entzogen, bis die Sonne unterging, solange er nicht in diese Augen blickte, solange er nicht in die Kabine zurückkehrte.

»Tot?« Julian lächelte. »Ach so. Die andere Kabine. Der arme Jean. Er hatte sosehr an Joshua geglaubt, und nun sehen Sie sich mal an, was Sie mit ihm getan haben. Einfach seinen Schädel eingeschlagen, sagten Sie, oder?«

Abner Marsh kam wieder auf die Füße. »Sie haben die Kabinen getauscht«, stellte er mit heiserer Stimme fest. »Sie verdammter Teufel. Sie haben ihn überredet, in Ihrem Bett zu schlafen.«

»Joshua und ich hatten soviel zu besprechen«, erwiderte Julian. Er machte eine winkende Geste. »Nun kommen Sie schon, Captain, ich habe keine Lust, länger zu warten. Lassen Sie uns etwas trinken.«

»In der Hölle sollen Sie schmoren!« stieß Marsh hervor. »Heute morgen haben wir Sie vielleicht verfehlt, aber noch sind Sie nicht von diesem Schiff herunter. Mister Jeffers, laufen Sie runter und holen Sie Hairy Mike und seine Jungs. Ein Dutzend von ihnen sollte wohl reichen, denke ich.«

»Nein«, sagte Damon Julian, »das werden Sie nicht tun.«

Marsh schwang drohend seinen Stock. »Aber ja doch, ganz sicher werde ich das tun. Wollen Sie mich etwa daran hindern?«

Julian blickte zum Himmel auf; der hatte jetzt einen tiefvioletten Farbton angenommen, der mit schwarzen Schatten durchsetzt war und für ein düsteres, ungewisses Zwielicht sorgte. »Ja«, sagte er und trat aus der Kabine hinaus ins Helle.

Abner Marsh spürte, wie die kalte feuchte Hand des Grauens sich um sein Herz schloß. Er hob seinen Spazierstock und sagte: »Bleiben Sie stehen!« Mit einer Stimme, die plötzlich schrill geworden war. Er wich zurück. Damon Julian lächelte und ging auf ihn zu. Es war nicht mehr hell genug, dachte Marsh voller Verzweiflung.

Und dann ertönte das Singen von Stahl auf Holz, und Jonathon Jeffers schob sich geschmeidig vor ihn, wobei er den Degen aus der Stockhülle zog und die Spitze der Stahlklinge drohend kreisen ließ. »Gehen Sie Hilfe holen, Cap'n«, sagte Jeffers leise. Er schob mit der freien Hand die Brille zurecht. »Ich werde Mister Julian solange etwas ablenken.« Leicht und gewandt, mit dem kontrollierten Tempo eines geübten Fechters, tat Jeffers einen Satz in Julians Richtung und schlug zu. Seine Klinge war ein Rapier mit doppelter Schneide und einer gefährlichen Spitze. Damon Julian warf sich noch gerade rechtzeitig zurück, und das Lächeln erstarb auf den Lippen, während der Degenhieb des Zahlmeisters nur wenige Zentimeter vor seinem Gesicht vorbeipfiff.

»Platz da!« befahl Julian drohend.

Jonathon Jeffers sagte nichts. Er stand in Fechthaltung da, bewegte sich auf den Fußballen vorwärts, drängte Julian zurück in Richtung der Tür zur Kapitänskabine. Er attackierte plötzlich, doch Julian war zu schnell, wich zurück und brachte sich außer Reichweite des Degens. Jeffers stieß einen ungeduldigen Zischlaut aus. Damon Julian setzte einen Fuß zurück in die Kabine und reagierte mit einem Lachen, das fast einem Raubtierfauchen glich. Seine weißen Hände kamen hoch und öffneten sich. Jeffers griff erneut an und stieß zu.

Und Julian warf sich mit ausgestreckten Händen nach vorn.

Abner Marsh sah alles mit an. Jeffers Stoß war genau gezielt, und Julian machte keine Anstalten, ihm auszuweichen. Die Klinge drang unterhalb des Nabels in seinen Leib ein. Julians bleiches Gesicht verzerrte sich, und ein schmerzhaftes Knurren drang aus seiner Kehle, aber er drang weiter vor. Jeffers durchbohrte ihn vollständig, während Julian sich regelrecht auf die Klinge spießte, und ehe der verblüffte Zahlmeister Zeit fand, die Klinge zurückzuziehen, legte Julian die Hände um Jeffers Kehle. Jeffers würgte einen furchtbaren Laut hervor, und die Augen quollen aus ihren Höhlen, und als er versuchte, sich aus dem tödlichen Griff zu befreien, rutschte ihm die goldgeränderte Brille von der Nase und fiel auf das Deck.

Marsh sprang vor und schlug mit seinem Stock auf Julian ein, überschüttete seinen Kopf und seine Schultern mit einem Trommelfeuer wilder Hiebe. Von dem Degen aufgespießt, schien Julian diesen Angriff kaum zu spüren. Er führte einen heftigen Ruck aus, ein Geräusch von brechendem Holz ertönte, und Jeffers erschlaffte.

Abner Marsh holte mit seinem Stock zu einem letzten rasenden Schlag aus, legte seine ganze Kraft hinein, traf Damon Julian mitten auf die Stirn und ließ ihn kurz schwanken. Als Julian die Hände öffnete, fiel Jeffers wie eine Lumpenpuppe herab, den Kopf grotesk verdreht, so daß es fast schien, als sei er verkehrt herum aufgesetzt.

Abner Marsh zog sich eilends zurück.

Julian berührte seine Stirn, als wolle er die Wirkung von Marshs Treffer überprüfen. Es war kein Blut da, wie Marsh enttäuscht beobachten konnte. So stark er auch war, er war kein Hairy Mike Dunne, und Hickoryholz war kein Eisen. Damon Julian trat Jeffers' Hand vom Griff des Stockdegens los. Sich windend und zuckend zog er sich die blutbeschmierte Klinge selbst aus dem Körper. Hemd und Hose waren naß und rot und klebten an ihm, als er sich wieder bewegte. Er schleuderte die Klinge fast nachlässig beiseite, und sie tanzte über die Holzplanken, verschwand wirbelnd in der Dunkelheit und tauchte in den dunklen Fluten unter.

Julian stolperte wieder vorwärts und hinterließ dabei blutige Fußspuren auf dem Deck. Aber er kam.

Marsh wich vor ihm zurück. Es ist nicht möglich, ihn zu töten, dachte er in blinder Panik; es gibt kein Mittel gegen ihn. Joshua und seine Träume, Hairy Mike und sein Eisenknüppel, Mister Jeffers und sein Degen, nichts und niemand konnte es mit Damon Julian aufnehmen. Marsh eilte die kurze Treppe zum Sturmdeck hinunter und rannte los. Keuchend lief er nach achtern, den Abgang vom Sturmdeck auf die Promenade hinunter, wo er Menschen antreffen würde und in Sicherheit wäre. Er sah, daß es nun fast völlig dunkel war. Er machte drei wilde Schritte abwärts, dann packte er das Geländer und bremste seinen Lauf.

Sour Billy Tipton und vier von *ihnen* kamen zu ihm herauf.

Abner Marsh wandte sich um und stieg wieder nach oben. Renn und läute die Glocke! dachte er wild. Läute und ruf Hilfe ... Aber Julian war nun vom Texasdeck heruntergekommen und schnitt ihm den Weg ab. Für einen kurzen Moment stand Marsh stocksteif da, vor Verzweiflung und Not wie gelähmt. Er sah keinen Fluchtweg mehr, er hing fest zwischen Julian und den anderen, unbewaffnet bis auf seinen nutzlosen verdammten Stock, und es war sowieso gleichgültig, denn nichts konnte ihnen etwas anhaben; sich wehren war völlig sinnlos. Genausogut konnte er sich auch geschlagen geben. Julians Gesicht zeigte ein schmales, grausames Grinsen, als er sich näherte. In Gedanken sah Marsh, wie das bleiche Gesicht sich auf ihn herabsenkte, die Zähne entblößt und gefletscht, die Augen glühend vor Hunger und Durst, rot und uralt und unbesiegbar. Wenn er noch Tränen gehabt hätte, hätte Marsh wahrscheinlich geweint. Er stellte fest, daß er seine Beine nicht von dem Fleck lösen konnte, wo sie wie festgewachsen standen, und sogar sein Stock schien nun unendlich schwer zu sein. Dann, ein gutes Stück flußaufwärts, schob sich ein anderer Seitenraddampfer um eine Biegung, und Abner Marsh hätte ihn niemals bemerkt, aber der Lotse sah ihn, und die Dampfpfeife der *Fiebertraum* ertönte und teilte dem anderen Dampfer mit, er solle sie an Backbord passieren. Der schrille Klang der Pfeife riß Marsh aus seiner Lähmung, und er blickte auf und sah die fernen Lichter des nahenden Schiffs und die Flammen, die zwischen den schwarzen Qualmwolken aus den Öffnungen seiner hohen Schornsteine schlugen, und den fast vollständig schwarzen Himmel, der sich darüber spannte, und die Blitze, die in der Ferne die Gewitterwolken von innen zu erleuchten schienen, und den Fluß, den endlosen schwarzen Fluß, den Fluß, der sein Zuhause war und sein Gewerbe und sein Freund und sein schlimmster Feind und ein launischer, brutaler, liebender Begleiter seiner Ladies. Er floß weiter, wie er immer geflossen war, und er wußte nichts und kümmerte sich auch nicht um Damon Julian und seine Gefährten, sie waren für ihn ein Nichts, sie alle wären längst untergegangen und vergessen; und der alte Fluß würde immer noch dahinströmen und sich neue Wege graben und Städte überfluten und Ernten vernichten und anderen zu voller Blüte verhelfen und Dampfschiffe in seinem Schlund zermalmen, damit er ein Stück weiter die Splitter ausspucken konnte.

Abner Marsh zog sich dorthin zurück, wo die Abdekkungen der großen Ruderkästen über das Deck hinausragten. Julian folgte ihm. »Captain!« rief er, und seine Stimme klang verzerrt, aber immer noch einschmeichelnd. Marsh überhörte sie. Er zog sich mit einer Kraft auf einen Radkasten hinauf, die mehr der Dringlichkeit entsprang, einer Kraft, von der er nichts geahnt hatte. Unter seinen Füßen drehte sich das mächtige Seitenrad.

Er spürte die Vibrationen durch das Holz, hörte das Wummern der Maschinen. Er zog sich weiter nach hinten zurück und achtete darauf, nicht an der falschen Stelle abzustürzen, wo die Schaufelräder ihn ansaugen und ihn zerschlagen würden. Er schaute nach unten. Das Licht war beinahe vergangen, und das Wasser erschien schwarz, aber dort, wo die *Fiebertraum* die Fluten durchpflügt hatte, schäumte und brodelte es. Das Leuchten aus den Öfen des Dampfers färbte es rot, so daß es aussah wie kochendes Blut. Abner Marsh blickte hinunter und erstarrte. Noch mehr Blut, dachte er, noch mehr gottverdammtes Blut, ich komme einfach nicht mehr davon los, ich weiß nicht, was ich tun soll. Das Wummern der Dampfmaschinen war wie Donner in seinen Ohren.

Sour Billy setzte mit einem Sprung auf den Radkasten und kam wachsam auf ihn zu. »Mister Julian will Sie sehen, fetter Mann«, sagte er. »Kommen Sie schon, weiter schaffen Sie es sowieso nicht.« Er holte sein kleines Messer hervor und lächelte. Sour Billy Tipton hatte wirklich ein angsteinflößendes Grinsen.

»Das ist kein Blut«, sagte Marsh laut, »das ist nur der verdammte Fluß.« Immer noch seinen Stock umklammernd, holte er tief Luft und stürzte sich von dem Dampfer. Sour Billys Flüche klangen ihm in den Ohren, als er auf dem Wasser aufschlug.

KAPITEL ZWANZIG

An Bord des Raddampfers *Fiebertraum*
Mississippi River, August 19857

Raymond und Armand stützten Damon Julian zwischen sich, als Sour Billy vom Radkasten heruntersprang. Julian sah aus wie ein angestochenes Schwein; seine Kleider waren blutdurchtränkt. »Du hast ihn entkommen lassen, Billy«, sagte er kalt. Der Klang seiner Stimme machte Sour Billy nervös.

»Mit ihm ist es aus«, beteuerte Billy. »Die Schaufeln saugen ihn an und zerschmettern ihn, oder er ertrinkt. Sie hätten sehen sollen, mit welcher Wucht er auf dem Wasser aufschlug, mit seinem fetten Bauch zuerst. Jetzt wird er sich seine Warzen nicht mehr im Spiegel ansehen können.« Während er redete, schaute Sour Billy sich um, und ihm gefiel nicht, was er sah, überhaupt nicht; Julian über und über mit Blut besudelt, eine feuchtglänzende rote Spur über das Sturmdeck und die Stufen zum Texasdeck hinter sich herziehend, und dieser Dandy von einem Zahlmeister am Ende der Texasveranda über dem Geländer hängend, während ihm immer mehr Blut aus dem Mund sickerte.

»Wenn du versagt hast, Billy, dann wirst du niemals so werden wie wir«, versprach Julian. »Ich hoffe um deinetwillen, daß er tot ist. Verstehst du?«

»Ja«, sagte Billy. »Mister Julian, was ist denn geschehen?«

»Sie haben mich angegriffen, Billy. Sie haben *uns* angegriffen. Laut dem guten Kapitän haben sie Jean getötet. Haben seinen gottverdammten Schädel zu Brei geschlagen, so drückten sie es aus, glaube ich.« Er lächelte. »Marsh und dieser Jämmerling von einem Zahlmeister und jemand namens Mike waren daran beteiligt.«

»Hairy Mike Dunne«, sagte Raymond Ortega. »Er ist der Maat der *Fiebertraum*, Damon. Groß, dumm und ungehobelt. Es ist seine Aufgabe, die Schwarzen anzubrüllen und zu verprügeln.«

»Aha«, sagte Julian. »Laßt mich los!« sagte er dann zu Raymond und Armand. »Ich fühle mich jetzt kräftiger. Ich kann allein stehen.«

Die Dämmerung war tiefer geworden. Sie standen im Dunkeln. »Damon«, warnte Vincent, »nach dem Abendessen wechselt die Wache. Männer aus der Mannschaft suchen ihre Kabinen auf. Wir müssen etwas tun. Wir sollten schnellstens vom Dampfer verschwinden, ehe sie uns entdecken.« Er schaute auf das Blut, auf die Leiche.

»Nein«, entschied Julian, »Billy wird aufräumen und saubermachen. Das tust du doch, oder nicht, Billy?«

»Ja«, sagte Sour Billy, »ich werfe den Zahlmeister einfach hinter seinem Cap'n her.«

»Dann tu das, Billy, anstatt es mir zu erzählen.« Julians Lächeln war voller Kälte. »Und dann komm in Yorks Kabine. Wir ziehen uns dorthin zurück. Ich brauche frische Kleider.«

Sour Billy brauchte fast zwanzig Minuten, um alle Spuren des Todes auf dem Texasdeck zu entfernen. Er arbeitete voller Hast und war sich bewußt, daß jederzeit jemand aus seiner Kabine treten oder die Treppe heraufkommen konnte. Mittlerweile war es fast vollständig dunkel geworden, was ihm etwas half. Er schleifte Jeffers' Leiche über das Deck, wuchtete sie mit einiger Mühe auf den Radkasten — der Zahlmeister war schwerer, als Billy auf den ersten Blick vermutet hatte — und schob sie über den Rand. Die Nacht und der Fluß verschlangen den Körper, und das Klatschen beim Eintauchen ins Wasser war nicht annähernd so laut wie das von Marshs Sturz. Es ging in dem Rauschen der Schaufelräder beinahe völlig unter. Sour Billy hatte soeben sein Hemd ausgezogen und begann gerade das Blut aufzuwischen, als er seinem Glück danken konnte: Das Unwetter, das sich schon während des Nachmittags angekündigt hatte, brach schließlich los. Donner dröhnte ihm in den Ohren, Blitze schlugen in den Fluß ein, und es begann zu regnen. Eine saubere, kalte, prasselnde Flut stürzte vom Himmel, spülte über das Deck, durchnäßte Billy bis auf die Knochen und wusch sämtliches Blut weg.

Sour Billy war triefnaß, als er schließlich Joshua Yorks Kabine betrat und sein einstmals so elegantes Hemd als nasses Lappenbündel in der Hand hielt. »Es ist erledigt«, meldete er.

Damon Julian saß in einem hohen Ledersessel. Er hatte frische Kleider angezogen, hielt ein Glas mit einem Getränk in der Hand und sah so kräftig und gesund aus wie eh und je. Raymond stand neben ihm, Armand besetzte den anderen Sessel, Kurt hatte im Schreibtischsessel Platz gefunden. Und Joshua York hockte auf seinem Bett, starrte auf seine Füße, ließ den Kopf hängen, und seine Haut war kreidebleich. Er sieht aus wie ein geprügelter Hund, dachte Sour Billy.

»Ach, Billy«, meinte Julian, »was täten wir ohne dich?«

Sour Billy nickte. »Ich hab' nachgedacht, während ich draußen gearbeitet habe, Mister Julian«, sagte er. »So wie ich es sehe, haben wir zwei Möglichkeiten. Dieser Dampfer verfügt über eine Jolle, um Untiefen zu suchen und zum Loten und so weiter. Die könnten wir nehmen und von hier verschwinden. Oder jetzt, während das Unwetter tobt, können wir auch warten, bis der Lotse das Schiff irgendwo festmacht, und dann an Land gehen. Wir sind nicht weit vom Bayou Sara entfernt, vielleicht legen wir dort sogar an.«

»Ich habe gar kein Interesse am Bayou Sara, Billy. Ich habe auch keine Lust, dieses wunderbare Dampfschiff zu verlassen. Die *Fiebertraum* gehört jetzt uns. Ist das nicht so, Joshua?«

Joshua York hob den Kopf. »Ja«, sagte er. Seine Stimme klang so schwach, daß sie kaum zu hören war.

»Es ist zu gefährlich«, beharrte Sour Billy. »Der Kapitän und der Zahlmeister beide verschwunden, was sollen die Leute denken? Man wird sie vermissen; es werden Fragen gestellt. Und das schon sehr bald.«

»Er hat recht, Damon«, ergriff Raymond das Wort. »Ich bin seit Natchez auf diesem Dampfer. Mag sein, daß die Passagiere kommen und gehen, aber da ist immer noch die Mannschaft — wir sind hier in Gefahr. Wir sind nämlich die Fremden, die Verdächtigen, die Unbekannten. Wenn Marsh und Jeffers vermißt werden, dann werden sie sich zuerst für uns interessieren.«

»Und dann ist da noch dieser Maat«, fügte Billy hinzu. »Wenn er Marsh geholfen hat, dann weiß er alles, Mister Julian.«

»Töte ihn, Billy!«

Sour Billy Tipton schluckte krampfartig. »Angenommen, ich töte ihn tatsächlich, Mister Julian? Das nützt doch auch nicht viel. Er wird ebenfalls vermißt, und nach ihm kommen andere, eine ganze verdammte Armee von Niggern und blöden Deutschen und riesigen Schweden. Wir sind weniger als zwanzig. Und am Tag bin sowieso nur ich da. Wir müssen von diesem Dampfer verschwinden, und zwar schnellstens. Wir können uns gegen die Mannschaft nicht wehren, und selbst wenn wir es schafften, dann kann ich es auf keinen Fall allein mit allen aufnehmen. Wir müssen weg.«

»Wir bleiben. *Sie* sind es, die sich fürchten müssen, Billy. Wie kannst du jemals ein Meister werden, wenn du immer noch denkst wie ein Sklave? Wir bleiben.«

»Was tun wir, wenn herauskommt, daß Marsh und Jeffers verschwunden sind?« fragte Vincent.

»Und was geschieht mit dem Maat? Er ist eine Gefahr für uns«, warf Kurt ein.

Damon Julian blickte Sour Billy an und lächelte. »Ah«, sagte er. Er nahm einen Schluck von seinem

Drink. »Nun, wir überlassen es Billy, dieses kleine Problem für uns zu lösen. Billy wird uns zeigen, wie tüchtig er ist, nicht wahr, Billy?«

»Ich?« Sour Billy Tipton stand mit offenem Mund ratlos da. »Ich weiß nicht ...«

»Nicht wahr, Billy?«

»Ja«, antwortete Billy hastig. »Ja, ja.«

»Ich kann das auch ohne Blutvergießen regeln«, meldete Joshua York sich mit einem Anflug seiner alten Kraft in der Stimme. »Ich bin noch immer Kapitän dieses Dampfers. Laßt mich Mister Dunne und jeden anderen entlassen, vor dem ihr euch fürchten zu müssen glaubt. Wir können sie ohne Aufhebens von der *Fiebertraum* wegschicken. Es hat genug Tod gegeben.«

»Hat es?« fragte Julian.

»Sie zu feuern, wird nicht viel nützen«, sagte Sour Billy zu York. »Sie werden sich nur fragen, warum sie gehen sollen, und sich nach Cap'n Marsh erkundigen.«

»Ja«, pflichtete Raymond ihm bei, »sie gehorchen York nicht«, fügte er hinzu, indem er sich an Julian wandte. »Sie trauen ihm nicht. Er mußte sich bei hellichtem Tag herauswagen, ehe einer von ihnen bereit war, mit ihm den Bayou hinunterzufahren. Nun, da Marsh nicht mehr da ist und Jeffers ebenfalls nicht, wird er sie niemals unter Kontrolle bekommen.«

Sour Billy Tipton blickte Joshua York verblüfft und mit einem Ausdruck von Respekt an. »Das haben Sie getan?« platzte er heraus. »Sie sind bei Tag herausgekommen?« Die anderen wagten es manchmal, schon bei Einbruch der Dämmerung aufzustehen, oder sie erlebten die ersten Minuten nach Sonnenaufgang, doch er hatte niemals einen von ihnen herauskommen gesehen, wenn die Sonne richtig aufgegangen war. Noch nicht einmal Julian.

Joshua York starrte ihn kalt an und gab dazu keinen Kommentar.

»Unser lieber Joshua liebt es, die Rolle des Viehs zu

spielen«, meinte Julian amüsiert. »Vielleicht hat er gehofft, seine Haut würde sich braun färben und zu Leder werden.«

Die anderen lachten höflich.

Während die anderen amüsiert kicherten, hatte Sour Billy eine Idee. Er kratzte sich am Kopf und gestattete sich ein Lächeln. »Wir werden sie nicht hinauswerfen«, meinte er plötzlich zu Julian. »Ich weiß, wie es klappt. Wir sorgen dafür, daß sie von sich aus weglaufen. Und ich weiß auch schon, wie wir das schaffen.«

»Gut, Billy. Wirklich, was täten wir ohne dich?«

»Können Sie *ihn* dazu bringen, daß er tut, was ich von ihm verlange?« fragte Billy und wies mit einem Daumen in Yorks Richtung.

»Ich werde tun, was ich kann und tun muß, um meine Leute zu schützen«, sagte Joshua York, »und ich schütze auch meine Mannschaft. Es besteht kein Grund für Gewalt.«

»Schön, schön«, sagte Sour Billy. »Das ist schön.« Es wäre ja noch einfacher, als er es sich vorstellte. Julian würde sich wundern. »Ich muß mir erst mal ein frisches Hemd besorgen. Und Sie ziehen sich ebenfalls an, Mister Cap'n York, und dann werden wir mal sehen, was wir alles schützen können.«

»Ja«, sagte Julian leise, »und Kurt wird Sie begleiten.« Er prostete York mit seinem Glas zu. »Nur für alle Fälle.«

Eine halbe Stunde später ging Sour Billy mit Joshua York und Kurt hinunter aufs Kesseldeck. Der Regen hatte etwas nachgelassen, und die *Fiebertraum* hatte im Bayou Sara angelegt und lag neben einem Dutzend kleinerer Dampfer. Im Hauptsalon war das Abendessen serviert worden. Julian und seine Gefährten saßen dort mit den anderen Passagieren und speisten unbehelligt und ohne aufzufallen. Allerdings blieb der Platz des Kapitäns leer, und irgendwann würde jemand darüber eine Bemerkung fallen lassen. Glücklicherweise war Hairy Mike Dunne unten auf dem Hauptdeck und brüllte mit den Schauerleuten herum, die Fracht und einige Klafter Holz einluden. Sour Billy hatte ihn einige Zeit lang aufmerksam von oben beobachtet, ehe er daran ging, seinen Plan in die Tat umzusetzen; Dunne war der gefährlichste von allen.

»Zuerst die Leiche«, sagte Sour Billy und führte sie auf direktem Weg zur Außentür der Kabine, in der Jean Ardent sein Ende gefunden hatte. Kurt brach das Schloß mit einem einzigen Hieb mit der Hand auf. In der Kabine zündete Billy die Lampe an, und sie betrachteten das Ding auf dem Bett. Sour Billy stieß einen Pfiff aus. »Donnerwetter«, sagte er, »Ihre Freunde haben den guten alten Jean aber gründlich zugerichtet. Das halbe Gehirn liegt ja auf den Laken, und der Rest klebt an der Wand.«

Yorks graue Augen waren voller Abscheu. »Machen Sie schon voran«, sagte er. »Ich nehme an, Sie wollen, daß wir die Leiche in den Fluß werfen.«

»Teufel, nein!« sagte Sour Billy. »Nun, wir werden diese Leiche verbrennen. Und zwar unten in einem der Öfen, Cap'n. Und wir bringen ihn auch nicht heimlich runter. Wir gehen mit ihm mitten durch den Salon und über die Haupttreppe hinunter.«

»Warum, Billy?« fragte York kühl.

»Tun Sie nur, was ich verlange!« schnappte Sour Billy. »Und für Sie bin ich immer noch Mister Tipton, *Captain!*«

Sie wickelten Jeans Leiche in ein Laken, damit nichts davon zu sehen war. York wollte Kurt helfen, ihn hochzuheben, aber Sour Billy drängte ihn weg und packte selbst das andere Ende.

»Sähe ein bißchen seltsam aus, wenn der Miteigner und Kapitän einen Toten trägt. Sie gehen einfach neben uns her und machen einen besorgten Eindruck.«

Es bereitete York keine Mühe, ein besorgtes Gesicht zu machen. Sie öffneten die Tür zum großen Salon und traten hinaus, Jeans in Laken gehüllte Leiche zwischen Billy und Kurt. Die Abendtafel war noch halb besetzt. Jemand sog zischend die Luft ein, und alle Gespräche erstarben jäh.

»Kann ich Ihnen behilflich sein, Cap'n York?« fragte ein kleiner Mann mit weißem Schnurrbart und Ölflekken auf der Weste. »Was ist passiert? Ist jemand gestorben?«

»Bleiben Sie weg, Mann!« brüllte Sour Billy, als der Mann einen Schritt vorwärts und auf sie zu tat.

»Tun Sie, was er sagt, Whitey!« meinte York.

Der Mann verharrte. »Klar, sicher, aber ...«

»Es ist nur ein Toter«, sagte Sour Billy. »Er ist in seiner Kabine gestorben. Mister Jeffers hat ihn gefunden. Er ist in New Orleans zugestiegen und muß ziemlich krank gewesen sein. Er hatte rasendes Fieber, als Jeffers ihn stöhnen hörte.«

Jeder der am Tisch Sitzenden blickte besorgt drein. Ein Mann wurde totenblaß und suchte eilends seine Kabine auf. Sour Billy gab sich Mühe, nicht zu grinsen.

»Wo ist Mister Jeffers?« fragte Albright, der drahtige kleine Lotse.

»Der ist in seiner Kabine«, sagte Billy schnell. »Er fühlt sich nicht besonders wohl. Marsh ist bei ihm. Mister Jeffers war ein bißchen gelb um die Nase, schätze, miterleben zu müssen, wie ein Mann stirbt, ist ihm nicht allzugut bekommen.« Seine Worte hatten genau die Wirkung, die er sich vorgestellt und gewünscht hatte, vor allem als Armand sich über den Tisch zu Vincent hinüberlehnte und in lautem Flüsterton — wie Billy es ihm erklärt hatte — sagte: *»Der ›Braune John‹.«* Dann standen die beiden auf und ließen ihre halbvollen Teller stehen und entfernten sich.

»Es ist nicht der ›Braune John‹!« sagte Billy laut. Er mußte es laut sagen, denn plötzlich versuchte jeder am Tisch etwas zu sagen, und die Hälfte der Anwesenden stand bereits auf. »Wir müssen diese Leiche verbrennen, kommt jetzt!« fügte er hinzu, und er und Kurt schlurften weiter in Richtung der breiten Treppe. Joshua York blieb etwas zurück, hatte die Hände erhoben und versuchte hundert ängstliche Fragen abzuwehren. Passagiere wie Mannschaftsmitglieder gingen Kurt und Billy mit ihrer Last eiligst aus dem Weg.

Zwei heruntergekommen aussehende Fremde, die eine Deckspassage gelöst hatten, waren die einzigen Anwesenden unten auf dem Hauptdeck neben den Schauerleuten, die Kisten und Feuerholz heraufschleppten. Die Öfen waren geschlossen worden, aber es war noch immer Glut darin, und Sour Billy verbrannte sich die Finger, als er und Kurt die in Laken gehüllte Leiche in die nächste Feueröffnung stopften. Er fluchte noch immer und wedelte mit der Hand in der Luft herum, als Joshua York nach unten kam und ihn fand. »Sie steigen aus«, bemerkte York, und sein bleiches Gesicht hatte einen verwirrten Ausdruck. »Fast alle Passagiere sind dabei, ihre Koffer zu packen, und die Hälfte der Mannschaft ist zu mir gekommen und hat mich um den Lohn gebeten. Heizer, Zimmermädchen, Kellner, sogar Jack Ely, der zweite Ingenieur. Das verstehe ich nicht.«

»Der ›Braune John‹ ist auf Ihrem Dampfer unterwegs flußaufwärts«, sagte Sour Billy Tipton. »Zumindest glauben sie das.«

Joshua York legte die Stirn in Falten. »Der ›Braune John?‹«

Sour Billy lächelte. »Das Gelbfieber, Cap'n. Ich sehe schon, daß Sie noch nie in New Orleans waren, wenn der ›Braune John‹ dort seinen Besuch machte. Auf diesem Schiff wird keiner länger bleiben als unbedingt nötig, und niemand wird sich die Leiche ansehen oder mit Jeffers oder Marsh reden wollen. Ich lasse sie in dem Glauben, daß auf diesem Schiff das Fieber wütet, verstehen Sie? Und dieses Fieber ist verdammt ansteckend. Und es geht schnell. Sie laufen gelb an, würgen schwarzes Zeug hervor und brennen wie die Hölle, und dann sterben Sie. Und wir verbrennen auch noch den alten Jean, damit alle meinen, wir nähmen das Ganze verdammt ernst.«

Sie brauchten zehn Minuten, um das Feuer im Ofen wieder richtig anzufachen, und sie mußten schließlich einen massigen schwedischen Heizer rufen, damit er ihnen half, aber das war schon in Ordnung. Sour Billy beobachtete seine Augen, als er die Leiche erspähte, die eingeklemmt zwischen dem Holz lag, und er mußte insgeheim grinsen, wie schnell der Schwede sich aus dem Staub machte. Schon bald stand Jean in hellen Flammen. Sour Billy schaute zu, wie er zusammenschrumpfte, dann wandte er sich gelangweilt ab. Er bemerkte die Fässer mit Talg, die in Reichweite standen. »Die benutzen Sie für Wettfahrten, nicht wahr?« fragte er Joshua York.

York nickte.

Sour Billy spuckte aus. »Hier unten, wenn ein Cap'n ein Rennen veranstaltet und mehr Dampf braucht, dann schmeißt er einfach einen hübschen fetten Nigger ins Feuer. Talg ist viel zu teuer. Wie Sie sehen, kenne ich mich bei Dampfern auch ein bißchen aus. Eigentlich schade, daß wir Jean nicht für ein Rennen aufsparen konnten.«

Kurt lachte darüber, aber Joshua York starrte ihn nur stumm und drohend an. Sour Billy gefiel der Blick nicht, aber kein bißchen, doch ehe er ein Wort sagen konnte, hörte er die Stimme, auf die er gewartet hatte.

»HE, SIE!«

Hairy Mike Dunne kam vom Vorderdeck herbei, ein Meter achtzig geballte Kraft. Regen troff von der breiten Krempe seines schwarzen Filzhutes herab, Feuchtigkeit verklebte die schwarzen Bartspitzen, und die Kleider klebten ihm am Körper. Seine Augen waren harte kleine grüne Murmeln; er hatte seinen Eisenknüppel in der Hand und ließ ihn bedrohlich in die andere Handfläche klatschen. Hinter ihm stand ein Dutzend Deckshelfer,

Heizer und Schauerleute. Der große Schwede war dabei und ein sogar noch massiger aussehender Neger mit nur einem Ohr und ein hagerer Mulatte mit einer Holzlatte und zwei Kerle mit Messern. Der Maat kam näher, und die anderen folgten ihm. »Wen verbrennen Sie da, mein Junge?« brüllte er. »Was soll dieser Quatsch mit dem Gelbfieber? Auf diesem Schiff gibt es kein Fieber.«

»Tun Sie, was ich Ihnen befohlen habe«, sagte Sour Billy mit leiser drängender Stimme zu York. Er trat von dem Ofen zurück, als der Maat auf ihn zukam.

Joshua York schob sich zwischen sie und hob die Hände. »Stop«, sagte er. »Mister Dunne, hiermit entbinde ich Sie von Ihren Pflichten. Sie sind nicht mehr länger Maat auf der *Fiebertraum*.«

Dunne betrachtete ihn argwöhnisch. »Bin ich das nicht?« fragte er. Dann verzog er das Gesicht. »Zur Hölle, *Sie* werfen mich nicht raus!«

»Ich bin hier der Chef und Kapitän.«

»Sind Sie das? Schön, aber ich nehme meine Befehle nur von Cap'n Marsh entgegen. Wenn der mir sagt, verschwinde!, dann gehe ich. Bis dahin bleibe ich hier. Und erzählen Sie mir keine Lügen von wegen, Sie hätten ihn ausgekauft. Diesen Quatsch habe ich heute morgen schon gehört.« Er tat einen weiteren Schritt vorwärts. »Und jetzt aus dem Weg, Cap'n! Ich werde mir mal ein paar Antworten von unserem Mister Sour Billy holen.«

»Mister Dunne, auf diesem Schiff ist eine schwere Krankheit ausgebrochen. Ich entlasse Sie um Ihrer eigenen Sicherheit willen.« Joshua York kann wirklich überzeugend lügen, dachte Sour Billy. »Mister Tipton ist der neue Maat. Er hat die Krankheit bereits gehabt und kann nicht mehr angesteckt werden.«

»Er?« Der Eisenknüppel schlug knallend in die flache Hand des Maats. »Der ist doch gar kein Dampfschiffer.«

»Aber ich war Aufseher«, sagte Billy. »Ich komme mit Niggern gut zurecht.« Er tat ebenfalls einen Schritt vorwärts.

Hairy Mike Dunne lachte.

Sour Billy spürte einen eisigen Schauer am ganzen Körper. Wenn es eine Sache gab, die er überhaupt nicht ertragen konnte, dann war das, wenn man über ihn lachte. In diesem Moment entschied er, Dunne nicht abzuschrecken und vom Schiff zu vertreiben. Ihn zu töten, wäre weitaus schöner. »Du hast dir deine Nigger und deinen weißen Abschaum gleich mitgebracht«, sagte er zu dem Maat. »Mir scheint, du hast Angst, es allein mit mir aufzunehmen.«

Dunnes grüne Augen verengten sich drohend, und er schlug sich noch härter mit dem Eisenknüppel in die flache Hand. Er tat zwei schnelle Schritte, trat dabei in den Feuerschein aus dem Ofen, stand da, umflossen vom Licht der wabernden Flammen, und starrte auf die brennende Leiche. Schließlich drehte er sich wieder zu Sour Billy um. »Der ist es nur«, stellte er fest. »Da hast du Glück gehabt. Wenn es der Cap'n oder Jeffers gewesen wäre, dann hätte ich dir jeden Knochen gebrochen, ehe ich dich endgültig getötet hätte. Nun fährst du ohne Aufenthalt direkt in die Hölle.«

»Nein«, sagte Joshua York erneut. Er stellte sich wieder vor den Maat. »Verschwinden Sie von meinem Schiff!« befahl er. »Sie sind entlassen!«

Hairy Mike Dunne wischte ihn lässig aus dem Weg. »Halten Sie sich da raus, Cap'n! Ein fairer Kampf, nur ich und er. Wenn er mich schafft, dann ist er Maat. Aber wenn ich ihm den Schädel einschlage, dann werden Sie und ich zu Cap'n Marsh gehen und klären, wer dieses Schiff wirklich führt.«

Sour Billy griff an die Nackenscheide und holte sein Messer hervor.

Joshua York blickte verzweifelt von einem zum anderen. Die übrigen Männer waren zurückgewichen und feuerten Hairy Mike mit lauten Rufen an. Kurt machte ein paar geschmeidige Schritte in den Ring und zog Joshua York aus dem Weg, damit er sich nicht einmischte.

Ins Licht des Ofens getaucht, sah Hairy Mike Dunne aus wie ein Wesen direkt aus der Hölle, umwallt vom Rauch, die Haut glühend und rot leuchtend, das Wasser in den Haaren, den Knüppel drohend erhoben, als er sich seinem Gegner näherte. Er lächelte. »Ich hab' schon oft gegen Jungs mit Messern gekämpft«, sagte er und unterstrich jedes seiner Worte mit einem klatschenden Schlag in die offene Hand. »Eine ganze Menge miese kleine schmutzige Jungs.« *Klatsch.* »Und ich hab' auch schon mal ein Messer zwischen die Rippen gekriegt.« *Klatsch.* »So ein Schnitt heilt schnell, Sour Billy.« *Klatsch.* »Aber ein eingeschlagener Schädel, das ist schon was anderes.« *Klatsch. Klatsch. Klatsch.*

Billy war dauernd zurückgewichen, bis er mit dem Rücken gegen einen Kistenstapel stieß. Das Messer lag ihm locker in der Hand. Hairy Mike sah, daß er ihn in die Enge getrieben hatte, und grinste, holte mit dem Eisenknüppel aus. Und stürmte mit einem lauten Schrei los.

Und Sour Billy Tipton drehte das Messer in der Hand und schickte es mit einer schnellen Bewegung auf die Reise. Es erwischte Hairy Mike genau unterm Kinn, bohrte sich durch den Schnurrbart und grub sich in seinen Kopf. Der Maat sank auf die Knie, Blut strömte ihm aus dem Mund, dann fiel er nach vorn auf das Deck.

»Na ja«, sagte Sour Billy und schlenderte zu der Leiche hinüber. Er trat ihr gegen den Kopf. Er lächelte überheblich wegen der Nigger und der Fremden und wegen Kurt, aber hauptsächlich wegen Joshua York. »Na ja«, wiederholte er, »ich denke, damit bin ich der neue Maat.«

KAPITEL EINUNDZWANZIG

St. Louis, September 1857

Abner Marsh schlug die Tür heftig hinter sich zu, als er in das in der Pine Street gelegene Büro der Fevre River Packet Company stürmte. »Wo ist sie?« verlangte Marsh zu wissen, eilte mit schnellen Schritten durch den Raum und beugte sich über das Pult, um den erschrockenen Agenten drohend anzublicken. Eine Fliege umkreiste summend seinen Kopf, und Marsh verscheuchte sie mit einer ungeduldigen Geste. »Ich fragte. *Wo ist sie!*«

Der Agent war ein hagerer dunkler junger Mann in einem gestreiften Hemd und mit grünem Augenschirm. Er wirkte sehr nervös. »Nanu«, sagte er, »nanu, Cap'n Marsh, also das ist wirklich eine freudige Überraschung, ich hätte nie angenommen, das heißt, wir haben Sie noch gar nicht erwartet, Cap'n, aber überhaupt nicht. Ist die *Fiebertraum* eingelaufen, Cap'n?«

Abner Marsh schnaubte, richtete sich auf und stieß seinen Spazierstock wütend auf den nackten Holzfußboden. »Mister Green«, sagte er, »unterbrechen Sie Ihr verdammtes Gestammel und passen Sie gut auf. Ich habe Sie gefragt: *Wo ist sie?* Also, was meinen Sie denn, wonach ich wohl gefragt habe, Mister Green?«

Der Agent schluckte. »Ich glaube, das weiß ich nicht, Cap'n.«

»Nach der *Fiebertraum!*« brüllte Marsh mit gerötetem Gesicht. »Ich will wissen, wo sie ist! Unten an der Anlegestelle ist sie nicht, soviel weiß ich, denn ich habe noch Augen im Kopf. Und ich habe sie auch sonst nirgendwo auf dem Fluß gesehen. Ist sie eingelaufen und gleich wieder weitergefahren? Ist sie nach St. Paul oder den Missouri hinaufgedampft? Den Ohio vielleicht? Jetzt starren Sie mich nicht wie vom Donner gerührt an, sondern verraten Sie mir nur eins: *Wo ist mein gottverdammter Dampfer?*«

»Ich weiß es nicht, Cap'n«, sagte Green. »Ich meine, wenn Sie ihn nicht hergebracht haben, dann habe ich keine Ahnung. Er war nicht mehr in St. Louis, jedenfalls nicht seit sie mit ihm im Juli flußabwärts gefahren sind. Aber wir haben gehört ... Wir ...«

»Ja? Was?«

»Das Fieber, Sir. Wir haben gehört, das gelbe Fieber sei unten im Bayou Sara auf der *Fiebertraum* ausgebrochen. Die Leute seien gestorben wie die Fliegen, hörten wir, wie die Fliegen. Mister Jeffers und Sie, wir hörten, auch Sie hätten es bekommen. Deshalb hätte ich niemals erwartet ... Wo doch jeder gestorben sein soll und so, da dachten wir, man hätte sie verbrannt, Cap'n. Den Dampfer.« Er nahm den Augenschirm ab und kratzte sich am Kopf. »Ich vermute, Sie haben das Fieber überstanden, Cap'n. Freut mich zu hören. Nur ... wenn die *Fiebertraum* nicht bei Ihnen ist, wo ist sie dann? Sind Sie sicher, daß Sie nicht mit ihr hergekommen sind und es nur vergessen haben? Ich hab' mal gehört, daß das Fieber einen ganz schön vergeßlich macht.«

Abner Marsh starrte ihn finster an. »Erstens habe ich kein Fieber gehabt, und zweitens kann ich noch immer einen Dampfer vom anderen unterscheiden, Mister Green. Ich bin auf der *Princess* hergekommen. Ich war wohl eine Woche lang krank, schon richtig, aber ich hatte nicht das Fieber. Eine Erkältung hatte ich, weil ich in den verdammten Fluß gefallen und beinahe ertrunken bin. So habe ich auch die *Fiebertraum* verloren, und jetzt suche ich sie, haben Sie verstanden?« Er schnaubte. »Wo haben Sie eigentlich diese wilde Geschichte vom Gelbfieber gehört?«

»Von der Mannschaft, Cap'n, von den Leuten, die im Bayou Sara von Bord gingen. Einige kamen her, als sie in St. Louis eintrafen. Das war etwa vor einer Woche.

Ein paar fragten wegen Arbeit auf der *Eli Reynolds*, Cap'n, aber die ist natürlich voll, deshalb mußte ich sie wegschicken. Ich hoffe, ich hab' nichts falsch gemacht. Sie waren nun mal nicht hier, Mister Jeffers auch nicht, und ich dachte wirklich, vielleicht sind Sie beide tot, so daß ich mir keine Instruktionen holen konnte.«

»Ist schon erledigt«, sagte Marsh. Die Nachrichten besänftigten ihn etwas. Wenn Julian und seine Bande Marshs Dampfer übernommen hatten, dann waren wenigstens ein paar seiner Leute noch heil davongekommen. »Wer war denn hier?«

»Nun, ich hab' Jack Ely gesehen, den zweiten Ingenieur, und ein paar Kellner, und zwei Ihrer Burschen — Sam Kline und Sam Thompson waren es. Da waren auch noch ein paar andere.«

»Ist noch jemand von denen hier?«

Green hob die Schultern. »Als ich sie nicht anheuern konnte, schauten sie sich auf anderen Schiffen um, Cap'n. Ich weiß es nicht.«

»Verdammt!« Marsh zerbiß einen Fluch.

»Augenblick!« rief der Agent und hob einen Finger. »Ich weiß es wieder! Mister Albright, der Lotse war es, er erzählte mir von dem Fieber. Er war vor vier Tagen hier, und er wollte keinen Job — er ist Lotse für den Unterlauf, müssen Sie wissen, daher war die *Eli Reynolds* nichts für ihn. Er sagte, er nehme sich ein Zimmer im Planters' House, bis wir für ihn eine Stelle auf einem der besseren Schiffen finden könnten, auf einem großen Seitenrader zum Beispiel.«

»Albright, aha«, meinte Marsh. »Was ist denn mit Karl Framm? Haben Sie den gesehen?« Wenn Framm und Albright die *Fiebertraum* verlassen hatten, dann sollte der Dampfer nicht so schwer zu finden sein. Ohne qualifizierte Lotsen käme er nicht weit.

Aber Green schüttelte den Kopf. »Nein, ich habe Mr. Framm nicht gesehen.«

Marshs Hoffnungen sanken. Wenn Karl Framm immer noch an Bord war, dann konnte die *Fiebertraum* überall auf dem Fluß unterwegs sein. Sie könnte einen der Nebenflüsse genommen haben, oder vielleicht war die *Fiebertraum* sogar zurück flußabwärts nach New Orleans gedampft, während er auf dem Holzplatz südlich des Bayou Sara auf der Nase lag. »Ich werde Dan Albright mal einen Besuch abstatten«, erklärte er dem Agenten. »Während ich weg bin, möchte ich, daß Sie ein paar Briefe für mich schreiben. An Agenten, Lotsen, an jeden, den Sie am Fluß von hier bis New Orleans kennen. Erkundigen Sie sich nach der *Fiebertraum.* Jemand muß sie doch gesehen haben. So ein Dampfer verschwindet nicht einfach. Schreiben Sie diese Briefe bis heute nachmittag, hören Sie, und laufen Sie runter zum Pier, und geben Sie sie dem schnellsten Schiff mit, das Sie antreffen. Ich habe nämlich vor, meinen Dampfer schnellstens zu finden.«

»Ja, Sir«, sagte der Agent. Er holte einen Stapel Briefpapier und einen Federhalter hervor, tauchte ihn in ein Tintenfaß und begann zu schreiben.

Der Schreiber am Empfang im Planters' House nickte grüßend mit dem Kopf. »Hallo, das ist ja Cap'n Marsh«, sagte er. »Ich hab' von Ihrem Unglück gehört, ganz schlimm. Der ›Braune John‹ ist ein ganz übler Bursche, alles was recht ist. Ich bin doch froh, daß es Ihnen wieder besser geht, Cap'n, wirklich, ich freu' mich.«

»Vergessen Sie's«, sagte Marsh unwirsch. »In welchem Zimmer wohnt Dan Albright?«

Albright war gerade damit beschäftigt, seine Stiefel zu putzen. Er ließ Marsh mit einem kühlen, höflichen Nicken zur Begrüßung eintreten, setzte sich wieder auf einen Stuhl, steckte einen Arm in einen Stiefel und polierte weiter, als wäre er gar nicht zur Tür gerufen worden.

Abner Marsh ließ sich schwerfällig nieder und vergeudete keine Zeit mit Belanglosigkeiten. »Warum haben Sie die *Fiebertraum* verlassen?« fragte er direkt.

»Wegen des Fiebers, Cap'n«, antwortete Albright. Er sah Marsh kurz an, dann wandte er sich wieder ohne ein Wort dem Putzen seines Stiefels zu.

»Erzählen Sie mal, Albright! Ich war ja nicht da.«

Dan Albright runzelte die Stirn. »Sie waren nicht da? Ich ging davon aus, daß Sie und Mister Jeffers den ersten Kranken gefunden haben.«

»Dann haben Sie irgend etwas falsch verstanden. Und jetzt erzählen Sie mal.«

Albright wienerte den Stiefel und berichtete; von dem Unwetter, der Abendtafel, von der Leiche, die Joshua York und Sour Billy Tipton und dieser andere Mann durch den Salon getragen hatten, von der Flucht der Passagiere und der Mannschaft. Er schilderte alles in so wenigen Worten wie möglich. Als er seinen Bericht beendete, blinkten seine Stiefel. Er zog sie an.

»Sind alle gegangen?« fragte Marsh.

»Nein«, sagte Albright, »einige sind geblieben. So manche kennen das Fieber eben nicht so gut wie ich.«

»Wer?«

Albright hob die Schultern. »Cap'n York. Seine Freunde. Hairy Mike. Die Heizer und die Schauerleute ebenfalls. Ich schätze, die hatten vor Mike zuviel Angst, um auch noch wegzulaufen. Zumal auch noch mitten im Sklavenland. Whitey Blake ist vielleicht geblieben. Und Sie und Jeffers, dachte ich.«

»Mister Jeffers ist tot«, sagte Marsh.

Albright sagte nichts.

»Was ist mit Karl Framm?« fragte Marsh.

»Keine Ahnung.«

»Sie waren Partner.«

»Wir hatten nicht viel gemeinsam. Ich habe ihn nicht gesehen. Ich weiß es nicht, Cap'n.«

Marsh schüttelte düster den Kopf. »Was geschah, nachdem Sie Ihren Lohn in Empfang genommen hatten?«

»Ich verbrachte einen Tag im Bayou Sara, dann ging

ich zu Cap'n Leathers auf die *Natchez.* Ich fuhr mit bis Natchez, schaute mich auf dem Fluß um, blieb etwa eine Woche dort, dann kam ich auf der *Robert Folk* nach St. Louis.«

»Was machte die *Fiebertraum?*«

»Sie legte ab.«

»Legte ab?«

»Ja, ich nehme an, sie dampfte los. Als ich an dem Morgen erwachte, nachdem das Fieber ausgebrochen war, da war sie aus dem Bayou Sara verschwunden.«

»Ohne Mannschaft?«

»Es müssen wohl genügend Männer zurückgeblieben sein, um sie in Betrieb halten zu können«, sagte Albright.

»Und wohin ist sie gedampft?«

Albright hob die Schultern. »Ich hab' sie von der *Natchez* aus nicht gesehen. Natürlich könnte ich sie auch verfehlt haben. Ich hab' nicht die ganze Zeit hinausgeschaut. Möglich, daß sie auch flußabwärts gefahren ist.«

»Sie sind mir wirklich eine gottverdammte Hilfe, Mister Albright«, stellte Marsh fest.

Albright schüttelte den Kopf. »Ich kann Ihnen doch nicht erzählen, was ich nicht weiß. Vielleicht haben sie sie auch verbrannt. Wegen des Fiebers. Ich denke, man hätte ihr niemals diesen Namen geben dürfen. Der hat Unglück gebracht.«

Abner Marsh verlor allmählich die Geduld. »Sie wurde nicht verbrannt«, sagte er. »Sie ist irgendwo auf dem Fluß, und ich werde sie finden. Sie ist außerdem kein Unglücksboot.«

»Ich war der Lotse, Cap'n. Ich habe alles gesehen. Unwetter, Nebel, Verspätungen und dann das Fieber. Es war verflucht, dieses Schiff. An Ihrer Stelle würde ich es vergessen. Es bringt Ihnen nichts Gutes. Es ist gottlos.« Er stand auf. »Dabei fällt mir etwas ein, ich habe noch etwas, das Ihnen gehört.« Er holte zwei Bücher hervor und reichte sie Marsh. »Aus der Bibliothek der *Fieber-*

traum«, erklärte er. »Ich habe mit Cap'n York in New Orleans Schach gespielt und erwähnte, daß ich gern Gedichte lese, und da gab er mir diese Bücher am nächsten Tag. Als ich das Schiff verließ, habe ich sie irrtümlich mitgenommen.«

Abner Marsh wog die Bücher in der Hand. Lyrik. Ein Band mit Gedichten von Byron und einer von Shelley. Genau das, was ich jetzt dringend brauche, dachte er. Sein Dampfschiff war weg, regelrecht vom Fluß verschwunden, und alles, was er von dem Schiff noch vorweisen konnte, waren zwei verdammte Bücher mit Gedichten. »Behalten Sie sie«, sagte er.

Albright schüttelte den Kopf. »Ich will sie nicht. Das ist nicht die Art von Gedichten, die mir gefällt, Cap'n. Verdorben, alle beide. Kein Wunder, daß Ihr Schiff vom Schicksal ereilt wurde, wenn es solche Bücher mit sich führte.«

Abner Marsh schob die Bücher in seine Tasche und stand mit finsterer Mine auf. »Es reicht mir jetzt, Mister Albright. Ich werde mir dieses Gerede über mein Schiff nicht länger anhören. Es ist nicht schlechter als andere Schiffe auf dem Fluß, und es steht unter keinem Fluch. Es gibt keine Flüche, die ein Schiff in den Untergang treiben. Die *Fiebertraum* ist ein teuflisch gutes ...«

»Das ist sie wirklich«, unterbrach Dan Albright ihn. Er stand ebenfalls auf. »Ich muß gleich los wegen einer neuen Anstellung«, sagte er und geleitete Marsh zur Tür. Marsh ließ sich nach draußen komplimentieren. Doch in der Tür meinte der elegante kleine Lotse: »Cap'n Marsh, lassen Sie sie.«

»Wen?«

»Den Dampfer«, sagte Albright. »Er ist nicht gut für euch. Sie wissen doch, daß ich ein Unwetter schon lange vorher riechen kann.«

»Ja«, gab Marsh zu. Albright konnte Stürme und Gewitter besser vorhersagen als jeder andere, den Marsh je gekannt hatte.

»Manchmal rieche ich auch noch ganz andere Sachen«, sagte der Lotse. »Suchen Sie nicht danach, Cap'n. Vergessen Sie das Schiff. Ich dachte, Sie wären tot. Sie sind es nicht. Jetzt sollten Sie dankbar sein. Die *Fiebertraum* zu suchen und vielleicht zu finden, wird Ihnen wenig Freude bringen, Cap'n.«

Abner Marsh starrte ihn an. »So etwas können Sie sagen? Sie haben hinter ihrem Ruder gestanden und sie den Fluß hinuntergesteuert, und dann können Sie so etwas behaupten?«

Albright schwieg.

»Nun, ich höre nicht auf Sie«, erklärte Marsh. »Es ist mein Dampfschiff, Mister Albright, und eines Tages lenke ich es selbst, und dann lasse ich es gegen die *Eclipse* fahren, hören Sie, und ... und ...« Das Gesicht vor Zorn gerötet, hatte Marsh das Gefühl, an seiner eigenen Zunge ersticken zu müssen. Er bekam kein Wort mehr heraus.

»Stolz kann eine schwere Sünde sein, Cap'n«, warnte Dan Albright. »Lassen Sie die Dinge ruhen!« Er schloß die Tür und ließ Marsh draußen auf dem Flur stehen.

Abner Marsh nahm sein Mittagessen im Speisesaal des Planters' House ein, nachdem er einen Tisch für sich allein in einer Ecke gefunden hatte. Albright hatte ihn doch getroffen, und er stellte fest, daß er wieder die gleichen Gedanken wälzte wie während seiner Fahrt flußaufwärts auf der *Princess.* Er verspeiste eine Hammelkeule in Pfefferminzsauce, ein Gemüse aus Bohnen und Rüben und drei Portionen Tapioka, aber nicht einmal das beruhigte ihn. Während er seinen Kaffee trank, überlegte Marsh, ob Albright am Ende nicht doch recht hatte. Er war wieder in St. Louis, genauso wie vorher, ehe er Joshua York in eben diesem Saal kennengelernt hatte. Er hatte immer noch seine Firma, die *Eli Reynolds* und etwas Geld auf der Bank. Er war ein Oberlauf-Mann; es war ein schrecklicher Fehler gewesen, jemals nach New Orleans hinunterzugehen. Sein Traum hatte sich da unten im Sklavenland, im fieberheißen Süden, schnell in einen Alptraum verwandelt. Aber nun war es vorbei, sein Dampfer war weg und verschwunden, und wenn er es so wollte, dann könnte er durchaus so tun, als sei das alles niemals geschehen, als hätte es niemals einen Dampfer namens *Fiebertraum* gegeben und auch keine Leute namens Joshua York und Damon Julian und Sour Billy Tipton. Joshua war aus dem Nichts aufgetaucht, und nun war er wieder dorthin entschwunden. Die *Fiebertraum* hatte im April nicht existiert, und es schien sie auch jetzt nicht mehr zu geben, soweit Marsh es beurteilen konnte. Ein völlig normaler und vernünftiger Mensch konnte diesen ganzen Quatsch sowieso nicht glauben, dieses Blutsaufen und Umherschleichen bei Nacht und dieses Trinken einer widerlichen Flüssigkeit. All das ist nur ein Fiebertraum gewesen, dachte Abner Marsh. Aber nun war das Fieber von ihm gewichen, nun konnte er sein Leben hier in St. Louis fortsetzen.

Marsh bestellte sich noch einen Kaffee. Sie werden weiterhin töten, dachte er im stillen, während er ihn trank, sie werden weiter Blut saufen und morden, und niemand hindert sie daran. »Ich kann sowieso nichts tun«, murmelte er. Er hatte sich Mühe gegeben, hatte alles versucht, er und Joshua und Hairy Mike und der arme alte Mister Jeffers, der nun niemals mehr eine Augenbraue heben oder eine Schachfigur bewegen würde. Es hatte sie nicht weitergebracht. Und es hätte auch keinen Sinn, sich an die Behörden zu wenden, jedenfalls nicht mit der Geschichte von einer Bande Vampire, die seinen Dampfer gestohlen hatte. Sie würden an die Meldungen von dem Gelbfieber glauben und annehmen, daß sein Kopf dabei irgend etwas abbekommen habe, und ihn vielleicht sogar einsperren.

Abner Marsh bezahlte seine Rechnung und ging zum Büro der Fevre River Packets zurück. Auf dem Pier wimmelte es von Menschen und hektischer Betriebsamkeit.

Über allem spannte sich ein klarer blauer Himmel, und der Fluß lag glänzend und glatt im Sonnenschein, und die Luft hatte ein würziges Aroma, einen Duft von Qualm und Dampf, und er hörte die Pfeifen der Schiffe auf dem Fluß, wenn sie einander passierten, und das volltönende Glockengeläut eines Seitenraddampfers, der gerade einlief. Die Maate schimpften und fluchten, und die Schauerleute sangen, während sie Fracht verluden, und Abner Marsh stand da und schaute und lauschte. Das war sein Leben, das andere konnte nur ein Fiebertraum gewesen sein. Die Vampire töteten schon seit Tausenden von Jahren, hatte Joshua ihm erklärt, also wie konnte er, Marsh, ernsthaft hoffen, daran etwas zu ändern? Vielleicht hatte Julian so oder so recht. Es lag in ihrer Natur zu töten. Und es war Abner Marshs Natur, ein Dampfbootmann zu sein, nichts sonst, er war kein Kämpfer, York und Jeffers hatten versucht zu kämpfen, und sie hatten dafür teuer bezahlt.

Als er das Büro betrat, hatte Marsh soeben entschieden, daß Dan Albright völlig recht hatte. Er würde die *Fiebertraum* abschreiben, würde alles vergessen, was geschehen war, das war wohl das Vernünftigste. Er würde seine Firma leiten und vielleicht ganz gut verdienen, und in einem oder zwei Jahren hätte er vielleicht genug beisammen, um ein weiteres Schiff bauen zu lassen, ein größeres.

Green huschte im Büro umher. »Ich hab' zwanzig Briefe geschrieben, Cap'n«, sagte er zu Marsh. »Ich hab' sie auch schon aufgegeben, wie Sie's verlangt haben.«

»Sehr gut«, sagte Marsh und sank in einen Sessel. Beinahe setzte er sich dabei auf die Gedichtbände, die er in seine Tasche gezwängt hatte. Er zog sie heraus und blätterte sie schnell durch, las einige Titel, dann legte er sie beiseite. Es waren wirklich nur Gedichte. Marsh seufzte. »Holen Sie die Bücher her, Mister Green«, sagte er. »Ich möchte mal einen Blick hineinwerfen.«

»Jawohl, Cap'n«, sagte Green. Er ging zu einem

Schrank und holte sie hervor. Dann gewahrte er noch etwas anderes, hob es hoch und brachte es zusammen mit den Hauptbüchern zu Marsh. »Da«, sagte er, »das hätte ich beinahe vergessen.« Er reichte Marsh ein großes Paket, das in braunes Packpapier eingeschlagen und mit einer Kordel umwickelt war. »Irgendein kleiner Mann hat es vor etwa drei Wochen vorbeigebracht, sagte dazu, Sie hätten es eigentlich abholen wollen, wären aber nicht erschienen. Ich meinte darauf, Sie seien noch mit der *Fiebertraum* unterwegs, und bezahlte ihn. Ich hoffe, das war in Ordnung.«

Abner Marsh betrachtete stirnrunzelnd das Paket, zerriß die Kordel mit bloßer Hand und fetzte das Papier herunter, um den Karton zu öffnen. Darin lag eine brandneue Kapitänsjacke, weiß wie der Schnee, der den Oberlauf des Flusses im Winter bedeckt, unberührt und rein, mit einer Doppelreihe blitzender Silberknöpfe, und mit dem Namen *Fiebertraum* in erhabenen Lettern als Inschrift auf jedem. Er nahm die Jacke heraus, und der Karton rutschte auf den Fußboden, und plötzlich, endlich, kamen ihm die Tränen.

»Raus!« brüllte Marsh. Der Agent blickte ihm ins Gesicht und verschwand. Abner Marsh erhob sich, zog die weiße Jacke an und schloß die Silberknöpfe. Sie paßte wunderbar. Sie war kühl, viel kühler als die schwere blaue Kapitänsjacke, die er bisher getragen hatte. In dem Büro befand sich kein Spiegel, daher konnte Marsh nicht überprüfen, wie er aussah, aber er konnte es sich vorstellen. In seiner Vorstellung sah er aus wie Joshua York, bot er einen feinen und würdigen und eleganten Anblick. Das Tuch war so weiß, daß es zu leuchten schien.

»Ich sehe aus wie der Cap'n der *Fiebertraum*«, sagte Marsh laut zu sich selbst. Er stieß seinen Stock hart auf den Fußboden und fühlte, wie ihm das Blut ins Gesicht schoß, und er stand da und erinnerte sich. Er erinnerte sich daran, wie sie ausgesehen hatte, damals, im Dunst von New Albany. Er erinnerte sich daran, wie ihre Spiegel glänzten, erinnerte sich an die Silberbeschläge, an den wilden Schrei ihrer Dampfpfeife und an das Dröhnen ihrer Maschine, so laut wie ein Gewitter. Er erinnerte sich daran, wie sie die *Southerner* weit hinter sich gelassen hatte, wie sie den Vorsprung der *Mary Kaye* gefressen hatte. Er erinnerte sich auch an ihre Mannschaft; an Framm mit seinen wilden Geschichten, an Whitey Blake, der voller Schmierflecken war, an Toby, wie er Hühner schlachtete, an Hairy Mike, der mit den Schauerleuten und den Deckshelfern herumfluchte und sie anbrüllte, an Jeffers, der so gern Schach spielte und Dan Albright sicherlich an die hundertmal besiegt hatte. Wenn Albright so klug ist, dachte Marsh, wie kommt es dann, daß er Jeffers im Schach niemals schlagen konnte?

Und Marsh erinnerte sich am lebhaftesten an Joshua, Joshua ganz in Weiß, Joshua, wie er aus seinem Glas trank, Joshua, wie er in der Dunkelheit saß und von seinen Träumen erzählte. Graue Augen und starke Hände und Gedichte. »Wir alle treffen unsere Wahl«, flüsterte die Erinnerung. *Der Morgen kam und ging und kam und brachte keinen Tag.*

»GREEN!« brüllte Marsh, so laut er konnte.

Die Tür öffnete sich, und der Agent steckte nervös den Kopf herein.

»Ich will mein Dampfschiff«, sagte Marsh. »Verdammt, wo ist es?«

Green schluckte. »Cap'n, ich sagte es Ihnen doch schon, die *Fiebertraum* ...«

»Die doch nicht!« entgegnete Marsh und stieß den Stock hart auf. »Mein anderes Dampfschiff. Wo, zum Teufel, ist mein anderes Dampfschiff, jetzt, da ich es brauche?«

KAPITEL ZWEIUNDZWANZIG

An Bord des Raddampfers *Eli Reynolds*
Mississippi River, Oktober 1857

An einem kühlen Abend im Frühherbst verließen Abner Marsh und die *Eli Reynolds* schließlich St. Louis und liefen flußabwärts, um die *Fiebertraum* zu suchen. Marsh wäre viel lieber schon mehrere Wochen früher aufgebrochen, doch es war zuviel zu tun gewesen. Er hatte darauf warten müssen, daß die *Eli Reynolds* von ihrer letzten Fahrt den Illinois hinauf zurückkam, und sie dann überprüfen müssen, um sicherzugehen, daß sie auf dem Unterlauf des Flusses operieren konnte, und er hatte sich zwei Mississippi-Lotsen suchen müssen. Marsh mußte außerdem Schadenersatzforderungen von den Pflanzern und Spediteuren befriedigen, die der *Fiebertraum* in New Orleans Fracht für St. Louis anvertraut hatten und nun wütend auf das Verschwinden des Dampfers reagierten. Marsh hätte darauf dringen können, daß sie seinen Verlust teilten, aber er war immer stolz darauf gewesen, fair zu sein, daher zahlte er ihnen fünfzig Cent pro Dollar. Dann war da auch noch die unangenehme Aufgabe, Mister Jeffers' Angehörige zu verständigen — Marsh dachte sich, daß er ihnen wohl kaum erzählen konnte, was wirklich geschehen war; daher nahm er Zuflucht zu der Geschichte vom Gelbfieber. Andere Leute vermißten Brüder und Ehemänner, die verschwunden waren, und sie bestürmten Marsh mit Fragen, die er nicht beantworten konnte, und dann mußte er sich mit einem Inspektor der Regierung und einem Mann von der Lotsenvereinigung herumschlagen, und dann mußte er Rechnungen bezahlen und Geld eintreiben und seine Bücher kontrollieren und Vorbereitungen treffen, und das alles summierte sich zu einem Monat der Verzögerungen, Enttäuschungen und Unannehmlichkeiten.

Doch die ganze Zeit über hielt Marsh die Augen offen. Als auf die Briefe, die Green für ihn versandt hatte, keine Antworten kamen, schickte er weitere Briefe los. Er paßte einlaufende Dampfer ab, sooft er dazu Zeit fand, und fragte nach der *Fiebertraum*, nach Joshua York, nach Karl Framm und Whitey Blake und Hairy Mike Dunne und Toby Lanyard. Er engagierte zwei Detektive und schickte sie flußabwärts mit Instruktionen, soviel wie möglich in Erfahrung zu bringen. Er übernahm sogar eine Gewohnheit von Joshua und fing an, Zeitungen von allen Ecken und Ende des Flußnetzes zu kaufen; seine Abende verbrachte er dann damit, die Speditionsannoncen, die Schiffahrtswerbung, die Listen der Ankunfts- und Abfahrtszeiten von Dampfschiffen in Städten, so weit entfernt wie Cincinnati und New Orleans und St. Paul, zu studieren. Er besuchte das Planters' House und andere Flußherbergen noch häufiger, als es seine Gewohnheit war, und stellte tausend Fragen.

Und er erfuhr nichts. Die *Fiebertraum* war verschwunden, so schien es, einfach vom Fluß weggewischt. Niemand hatte sie gesehen. Niemand hatte mit Whitey Blake oder Mister Framm oder Hairy Mike geredet oder irgend etwas von ihnen gehört. In den Zeitungen stand nichts von ihrem Kommen und Gehen.

»Das leuchtet mir nicht ein«, klagte Marsh laut vor den Offizieren der *Eli Reynolds* eine Woche vor ihrer Abfahrt. »Sie ist hundertzwanzig Meter lang, nagelneu, schnell genug, daß jedem Dampfschiffer die Tränen in die Augen steigen. Ein solches Schiff muß einfach bemerkt werden.«

»Es sei denn, sie ist untergegangen«, äußerte Cat Grove, der kleine drahtige Maat der *Eli Reynolds.* »Es gibt Stellen in diesem Fluß, die tief genug sind, um ganze Städte zu verschlingen. Sie könnte auch mit Mann und Maus gesunken sein.«

»Nein«, beharrte Marsh stur. Er hatte ihnen nicht die ganze Geschichte erzählt. Wie hätte er das auch tun sollen? Keiner von ihnen war an Bord der *Fiebertraum* gewesen; sie würden ihm niemals Glauben schenken. »Nein, sie ist nicht gesunken. Sie ist irgendwo da unten und versteckt sich vor mir. Aber ich werde sie finden.«

»Wie?« fragte Yoerger, der Kapitän der *Eli Reynolds.*

»Der Mississippi ist ein langer Fluß«, gab Marsh zu, »und er hat eine Menge Seitenarme und Zuflüsse und Bayous, Abkürzungen und Stichkanäle und Biegungen und alle möglichen Stellen, wo ein Dampfer sich verstecken kann und wo niemand ihn entdeckt. Aber der Fluß ist nicht so lang, als daß auf ihm nicht gesucht werden kann. Wir fangen an einem Ende an und bewegen uns zum anderen und fragen überall nach, und wenn wir in New Orleans eintreffen und sie noch immer nicht gefunden haben, dann können wir das gleiche auf dem Ohio und dem Missouri und dem Illinois und dem Yazoo und dem Red River tun — oder wo immer wir das verdammte Schiff vermuten mögen.«

»Das könnte eine Weile dauern«, sagte Yoerger.

»Und wenn schon.«

Yoerger hob die Schultern, und die Offiziere der *Eli Reynolds* tauschten unsichere Blicke. Abner Marsh schaute finster in die Runde. »Zerbrechen Sie sich nicht den Kopf, wie lange es dauern wird«, schnappte er. »Sorgen Sie nur dafür, daß Sie meinen Dampfer klarmachen, verstanden?«

»Ja, Sir, Cap'n«, sagte Yoerger. Er war ein großer, vornübergebeugter, hagerer alter Mann mit einer ruhigen Stimme, und er arbeitete auf Dampfschiffen, seit es sie gab, daher konnte ihn nichts mehr überraschen, und der Ton seiner Stimme verkündete das auch.

Als der Tag der Abreise kam, zog Abner Marsh seine weiße Kapitänsjacke mit der Doppelreihe Silberknöpfe an. Sie paßte ihm wie angegossen. Er nahm ein großzügiges Abendessen im Planters' House ein — der Proviant auf der *Eli Reynolds* war nicht so berauschend, und der Koch wäre nicht einmal gut genug gewesen, Tobys Bratpfannen zu scheuern — und ging hinunter zur Anlegestelle.

Die *Eli Reynolds* lag unter Dampf, wie Marsh voller Zufriedenheit bemerkte. Trotzdem bot sie keinen überwältigenden Anblick. Sie war ein Schiff für den Oberlauf, klein und schmal und flach für die seichten engen Flüßchen, wo sie normalerweise unterwegs war. Sie war weniger als ein Viertel so lang wie die verschwundene *Fiebertraum* und etwa nur halb so breit, und vollbeladen faßte sie gerade einhundertfünfzig Tonnen Fracht gegenüber den tausend Tonnen des größeren Schiffs. Die *Eli Reynolds* hatte nur zwei Decks; es gab kein Texas, und die Mannschaft bewohnte den vorderen Teil der Kabinen auf dem Kesseldeck. Sie nahm sowieso nur selten Passagiere auf. Ein einzelner großer Hochdruckkessel trieb ihr Heckrad an, und sie war so schlicht, wie ein solcher Schiffstyp nun einmal aussah. Sie hatten zur Zeit so gut wie keine Fracht geladen, und Marsh konnte den Kessel vorn gut erkennen. Reihen glatter geweißter Holzsäulen trugen die oberen Decks, sahen aus wie zerbrechliche Stelzen, und die Säulen, die das verwitterte Promenadendach stützten, waren quadratisch und so schlicht und einfach wie ein Holzzaun. Der hintere Radkasten war nicht mehr als eine rechteckige Holzkiste, das Heckrad wirkte wie nachträglich anmontiert, und die rote Farbe war von der langen Benutzung verblichen und streifig geworden. Ansonsten sah man überall die Farbe abblättern. Das Ruderhaus war ein Kasten aus Holz und Glas und saß mitten auf dem Dampfschiff, und die gedrungenen Schornsteine bestanden aus unverziertem schwarzen Eisenblech. Die *Eli Reynolds* zeigte ihr wahres Alter, als sie dort im Wasser lag; sie sah furchtbar müde aus und schien leichte Schlagseite zu haben, als wolle sie jeden Moment umkippen und sinken.

Sie war überhaupt nicht mit der großen starken *Fiebertraum* zu vergleichen. Aber sie war alles, was er zur Verfügung hatte, und sie müßte ausreichen. Er ging hinunter zum Dampfer und kam an Bord über einen Steg, der vom Tritt unzähliger Stiefel abgenutzt war. Cat Grove erwartete ihn auf dem Vorderdeck. »Alles klar, Cap'n.«

»Dann weisen Sie den Lotsen an, abzulegen und sie auf den Fluß zu bringen«, sagte Marsh. Grove rief den entsprechenden Befehl nach oben, und die *Eli Reynolds* stieß einen Pfiff aus. Der Laut wirkte dünn und klagend und hoffnunglos tapfer. Er polterte die steile enge Treppe zur Hauptkabine hinauf, die düster war und ihm ein Gefühl des Eingezwängtseins vermittelte, da sie gerade dreizehn Meter lang war. Der Teppich war stellenweise bis auf das Rückengewebe abgenutzt, und die Landschaften, die die Salontüren zierten, waren längst zur Unkenntlichkeit verblaßt. Die ganze Inneneinrichtung des Dampfers hatte einen Hauch von kaltem Essen und saurem Wein und Öl und Qualm und Schweiß an sich. Es war unangenehm heiß, und das einzige einfache Oberlicht war viel zu verschmutzt und verschmiert, um viel Licht hereinzulassen. Yoerger und der dienstfreie Lotse saßen an einem runden Tisch und tranken Kaffee, als Marsh hereinkam. »Ist der Talg an Bord?« erkundigte Marsh sich.

Yoerger nickte.

»Viel war es aber nicht, was ich an Talg gesehen habe«, stellte Marsh fest.

Yoerger runzelte die Stirn. »Ich hatte mir gedacht, so wäre es Ihnen lieber, Cap'n. Wenn wir mehr geladen hätten, dann wären wir um einiges langsamer, und außerdem müßten wir öfter anhalten.«

Abner Marsh ließ sich das durch den Kopf gehen und nickte dann zustimmend. »Gut«, sagte er, »das leuchtet mir ein. Wurde mein Paket geliefert?«

»In Ihrer Kabine«, informierte Yoerger ihn.

Marsh verabschiedete sich und begab sich in seinen Kabine. Die Koje knarrte, als er sich auf dem Rand niederließ, das Paket öffnete und das Gewehr und die Patronen herausnahm. Er untersuchte es sorgfältig, wog es in der Hand und visierte über den Lauf. Es vermittelte ihm ein gutes Gefühl. Ein gewöhnlicher Pistolen- oder Gewehrschuß macht den Angehörigen des Nachtvolks vielleicht nichts aus, doch dieses Gewehr war etwas anderes, hand- und maßgefertigt vom besten Waffenschmied in St. Louis. Es war eine Büffelflinte mit einem achteckigen kurzen Lauf, dazu bestimmt, aus dem Sattel abgefeuert zu werden und einen angreifenden Büffel auf der Stelle unschädlich zu machen. Die fünfzig eigens angefertigten Patronen waren größer, als je ein Waffenschmied sie hergestellt hatte. »Teufel auch«, hatte der Waffenschmied festgestellt, »die zerreißen das Jagdwild ja in tausend Stücke. Nichts wird davon übrigleiben.« Abner Marsh hatte dazu nur genickt. Das Gewehr war nicht für Schußgenauigkeit gebaut, vor allem hätte es sie nicht in Marshs Händen, aber das brauchte es auch nicht zu sein. Auf kurze Distanz würde es das Grinsen Damon Julians blitzartig aus dem Gesicht wischen und seinen gesamten Schädel gleich mit von den Schultern blasen. Marsh lud es sorgfältig und hängte es an die Wand über seinem Bett, damit er sich nur aufzusetzen brauchte, um es mit einer einzigen fließenden Bewegung herunterzuholen und in Anschlag zu bringen. Erst als er das ausprobiert hatte, streckte er sich in der Koje aus.

Und so fing es an. Tag für Tag dampfte die *Eli Reynolds* weiter stromabwärts, bei Regen und Nebel, bei Sonnenschein und bedecktem Himmel, legte in jeder Stadt und an jeder Anlegestelle und an jedem Holzplatz an, um Erkundigungen einzuziehen. Abner Marsh saß oben auf dem Sturmdeck in einem Holzsessel neben der alten fleckigen Glocke des Dampfers und beobachtete Stunde für Stunde den Fluß. Manchmal aß er sogar seine Mahlzeiten da oben. Wenn er schlafen mußte, dann nahmen Kapitän Yoerger oder Cat Grove oder der Proviantmeister seinen Platz ein, und die Wache ging weiter. Wenn Flöße und Prahmen und andere Dampfer vorbeiglitten, rief Marsh sie an: »He, Sie da! Haben Sie einen Dampfer namens *Fiebertraum* gesehen?« Doch die Antwort, wenn er überhaupt eine bekam, war stets die gleiche: »Nein, Cap'n, haben wir ganz bestimmt nicht«, und auch die Leute an den Anlegestellen und auf den Holzplätzen konnten ihnen nichts sagen, und der Fluß war voller Dampfschiffe, Dampfschiffe Tag und Nacht, Dampfschiffe groß und klein, die flußaufwärts fuhren oder flußabwärts oder halbversunken an seinen Ufern lagen, aber keines war die *Fiebertraum*.

Die *Eli Reynolds* war ein langsames kleines Schiff auf einem großen Fluß, und sie kroch mit einer Geschwindigkeit durch die Fluten, bei der sich jeder Dampfschiffer geschämt hätte, und ihre Zwischenstopps und ihre Erkundigungen hielten sie zusätzlich auf. Aber die Städte glitten vorbei, die Holzplätze wurden passiert, die Wälder und die Häuser und andere Dampfschiffe schwebten in einem Auf und Ab von Tagen und Nächten vorüber, Inseln und Sandbänke blieben hinter ihnen zurück, ihre Lotsen lenkten sie zügig über Untiefen und Sandbarrieren, und sie drangen immer weiter nach Süden vor. Sainte Genevieve tauchte auf und fiel hinter ihnen zurück; Cape Girardeau und Crosno glitten vorbei, sie machten für einige Zeit in Hickman halt und etwas länger in New Madrid. Caruthersville lag im Nebel, aber sie fanden die Stadt trotzdem. Osceola war still, und Memphis war lärmend. Helena. Rosedale. Arkansas City. Napoleon. Greenville. Lake Providence.

Als die *Eli Reynolds* an einem stürmischen Oktobermorgen in Vicksburg einlief, warteten bereits zwei Männer auf dem Pier. Abner Marsh ließ den größten Teil der Mannschaft an Land gehen. Er, Kapitän Yoerger und Cat Grove begaben sich mit den Besuchern in die

Hauptkabine des Dampfers. Einer der Männer war ein massiger harter Bursche mit roten Bartkoteletten und einem Kopf, so kahl und glatt wie ein Taubenei, und mit einem schwarzen Wollanzug bekleidet. Der andere war schlank, ebenfalls elegant gekleidet und hatte stechende dunkle Augen. Marsh bot ihnen Platz an und servierte Kaffee. »Also?« fragte er. »Wo ist sie?«

Der Kahle pustete auf seinen Kaffee und verzog finster das Gesicht. »Keine Ahnung.«

»Ich habe Sie dafür bezahlt, meinen Dampfer zu finden«, sagte Marsh.

»Sie ist aber nicht zu finden, Cap'n Marsh«, erwiderte der Mann in Schwarz. »Hank und ich haben überall gesucht, das kann ich Ihnen versichern.«

»Das heißt nicht, daß wir nichts herausbekommen haben«, meinte der Kahle. »Nur haben wir den Dampfer noch nicht mit letzter Sicherheit identifiziert.«

»Na schön«, lenkte Marsh ein. »Dann erzählen Sie mal, was Sie herausgefunden haben.«

Der schwarze Mann holte einen Bogen Papier aus der Innentasche seines Rocks und faltete ihn auseinander. »Die meisten Angehörigen der Dampfschiffmannschaft und fast alle Passagiere gingen nach dem Gerücht vom Gelbfieber im Bayou Sara von Bord. Am nächsten Morgen dampfte Ihre *Fiebertraum* ab. Allen Aussagen nach fuhr sie stromaufwärts. Wir haben auf den Holzplätzen weiter oben einige Nigger gefunden, die darauf schwören, daß sie dort angelegt und Holz geladen hat. Vielleicht lügen sie auch, aber ich könnte mir nicht vorstellen warum. Daher kennen wir schon mal die Richtung, in die Ihr Dampfer verschwunden ist. Wir haben auch genügend Leute getroffen, die sicher sind, sie vorbeifahren gesehen zu haben. Oder zumindest glauben sie, daß sie es war.«

»Allerdings ist sie niemals in Natchez angekommen«, warf sein Partner ein. »Und das liegt ... nun ... acht bis zehn Stunden flußaufwärts.«

»Weniger«, sagte Abner Marsh. »Die *Fiebertraum* war ein verdammt schnelles Schiff.«

»Ob schnell oder nicht, sie ging auf jeden Fall zwischen Bayou Sara und Natchez verloren.«

»Auf diesem Stück zweigt der Red River ab«, sagte Marsh. Der schwarze Mann nickte. »Aber Ihr Schiff war nicht in Shreveport oder in Alexandria, und auf keinem der Holzplätze, die wir überprüft haben, erinnert jemand sich an die *Fiebertraum*.«

»Verdammt!« murmelte Marsh.

»Vielleicht ist sie tatsächlich gesunken«, mutmaßte Cat Grove.

»Wir haben noch mehr«, wandte der glatzköpfige Detektiv ein. Er nahm einen Schluck Kaffee. »Ihr Dampfer wurde in Natchez nicht gesichtet, das haben Sie gehört. Dafür aber einige von den Leuten, nach denen Sie gesucht haben.«

»Reden Sie weiter!« forderte Marsh ihn auf.

»Wir haben uns ziemlich lange in der Silver Street herumgetrieben«, sagte er. »Und haben uns umgehört. Der Mann namens Raymond Ortega war dort bekannt, und er stand auch auf Ihrer Liste. Er kam eines Abends zurück, Anfang September war das wohl, und besuchte einen der Reichen auf dem Berg und suchte unten noch eine Reihe weiterer Leute auf. Vier Männer befanden sich in seiner Begleitung. Einer davon entspricht Ihrer Beschreibung von diesem Sour Billy Tipton. Sie blieben etwa eine Woche lang. Unternahmen einige recht interessante Dinge. Heuerten eine Menge Männer an, weiße, farbige, ohne Unterschied. Und Sie wissen ja, was für Leute man in Natchez-under-the-Hill antrifft.«

Abner Marsh wußte es sehr wohl. Sour Billy Tipton hatte Marshs Mannschaft abgeschreckt und sie durch eine Bande Halsabschneider ersetzt, wie er selbst einer war. »Dampfschiffer?« fragte er.

Der kahle Mann nickte. »Wir haben noch mehr. Dieser Tipton war auch in Fork-in-the-Road.«

»Das ist ein großer Sklavenmarkt«, meinte der schwarze Partner.

»Er kaufte eine ganze Gruppe Sklaven. Und bezahlte sie mit Gold.« Der kahle Mann holte eine goldene Zwanzig-Dollar-Münze aus der Tasche und legte sie auf den Tisch. »Mit so etwas. Er kaufte auch noch andere Dinge in Natchez. Und bezahlte genauso.«

»Welche Dinge?« wollte Marsh wissen.

»Sklavenhalterzeug«, sagte der schwarze Mann. »Handfesseln. Ketten. Hämmer.«

»Und auch Farbe«, meinte der andere.

Und plötzlich ging Abner Marsh ein Licht auf, das so hell leuchtete wie ein ganzes Feuerwerk. »Herrgott im Himmel«, fluchte er. »Farbe! Kein Wunder, daß niemand sie gesehen hat. Verdammt noch mal! Die sind schlauer, als ich angenommen hatte, und ich bin ein verfluchter kindischer Narr, daß ich es nicht von Anfang an ahnte!« Er hämmerte mit der mächtigen Faust auf den Tisch, bis die Kaffeetassen einen wilden Tanz aufführten.

»Wir ahnen schon, was Sie meinen«, sagte der kahle Mann. »Sie haben sie übermalt. Ihr einen anderen Namen gegeben.«

»Ein bißchen Farbe reicht kaum aus, um einen berühmten Dampfer zu verändern«, widersprach Yoerger.

»Nein«, sagte Abner Marsh, »aber sie war noch nicht berühmt. Zur Hölle noch mal, wir haben gerade eine einzige Fahrt flußabwärts gemacht, haben noch nicht mal den Rückweg geschafft. Wie viele Leute sollten sie denn schon erkennen? Wer hatte auch nur von ihr gehört? Fast jeden Tag tauchen neue Schiffe auf dem Fluß auf. Man braucht nur einen neuen Namen auf die Radkästen zu pinseln und hier und da ein bißchen frische Farbe zu verteilen, und schon hat man ein völlig neues Schiff.«

»Aber die *Fiebertraum* war groß«, sagte Yoerger. »Und schnell, meinten Sie.«

»Es gibt eine Menge großer Dampfer auf dem verdammten Fluß«, sagte Marsh. »Oh, sie war größer als fast alle anderen außer der *Eclipse,* aber wie viele Leute erkennen das bereits auf den ersten Blick ohne ein anderes Schiff zum Vergleich daneben? Und was die Schnelligkeit angeht, Teufel auch, es ist doch ganz einfach, sie nur gebremst zu fahren, damit sie nicht auffällt. Auf diese Weise wird auch nicht über sie geredet.« Marsh schäumte innerlich vor Wut. Das war es, was sie sicherlich taten; sie fuhren sie langsam, weit unter ihrer Leistung, und blieben damit unauffällig. Irgendwie erschien ihm das geradezu sündhaft und verworfen.

»Das Problem ist nur«, warf der kahle Mann ein, »daß wir nicht die geringste Ahnung haben, welchen neuen Namen sie sich für das Schiff ausgedacht haben. Daher wird es nicht leicht sein, es zu finden. Wir können jedes Schiff auf dem Fluß besteigen und nach diesen Leuten Ausschau halten, die Sie außerdem suchen, aber ...« Er hob die Schultern.

»Nein«, sagte Abner Marsh, »Ich werde es viel einfacher finden. Soviel Farbe gibt es gar nicht, um die *Fiebertraum* derart gründlich zu verändern, daß ich sie nicht wiedererkenne. Wir sind schon bis hierher gekommen, da können wir auch gleich bis nach New Orleans weiterfahren.« Marsh zupfte sich am Bart. »Mister Grove«, sagte er, während er sich an den Maat wandte, »holen Sie Ihre Lotsen her! Es sind doch Männer vom Unterlauf, und die müßten die Dampfer, die hier verkehren, ganz gut kennen. Bitten Sie sie, sich mal die Stapel Zeitungen vorzunehmen, die ich gesammelt habe, und sie daraufhin durchzublättern, ob sie ein Schiff finden, das ihnen seltsam vorkommt.«

»Aber klar, Cap'n«, sagte Grove.

Abner Marsh wandte sich wieder an die Detektive. »Meine Herren, ich glaube nicht, daß ich Sie noch länger brauche«, sagte er. »Aber sollten Sie per Zufall den Dampfer entdecken, dann wissen Sie ja, wie Sie mich erreichen können. Ich werde dafür sorgen, daß Sie angemessen bezahlt werden.« Er stand auf. »Wenn Sie jetzt bitte mitkommen würden ins Büro des Zahlmeisters, dann gebe ich Ihnen den Rest, den ich Ihnen noch schulde.«

Den übrigen Tag verbrachte man vor Anker liegend in Vicksburg. Marsh hatte soeben sein Abendessen beendet — eine Platte Brathuhn, das nicht ganz durchgegart war, und labbrige Kartoffeln —, als Cat Grove sich einen Stuhl heranzog und sich mit einem Stück Papier in der Hand setzte. »Sie haben zwar fast den ganzen Tag dafür gebraucht, Cap'n, doch sie haben es geschafft«, sagte Grove. »Aber es gibt wirklich zu viele Schiffe. Es müssen so um die dreißig gewesen sein, die sie überhaupt nicht kannten. Ich bin selbst die Zeitungen durchgegangen und habe die Anzeigen studiert und mich informiert, was dort über die Schiffsgröße steht, wer die Schiffe besitzt und so weiter. Einige Namen kannte ich und konnte außerdem eine ganze Reihe Heckraddampfer und zu kleine Schiffe gleich von der Liste streichen.«

»Und wie viele sind übriggeblieben?«

»Nur vier«, sagte Grove. »Vier große Seitenraddampfer, von denen niemand je etwas gehört hat.« Er reichte Abner Marsh die Liste. Die Namen waren in säuberlichen Blockbuchstaben untereinander aufgeschrieben.

B. SCHROEDER
QUEEN CITY
OZYMANDIAS
F. D. HECKINGER

Marsh studierte den Zettel lange und mit gerunzelter Stirn. Einer der angegebenen Namen hätte eine ganz spezielle Bedeutung für ihn haben müssen, das wußte er, aber er konnte es nicht entscheiden, und hätte sein Leben davon abgehangen.

»Ergibt das für Sie einen Sinn, Cap'n?«

»Die *B. Schroeder* ist es ganz bestimmt nicht.« sagte Marsh plötzlich. »Die bauten sie zur gleichen Zeit in

New Albany, als sie auch an der *Fiebertraum* arbeiteten.« Er kratzte sich am Kopf.

»Das letzte Schiff«, sagte Grove und wies auf den Namen. »Sehen Sie sich doch nur mal die Initialen an, Cap'n. F. D. Wie bei *Fiebertraum*, vielleicht.«

»Schon möglich«, meinte Marsh. Er sagte sich die Namen laut vor. *»F. D. Heckinger. Queen City. Ozy ...«* Das war ein schweres Wort. Er war froh, daß er es nicht buchstabieren mußte. »Ozy-man-die-ass.«

Dann erkannte Abner Marshs Verstand, sein langsamer, umständlicher Geist, der niemals etwas vergaß, die Antwort vor seinen Augen, und sie kam ihm vor wie ein Stück Treibholz, das der Fluß plötzlich ans Ufer gespült hatte. Er hatte sich schon einmal mit diesem Wort herumgeschlagen, vor kurzem erst, lange war es nicht her, als er nämlich in einem Buch blätterte. »Moment«, sagte er zu Grove. Er erhob sich und verließ mit eiligen Schritten die Kabine. Die Bücher lagen in der untersten Schublade seiner Kommode.

»Was ist das?« fragte Grove, als Marsh zurückkam.

»Verdammte Gedichte«, sagte Marsh. Er blätterte den Byron-Band durch, fand nichts, nahm sich dann den Shelley vor. Und dort war es. Er überflog es schnell, lehnte sich zurück, dachte stirnrunzelnd nach und las es erneut.

»Cap'n Marsh?« Grove machte sich bemerkbar.

»Hören Sie sich das mal an!« forderte Marsh ihn auf. Er las laut:

»Mein Name Ozymandias ist, König aller Könige:
Betrachtet meine Werke, ihr Mächt'gen und die Not!«
Nichts sonst besteht. Gestrandet liegt es dort
Das ries'ge Wrack so grenzenlos und tot
Von ew'gem Sand umwogt an diesem öden Ort.

»Was ist das?«

»Ein Gedicht«, sagte Abner Marsh. »Es ist ein gottverdammtes Gedicht.«

»Aber was bedeutet es?«

»Es bedeutet«, sagte Marsh, während er das Buch zuklappte, »daß Joshua verzweifelt ist und sich besiegt fühlt. Sie würden es sowieso nicht verstehen, Mister Grove. Wichtig ist jetzt nur, daß wir nach einem Dampfschiff mit dem Namen *Ozymandias* suchen.«

Grove holte ein weiteres Stück Papier hervor. »Ich habe ein paar Punkte aus den Zeitungen abgeschrieben«, erklärte er und versuchte seine eigene Schrift zu entziffern. »Mal sehen, diese Ozy … Ozy … wie immer die heißt, operiert von Natchez aus. Als Eigner wird ein J. Anthony genannt.«

»Anthony«, sagte Marsh. »Verdammt, Joshuas zweiter Name lautet Anton. Sagten Sie Natchez?«

»Ja, von Natchez nach New Orleans, Cap'n.«

»Wir bleiben über Nacht hier. Morgen in aller Herrgottsfrühe legen wir nach Natchez ab. Haben Sie verstanden, Mister Grove? Ich will keine Minute Licht verlieren. Sobald die Sonne aufgeht, müssen wir unter Dampf sein, damit wir sofort losfahren können.« Vielleicht gab es für Joshua nichts anderes als Verzweiflung im Herzen, doch Abner Marsh hatte einiges mehr als das. Da waren noch offene Rechnungen, die beglichen werden müßten, und wenn er mit allem fertig war, dann bliebe von Damon Julian nicht viel mehr übrig als von jener verfluchten Statue in dem Gedicht.

KAPITEL DREIUNDZWANZIG

An Bord des Raddampfers *Eli Reynolds*
Mississippi River, Oktober 1857

Abner Marsh schlief nicht in dieser Nacht. Er verbrachte die langen Stunden der Dunkelheit in seinem Sessel auf dem Sturmdeck, die Lichter von Vicksburg im Rücken, und blickte über den Fluß. Die Nacht war kühl und still, das Wasser war wie schwarzes Glas. Ab und zu kam ein Dampfer in Sicht, eingehüllt in Flammen und Rauch und einen Funkenregen, und die Ruhe zerriß, während das Schiff vorbeirauschte. Doch dann machte es fest, oder es dampfte weiter, der Klang der Pfeife verhallte, und die Dunkelheit schloß sich wieder und umhüllte ihn wie weicher Samt. Der Mond war ein Silberdollar, der auf dem Wasser trieb, und Marsh hörte knarrende nasse Geräusche von der müden *Eli Reynolds* und gelegentlich Schritte oder auch den Fetzen eines Liedes aus Vicksburg, und stets wie ein Teppich unter allem den Atem des Flusses, das Rauschen seiner unerschöpflichen Fluten, die vorbeiströmten, die an seinem Schiff zerrten, es stießen und versuchten, es mitzunehmen, hinunter, nach Süden, dorthin wo das Nachtvolk und die *Fiebertraum* warteten.

Marsh fühlte sich seltsam berührt von der Schönheit der Nacht mit ihrer düsteren Lieblichkeit, die Joshuas schneidigen Engländer so tief bewegt hatte. Er kippte den Sessel nach hinten gegen die Glocke des alten Dampfers und ließ den Blick hinausschweifen zum Mond und den Sternen und über den Fluß und dachte, daß dies vielleicht der letzte friedliche Moment war, den er je erleben würde. Denn morgen — oder ganz gewiß am Tag danach — würden sie die *Fiebertraum* finden, und dann würde der Alptraum des Sommers aufs neue beginnen.

Sein Kopf war voller Vorahnungen, voller Erinnerungen und Visionen. Er sah immer wieder Jonathon Jeffers mit seinem Stockdegen, so verdammt kühn und selbstsicher und so verdammt hilflos, als Julian sich mit der Klinge im Leib auf ihn stürzte. Er hörte das Geräusch, als Julian das Genick des Zahlmeisters brach, und erinnerte sich daran, wie Jeffers Brille heruntergefallen war, das goldene Blinken, als sie über das Deck rutschte, an das leise Klirren, als sie aufprallte. Marshs große Hände verkrampften sich um den Griff des Spazierstocks. Vor dem dunklen Fluß sah er auch noch andere Dinge. Die winzige Hand, festgenagelt von einem Messer und heftig blutend. Julian, wie er Joshuas dunkles Elixier trank. Die naß glänzenden Schmierspuren an Hairy Mikes Eisenknüppel, als er sein furchtbares Werk in der Kapitänskabine verrichtet hatte. Abner Marsh hatte Angst, Angst wie noch nie in seinem Leben. Um die Ungeheuer zu bannen, die durch die Nacht trieben, rief er sich seinen eigenen Traum ins Bewußtsein, seine Vision von sich selbst, wie er mit der Büffelflinte in der Faust vor der Tür der Kapitänskabine stand. Er hörte das Brüllen des Gewehrs und spürte den wuchtigen Rückschlag und sah Damion Julians bleiches Lächeln und die dunklen Locken zerplatzen wie eine Melone, die aus großer Höhe herabfiel, eine Melone, die mit Blut gefüllt war.

Aber irgendwie, selbst als das Gesicht verschwunden war und der Rauch des Gewehrschusses sich verzogen hatte, waren die Augen noch da, starrend, lockend, Dinge in ihm weckend, Wut und Haß und düstere, verborgene Gefühle. Die Augen waren so schwarz wie die Hölle selbst und erfüllt mit roten Schächten, so endlos und ewig wie sein Fluß, die ihn anschauten, seine eigenen Gelüste weckten, seinen eigenen roten Durst. Sie schwebten vor ihm, und Abner Marsh schaute in sie hinein, in die warme Schwärze, und er sah dort seine

Antworten, sah den Weg, wie sie zu besiegen waren, besser und sicherer als mit Degenklingen oder Holzpflöcken oder Büffelflinten.

Feuer. Draußen auf dem Fluß brannte die *Fiebertraum*. Abner Marsh spürte es genau. Das schreckliche unvermittelte Aufheulen, das ihm in die Ohren schnitt, schlimmer als jeder Donner. Die Wolken von Flammen und Qualm, die brennenden Holzscheite und die glühenden Kohlen, die weit verstreut wurden, den kochendheißen Dampf, der aufwallte, die Wolken des weißen Todes, die das Schiff einhüllten, die Wände, die sich nach außen wölbten, rissen und in Flammen aufgingen, die Körper, die durch die Luft segelten, brennend oder halbgar gesotten, die aufreißenden Schornsteine, die dann umkippten, die Schreie, den Dampfer, der sich auf die Seite legte und im Fluß versank; zischend und knisternd und summend, die verkohlten Leichen, die auf dem Bauch inmitten des ganzen Abfalls und der Trümmer abtrieben, den großen Seitenraddampfer, der auseinanderbrach und nichts zurückließ als verkohltes Holz und einen Schornstein, der schief aus dem Wasser ragte. In dem Traum, in dem die Kessel explodierten, lautete der aufgemalte Name immer noch *Fiebertraum*.

Es wäre einfach, wußte Abner Marsh sicher. Eine Frachtsendung nach New Orleans; sie würden keinen Verdacht schöpfen. Fässer voller Sprengstoff, achtlos in nächster Nähe der rotglühenden Öfen und gefährlichen Hochdruckkessel aufgestapelt. Er könnte es irgendwie bewerkstelligen, und das wäre dann das Ende von Julian und seinen Gefährten der Nacht. Eine Zündkapsel, eine Zeitschaltuhr, es wäre möglich.

Abner Marsh schloß die Augen. Als er sie wieder aufschlug, war der brennende Dampfer verschwunden, war der Lärm der Schreie und der explodierenden Kessel verstummt, und die Nacht war wieder still. »Das ist nicht möglich«, sagte er laut zu sich selbst, »Joshua ist noch an Bord. Joshua.« Und auch noch andere, hoffte er: Whitey Blake, Karl Framm, Hairy Mike Dunne und seine Schauerleute. Und da war seine Lady selbst, an die er denken mußte, seine *Fiebertraum.* Marsh hatte eine Vision von einer ruhigen Flußbiegung an einem Abend wie diesem und von zwei großen Dampfern, die nebeneinander herstampften, die Qualmwolken hinter ihnen langgezogen und abgeflacht von ihrer Geschwindigkeit, mit Flammen, die aus den Schornsteinen schlugen, und Rädern, die sich wie wahnsinnig drehten. Während sie näher und näher kamen, schob sich ein Schiff sich etwas weiter vor, ein wenig nur, dann mehr und mehr, bis das Boot eine ganze Länge Vorsprung hatte. Das Schiff baute seinen Vorsprung ständig aus, als sie außer Sicht gerieten, und Marsh sah die Namen, die auf den Radkästen standen, und der führende Dampfer war die *Fiebertraum,* deren Flaggen und Wimpel fröhlich flatterten, während sie zügig und ruhig flußaufwärts zog, und hinter ihr kam die *Eclipse,* die sogar in der Niederlage strahlenden Glanz verbreitete. Ich werde es schaffen, schwor Abner Marsh sich.

Die Mannschaft der *Eli Reyolds* war um Mitternacht fast vollständig wieder aufs Schiff zurückgekehrt. Marsh verfolgte, wie sie nach und nach von Vicksburg herunterkamen, und hörte, wie Cat Grove das Holzfassen im Mondschein mit einer Reihe kurzer, knapper Befehle leitete. Stunden später kräuselten sich die ersten Qualmwolken aus den Schornsteinen des Dampfers himmelwärts, als der Maschinist die Öfen anheizte. Bis zur Morgendämmerung war noch eine Stunde Zeit. Dann erschienen auch Yoerger und Grove auf dem Sturmdeck mit eigenen Sesseln und einer Kanne Kaffee. Sie ließen sich schweigend neben Marsh nieder und schenkten ihm ebenfalls eine Tasse ein. Der Kaffee war heiß und schwarz. Er trank ihn dankbar.

»Wissen Sie, Cap'n Marsh«, begann Yoerger nach einiger Zeit. Sein längliches Gesicht war grau vor Müdigkeit. »Meinen Sie nicht, es wäre an der Zeit, daß Sie uns endlich reinen Wein einschenken, was eigentlich los ist?«

»Seit wir nach St. Louis zurückgekommen sind«, fügte Cat Grove hinzu, »reden Sie von nichts anderem als davon, Ihr Schiff zurückzubekommen. Morgen finden Sie es vielleicht. Was dann? Viel haben Sie uns nicht erzählt, Cap'n, außer daß Sie nicht die Absicht haben, die Polizei hinzuziehen. Warum nicht, wenn Ihr Schiff doch gestohlen wurde?«

»Aus dem gleichen Grund, warum ich es *Ihnen* nicht erzählt habe, Mister Grove. Sie würden meine Geschichte nicht mal eine Minute lang glauben.«

»Die Mannschaft ist neugierig«, sagte Grove. »Ich bin es auch.«

»Das alles geht Sie überhaupt nichts an«, sagte Marsh. »Mir gehört dieser Dampfer, oder nicht? Sie arbeiten für mich und die anderen ebenfalls. Befolgen Sie nur meine Befehle.«

»Cap'n Marsh«, sagte Yoerger, »dieses alte Mädchen und ich sind nun schon seit einigen Jahren auf dem Fluß unterwegs. Sie gaben Sie mir, als Sie Ihren zweiten Dampfer kauften, ich glaube, es war die alte *Nick Perrot,* damals im Jahr '52. Seitdem kümmere ich mich um die Lady, und Sie haben mich nicht entlassen, haben Sie nicht. Wenn ich gefeuert bin, schön, dann sagen Sie es mir. Wenn ich immer noch Ihr Kapitän bin, dann informieren Sie mich, wofür Sie meinen Dampfer brauchen. Wenigsten soviel habe ich wohl verdient.«

»Ich habe es Jonathon Jeffers erzählt«, sagte Marsh und sah vor seinem geistigen Auge wieder den goldenen Glanz der Brille, »und er ist deswegen gestorben. Vielleicht sogar auch Hairy Mike, nur das weiß ich nicht.«

Cat Grove lehnte sich vor und füllte Marshs Tasse mit lauwarmem Kaffee aus der Kanne auf. »Cap'n«, sagte er, »aus dem wenigen, was Sie uns erzählt haben, können Sie nicht sicher sein, ob Mike noch am Leben ist oder nicht, aber das ist nicht der Punkt. Sie sind sich auch bei einigen anderen nicht sicher. Bei Whitey Blake, zum Beispiel, dann bei Ihrem Lotsen, eben bei allen, die auf der *Fiebertraum* geblieben sind. Haben Sie es denen auch erzählt?«

»Nein«, gab Marsh zu.

»Dann dürfte es auch nichts ausmachen«, sagte Grove.

»Wenn flußabwärts irgendeine Gefahr lauert, dann haben wir ein Recht, es zu erfahren«, sagte Yoerger.

Abner Marsh ließ sich das durch den Kopf gehen und mußte zugeben, daß die Forderung durchaus berechtigt war. »Sie haben recht«, sagte er, »aber Sie werden es bestimmt nicht glauben. Und ich kann es nicht darauf ankommen lassen, daß Sie ebenfalls vom Schiff gehen. Ich brauche diesen Dampfer.«

»Wir gehen nicht«, sagte Grove. »Erzählen Sie uns schon die Geschichte.«

Also seufzte Abner Marsh und erzählte die Geschichte ein zweitesmal. Als er geendet hatte, blickte er seinen Zuhörern gespannt in die Gesichter. Beide zeigten keinerlei Reaktion, erschienen abwartend und skeptisch.

»Das ist kaum zu fassen«, stellte Yoerger fest.

»Ich glaube es«, sagte Grove. »Es ist nicht schwerer zu glauben als an Gespenster. Ich selbst sehe sie ja oft genug.«

»Cap'n Marsh«, sagte Yoerger, »Sie haben oft davon gesprochen, die *Fiebertraum* zu suchen, und selten über Ihre Absichten, wenn Sie sie gefunden haben. Haben Sie irgendeinen Plan?«

Marsh dachte an das Feuer, an die brüllenden und explodierenden Kessel, an die Schreie seiner Feinde. Er verdrängte den Gedanken. »Ich hole mir mein Schiff zurück«, sagte er. »Mein Gewehr haben Sie ja gesehen. Wenn ich erst einmal Julian den Kopf weggeblasen habe, dann, so denke ich, wird Joshua sich um den Rest kümmern.«

»Sie sagen, das hätten Sie schon versucht, mit Jeffers und Dunne, als Sie noch den Dampfer und die Mannschaft leiteten. Wenn Ihre Detektive sich nicht geirrt haben, dann ist Ihr Schiff jetzt voller Sklaven und Halsabschneider. Sie kommen gar nicht an Bord, ohne sofort erkannt zu werden. Wie wollen Sie da an Julian herankommen?«

Abner Marsh hatte über diesen Teil seines Plans noch nicht allzu eingehend nachgedacht. Doch nun, da Yoerger diesen Punkt angesprochen hatte, war deutlich zu erkennen, daß er nicht einfach mit der Büffelflinte in der Hand auftauchen konnte, allein sogar, wie er es eigentlich mehr oder weniger beabsichtigt hatte. Er dachte für einen Moment darüber nach. Er konnte als Passagier an Bord gelangen ... Aber Yoerger hatte recht, das war unmöglich. Selbst wenn er sich rasierte, gab es niemanden auf dem ganzen Fluß, der auch nur entfernt so aussah wie Abner Marsh. »Wir werden als Truppe angreifen«, sagte Marsh nach kurzer Überlegung. »Ich werde die ganze Mannschaft der *Eli Reynolds* mitnehmen. Julian und Sour Billy halten mich wahrscheinlich für tot; wir werden sie überraschen. Bei Tag natürlich. Ich werde, was das Licht betrifft, kein Risiko mehr eingehen. Keiner von den Nachtleuten hat die *Eli Reynolds* je gesehen, und ich vermute, daß nur Joshua jemals ihren Namen gehört hat. Wir dampfen direkt auf sie zu, wo immer wir sie vor Anker finden, und warten auf einen schönen sonnigen Morgen, und dann werden ich und alle umsteigen, die mich begleiten. Abschaum ist nun mal Abschaum, und welches Gesindel Sour Billy in Natchez auch gefunden haben mag, sie werden ganz gewiß ihr Leben nicht im Kampf gegen Pistolen und Messer riskieren. Vielleicht müssen wir uns Billy selbst auch vornehmen, aber dann ist die Bahn frei. Diesmal überzeuge ich mich genau davon, daß mir Julian gegenübersteht, ehe ich ihm den Kopf wegpuste.« Er spreizte die Hände in einer fragenden Geste. »Reicht das?«

»Klingt gut«, sagte Grove. Yoerger zeigte ein eher skeptisches Gesicht. Aber keiner von ihnen hatte bessere Vorschläge zu machen, daher stimmten sie nach kurzer Diskussion diesem Plan zu. Mittlerweile kroch die Dämmerung über die Hügel und Felsen von Vicksburg, und die *Eli Reynolds* stand unter Dampf. Abner Marsh erhob sich, streckte sich und fühlte sich erstaunlich stark und ausgeruht für jemanden, der die ganze Nacht kein Auge zugetan hatte. »Legen Sie ab!« befahl er laut dem Lotsen, der auf seinem Weg zu dem schlichten kleinen Ruderhaus an ihnen vorbeikam. »Und dann nach Natchez!«

Deckshelfer lösten die Seile, die sie mit der Anlegestelle verbanden, und der Heckraddampfer schob sich rückwärts vom Liegeplatz weg, änderte die Laufrichtung des Schaufelrades und tastete sich vor in den Kanal, während rote und graue Schatten sich gegenseitig über das östliche Ufer jagten und die Wolken im Westen sich rosa färbten.

Während der ersten beiden Stunden kamen sie gut vorwärts, vorbei an Warrenton und Hard Times und Grand Gulf. Drei oder vier größere Dampfer überholten sie, aber das war zu erwarten gewesen; die *Eli Reynolds* war nicht für Wettfahrten gebaut. Abner Marsh war mit ihrer Fahrt immerhin zufrieden genug, um sich für eine halbe Stunde nach unten zu begeben, sein Gewehr zu säubern und zu laden und ein schnelles Frühstück aus Blaubeerpfannkuchen und Rühreiern einzunehmen. Zwischen St. Joseph und Rodney bezog sich der Himmel, was Marsh kein bißchen gefiel. Kurze Zeit später entlud sich ein kleines Gewitter über dem Fluß mit so wenig Donner und Blitz und Regen, daß keine Fliege erschrak, doch der Lotse hatte genügend Respekt davor, um für eine Stunde an einem Holzplatz anzulegen, während Marsh ruhelos das Schiff durchstreifte. Framm und Albright wären bei dem Wetter weitergefahren, aber man konnte nicht erwarten, auf einem solchen

Schiff einen Spitzenlotsen anzutreffen. Der Regen war kalt und grau. Als er schließlich aufhörte, spannte sich ein hübscher Regenbogen am Himmel, der Marsh gut gefiel, und es blieb ihnen mehr als genug Zeit, um Natchez noch vor Einbruch der Dunkelheit zu erreichen.

Fünfzehn Minuten, nachdem sie abgelegt hatten, lief die *Eli Reynolds* auf eine Sandbank auf.

Es war ein dummer, ärgerlicher Fehler. Der junge Lotse, fast noch ein halbwüchsiger Bengel, hatte versucht, etwas Zeit aufzuholen, indem er eine unsichere Abkürzung genommen hatte, anstatt im Hauptfahrwasser zu bleiben, das einen weiten Bogen nach Osten beschrieb. Vor einem oder zwei Monaten wäre dies ein Beispiel für gute Lotsenarbeit gewesen, doch nun war der Wasserstand des Flusses einfach zu niedrig, selbst für einen Dampfer mit so wenig Tiefgang wie die *Eli Reynolds*.

Abner Marsh fluchte und schäumte und stampfte wütend umher, vor allem als sich herausstellte, daß das Schiff aus eigener Kraft nicht von der Sandbank freikam. Cat Grove und seine Männer machten die Winschen und die Hebebalken klar und gingen an die Arbeit. Zweimal regnete es noch, um die Situation noch etwas unangenehmer zu machen, doch viereinhalb nasse anstrengende Stunden später startete der Lotse erneut das Heckrad, und die *Eli Reynolds* schob sich mit einem Ruck vorwärts, löste einen Schauer aus Schlamm und Sand aus und schüttelte sich dann, als wolle sie endgültig in Stücke zerfallen. Und dann schwamm sie wieder. Ihre Pfeife ertönte mit einem Triumphgeheul.

Sie krochen für eine weitere halbe Stunde vorsichtig durch die Abkürzung, aber sobald sie wieder im Fluß waren, nahm die Strömung sie mit, und die *Eli Reynolds* nahm Geschwindigkeit auf. Qualmend und ratternd schoß sie flußabwärts wie der leibhaftige Teufel, aber es bestand keine Möglichkeit, die verlorene Zeit aufzuholen.

Abner Marsh saß auf dem verblichenen gelben Sofa

im Ruderhaus, als sie vor sich zum erstenmal die Stadt auf den Felsen sahen. Er stellte seine Kaffeetasse auf die Platte des großen bauchigen Ofens und trat hinter den Lotsen, der gerade damit beschäftigt war, den Fluß zu überqueren. Marsh achtete nicht auf ihn; sein Blick ruhte auf der fernen Anlegestelle, wo zwanzig oder mehr Dampfer an Natchez-under-the-Hill hingen.

Sie lag da, wie er es die ganze Zeit gewußt hatte.

Marsh erkannte sie sofort. Sie war das größte Schiff am Pier und überragte den nächstgrößeren Dampfer um knapp zwanzig Meter, und auch ihre Schornsteine waren die höchsten. Während die *Eli Reynolds* näher glitt, sah Marsh, daß man sie nicht besonders gründlich verändert hatte. Sie war immer noch vorwiegend in Blau und Weiß und Silber gehalten, obgleich man die Radkästen in einem aufdringlichen grellen Rot gestrichen hatte wie die Lippen einer Hure in Natchez. Der Name war in gelben Lettern aufgeschrieben worden, die sich schief und unordentlich um die Kante des Radkastens herum erstreckten; OZYMANDIAS lautete das Wort. Marsh verzog das Gesicht zu einer wütenden Grimasse. »Sehen Sie das große Schiff da drüben?« fragte er den Lotsen und zeigte mit dem Finger in die Richtung. »Gehen Sie so dicht heran, wie Sie es gerade schaffen, verstanden?«

»Yessuh, Cap'n.«

Marsh betrachtete die Stadt mit Abscheu. Die Schatten in den Straßen wurden bereits länger und tiefer, und auf dem Fluß lag der scharlachrote und goldene Hauch des Sonnenuntergangs. Außerdem war es bewölkt, verdammt noch mal viel zu bewölkt. Sie hatten viel Zeit am Holzplatz und auf der Abkürzung verloren, und der Sonnenuntergang im Oktober setzte viel früher ein als im Sommer.

Kapitän Yoerger hatte das Ruderhaus betreten und begab sich an seine Seite und sprach aus, was Marsh dachte. »Heute abend können Sie nichts unternehmen,

Cap'n Marsh. Es ist schon zu spät. In weniger als einer Stunde ist es völlig dunkel. Warten Sie lieber bis morgen.«

»Für wie dumm halten Sie mich eigentlich?« schnappte Marsh. »Natürlich warte ich. Diesen Fehler habe ich einmal begangen, ein zweitesmal mache ich ihn nicht mehr.« Er stieß wütend seinen Spazierstock auf das Deck. Yoerger wollte etwas sagen, aber Marsh hörte nicht zu. Er betrachtete noch immer den großen Seitenraddampfer am Pier. »Verdammt!« stieß er plötzlich hervor.

»Was ist los?«

Marsh streckte seinen Hickorystock aus. »Qualm«, sagte er. »Verfluchte Bande, sie heizen ein. Offenbar wollen sie ablegen.«

»Überstürzen Sie nichts« warnte Yoerger. »Wenn sie ablegt, dann legt sie ab, aber wir werden sie irgendwo flußabwärts schon wieder einholen.«

»Sie fahren offenbar nur nachts«, sagte Marsh, »und machen tagsüber irgendwo fest. Das hätte ich mir eigentlich denken können.« Er wandte sich an den Lotsen. »Mister Norman«, sagte er, »legen Sie nicht an. Dampfen Sie weiter flußabwärts und machen Sie am nächstmöglichen Holzplatz halt, und dann warten Sie dort, bis das andere Schiff vorbeikommt. Anschließend folgen Sie ihr, so gut Sie können. Sie ist verdammt viel schneller als die *Eli Reynolds,* deshalb machen Sie sich keine Sorgen, wenn Sie sie verlieren, halten Sie nur ihren Kurs flußabwärts und blieben Sie so dicht an ihr dran wie möglich.«

»Wie Sie meinen, Cap'n«, entgegnete der Lotse. Er drehte das abgewetzte Ruder Hand über Hand herum, und die *Eli Reynolds* schwang mit dem Bug jäh herum und glitt zurück in die Mitte der Fahrrinne.

Sie hatten neunzig Minuten am Holzplatz gelegen, und es war seit etwa zwanzig Minuten Nacht, als die *Fiebertraum* vorüberdampfte. Marsh erschauerte, als er sie herankommen sah. Der riesige Seitenraddampfer zog mit geschmeidiger Eleganz flußabwärts, mit einer gekonnten Lässigkeit, die ihn irgendwie an Damon Julian und seine Bewegungen erinnerte. Sie war zur Hälfte dunkel. Das Hauptdeck wurde vom rötlichen Schein aus den Feuerstellen erhellt, doch nur wenige Kabinenfenster auf dem Kesseldeck waren erleuchtet, und das Texasdeck und auch das Ruderhaus waren völlig dunkel. Marsh glaubte die einsame Gestalt dort oben sehen zu können, wie sie am Ruder stand, aber es war zu weit weg, als daß er sich dessen völlig sicher hätte sein können. Der Mond und die Sterne schienen bleich auf die weiße Farbe und die Silberbeschläge, und die roten Radkästen wirkten im Kontrast dazu geradezu obszön. Als sie vorüberdampfte, tauchten ein Stück weiter flußabwärts die Lichter eines anderen Dampfers auf und kamen auf sie zu, und sie riefen sich in der Nacht gegenseitig Grüße zu. Marsh hätte ihre Pfeife sofort und überall erkannt, aber nun erschien es ihm, daß sie einen kalten und traurigen Klang hatte, den er noch nie zuvor gehört hatte, ein melancholisches Klagen, das von Leid und Verzweiflung kündete.

»Halten Sie Abstand, aber folgen Sie ihr«, wies er seinen Lotsen an. Ein Deckshelfer löste die Leine, die sie am Haltepfosten des Holzplatzes fixiert hatte, und die *Eli Reynolds* schluckte eine Menge Teer und Tannenkloben und suchte schnaubend die Fahrtrinne und folgte ihrer größeren, weit vor ihr laufenden Kusine. Ein oder zwei Minuten später passierte ein fremder Dampfer, der nach Natchez unterwegs war, die *Fiebertraum* und steuerte auf sie zu und gab einen tiefen Dreiklang-Pfiff aus seiner Pfeife ab. Die *Eli Reynolds* antwortete, doch ihr Ruf klang so dünn und schwach, verglichen mit dem wilden Schrei der *Fiebertraum,* daß es Marsh mit tiefem Unbehagen erfüllte.

Er hatte erwartet, daß die *Fiebertraum* sie weit hinter sich lassen würde, aber so war es nicht. Die *Eli Reynolds* dampfte zwei Stunden lang in ihrem Kielwasser stromabwärts. Sie verloren das größere Schiff ein halbes Dutzend Male an Flußbiegungen aus den Augen, holten jedoch stets nach wenigen Minuten wieder auf, so daß der Blickkontakt wiederhergestellt wurde. Der Abstand zwischen den beiden Raddampfern vergrößerte sich, jedoch nur so unwesentlich, daß es sich kaum lohnte, es zu erwähnen. »Wir laufen mit voller Kraft und beinahe höchster Geschwindigkeit«, sagte Marsh zu Kapitän Yoerger, »aber die, sie schleichen nur. Wenn die nicht in den Red River abbiegen, machen sie vermutlich im Bayou Sara halt. Dort holen wir sie ein.« Er lächelte. »Günstig, nicht wahr?«

Mit ihren achtzehn Kesseln, die es zu heizen galt, und einer ganzen Menge an Schiffsmasse, die bewegt werden mußte, verbrauchte die *Fiebertraum* enorm viel mehr Holz als ihr kleiner Schatten. Sie machte mehrmals halt, um Holz zu laden, und jedesmal kam die *Eli Reynolds* etwas näher, obgleich Marsh sorgfältig darauf achtete, daß sein Lotse mit Viertelkraft weiterlief, um den Seitenraddampfer nicht einzuholen, während er Holz aufnahm. Die *Eli Reynolds* selbst stoppte ein einzigesmal, um ihr fast leeres Hauptdeck wieder mit zwanzig Klaftern frisch gefällter Buche aufzufüllen, und als sie wieder in den Strom manövrierte, waren die Lichter der *Fiebertraum* nur noch als undeutlicher rötlicher Schimmer auf den schwarzen Fluten weit vor ihnen auszumachen. Doch Marsh ließ ein ganzes Faß Talg in die Feuerung schütten, und der plötzliche Hitze- und Dampfschwall ließ sie einen großen Teil des verlorenen Abstands schnell wieder aufholen.

Unweit der Mündungszone, wo der Red River sich in den breiteren Mississippi ergoß, trennte die beiden Dampfer eine beruhigende Meile Abstand voneinander. Marsh hatte soeben eine frische Kanne Kaffee ins Ruderhaus gebracht und half dem Lotsen, sie zu leeren, als der Mann über das große Rad des Ruders hinwegblinzelte und meinte: »Sehen Sie sich das mal an, Cap'n, scheint so, als drückte die Strömung sie seitwärts weg. Denn an dieser Stelle wird der Fluß normalerweise nicht gequert.«

Marsh setzte seine Tasse ab und beobachtete das Geschehen. Plötzlich schien die *Fiebertraum* schlagartig viel näher gerückt zu sein, und der Lotse hatte recht; er konnte einen Teil ihrer Backbordseite sehen. Wenn sie den Fluß tatsächlich nicht querte, dann waren wahrscheinlich die sich aus dem Nebenfluß ergießenden Fluten für diese Scherbewegung verantwortlich, aber er begriff nicht, wie ein halbwegs fähiger Lotse so etwas zulassen konnte. »Sie weicht vielleicht nur einem Hindernis oder einer Sandbank aus«, mutmaßte Marsh, aber seine Stimme klang nicht überzeugt. Während er hinübersah, drehte der Seitenraddampfer sich sogar noch weiter, so daß er praktisch quer zu ihnen lag. Er konnte die Lettern im Mondschein auf dem Radkasten lesen. Fast machte sie den Eindruck, als triebe sie steuerlos dahin, aber der Qualm und die Funken stoben noch immer aus den Schornsteinen, und nun kam sogar ihr Bug in Sicht.

»*Verdammt!*« rief Marsh. Er fror plötzlich am ganzen Leib, als wäre er schon wieder in den Fluß gefallen. »Sie wendet. Verdammte Hölle! Sie wendet!«

»Was soll ich tun, Cap'n?« fragte der Lotse.

Abner Marsh gab keine Antwort. Er beobachtete die *Fiebertraum,* und sein Herz war von Angst erfüllt. Ein Heckraddampfer wie die *Eli Reynolds* hatte zwei Möglichkeiten, die Fahrtrichtung zu ändern, und beide waren ziemlich schwerfällig. Wenn die Fahrtrinne breit genug war, dann konnte sie ein weites U fahren, aber dazu waren viel Platz und sehr viel Schub nötig. Die andere Möglichkeit sah so aus, daß sie stoppte und ihr Schaufelrad andersherum laufen ließ, also rückwärts, um zu wenden, dann wieder vorwärts, um die Wende zu vollenden. Beide Manöver dauerten ziemlich lange, und

Marsh wußte nicht einmal, ob sie an dieser Stelle wenden konnten. Ein Seitenraddampfer war da weitaus manövrierfähiger. Ein Seitenraddampfer konnte ein Rad rückwärts und das andere vorwärts laufen lassen, so daß er sich auf der Stelle so geschickt drehte wie eine Tänzerin bei einer Pirouette. Nun konnte Abner Marsh auch das Vorderdeck der *Fiebertraum* sehen. Ihre Stege, hochgezogen, sahen im Mondlicht aus wie zwei lange weiße Zähne, und bleichgesichtige Gestalten in dunklen Kleidern drängten sich auf dem vorderen Teil des Haupt- und des Kesseldecks. Die *Fiebertraum* ragte größer und prächtiger vor ihnen auf als je zuvor. Sie hatte ihre Wende nun fast ganz abgeschlossen, und die *Eli Reynolds* lief noch immer auf sie zu, *Whapwhapwhap* schlugen die Paddel des Rades ins Wasser und trugen sie auf jene bleichen Madengesichter und die Düsternis und die glühenden roten Augen zu.

»*Verdammter Narr!*« brüllte Marsh. »Anhalten! Zurück, verdammt noch mal, *wendet!* Habt ihr keine Augen? Sie haben es auf uns abgesehen!«

Der Lotse schickte ihm einen unsicheren Blick und machte Anstalten, das Schaufelrad anzuhalten und eine Wende einzuleiten, doch noch während er das tat, erkannte Abner Marsh, daß es zu spät war. Sie würden die Wende niemals rechtzeitig schaffen, und selbst wenn es ihnen gelänge, dann wäre die *Fiebertraum* sowieso innerhalb von Minuten bei ihnen. Ihre enorme Kraft würde sich noch mehr bemerkbar machen, wenn beide Schiffe gegen die Strömung ankämpften. Marsh umfaßte den Arm des Lotsen. »Nein!« befahl er. »Kurs halten! *Schneller!* Steuern Sie einen weiten Bogen um sie herum. Lassen Sie noch mehr Talg in die Feuerung schütten, schnell, verdammt noch mal, wir müssen dran vorbeihuschen, ehe sie uns erreicht hat, haben Sie verstanden?«

Die *Fiebertraum* kroch jetzt auf sie zu, auf ihren Decks wimmelte es von Angehörigen des Nachtvolkes. Qualm wälzte sich aus den Schornsteinen, und Marsh konnte beinahe die Gestalten auf den Decks zählen. Der Lotse griff nach der Leine der Dampfpfeife, aber Marsh hielt ihn auf und befahl: »Nein!«

»Wir kollidieren!« sagte der Lotse. »Cap'n, wir müssen ihnen mitteilen, an welcher Seite wir sie passieren.«

»Sollen sie es doch erraten«, sagte Marsh. »Verdammt noch mal, das ist unsere einzige Chance! *Und verfeuern Sie noch mehr Talg!*«

Über die vom Mond beschienenen Fluten hinweg kreischte die *Fiebertraum* ihren Triumph hinaus. Es klang wie das Geheul eines dämonischen Wolfs, der gierig hinter seiner Beute herjagte.

KAPITEL VIERUNDZWANZIG

An Bord des Raddampfers *Ozymandias*
Mississippi River, Oktober 1857

Schön, schön«, sagte Sour Billy Tipton, »er kommt genau auf uns zu. Ist das nicht riesig nett von ihm?«

»Und du bist sicher, es ist Marsh, Billy?« fragte Damon Julian.

»Schauen Sie selbst«, sagte Sour Billy und reichte Julian das Fernrohr. »Oben in dem Ruderhaus dieser Rattenfalle. Niemand sonst ist so fett und voller Warzen. War schon gut, daß ich wissen wollte, warum die dauernd hinter uns blieben.«

Julian ließ das Fernrohr sinken. »Ja«, sagte er. Er lächelte. »Wirklich, was täten wir ohne dich, Billy?« Dann verflog das Lächeln. »Aber, Billy, du hast mir versichert, der Kapitän wäre tot. Als er in den Fluß sprang. Daran erinnerst du dich doch. Oder nicht, Billy?«

Sour Billy sah ihn wachsam an. »Diesmal gehen wir auf Nummer Sicher, Mister Julian.«

»Aha«, sagte Julian. »Ja. Lotse, wenn wir passieren, dann mit einem Abstand von weniger als einem Meter. Hast du verstanden, Lotse?«

Joshua York löste den Blick kurz vom Fluß, ohne seinen festen und sicheren Griff an dem großen schwarzen und silbernen Ruder zu lockern. Seine kalten grauen Augen fingen den Blick Julians in der Dunkelheit des Ruderhauses auf, dann senkten sie sich ruckartig. »Wir werden dicht an ihnen vorbeifahren«, sagte York mit hohler Stimme.

Auf dem Sofa hinter dem Ofen rührte sich Karl Framm schwerfällig, setzte sich auf, kam herüber und blieb hinter York stehen. Mit halbtoten matten Augen starrte er hinaus auf den Fluß. Wenn man ihn jetzt sieht, dann ist kaum zu glauben, wie unangenehm und aufdringlich der Lotse früher mal gewesen ist, dachte Billy. Damon Julian hatte Framm dazu verholfen, was ihm gebührte; an jenem Tag, als er zum Schiff zurückgekommen war, ohne zu begreifen, wie grundlegend die Situation sich verändert hatte, mußte der Lotse unbedingt in Julians Hörweite von seinen drei Frauen prahlen. Damon Julian fand das sehr belustigend. »Da Sie die nicht mehr wiedersehen werden«, hatte Julian später zu Framm gesagt, »bekommen Sie an Bord dieses Dampfers drei neue Frauen. Schließlich hat ein Lotse gewisse Vorrechte.« Und nun wechselten Cynthia, Valerie und Cara sich bei ihm ab und achteten darauf, nie zuviel zu trinken, dafür labten sie sich aber regelmäßig. Als einziger Lotse mit Lizenz durfte Framm nicht sterben, obgleich York jetzt die meiste Zeit am Ruder stand. Framm war nicht mehr stolz und mächtig und auch nicht mehr unangenehm mit seinem großen Mundwerk. Er redete kaum noch, und er zog schlurfend die Füße nach, wenn er ging, die mageren Arme waren mit Bißspuren und -wunden übersät, und er hatte einen fiebrigen Glanz in den Augen.

Blinzelnd das Näherkommen von Marshs gedrungenem Heckraddampfer beobachtend, schien Framm sich ein wenig zu straffen. Er lächelte sogar. »Ganz nah«, murmelte er, »darauf kannst du dich verlassen, daß sie nahe herankommt.«

Julian sah ihn an. »Was meinten Sie, Mister Framm?«

»Gar nichts«, sagte Framm, »außer daß sie euch mittschiffs rammen wird.« Er grinste. »Ich wette, der gute alte Cap'n Marsh hat den verdammten Kahn bis zum Kesseldeck mit Sprengstoff vollgeladen. Das ist ein alter Flußschiffertrick.«

Julian blickte wieder auf den Fluß. Der Heckraddampfer kam direkt auf die *Fiebertraum* zu und spuckte Feuer und Qualm wie ein fliegender Vulkan.

»Er lügt«, meinte Sour Billy, »er lügt immer.«

»Dann seht doch, wie schnell sie heranrauscht«, sagte Framm, und es stimmte. Mit der Strömung, die sie schob, und einem rasend rotierenden Schaufelrad jagte der Heckraddampfer heran wie der Leibhaftige.

»Mister Framm hat recht«, sagte Joshua York, und während er das sagte, drehte er, Hand über Hand, mit lässiger Eleganz an dem großen Rad. Die *Fiebertraum* schwang mit dem Bug nach Backbord herum. Einen winzigen Moment später zog der heranstürmende Heckraddampfer zur anderen Richtung weg und jagte ihnen davon. An der Seite konnten sie die verblichene Aufschrift lesen: ELI REYNOLDS.

»Das ist ein verdammter Trick!« brüllte Sour Billy. »Er läßt sie an uns vorbeifahren!«

Julian sagte kühl: »Es gibt keinen Sprengstoff. Bring sie nahe heran!« Und York drehte sofort wieder am Ruder, aber es war zu spät; Marshs Schiff hatte seine Chance erkannt und war mit erstaunlicher Geschwindigkeit vorbeigerauscht, während der Dampf in dicken weißen Wolken aus den Überdruckventilen herauszischte. Die *Fiebertraum* reagierte schnell, ging sofort wieder auf Kurs, doch die *Eli Reynolds* war an Steuerbord etwa zehn Meter von ihnen entfernt, in sicherem Abstand, und dampfte flußabwärts. Ein Schuß hallte von ihr herüber, während sie sich entfernte, dessen Knall deutlich über dem mächtigen Dröhnen der Maschinen der *Fiebertraum* und dem Lärm ihrer Schaufelräder zu vernehmen war, aber es wurde kein bleibender Schaden angerichtet.

Damon Julian wandte sich an Joshua York und übersah dabei Framms spöttisches Grinsen. »Du wirst sie für mich einfangen, Joshua. Oder ich lasse deine Flaschen von Billy in den Fluß werfen, und du wirst wie wir anderen vom Durst gepeinigt. Hast du mich verstanden?«

»Ja«, sagte York. Er ließ die Maschinen für beide Schaufelräder stoppen, dann ließ er das Backbordrad langsam vorwärts- und das Steuerbordrad langsam rückwärts laufen. Die *Fiebertraum* begann sich wieder zu drehen, unterstützt durch die Strömung. Die *Eli Reynolds* entfernte sich schnell von ihr, wobei ihr am Heck sitzendes Schaufelrad wild rotierte und ihre Schornsteine Funken und Feuer spuckten.

»Gut«, sagte Damon Julian. Er wandte sich an Sour Billy. »Billy, ich gehe in meine Kabine.« Julian verbrachte viel Zeit in seiner Kabine, wo er allein in der Dunkelheit saß, höchstens einmal beim Schein einer Kerze Brandy trank und ins Leere starrte. Mehr und mehr überließ er es Billy, das Schiff zu leiten, so wie er es auch Billy überlassen hatte, die Plantage zu führen, während er sich in seiner düsteren verstaubten Bibliothek aufhielt. »Bleib hier«, fuhr Julian fort, »und achte darauf, daß unser Lotse das tut, was ich ihm befohlen habe. Wenn wir den Dampfer geschnappt haben, dann bring Kapitän Marsh sofort zu mir.«

»Was soll mit den anderen geschehen?« fragte Billy unsicher.

»Ich bin sicher, dir wird etwas Passendes einfallen«, lächelte Julian.

Als Julian gegangen war, wandte Sour Billy seine Aufmerksamkeit wieder dem Fluß zu. Die *Eli Reynolds* hatte sich ein gutes Stück flußabwärts entfernt, während die *Fiebertraum* wendete, und hatte bereits einige hundert Meter Vorsprung, aber es war deutlich zu erkennen, daß es nicht lange dabei bleiben würde. Die *Fiebertraum* stürmte vorwärts, wie sie es seit Monaten nicht mehr getan hatte, beide Schaufelräder drehten sich mit Höchstgeschwindigkeit, die Schornsteine knatterten, und die Decksbohlen schwangen im Rhythmus der stampfenden Maschinen darunter. Während Billy dem anderen Boot nachschaute, schien der Abstand zwischen den beiden Schiffen dahinzuschmelzen; die *Fiebertraum* fraß den Fluß regelrecht auf. Julian würde praktisch jeden Augenblick vor Marsh stehen. Sour Billy Tipton freute sich schon darauf, ja, er war richtig begierig, das zu erleben.

Dann befahl Joshua York, das Steuerbordrad zu bremsen, und begann am Ruder zu drehen.

»He!« protestierte Billy. »Sie lassen sie ja entkommen! Was tun Sie da?« Er griff sich in den Nacken, zog das Messer hervor und schwang es drohend hinter Yorks Rücken. »Was soll das?«

»Ich überquere den Fluß, Mister Tipton«, antwortete York knapp.

»Drehen Sie das Rad ruhig zurück. Marsh will gar nicht auf die andere Seite, soweit ich sehen kann, aber dafür wächst sein Vorsprung.« York achtete nicht auf den Befehl, und Billy geriet noch mehr in Wut. »Umkehren, hab' ich gesagt!»

»Vor ein paar Sekunden sind wir an einem Bach mit einem abgestorbenen Cottonwood in der Mündung vorbeigekommen. Das ist die Markierung. Bei diesem Zeichen muß ich rüber. Wenn ich weiter geradeaus laufen würde, geriete ich aus der Fahrrinne und würde auflaufen und uns alle versenken. Nicht weit vor uns erstreckt sich ein Felsenriff, nicht so hoch, daß es aus dem Wasser ragt, aber hoch genug, um uns den Bauch aufzuschlitzen. Ist es nicht so, Mister Framm?«

»Ich hätte es nicht besser erklären können.«

Sour Billy blickte sich argwöhnisch um. »Ich glaube Ihnen nicht«, sagte er. »Marsh hat nicht den Fluß überquert, und seinem Schiff wurde der Boden nicht aufgerissen, jedenfalls habe ich davon nichts bemerkt.« Er hielt drohend das Messer hoch. »Sie lassen ihn jedenfalls nicht entkommen«, sagte er. Die *Eli Reynolds* hatte bereits weitere vierzig Meter Vorsprung vor der *Fiebertraum* herausgefahren. Erst jetzt begann der Dampfer leicht nach Steuerbord hinüberzuziehen.

»Ein armseliger Kahn«, sagte Karl Framm voller Verachtung. »Teufel auch, dieser kleiner Heckpaddler, hinter dem wir her sind, hat doch so gut wie keinen Tiefgang. Nach einem anständigen Regen könnte man damit quer durch halb New Orleans dampfen, ohne zu merken, daß man längst den Fluß verlassen hat.«

»Abner ist nicht dumm«, sagte Joshua York, »und sein Lotse auch nicht. Sie wußten genau, daß das Riff viel zu tief liegt, um ihnen gefährlich werden zu können, selbst bei diesem Flußpegel. Sie sind genau drübergedampft und haben gehofft, daß wir ihnen folgen und absaufen. Günstigstenfalls hätten wir bis zum Morgengrauen festgehangen. Begreifen Sie jetzt endlich, Mister Tipton?«

Sour Billy zog ein finsteres Gesicht und kam sich plötzlich vor wie ein Narr. Er steckte sein Messer weg, und während er das tat, lachte Karl Framm. Es war zwar nur ein leises Kichern, aber es war laut genug, so daß Sour Billy es sehr wohl hörte. Er fuhr herum. »Schnauze, oder ich ruf' die Frauen!« Danach war es an ihm, spöttisch zu grinsen.

Die *Eli Reynolds* hatte eine Landzunge umrundet, doch ihr Qualm hing noch in der Luft, und man konnte jenseits des schmalen Waldstreifens ihre Lichter erkennen. Sour Billy starrte diese Lichter schweigend an.

»Warum ist es Ihnen eigentlich so wichtig, ob Abner entkommt?« fragte York leise. »Was hat dieser Kapitän Ihnen getan, Mister Tipton?«

»Ich habe für Warzen nichts übrig«, erklärte Billy kalt, »und Julian will ihn haben. Ich tue nur, was Julian will.«

»Was täte er ohne Sie?« bemerkte Joshua York. Sour Billy gefiel der Ton nicht, in dem das gesagt wurde, aber ehe er dagegen protestieren konnte, fuhr York schon fort: »Er benutzt Sie, Billy. Ohne Sie wäre er ein Nichts. Sie denken für ihn, handeln für ihn, beschützen ihn bei Tag. Sie machen ihn zu dem, der er ist.«

»Jawohl«, sagte Billy stolz. Er wußte, wie wichtig er war. Ihm gefiel das sehr gut. Noch besser war es auf dem Dampfer. Ihm gefiel der Posten als Maat. Die Nigger, die er gekauft, und der weiße Abschaum, den er angeheuert hatte, hatten alle Angst vor ihm; sie redeten ihn mit ›Mister Tipton‹ an und beeilten sich, zu tun, was er von ihnen verlangte, ohne daß er einmal die Stimme erheben oder sie drohend ansehen mußte. Einige von den Weißen hatten sich zu Beginn noch gegen ihn aufgelehnt, bis Sour Billy einen von ihnen aufgeschlitzt und in die Feuerung gestopft hatte, bis nur noch sein Kopf herausgeschaut hatte. Danach begegneten sie ihm regelrecht respektvoll. Die Nigger machten überhaupt keine Probleme, außer wenn sie anlegten und wenn Billy sie an die Fesseln kettete, die er auf dem Hauptdeck verschraubt hatte, damit sie nicht weglaufen konnten. Das war besser als sein Job als Plantagenaufseher. Ein Aufseher war weißer Abschaum, alle blickten auf ihn herab. Aber auf dem Fluß war der Maat eines Dampfers ein Mann von Ansehen, ein Offizier, jemand, den man stets höflich anreden mußte.

»Das Versprechen, das Julian Ihnen gegeben hat, ist eine Lüge«, sagte York. »Sie werden nie einer von uns sein, Billy. Wir gehören unterschiedlichen Rassen an. Unsere Anatomie ist anders, unser Fleisch, unser Blut. Er kann Sie nicht verwandeln, ganz gleich, was er Ihnen erzählt.«

»Sie müssen glauben, ich sei verdammt dumm«, sagte Billy. »Ich brauche gar nicht auf Julian zu hören. Ich kenne die Geschichten. Ich weiß, wie Vampire andere Leute zu Vampiren machen können. Sie waren auch mal einer wie ich, York, egal, was Sie jetzt sagen. Nur sind Sie schwach, und ich bin es nicht. Haben Sie Angst?« Das war es, dachte Billy. York wollte, daß er Julian hinterging, damit Julian ihn nicht umdrehte, denn sobald er einer von ihnen war, wäre er stärker als York, vielleicht sogar stärker als Julian selbst. »Ich mach' Ihnen Angst, nicht wahr, Josh? Sie meinen, Sie wären so verdammt fein und edel, aber warten Sie nur ab, bis Julian mich verwandelt, und dann werden Sie mich anwinseln und vor mir zu Kreuze kriechen. Würde gern mal wissen, wie Ihr Blut schmeckt. Julian kennt es, nicht wahr?«

York schwieg, aber Sour Billy wußte, daß er einen wunden Punkt getroffen hatte. Damon Julian hatte seit jenem ersten Abend an Bord der *Fiebertraum* mindestens ein dutzendmal von Yorks Blut gekostet. Er hatte bisher sogar bei niemand anderem getrunken. »Weil du so schön bist, lieber Joshua«, sagte er immer mit einem bleichen Lächeln, wenn er York das Glas reichte, damit dieser es füllte. Es schien ihn zu belästigen, York unter seinen Willen zu zwingen.

»Insgeheim lacht er die ganze Zeit über Sie«, meinte York nach einiger Zeit. »Jeden Tag und jede Nacht. Er spottet über Sie, verabscheut Sie. Er findet Sie häßlich und lächerlich, ganz gleich, wie nützlich Sie sind. Sie sind für ihn nicht mehr als ein Tier, und er wird Sie fallenlassen wie so vielen anderen Abschaum, sobald er ein stärkeres Tier findet, das ihm dient. Er macht sich einen Spaß daraus, aber bis dahin sind Sie selbst schon so verfault und verkommen, daß Sie ihm immer noch vertrauen und hinter ihm herkriechen.«

»Ich krieche vor niemandem«, wehrte Billy sich. »Schweigen Sie! Julian lügt nicht!«

»Dann fragen Sie ihn doch mal, wann er Sie endlich verwandeln will. Fragen Sie ihn, wie er dieses Wunder vollbringen will, wie er Ihre Haut aufhellen und Ihren Körper verändern will, und wie er Ihre Augen dazu bringt, in der Dunkelheit zu sehen. Fragen Sie Julian, ob er Sie nicht anlügt. Und hören Sie zu, Mister Tipton. Hören Sie sich genau den Spott in seiner Stimme an, wenn er mit Ihnen redet.«

Sour Billy Tipton raste innerlich vor Wut. Er konnte sich kaum zügeln, sein Messer herauszureißen und es in Joshua Yorks breiten Rücken zu bohren, aber er wußte, daß York ihn bezwingen würde, und Julian wäre auch nicht gerade begeistert. »Na schön«, lenkte er ein. »Vielleicht frage ich ihn. Er ist älter als Sie, York, und er weiß Dinge, die Sie nicht wissen. Vielleicht frage ich ihn jetzt gleich.«

Karl Framm kicherte wieder verhalten, und sogar York löste den Blick vom Fluß, um ihn herausfordernd anzugrinsen. »Worauf warten Sie dann noch?« fragte er. »Fragen Sie ihn!« Und Sour Billy stieg nach unten zum Texasdeck, um sich Klarheit zu verschaffen.

Damon Julian hatte die Kapitänskabine bezogen, die vorher Joshua York gehört hatte. Billy klopfte höflich an. »Ja, Billy«, erfolgte die leise Antwort. Er öffnete die Tür und trat ein. Der Raum war völlig dunkel, aber er spürte, daß Julian nicht weit von ihm entfernt in der Dunkelheit saß. »Haben wir Kapitän Marsh schon eingeholt?« fragte Julian.

»Er ist noch immer vor uns«, sagte Billy, »aber wir haben ihn bald erwischt, Mister Julian.«

»Aha. Warum bist du dann hier, Billy? Ich hatte dir doch befohlen, bei Joshua zu bleiben.«

»Ich muß Sie etwas fragen«, sagte Sour Billy. Er wiederholte alles, was Joshua York ihm erzählt hatte. Als er damit geendet hatte, wurde es in der Kabine sehr still.

»Armer Billy«, sagte Julian schließlich. »Du zweifelst, Billy, nach all der langen Zeit? Wenn du zweifelst, Billy, dann wirst du die Verwandlung niemals schaffen. Deshalb ist der liebe Joshua so verstört. Seine Zweifel haben ihn zu diesem Zustand verdammt. Er ist zur Hälfte Meister und zur Hälfte Vieh, verstehst du? Du mußt Geduld haben.«

»Ich will endlich damit anfangen«, beharrte Billy. »Mehrere Jahre bin ich jetzt schon bei Ihnen, Mister Julian. Jetzt, da wir den Dampfer haben, geht es uns besser als je zuvor. Ich will einer von Ihrem Volk sein. Sie haben es versprochen.«

»Das habe ich.« Damon Julian kicherte. »Na schön, Billy, dann wollen wir anfangen, ja? Du hast mir gehorsam gedient, und wenn du es dir sosehr wünschst, dann kann ich es dir nicht abschlagen, nicht wahr? Du bist so klug, daß ich dich auf keinen Fall verlieren will.«

Sour Billy traute seinen Ohren kaum. »Heißt das, Sie

tun es?« Joshua York werden seine Worte noch furchtbar leid tun, dachte Billy aufgeregt.

»Natürlich, Billy. Ich habe dir ein Versprechen gegeben.«

»Wann?«

»Die Veränderung kann nicht in einer einzigen Nacht vollzogen werden. Es dauert einige Zeit, dich zu verwandeln, Billy. Jahre!«

»Jahre?« wiederholte Billy enttäuscht. Er hatte keine Lust, Jahre zu warten. In den Geschichten dauerte es niemals Jahre. »Ich fürchte schon. Genauso wie du vom Kind langsam zum Mann heranwächst, genauso verwandelst du dich ganz allmählich vom Sklaven zum Meister. Wir werden dich entsprechend ernähren, Billy, und aus dem Blut wirst du Kraft, Schönheit und Schnelligkeit gewinnen. Du wirst das reine Leben trinken, und es wird durch deine Adern fließen, bis du für die Nacht wiedergeboren wirst. Das kann nicht so schnell vollzogen werden, aber es ist möglich. Es wird so sein, wie ich es versprochen habe. Du wirst das ewige Leben erringen, und wirst Meister sein, und der rote Durst wird dich ausfüllen, dich treiben. Wir werden bald beginnen.«

»Wie bald?«

»Um anzufangen, mußt du trinken, Billy. Und dafür brauchen wir ein Opfer.« Er lachte. »Kapitän Marsh«, sagte er plötzlich. »Er wird für dich genau der Richtige sein, Billy. Wenn wir seinen Dampfer eingeholt haben, dann bring ihn her zu mir, wie ich es dir befohlen haben. Unversehrt. Ich werde ihn nicht anrühren. Er soll dir gehören, Billy. Wir fesseln ihn im großen Salon, und du trinkst von ihm, Nacht für Nacht. Ein Mann von seiner Größe verfügt bestimmt über eine Menge Blut. Er wird für lange Zeit reichen, Billy, und wird dir helfen, einen großen Teil der Verwandlung zu vollziehen. Ja, du wirst mit Kapitän Marsh beginnen, sobald er in unseren Händen ist. Fang sie, Billy! Für mich und für dich selbst.«

KAPITEL FÜNFUNDZWANZIG

An Bord des Raddampfers *Eli Reynolds*
Mississippi River, Oktober 1857

Abner Marsh verfolgte vom Ruderhaus der *Eli Reynolds* aus, wie die *Fiebertraum* sich anschickte, den Fluß zu queren. Er stampfte mit seinem Stock auf und fluchte halblaut, doch tief in seinem Innern war er sich gar nicht so sicher, ob er enttäuscht oder erleichtert sein sollte. Marsh wußte wohl, es hätte ihm das Herz zerrissen, miterleben zu müssen, wie seine Lady auf dem verdammten Riff strandete und unterging. Andererseits, nun, da die *Fiebertraum* immer noch hinter ihnen her war, würde Damon Julian ihm das Herz herausreißen, wenn sie die *Eli Reynolds* einholte. So oder so hatte er verloren. Marsh stand nachdenklich da, während der Lotse der *Eli Reynolds* ihr Ruder drehte und seinen eigenen Kreuzungskurs einschlug. Wie sie so in der Dunkelheit hinter ihnen herdampfte, bot die *Fiebertraum* einen furchteinflößenden Anblick. Marsh hatte sie bauen lassen, damit sie es mit der *Eclipse* aufnahm, also das schnellste Schiff war, das jemals unter Dampf gestanden hatte, und nun mußte er versuchen, ihr auf einem der ältesten und primitivsten Schiffe des ganzen Flusses zu entkommen. »Es hilft alles nichts«, sagte er laut und wandte sich an seinen Lotsen. »Wir befinden uns in einem Rennen«, sagte er. »Sorgen Sie dafür, daß wir nicht eingeholt werden.«

Der Mann schaute ihn an, als wäre er verrückt, und vielleicht war es das auch.

Abner Marsh begab sich hinunter auf das Hauptdeck, um nachzusehen, was er sonst noch tun könnte. Cat Grove und Doc Turney, der Chefmaschinist, hatten bereits ihre Posten bezogen und führten das Kommando.

Glühende Hitze waberte über das Deck. Die Feuerung bullerte und knisterte, und Flammenzungen leckten gelegentlich heraus, wenn die Heizer frisches Holz in den Schlund warfen. Grove hatte die gesamte Ofenbesatzung heruntergeholt, um den glühenden gierigen Rachen zu füttern und um die Buchen- und Tannenscheite mit Talg einzuschmieren, ehe sie sie in die Feuerung stopften. Grove trug einen Eimer voll Whiskey mit einer Kupferkelle darin von Mann zu Mann, damit jeder trinken konnte, ohne allzu lange seine Arbeit zu unterbrechen. Schweiß strömte ihm über die nackte Brust, und genau wie bei den Heizern war auch sein Gesicht von der furchtbaren Hitze gerötet. Es war kaum zu begreifen, wie sie dies alles ertrugen, aber der Ofen wurde ständig gefüttert.

Doc Turney beobachtete die Druckmesser am Kessel. Marsh trat neben ihn und informierte sich. Der Druck stieg immer höher. Der Maschinist schaute ihn an. »In den vier Jahren, die ich schon auf diesem Schiff bin, war der Druck noch nie so hoch!« rief er. Man mußte brüllen, um sich über dem Keuchen und Ächzen der Feuerung, dem Zischen des Dampfs und dem Rattern und Hämmern der Maschine verständlich zu machen. Marsh streckte vorsichtig eine Hand aus und zog sie schnellstens wieder zurück. Der Kessel war glühend heiß. »Was soll ich mit dem Sicherheitsventil tun, Cap'n?« erkundigte Turney sich.

»Sperren!« rief Marsh. »Wir brauchen Dampf.«

Turney reagierte mit einem skeptischen Stirnrunzeln, tat jedoch, was verlangt worden war. Marsh betrachtete die Anzeige; die Nadel stieg stetig höher. Der Dampf raste pfeifend durch die Leitungen, aber er tat seine Wirkung: Die Maschine dröhnte und rumorte, als wollte sie sich selbst auseinanderreißen, und das Schaufelrad wirbelte und rotierte schneller als je zuvor in den ganzen Jahren, *whapwhpwhapwhapwhap,* es peitschte das Wasser, so daß die Gischt wie ein breiter Fächer hervorwehte, und das ganze Schiff vibrierte und schob sich mit einer Gewalt durch die Fluten, wie es sie noch niemals gezeigt hatte.

Der zweite Maschinist und die Mechaniker tanzten um die Maschinen herum, ölten und schmierten und sorgten für eine gleichmäßige Funktion. Sie sahen aus wie in Teer getauchte kleine Affen. Sie bewegten sich auch so schnell wie Affen. Das mußten sie auch. Es war nicht einfach, bewegliche Teile zu schmieren, während sie arbeiteten, vor allem bei der Geschwindigkeit, die die alte klapprige Maschine der *Eli Reynolds* jetzt vorlegte.

»SCHNELLER!« brüllte Grove. »Noch schneller mit dem Talg!« Ein großer rothaariger Heizer stolperte von dem Ofenloch zurück, benommen von der Hitze. Er sank auf die Knie, aber ein anderer Heizer nahm sofort seinen Platz ein, und Grove ging zu dem gestürzten Mann hinüber und schüttete ihm eine Kelle voll Whiskey über den Kopf. Der Mann blickte auf, naß und blinzelnd, und öffnete den Mund, und der Maat schüttete ihm noch eine Portion Schnaps in die Gurgel. Nach einer Minute stand er wieder und schmierte Talg auf Tannenkloben.

Der Obermaschinist verzog das Gesicht, öffnete die Ventilrohre und ließ kochendheißen Dampf in die Nacht ab und senkte dadurch den Druck im Kessel ein wenig. Dann stieg er wieder an. Lötmasse wurde an mehreren Rohren weich und flüssig, aber Männer standen bereit, um jede Lücke abzudichten, die auf diese Weise entstand. Marsh war schweißdurchtränkt von der feuchten Hitze des Dampfs und der trockenen Glut des rasenden Ofens. Um ihn herum rannten Männer umher, brüllten, reichten Holz und Talg weiter, fütterten die Feuerung, versorgten den Kessel und die Maschinen. Die Pleuelstangen und das Rad veranstalteten einen furchtbaren Lärm, die aus dem Ofenloch herauszüngelnden Flammen tauchten alles in einen tanzenden roten Lichtschein. Es war ein glühendes, waberndes Inferno, eine Hölle aus Lärm und Hektik und Qualm und Dampf und Gefahr. Der Dampfer schüttelte sich und hustete und schwankte wie jemand, der jeden Moment umfallen und sterben konnte. Aber er bewegte sich, und hier unten gab es nichts, was Abner Marsh hätte tun oder sagen können, damit die *Eli Reynolds* noch schneller über die Wellen jagte.

Er ging dankbar hinaus auf das Vorderdeck, weg von der schrecklichen Hitze, wobei seine Jacke und das Hemd und die Hose so feucht waren, als sei er soeben aus dem Fluß gekrochen.Der Wind umwehte ihn, und Marsh fühlte sich für einen kurzen Moment wunderbar frisch und erholt. Vor ihnen gewahrte er eine Insel, die den Fluß teilte, und dahinter, auf dem westlichen Flußufer, ein Licht. Sie liefen schnell darauf zu. »Verdammt«, stieß Marsh hervor, »wir müssen um die zwanzig Meilen pro Stunde machen. Wenn nicht sogar *dreißig.*« Er sagte es laut, rief es fast, als ob das Dröhnen seiner Stimme den Wunsch wahrmachen konnte. Die *Eli Reynolds* schaffte an guten Tagen acht Meilen pro Stunde. Natürlich hatte sie jetzt als weitere Hilfe die Strömung, die sie mitnahm.

Marsh stürmte die Treppe hinauf durch die Hauptkabine und hinaus auf das Sturmdeck, um einen Blick nach hinten zu werfen. Die Kronen der kurzen gedrungenen Schornsteine schleuderten einen dichten Funkenregen in die Luft und zogen einen Flammenschleier hinter sich her, und während er das Schauspiel verfolgte, wallte auch wieder Dampf aus den Druckventilen, als Doc Turney gerade genug abließ, um den Kessel davon abzuhalten, sie mit einer Explosion direkt in die Hölle zu schicken. Das Deck unter Marshs Füßen schwankte wie die Haut eines lebendigen Wesens. Das Heckrad drehte sich so schnell, daß es eine richtige Wasserwand hochwarf, die wie ein auf dem Kopf stehender Wasserfall aussah.

Und hinter ihnen kam die *Fiebertraum*, halb abgedunkelt, mit Rauch und Feuer, das aus ihren hohen dunklen Schornsteinen fast bis zum Mond hinaufstieg. Es sah so aus, als wäre sie in der Zeit, als Marsh unten bei den Kesseln gewesen war, zwanzig Meter näher gekommen.

Kapitän Yoerger trat neben Marsh. »Wir können ihr nicht entkommen«, sagte er mit müder, mutloser Stimme.

»Wir brauchen mehr Dampf! Größere Hitze!«

»Das Schaufelrad kann sich nicht schneller drehen, Cap'n Marsh. Wenn Doc im falschen Moment niesen muß, dann fliegt uns der Kessel um die Ohren und bringt uns alle um. Die Maschine ist sieben Jahre alt und zerfällt bald in ihre Einzelteile. Der Talg wird auch schon knapp. Wenn der aufgebraucht ist, dann feuern wir nur noch mit Holz. Das Schiff ist eine alte Lady, Cap'n. Sie lassen sie tanzen wie an ihrem Hochzeitstag, aber viel länger schafft sie es nicht mehr.«

»Verdammt noch mal!« fluchte Marsh. Er schaute über ihr Paddel hinweg. Die *Fiebertraum* kam stetig näher. »Verdammt!« wiederholte er. Er wußte, daß Yoerger recht hatte. Marsh schaute nach vorn. Sie dampften auf die Insel zu. Der Fluß und die Hauptfahrrinne schwenkten nach Osten. Die westliche Abzweigung stellte eine Abkürzung dar, aber nur eine kleine. Selbst auf diese Entfernung konnte Marsh sehen, wie sie sich verengte, wie die Bäume sich über die Ufer neigten und ihre schwarzen knorrigen Gerippe streckten und reckten. Er kehrte zum Ruderhaus zurück und trat ein. »Nehmen Sie die Flußschlinge«, wies er den Lotsen an.

Der Lotse reagierte mit einem entsetzten Blick. Auf dem Fluß entschied der Lotse solche Dinge. Der Kapitän konnte gelegentliche Vorschläge machen, doch er gab keine Befehle. »Nein, Sir«, erwiderte der Lotse weniger entrüstet, als ein älterer Mann es getan hätte. »Sehen Sie sich die Ufer an, Cap'n Marsh. Der Fluß sinkt. Ich kenne diesen Arm, und um diese Jahreszeit ist er nicht passierbar. Wenn ich das Schiff hineinlenke, dann sitzen wir irgendwann fest bis zum nächsten Frühjahrshochwasser.«

»Das mag schon sein«, erwiderte Marsh, »aber wenn wir nicht durchkommen, dann schafft es die verdammte *Fiebertraum* erst recht nicht. Sie muß den weiteren Weg nehmen, und wir schütteln sie ab. Im Augenblick ist es viel wichtiger, sie loszuwerden als die verfluchten Untiefen oder Sandbänke, auf die wir treffen können, verstanden?«

Der Lotse runzelte die Stirn. »Sie haben kein Recht, mir zu erklären, wie der Fluß sich verhält, Cap'n. Ich habe schließlich einen guten Ruf. Ich habe noch nie ein Schiff stranden lassen, und ausgerechnet heute nacht werde ich damit nicht anfangen. Wir bleiben auf dem Fluß.«

Abner Marsh spürte, wie sein Gesicht rot anlief. Er blickte zurück. Die *Fiebertraum* befand sich jetzt etwa hundert Meter hinter ihnen und kam schnell näher. »Sie verdammter Narr«, sagte Marsh, »dies ist wahrscheinlich das wichtigste Rennen, das dieser Fluß je erlebt hat, und ich habe einen Narren als Lotsen. Sie hätten uns längst eingeholt, wenn Mister Framm am Ruder stünde oder wenn die einen Maat hätten, der mit ihr umzugehen weiß. Wahrscheinlich heizen sie sie sogar nur mit Cottonwood.« Er stieß seinen Spazierstock wie einen Degen in Richtung der *Fiebertraum.* »Aber sehen Sie nur, so langsam sie fährt, verdammt bald wird sie uns eingeholt haben, es sei denn, wir manövrieren sie aus. Haben Sie verstanden? *Nehmen Sie die verdammte Abkürzung!*«

»Ich könnte Sie der Vereinigung melden«, sagte der Lotse steif.

»Ich könnte Sie gleich über Bord schmeißen«, entgegnete Abner Marsh. Er machte einen drohenden Schritt vorwärts. »Dann lassen Sie die Jolle zu Wasser, Cap'n«, schlug der Lotse vor. »Wir loten und sehen nach, ob sie dort durchkommen würde.«

Abner Marsh schnaubte erbost. »Aus dem Weg, verdammt noch mal!« schimpfte er und stieß den Lotsen grob beiseite. Der Mann stolperte und stürzte. Marsh packte das Ruder und drehte es hart nach Steuerbord, und die *Eli Reynolds* schwang mit dem Bug herum. Der Lotse schimpfte und schäumte vor Wut. Marsh kümmerte sich nicht um ihn, sondern konzentrierte sich auf das Lenken, bis der Dampfer die vorgeschobene, hohe, schlammige Landspitze der Insel hinter sich hatte und am zerrissenen Westufer entlangdampfte. Er schaute gerade lange genug über die Schulter zurück, um zu sehen, wie die *Fiebertraum* — mittlerweile gerade noch siebzig Meter hinter ihnen — bremste und stoppte und schnellstens zurücksetzte. Als er wenige Sekunden später noch einmal zurücksah, steuerte sie bereits auf die östliche Flußbiegung zu. Dann hatte er keine Zeit mehr, um sie zu beobachten, da die *Eli Reynolds* gegen etwas Hartes stieß, dem Klang nach ein Baumstamm. Der Zusammenprall ließ Marsh derart hart die Zähne aufeinanderschlagen, daß er sich beinahe die Zungenspitze abgebissen hätte, und er mußte sich an das Ruder klammern, um auf den Beinen zu bleiben. Der Lotse, der gerade wieder hochgekommen war, ging erneut zu Boden und stöhnte. Die Geschwindigkeit des Dampfers ließ ihn über das Hindernis hinwegrutschen, und Marsh gewahrte es kurz: einen riesigen, schwarzen, halbversunkenen Baumstamm. Ein schreckliches Poltern hob an, ein ohrenbetäubendes Klappern und Dröhnen, und das Schiff erzitterte, als hätte irgendein wahnsinniger Riese es gepackt und als würde er es durchschütteln, dann erfolgte ein wuchtiger Ruck und das schreckliche Geräusch von Holz, daß zu Häcksel zertrümmert wurde, als die Paddel des Heckrades auf den Baumstamm eindroschen.

»Verflucht!« schimpfte der Lotse und kam mühsam wieder auf die Füße. »Lassen Sie mich ans Ruder!«

»Aber gern«, antwortete Marsh und machte ihm

Platz. Die *Eli Reynolds* hatte den abgestorbenen Baumstamm hinter sich gelassen und dampfte nun in rasender Geschwindigkeit durch die enge Abkürzung, wobei sie immer wieder erschauerte, als sie über eine Sandbank nach der anderen hinwegrutschte. Jede Sandbank bremste ihre Fahrt ein wenig, und der Pilot bremste sie noch mehr, indem er die Glocken im Maschinenraum wie ein Wilder läuten ließ. »Stopp!« rief er. »Das Schaufelrad sofort stoppen!« Das Rad drehte sich noch einige Male etwas träge und blieb dann knirschend stehen, und zwei lange hohe Dampfsäulen zischten aus den Überdruckventilen. Die *Eli Reynolds* verlor ihren Vorwärtsdrang und wackelte etwas, und das Ruder drehte sich ohne Widerstand unter den Händen des Lotsen. »Wir haben das Ruder verloren«, sagte er, während der Dampfer sich über eine weitere Sandbank schob.

Diese stoppte sie endgültig.

Und diesmal biß Abner Marsh sich wirklich auf die Zunge, als er nach vorn gegen das Rad stolperte. Jemand unten im Schiff brüllte auf. Er hörte es, als er sich aufraffte und einen Mundvoll Blut ausspuckte. Er hatte teuflische Schmerzen. Glücklicherweise hatte er sich die Zunge nicht ganz durchgebissen.

»Verdammt!« sagte der Lotse. »Sehen Sie! Sehen Sie nur!«

Die *Eli Reynolds* hatte nicht nur ihr Ruder verloren, sondern auch die Hälfte ihres Schaufelrades. Es hing zwar noch am Dampfer, aber dafür ziemlich schief, und die Hälfte der Holzkellen war zerschmettert oder fehlte ganz. Das Schiff gab noch einen Dampfstoß von sich, ächzte und sank dann langsam im Schlamm ein und legte sich ganz leicht nach Steuerbord.

»Ich sagte Ihnen doch, daß wir diese Abkürzung nicht nehmen können«, sagte der Lotse. »Ich habe Sie gewarnt. Um diese Jahreszeit gibt es nichts als Sandbänke und Untiefen. Das hier ist nicht meine Schuld, und ich hoffe, daß niemand das Gegenteil behauptet.«

»Halten Sie Ihren dämlichen Mund«, sagte Abner Marsh. Er schaute zurück, wo der Fluß selbst zwischen den Bäumen gerade noch zu erkennen war. Er sah leer aus. Vielleicht war die *Fiebertraum* weitergefahren. Vielleicht. »Wie lange dauert es, durch die Biegung zu gelangen?« fragte Marsh den Lotsen.

»Verdammte Hölle, warum interessiert Sie das jetzt? Wir werden mit diesem Schiff bis zum Frühjahr nirgendwohin fahren. Sie brauchen sowohl ein neues Ruder als auch ein neues Rad und einen höheren Pegel, um sie von der Sandbank loszubekommen.«

»Die Biegung«, beharrte Marsh. »Wie lange dauert die Biegung?«

Der Lotse beeilte sich zu antworten. »Dreißig Minuten, vielleicht zwanzig bei der Geschwindigkeit, die sie vorgelegt hat, aber warum ist das wichtig? Ich sage Ihnen ...«

Abner Marsh riß die Tür des Ruderhauses auf und brüllte nach Kapitän Yoerger. Dreimal mußte er rufen, und es dauerte gut fünf Minuten, bis Yoerger erschien. »Tut mir leid, Cap'n«, sagte der alte Mann. »Ich war unten auf dem Hauptdeck. Irish Tommy und Big Johanssen haben sich ganz schlimm verbrüht.« Er sah die Überreste des Schaufelrades und zuckte zusammen. »Mein armes altes Mädchen«, murmelte er gebrochen.

»Ist irgendein Rohr geplatzt?« erkundigte Marsh sich.

»Eine ganze Menge«, sagte Yoerger und löste mit Mühe seinen Blick von dem zerschmetterten Schaufelrad. »Überall nur Dampf, es wäre sicherlich schlimmer gekommen, wenn Doc nicht schnellstens die Auslaßventile geöffnet hätte und sie offengelassen hätte. Dieser Aufprall hat alles losgerissen.«

Marsh sackte in sich zusammen. Das war der entscheidende Schlag. Selbst wenn sie sich selbst von der Sandbank freiwinschen könnten, wenn sie ein neues Ruder montieren und irgendwie mit einem halben Schaufelrad durch die Abkürzung zurücksetzen und unterwegs den verdammten Baum wegräumen könnten, um sich daran vorbeizuschleichen — was alles allein für sich schon nicht einfach wäre —, hätten sie außerdem noch geplatzte Dampfleitungen und vielleicht sogar einen Kesselschaden, mit dem sie sich herumschlagen müßten. Er fluchte laut und ausgiebig.

»Cap'n«, sagte Yoerger, »jetzt können wir es mit denen zwar nicht mehr in einem Rennen aufnehmen und sie jagen, wie Sie es vorhatten, aber wenigstens sind wir in Sicherheit. Die *Fiebertraum* wird durch die Biegung dampfen und annehmen, daß wir längst weg sind, und dann werden sie uns weiter flußabwärts verfolgen.«

»Nein«, sagte Marsh. »Cap'n, lassen Sie Tragbahren für die Verletzten zusammenbauen und hauen Sie durch die Wälder ab.« Er wies ihm die Richtung mit seinem Stock. Das Flußufer war drei Meter weit weg durch seichtes Wasser. »Suchen Sie eine Stadt. Es müßte eine in der Nähe sein.«

»Zwei Meilen nach dieser Insel«, warf der Lotse ein. Marsh nickte ihm zu. »Gut, dann bringen Sie sie hin. Ich will, daß alle das Schiff verlassen, und zwar schnellstens.« Er erinnerte sich wieder an das goldene Funkeln, als Jeffers die Brille von der Nase rutschte, an dieses furchtbare kurze Aufblitzen. Nicht schon wieder, dachte Abner Marsh, nicht schon wieder seinetwegen. »Treibt einen Arzt auf, um die Verbrühten zu behandeln. Ich denke, ihr schafft es ungefährdet. Die wollen mich, nicht euch.«

»Kommen Sie denn nicht mit?« fragte Yoerger.

»Ich habe mein Gewehr«, sagte Abner Marsh. »Und ich habe so ein Gefühl. Ich warte.«

»Kommen Sie mit uns.«

»Wenn ich weglaufe, dann folgen sie mir. Wenn sie mich erwischen, dann passiert euch nichts. Jedenfalls nehme ich das an.«

»Und wenn sie nicht auftauchen ...«

»Dann folge ich euch im Morgengrauen«, sagte

Marsh. Er stieß ungeduldig mit seinem Stock auf. »Noch bin ich hier der Cap'n, oder nicht? Hören Sie auf, mit mir zu diskutieren, und tun Sie, was ich Ihnen befohlen habe. Ich will, daß alle sofort von meinem Schiff verschwinden, ist das klar?«

»Cap'n Marsh«, sagte Yoerger, »dann lassen Sie sich wenigstens von mir und von Cat helfen.«

»Nein. Verschwindet!«

»Cap'n ...«

»GEHT!« brüllte Marsh mit roten Gesicht. »GEHT!«

Yoerger erbleichte, packte den Arm des erschreckten Lotsen und zerrte ihn aus dem Ruderhaus. Als sie nach unten gerannt waren, blickte Abner Marsh noch einmal zum Fluß zurück — noch immer nichts — und stieg dann nach unten in seine Kabine. Er nahm das Gewehr von der Wand, testete und lud es und verstaute die Schachtel mit den eigens angefertigten Patronen in einer Tasche seiner weißen Jacke. So bewaffnet, kehrte Marsh wieder auf das Sturmdeck zurück und stellte seinen Sessel so auf, daß er ständig den Fluß im Auge hatte. Wenn sie klug waren, dann wüßten sie, wie niedrig der Flußpegel war. Sie wüßten, daß die *Eli Reynolds* vielleicht diese Abkürzung schaffen konnte, vielleicht aber auch nicht, aber daß sie auf jeden Fall langsame Fahrt machen müßte und auf dem ganzen Weg eine Jolle zum Loten vorausfahren müßte. Sie wüßten ganz genau, sobald sie die Biegung hinter sich hätten, daß sie sie geschlagen hätten. Und wenn sie das erkannten, dann würden sie ganz bestimmt nicht flußabwärts dampfen. Sie würden mit der *Fiebertraum* in der Nähe der Mündung dieser Abkürzung auf die *Reynolds* warten. Und unterdessen würden die Männer — oder auch Angehörige des Nachtvolks —, die sie an der Spitze der Insel abgesetzt hatten, mit einer Jolle die Flußschlinge heraufkommen, nur für den Fall, daß die *Reynolds* gestoppt hatte oder aufgehalten wurde. Zumindest wäre Abner Marsh so verfahren.

Der kleine Flußabschnitt, den er sehen konnte, war noch immer leer. Er fröstelte etwas, als er wartete. Jeden Moment rechnete er damit, die Jolle zwischen den Bäumen auftauchen zu sehen, besetzt mit stummen dunklen Gestalten und bleichen grinsenden Gesichtern im Mondlicht. Er überprüfte noch einmal sein Gewehr und wünschte sich, Yoerger möge sich beeilen.

Yoeger und Grove und die restliche Mannschaft der *Eli Reynolds* waren nun schon fünfzehn Minuten unterwegs, aber auf dem Fluß rührte sich nichts.

Die Nacht war voller Geräusche. Das Wasser rauschte und gurgelte um das Wrack seines Dampfers, der Wind ließ die Bäume knarren und rascheln, Tiere riefen in den fernen Wäldern. Marsh stand auf, hielt den Finger am Abzug und schaute wachsam flußaufwärts. Es gab nichts zu sehen. Nichts als stilles Flußwasser, das über Sandbänke, knorrige Baumwurzeln, den schwarzen Baumkadaver floß, der das Schaufelrad des Dampfers zerschlagen hatte. Er sah Treibholz im Wasser und sonst nichts. »Vielleicht sind sie doch nicht so klug«, murmelte er halblaut.

Aus dem Augenwinkel bemerkte Marsh etwas Bleiches auf der Insel auf der anderen Seite des Flusses. Er wirbelte herum, brachte das Gewehr hoch, aber da war nichts, nur schwarzer dichter Wald und schlammiges Flußufer. Sieben Meter seichtes Wasser erstreckten sich zwischen ihm und der dunklen stillen Insel. Abner Marsh atmete heftig. Was wäre, wenn sie mit der Jolle gar nicht durch den Seitenarm kämen, sondern wenn sie an Land gingen und sich von dort aus zu Fuß anschlichen?

Die *Eli Reynolds* knarrte unter ihm, und Marsh wurde unruhig. Sie setzt sich nur, sagte er sich, sie liegt auf Grund und sinkt weiter im Sand ein. Aber irgend etwas in ihm flüsterte, raunte ihm zu, daß dieses Knarren auch ein Schritt, ein Fußtritt sein konnte, daß sie sich längst an ihn herangeschlichen hatten, während er den Fluß beobachtete. Vielleicht waren sie sogar schon auf dem Schiff. Möglich, daß Damon Julian in diesem Moment die Treppe hinaufhuschte, durch die Hauptkabine schlich — er wußte, wie leise Julian sich bewegen konnte — und die Kabinen durchsuchte, sich dabei der Treppe näherte, die ihn heraufführen würden, herauf zum Sturmdeck.

Marsh drehte den Sessel, so daß er den oberen Rand der Treppe überschauen konnte, nur für den Fall, daß plötzlich ein bleiches weißes Gesicht in Sicht kommen sollte. Seine Hände, die das Gewehr hielten, schwitzten und machten den Lauf schlüpfrig. Er wischte sie an seinem Hosenbein ab.

Das Geräusch eines leisen Flüsterns drang durch den Treppenschacht herauf.

Sie sind dort unten, dachte Marsh, und beraten sich, wie sie mich in ihre Gewalt bringen können. Er saß hier oben und allein in der Falle. Nicht daß die Tatsache, daß er allein war, einen besonderen Nachteil darstellte. Er hatte vorher schon einmal Hilfe gehabt, und genutzt hatte es überhaupt nichts. Es machte für sie keinen Unterschied. Marsh erhob sich und ging zum oberen Rand der Treppe und blickte hinunter in die Dunkelheit, die nur unzureichend von reflektiertem Mondlicht erhellt wurde. Er umklammerte das Gewehr, blinzelte und wartete darauf, daß irgend etwas auftauchte. Er wartete lange Zeit, lauschte dabei jenem unklaren, schwachen Flüstern, während sein Herz hämmerte wie die altersschwache Maschine der *Eli Reynolds.*

Sie wollen, daß ich sie höre, dachte Abner Marsh. Sie wollen, daß ich Angst habe. Sie hatten sich wie Geister auf seinen Dampfer geschlichen, wie Todesengel, so schnell und leise, daß er sie nicht gesehen hatte, und nun versuchten sie, ihm Angst einzujagen. »Ich weiß, daß ihr da unten seid«, rief er. »Kommt nur rauf, ich habe etwas für Sie, Julian!« Er brachte das Gewehr in Anschlag.

Stille.

»Verdammtes Volk!« brüllte Marsh.

Etwas bewegte sich am Fuß der Treppe, eine huschende Gestalt, bleich und schnell. Marsh riß das Gewehr hoch, um zu schießen, aber die Gestalt war verschwunden, ehe er noch zielen konnte. Er fluchte und tat zwei Schritte die Treppe abwärts, dann blieb er stehen. Das war es, wozu sie ihn verleiten wollten. Sie versuchten ihn nach unten zu locken, auf die Promenade und zu den dunklen Kabinen und in den dämmrigen, staubigen Salon, durch dessen schmutziges Oberlicht das Mondlicht hereindrang. Hier oben auf dem Sturmdeck würde er sie in Schach und sich vom Leib halten können. Hier oben kämen sie nicht so leicht an ihn heran: Er konnte sie Stufen hinaufschleichen sehen, sah sie an den Seitenwänden hochklettern, was immer sie sich überlegt hatten. Aber dort unten wäre er ihnen auf Gedeih und Verderb ausgeliefert.

»Kapitän!« rief eine leise Stimme von unten herauf. *»Kapitän Marsh!«*

Marsh hob des Gewehr und zielte.

»Nicht schießen, Kapitän! Ich bin's. Nur ich bin's.« Sie trat am Fuß der Treppe in sein Blickfeld.

Valerie.

Marsh zögerte. Sie schaute lächelnd zu ihm herauf, wobei ihr dunkles Haar das Mondlicht einfing, und wartete. Sie trug eine lange Hose und das Rüschenhemd eines Mannes, das vorn aufgeknöpft war. Ihre Haut war weich und blaß, und ihre Augen fingen seinen Blick ein und hielten ihn fest, leuchtende violette Lampen, tief, wunderschön, unergründlich. Er hätte für immer darin eintauchen können. »Kommen Sie zu mir, Kapitän!« rief Valerie. »Ich bin allein, Joshua hat mich geschickt. Kommen Sie herunter, damit wir uns unterhalten können.« Marsh tat zwei Schritte abwärts, angelockt von diesen funkelnden Augen. Valerie streckte die Arme aus.

Die *Eli Reynolds* stöhnte und rutschte plötzlich nach Steuerbord. Marsh stolperte und stieß sich das Schienbein hart an der Treppe, und der Schmerz trieb ihm die Tränen in die Augen. Er hörte schwaches Gelächter von unten heraufdringen, sah Valeries Lächeln brüchig werden und versiegen. Fluchend brachte Marsh das Gewehr an die Schulter und feuerte. Der Rückschlag riß ihm beinahe die Schulter ab und schleuderte ihn nach hinten gegen die Treppenstufen. Valerie war verschwunden, verweht wie ein Gespenst. Marsh fluchte und kam auf die Füße und suchte in seiner Tasche nach einer weiteren Patrone und wich dabei zur Treppe zurück. »Joshua, zur Hölle!« brüllte er in die Dunkelheit hinunter. »Julian hat dich geschickt, dieser verfluchte Teufel!«

Als er wieder auf das Sturmdeck kam, das nun um dreißig Grad geneigt war, spürte Marsh, wie sich etwas Hartes zwischen seine Schulterblätter drückte. »Sieh mal an«, sagte die Stimme, »wenn das nicht Cap'n Marsh ist.«

Die anderen erschienen auch, einer nach dem anderen, als Marsh das Gewehr mit einem lauten Klappern auf das Deck fallen ließ. Valerie kam als letzte und wollte ihm nicht in die Augen blicken. Abner Marsh beschimpfte und verfluchte sie als verlogene Hure. Schließlich schenkte sie ihm einen schrecklichen, anklagenden Blick. »Meinen Sie denn, ich hätte eine Wahl gehabt?« fragte sie bitter, und Marsh brach seine Tirade ab. Es waren nicht ihre Worte, die ihn verstummen ließen; nicht ihre Worte, aber der Ausdruck in ihren Augen. Denn in diesen endlosen violetten Schächten, ganz kurz aufflackernd, sah Marsh Scham und Grauen — und Durst.

»Los!« rief Sour Billy Tipton.

»Verdammter Kerl«, knurrte Abner Marsh.

KAPITEL SECHSUNDZWANZIG

An Bord des Raddampfers *Ozymandias*
Mississippi River, Oktober 1857

Abner Marsh hatte Dunkelheit erwartet, doch als Sour Billy ihn durch die Tür der Kapitänskabine stieß, erstrahlte der Raum im warmen Lichtschein der Öllampen. Die Kabine wirkte verstaubter, als Marsh sie in Erinnerung hatte, doch ansonsten war alles so geblieben, wie Joshua es sich eingerichtet hatte. Sour Billy schloß die Tür, und Marsh war mit Damon Julian allein. Er packte seinen Hickorystock fester — Billy hatte das Gewehr in den Fluß geschleudert, Marsh jedoch gestattet, seinen Stock zu holen — und machte ein finsteres Gesicht. »Wenn Sie die Absicht haben, mich zu töten, dann kommen Sie und versuchen es«, sagte er. »Ich bin jetzt nicht in der Stimmung für alberne Spiele.«

Damon Julian lächelte. »Sie töten? Warum, Captain? Ich wollte Sie eigentlich zum Dinner einladen.« Ein silbernes Tablett stand auf dem schmalen Tisch zwischen den großen Ledersesseln. Julian hob den Deckel, und darunter kamen ein Teller mit Brathuhn und Blattgemüse, weißen Rüben und Zwiebeln sowie ein Stück Apfelkuchen mit Quark zum Vorschein. »Wein ist auch da. Bitte, nehmen Sie Platz, Captain.«

Marsh blickte auf das Essen und nahm den appetitlichen Duft wahr. »Demnach ist Toby noch am Leben«, stellte er mit plötzlicher Gewißheit fest.

»Natürlich ist er das«, sagte Julian. »Wollen Sie sich nicht setzen?«

Marsh trat wachsam vor. Er hatte keine Vorstellung, was Julian im Schilde führte, aber er versuchte es kurz zu ergründen und entschied dann, daß es ihm eigentlich gleichgültig war. Vielleicht war das Essen vergiftet, aber das ergab keinen Sinn, sie hatten sicherlich einfachere Methoden, ihn zu töten. Er setzte sich und griff nach einer Hühnerbrust. Sie war noch heiß. Er biß hungrig hinein und erinnerte sich daran, wie lange es her war, seit er eine anständige Mahlzeit zu sich genommen hatte. Möglich, daß er schon bald sterben müßte, aber dann würde der Tod ihn wenigstens mit vollem Bauch antreffen.

Damon Julian, eine elegante Erscheinung in einem braunen Anzug mit goldener Weste, verfolgte Marshs Mahlzeit mit einem belustigten Lächeln in dem bleichen Gesicht. »Wein, Captain?« war alles, was er fragte. Er füllte zwei Gläser und trank genußvoll einen Schluck.

Nachdem Abner Marsh den Kuchen verzehrt hatte, lehnte er sich in seinem Sessel zurück und rülpste, dann verzog er finster das Gesicht. »Ein üppiges Mahl«, sagte er widerstrebend. »Nun, warum bin ich hier, Julian?«

»An dem Abend, an dem Sie sich so hastig verabschiedeten, Captain, da versuchte ich Ihnen lediglich mitzuteilen, daß ich mit Ihnen reden wollte. Sie hatten es vorgezogen, mir nicht zu glauben.«

»Sie haben verdammt recht, daß ich Ihnen nicht glaubte«, sagte Marsh. »Und ich tue es noch immer nicht. Aber nun habe ich zu der Angelegenheit nicht viel zu sagen, daher reden Sie.«

»Sie sind sehr mutig, Captain Marsh. Und stark. Ich bewundere Sie.«

»Ich kann nicht behaupten, daß ich viel für Sie übrig habe.«

Julian lachte. Sein Gelächter perlte wie Musik. Seine dunklen Augen funkelten. »Amüsant«, sagte er. »Soviel Frechheit.«

»Ich weiß nicht, warum Sie versuchen, mich einzuwickeln, aber ich werde Ihnen bei nichts helfen. Alles Brathuhn der Welt schaffte es nicht, daß ich vergesse, was Sie mit dem armen Säugling und mit Mister Jeffers getan haben.«

»Sie scheinen zu vergessen, daß Jeffers mich kurz vorher mit einem Degen durchbohrt hatte«, sagte Julian. »Und so etwas nimmt niemand so leicht hin.«

»Das Kind hatte keinen Degen.«

»Ein Sklave«, sagte Julian gleichgültig. »Eine Sache, tote Substanz, nach den Gesetzen Ihres Landes. Minderwertig laut dem Urteil Ihrer eigenen Leute. Ich habe ihm ein Leben in Ketten erspart, Captain.«

»Fahren Sie zur Hölle!« fluchte Marsh. »Es war nur ein armseliger Säugling, und Sie haben ihm die Hand abgeschnitten, als wäre es ein Hühnerkopf, und dann haben sie den Schädel zerquetscht. Er hat Ihnen nichts getan.«

»Nein«, sagte Julian, »ebensowenig hat Jean Ardant Sie oder Ihre Leute behelligt. Und trotzdem haben Sie und Ihr Maat ihm den Schädel eingeschlagen, während er schlief.«

»Wir hatten ihn für Sie gehalten.«

»Aha«, sagte Julian. Er lächelte. »Dann war es also ein Fehler. Aber ob Sie nun aus einem Irrtum heraus handelten oder nicht, Sie haben auf jeden Fall einen Unschuldigen abgeschlachtet. Aber Sie scheinen sich in keiner Weise schuldig zu fühlen.«

»Er war kein Mensch. Er war einer von Ihrer Sorte. Ein Vampir.«

Julian schüttelte stirnrunzelnd den Kopf. »Bitte. Ich teile Joshuas Abneigung gegen diesen Begriff.«

Marsh hob die Schultern.

»Sie widersprechen sich selbst, Captain Marsh«, stellte Julian fest. »Sie halten mich für böse, weil ich das tue, was Sie ohne Hemmungen ebenfalls tun — nämlich denen das Leben nehmen, die nicht so sind wie Sie. Nun gut. Sie verteidigen Ihre eigene Art. Darunter zählen Sie sogar die farbigen Rassen. Sehen Sie, das bewundere ich. Sie wissen, wer Sie sind, Sie kennen Ihren Standort, Ihre Natur. So soll es auch sein. Sie und ich, wir sind uns darin gleich.«

»Ich bin in gar nichts so wie Sie«, sagte Marsh.

»Oh, aber das sind Sie! Wir stellen uns unserer Natur, Sie und ich, wir versuchen nicht, etwas zu sein, das wir nicht sind, was wir niemals sein sollten. Ich verachte die Schwachen, die Wechselbälge, die sich so sehr hassen, daß sie unter dem Zwang stehen, vorzugeben, sie seien etwas anderes. Sie empfinden genauso.«

»Das tue ich nicht.«

»Nein? Warum hassen Sie Sour Billy sosehr?«

»Er ist nichtswürdig.«

»Natürlich ist er das!« Julian wirkte überaus amüsiert. »Der arme Billy ist schwach und giert danach, stark zu sein. Er täte alles, um zu meinem Volk zu gehören. Wirklich alles. Ich habe andere gekannt wie ihn, viele andere. Sie sind nützlich, oftmals unterhaltsam, aber niemals liebenswert. Sie verachten Billy, weil er unsere Rasse imitiert und sich an Ihren eigenen Leuten vergreift, Captain Marsh. Der liebe Joshua empfindet genauso und begreift nicht, daß er in Billy sozusagen sein Ebenbild vor sich hat.«

»Joshua und Billy Tipton sind sich in nichts gleich«, sagte Marsh mit Nachdruck. »Billy ist verschlagen wie ein Wiesel. Joshua hat vielleicht einige schlimme Dinge getan, aber er versucht, sie wiedergutzumachen. Er hätte euch allen geholfen.«

»Er hätte uns zu dem gemacht, was Sie sind, Captain Marsh, Ihre eigene Nation ist sich in der Frage der Sklaverei schrecklich uneins, einer Sklaverei, deren Basis einzig und allein die Rasse ist. Angenommen, Sie könnten das beenden. Angenommen, Sie wüßten eine Methode, wie Sie über Nacht jeden Weißen pechschwarz machen können. Würden Sie es tun?«

Abner Marsh machte ein finsteres Gesicht. Ihm gefiel die Vorstellung, plötzlich pechschwarz zu sein, überhaupt nicht, aber er erkannte, worauf Julian hinauswollte, und in diese Richtung wollte er eigentlich auch nicht. Daher schwieg er.

Damon Julian trank seinen Wein und lächelte. »Aha«, sagte er, »Sie begreifen. Sogar Ihre Abolitionisten geben zu, daß die farbigen Rassen minderwertig sind. Sie würden keinen Sklaven dulden, der so zu tun versucht, als sei er weiß, und sie wären entrüstet, wenn ein Weißer aufgefordert würde, ein Elixier zu trinken, das ihn schwarz färbte. Ich habe dieses Sklavenkind nicht aus Bosheit getötet, Captain Marsh. Ich habe es getan, um Joshua zu treffen, den lieben Joshua. Er ist wunderschön, aber er stößt mich ab.

Sie sind ein ganz anderer Fall. Haben Sie wirklich Angst gehabt in jener Nacht im August, daß ich Ihnen etwas antun würde? Oh, vielleicht hätte ich das auch getan in meiner Qual und meiner Raserei. Aber nicht vorher. Was mich anzieht, das ist Schönheit, Captain Marsh, und damit können Sie nicht aufwarten.« Er lachte. »Ich denke nicht, daß ich jemals einen häßlicheren Mann gesehen habe. Sie sind widerwärtig, strotzen vor Fett, sind mit rauhem Haar und Warzen bedeckt, Sie stinken nach Schweiß, Sie haben eine flache Nase und Schweinsaugen, Ihre Zähne sind schief und fleckig. Sie könnten in mir genausowenig den roten Durst wecken wie Sour Billy. Doch Sie sind stark, und Sie haben geradezu tollkühnen Mut, und Sie kennen Ihren Standort, Ihren Wert. das alles bewundere ich. Sie können auch ein Dampfschiff führen. Captain, wir sollten keine Feinde sein. Kommen Sie zu mir. Führen Sie für mich die *Fiebertraum.*« Er lächelte. »Oder wie immer es jetzt gerade genannt wird. Billy beschloß, daß es einen neuen Namen bekommen müsse, und Joshua hat irgendwo einen Namen gefunden. Sie können das alles wieder rückgängig machen, wenn es nicht den richtigen Namen für Ihren Geschmack trägt.«

»*Sie*«, sagte Marsh.

Julian runzelte die Stirn.

»Ein Schiff ist immer eine *Sie* und kein *Es*«, knurrte Marsh.

»Aha«, meinte Damon Julian.

»Billy Tipton führt dieses Schiff doch, oder nicht?«

Julian hob die Schultern. »Billy ist Aufseher, kein Flußschiffer. Billy kann ich jederzeit verschmerzen. Wollen Sie das, Captain? Soll ich ihn wegjagen? Das wäre Ihre erste Belohnung, wenn Sie sich zu mir gesellen. Billys Tod. Ich werde ihn für Sie töten, oder Sie tun es selbst. Er hat Ihren Maat getötet, müssen Sie wissen.«

»Hairy Mike?« fragte Marsh und spürte einen eisigen Hauch in den Gliedern.

»Ja«, sagte Julian, »und Ihren Maschinisten ebenfalls, ein paar Wochen später. Er erwischte ihn dabei, wie er die Kessel zu beschädigen versuchte, damit sie explodieren. Wollen Sie Ihre Leute rächen? Es liegt in Ihrer Macht.« Julian beugte sich vor und sah ihn eindringlich an, wobei seine dunklen Augen erregt funkelten. »Sie können auch noch andere Dinge bekommen. Reichtum. Ich habe dafür nichts übrig. Sie können mein ganzes Geld verwalten und es nach Ihrem Willen ausgeben.«

»Alles, was Sie Joshua gestohlen haben.«

Julian lächelte. »Ein Blutmeister erhält viele Geschenke«, sagte er. »Ich kann Ihnen auch Frauen anbieten. Ich habe viele Jahre lang inmitten Ihres Volkes gelebt, ich kenne die Gelüste, die Begierden. Wie lange ist es her, seit Sie eine Frau hatten, Captain? Möchten Sie Valerie haben? Sie kann Ihnen gehören. Sie ist schöner und anschmiegsamer als jede Frau Ihrer Rasse, und sie wird nicht alt und häßlich, solange Sie leben. Sie können Sie haben. Die anderen auch. Sie werden Ihnen nichts tun. Welchen Wunsch haben Sie sonst noch? Gutes Essen? Toby ist noch am Leben. Er kann sechs-, siebenmal am Tag für Sie kochen.

Sie sind ein praktischer Mann, Captain. Sie teilen nicht den religiösen Wahn Ihrer Rasse. Bedenken Sie, was Ihnen angeboten wird. Sie werden die Macht haben, Ihre Feinde zu bestrafen und Ihre Freunde zu schützen, einen vollen Magen, Geld, Frauen. Und alles nur dafür, daß Sie tun, was Sie sich so sehnlich wünschen, nämlich dieses Dampfschiff zu führen. Ihre *Fiebertraum*.«

Abner Marsh schnaubte: »Sie gehört mir nicht mehr. Sie haben sie geschändet, verdorben.«

»Sehen Sie sich doch um! Stehen die Dinge so schlecht? Wir sind regelmäßig zwischen Natchez und New Orleans verkehrt, der Dampfer ist in gutem Zustand, Hunderte von Passagieren sind gekommen und wieder von Bord gegangen, ohne daß es ihnen an irgend etwas gefehlt hätte. Wenn irgendwer verschwindet, dann meistens an Land, in den Städten und Gemeinden, die wir aufsuchen. Billy meint, so sei es sicherer. Nur eine Handvoll ist an Bord Ihres Dampfers gestorben, die, deren Schönheit und Jugend zu einmalig, zu aufregend waren. Mehr Sklaven sterben jeden Tag in New Orleans, dennoch unternehmen Sie nichts gegen die Sklaverei. Diese Welt ist voll von Übeln, Abner. Ich fordere Sie ja nicht auf, das Böse zu fördern oder gar daran mitzuwirken. Führen Sie nur Ihren Dampfer, und kümmern Sie sich um Ihre eigenen Angelegenheiten. Wir brauchen Ihre Erfahrung, Ihr Können. Billy vertreibt unsere Passagiere, bei jeder Fahrt verlieren wir Geld. Sogar Joshuas Mittel sind nicht unerschöpflich. Kommen Sie, Abner, geben Sie mir die Hand. Schlagen Sie ein. Sie wollen es doch. Ich erkenne es in Ihren Augen. Sie wollen diesen Dampfer zurückhaben. Das ist der Durst in Ihnen, eine Leidenschaft. Dann nehmen Sie sie. Gut und Böse sind alberne Lügen, ein großer Unsinn, um ehrlich, empfindsame Menschen zu peinigen. Ich kenne Sie, Abner, und ich kann Ihnen geben, was Sie sich wünschen. Kommen Sie zu mir, dienen Sie mir. Reichen Sie mir die Hand, und wir werden die *Eclipse* schlagen.« Seine dunklen Augen waberten und glühten, waren grundlos, tasteten sich weit hinein in Marsh, berührten ihn, betasteten ihn, waren unrein und dennoch verführerisch, riefen ihn, *riefen.* Die Hand war ausgestreckt. Abner Marsh machte Anstalten, danach zu greifen. Julian lächelte so freundlich, und seine Worte klangen so einleuchtend. Er bat Marsh ja nicht, etwas Schreckliches zu tun, sondern er sollte nur ein Dampfschiff führen, helfen, ihn zu beschützen, seine Freunde vor Gefahren zu bewahren. Zum Teufel, er hatte Joshua beschützt, und Joshua war ebenfalls ein Vampir, oder nicht? Und vielleicht gab es Tote auf seinem Schiff, aber ein Mann war auf der *Sweet Fevre* erwürgt worden, damals im Jahr '54, und zwei Spieler wurden auf der *Nick Perrot* erschossen, als Marsh sie führte; kein Vorfall wurde ihm angelastet, er hatte sich nur um seine eigenen Angelegenheiten gekümmert, die Dampfer in Schuß zu halten, es war überhaupt nicht so, als hätte er irgendwen selbst getötet. Der Mensch mußte seine Freunde beschützen, aber nicht die ganze Welt, er würde dafür sorgen, daß Sour Billy bekam, was ihm gebührte. Das alles klang gut, wäre ein verdammt gutes Geschäft. Julians Augen waren schwarz und hungrig, und seine Haut fühlte sich kühl an und hart wie die Joshuas, wie die von Joshua in jener Nacht auf dem Uferdamm …

… und Abner Marsh zog ruckartig die Hand zurück. »Joshua«, sagte er laut. »Das ist es. Sie haben ihn nicht geschlagen, oder? Sie haben ihn empfindlich getroffen, aber er lebt noch, und Sie haben ihn nicht dazu gebracht, Blut zu trinken. Sie haben ihn nicht dazu bewegen können, sich zu ändern. Deshalb nicht.« Marsh spürte, wie ihm das Blut ins Gesicht stieg. »Ihnen ist es egal, wieviel verdammtes Geld Sie mit dem Dampfschiff verdienen: Wenn es morgen sinken würde, dann wäre es Ihnen völlig gleichgültig, sondern Sie würden einfach irgendwoanders hingehen. Und was Sour Billy angeht, vielleicht wollen Sie ihn wirklich loswerden und statt dessen mich benutzen, aber das kommt nicht in Frage. Es ist Joshua. Wenn ich zu Ihnen komme, dann wird das zerbrochen, woran er sich noch festhält, und es würde beweisen, daß Sie recht haben. Joshua hat mir vertraut, und sie wollen mich auf Ihrer Seite, weil Sie wissen, was dies bei ihm anrichten würde.« Julians Hand war immer noch ausgestreckt, die Ringe schimmerten weich an den langen bleichen Fingern. »Verdammter Satan!« brüllte Marsh, packte seinen Spazierstock und holte aus und schlug die Hand zur Seite. »SEID VERFLUCHT!«

Das Lächeln erstarb auf Damon Julians Lippen, und sein Gesicht wurde irgendwie unmenschlich. In seinen Augen war nun nichts mehr als Dunkelheit und Alter und flackernde, gedämpfte Feuer, in denen das uralte Böse tanzte. Er erhob sich, so daß er Abner Marsh überragte, und entriß ihm den Stock, als Marsh damit nach seinem Gesicht zielte. Er zerbrach ihn mit bloßen Händen, so leicht, wie Marsh vielleicht ein Zündholz zerbrach, und schleuderte die Teile von sich. Die beiden Stockhälften prallten klappernd gegen die Wand und blieben auf dem Teppich liegen. »Man hätte sich vielleicht an Sie erinnert als an den Mann, der die *Eclipse* besiegte«, sagte Julian mit maliziöser Kälte. »Statt dessen werden Sie sterben. Es wird lange dauern, Captain Marsh. Sie sind für mich viel zu häßlich. Ich schenke Sie an Billy weiter, damit er den Geschmack des Blutes kennenlernt und sich daran gewöhnt. Vielleicht sollte der liebe Joshua auch ein Glas voll bekommen. Es würde ihm guttun.« Er lächelte. »Und was Ihr Dampfschiff angeht, Captain Marsh, machen Sie sich deshalb keine Sorgen. Ich werde mich gut darum kümmern, wenn Sie nicht mehr unter den Lebenden weilen. Niemand auf dem Fluß wird jemals Ihre *Fiebertraum* vergessen.«

KAPITEL SIEBENUNDZWANZIG

An Bord des Raddampfers *Ozymandias*
Mississippi River, Oktober 1857

Die Dämmerung brach gerade an, als Abner Marsh aus der Kapitänskajüte geholt wurde. Der Morgennebel lag wie ein Tuch auf dem Fluß, graue Dunstschleier schwebten und tanzten wie Rauchschwaden über dem Wasser und schlängelten sich zwischen den Geländern und Säulen des Dampfers hindurch und zuckten und wanden sich dabei wie lebende Wesen, die bald vom Licht der Morgensonne verbrannt werden und verenden sollten. Damon Julian sah den rosigen Schimmer im Osten und blieb im Halbdunkel seiner Kabine. Er schob Marsh durch die Tür. »Bring den Kapitän in seine Kabine, Billy«, sagte er, »setz ihn dort fest bis zum Einbruch der Dunkelheit. Würden Sie uns die Ehre geben und uns beim Abendessen Gesellschaft leisten, Captain Marsh?« Er lächelte. »Ich wußte, Sie würden kommen.«

Sie warteten draußen. Sour Billy, in einem schwarzen Anzug und einer karierten Weste, saß in seinem Sessel, dessen Lehne er gegen die Wand gekippt hatte, auf dem Texasdeck und säuberte sich die Fingernägel mit seinem Messer. Er stand auf, als sich die Tür öffnete, warf das Messer lässig hoch und fing es wieder auf. »Jawohl, Sir, Mister Julian«, sagte er und richtete den Blick seiner eisfarbenen Augen auf Marsh.

Er hatte zwei Begleiter mitgebracht. Die Angehörigen des Nachtvolkes, die Billy geholfen hatten, Marsh von der *Eli Reynolds* zu holen, hatten sich in ihre Kabinen zurückgezogen, um dem Kontakt mit der Morgensonne zu entgehen, daher hatte Billy, wie es schien, zwei Vertreter des Flußgesindels gerufen. Als Julian die Kabinentür schloß, traten sie vor. Einer war ein stämmiger

Junge mit ausgefranstem braunen Schnurrbart, in dessen Gürtel, der aus einem einfachen Strick bestand, ein Eichenknüppel steckte. Der andere war ein Riese und das häßlichste verdammte Wesen, das Abner Marsh je gesehen hatte. Er mußte über zwei Meter groß sein, doch er hatte einen winzigen Kopf, verkniffene Augen, schartige Zähne und überhaupt keine Nase. Abner Marsh starrte ihn wie gebannt an.

»Gaffen Sie Noseless nicht so aufdringlich an!« warnte Sour Billy. »Das ist nicht besonders höflich, Cap'n.« Als wollte er damit die Warnung unterstreichen, packte Noseless Marshs Arm und verdrehte ihn so grob, daß es weh tat. »Ein Alligator hat ihm die Nase abgebissen«, erklärte Sour Billy. »Es war nicht seine Schuld. Halt Cap'n Marsh nur gut fest, Noseless. Cap'n Marsh springt besonders gern in den Fluß, und das können wir im Augenblick nicht zulassen.« Billy kam herüber und bohrte Marsh das Messer weit genug in die Magengrube, so daß er die Spitze auf der Haut spürte. »Sie schwimmen besser, als ich dachte, Cap'n. Das liegt wohl an dem vielen Fett, damit geht man nicht so schnell unter.« Er drehte das Messer plötzlich und schnitt einen Silberknopf von Marshs Jacke. Er fiel klappernd auf das Deck und rollte umher, bis Sour Billy den Fuß darauf setzte. »Heute wird nicht geschwommen, Cap'n. Wir werden Sie jetzt hübsch ins Bett legen. Sie bekommen sogar Ihre eigene Kabine. Und glauben Sie nicht, daß Sie sich von dort wegschleichen können. Mag sein, daß das Nachtvolk schläft, aber Noseless und ich werden den ganzen Tag draußen Wache halten. Kommen Sie schon!« Billy schnippte das Messer in die Luft, ließ es geschickt in die Nackenscheide gleiten und wandte sich um. Er ging nach achtern voraus, während Noseless Marsh vor sich her stieß und der dritte Mann die Nachhut bildete.

Sie bogen um eine Ecke auf dem Texasdeck und stießen beinahe mit Toby Lanyard zusammen.

»Toby!« rief Marsh aus. Er versuchte, noch einen Schritt zu tun, doch Noseless verdrehte ihm den Arm ein Stück, und Marsh stöhnte vor Schmezen auf und blieb stehen.

Sour Billy Tipton verharrte ebenfalls mitten im Schritt und starrte sein Gegenüber an. »Was, zum Teufel, hast du hier oben zu suchen, Nigger?« schnappte er.

Toby sah ihn nicht an. Er stand da in einem zerschlissenen braunen Anzug, hatte die Hände auf dem Rücken verschränkt, hielt den Kopf gesenkt und scharrte nervös mit einem Schuh auf dem Deck herum.

»Ich habe gefragt: *Was hast du verdammter Nigger hier zu suchen?«* wiederholte Sour Billy seine Frage mit drohender Stimme. »Warum bist du nicht in der Küche angekettet? Entweder ich bekomme gleich eine Antwort, oder es geht dir schlecht.«

»Angekettet!« brüllte Marsh.

Darauf hob Toby Lanyard endlich den Kopf und nickte. »Mister Billy sagt, ich bin wieder Sklave, meine Freiheitspapiere sind nichts wert. Er legt uns alle in Ketten, wenn wir nicht arbeiten.«

Sour Billy Tipton griff sich in den Nacken und zückte das Messer. »Wie bist du losgekommen?« wollte er wissen.

»Ich hab' seine Ketten zerrissen, Mister Tipton«, erklang eine Stimme über ihnen. Sie schauten alle hinauf. Auf dem höchsten Teil des Texasdecks stand Joshua York und blickte auf sie herab. Sein weißer Anzug leuchtete in der Morgensonne, und sein graues Cape flatterte im Wind. »Und jetzt«, sagte York, »laßt Captain Marsh freundlicherweise los!«

»Es ist doch Tag«, sagte der stämmige Junge und wies mit seinem Eichenknüppel auf die Sonne. Seine Stimme klang angsterfüllt.

»Verschwinden Sie lieber«, sagte Sour Billy Tipton zu York, wobei er den Kopf in den Nacken legen mußte, um den Störenfried erkennen zu können. »Wenn Sie irgenwelche Dummheiten machen, rufe ich Mister Julian.«

Joshua York lächelte. »Tatsächlich?« fragte er und schaute zur Sonne. Sie war jetzt deutlich zu sehen als brennendes gelbes Auge inmitten von roten und orangefarbenen Wolken. »Meinst du, er kommt heraus?«

Sour Billys Zunge tanzte nervös über die Lippen. »Sie machen mir nicht angst. « Er packte das Messer fester. »Der Tag ist angebrochen, und Sie sind ganz allein.«

»Nein, das ist er nicht«, sagte Toby Lanyard. Seine Hände tauchten hinter dem Rücken auf. Eine hielt ein Fleischerbeil und die andere ein langes Tranchiermesser mit gezackter Klinge. Sour Billy starrte den Neger verblüfft an und wich einen Schritt zurück.

Abner Marsh warf einen verstohlenen Blick über die Schulter. Noseless blickte immer noch mit zusammengekniffenen Augen zu Joshua hinauf. Sein Griff hatte sich etwas gelockert. Marsh erkannte seine Chance. Mit aller Kraft warf er sich nach hinten gegen den Riesen, und Noseless geriet ins Stolpern und stürzte. Abner Marsh ließ sich einfach auf ihn fallen, mit seinen gesamten dreihundert Pfund Lebendgewicht, und der Riese knurrte, als wäre er gerade von einer Kanonenkugel getroffen worden, und sämtliche Luft wurde ihm zischend aus dem Wanst getrieben. Marsh riß den verdrehten Arm los und rollte sich seitlich ab. Er hielt mit dem Rollen gerade noch rechtzeitig inne — ein Messer steckte plötzlich federnd wenige Zentimeter vor seinem Gesicht in den Decksbohlen. Marsh schluckte krampfhaft, dann lächelte er. Er riß die Klinge heraus und kam auf die Füße.

Der Mann mit dem Knüppel hatte zwei schnelle Schritte vorwärts getan und sich dann eines Besseren besonnen. Nun wich er wieder zurück, und Joshua sprang schneller, als Marsh überhaupt denken konnte, landete hinter dem Mann, wehrte einen wilden Hieb mit dem Eichenknüppel ab, und plötzlich lag der stämmige Junge auf dem Deck, bewußtlos. Marsh hatte den Schlag, der das ausgelöst hatte, nicht gesehen.

»Bleib mir vom Leib!« stieß Sour Billy hervor. Er machte vor Toby einen Rückzug. Dabei stieß er gegen Marsh, der ihn packte, herumriß und rücklings gegen eine Tür schmetterte. *»Nicht töten!«* kreischte Billy. Marsh stemmte ihm einen Unterarm gegen die Kehle und stützte sich darauf. Dabei drückte er das Messer gegen Billys magere Rippen, dicht über dem Herzen. Die eisfarbenen Augen waren weit aufgerissen und voller Panik. »Nein!« winselte er erstickt.

»Warum nicht, verdammt noch mal?«

»Abner!« warnte Joshua, und Marsh drehte den Kopf gerade rechtzeitig, um Noseless auf die Füße kommen zu sehen. Er stieß einen tierhaften Laut aus und stürmte los, und dann bewegte Toby sich schneller, als Marsh es sich jemals hätte vorstellen können, und der Riese brach in die Knie und würgte an seinem eigenen Blut. Toby hatte einen einzigen Stoß mit dem Tranchiermesser ausgeführt und ihm die Kehle aufgeschlitzt. Blut strömte heraus, und Noseless blinzelte mit den kleinen Augen und griff sich mit den Händen an den Hals, als wolle er den Lebenssaft auffangen, der aus ihm herausrann. Schließlich brach er zusammen.

»Das war nicht nötig, Toby«, sagte Joshua York ruhig. »Ich hätte ihn aufhalten können.«

Der sonst so stille Toby Lanyard runzelte nur skeptisch die Stirn, betrachtete sein Fleischerbeil und das blutige Messer. »Ich bin eben nicht so gut wie Sie, Cap'n York«, bekannte er. Dann wandte er sich zu Marsh und Sour Billy um. »Schneiden Sie ihn auf, Cap'n Marsh«, feuerte er ihn an. »Ich wette, Mister Billy hat kein Herz im Leib.«

»Nicht, Abner! Ein Toter ist genug.«

Abner Marsh hörte beide Männer. Er stieß das Messer vor, bis die Spitze sich durch Billys Hemd bohrte und die Haut ritzte, so daß ein dünner Blutfaden hervortrat. »Gefällt dir das?« fragte Marsh. Schweiß klebte Billy das dünne Haar an den Schädel. »Wenn du selbst das Messer in der Hand hast, dann macht dir das doch richtigen Spaß, nicht wahr?«

Billy bekam keinen Laut über die Lippen, und Marsh lockerte den Druck seines Arms auf der Kehle des anderen, damit er wieder reden konnte. »Töten Sie mich nicht!« keuchte Billy, und seine Stimme klang dünn und schrill. »Ich kann doch nichts dafür, Julian ist schuld, er zwingt mich, diese Dinge zu tun. Er tötet mich, wenn ich nicht ausführe, was er mir befiehlt.«

»Er hat den alten Hairy Mike und auch Whitey getötet«, meldete Toby sich, »und noch eine ganze Menge anderer Leute. Einen Mann hat er sogar in den Ofen gesteckt, man konnte den armen Teufel die ganze Zeit schreien hören. Mir hat er gesagt, ich wäre wieder 'n Sklave, Cap'n Marsh, und als ich ihm die Papiere zeigte, daß ich frei bin, da hat er sie zerrissen und verbrannt. Stoßen Sie zu, Cap'n!«

»Er lügt! Das sind alles verdammte Niggerlügen!«

»Abner«, sagte Joshua, »lassen Sie ihn los. Sie haben seine Waffe, er ist jetzt harmlos. Wenn Sie ihn jetzt töten, dann sind Sie nicht besser als er. Er kann uns helfen, falls jemand uns in die Quere kommt, wenn wir von hier verschwinden. Wir müssen es noch bis zur Jolle schaffen und ablegen.«

»Zur Jolle?« fragte Abner Marsh. »Zur Hölle mit dem Boot! Ich hole mir meinen Dampfer zurück!« Er grinste Sour Billy an. »Ich glaube, unser Billy kann uns sicherlich Julians Kabine öffnen.« Sour Billy schluckte krampfhaft. Marsh spürte die Bewegung des Adamsapfels an seinem Arm.

»Wenn Sie Julian angreifen wollen, dann müssen Sie das allein tun«, entschied Joshua. »Ich werde Ihnen dabei nicht helfen.«

Marsh verrenkte sich fast den Hals, als er York verblüfft anstarrte. »Nach allem, was er getan hat?«

Plötzlich sah Joshua furchtbar schwach und müde aus. »Ich kann nicht«, flüsterte er. »Er ist zu stark, Abner. Er ist ein Blutmeister, er beherrscht mich. Schon daß ich das gewagt habe, ist in der Geschichte meines Volkes ohne Vorbild. Er hat mich dutzendfach an sich gebunden, hat mich gezwungen, ihn mit meinem Blut zu ernähren. Jede dieser Gesten der Unterwerfung schwächt mich mehr. Bringt mich noch mehr in seine Gewalt. Abner, bitte, verstehen Sie mich doch! Ich könnte es niemals tun. Er würde mich mit seinen Augen ansehen, und ehe ich noch einen weiteren Schritt tun könnte, wäre ich völlig unter seinem Einfluß. Sehr wahrscheinlich wären Sie es, den ich töten würde, und nicht Julian.«

»Dann werden Toby und ich die Angelegenheit erledigen«, entschied Marsh.

»Abner, Sie hätten keine Chance. Hören Sie auf mich. Jetzt können wir noch fliehen. Ich bin ein großes Risiko eingegangen, um Sie zu retten. Setzen Sie nicht alles aufs Spiel!«

Marsh schaute Billy hilflos an und ließ sich alles durch den Kopf gehen. Wahrscheinlich hatte Joshua recht. Außerdem war das Gewehr nicht mehr in seinem Besitz, und sie hatten nichts mehr, um Julian endgültig auszuschalten. Messer und Fleischerbeile wären dazu wohl ungeeignet, und Marsh hatte eigentlich nicht allzuviel Interesse, sich mit Julian auf einen Zweikampf einzulassen. »Wir verschwinden«, entschied er endlich, »aber erst, nachdem ich den hier zur Hölle geschickt habe.«

Sour Billy wimmerte. »Nein!« heulte er. »Lassen Sie mich gehen, ich werde Ihnen helfen!« Sein pockennarbiges Gesicht war schweißnaß. »Sie haben es immer gut gehabt, mit Ihrem verdammten eleganten Dampfer und allem, ich hatte keine andere Wahl, ich hatte nie etwas, keine Zuhause, kein Geld, ich mußte immer tun, was andere mir befahlen.«

»Du bist nicht der einzige, der arm aufgewachsen ist«, sagte Marsh. »Das ist keine Entschuldigung. Daß du so bist, wie du bist, war verdammt noch mal deine eigene Entscheidung.« Seine Hand zitterte. Er hätte ihm das Messer so gern zwischen die Rippen gejagt, daß es ihm schon fast weh tat, aber irgendwie schaffte er es nicht, jedenfalls nicht so. »Verdammter Kerl!« knurrte er unwillig. Er nahm den Arm von Billys Kehle und trat zurück, während Billy auf die Knie sank. »Komm schon, du bringst uns jetzt unbehelligt zur Jolle.«

Toby stieß einen enttäuschten Laut aus, und Sour Billy musterte ihn wachsam. »Halten Sie mir ja diesen verdammten Niggerkoch vom Leib! Ihn und sein Fleischerbeil, die sollen mir ja nicht zu nahe kommen!«

»Auf die gottverdammten Füße!« befahl Marsh. Er schaute hinüber zu Joshua, der sich eine Hand auf die Stirn gelegt hatte. »Ist mit Ihnen alles in Ordnung?«

»Die Sonne«, murmelte York matt. »Wir müssen uns beeilen!«

»Die anderen«, sagte Marsh. »Was ist mit Karl Framm? Lebt er noch?«

Joshua nickte. »Ja, und die anderen, aber wir können sie nicht alle befreien. Wir haben keine Zeit dazu. Es dauert sowieso schon viel zu lange.«

Abner Marsh runzelte die Stirn. »Das kann schon sein«, sagte er, »aber ich gehe nicht ohne Mister Framm von hier weg. Er und Sie sind die einzigen, die diesen Dampfer steuern können. Wenn Sie beide nicht mehr da sind, dann hängt das Schiff hier fest, bis wir zurückkommen können.«

Joshua nickte. »Er wird bewacht. Billy, wo ist Framm jetzt?«

Sour Billy hatte sich aufgerafft und stand wieder. »Valerie«, sagte er, und Marsh erinnerte sich an die bleiche Gestalt und an die verlockenden violetten Augen, die ihn in die Dunkelheit gezogen hatten.

»Gut«, sagte Joshua. »Dann schnell!« Und sie gingen

los, wobei Marsh Sour Billy bewachte und Toby seine Waffen wieder in den Falten und Taschen seines Anzugs versteckte. Framms Kabine befand sich oben auf dem Texasdeck, aber auf der anderen Seite des Schiffs. Das Fenster war mit Vorhängen zugezogen und mit Fensterläden gesichert. Die Tür war abgeschlossen. Joshua zertrümmerte das Schloß mit einem einzigen Schlag seiner harten weißen Hand und stieß die Tür auf. Marsh drängte sich hinter ihm hinein und stieß Sour Billy vor sich her.

Framm war vollständig bekleidet, lag bäuchlings auf dem Bett und bekam von dem Geschehen nichts mehr mit. Aber neben ihm richtete sich eine bleiche Gestalt auf und starrte sie mit wütenden Augen an. »Wer ... *Joshua?*« Sie erhob sich schnell vom Bett. Das Nachthemd umfloß sie wie ein weiter Schleier. »Es ist *Tag.* Was willst du?«

»Ihn«, antwortete Joshua.

»Es ist Tag!« wiederholte Valerie drängend. Ihre Blicke glitten über Marsh und Sour Billy. »Was hast du vor?«

»Ich verschwinde«, sagte Joshua York, »und Mister Framm begleitet uns.«

Marsh wies Toby an, auf Billy zu achten, und trat zum Bett. Karl Framm rührte sich nicht. Marsh drehte ihn auf den Rücken. An seinem Hals waren Wunden zu erkennen, und getrocknetes Blut klebte ihm auf dem Hemd und am Kinn. Er bewegte sich matt und mühsam und gab keine Anzeichen von sich, daß er erwachte. Aber er atmete noch.

»Der Durst hat mich gepeinigt«, sagte Valerie mit zaghafter Stimme und blickte von Marsh zu York. »Nach der Jagd ... Ich hatte keine Wahl ... Damon hat ihn mir überlassen.«

»Lebt er noch?« erkundigte Joshua sich.

»Ja«, sagte Marsh, »aber wir müssen ihn trotzdem tragen.« Er richtete sich auf und winkte. »Toby, Billy, ihr tragt ihn hinunter zur Jolle.«

»Joshua, bitte!« flehte Valerie. Wie sie dastand, in ihrem Nachthemd, sah sie hilflos und verängstigt aus. Es fiel schwer, sie so zu sehen, wie sie auf der *Eli Reynolds* erschienen war, oder sich vorzustellen, wie sie Karl Framms Blut trank. »Wenn Damon feststellt, daß er weg ist, dann bestraft er mich grausam. Bitte, tu's nicht!«

Joshua zögerte. »Wir müssen ihn mitnehmen, Valerie.«

»Dann laß mich mitkommen!« sagte sie. »Bitte!«

»Es ist Tag.«

»Wenn du es wagen kannst, dann kann ich es auch. Ich bin stark, ich habe keine Angst.«

»Es ist zu gefährlich«, beharrte Joshua.

»Wenn du mich hier zurückläßt, dann denkt Damon, daß ich dir geholfen habe«, sagte Valerie. »Er wird mich bestrafen. Habe ich denn nicht schon genug gelitten? Joshua ... Er haßt mich, weil ich *dich* liebte! Hilf mir! Ich will ihn nicht — den Durst. Wirklich nicht! Bitte, Joshua, laß mich mitkommen!«

Abner Marsh konnte ihre Furcht erkennen, und plötzlich schien sie keine von ihnen zu sein, sondern nur eine Frau, eine menschliche Frau, die um Hilfe flehte. »Lassen Sie sie mitkommen, Joshua!«

»Dann zieh dich an!« forderte Joshua sie auf. »Beeil dich! Nimm dir ein paar von Mister Framms Kleidern. Sie sind dichter als deine eigenen, und sie werden mehr von deiner Haut bedecken.«

»Ja«, sagte sie. Sie streifte das Nachthemd ab, und ihr schlanker weißer Körper mit hohen vollen Brüsten und kräftigen Beinen kam zum Vorschein. Aus einer Schublade holte sie eines von Framms Hemden, zog es über und knöpfte es zu. Innerhalb einer knappen Minute war sie vollständig angezogen mit Hose, Schuhen, einer Weste mit Rock und einem Schlapphut. Alles war viel zu groß für sie, aber es schien sie in ihren Bewegungen nicht zu behindern.

»Kommen Sie!« schnappte Marsh.

Billy und Toby trugen Framm. Der Lotse war noch immer bewußtlos, und seine Stiefel scharrten über das Deck, als sie zur Treppe eilten. Marsh kam direkt hinter ihnen, eine Hand an seinem Messer, das er sich hinter den Gürtel geschoben hatte und das nun durch seinen Kapitänsrock verborgen wurde. Valerie und Joshua kamen als letzte.

Der große Salon war voller Passagiere. Einige musterten sie argwöhnisch, doch keiner machte eine Bemerkung. Unten auf dem Deck mußten sie über schlafende Deckshelfer hinwegsteigen, von denen Marsh keinen einzigen kannte. Während sie sich der Lot-Jolle näherten, kamen ihnen zwei Männer entgegen. »Wohin wollen Sie?« wollte einer wissen.

»Das geht euch nichts an«, erwiderte Sour Billy. »Wir bringen Framm zum Arzt. Er scheint sich nicht besonders gut zu fühlen. Ihr beide, helft uns lieber, ihn in die Jolle zu laden!«

Einer der Männer zögerte, starrte Valerie und Joshua an. Es war ganz eindeutig das erstemal, daß er einen der beiden bei Tag sah. »Weiß Julian darüber Bescheid?« fragte er. Andere auf dem Hauptdeck waren aufmerksam geworden und schauten zu ihnen herüber, wie Marsh bemerkte. Er hatte die Hand um den Messergriff gelegt und war jederzeit bereit, Sour Billy die verdammte Gurgel durchzuschneiden, wenn er auch nur ein falsches Wort hervorbrachte.

»Willst du mir widersprechen, Tim?« fragte Billy kalt. »Denk lieber daran, was mit Alligator George passiert ist. Und jetzt beweg deinen verfluchten Arsch und tu, was man dir befiehlt!«

Tim duckte sich und beeilte sich zu gehorchen. Drei andere kamen schnell herbei und halfen ihm, und im Handumdrehen schwamm die Jolle neben dem Dampfer im Wasser, und Karl Framm wurde vorsichtig hineingelegt. Joshua half Valerie beim Einsteigen, und Toby sprang nach ihnen ins Boot. Abner Marsh schob sich dicht an Sour Billy Tipton heran und flüsterte: »Bis jetzt hast du deine Sache gut gemacht. Und nun steig ins Boot!«

Sour Billy starrte ihn an. »Sie haben versprochen, mich laufen zu lassen«, sagte er.

»Ich habe gelogen«, entgegnete Marsh. »Du bleibst bei uns, bis wir in Sicherheit sind.«

Sour Billy wich zurück. »Nein«, sagte er. »Ihr werdet mich am Ende töten.« Er erhob seine Stimme. *»Haltet sie auf!«* rief er. »Sie haben mich bedroht, sie fliehen, *haltet sie!«* Er warf sich nach hinten, außer Marshs Reichweite. Marsh fluchte und zog das Messer, aber es war zu spät, alle Deckshelfer und Schauerleute rückten auf ihn zu. Zwei hatten selbst Messer in den Händen, wie er erkennen konnte. »Tötet ihn!« brüllte Sour Billy ... »Holt Julian, weckt ihn, tötet sie!«

Marsh packte das Seil, das die Jolle mit dem Dampfer verband, und durchtrennte es mit einem schnellen Schnitt des Messers und schleuderte dann die Klinge auf Billys schreienden Mund. Aber der Wurf war schlecht gezielt, und Sour Billy duckte sich sowieso. Jemand faßte nach Marshs Rock. Er schlug dem Betreffenden ins Gesicht und stieß ihn den Männern hinter ihm in den Weg. Die Jolle trieb mittlerweile in der Flußströmung. Marsh tat einen Schritt auf sie zu, ehe sie außer Reichweite geriet. Joshua brüllte ihm zu, er solle sich beeilen, aber jemand legte ihm die Hände um den Hals und riß ihn zurück. Abner Marsh trat wütend aus, aber der Mann hielt fest, und die Jolle entfernte sich immer weiter, flußabwärts, Joshua rief etwas, und Marsh glaubte, mit ihm sei es aus. Dann pfiff ihm Toby Lanyards gottverdammtes Fleischerbeil am Ohr vorbei, nahm ein Stück davon mit, und der Arm um seinen Hals sank herab, während Marsh spürte, wie Blut seine Schulter benetzte. Er warf sich nach vorn, der Jolle entgegen, und schaffte den halben Abstand, schlug schwer auf die Wasserfläche auf, mit dem Bauch zuerst. Sämtliche Luft wurde ihm aus den Lungen gepreßt, und die Kälte traf ihn wie ein Schock. Abner Marsh ruderte mit den Armen und trat wild aus und bekam den Mund voll Wasser und Flußschlamm, ehe er wieder auftauchte. Er sah die Jolle schnell davontreiben, den Fluß hinunter, und paddelte auf sie zu. Ein Stein oder ein Messer klatschte dicht neben seinem Kopf ins Wasser, und ein anderer Gegenstand landete einige Zentimeter vor ihm, aber Toby hatte die Ruder eingelegt und bremste die Fahrt des Bootes etwas, und Marsh erreichte es und schob einen Arm über den Rand. Er brachte das Boot fast zum Kentern bei dem Versuch, hineinzuklettern, aber Joshua hatte ihn gepackt und zog ihn, und ehe er sich versah, lag Marsh auf dem Boden der Jolle und spuckte Wasser. Dann richtete er sich auf, sie waren mittlerweile sieben, acht Meter von der *Fiebertraum* entfernt und nahmen nun zügig Fahrt auf, als die Strömung sie voll erfaßte. Sour Billy Tipton hatte sich irgendwo eine Pistole besorgt, stand auf dem Vorderdeck und schoß auf sie, doch er traf nichts.

»Dieser verdammte Bastard!« stieß Marsh hervor. »Ich hätte ihn töten sollen, Joshua.«

»Wenn Sie das getan hätten, dann wären wir niemals weggekommen.«

Marsh blickte finster. »Zur Hölle. Vielleicht. Ich glaube, es wäre die Sache fast wert gewesen.« Er schaute sich in der Jolle um. Toby ruderte und sah aus, als brauche er dringend Hilfe. Marsh nahm das andere Ruder. Karl Framm war noch bewußtlos. Marsh fragte sich insgeheim, wieviel Blut Valerie ihm wohl geraubt hatte. Valerie selbst machte keinen besonders guten Eindruck. Eingehüllt in Framms weite Kleider, den Hut tief ins Gesicht gezogen, sah sie aus, als schrumpfe sie im Tageslicht immer weiter ein. Ihre bleiche Haut hatte bereits einen rosigen Schimmer, und die großen violetten Augen erschienen klein, matt und schmerzerfüllt. Er fragte sich auch, ob sie es wirklich geschafft hatten, sich in Sicherheit zu bringen, während er das Ruder ins Wasser tauchte und sich dagegen stemmte. Der Arm schmerzte ihn, das Ohr blutete, und die Sonne strahlte hell vom Himmel und stieg dem Zenit entgegen.

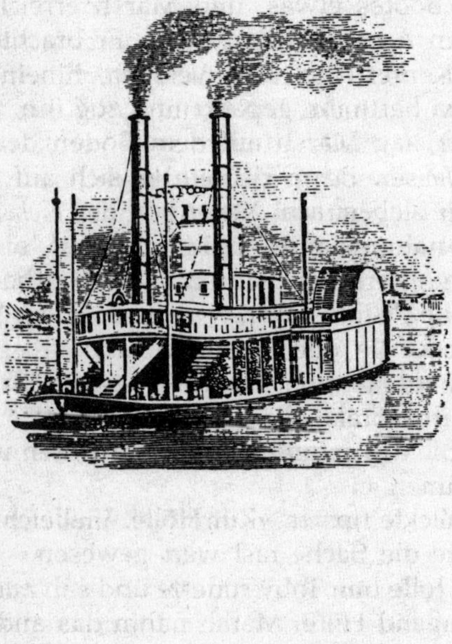

KAPITEL ACHTUNDZWANZIG

Auf dem Mississippi River, Oktober 1857

Abner Marsh hatte seit mehr als zwanzig Jahren keine Lot-Jolle mehr gerudert. Da nur er und Toby ruderten, war es eine verdammt harte Arbeit, selbst wenn sie mit der Strömung unterwegs waren. Arme und Rücken protestierten bereits nach einer halben Stunde heftig. Marsh knurrte einen Fluch und ruderte weiter. Die *Fiebertaum* war jetzt außer Sicht, hinter ihnen wie vom Erdboden verschluckt. Die Sonne kroch am Firmament empor, und der Fluß hatte sich stark verbreitert. Von einem Ufer zum anderen betrug die Entfernung fast eine Meile, jedenfalls hatte es den Anschein.

»Ich habe Schmerzen«, meldete Valerie sich.

Joshua York riet ihr: »Dann bedeck dich, so gut es geht.«

»Ich verbrenne«, sagte sie. »Ich hätte nie gedacht, daß es so schlimm ist.« Sie blickte hinauf zur Sonne und scheute zurück, als hätte sie einen Schlag erhalten. Marsh sah mit gelindem Schrecken die lebhafte Röte in ihrem Gesicht.

Joshua York rutschte in ihre Richtung, hielt jäh inne und schien zu schwanken. Er legte sich eine Hand auf die Stirn und tat einen tiefen Atemzug. Dann rückte er vorsichtig weiter. »Setz dich in meinen Schatten!« schlug er vor, »und zieh den Hut tiefer ins Gesicht.«

Valerie kauerte sich auf den Boden der Jolle, so daß sie praktisch auf Joshuas Schoß saß. Er bückte sich und glättete den Kragen ihrer Jacke mit einer seltsam zärtlichen Geste. Dann legte er ihr eine Hand auf den Hinterkopf.

Hier unten, so stellte Marsh fest, waren die Flußufer frei von jeglichem Wald, abgesehen von gelegentlichen

Reihen von Ziersträuchern und jungen Setzlingen. Statt dessen sah man auf beiden Seiten sorgfältig kultivierte Felder und Äcker, eben und scheinbar endlos, hier und da unterbrochen von der Pracht eines an griechische Tempel erinnernden Plantagenbaus, dessen Kuppeldach sich über dem breiten stillen Fluß wölbte. Ein Stück weiter am westlichen Ufer schickte ein Haufen glühender Bagasse, Reste der Zuckerrohrstangen, eine Säule beißenden grauen Qualms in den Himmel. Der Haufen war so groß wie ein Haus; der Qualm legte sich wie ein schweres Tuch auf den Fluß. Marsh konnte keine Flammen sehen. »Vielleicht sollten wir lieber anlegen«, sagte er zu Joshua. »Hier sind überall Plantagen.«

Joshua hatte die Augen geschlossen. Er schlug sie auf, als Marsh seinen Vorschlag machte. »Nein«, entschied er, »wir sind ihnen noch viel zu nahe. Wir müssen weiter weg von ihnen. Billy kann uns zu Fuß am Flußufer verfolgen, und wenn die Nacht anbricht ...« Er ließ den Rest unausgesprochen.

Abner Marsh knurrte etwas Unverständliches und ruderte. Joshua schloß die Augen wieder und zog sich den breitkrempigen Hut tiefer ins Gesicht.

Für mehr als eine Stunde glitten sie schweigend flußabwärts. Die einzigen Laute waren das Plätschern, wenn das Ruder ins Wasser tauchte, und der gelegentliche Gesang eines Vogels. Toby Lanyard und Abner Marsh ruderten, während Joshua und Valerie zusammengekauert im Boot lagen, als schliefen sie, und Karl Framm sich unter einer Decke ausstreckte. Die Sonne stieg am Himmel immer höher. Es war ein kühler windiger Tag, aber er war von blendender Helligkeit. Marsh dankte im stillen den Pflanzern und den riesigen Haufen qualmender Bagasse, die die Ufer säumten, da der dahintreibende graue Rauchschleier ihrer Feuer den einzigen Schatten spendete, den das Nachtvolk finden konnte. Einmal schrie Valerie auf, als litte sie unter furchtbaren Schmerzen. Joshua schlug die Augen auf und beugte sich über sie, streichelte ihr langes schwarzes Haar und flüsterte ihr etwas zu. Valerie wimmerte. »Ich dachte, du wärst es, Joshua«, sagte sie. »Der bleiche König. Ich dachte, du seist gekommen, alles zu ändern, uns zurückzuholen.« Ihr ganzer Körper erbebte, als sie zu reden versuchte. »Die Stadt, mein Vater hat mir von der Stadt erzählt. Gibt es sie, Joshua? Die dunkle Stadt?«

»Still«, sagte Joshua. »Schweig. Du strengst dich zusehr an.«

»Aber gibt es sie? Ich dachte, du würdest uns nach Hause führen, in die Heimat, liebster Joshua. Ich habe davon geträumt, wirklich. Ich war so müde, ich konnte es nicht mehr ertragen. Ich dachte, du seist gekommen, uns zu retten.«

»Still!« sagte Joshua. Er versuchte, kraftvoll zu erscheinen, doch seine Stimme klang niedergeschlagen und erschöpft. »Der bleiche König«, flüsterte sie. »Er ist gekommen, uns zu retten. Ich dachte, du seist gekommen, uns zu holen, zu beschützen.«

Joshua küßte sie zart auf die geschwollenen, blasenübersäten Lippen. »Das tat ich auch«, sagte er bitter. Dann legte er die Fingerspitzen auf ihren Mund, damit sie schwieg, und schloß erneut die Augen.

Abner Marsh ruderte, während der Fluß sie umströmte, die Sonne vom Himmel auf sie herabbrannte und der Wind Rauch und Asche über das Wasser trieb. Ein Rußflöckchen geriet ihm irgendwie ins Auge, und Marsh fluchte und rieb daran, bis das Auge rot und geschwollen war und nicht mehr tränte. Mittlerweile war sein ganzer Körper ein einziges riesiges Schmerzinferno. Als sie zwei Stunden lang stromabwärts gerudert waren, begann Joshua zu reden, ohne die Augen zu öffnen und mit einer Stimme, die vor Schmerzen gepreßt klang. »Er ist wahnsinnig, wissen Sie«, sagte er. »Es stimmt. Er benutzte mich, Nacht für Nacht. Der bleiche König, ja, das dachte ich, ich dachte, ich wäre es …

Aber Julian überwältigte mich, Mal für Mal, und ich gab mich geschlagen. Seine Augen, Abner, Sie haben seine Augen gesehen. Finsternis, eine furchtbare Finsternis. Und so alt. Ich dachte, er ist das Böse schlechthin, und er ist stark und so schlau. Aber ich stellte fest, daß es nicht so war. Julian ist nicht ... Abner, er ist wahnsinnig, wirklich und wahrhaftig. Früher einmal muß er alles das gewesen sein, was ich von ihm annahm, aber jetzt ... Es ist so, als ob er schlafe. Manchmal erwacht er, kurz nur, und man kann spüren, was er einmal dargestellt hat, wie er war. Sie haben es gesehen, Abner, an jenem Abend während des Essens, da sahen Sie Julian unverschleiert, wach. Aber die meiste Zeit ... Abner, das Schiff interessiert ihn gar nicht, ebensowenig der Fluß, die Menschen und die Ereignisse in seiner Umgebung. Sour Billy führt die *Fiebertraum,* entwickelt die Pläne und Intrigen, die meinem Volk Sicherheit garantieren. Julian gibt nur selten Befehle, und wenn er es tut, dann sind sie widersprüchlich, manchmal sogar dumm. Er liest nicht, er pflegt nicht das Gespräch, er spielt kein Schach. Er ißt gleichgültig. Ich glaube nicht einmal, daß er überhaupt schmeckt, was er zu sich nimmt. Seit er die *Fiebertraum* in Besitz genommen hat, ist Julian in irgendeinen düsteren Traum eingetaucht. Er verbringt die meiste Zeit in seiner Kabine, in totaler Dunkelheit, allein. Es war Billy, der den Dampfer bemerkte, der uns folgte, nicht Julian.

Zuerst dachte ich, er sei böse, er sei ein dunkler König, der sein Volk in den Untergang führt, aber dann beobachtete ich ihn ... Er ist bereits ruiniert, er ist hohl, leer. Er labt sich am Leben der Angehörigen Ihres Volks, weil er selbst kein eigenes Leben, nicht einmal einen Namen hat, der wahrlich ihm gehört. Früher habe ich mich gefragt, woran er wohl dachte, allein, während aller Tage und Nächte in völliger Dunkelheit. Ich weiß jetzt, daß er überhaupt nicht denkt. Vielleicht träumt er. Wenn ja, dann, so denke ich, träumt er vom Tod, von einem Ende. Er haust in jener schwarzen leeren Kabine, als befände er sich in einem Grab, das er nur verläßt, wenn er Blut wittert. Und die Dinge die er tut ... Das ist mehr als Tollkühnheit. Er spielt mit der Vernichtung, mit dem Entdecktwerden. Er muß sich ein Ende, eine Zeit der Ruhe wünschen, denke ich. Er ist so alt. Er muß schrecklich müde sein.«

»Er hat mir ein Geschäft vorgeschlagen«, sagte Abner Marsh. Ohne seinen anstrengenden Ruderrhythmus zu unterbrechen, rekapitulierte Marsh seine Unterhaltung mit Damon Julian.

»Sie haben nur die halbe Wahrheit erkannt, Abner«, sagte Joshua, als er geendet hatte. »Ja, er hätte Sie am liebsten auch verdorben, um meiner zu spotten. Aber das war nicht alles. Sie hätten ja auch einschlagen können, ohne es wirklich ernst zu meinen. Sie hätten ihn belügen und auf eine Gelegenheit warten können, um ihn zu töten. Ich glaube, Julian wußte das. Indem er Sie an Bord holte, spielte er mit seinem eigenen Tod.«

Marsh schnaubte. »Wenn er wirklich sterben wollte, dann könnte er uns etwas mehr entgegenkommen.«

Joshua schlug die Augen auf. Sie waren klein und verhangen. »Wenn die Gefahr echt und akut ist, das weckt ihn auf. Die Bestie in ihm, das Tier ... das Tier ist alt und ohne Bewußtsein und müde, aber wenn es erwacht, dann ringt es mit aller Macht, um das zu haben ... es ist stark, Abner. Und alt.« Joshua lachte matt, es war ein bitteres, freudloses Lachen. »Nach jenem Abend ... nachdem alles so unglücklich weiterging ... da fragte ich mich immer wieder, wie es hatte passieren können. Julian hatte ein ganzes Glas von meinem — meinem Elixier getrunken ... es war eigentlich genug gewesen, es hätte den roten Durst betäuben müssen, es hätte wirken müssen, aber nicht bei Julian, nein ... nicht bei ihm. Zuerst nahm ich an, daß es an seiner Kraft gelegen hatte, an seiner Macht, an dem Bösen in ihm. Dann ... später, eines Abends, las er die Frage in meinen Augen, und er lachte und verriet es mir. Abner, Sie erinnern sich gewiß ... als ich Ihnen meine Geschichte erzählte ... daß mich damals, als ich noch sehr jung war, der rote Durst nicht quälen konnte. Wissen Sie noch?«

»Ja.«

Joshua nickte schwach. Die Haut spannte sich straff über sein Gesicht, leuchtete rot und verbrannt. »Julian ist alt, Abner, alt. Der Durst ... er hat den Durst jahrelang nicht gespürt ... Hunderte, Tausende ... Jahre lang ... deshalb hatte das Getränk ... es hatte keine Wirkung auf ihn. Das wußte ich nicht, keiner von uns wußte das. Man kann den Durst überleben, und er ... er hatte keinen Durst ... aber er trank, denn er wollte es wegen jener Dinge, von denen er an jenem Abend sprach, Sie erinnern sich, Stärke und Schwäche, Meister und Sklaven, all das, was er dazu meinte. Manchmal denke ich ... daß das Menschliche an ihm völlig hohl, falsch, eine Maske ist ... er ist nichts anderes als ein altes Tier, so alt, daß er sogar jeglichen Geschmack für normale Nahrung verloren hat, aber er jagt weiter, denn das ist alles, woran dieses Tier sich noch erinnern kann, denn das ist es, was sein Wesen ausmacht, das Wesen dieser Bestie. Die Legenden Ihrer Rasse, Abner, Ihre Vampirgeschichten ... von den lebenden Toten, den Untoten: Diese Namen tragen wir in Ihren Geschichten. Julian ... ich glaube, bei Julian entspricht es der Wahrheit, bei ihm trifft es zu. Sogar der Durst existiert nicht mehr. Untot, ist er, kalt und leer und untot.«

Abner Marsh versuchte, in Gedanken eine Erwiderung zu formulieren, die darauf hinauslief, daß er die Vorsilbe ›un‹ aus Joshuas Beschreibung von Damon Julian streichen würde, als Valerie sich plötzlich im Boot aufrichtete. Marsh zuckte zusammen und erstarrte mitten in seinem Ruderschlag. Unter dem Schlapphut war Valeries Haut so rot und roh wie eine offene Wunde, mit Blasen übersät und straff gespannt, und sie hatte sich von einem hellen Rot verfärbt zu seinem dunklen fleckigen Purpurton eines Blutergusses. Ihre Lippen waren aufgeplatzt, und sie zog sie in einem Kichern des Irrsinns zurück und entblößte dabei lange weiße Zähne. Das Weiße ihrer Augen hatte alles andere verschlungen, daher sah sie nun blind und wie dem Wahnsinn verfallen aus. »Es tut so weh!« kreischte sie, hob Hände, rot wie Hummerscheren, in dem verzweifelten Versuch über den Kopf, die Sonne von sich abzuwehren. Dann zuckten ihre Blicke durch das Boot und blieben an Karl Framms schwach atmender Gestalt hängen, und sie kroch mit gierig aufgerissenem Mund auf ihn zu. »Nein!« brüllte Joshua York. Er warf sich auf sie und riß sie zurück, ehe ihre Zähne sich in Framms Hals bohren konnten. Valerie kämpfte verzweifelt und schrie. Joshua hielt sie fest, bis sie sich nicht mehr rühren konnte. Valeries Zähne schlugen aufeinander, wieder und wieder, bis sie ihre eigene Lippe aufgerissen hatte. Ihr Mund versprühte einen Schaum aus Blut und Speichel. So heftig sie sich aber zur Wehr setzte, Joshua York war für sie ein zu starker Gegner. Schließlich schien jegliche Kraft aus ihr herauszusickern. Sie fiel nach hinten und starrte mit blinden weißen Augen zur Sonne hinauf.

Joshua nahm sie verzweifelt in den Arm. »Abner«, sagte er, »die Lotleine. Darunter. Ich hab's gestern abend dort versteckt, als sie loszogen, um Sie zu holen. Bitte, Abner!«

Marsh hörte auf zu rudern und kroch zur Lotleine, der elf Meter langen Schnur, die zum Ausloten der Tiefe benutzt wurde und an deren Ende eine Röhre voller Bleischrot befestigt war. Unter den sorgsam zusammengelegten Windungen fand Marsh, was Joshua verlangte: eine etikettlose Weinflasche, mehr als dreiviertelvoll. Er reichte sie York, der den Korken herauszog und sie an Valeries geschwollene und aufgerissene Lippen setzte. Die Flüssigkeit sickerte ihr am Kinn hinab, und der größte Teil benetzte ihr Hemd, aber Joshua schaffte es, daß ihr auch etwas in den Mund floß. Es schien zu helfen. Plötzlich begann sie gierig an der Flasche zu saugen wie ein Kleinkind an der Mutterbrust. »Langsam«, murmelte Joshua York.

Abner Marsh schob die Lotleine hin und her und schaute sich stirnrunzelnd um. »Ist das die einzige Flasche?« wollte er wissen. Joshua York nickte. Sein eigenes Gesicht sah nun verbrüht aus wie das Gesicht eines zweiten Maats, den Marsh einmal gesehen hatte, der zu nahe bei einer Dampfleitung gestanden hatte, als sie platzte. Blasen und Risse zeichneten sich ab. »Julian hatte meinen Vorrat in seine Kabine bringen lassen und verteilte ihn flaschenweise. Ich habe nicht gewagt, dagegen zu protestieren. Oft genug äußerte er die Absicht, alles zu vernichten.« Er zog Valerie die Flasche weg. Sie war jetzt noch viertel- bis halbvoll. »Ich dachte ... es wäre genug, bis ich für frischen Nachschub sorgen könnte. Ich hatte nicht erwartet, daß Valerie uns begleitet.« Seine Hand zitterte. Er seufzte, setzte die Flasche selbst an den Mund und nahm einen tiefen Schluck.

»Es tut so weh«, wimmerte Valerie. Sie rollte sich friedlich zusammen, ihr ganzer Körper erbebte, aber der Anfall war abgeklungen.

Joshua York gab Marsh die Flasche zurück. »Nehmen Sie sie, Abner«, sagte er. »Sie muß reichen. Wir müssen sie rationieren.«

Toby Lanyard hatte zu rudern aufgehört und beobachtete sie gebannt. Karl Framm regte sich schwach auf dem Boden der Jolle. Das Boot trieb mit der Strömung, und in Fahrtrichtung gewahrte Marsh den Qualm eines stromauf dampfenden Schiffs. Er griff nach einem Ruder. »Bring uns zum Ufer, Toby!« befahl er. »Beeil dich! Ich werde das Schiff anhalten. Wir brauchen dringend eine Kabine.«

»Yessuh, Cap'n«, sagte Toby.

Joshua faßte sich an die Stirn und zuckte zusammen. »Nein«, sagte er leise. »Nein, Abner, das ist unmöglich.

Zu viele Fragen.« Er versuchte aufzustehen und schwankte benommen, sank zurück auf die Knie. »Es brennt so furchtbar«, sagte er. »Nein. Hören Sie. Nicht das Schiff, Abner. Rudern Sie weiter. Eine Stadt, wir erreichen irgendwann eine Stadt. Bei Anbruch der Dunkelheit ... Abner?«

»Verdammt noch mal«, knurrte Abner Marsh, »Sie sind jetzt seit vielleicht vier Stunden draußen, und sehen Sie sich an. Vor allem sie. Und dabei haben wir noch nicht einmal Mittag. Sie beide werden in Kürze völlig verbrannt sein, wenn es uns nicht gelingt, Sie irgendwie ins Dunkle zu schaffen.«

»Nein«, sagte York, »man wird Fragen stellen, Abner. Sie können einfach nicht ...«

»Halten Sie endlich den verdammten Mund«, sagte Marsh und stemmte sich wieder gegen sein Ruder. Die Jolle kreuzte über den Fluß. Der Dampfer näherte sich ihnen, Wimpel flatterten im Wind, eine Handvoll Passagiere spazierte auf der Promenade umher. Es war ein Paketschiff aus New Orleans, wie Marsh beim Näherkommen erkennen konnte, ein mittelgroßer Seitenraddampfer namens *H. E. Edwards*. Er winkte mit dem Ruder und rief das Schiff über das Wasser an, während Toby ruderte und die Jolle wild schaukelte. Auf den Decks des Dampfschiffes winkten die Passagiere zurück und deuten auf sie. Es gab einen kurzen ungeduldigen Pfiff ab, und Abner Marsh reckte den Kopf und sah ein anderes Schiff, weiter flußabwärts, bisher nur ein weißer Punkt in der Ferne. Seine Hoffnungen sanken. Sie trugen ein Rennen aus, wie er erkannte, und es gab keinen Dampfer auf der ganzen Welt, der in einem solchen Augenblick anhalten würde, nur weil jemand in einem winzigen Boot um Hilfe bat.

Die *H. E. Edwards* stürmte mit Höchstgeschwindigkeit an ihnen vorbei, wobei ihre Schaufelräder derart heftig das Wasser peitschten, daß sie in der Kiellinie wild auf und nieder hüpften, als befänden sie sich inmitten von

Stromschnellen. Abner Marsh fluchte, rief ihr Verwünschungen hinterher und schüttelte drohend das Ruder. Das zweite Schiff näherte sich und rauschte sogar noch schneller an ihnen vorbei und hinterließ ihnen einen dichten Funkenregen aus seinen Schornsteinen. Sie blieben mitten auf dem Fluß zurück, mit leeren Feldern, wohin sie schauten, der Sonne über ihnen und einem Berg glimmender Bagasse flußabwärts, über dem eine Säule grauen Qualms aufstieg. »Landen«, sagte Marsh zu Toby, und sie hielten auf das westliche Ufer zu. Als sie auf Grund liefen, sprang er aus dem Boot und zog es hinter sich weiter hinauf aufs Trockene, wobei er durch knietiefen Schlamm watete. Selbst an dem verdammten Ufer, dachte er, als er sich umsah, gibt es keinen Schatten, keine Bäume, um sich vor der gnadenlosen Sonne zu verstecken. »Los, steig schon aus!« befahl Marsh Toby Lanyard. »Wir müssen sie nach oben aufs Ufer schaffen. Dann ziehen wir das gottverdammte Boot aus dem Wasser, drehen es um und legen sie darunter.« Toby nickte. Sie schafften Framm zuerst an Land, dann Valerie. Als Marsh sie unter den Armen faßte und sie hochhob, erschauerte sie heftig. Ihr Gesicht sah derart schlimm aus, daß er Angst hatte, es zu berühren, damit es nicht unter seinen Händen zerfiel.

Als sie zurückkehrten, um auch Joshua zu holen, war dieser bereits aus dem Boot geklettert. »Ich helfe euch«, sagte er. »Es ist sehr schwer.« Er stemmte sich gegen die Seitenwand der Jolle.

Marsh gab Toby durch Kopfnicken ein Zeichen, und zu dritt schoben sie das Boot ganz aus dem Fluß. Es war schwere Arbeit. Abner Marsh setzte seine ganze Kraft ein. Der Schlamm des Uferstreifens griff nach ihm mit nassen klebrigen Fingern. Ohne Joshua hätten sie es wahrscheinlich niemals geschafft. Aber schließlich schleiften sie es über die Uferzone hinweg ins Feld, und das Umdrehen war wieder einfach. Marsh faßte Valerie unter den Armen und schleppte sie zum Boot. »Sie müssen auch darunterkriechen, Joshua«, sagte er, während er sich umdrehte. Toby kümmerte sich um Karl Framm und versuchte dem Lotsen eine Handvoll Flußwasser zwischen den bleichen Lippen einzuflößen. Joshua war nirgendwo zu sehen. Marsh machte eine finstere Miene und ging um die Jolle herum. Seine Hose, triefnaß und mit Schlamm verschmiert, klebte ihm an den Beinen. »Joshua«, brüllte er, »wo zum Teufel haben Sie sich versteckt ...«

Joshua York war am Flußufer zusammengebrochen, und seine verbrannte rote Hand grub sich in den Schlamm. »Verdammt noch mal!« brüllte Marsh. »Toby!«

Toby kam herübergerannt, und gemeinsam zogen sie York in den Schatten. Seine Augen waren geschlossen. Marsh holte die Flasche hervor und trichterte ihm einige Tropfen der Flüssigkeit ein. »Trinken Sie, Joshua, trinken Sie! Verdammt, machen Sie schon!« schließlich trank York und hörte erst auf, als die Flasche leer war. Abner Marsh hielt sie in der Hand und betrachtete sie stirnrunzelnd. Er drehte sie um. Der letzte Tropfen von Joshua Yorks speziellem Elixier sickerte heraus und fiel auf Marshs schlammbeschmierten Stiefel. »Verflucht!« knurrte er und schleuderte die leere Flasche in den Fluß. »Bleib bei ihnen, Toby«, bat er, »ich hole Hilfe. Irgend jemand muß doch hier aufzutreiben sein.«

»Yessuh, Cap'n Marsh«, meinte Toby.

Marsh überquerte das Feld. Das Zuckerrohr war abgeerntet worden. Die Äcker waren weit und leer, aber über einer kleinen Anhöhe in der Ferne gewahrte Marsh eine dünne Rauchfahne. Er ging darauf zu und hoffte, daß es ein Haus war und nicht schon wieder einer dieser verdammten Bagassehaufen. Er hofft vergeblich, aber nachdem das Feuer einige Minuten hinter ihm lag, sah er eine Gruppe Sklaven, die auf dem Feld arbeitete, und er machte sich durch laute Rufe bemerkbar und rannte auf sie zu. Sie brachten ihn zum Plantagenhaus, wo er dem Aufseher seine traurige Geschichte von der Kesselexplosion erzählte, durch die sein Dampfschiff gesunken und jedermann an Bord ums Leben gekommen war, bis auf ein paar Leute, die es geschafft hatten, sich in die Lot-Jolle zu retten. Der Mann nickte und holte den Plantagenbesitzer. »Ich hab' zwei Leute bei mir, die ziemlich schlimme Verbrennungen abbekommen haben«, erzählte Marsh ihm. »Wir müssen sie schnellstens behandeln.« Zwei Minuten später spannten sie zwei Pferde vor einen Wagen und fuhren über die Felder.

Als sie am umgedrehten Boot ankamen, stand Karl Framm daneben, benommen und schwach. Abner Marsh sprang vom Wagen und gab seinen Begleitern aufgeregte Zeichen. »Beeilt euch«, sagte er zu den Männern, »wir haben die Verbrannten unter das Boot gelegt. Wir müssen sie schnellstens ins Haus bringen.« Er wandte sich an Framm. »Geht es Ihnen jetzt besser, Mister Framm?«

Framm grinste schwach. »Mir ging es schon besser, Cap'n«, antwortete er, »aber ich war auch schon viel schlimmer dran.«

Zwei Männer trugen Joshua York zum Wagen. Sein weißer Anzug war mit Schlamm und Wein besudelt, und er rührte sich nicht. Der dritte Mann, der jüngste Sohn des Plantagenbesitzers, kam unter dem Boot hervorgekrochen und wischte sich die Hände an seiner Hose ab. Er schüttelte den Kopf und wirkte etwas blaß um die Nase. »Cap'n Marsh«, sagte er, »die Frau, die noch darunter liegt, die ist so sehr verbrannt, daß sie schon gestorben ist.«

KAPITEL NEUNUNDZWANZIG

Auf der Gray-Plantage, Louisiana
Oktober 1857

Zwei Haussklaven hoben Joshua York vom Wagen und trugen ihn ins Haus, die breite geschwungene Treppe hinauf in ein Schlafzimmer. »Aber in einen dunklen Raum!« rief Abner Marsh zu ihnen hinauf. »Und zieht verdammt noch mal die Vorhänge zu, verstanden? Ich will dort nicht den kleinsten Sonnenstrahl sehen!« Er wandte sich zu seinen Gefährten um, während der Plantagenbesitzer, seine Söhne und zwei weitere Sklaven wieder hinausgingen, um sich um Valeries Leiche zu kümmern. Framm hatte einen Arm um Tobys Schultern gelegt, um sich auf den Beinen zu halten. »Sehen Sie zu, daß Sie endlich was Anständiges in den Magen bekommen, Mister Framm«, riet Marsh ihm.

Der Lotse nickte.

»Und vergessen Sie nicht, was passiert ist. Wir waren auf der *Eli Reynolds,* und deren Kessel ist explodiert. Dabei sind alle ums Leben gekommen — außer uns. Sie ist sofort gesunken, ziemlich weit weg von hier flußaufwärts, wo der Fluß am tiefsten ist. Das ist alles, was Sie wissen, klar? Den Rest erzähle ich.«

»Das ist mehr, als ich weiß«, sagte Framm. »Wie, zum Teufel, bin ich hierhergekommen?«

»Das soll Sie jetzt nicht interessieren. Befolgen Sie nur, was ich Ihnen gesagt habe.« Marsh wandte sich ab und stampfte die Treppe hinauf, während Toby Framm dabei behilflich war, sich in einen Sessel zu setzen.

Sie hatten Joshua auf ein breites Baldachinbett gelegt und waren gerade im Begriff, ihn auszuziehen, als Marsh hereinkam. Joshuas Gesicht und seine Hände sahen am schlimmsten aus, schrecklich verbrannt, doch selbst unter der Kleidung war die weiße Haut leicht gerötet. Er bewegte sich schwach, während sie ihm die Stiefel auszogen, und stöhnte. »Jesus, ist der Mann schlimm verbrannt«, meinte einer der Sklaven kopfschüttelnd.

Marsh blickte finster drein und trat an die Fenster, die weit geöffnet waren. Er schloß sie und legte auch die Läden vor. »Besorgt mir eine Decke oder so etwas«, befahl er, »damit ich sie davorhängen kann. Hier ist zuviel verdammtes Licht. Und zieht auch die Vorhänge um das Bett zu.« Er sagte das im polternden Ton eines Dampferkapitäns, der jeden Widerspruch im Keim erstickte.

Erst als es in dem Zimmer so finster war, wie Marsh es sich vorstellte, und eine gebeugte hagere Schwarze heraufgekommen war, um Yorks Verbrennungen mit Kräutern, Wundsalben und kalten feuchten Handtüchern zu behandeln, verließ Abner Marsh das Zimmer. Im Erdgeschoß saßen der Plantagenbesitzer — ein stämmiger hartgesichtiger Mann mit ausgeprägtem Kinn, der sich als Aaron Gray vorstellte — und zwei seiner Söhne mit Karl Framm bei Tisch. Der Duft der Speisen erinnerte Marsh daran, wie lange es her war, seit er das letztemal gegessen hatte. Er fühlte sich ausgehungert. »Setzen Sie sich zu uns, Cap'n«, bat Gray, und Marsh zog sich dankbar einen Stuhl heran und ließ sich Brathuhn, Maisbrot, süße Erbsen und Kartoffeln auf den Teller laden.

Joshua hat mit seiner Angst vor Fragen durchaus recht gehabt, dachte Marsh bei sich, während er seine Mahlzeit hinunterschlang. Die Grays stellten mindestens hundert Fragen, und Marsh beantwortete sie, so gut er konnte, wenn sein Mund nicht gerade voll war. Framm entschuldigte sich, während Marsh sich eine zweite Portion nahm — der Lotse sah immer noch sehr mitgenommen aus —, und ließ sich ein Bett zeigen. Je mehr Fragen Marsh beantwortete, desto unbehaglieher fühlte er sich. Er war kein geborener Lügner wie einige

Flußleute, die er kannte, und das wurde mit jedem verdammten Wort deutlicher, das er hervorstotterte. Trotzdem überstand er die Mahlzeit irgendwie, obgleich Marsh sehr wohl bemerkte, daß Gray und sein ältester Sohn ihn einigermaßen seltsam betrachteten, als er seinen Nachtisch verzehrt hatte.

»Ihrem Nigger geht es gut«, sagte der zweite Sohn, während sie vom Tisch aufstanden, »und Robert ist losgefahren, um Doktor Moore zu holen, damit er die anderen beiden behandelt. Unterdessen wird Sally sich um sie kümmern. Es hat keinen Sinn, wenn Sie sich jetzt aufregen, Cap'n. Wahrscheinlich wollen Sie sich auch etwas ausruhen. Sie haben schließlich eine Menge durchgemacht, haben Ihren Dampfer und alle Ihre Freunde verloren.«

»Ja, das ist wahr«, gab Abner Marsh zu. Und kaum war ihm dieses Geständnis entschlüpft, da fühlte Marsh sich unendlich müde. Er hatte nun seit dreißig Stunden kein Auge mehr zugetan. »Das wäre jetzt genau das richtige für mich«, sagte er dankbar.

»Zeig ihm ein Zimmer, Jim!« bat der Pflanzer. »Und noch eins, Cap'n, Robert benachrichtigt auch noch den Totengräber. Wegen dieser armen Frau. Eine ganz tragische Sache, wirklich. Wie, sagten Sie, lautet ihr Name?«

»Valerie«, sagte Marsh. Er konnte sich absolut nicht an ihren Nachnamen erinnern, den sie genannt hatte. »Valerie York«, improvisierte er daher.

»Sie bekommt ein anständiges christliches Begräbnis«, versprach Gray, »es sei denn, Sie wollen sie zu ihrer Familie bringen, oder?«

»Nein«, sagte Marsh, »nein.«

»Gut. Jim, bring Cap'n Marsh nach oben. Gib ihm ein Zimmer gleich neben seinem bedauernswerten verbrannten Freund.«

»Klar, Daddy.«

Marsh schaute sich kaum in dem Zimmer um, in das man ihn führte. Er schlief wie ein Murmeltier.

Als er erwachte, war es dunkel.

Marsh richtete sich schwerfällig in seinem Bett auf. Das lange Rudern forderte seinen Tribut. Seine Gelenke knackten, wenn er sich bewegte, er hatte einen furchtbaren Krampf in den Schultern, und seine Arme fühlten sich an, als hätte jemand ständig mit einem dicken Eichenknüppel darauf eingeschlagen. Er stöhnte, rutschte vorsichtig zum Matratzenrand und stellte behutsam die nackten Füße auf den Boden. Jeder Schritt löste in ihm eine Schmerzwoge aus, als er zum Fenster ging und es weit öffnete, um etwas kühle Nachtluft ins Zimmer zu lassen. Draußen befand sich ein kleiner Steinbalkon, dahinter ein Streifen Chinabäume, und dann waren da noch die Felder, kahl und verlassen im Mondschein. In der Ferne konnte Marsh den matten Schein des Bagassehaufens erkennen, von dem noch immer ein Rauchschleier aufstieg. Jenseits davon war der Fluß aus dieser Entfernung nur ein winziger Schimmer.

Marsh fröstelte, schloß das Fenster und kehrte ins Bett zurück. In dem Zimmer war es jetzt ziemlich kühl, daher wickelte er sich in die Decken und drehte sich auf die Seite. Das Mondlicht schuf überall dunkle Nischen und Schatten, und die Möbel, die ihm allesamt fremd waren, wurden in dem vagen Licht beinahe unheimlich. Er konnte nicht schlafen. Seine Gedanken gingen auf die Reise, wanderten zu Damon Julian und der *Fiebertraum* und warfen die drängende Frage auf, ob der Dampfer immer noch an der Stelle lag, wo er ihn verlassen hatte. Er dachte auch an Valerie. Er hatte sie eingehend betrachten können, als sie sie unter dem Boot hervorgezogen hatten, und sie hatte keinen besonders schönen Anblick geboten. Niemals hätte man geglaubt, daß sie eine Schönheit war, blaß, voller Grazie und sinnlich, mit großen violetten Augen. Abner Marsh hatte Mitleid mit ihr und fand dies eine seltsame Reaktion angesichts der Tatsache, daß er einen Abend vorher um die gleiche Zeit versucht hatte, sie mit seiner Büffelflinte zu erlegen. Die Welt ist schon ein furchtbar seltsamer Ort, dachte, wenn sich an einem einzigen Tag so vieles so gründlich verändern kann.

Schließlich schlief er wieder ein.

»Abner«, erklang das Flüstern und störte seine Träume, »Abner, lassen Sie mich hinein!«

Abner Marsh setzte sich jäh auf. Joshua York stand auf seinem Balkon und klopfte mit der bleichen wunden Hand gegen die Fensterscheibe.

»Moment!« murmelte Marsh. Es war draußen noch stockfinster, und im Haus war alles still. Joshua lächelte, als Marsh aus dem Bett stieg und auf ihn zutappte. Sein Gesicht war von Rissen und Falten gezeichnet und wies Fetzen abgestorbener Haut auf. Marsh öffnete die Balkontüren, und Joshua trat ein, bekleidet mit seinem ramponierten weißen Anzug, der nun fleckig und zerknittert war. Erst als er sich im Zimmer befand, fiel Abner Marsh die leere Flasche ein, die er in den Fluß geschleudert hatte. Er wich plötzlich zurück. »Joshua, Sie haben doch — keinen *Durst*, oder?«

»Nein«, erwiderte Joshua York. Sein grauer Umhang wehte und flatterte im Wind, der durch die offenen Balkontüren hereinblies. »Ich wollte nicht das Schloß zerstören oder die Scheiben einschlagen. Haben Sie keine Angst, Abner.«

»Das war auch gut so«, sagte Marsh und betrachtete ihn. Yorks Lippen waren immer noch aufgesprungen, die Augen lagen in tiefen rotschwarzen Schächten, aber er hatte sich deutlich erholt. Noch gegen Mittag hatte er ausgesehen wie der leibhaftige Tod.

»Ja«, sagte Joshua, »Abner, ich bin gekommen, um mich zu verabschieden.«

»Wie bitte?« Marsh war völlig entgeistert. »Sie können nicht weg!«

»Ich muß, Abner. Man hat mich gesehen, wem immer diese Plantage gehört. Ich habe auch eine vage Erinnerung daran, daß mich ein Arzt behandelt hat. Morgen bin ich wieder geheilt. Was werden die Leute dann denken?«

»Was denken die erst, wenn sie Ihnen das Frühstück bringen und Sie gar nicht da sind?« hielt Marsh ihm entgegen.

»Zweifellos werden sie verwirrt reagieren, aber dafür lassen sich sehr viel einfacher passende Erklärungen finden. Sie werden genauso entsetzt reagieren wie Sie, Abner. Erklären Sie ihnen, ich sei im Fieberwahn davongelaufen. Niemand wird mich jemals finden.«

»Valerie ist tot«, sagte Marsh.

»Ja«, sagte Joshua. »Draußen steht ein Wagen mit einem Sarg. Ich dachte mir schon, daß er für sie gedacht ist.« Er seufzte und schüttelte den Kopf. »Ich habe versagt. Ich habe mein ganzes Volk verraten, habe es ins Unglück gestürzt. Wir hätten sie niemals mitnehmen dürfen.«

»Sie hatte ihre Wahl getroffen«, wandte Marsh ein. »Wenigstens hat sie sich von *ihm* befreien können.«

»Frei«, sagte Joshua York bitter. »Ist das die Freiheit, die ich meinem Volk bringe? Ein trauriges Geschenk. Eine Zeitlang, ehe Damon Julian in mein Leben trat, wagte ich sogar zu träumen, daß Valerie und ich eines Tages vielleicht ein Paar werden könnten. Nicht nach Art meines Volkes, füreinander entflammt durch den Ruf des Blutes, sondern mit einer Leidenschaft füreinander, geboren aus Zärtlichkeit und Zuneigung und gegenseitiger Hingabe und Sehnsucht zueinander. Wir haben darüber gesprochen.« Sein Mund verzog sich traurig. »Sie hat an mich geglaubt. Und ich habe sie getötet.«

»Einen Teufel haben Sie«, widersprach Marsh. »Am Ende sagte sie, daß sie Sie liebte. Sie mußte ja nicht mit uns kommen. Sie wollte es so. Wir alle müssen uns entscheiden, haben Sie mal selbst gesagt. Ich glaube, sie hat die richtige Wahl getroffen. Sie war eine ungemein schöne Lady.«

Joshua York erschauerte. »In Schönheit wandelt sie

wie wolkenlose Sternennacht«, sagte er leise und starrte auf die geballten Fäuste. »Manchmal frage ich mich, ob es irgendeine Stunde gibt, da meine Rasse in Ruhe leben kann, Abner. Die Nächte sind voller Blut und Schrecken, aber die Tage sind gnadenlos.«

»Wo wollen Sie denn hin?« fragte Marsh.

Joshua biß die Zähne zusammen. »Zurück.«

Marsh schüttelte den Kopf. »Das können Sie nicht!«

»Ich habe keine andere Wahl.«

»Sie sind doch gerade erst von dort geflohen«, sagte Marsh hitzig. »Nach allem, was wir auf uns genommen haben, um von dort zu verschwinden, können Sie nicht einfach aufstehen und wieder zurückgehen. Warten Sie ab! Verstecken Sie sich im Wald oder sonstwo, gehen Sie in irgendeine Stadt. Ich werde auch irgendwann von hier verschwinden, und dann treffen wir uns und schmieden Pläne, wie wir das Dampfschiff zurückerobern.«

»Schon wieder?« Joshua schüttelte den Kopf. »Es gibt da eine Geschichte, die ich Ihnen noch nicht erzählt habe, Abner. Es passierte vor langer Zeit, während meiner ersten Monate in England, als mich der rote Durst noch regelmäßig überkam und mich hinaustrieb auf die Suche nach Blut. Eines Abends hatte ich mich dagegen gewehrt und verloren, und ich schlich durstig durch die mitternächtlichen Straßen. Ich traf ein Pärchen, einen Mann und eine Frau, die eilig irgendwohin unterwegs waren. Meine Gewohnheit war, solche Beute aus Sicherheitsgründen entkommen zu lassen und nur jene anzugreifen, die allein waren. Aber der Durst hatte mich schrecklich gepackt, und selbst auf diese Entfernung konnte ich sehen, daß die Frau sehr schön war. Sie zog mich an, wie eine Flamme die Motten anlockt, und ich näherte mich ihr. Ich griff aus der Dunkelheit an, legte die Hände um den Hals des Mannes und riß ihm die halbe Kehle weg, wie ich annahm. Dann stieß ich ihn beiseite, und er fiel. Es war ein großer Mann. Ich nahm die Frau in die Arme und beugte mich sanft mit den Zähnen zu ihrem Hals hinunter. Meine Augen fixierten sie, versetzten sie in einen Trancezustand. Ich hatte gerade den ersten heißen süßen Schwall Blut geschmeckt, als ich von hinten erfaßt und von ihr weggerissen wurde. Es war der Mann, ihr Begleiter. Ich hatte ihn überhaupt nicht getötet. Sein Hals war kräftig und dick von Muskeln und Fett, und als ich ihn aufriß, blutete er heftig, aber er war noch immer auf den Beinen. Er sagte kein Wort. Er hob einfach die Fäuste wie ein Preisboxer und schlug mir mitten ins Gesicht. Er war ziemlich stark. Der Schlag betäubte mich und führte zu einer Platzwunde über dem Auge. Ich war bereits reichlich abgelenkt. So von seinem Opfer weggerissen zu werden, ist ein widerwärtiges Gefühl, macht einen benommen und durcheinander. Der Mann schlug mich erneut, und ich versetzte ihm einen brutalen Hieb. Er brach zusammen, hatte lange Risse in seiner Wange, und eines der Augen hing ihm halb aus dem Schädel. Ich wandte mich wieder der Frau zu und preßte den Mund auf die offene Wunde. Und dann stürzte er sich erneut auf mich. Ich riß seinen Arm von mir los und fetzte ihn fast aus dem Gelenk, und dann brach ich ihm noch schnell mit einem Tritt das Bein — als Denkzettel sozusagen. Er brach zusammen. Diesmal beobachtete ich ihn. Mühsam raffte er sich wieder auf, hob die Fäuste kampfbereit und kam auf mich zu. Zweimal noch schlug ich ihn nieder, und zweimal erhob er sich wieder. Schließlich brach ich ihm das Genick, und er starb, und dann tötete ich seine Frau.

Anschließend konnte ich ihn nicht vergessen. Er mußte gewußt haben, daß ich nicht ganz menschlich war. Er mußte erkannt haben, so stark er auch war, daß er gegen meine Kraft nichts ausrichten konnte, gegen meine Schnelligkeit, meinen Durst. Ich war abgelenkt durch meine Gier und durch die Schönheit seiner Gefährtin, und ich tötete nicht auf Anhieb. Er hätte verschont werden können. Er hätte weglaufen können. Er hätte auch um Hilfe rufen können. Er hätte sich sogar wegschleichen und irgendwo eine Waffe besorgen können. Aber er tat es nicht. Er sah die Frau in meinen Armen, sah, wie ich ihr Blut trank, und er konnte an nichts anderes denken als daran, aufzustehen und sich mit seinen großen dummen Fäusten auf mich zu stürzen. Als ich Zeit zum Nachdenken fand, ertappte ich mich dabei, wie ich seine Kraft, seinen wahnwitzigen Mut und die Liebe, die er für diese Frau empfunden haben mußte, zutiefst bewunderte.

Aber, Abner, trotz allem war er dumm. Er rettete weder seine Lady noch sich selbst.

Und Sie erinnern mich an diesen Mann, Abner. Julian hat Ihnen die *Fiebertraum* weggenommen, und Sie können an nichts anderes denken, als sie sich zurückzuholen; daher stehen Sie auf, nehmen die Fäuste hoch und greifen an, und Julian trifft Sie und schickt Sie wieder zu Boden. Eines Tages werden Sie nicht mehr aufstehen können, wenn Sie Ihre Angriffe fortsetzen. Abner, geben Sie auf!«

»Was, zum Teufel, reden Sie da?« fragte Marsh wütend. »Es sind Julian und seine Vampire, die sich jetzt in acht nehmen müssen. Dieser gottverdammte Dampfer fährt ohne Lotsen nirgendwo mehr hin.«

»Ich kann sie steuern«, meinte Joshua York.

»Und werden Sie das tun?«

»Ja.«

Marsh fühlte sich krank und wie zerschlagen vor Wut über diesen Verrat. »Warum?« wollte er wissen. »Joshua, Sie sind doch gar nicht wie die anderen!«

»Doch, das bin ich, wenn ich nicht zurückkehre«, erklärte York ernst. »Wenn ich nicht mein Elixier habe, dann wird der Durst mich wieder heimsuchen, und das noch viel heftiger nach den ganzen Jahren, in denen ich ihn unter Kontrolle halten konnte. Und dann werde ich töten und trinken und genauso sein wie Julian. Und wenn ich das nächstemal zu nächtlicher Stunde ein Schlafzimmer betrete, dann nicht, um mich zu unterhalten.«

»Dann kehren Sie nur zurück! Holen Sie sich Ihr verdammtes Getränk! Aber bewegen Sie den Dampfer nicht von der Stelle, nicht eher jedenfalls, als bis ich ebenfalls dort erscheine.«

»Mit bewaffneten Männern. Mit angespitzten Holzpflöcken und Haß im Herzen. Um zu töten. Das werde ich nicht zulassen.«

»Auf wessen Seite stehen Sie dann?«

»Auf der Seite meines Volks.«

»Also auf Julians Seite«, zischte Marsh und spuckte aus.

»Nein«, widersprach Joshua York. Er seufzte. »Hören Sie zu, Abner, und versuchen Sie zu verstehen. Julian ist der Blutmeister. Er beherrscht sie alle. Einige von ihnen sind genauso wie er, verdorben, böse. Katherine, Raymond, andere, sie folgen ihm bereitwillig. Aber nicht alle. Sie haben Valerie gesehen, Sie haben sie heute im Boot reden hören. Ich bin nicht allein. Unsere Rassen unterscheiden sich gar nicht so wesentlich. Wir alle haben das Gute und das Böse in uns, und wir alle träumen. Wenn Sie den Dampfer angreifen, wenn Sie sich gegen Julian stellen, dann werden sie ihn verteidigen, ganz gleich, welche persönlichen Hoffnungen sie hegen. Jahrhunderte der Unterwerfung und der Angst treiben sie dann an. Ein Strom aus Blut wird zwischen Tag und Abend fließen, der nur schwer durchschritten werden kann. Diejenigen, die zögern — wenn es überhaupt jemand ist —, werden ausgebootet.

Wenn Sie kommen, Abner, Sie und Ihre Leute, dann wird der Tod regieren. Und nicht Julians Tod allein. Die anderen werden ihn beschützen, und sie werden dabei untergehen, und Ihre Leute ebenfalls.«

»Manchmal muß man eben ein Risiko auf sich nehmen«, sagte Marsh. »Und diejenigen, die Julian helfen, verdienen es sowieso zu sterben.«

»Tun sie das?« Joshuas Gesicht zeigte Trauer. »Vielleicht ist es so. Vielleicht sollten wir alle sterben. Wir sind in dieser Welt, die Ihre Rasse für sich gebaut hat, fehl am Platze. Ihre Rasse hat uns bis auf eine Handvoll ausgerottet. Vielleicht ist es an der Zeit, auch die letzten Überlebenden noch abzuschlachten.« Er lächelte grimmig. »Wenn es das ist, was Sie vorhaben, Abner, dann denken Sie daran, wer ich bin. Sie sind mein Freund, aber die anderen sind Blut von meinem Blut: mein Volk, Ich gehöre zu ihnen. Ich dachte, ich sei ihr König.«

Seine Stimme klang so bitter und verzweifelt, daß Abner Marshs Wut verflog. Statt dessen empfand er Mitleid. »Sie haben alles versucht und sich Mühe gegeben«, sagte er.

»Ich habe versagt. Ich habe auch Valerie nicht helfen können, und Simon und allen anderen, die an mich geglaubt haben. Ich habe euch und Mister Jeffers geschadet, und ich habe auch das kleine Kind umkommen lassen. Ich glaube, auf irgendeine seltsame Art habe ich auch Julian verraten.«

»Es war nicht Ihre Schuld«, beharrte Marsh.

Joshua York hob die Schultern, aber in seinen grauen Augen lag ein entschlossener kalter Ausdruck. »Was vergangen ist, ist vergessen. Ich denke nur noch an heute und an morgen und an übermorgen. Ich muß zurück. Sie brauchen mich, auch wenn sie das vielleicht nicht erkennen. Ich muß zurückkehren und mein möglichstes tun, so wenig und unwichtig es vielleicht auch sein mag.«

Abner Marsh schnaubte. »Und Sie raten mir zur Aufgabe? Meinen Sie, ich sei wie dieser arme Narr, der Sie ständig angegriffen hat? Verdammt, Joshua, was ist mit Ihnen? Wie oft hat Julian sich jetzt an Ihnen gelabt? Mir kommt es so vor, als seien Sie genauso verflucht stur und dumm, wie Sie es von mir behaupten.«

Joshua lächelte. »Vielleicht«, gab er zu.

»Verflucht noch mal«, schimpfte Marsh. »Na schön,

gehen Sie zurück zu Julian wie ein armseliger Idiot. Was, zum Teufel, soll ich jetzt tun?«

»Sie sollten lieber so schnell wie möglich von hier verschwinden«, riet Joshua ihm, »ehe unsere Gastgeber noch mißtrauischer werden, als sie es ohnehin schon sind.«

»Soviel habe ich mir auch schon gedacht.«

»Es ist vorbei, Abner. Suchen Sie nicht mehr nach uns.«

Abner Marsh schüttelte wütend den Kopf. »Verdammt noch mal!«

Joshua lächelte. »Sie verfluchter Narr«, sagte er. »Nun, dann suchen Sie, wenn Sie es nicht lassen können. Sie werden uns nicht finden.«

»Ich werde sehen.«

»Vielleicht gibt es für uns noch Hoffnung. Ich kehre zurück, zähme Julian und errichte meine Brücke zwischen Nacht und Tag, und zusammen werden Sie und ich die *Eclipse* besiegen.«

Abner Marsh schnaubte abfällig, doch tief in seinem Innern wollte er daran glauben. »Kümmern Sie sich um mein verdammtes Dampfschiff«, sagte er. »Es gab nie ein schnelleres, und wenn ich sie zurückbekomme, dann sollte es schon in gutem Zustand sein.«

Als Joshua lächelte, sprang die trockene tote Haut um seinen Mund auf. Er hob eine Hand und riß die Haut ab. Sie ließ sich leicht abziehen, als wäre sie Teil einer Maske, die er trug, einer häßlichen Fratze voller Narben und Falten. Darunter war die Haut milchig weiß, rein und glatt, bereit, von neuem zu beginnen, bereit, daß die Welt sich darauf verewigte. York zerknüllte das alte Gesicht in der Hand; Flocken alten Schmerzes und Hautschuppen rieselten durch seine Finger und segelten zu Boden. Er wischte sich die Hand an der Jacke ab und streckte sie Abner Marsh entgegen. Sie schüttelten sich die Hände.

»Wir alle müssen unsere Wahl treffen«, sagte Marsh.

»Das haben Sie mir gesagt, Joshua, und Sie hatten recht. Diese Wahl ist nicht immer leicht. Ich glaube, eines Tages sind auch Sie mit dieser Wahl an der Reihe. Zwischen Ihrem Volk der Nacht — und nun, nennen Sie es das Gute. Recht zu handeln. Sie wissen genau, was ich meine. Entscheiden Sie sich richtig, Joshua.«

»Und Sie, Abner, entscheiden Sie für sich stets weise.«

Joshua York wandte sich mit flatterndem Umhang um und ging hinaus. Er setzte mit lässiger Eleganz über die Balustrade und sprang sieben Meter weit in die Tiefe auf den Erdboden, als täte er dies jeden Tag, und landete geschickt auf den Füßen. Dann war er nicht mehr zu sehen, war verschwunden und bewegte sich so schnell, daß er mit der Nacht zu verschmelzen schien. Vielleicht hat er sich auch in einen verfluchten Nebelhauch verwandelt, dachte Abner Marsh.

Weit weg, auf dem hellen Streifen, der zum Fluß gehörte, betätigte ein Dampfer seine Pfeife. Es war ein melancholischer Ruf, irgendwie verloren und einsam. Es war eine schlimme Nacht auf dem Fluß. Aber Marsh fröstelte und fragte sich, ob es gar schon gefroren hatte. Er schloß die Balkontür und ging wieder zu Bett.

KAPITEL DREISSIG

Fieberjahre: November 1857 — April 1870

Beide taten genau das, was sie sich vorgenommen hatten: Abner Marsh setzte seine Suche fort, aber er fand sein Schiff nicht.

Sie verließen Aaron Grays Plantage, sobald Karl Framm kräftig genug war, um weiterzuziehen, und mehrere Tage nach Joshua Yorks Verschwinden. Marsh war froh, von dort wegzukommen. Gray und seine Leute waren mittlerweile mächtig mißtrauisch geworden und wollten wissen, warum nichts von einer Dampfschiffexplosion in den Zeitungen stand und warum kein Nachbar etwas gehört hatte und warum Joshua sich aus dem Staub gemacht hatte. Und Marsh verfing sich nach und nach im Netz seiner eigenen Lügen. Als er und Toby und Karl Framm flußaufwärts zogen, war die *Fiebertraum* verschwunden, wie er es auch erwartet hatte. Marsh kehrte nach St. Louis zurück.

Während des langen schweren Winters suchte Marsh ständig weiter. Er schrieb noch mehr Briefe, trieb sich in den Bars und den Billardsälen am Fluß herum, er engagierte weitere Detektive, er las zahllose Zeitungen, er fand Yoerger und Grove und den Rest der Mannschaft der *Eli Reynolds* und schickte sie als Kabinenpassagiere auf dem Fluß hinauf und hinunter, damit sie sich umsahen. Alle Bemühungen erbrachten nichts. Niemand hatte die *Fiebertraum* gesehen. Niemand hatte aber auch etwas von der *Ozymandias* gehört. Abner Marsh gelangte zu der Überzeugung, daß sie ihren Namen schon wieder geändert hatten. Er las jedes gottverdammte Gedicht, das Byron und Shelley je schrieben hatten, aber diesmal ohne irgendein Ergebnis. Es wurde so schlimm, daß er die verdammten Gedichte am Ende auswendig hersagen konnte, und er beschäftigte sich sogar mit anderen Dichtern, aber er fand nichts anderes als einen ziemlich ramponiert aussehenden Heckraddampfer vom Missouri namens *Hiawatha.*

Marsh erhielt einen Bericht von seinen Detektiven, doch der verriet ihm nicht mehr, als er längst wußte. Der Seitenraddampfer *Ozymandias* hatte Natchez an jenem Oktoberabend mit etwa vierhundert Tonnen Fracht, vierzig Kabinenpassagieren und etwa doppelt so vielen Decksfahrgästen verlassen. Die Fracht war nie ausgeliefert worden. Weder der Dampfer noch die Passagiere wurden jemals wiedergesehen, außer an einigen Holzplätzen am Strom unterhalb von Natchez. Abner Marsh las diesen Brief stirnrunzelnd mindestens ein halbes dutzendmal. Die Zahlen waren viel zu niedrig, was bedeutete, das Sour Billy überaus schlechte Arbeit leistete — es sei denn, er tat es ganz bewußt, damit Julian und sein Nachtvolk nicht zuviel Hektik und Unruhe erlebten. Hundertzwanzig Menschen waren weg, verschwunden. Das trieb Marsh den kalten Schweiß aus den Poren. Er starrte auf den Brief und erinnerte sich, was Damon Julian zu ihm gesagt hatte: *Niemand auf dem Fluß wird jemals Ihre* Fiebertraum *vergessen.*

Monatelang wurde Abner Marsh von furchtbaren Alpträumen von einem Schiff gepeinigt, das den Fluß hinunterfuhr, total schwarz, jede Lampe und jede Kerze gelöscht, mit großen schwarzen Planen rund um das Hauptdeck, damit nicht einmal das rötliche Licht aus den Ofenlöchern nach draußen drang, ein Schiff,so dunkel wie der Tod und so schwarz wie die Sünde, ein Schatten, der durch Mondschein und Nebel glitt, kaum zu erkennen, still und schnell. In seinen Träumen gab sie während ihrer Fahrt keinen Laut von sich, und weiße Gestalten huschten lautlos über die Decks und bevölkerten den großen Salon, und in ihren Kabinen hockten angsterfüllt die Passagiere, bis sich die Türen eines

Nachts öffneten und sie zu schreien begannen. Ein- oder zweimal wachte Marsh selbst schreiend auf, und selbst in seinen Wachstunden konnte er es nicht vergessen, sein Traumschiff, eingehüllt in Schatten und Schreie, mit Qualm, so schwarz wie Julians Augen, und Dampf in der Farbe von Blut.

Als das Eis auf dem Oberlauf des Flusses allmählich brach, stand Abner Marsh vor einer schweren Entscheidung. Er hatte die *Fiebertraum* nicht gefunden, und die Suche hatte ihn an den Rand des Ruins getrieben. Seine Hauptbücher erzählten eine traurige Geschichte; seine Auftragsbücher waren nahezu leer. Er besaß eine Dampfschiffahrtsgesellschaft ohne ein einziges Dampfschiff, und ihm fehlten sogar die Mittel, um wenigstens eins von mittlerer Größe bauen zu lassen. Daher setzte Marsh sich widerstrebend mit seinen Agenten und Detektiven in Verbindung und blies die Suche ab.

Mit dem wenigen Geld, das ihm noch geblieben war, zog er flußabwärts dorthin, wo die *Eli Reynolds* noch immer in der Flußschlinge saß, in der sie sich festgefahren hatte. Man baute ein neues Ruder ein, reparierte notdürftig das Heckrad und wartete auf das Frühjahrshochwasser. Das Hochwasser setzte ein, der Seitenarm wurde wieder befahrbar, und Yoerger und seine Mannschaft brachten die *Eli Reynolds* zurück nach St. Louis, wo sie mit einem nagelneuen Schaufelrad sowie mit einer neuen Maschine mit doppelter Leistung und einem zweiten Kessel ausgerüstet wurde. Sie bekam sogar einen neuen Farbanstrich und einen gelben Teppich für die Hauptkabine. Dann brachte Marsh sie im New Orleans-Geschäft unter, wofür sie eigentlich zu klein, zu schäbig und zu unzureichend ausgerüstet war, damit er seine Suche persönlich fortsetzen konnte.

Noch bevor er richtig anfing, wußte Abner Marsh, daß es so gut wie hoffnungslos war. Zwischen Cairo und New Orleans allein erstreckten sich elfhundert Meilen Flußlauf. Dann war da der obere Mississippi oberhalb von Cairo bis zu den Wasserfällen von St. Anthony. Da war der Missouri, da waren der Ohio und der Yazoo und der Red River und etwa fünfzig weitere kleinere Flüsse und Nebenarme, die während eines Teils des Jahres befahrbar waren, wenn man einen guten Lotsen engagiert hatte. Das Schiff konnte sich auf einem dieser Gewässer versteckt haben, und wenn die *Eli Reynolds* daran vorbeidampfte und es verfehlte, dann hieße das, daß man ganz von vorn anfangen müßte. Tausende von Dampfschiffen waren auf dem Mississippi-Flußnetz unterwegs, und jeden Monat kamen neue Schiffe hinzu, was bedeutete, daß er eine ganze Menge ihm unbekannter Namen in den Zeitungen überprüfen mußte. Aber Marsh mochte nichts Besonderes sein, stur war er jedoch allemal. Er suchte weiter, und die *Eli Reynolds* wurde zu seinem Zuhause.

Sie bekam keine großen Aufträge. Die größten, schnellsten, luxuriösesten Dampfschiffe auf dem Fluß maßen sich miteinander auf der Strecke St. Louis nach New Orleans, und die *Eli Reynolds,* alt und langsam wie sie war, nahm den großen Seitenraddampfern nur wenige Aufträge weg. »Es liegt nicht nur daran, daß sie schnell ist wie eine Schnecke und doppelt so häßlich«, erklärte Marshs Agent ihm im Herbst 1858, während er ihm Bescheid sagte, daß er einen anderen Job annehmen würde, »Sie sind es genauso, und ich will verdammt sein, wenn das nicht die Wahrheit ist.«

»Ich?« brüllte Marsh. »Was zur Hölle meinen Sie damit?«

»Die Leute auf dem Fluß reden viel, müssen Sie wissen. Sie sagen, daß Sie der größte Unglücksrabe sind, der je ein Dampfschiff besessen hat. Sie sagen, irgendein Fluch liege auf Ihnen, schlimmer noch als der Fluch auf der *Drennan Whyte.* Bei einem Ihrer Dampfer seien die Kessel explodiert, so heißt es, und hätten jeden getötet. Vier Schiffe wurden im Packeis zerquetscht. Ein Schiff wurde verbrannt, weil auf ihm die Menschen an

Gelbfieber starben. Und das letzte, so erzählt man sich, das hätten Sie selbst zuschanden gefahren, nachdem Sie verrückt spielten und Ihren Lotsen mit einem Knüppel verprügelt hätten.«

»Das war auch ein verfluchter Kerl«, schimpfte Marsh.

»Jetzt frage ich Sie, wer, zum Teufel, hat Lust, mit solch einem Verfluchten Geschäfte zu machen? Ich jedenfalls nicht, das kann ich Ihnen versichern. Ich nicht.«

Der Mann, der für Jonathon Jeffers angeheuert worden war, bat Marsh mehr als einmal, die *Eli Reynolds* von der New-Orleans-Strecke zu nehmen und sie ihre Fahrten auf dem oberen Mississippi oder dem Illinois machen zu lassen, wofür sie besser ausgerüstet sei, oder gar auf dem Missouri, der rauh und gefährlich, aber enorm einträglich war, wenn einem das Dampfschiff nicht an den Riffen zerschellte. Abner weigerte sich und warf den Mann hinaus, als er seine Bitten wiederholte. Er dachte sich, daß es undenkbar sei, die *Fiebertraum* auf einem der nördlichen Flüsse aufzustöbern. Überdies hatte er in den vergangenen Monaten an verschiedenen Holzplätzen in Louisiana oder an verlassenen Inseln in Mississippi und Arkansa haltgemacht und weggelaufene Sklaven aufgenommen und sie nach Norden in die freien Staaten gebracht. Toby hatte ihn mit einer Organisation in Verbindung gebracht, die sich ›Underground Railroad‹ nannte, die sämtliche Arrangements traf. Abner Marsh hatte nicht viel übrig für die gottverdammten Eisenbahnen und bestand darauf, die Organisation den ›Underground River‹ zu nennen, aber es vermittelte ihm ein gutes Gefühl, wenn er helfen konnte, so als füge er auf diese Art und Weise Damon Julian Schaden zu. Manchmal begab er sich zu den Flüchtlingen auf das Hauptdeck und fragte sie aus nach dem Nachtvolk und der *Fiebertraum* und solchen Dingen in der Annahme, daß die Schwarzen von Dingen wußten, von denen Weiße keine Ahnung hatten, aber keiner konnte ihm je etwas Nützliches erzählen.

Fast drei Jahre lang setzte Abner Marsh seine Jagd fort. Es waren schwere Jahre. 1860 war Marsh aufgrund der Verluste, die ihm durch den Betrieb der *Eli Reynolds* entstanden waren, hoch verschuldet. Er war gezwungen, die Büros zu schließen, die er in St. Louis, New Orleans und anderen Flußstädten unterhalten hatte. Die Alpträume peinigten ihn nicht mehr so häufig wie früher, aber im Lauf der Jahre hatte er sich immer mehr zurückgezogen. Manchmal kam es Marsh so vor, als sei die Zeit, die er mit Joshua York auf der *Fiebertraum* verbracht hatte, das letzte wahre Leben gewesen, das er kennengelernt hatte, und daß die Monate und Jahre seitdem verstrichen waren wie in einem Traum. Bei anderen Gelegenheiten empfand er genau das Gegenteil, daß dies die Wirklichkeit war, die rote Tinte in seinen Hauptbüchern, das Deck der *Eli Reynolds* unter ihm, der Geruch ihres Dampfs, die Flecken auf dem neuen gelben Teppich. Die Erinnerungen an Joshua, die Pracht des großen Dampfschiffs, das sie zusammen gebaut hatten, das kalte Grauen, das Julian in ihm geweckt hatte, diese Dinge waren der Traum, dachte Marsh, und kein Wunder, daß sie verschwunden waren, kein Wunder, daß die Menschen am Fluß ihn für verrückt hielten.

Die Ereignisse des Sommers 1857 wurden sogar noch traumgleicher, als — einer nach dem anderen — jene, die einen Teil von Marshs Erfahrungen geteilt hatten, sich aus seinem Leben verabschiedeten. Old Toby Lanyard war einen Monat nach ihrer Rückkehr nach St. Louis nach Osten abgezogen. Wieder zum Sklaven gemacht worden zu sein, reichte ihm, nun wollte er nur noch schnellstens weg aus den Sklavenstaaten. Marsh erhielt von ihm Anfang 1858 einen kurzen Brief, in dem er ihm mitteilte, er habe eine Stelle als Koch in einem Bostoner Hotel gefunden. Danach hörte er nie wieder etwas von Toby. Dan Albright fand eine Stelle auf einem nagelneuen, in New Orleans stationierten Seitenraddampfer. Im Sommer 1858 hatten Albright und sein Schiff jedoch das Pech, ausgerechnet während einer heftigen Gelbfieberepidemie in New Orleans zu sein. Die Krankheit raffte Tausende dahin, darunter auch Albright, und führte am Ende dazu, daß die Stadt ihre Abwasserbeseitigung derart verbesserte, daß sie im Sommer nicht mehr sosehr einer offenen Sickergrube glich wie vorher. Kapitän Yoerger führte die *Eli Reynolds* für Marsh bis nach der Sommersaison 1859, als er sich auf seiner Farm in Wisconsin zur Ruhe setzte, wo er ein Jahr später in Frieden starb. Als Yoerger ihn verlassen hatte, lenkte Marsh den Heckraddampfer selbst, um Geld zu sparen. Mittlerweile waren nur noch eine Handvoll vertrauter Gesichter bei der Mannschaft. Doc Turney war im vorhergehenden Sommer in Natchez-under-the-Hill getötet und ausgeraubt worden, und Cat Grove hatte den Fluß endgültig hinter sich gelassen, um nach Westen zu ziehen, zuerst nach Denver, dann nach San Francisco und schließlich sogar bis nach China oder Japan oder irgendeiner anderen gottverlassenen Gegend. Marsh heuerte Jack Ely an, den alten zweiten Maschinisten von der *Fiebertraum,* um Turney zu ersetzen, und holte sich auch ein paar andere Leute aus der Mannschaft des verschwundenen Seitenpaddlers, aber sie starben oder zogen weiter oder fanden andere Jobs. Im Jahr 1860 waren nur noch Marsh selbst und Karl Framm von jenen übrig, die den Triumph und das Grauen des Sommers von 1857 am eigenen Leib miterlebt hatten. Framm lenkte die *Eli Reynolds* trotz der Tatsache, daß sein Können ihn eigentlich für weitaus größere und prächtigere Schiffe prädestinierte. Framm erinnerte sich an eine ganze Reihe Dinge, über die er nicht reden wollte, nicht einmal mit Marsh. Der Lotse war immer noch gutmütig und zu Späßen aufgelegt, aber er erzählte bei weitem nicht mehr so viele Geschichten, wie er es früher getan hatte, und Marsh sah in seinen Augen einen Ernst und eine Verbissenheit, die früher nicht dagewesen war. Framm trug jetzt auch eine Pistole bei sich. »Für den Fall, daß wir sie finden«, sagte er.

Marsh schnaubte. »Dieses kleine Ding kann Julian überhaupt nichts anhaben.«

Karl Framms Grinsen war noch immer schief und verschlagen, und sein Goldzahn reflektierte das Licht, aber in seinen Augen lag nichts Lustiges, als er antwortete: »Die ist nicht für Julian, Cap'n. Sie ist für mich. Die bekommen mich nicht mehr lebend.« Er sah Marsh an. »Ich könnte das gleiche auch für Sie tun, wenn es denn sein soll und wenn es soweit ist.«

Marsh schüttelte mit finsterer Miene den Kopf. »Dazu wird es nicht kommen«, erklärte er und verließ das Ruderhaus. Er erinnerte sich für den Rest seiner Tage an diese Unterhaltung. Er erinnerte sich auch an eine Weihnachtsfeier in St. Louis im Jahr 1859, die von dem Kapitän von einem der großen Ohio-Schiffe veranstaltet wurde. Marsh und Framm nahmen beide teil, ebenso alle anderen Dampfschiffer in der Stadt, und nachdem alle schon einiges getrunken hatten, fingen sie an, sich gegenseitig Flußgeschichten zu erzählen. Er kannte alle Geschichten, aber es war sehr friedlich und gemütlich und beruhigend zu hören, wie die Leute sie den Händlern und Bankiers und den schönen Frauen erzählten, die nicht eine davon je gehört hatten. Sie erzählten von Old Al, dem Alligatorkönig, von dem Phantomdampfer von Raccourci, von Mike Fink und Jim Bowie und Roarin' Jack Russell, von dem großen Rennen zwischen der *Eclipse* und der *A. L. Shotwell*, von dem Lotsen, der ein schlimmes Flußstück bei Nebel befahren hatte, obwohl er längst gestorben war, von dem verdammten Dampfer, der vor zwanzig Jahren die Windpocken flußaufwärts gebracht hatte, an denen dann etwa zwanzigtausend Indianer starben. »Das hat den Pelztierhandel völlig ruiniert«, schloß der Erzähler seinen Bericht, und alle lachten, bis auf Marsh und ein paar andere. Dann berichtete einer von den Riesendampfern, von der *Hurricano* und *E. Jenkins* und solchen Schiffen, die sich ihren eigenen Wald auf dem Sturmdeck zogen und die so große Räder hatten, daß sie ein ganzes Jahr lang für eine volle Umdrehung brauchten. Abner Marsh lächelte.

Karl Framm schob sich mit einem Brandyglas in der Hand durch die Menge. »Ich kenne eine Geschichte«, sagte er, und seine Stimme klang leicht betrunken. »Die stimmt sogar. Da gibt es so einen Dampfer namens *Ozymandias*, wißt ihr ...«

»Davon habe ich nie etwas gehört«, meinte jemand.

Framm lächelte knapp. »Du solltest wirklich hoffen, daß du sie niemals zu sehen bekommst«, sagte er, »denn dann ist es mit dir aus. Sie fährt nur bei Nacht, dieses Schiff. Und sie ist dunkel, völlig düster. Schwarz wie ihre Schornsteine, jeder Zentimeter, außer daß sie drinnen eine Hauptkabine hat mit einem Teppich in der Farbe von Blut und Silberspiegel überall, die nichts reflektieren. Diese Spiegel sind immer leer, obwohl sich eine ganze Menge Leute an Bord befindet, bleiche hagere Leute in eleganten Kleidern. Sie lächeln sehr viel. Nur sind sie in den Spiegeln nicht zu sehen.«

Jemand schüttelte sich fröstelnd. Alle waren verstummt. »Warum nicht?« fragte ein Maschinist, den Marsh flüchtig kannte.

»Weil sie tot sind«, sagte Framm. »Jeder einzelne von ihnen ist tot. Aber sie legen sich nicht nieder. Sie sind Sünder, und sie müssen bis in alle Ewigkeit mit dem Schiff herumfahren, auf diesem schwarzen Kahn mit den roten Teppichen und den leeren Spiegeln, immer den Fluß hinauf und hinunter, niemals an einem Hafen anlegend, nichts.«

»Phantome«, sagte jemand.

»Geister«, fügte eine Frau hinzu, »wie auf dem Raccourci-Schiff.«

»Aber nein, zum Teufel«, widersprach Karl Framm. »Durch ein Gespenst kann man hindurchgehen, aber nicht durch die *Ozymandias*. Sie ist real, und das erfährt jeder sehr schnell und schmerzhaft, der das Pech hat, ihr bei Nacht zu begegnen. Dieses tote Volk ist hungrig. Die Passagiere trinken Blut, müßt ihr wissen. Heißes rotes Blut. Sie verbergen sich im Dunkeln, und wenn sie die Lichter eines anderen Dampfers sehen, dann verfolgen sie ihn, und wenn sie ihn einholen, dann fallen sie über ihn her, alle diese toten weißen Gesichter, lachend, elegant angezogen. Und nachher versenken sie das Schiff, oder sie verbrennen es, und am nächsten Morgen ist nichts mehr zu sehen als ein paar Stangen, die aus dem Fluß ragen oder vielleicht auch ein gestrandetes Boot voller Leichen. Bis auf die Sünder. Die Sünder kehren wieder auf die *Ozymandias* zurück und fahren bis in alle Ewigkeit weiter.« Er trank seinen Brandy und lächelte. »Wenn ihr also des Nachts draußen auf dem Fluß seid, und ihr seht hinter euch auf dem Wasser einen Schatten, dann schaut genau hin. Es könnte ein Dampfer sein, von oben bis unten völlig schwarz, mit einer Mannschaft, die keine Gespenster sind. Sie hat keine Beleuchtung, die *Ozymandias,* daher kann man sie manchmal erst sehen, wenn sie schon dicht hinter einem ist und die schwarzen Räder das Wasser hochschleudern. Wenn ihr sie seht, dann solltet ihr froh sein, wenn ihr einen schnellen Lotsen habt und vielleicht auch etwas Petroleum an Bord oder eine kleine Ladung Talg. Denn sie ist groß, und sie ist schnell, und wenn sie einen von euch bei Nacht erwischt, dann ist es mit dem Betreffenden zu Ende. Achtet auf ihre Pfeife. Sie gibt erst dann ein Signal von sich, wenn sie weiß, daß sie wieder jemanden erwischt hat. Wenn ihr sie also hört, dann fangt schon mal an, eure Sünden aufzuzählen.«

»Wie klingt denn die Pfeife?«

»Genauso, als würde ein Mensch schreien«, sagte Karl Framm.

»Und wie lautet noch mal ihr Name?« fragte ein junger Lotse.

»Ozymandias«, sagte Framm. Er wußte, wie man das Wort aussprach.

»Was bedeutet das?«

Abner Marsh stand auf. »Es stammt aus einem Gedicht«, sagte er. *»Betrachtet meine Werke ihr Mächt'gen und die Not.«*

Die Festgäste sahen ihn verständnislos an, und eine dicke Lady kicherte schrill und nervös. »Auf diesem alten Satansfluß gibt es Flüche und noch weitaus schlimmere Dinge«, meinte ein kleinwüchsiger Zahlmeister. Während er seine Erzählung zum besten gab, ergriff Marsh Karl Framms Arm und zog ihn mit sich nach draußen.

»Warum, zum Teufel, haben Sie diese Geschichte erzählt?« wollte Marsh wissen.

»Um ihnen Angst einzujagen«, antwortete Framm. »Damit sie, wenn sie sie eines Nachts sehen sollten, vernünftig genug sind, so schnell wie möglich zu verschwinden.«

Abner Marsh ließ sich das durch den Kopf gehen und nickte dann widerstrebend. »Ich denke, das ist schon in Ordnung. Sie haben ihr Sour Billys Namen gegeben. Wenn sie *Fiebertraum* gesagt hätten, Mister Framm, dann hätte ich Ihnen Ihren gottverdammten Schädel abgerissen. Haben Sie verstanden?«

Framm hörte es, aber es machte ihm nichts aus. Die Geschichte war unter den Leuten, ob das nun gut war oder nicht. Marsh hörte eine leicht verzerrte Version davon aus dem Mund eines anderen Mannes, einen Monat später, als er im Planters' House dinierte, und noch zwei weitere Male in jenem Winter. Die Geschichte wurde jedesmal leicht verändert, was sonst, und das betraf auch den Namen des schwarzen Dampfschiffs. *Ozymandias* war einfach für die meisten Erzähler zu schwierig auszusprechen, so schien es. Aber ganz gleich, welchen

Namen sie dem verdammten Schiff gaben, es war immer die gleiche verfluchte Geschichte.

Etwas mehr als ein halbes Jahr später kam Marsh eine andere Geschichte zu Ohren, die sein Leben veränderte.

Er hatte soeben zum Abendessen in einem kleinen Hotel in St. Louis Platz genommen, billiger als das Planters' House und das Southern, aber mit gutem Essen. Es wurde auch von nicht vielen Flußleuten besucht, was Marsh nur recht war. Seine alten Freunde und Konkurrenten hatten ihn in den vergangenen Jahren ziemlich schief angesehen oder ihn sogar gemieden, da er offensichtlich vom Unglück verfolgt wurde, oder sie hatten sich nur zu ihm setzen wollen, um sich über seine Pechsträhne zu unterhalten, und Marsh hatte zu dem allen nicht besonders viel Lust. Er zog es vor, wenn man ihn in Ruhe ließ. An jenem Tag im Jahr 1860 saß er friedlich bei Tisch und trank ein Glas Wein und wartete darauf, daß der Kellner eine gebratene Ente und Yamswurzeln und Bohnen und Brot servierte, das er bestellt hatte, als er angesprochen wurde. »Sie habe ich ja mindestens ein Jahr lang nicht mehr gesehen«, sagte der Mann. Marsh erkannte ihn nach einigem Nachdenken. Der Mann war vor ein paar Jahren Heizer auf der *A. L. Shotwell* gewesen. Widerwillig lud er ihn ein, Platz zu nehmen. »Da lasse ich mich nicht zweimal bitten«, sagte der Ex-Heizer und zog sich sofort einen Sesel heran und fing an zu schwadronieren. Er war nun zweiter Maschinist auf einem New Orleans-Schiff, von dem Marsh noch nie gehört hatte, und wußte eine Menge Klatsch und Flußnachrichten. Marsh hörte höflich zu und fragte sich, wann endlich sein Essen gebracht werde. Er hatte den ganzen Tag noch nichts gegessen.

Die Ente wurde gebracht, und Marsh strich gerade Butter auf ein Stück heißes Brot, als der Maschinist sagte: »Sagen Sie mal, haben Sie von diesem Sturm unten in New Orleans gehört?«

Marsh kaute sein Brot, schluckte, nahm den nächsten Bissen. »Nein«, sagte er nicht sonderlich interessiert. So zurückgezogen, wie er die ganze Zeit gelebt hatte, hörte er nur wenig von Hochwasser, Stürmen und anderen Unglücksfällen.

Der Mann stieß einen Pfiff aus. »Verdammt, das war ganz schlimm. Einige Schiffe haben sich losgerissen und wurden ganz schön zu Klump gehauen. Die *Eclipse* war auch dabei. So wie ich hörte, hat sie ganz hübsch was abbekommen.«

Marsh schluckte das Brot hinunter und legte Messer und Gabel beiseite, die er gerade hochgehoben hatte, um der Ente zu Leibe zur rücken. »Die *Eclipse*«, sagte er.

»Yessuh.«

»Wie schlimm?« fragte Marsh. »Cap'n Sturgeon läßt sie doch reparieren, oder?«

»Teufel auch, sie ist viel zu stark beschädigt«, meinte der Maschinist. »Ich hörte, sie wollen sie nach Memphis schleppen und als Leichter einsetzen.«

»Als Leichter«, wiederholte Marsh dumpf und dachte an jene alten grauen Kästen, die die Landungsstellen in St. Louis und New Orleans und in den anderen großen Flußstädten säumten, Schiffe, ihrer Maschinen und Kessel beraubt, leere Hüllen, die nur noch dazu dienten, Fracht zu lagern und zwischen Schiff und Land hin und her zu pendeln. »Sie ist doch nicht ... sie ist ...«

»Was mich betrifft, ich denke, das hat sie verdient«, sagte der Mann. »Verdammt, wir hätten sie mit der *Shotwell* geschlagen, wenn nur nicht ...«

Marsh erzeugte ein ersticktes grollendes Geräusch in der Kehle. »Verschwinden Sie verdammt noch mal von hier!« erhob er die Stimme. »Wenn Sie kein Shotwell-Mann wären, dann würde ich Ihnen wegen dieser Worte in den Hintern treten. Und jetzt verschwinden Sie!«

Der Maschinist stand schnell auf. »Sie sind genauso verrückt, wie man es sich erzählt«, platzte es aus ihm heraus, eher er verschwand.

Abner Marsh saß lange an seinem Tisch, ließ das Essen vor sich unberührt und starrte ins Nichts, während sich ein grimmiger, kalter Ausdruck auf seinem Gesicht ausbreitete. Schließlich erschien zaghaft ein Kellner. »Stimmt etwas nicht mit der Ente, Cap'?«

Marsh schaute nach unten. Die Ente war schon etwas abgekühlt. Fett gerann allmählich um sie herum. »Ich habe keinen Hunger mehr«, sagte er. Er schob den Teller zurück, bezahlte seine Rechnung und ging.

In der folgenden Woche ging er seine Hauptbücher durch und zählte seine Schulden zusammen. Dann rief er Karl Framm zu sich. »Es hat keinen Sinn«, sagte Marsh zu ihm. »Sie wird niemals mehr gegen die *Eclipse* fahren, selbst wenn wir sie finden sollten, was wir auch nicht schaffen. Ich habe auch keine Lust mehr zu suchen. Ich gehe mit der *Eli Reynolds* auf den Missouri und sehe zu, was ich dort tun kann, Karl. Ich muß mal wieder Geld verdienen.«

Framm starrte ihn anklagend an. »Ich habe keine Lizenz für den Missouri.«

»Ich weiß. Ich lasse Sie deshalb gehen. Sie verdienen sowieso ein besseres Schiff als die *Eli Reynolds.*«

Karl Framm sog an seiner Pfeife und schwieg. Marsh konnte ihm nicht in die Augen schauen. Er raschelte mit den Papieren. »Ich zahle allen Lohn, den ich Ihnen noch schulde«, sagte er.

Framm nickte und wandte sich zum Gehen. An der Tür verharrte er. »Wenn ich einen neuen Job habe«, sagte er, »dann halte ich weiterhin die Augen offen. Wenn ich sie finde, dann hören Sie von mir.«

»Sie werden sie nicht finden«, sagte Marsh illusionslos. Dann schloß Framm die Tür, verließ seinen Dampfer und verschwand aus seinem Leben, und Abner Marsh war nun so allein wie nie zuvor. Nun war niemand mehr da außer ihm, niemand, der sich an die *Fiebertraum* erinnerte oder an Joshuas weißen Anzug und an die Hölle, deren Feuer hinter den Augen Damon Julians loderte. Nun war alles das nur deshalb noch lebendig, weil Marsh sich erinnerte, und Marsh hatte die Absicht zu vergessen.

Die Jahre verstrichen.

Die *Eli Reynolds* verdiente auf dem Missouri recht gut. Fast ein Jahr lang war sie dort unterwegs, und Marsh führte sie und hielt sie in Schuß und kümmerte sich um seine Fracht und seine Passagiere und seine Hauptbücher. Er verdiente während der ersten beiden Trips genug, um drei Viertel seiner beträchtlichen Schulden zu bezahlen. Er hätte sogar reich werden können, hätten die Ereignisse in der großen Welt sich nicht gegen ihn verschworen; die Wahl Lincolns (Marsh stimmte für ihn trotz der Tatsache, daß er Republikaner war), die Sezession, die Belagerung von Fort Sumter. Marsh dachte an Joshua Yorks Worte, als dieses Blutbad sich ankündigte: *Der rote Durst hat die Nation erfaßt, und nur Blut wird ihn stillen können.*

Eine ganze Menge Blut war nötig, dachte Marsh nachher voller Bitterkeit. Er redete nur selten über den Krieg oder seine Erlebnisse, und konnte mit denen, die in ihren Erzählungen die Schlachten immer wieder aufs neue schlugen, nicht viel anfangen. »Da war mal ein Krieg«, sagte er laut. »Wir haben gesiegt. Jetzt ist er vorbei, und ich weiß nicht, warum wir dauernd darüber reden sollen, als wäre es etwas, worauf man stolz sein müßte. Das einzig Gute war, daß er die Sklaverei beendet hat. Ansonsten kann ich nicht viel mit den Folgen anfangen. Menschen zu erschießen, ist nichts, womit man sich brüsten kann, verdammt noch mal.« Marsh und die *Eli Reynolds* kehrten während der ersten Kriegsjahre zum oberen Mississippi zurück und holten Soldaten von St. Paul und Wisconsin und Iowa in den Süden. Später diente er auf einem Kanonenboot der Union und nahm an einigen Schlachten auf dem Fluß teil.

Karl Framm kämpfte ebenfalls auf dem Fluß. Marsh hörte auch, daß er bei den Kämpfen um Vicksburg fiel, aber etwas Genaueres konnte er nicht in Erfahrung bringen.

Als wieder Frieden herrschte, kehrte Marsh nach St. Louis zurück und befuhr mit der *Eli Reynolds* den oberen Mississippi. Er gründete mit den Eignern oder Kapitänen von vier konkurrierenden Schiffen eine Gemeinschaft und richtete eine Paketlinie mit festen Fahrtzeiten ein, um effektiver mit den größeren Firmen Schritt halten zu können, die den Oberlauf fest in ihrer Hand hatten. Aber sie waren alle sture, ungestüme Männer, und nach einem halben Jahr ständiger Streitigkeiten und Meinungsverschiedenheiten wurde die Gesellschaft wieder aufgelöst. Zu diesem Zeitpunkt stellte Abner Marsh fest, daß ihm die Lust am Dampfschiffgewerbe verlorengegangen war. Irgendwie hatte der Fluß sich verändert. Nach dem Krieg schien es nicht einmal mehr ein Drittel der Dampfer zu geben, die früher dagewesen waren, dennoch war der Wettbewerb härter geworden, da die Eisenbahn mehr und mehr ins Fracht- und Passagiergeschäft einstieg. Wenn man jetzt in St. Louis einlief, dann fand man nur noch vielleicht ein Dutzend Dampfer an der Anlegestelle, wo sie sich früher sicherlich über eine Meile weit gedrängt hatten. Es fanden in jenen Jahren nach dem Krieg auch noch andere Veränderungen statt. Die Kohle begann fast überall das Holz zu verdrängen, außer in den wilderen Abschnitten des Missouri. Staatliche Aufseher kamen mit Vorschriften und Gesetzen, die befolgt werden mußten, Sicherheitsüberprüfungen und Registrierungen und allem möglichen Zeug und versuchten sogar, die Rennen zu verbieten. Die Dampfschiffer veränderten sich ebenfalls. Die meisten Männer, die Marsh gekannt hatte, waren nun schon tot oder hatten sich zur Ruhe gesetzt, und diejenigen, die ihre Plätze einnahmen, waren Fremde mit seltsamen Gewohnheiten. Der alte, polternde, fluchende, freigebige, wilde Flußmann, der einen auf den Rükken klopfte, einem die ganze Nacht Drinks spendierte und die wildesten Lügen erzählte, war eine aussterbende Rasse. Selbst Natchez-under-the-Hill war nur noch ein geisterhafter Schatten seiner selbst, wie Marsh hörte, fast genauso ruhig wie die Stadt auf dem Berg mit ihren eleganten Villen und ihren exotischen Namen.

Eines Abends im Mai 1868, mehr als zehn Jahre, nachdem er zum letztenmal Joshua York und die *Fiebertraum* gesehen hatte, unternahm Abner Marsh einen Spaziergang auf dem Uferdamm. Er erinnerte sich an den Abend, als er und Joshua sich zum erstenmal begegnet waren und den gleichen Weg gegangen waren; damals hatten die Dampfer sich geradezu am Pier gedrängt, große stolze Seitenpaddler und zähe kleine Heckpaddler, alte und neue Schiffe, und die *Eclipse* hatte zwischen ihnen gelegen, festgemacht an ihrem Leichter. Nun war die *Eclipse* selbst ein Leichter, und es gab Burschen auf dem Fluß, die sich selbst alte Dampfschiffer nannten, die sie niemals in ihrem Leben gesehen hatten. Und die Anlegestelle war fast leer. Marsh blieb stehen und zählte. Fünf Schiffe. Sechs, wenn er die *Eli Reynolds* mitzählte. Die *Reynolds* war nun schon so alt, daß Marsh beinahe Angst hatte, sie auf den Fluß hinauszusteuern. Sie müßte eigentlich das älteste Dampfschiff der Welt sein, dachte er, mit dem ältesten Kapitän. Und er und sie waren nun beide ein wenig müde.

Die *Great Republic* nahm Fracht auf: Sie war ein riesiger neuer Seitenraddampfer, der vor einem Jahr aus einer Werft in Pittsburgh heruntergekommen war. Es hieß, sie sei einhundertfünfzehn Meter lang, womit sie das größte Schiff auf dem Fluß war, nun da die *Eclipse* und die *Fiebertraum* verschwunden und vergessen waren. Sie war auch prächtig. Marsh hatte sie sicherlich schon dutzendmal betrachtet und war sogar einmal an Bord gewesen. Ihr Ruderhaus war reich ausgestattet mit Technik und Zierrat und besaß eine Zierkuppel als Dach, und das Glas und das polierte Holz und die Teppiche im Schiff waren so üppig, daß es einem fast das

Herz brach. Sie sollte das feinste, schönste Dampfschiff sein, das jemals gebaut worden war, luxuriös genug, um alle älteren Schiffe vor Scham versinken zu lassen. Aber sie war nicht besonders schnell, hatte Marsh außerdem gehört, und es hieß auch, daß sie Verluste in beängstigenden Höhen einfuhr. Er stand da mit vor der Brust verschränkten Armen, sah grimmig und unerschütterlich aus in seinem düsteren schwarzen Mantel und schaute zu, wie die Schauerleute sie beluden. Die Arbeiter waren schwarz, und zwar jeder von ihnen. Das war auch anders geworden. Alle Schauerleute auf dem Fluß waren jetzt farbig. Die Immigranten, die vor dem Krieg als Schauerleute, Heizer und Deckshelfer gearbeitet hatten, waren weitergezogen, Marsh wußte nicht wohin, und die befreiten Sklaven hatten ihre Plätze eingenommen.

Während sie arbeiteten, sangen die Schauerleute. Ihr Lied war ein leiser melancholischer Gesang. *Dunkel ist die Nacht und lang der Tag,* lautete er. *Und die Heimat ist so weit. Weine, Bruder weine nur.* Marsh kannte den Gesang. Es gab auch noch eine weitere Strophe, die lautete: *Vorüber ist die Nacht, der lange Tag, vorbei. Singt meine Brüder, singt.* Aber diese Strophe sangen sie nicht. Nicht heute abend hier auf diesem verlassenen Dampferpier, wo sie ein Schiff beluden, das nagelneu war und prachtvoll und dennoch nicht genügend Aufträge bekam. Während er ihnen zusah und zuhörte, kam es Abner Marsh so vor, als läge der ganze Fluß im Sterben — und er selbst auch. Er hatte für den Rest seiner Zeit auf dieser Erde genügend dunkle Nächte und lange Tage erlebt, und er war sich nicht mehr sicher, ob er noch ein richtiges Zuhause hatte.

Abner Marsh verließ langsamen Schrittes die Anlegestelle und kehrte zu seinem Hotel zurück. Am nächsten Tag entließ er seine Offiziere und die Mannschaft, löste Fever River Packets auf und gab die *Eli Reynolds* zum Verkauf frei.

Marsh nahm alles Geld, das er noch hatte, verließ St. Louis und kaufte sich ein kleines Häuschen in seiner alten Heimatstadt Galena in Sichtweite des Flusses. Nur war es nicht mehr der Fevre River. Sie waren hingegangen und hatten ihn in Galena River umbenannt, vor Jahren schon, und nun nannte jedermann ihn bei diesem Namen. Der neue Name wecke angenehmere Assoziationen, sagten die Leute. Für Abner Marsh war er jedoch weiterhin der Fevre, so wie er in seiner Kindheit als Junge von ihm zu sprechen pflegte.

Er unternahm nicht viel in Galena. Er las viele Zeitungen. Das hatte er zu seiner Gewohnheit gemacht in den Jahren, da er Joshua gesucht hatte, und er wollte auf dem laufenden bleiben, was die schnellen Schiffe und ihre Fahrtzeiten betraf. Die *Robert E. Lee* war 1866 aus New Albany gekommen und ein echter Renner. Die *Wild Bob Lee* nannten einige Flußleute sie, oder nur kurz *Bad Bob.* Und Cap'n Tom Leathers, ein harter, bösartiger, fluchender Flußmann, wie man ihn von den alten Dampfern kannte, hatte 1869 eine neue *Natchez* bauen lassen. Die neue *Natchez* war laut den Zeitungen schneller als alle vorigen. Sie schnitt durchs Wasser wie ein Messer, und Leathers prahlte auf dem ganzen Fluß, wie er es Cap'n John Cannon und seiner *Wild Bob Lee* bald zeigen würde. In den Zeitungen überschlug man sich. Er konnte geradezu das Rennen riechen, das schon bald in Illinois stattfinden würde, und es schien ein Ereignis zu werden, über das man noch in vielen Jahren reden würde. »Ich würde mir dieses verdammte Rennen gern ansehen«, sagte er eines Tages zu der Frau, die er eingestellt hatte, damit sie ihm das Haus sauberhielt. »Keiner hätte eine Chance gegen die *Eclipse,* darauf kann ich Ihnen mein Wort geben.«

»Beide haben viel bessere Zeiten als Ihre olle *Eclipse*«, widersprach sie ihm. Die Frau neckte ihn gern.

Marsh schnaubte. »Das heißt gar nichts. Der Fluß ist jetzt kürzer. Jedes Jahr fehlt ein weiteres Stück. Nicht mehr lange, und man kann von St. Louis nach New Orleans zu Fuß gehen.«

Marsh las noch mehr als nur Zeitungen. Dank Joshua hatte er eine Vorliebe für Gedichte entwickelt, ausgerechnet, und gelegentlich griff er auch nach einem Roman. Er fing auch mit der Holzschnitzerei an und bastelte sich genauestens ausgeführte Modelle von seinen Dampfschiffen, so wie er sie in Erinnerung hatte. Er bemalte sie und wählte für alle den gleichen Maßstab, so daß man sie nebeneinander stellen und sehen konnte, wie groß sie im Verhältnis zueinander gewesen waren. »Das war meine *Elizabeth A.*«, erklärte er stolz seiner Haushälterin an dem Tag, als er sein sechstes und größtes Modell fertigstellte. »Eins der schönsten Schiffe, die je auf dem Fluß unterwegs waren. Sie hätte Rekorde aufstellen können, wäre das Packeis nicht gewesen. Sie sehen deutlich, wie groß sie war, fast hundert Meter lang. Sehen Sie nur, wie riesig sie neben meiner alten *Nick Perrot* ist.« Er zeigte auf das betreffende Modell. »Und das ist die *Sweet Fevre* und die *Dunleith* — bei der hatte ich große Probleme mit der Backbordmaschine —, und neben der steht meine *Mary Clarke.* Bei der explodierten die Kessel.« Marsh schüttelte den Kopf. »Dabei starb eine ganze Menge Leute. Vielleicht war es meine Schuld. Ich weiß es nicht. Manchmal denke ich darüber nach. Die kleine am Ende ist die *Eli Reynolds.* Sie sieht zwar nicht nach viel aus, aber sie war ein zähes altes Mädchen. Sie machte alles mit, was ich von ihr verlangte, und noch viel mehr, und immer war sie unter Dampf und ließ ihr Rad rotieren. Wissen Sie, wie lange dieser häßliche kleine Heckpaddler hielt?«

»Nein«, sagte die Haushälterin. »Hatten Sie denn kein anderes Schiff? Ein richtig schickes? Ich hörte ...«

»Vergessen Sie, was Sie gehört haben, verdammt noch mal! Ja, ich hatte ein anderes Schiff. Die *Fiebertraum.* Sie war nach dem Fluß benannt.«

Die Haushälterin gab ein mißbilligendes Geräusch

von sich. »Kein Wunder, daß diese Stadt nie bedeutend geworden ist wie andere, wenn Leute wie Sie dauernd vom Fevre River reden. Sie müssen ja denken, wir wären hier oben alle verrückt. Warum haben Sie das Schiff nicht mit dem richtigen Namen benannt? Der Fluß heißt Galena River.«

Abner Marsh schüttelte den Kopf. »Wechseln die den Namen eines Flusse — so einen verdammten Quatsch habe ich noch nie gehört. Was mich betrifft, so ist es der Fevre River, und es bleibt der Fevre River, ganz gleich, was dieser verfluchte Bürgermeister sagt.« Er blickte die Frau finster an. »Oder was Sie sagen. Zur Hölle, wenn sie weiterhin ihren ganzen Dreck in den Fluß leiten, dann ist das bald kein Fluß mehr, sondern nur noch ein mickriger Bach!«

»Nein, was für schlimme Worte! Ich hätte gedacht, daß jemand, der Gedichte liest, sich einigermaßen anständig und zivilisiert ausdrücken kann.«

»Zerbrechen Sie sich nicht den Kopf über meine Sprache«, sagte Marsh. »Und quatschen Sie in der Stadt nicht von den Gedichten, ist das klar? Ich kannte mal einen Mann, der diese Gedichte liebte, und das ist der einzige Grund, warum ich diese Bücher habe. Und Sie sollten nicht Ihre Nase in alles reinstecken, sondern dafür sorgen, daß meine Schiffsmodelle nicht verstauben.«

»Natürlich. Aber sagen Sie mal, wollen Sie von diesem anderen Schiff kein Modell anfertigen? Von dieser *Fiebertraum?*«

Marsh lehnte sich in seinem Sessel zurück und schüttelte langsam den Kopf. »Nein«, sagte er, »nein, das werde ich nicht tun. Das ist nämlich das Schiff, das ich am liebsten vergäße. Wischen Sie jetzt endlich Staub, und hören Sie auf, mich mit Ihren dämlichen Fragen zu belästigen.« Er griff nach einer Zeitung und begann eine Meldung über die *Natchez* und Leathers neuestes Schiff zu lesen. Die Haushälterin schnalzte mit der Zunge und wandte sich endlich wieder ihrer Hausarbeit zu.

Sein Haus hatte einen hohen runden Turm nach Süden hinaus. Abends stieg Marsh mit einem Glas Wein oder einer Tasse Kaffee oft dort hinauf, manchmal auch mit einem Stück Kuchen. Er aß seit dem Krieg nicht mehr so wie früher. Das Essen schien nicht mehr wie sonst zu schmecken. Er war immer noch ein imposanter Mann, aber er hatte seit den Tagen mit Joshua und der *Fiebertraum* mindestens einhundert Pfund verloren. Am ganzen Körper hing sein Fleisch schlaff herab, als hätte er seine äußere Hülle einige Nummern zu groß gekauft in der Hoffnung, daß sie vielleicht irgendwann einlief. Er hatte auch große schlaffe Tränensäcke. »Die machen mich noch häßlicher, als ich ohnehin schon bin«, knurrte er manchmal, wenn er sich im Spiegel betrachtete.

Wenn er am Turmfenster saß, konnte er auf den Fluß hinausschauen. Er verbrachte viele Abende und Nächte hier oben, lesend, trinkend und aufs Wasser hinausblikkend. Der Fluß bot im Mondschein einen wunderschönen Anblick, und er strömte an ihm vorbei, weiter und weiter, wie er schon dahingeströmt war, ehe er geboren wurde, und wie er noch strömen würde, wenn er tot und begraben wäre. Wenn er ihm zusah, breitete sich ein tiefer Frieden in Marsh aus, und dieses Gefühl war ihm sehr wertvoll. Die meiste Zeit über war er müde und melancholisch. Er hatte einmal ein Gedicht von Keats gelesen, in dem es hieß, daß nichts so traurig sei wie etwas Schönes, das sterben muß, und es kam Marsh so vor, als läge auf jedem schönen Ding in dieser Welt der Fluch der Vergänglichkeit. Marsh war auch einsam. Er hatte so lange auf dem Fluß gelebt, daß er in Galena keine richtigen Freunde hatte. Er bekam nie Besuch, redete mit niemandem als mit seiner verdammt lästigen Haushälterin. Sie ärgerte ihn beträchtlich, aber Marsh machte es im Grunde nichts aus; es war das einzige, das ihm gelegentlich noch das Blut in Wallung brachte. Manchmal dachte er, daß sein Leben vorüber sei, und das machte ihn so wütend, daß sich sogar sein Gesicht rötete. Es gab immer noch so viele Dinge, die er nie getan hatte, so viele unerledigte Angelegenheiten ... Aber es ließ sich nicht leugnen, daß er alt wurde. Er hatte den alten Hickorystock immer bei sich, um ihn als Zeigestock zu benutzen und um elegant auszusehen. Nun hatte er einen teuren Stock mit goldenem Griff, der ihm das Gehen erleichterte. Und er hatte Falten um die Augen und sogar zwischen den Warzen und einen seltsamen braunen Fleck auf dem Rücken der linken Hand. Manchmal betrachtete er ihn und fragte sich, wie er wohl dorthin gekommen war. Er war ihm nie aufgefallen. Dann zerbiß er einen Fluch zwischen den Zähnen und griff nach einer Zeitung oder nach einem Buch.

Marsh saß in seinem Salon und las in einem Buch von Mister Dickens über seine Fahrten auf dem Fluß und durch Amerika, als seine Haushälterin einen Brief brachte. Er hustete überrascht und legte das Buch von Dickens auf den Tisch, wobei er halblaut murmelte: »Dämlicher Engländer, würde ihn am liebsten in den verdammten Fluß werfen.« Er nahm den Brief entgegen, riß ihn auf und ließ den Umschlag auf den Fußboden flattern. Einen Brief zu erhalten, war schon eine seltene Angelegenheit, aber der war noch sonderbarer; er war an die Fevere River Packets in St. Louis adressiert und ihm nach Galena nachgeschickt worden. Abner Marsh faltete das knisternde, leicht vergilbte Papier auseinander und atmete plötzlich zischend ein.

Es war altes Briefpapier, und er erinnerte sich sehr gut daran. Er hatte es vor dreizehn Jahren drucken und in die Schreibtischschublade in jeder Kabine seines Dampfers legen lassen. Am oberen Rand befand sich eine schöne Federzeichnung von einem großen Seitenraddampfer sowie der Schriftzug FIEBERTRAUM in reichverzierten geschwungenen Lettern. Er kannte auch die Handschrift, diesen graziösen, flüssigen Schwung. Die Nachricht war kurz:

Lieber Abner,

Ich habe meine Wahl getroffen.
Wenn Sie wohlauf sind und Lust haben, dann kommen Sie so bald wie möglich zu mir nach New Orleans. Sie finden mich im Green Tree *in der Gallatin Street.*

— Joshua

»Verdammte Hölle!« fluchte Marsh. »Nach dieser langen Zeit glaubt dieser verdammte Narr, er kann mir einen kurzen Brief schicken und erwarten, daß ich sofort nach New Orleans aufbreche!

Und dazu noch ohne ein Wort der Erklärung! Wer, zum Teufel, glaubt der eigentlich zu sein?«

»Ich kann Ihnen das bestimmt nicht beantworten«, sagte seine Haushälterin.

Abner Marsh sprang auf. »Frau, wo, zum Teufel, haben Sie meinen weißen Rock hingehängt?« brüllte er.

KAPITEL EINUNDDREISSIG

New Orleans, Mai 1870

Die Gallatin Street sah aus wie die Hauptstraße durch die Hölle, fand Abner Marsh, während er sie entlangeilte. Sie war gesäumt mit Tanzhallen, Saloons und Freudenhäusern, alle überfüllt, schmuddelig und laut, und auf den Gehsteigen wimmelte es von Betrunkenen, Huren und Taschendieben. Die Huren riefen ihm spöttische Einladungen hinterher, die in wütendes Geschrei übergingen, als er sie nicht beachtete. Rauhe Männer mit kalten Augen und mit Messern und Messingschlagringen musterten ihn mit einem Ausdruck offener Feindseligkeit und weckten in ihm den Wunsch, nicht so wohlhabend und gleichzeitig so gottverdammt alt auszusehen. Er überquerte die Straße, um einer Schlange von Männern vor einer Tanzhalle auszuweichen, die dicke Eichenknüppel in den Händen hielten, und stand plötzlich vor dem *Green Tree.*

Es war eine Tanzhalle wie alle anderen, ein Höllenloch, das von anderen Höllenlöchern umgeben war. Marsh drängte sich hinein. Das Innere war verraucht, überfüllt und lag im Halbdunkel. Paare bewegten sich durch den bläulichen Dunst, drehten sich im Rhythmus zu der primitiven lauten Musik. Einer der Männer, ein rundlicher unrasierter Bursche in einem roten Flanellhemd, stolperte mit einer Partnerin über den Tanzboden, die aussah, als wäre sie ohnmächtig. Der Mann drückte und massierte ihre Brust durch das dünne Kalikokleid, während er sie stützte und mit sich schleifte. Die anderen Tänzer beachteten das Paar nicht. Die Frauen waren typische Tanzhallenmädchen in verblichenen Kalikokleidern und mit ausgefransten Schuhen an den Füßen. Während Marsh sich suchend umsah, stolperte der Mann im roten Hemd, ließ seine Partnerin fallen und stürzte auf sie; brüllendes Gelächter brandete auf. Er fluchte und kam schwankend wieder auf die Füße, während die Frau liegenblieb. Dann, während das Gelächter versiegte, beugte er sich über sie und packte ihr Kleid vor der Brust und zog daran. Der Stoff zerriß, und er fetzte ihr das Kleidungsstück vom Leib und schleuderte es grinsend beiseite. Sie trug nichts darunter als einen roten Strumpfhalter um einen strammen weißen Oberschenkel, mit einem kleinen Dolch darin. Der Griff war rosafarben und herzförmig. Der Mann in dem roten Hemd knöpfte sich bereits die Hose auf, als zwei Rausschmeißer sich von beiden Seiten auf ihn zubewegten. Es waren massige rotgesichtige Männer mit Messingschlagringen und dicken Holzknüppeln. »Geh mit ihr nach oben!« knurrte einer von ihnen. Der Mann im roten Hemd fluchte los, lud sich aber die Frau auf die Schulter und stolperte mit ihr davon, begleitet von weiterem Gelächter.

»Wolln Se tanzen, Mister?« raunte eine lallende Frauenstimme in Marshs Ohr. Er drehte sich um und sah sie drohend an. Die Frau wog sicherlich genausoviel wie er. Sie war teigig weiß und nackt, wie sie zur Welt gekommen war, bis auf einen schmalen Ledergürtel, an dem zwei Messer hingen. Sie lächelte und streichelte Marshs Wangen, ehe er sich brüsk von ihr abwandte und seinen Weg durch das Gedränge fortsetzte. Er machte eine Runde durch den Raum auf der Suche nach Joshua. In einer besonders lauten Ecke hatte sich ein Dutzend Männer um eine Holzkiste versammelt, rülpste und brüllte, während man einen Rattenkampf verfolgte. An der Bar standen die Männer in zwei Reihen, und fast jeder von ihnen war bewaffnet und machte eine gefährlichen Eindruck. Marsh murmelte in einem fort Entschuldigungen und schob sich an einem ziemlich windig aussehenden Burschen vorbei, der sich eine Garotte an den Gürtel gehängt hatte und angeregt mit einem Mann sprach, der ein Pistolenhalfter trug. Der Mann mit der Garotte verstummte und beäugte Marsh argwöhnisch, bis der andere ihm etwas zurief und er sich wieder in seine Unterhaltung vertiefte. »Whiskey!« verlangte Marsh und lehnte sich an die Bar.

»Dieser Whiskey wird Ihnen ein Loch in den Magen brennen, Abner«, sagte der Barkeeper leise, wobei seine Stimme sogar den ohrenbetäubenden Lärm in der Halle durchdrang. Abner Marshs Mund klappte auf. Der Mann hinter der Bar, der ihn anlächelte, trug eine ausgebeulte grobe Hose, die durch einen Strick als Gürtel gehalten wurde, ein weißes Hemd, das so schmutzig war, daß es eher grau wirkte, und eine schwarze Weste. Aber das Gesicht war dasselbe wie vor dreizehn Jahren, bleich und faltenlos, eingerahmt von jenem glatten weißen Haar, das nun ein wenig zerzaust wirkte. Joshua Yorks Augen schienen im Halbdunkel der Tanzhalle von innen zu leuchten. Er streckte eine Hand über die Bartheke und ergriff Marshs Arm. »Kommen Sie mit nach oben«, sagte er drängend, »dort können wir reden.«

Als er um die Bar herumkam, starrte der andere Barkeeper ihn an, und ein drahtiger kleiner Mann in einem dunklen Anzug kam herangewieselt und sagte: »Wo, zum Teufel, gehst du hin? Zurück hinter die Theke, und schenk Whiskey aus!«

»Ich kündige«, erwiderte Joshua.

»Kündigen? Ich schlitz dir die verdammte Gurgel auf!«

»Wirklich?« fragte Joshua. Er wartete, schaute sich in dem plötzlich still gewordenen Raum um und forderte alle nur mit seinen Blicken heraus. Keiner rührte sich. »Ich bin mit meinem Freund oben, falls jemand es mal versuchen möchte«, sagte er zu dem halben Dutzend Rausschmeißer, die sich an der Bar eingefunden hatten. Dann ergriff er Marshs Ellbogen und führte ihn vorbei an den Tanzenden zu einer schmalen Hintertreppe. Im Geschoß darüber befanden sich ein kurzer Flur, der von einer flackernden Gasflamme erleuchtet wurde, sowie ein halbes Dutzend Zimmer. Geräusche waren hinter einer der geschlossenen Türen zu hören, Grunzen und Stöhnen. Eine andere Tür stand offen, und ein Mann lag ausgebreitet davor auf dem Fußboden, das Gesicht nach unten, halb innerhalb und halb außerhalb des Zimmers. Während sie über ihn hinwegstiegen, sah Marsh, daß es der Mann im roten Hemd aus der Halle war. »Was, zum Teufel, ist denn mit dem passiert?« fragte Marsh laut.

Joshua York zuckte die Achseln. »Bridget ist wahrscheinlich aufgewacht, hat ihn zusammengeschlagen und ihm das Geld abgenommen. Sie ist ein richtiger Schatz. Ich glaube, sie hat mit ihrem kleinen Messer mindestens vier Leute umgebracht. Sie schnitzt sich Kerben in dieses Herzchen an ihrem Messer.« Er verzog das Gesicht. »Wenn es um das Thema Blutvergießen geht, Abner, dann gibt es nur noch wenig, was mein Volk dem Ihren beibringen kann.«

Joshua öffnete die Tür zu einem leeren Zimmer. »Hier drin, wenn Sie wollen.« Er schloß die Tür hinter sich, nachdem er eine der Lampen angezündet hatte.

Marsh ließ sich schwer auf das Bett sinken. »Herrgott im Himmel«, sagte er, »das ist aber ein schlimmes Loch, in das Sie mich bestellt haben, Joshua. Das ist ja so schlimm wie Natchez-under-the-Hill vor dreißig Jahren. Ich will verdammt sein, wenn ich jemals damit gerechnet hätte, Sie an einem solchen Ort wiederzusehen.«

Joshua York lächelte und ließ sich in einem zerschlissenen alten Sessel nieder. »Das gilt auch für Sour Billy und für Julian. Das ist der Punkt. Ich weiß, daß sie nach mir suchen. Aber selbst wenn sie vorhaben sollten, auch in der Gallatin Street nachzusehen, wird es schwierig für sie. Julian würde allein schon wegen seines offensichtlichen Reichtums angegriffen, und Sour Billy kennt man hier vom Sehen. Er hat zu viele Frauen von hier weggeholt, die nie wieder aufgetaucht sind. Heute waren mindestens zwei Männer im *Green Tree*, die ihn sofort getötet hätten. Die Straßen draußen gehören den Live Oak Boys, der Knüppelbande, die Sie vielleicht schon gesehen haben, die Billy einfach so zum Spaß totprügeln könnten, wenn sie nicht beschließen, ihm zu helfen.« Er zuckte die Achseln. »Nicht einmal die Polizei wagt sich in die Gallatin Street. Ich bin hier so sicher wie nirgends, und in dieser Straße fallen meine nächtlichen Gewohnheiten nicht sonderlich auf. Sie sind hier völlig normal.«

»Vergessen Sie das mal einstweilen«, sagte Marsh ungeduldig. »Sie haben mir einen Brief geschickt. Sie schrieben, Sie hätten Ihre Wahl getroffen. Sie wissen, warum ich hergekommen bin, aber ich bin mir nicht ganz sicher, warum Sie mich riefen. Vielleicht sollten Sie mir das mal verraten.«

»Ich weiß kaum, wo ich anfangen soll. Es ist so lange her, Abner.«

»Für mich ebenfalls«, sagte Marsh unwirsch. Dann wurde seine Stimme etwas leiser. »Ich habe Sie gesucht, Joshua. Länger, als ich mir anfangs vorstellen konnte, habe ich versucht, Sie und meinen Dampfer zu finden. Aber der Fluß war so verdammt groß, und ich hatte weder genug Zeit noch genug Geld.«

»Abner«, sagte York, »selbst wenn Sie alle Zeit und alles Geld dieser Welt gehabt hätten, dann hätten Sie uns auf dem Fluß niemals gefunden. Während der letzten dreizehn Jahre hat die *Fiebertraum* auf dem Trockenen gelegen. Sie liegt in der Nähe der alten Indigogruben auf der Plantage, die Julian gehört, ungefähr fünfhundert Meter vom Bayou entfernt, aber gründlich versteckt.«

Marsh sagte: »Wie zum Teufel ...«

»Das war mein Werk. Lassen Sie mich von Anfang an erzählen.« Er seufzte. »Ich muß dreizehn Jahre zurückgehen bis zu dem Abend, da wir uns trennten.«

»Ich erinnere mich.«

»Ich zog so schnell wie möglich flußaufwärts«, begann Joshua, »versessen auf die Rückkehr und voller Furcht, daß der rote Durst mich wieder überkäme. Vorwärtszukommen war recht schwierig, aber ich erreichte die *Fiebertraum* am zweiten Abend nach meinem Aufbruch. Sie hatte sich kaum vom Fleck gerührt. Sie hatte jetzt einen größeren Abstand zum Ufer, und die dunklen Fluten umspülten sie auf beiden Seiten. Es war ein nebliger kalter Abend, als ich mich ihr näherte, und sie wirkte völlig tot und dunkel. Kein Rauch, kein Dampf, nicht eine Flamme war zu sehen, so still war es, daß ich sie in dem Nebel beinahe verfehlt hätte. Ich wollte nicht, aber ich wußte, daß es sein müßte. Ich schwamm hinüber.« Er zögerte kurz. »Abner, Sie wissen ja, welches Leben ich geführt habe. Ich habe viele schreckliche Dinge gesehen und getan. Aber nichts war mit dem Zustand zu vergleichen, in dem ich den Dampfer vorfand, absolut nichts.«

Marshs Gesicht verhärtete sich. »Reden Sie weiter!«

»Ich erzählte Ihnen ja bereits, daß ich annahm, Damon Julian sei verrückt.«

»Ich kann mich entsinnen.«

»Verrückt und gedankenlos und voller Todesträume«, fuhr Joshua fort. »Und er hatte es bewiesen. O ja. Er hatte es bewiesen. Als ich an Deck kletterte, herrschte auf dem Dampfer Totenstille. Kein Laut, keine Bewegung, nur der Fluß, der rauschend vorbeiströmte. Ich wanderte unbehelligt durch das ganze Schiff.« Seine Augen waren auf Abner Marsh gerichtet, aber sie hatten einen weitentfernten, leicht glasigen Ausdruck, als sähen sie etwas anderes, etwas, das sie immer sahen. York verstummte.

»Erzählen Sie schon, Joshua!« drängte Marsh.

Yorks Mund wurde zu einem schmalen Strich. »Es war ein Schlachthaus, Abner.« Er ließ die simple Feststellung für einen Moment einfach in der Luft hängen, ehe er fortfuhr: »Überall lagen Leichen. Überall. Und auch nicht unversehrt. Ich ging über das Hauptdeck und fand Leichen ... zwischen der Fracht und den Maschinen im hinteren Teil. Da waren ... Arme, Beine, andere Körperteile. Losgerissen. Abgetrennt. Die Sklaven, die Heizer, die Billy gekauft hatte, die meisten trugen noch ihre Fesseln, tot, die Kehlen aufgerissen. Der Maschinist war mit dem Kopf nach unten über dem Kolben aufgehängt und aufgeschnitten worden ... Er muß verblutet sein ... als könnte Blut die Rolle von Schmieröl übernehmen.« Joshua schüttelte knapp den Kopf. »Diese große Zahl von Toten, Abner. Das können Sie sich nicht vorstellen. Und wie sie zerfetzt, verstümmelt waren. Der Nebel war ins Schiff eingedrungen, daher konnte ich das Grauen nicht in seinem ganzen Ausmaß auf Anhieb erkennen. Ich ging umher, wanderte herum, und die Dinge tauchten plötzlich vor mir auf, wo noch vor einem winzigen Augenblick gar nichts gewesen war, als undeutliche Schatten und ein dahintreibender Nebelschleier. Und ich sah das ganze Grauen, das der Nebel für meine Augen enthüllte, und ich wich zurück, tat zwei, drei Schritte, ehe der Dunst sich erneut verzog und weitere Schrecklichkeiten preisgab.

Schließlich, krank, niedergeschlagen und erschüttert, stieg ich die breite Treppe zum Kesseldeck hinauf. Der Salon ... Dort sah es genauso aus. Leichen und Leichenteile. So viel Blut war vergossen worden, daß der Teppich noch immer triefnaß war, sogar nach dieser Zeit. Überall fand ich Zeichen des Kampfes. Dutzende von Spiegeln waren zerschlagen, drei oder vier Kabinentüren zertrümmert, Tische umgekippt worden. Auf einem Tisch, der immer noch auf seinen Beinen stand, befand sich ein menschlicher Kopf auf einem Silbertablett. Niemals habe ich Schlimmeres gesehen als in der Zeit, als ich durch den Salon schritt, insgesamt knapp hundert furchtbare Meter entlang. Nichts rührte sich in der Dunkelheit, in dem Nebel. Nichts Lebendiges sah ich. Ich ging ruhelos hin und her und wußte nicht, was ich tun sollte. Ich blieb vor dem Wasserkühler stehen, diesem großen, reich verzierten Ungetüm, den Sie am vorderen Ende der Kabine aufgestellt hatten. Meine Kehle war sehr trocken. Ich nahm eine der Silbertassen und drehte an dem Hahn. Das Wasser ... das Wasser floß langsam, Abner. Sehr langsam. Sogar in der Dunkelheit des Salons konnte ich erkennen, daß es schwarz war und zähflüssig. Halb ... geronnen.

Ich stand da, mit der Tasse in der Hand, schaute mich verständnislos um, und meine Nase füllte sich mit dem Geruch ... diesem Geruch, ich brauche kaum zu erwähnen, daß der Geruch furchtbar war, er ... aber ich glaube, das können Sie sich vorstellen. Ich stand inmitten diese grauenvollen Infernos und beobachtete das quälend langsame Heraussickern aus dem Wasserkühler. Ich hatte das Gefühl, als würde ich gleich ersticken. Mein Grauen, diese Wut, ich spürte ... wie es in mir hochstieg. Ich schleuderte die Tasse quer durch die Kabine, und ich schrie.

Dann begannen die Laute. Flüstern, Klopfen, Betteln, Jammern, Drohungen. Stimmen, Abner, lebendige Menschenstimmen. Ich schaute mich um, und mir wurde noch elender. Mindestens ein Dutzend Kabinen war zugenagelt worden, und die Bewohner waren darin gefangen. Und warteten, so wußte ich, auf heute oder auf morgen abend. Julians lebendige Vorratskammer. Ich fing an zu zittern. Ich ging zur nächsten Tür und fing an, die Bretter herunterzureißen, die sie geschlossen hielten. Sie lösten sich mit lautem Quietschen und Knarren, fast wie mit einem Schmerzensschrei. Ich war immer noch mit dieser Tür beschäftigt, als er meinte: ›Lieber Joshua, hör sofort damit auf. Armer verirrter Joshua, komm zu uns zurück!‹

Als ich mich umwandte — waren sie plötzlich. Julian lächelte mich an, Sour Billy stand neben ihm, und die anderen, alle anderen, sogar meine eigenen Leute, Simon, Smith und Brown, alle, die noch übrig waren ... schauten mich an. Ich schrie sie an, wild und unkontrolliert. Sie waren meinesgleichen, und dennoch hatten sie das getan, Abner. Ich war so voller Haß und Abscheu …

Später, mehrere Tage später erfuhr ich dann die ganze Geschichte, erhielt ich Kenntnis vom vollen Umfang von Julians Wahnsinn. Vielleicht war es meine Schuld, in gewisser Weise. Indem ich Sie und Toby und Mister Framm rettete, verursachte ich den Tod von mehr als hundert unschuldigen Passagieren.«

Abner Marsh schnaubte. »Nein«, sagte er, »was geschehen ist, ist allein Julian zuzuschreiben. Es war Julian, der es getan hat, und er muß sich dafür verantworten. Sie waren ja noch nicht einmal in der Nähe, also machen Sie sich auch keine Vorwürfe, hören Sie?«

Joshuas graue Augen waren voller Sorgen. »Das habe ich mir selbst schon mehrmals gesagt«, meinte er. »Lassen Sie mich meine Geschichte beenden. Folgendes war geschehen: Julian war an diesem Abend erwacht und hatte festgestellt, daß wir verschwunden waren. Er raste vor Wut. Er war wie ein wildes Tier. Seine Wut läßt sich wohl mit Worten nicht ausdrücken. Vielleicht war es auch der rote Durst, der in ihm erwachte, nach all den Jahrhunderten. Außerdem muß es für ihn ausgesehen haben, als stünde eine allgemeine Vernichtung bevor. Seine Lotsen waren weg. Der Dampfer konnte sich ohne Lotse überhaupt nicht vom Fleck rühren. Und er muß gewußt haben, daß Sie vorhatten, zurückzukehren, bei Tag anzugreifen und ihn zu vernichten. Er vermutete wohl nicht, daß statt dessen ich zurückkäme. Zweifellos haben mein Verrat und Valeries Flucht ihn mit Angst erfüllt, mit Ungewißheit, was als nächstes geschehen konnte. Er hatte die Kontrolle verloren. Er war Blutmeister, und dennoch haben wir alle gegen seinen Willen gehandelt. In der langen Geschichte des Nachtvolkes ist so etwas bisher noch nie geschehen. Ich denke, daß in jener schrecklichen Nacht Damon Julian den Tod sah, nach dem er sich sehnte, den er aber auch gleichzeitig fürchtete.

Wie ich später erfuhr, drängte Sour Billy, daß sie alle an Land gehen und sich trennen sollten. Sie wollten getrennt weiterziehen und sich später in Natchez oder in New Orleans treffen. Das wäre vernünftig gewesen. Aber Julian war nicht mehr ansprechbar. Er hatte soeben die Hauptkabine betreten, der Wahnsinn loderte in seinen Augen, als ein Passagier auf ihn zutrat und sich beschweren wollte, daß der Dampfer längst Verspätung und sich einen ganzen Tag nicht von der Stelle gerührt habe. ›Aha‹, sagte Julian, ›dann müssen wir schnell etwas unternehmen.‹ Er ließ das Schiff etwas weiter in die Flußmitte manövrieren, damit niemand an Land konnte. Danach kehrte er in die Hauptkabine zurück, wo die Passagiere zu Abend aßen, trat zu dem Mann, der sich beschwert hatte, und tötete ihn vor den Augen aller Anwesenden.

Dann begann das Gemetzel. Natürlich schrien die Leute, rannten davon, versteckten sich und schlossen sich in ihren Kabinen ein. Aber es gab keinen sicheren Ort. Und Julian setzte seine Macht ein, benutzte seine Stimme und seine Augen und schickte seine Leute los zum Töten. Ich glaube, die *Fiebertraum* hatte an jenem Abend etwa hundertdreißig Passagiere an Bord sowie zwanzig Angehörige meines Volks, einige getrieben vom roten Durst, andere von Julians Einfluß. Aber der Durst kann in solchen Momenten furchtbar sein. Wie ein Fieber kann er von einem zum anderen springen, bis alle davon verzehrt werden. Sour Billy veranlaßte die Männer, die er in Natchez-under-the-Hill angeheuert hatte, ebenfalls in den Kampf einzugreifen. Er sagte ihnen, es sei Teil eines Plans, die Passagiere auszurauben und zu töten, und daß sie sich nachher die Beute teilen würden. Als meine Leute sich schließlich auch gegen ihre menschlichen Helfer wandten, war es zu spät.

Es passierte, während wir in jener letzten Nacht oben am Balkon standen und uns unterhielten, Abner. Die Schreie, das Gemetzel, Julians wilde Todeszuckungen.

Nicht alles verlief ganz nach seinem Willen. Die Passagiere wehrten sich. Ich erfuhr, daß praktisch jeder meiner Leute irgendwelche Wunden davontrug, obgleich die natürlich sofort wieder verheilten. Vincent Thibaut wurde ins Auge geschossen, und er starb. Katherine wurde von zwei Heizern gepackt und in einen Ofen gestopft. Sie verbrannten sie, ehe Kurt und Alain einschreiten konnten. Demnach fanden zwei meiner Leute den Tod. Zwei von uns und weit über hundert von Ihrer Rasse. Die Überlebenden wurden in ihren Kabinen eingesperrt.

Als es vorüber war, begann für Julian das Warten. Die anderen waren voller Angst und wollten fliehen, aber das ließ Julian nicht zu. Er wollte entdeckt werden, so glaube ich. Man erzählt sich, er habe von Ihnen gesprochen, Abner.«

»Von mir?« Marsh war wie vom Donner gerührt.

»Er versprach Ihnen angeblich, daß der Fluß die *Fiebertraum* niemals vergessen werde. Er lachte und meinte, er habe sein Versprechen wohl gehalten.«

In Abner Marsh wallte Wut auf und brach in einem Fluch aus ihm heraus. »Er soll zur Hölle fahren!« sagte er mit seltsam ruhiger Stimme.

»Genau das«, sagte Joshua York, »geschah damals. Aber ich hatte davon keine Ahnung an jenem Abend, als ich zur *Fiebertraum* zurückkehrte. Ich wußte nur, was ich mit eigenen Augen gesehen hatte, was ich roch, was ich vermuten und mir zusammenreimen konnte. Und ich war wie besessen, wild. Ich riß die Bretter an den Kabinentüren herunter, wie ich erzählte, und dann war Julian da, und plötzlich konnte ich nur noch schreien, und ich schrie ihn an. Ich wollte Rache. Ich wollte ihn töten, wie ich noch niemals jemand hatte umbringen wollen, ich wollte seinen bleichen Hals aufreißen und wollte sein verdammtes Blut schmecken! Meine Wut ... ach, Worte können es nicht beschreiben!

Julian wartete, bis ich mit dem Schreien aufhörte, und

dann sagte er ruhig: ›Zwei Bretter sind noch an Ort und Stelle, Joshua. Mach sie los und laß die Leute heraus. Du mußt sehr viel Durst haben.‹ Sour Billy kicherte. Ich sagte nichts. ›Mach weiter, lieber Joshua‹, meinte Julian. ›Heute wirst du wirklich wieder zu uns zurückkehren und uns in Zukunft nie mehr verlassen. Fahr fort, Joshua! Befrei ihn! Töte ihn!‹ Und seine Augen hielten mich fest. Ich spürte ihre Kraft, spürte, wie sie mich zu ihm hinzogen, mir seinen Willen aufzwangen. Sobald ich sein Blut wieder gekostet hätte, würde ich ihm gehören, mit Leib und Seele, für immer. Er hatte mich ein dutzenmal geschlagen, mich gezwungen, vor ihm niederzuknien, bereit, ihm mein Blut anzubieten. Aber er hat es nie geschafft, mich soweit zu bringen, daß ich tötete. Es war der letzte Schutzwall für alles, was ich war, woran ich glaubte und was ich zu tun versuchte, und nun rissen seine Augen diesen Schutzwall nieder, und dahinter warteten nur noch Tod, Blut, Grauen und die endlose leere Nacht, die schon bald mein Leben bestimmen sollte.«

Joshua York unterbrach seinen Bericht und senkte den Blick. In seinen Augen hatte ein umwölkter und undeutbarer Ausdruck gelegen. Abner Marsh sah zu seiner Verwunderung, daß Joshuas Hand zitterte. »Joshua«, sagte er, »was immer geschehen ist, es liegt jetzt dreizehn Jahre zurück. Es ist vorbei, versunken wie jene Leute, die Sie in England getötet haben. Und Sie hatten nie eine Wahl. Sie haben mir doch erklärt, daß man nicht ohne eigene Entscheidung gut oder böse ist. Sie sind niemals so, wie Julian ist, ganz gleich, ob Sie den Mann umbrachten oder nicht.«

York blickte ihm in die Augen und lächelte seltsam. »Abner, ich habe den Mann nicht getötet.«

»Nein? Was dann ...«

»Ich habe mich dagegen gewehrt«, sagte Joshua. »Ich war wütend, Abner. Ich schaute ihm in die Augen, und ich verabscheute ihn. Ich kämpfte gegen ihn an. Und diesmal gewann ich. Wir standen volle zehn Minuten lang da, und schließlich riß Julian sich los, zähnefletschend, und wich über die Treppe zu seiner Kabine zurück, und Sour Billy rannte hinter ihm her. Meine Leute standen da und starrten mich verblüfft an. Raymond Ortega trat vor und forderte mich heraus. Keine Minute verging, und er kniete vor mir. ›Blutmeister‹, sagte er und senkte den Kopf. Dann, nacheinander, knieten auch die anderen nieder. Armand und Cara, Cynthia, Jorge und Michel LeCouer, sogar Kurt, alle. Simons Gesicht leuchtete triumphierend. Auch die anderen freuten sich. Julian hatte ein schlimmes Regiment geführt. Nun waren sie frei. Ich hatte Damon Julian besiegt, trotz seiner Kraft, trotz seines Alters. Ich war wieder der Anführer meiner Leute. Dann begriff ich, daß ich vor einer Entscheidung stand. Wenn ich mich nicht beeilte, würde die *Fiebertraum* entdeckt, und Julian und ich und unsere gesamte Rasse müßten sterben.«

»Was haben Sie getan?«

»Ich suchte Sour Billy. Er war trotz allem als Maat erfahren. Er stand vor Julians Kabine, verwirrt, feige. Ich übertrug ihm die Verantwortung über das Hauptdeck und erklärte den anderen, sie sollten seinen Befehlen gehorchen. Sie arbeiteten. Als Heizer, als Maschinisten, als Mechaniker. Mit Billys Hilfe, der Todesängste litt und seine Befehle gab, heizten wir ein. Wir verbrannten Holz und Talg und Leichen. Schlimm, ich weiß, aber wir mußten die Toten verschwinden lassen, oder wir hätten ohne Risiko an keinem Holzplatz mehr anlegen können. Ich ging ins Ruderhaus und übernahm das Steuer. Dort oben war wenigstens niemand ums Leben gekommen. Das Schiff fuhr bei gelöschter Beleuchtung los, damit niemand uns sehen konnte. Manchmal mußten wir die Fahrrinne ausloten und kamen nur langsam voran, aber dann, als der Nebel sich hob, schafften wir ein zügiges Tempo und waren so schnell, daß Sie auf Ihr Schiff stolz gewesen wären. Wir überholten einige Dampfer in der

Dunkelheit, und ich grüßte sie mit der Dampfpfeife, und sie pfiffen zurück, aber niemand kam nahe genug heran, um unseren Namen zu lesen. Der Fluß war in dieser Nacht fast leer wegen des Nebels. Ich war ein tollkühner Lotse, aber die Alternative wären für uns die Entdeckung und der sofortige Tod gewesen. Als die Dämmerung anbrach, waren wir noch immer auf dem Fluß unterwegs. Ich ließ ihnen keine Ruhepause. Billy ließ Planen um das Hauptdeck spannen als Schutz vor der Sonne. Ich blieb im Ruderhaus. Wir passierten New Orleans bei Sonnenaufgang, fuhren weiter stromabwärts und bogen in ein Bayou ein. Es war schmal und seicht und stellte den schwierigsten Teil unserer Reise dar. Wir mußten ständig das Lot ausbringen. Aber schließlich erreichten wir Julians alte Plantage. Erst dann zog ich mich in meine Kabine zurück. Ich war schrecklich verbrannt. Wieder einmal.« Er lächelte bitter. »Ich schien mir das zur Gewohnheit gemacht zu haben«, sagte er. »Am nächsten Abend schaute ich mir Julians Land an. Wir hatten den Dampfer an einem halbverfaulten Floß festgemacht, aber er war zu auffällig. Wenn Sie nach Cypress Landing gekommen wären, hätten Sie ihn sofort gefunden. Ich wollte ihn aber auch nicht zerstören, da wir ihn vielleicht noch brauchen würden, dennoch wußte ich, daß es besser war, ihn zu verstecken.

Ich fand eine Lösung. Die Plantage hatte früher einmal Indigo produziert. Dann hatten die Eigentümer vor mehr als fünfzig Jahren begonnen, statt dessen das gewinnträchtigere Zuckerrohr anzubauen, und Julian hatte sich natürlich um gar nichts gekümmert; aber südlich des Haupthauses fand ich die alten Indigogruben an einem Wasserweg, der zum Bayou führte. Es war ein stilles, abgelegenes Gewässer, zugewachsen und stinkend. Indigo ist nichts Angenehmes. Der Kanal war kaum breit genug für die *Fiebertraum* und ganz eindeutig nicht tief genug.

Daher ließ ich den Kanal ausgraben. Wir entluden den Dampfer und schufen im Unterholz eine Lichtung und fällten die Bäume, die den Kanal einengten. Einen Monat Arbeit hatten wir, Abner, fast jede Nacht. Und dann lenkte ich den Dampfer durch das Bayou, bugsierte ihn in den Seitenarm. Als wir Grundberührung hatten, stoppte ich ihn. Aber nun war das Schiff praktisch unsichtbar. In den folgenden Wochen sperrten wir den Seitenarm ab und legten ihn trocken. Nach etwa einem Monat stand die *Fiebertraum* auf feuchtem schlammigen Grund, verhüllt von Eichen und Zypressen, und niemand wäre auf die Idee gekommen, daß dort einmal ein Gewässer existiert hatte.«

Abner Marsh runzelte mißbilligend die Stirn. »Das ist aber kein schönes Ende für ein Dampfschiff«, knurrte er bitter. »Vor allem nicht für die *Fiebertraum*. Sie hätte etwas Besseres verdient.«

»Ich weiß«, sagte Joshua, »aber ich mußte an die Sicherheit meiner Leute denken. Ich hatte meine Wahl getroffen, Abner, und als alles vollbracht war, war ich zufrieden. Niemand würde uns finden. Die meisten Leichen waren verbrannt oder beerdigt. Julian hatte sich seit dem Abend seiner Niederlage kaum mehr blicken lassen. Er verließ seine Kabine nur, um zu essen. Sour Billy war der einzige, der mit ihm redete. Er hatte Angst und gehorchte ihm noch. Die anderen folgten mir und tranken mit mir. Ich hatte Billy befohlen, mein Elixier aus Julians Kabine zu holen und in das Regal hinter der Bar im Hauptsalon zu stellen. Wir tranken jeden Abend zum Abendessen davon. Nur ein Problem gab es noch zu lösen, ehe ich mir Gedanken über die Zukunft meiner Rasse machen konnte — unsere Gefangenen, jene Passagiere, die die Nacht des Schreckens überlebt hatten. Wir hatten sie in ihren Gefängnissen gelassen, während wir arbeiteten, aber keinem war ein Haar gekrümmt worden. Wir versorgten sie mit Speisen und Getränken. Ich redete sogar mit ihnen und versuchte sie zu überzeugen, aber es war sinnlos — wenn ich ihre Kabinen betrat, gerieten sie vor Entsetzen in Panik. Ich hatte keine Lust, sie für immer eingesperrt zu lassen, aber sie hatten alles gesehen, und ich wußte nicht, wie ich sie gefahrlos laufen lassen sollte.

Dann löste sich das Problem von selbst. Eines Nachts verließ Damon Julian seine Kabine. Er lebte immer noch auf dem Dampfer, ebenso ein paar andere, nämlich die, die ihm am nächsten gestanden hatten. Ich war in dieser Nacht mit einigen anderen an Land gegangen und arbeitete im Haupthaus, das Julian schändlich hatte verkommen lassen. Als ich zur *Fiebertraum* zurückkehrte, stellte ich fest, daß zwei Gefangene aus ihren Kabinen herausgeholt und getötet worden waren. Raymond, Kurt und Adrienne saßen mit den Leichen im großen Salon und labten sich an ihnen, und Julian residierte am Kopf der Tafel.«

Abner Marsh schüttelte den Kopf. »Verdammt, Joshua, Sie hätten ihn töten sollen, als Sie die Gelegenheit dazu hatten.«

»Ja«, gab Joshua zu Marshs Verblüffung zu, »ich dachte, ich besäße die Herrschaft über ihn. Das war ein schwerer Irrtum. Natürlich versuchte ich an diesem Abend alles wiedergutzumachen. Ich raste vor Zorn. Ich beschimpfte ihn und war entschlossen, sein langes und ungeheuerliches Leben an diesem Abend zu beenden. Ich forderte ihn heraus, wollte ihn dazu zwingen, vor mir niederzuknien und mir sein Blut darzubieten, jeden Tag aufs neue, bis er leer und harmlos wäre. Er stand auf und sah mich an und ...« York lachte bitter.

»Er bezwang Sie?« fragte Marsh.

Joshua nickte. »Ohne Mühe. So wie er es bisher immer geschafft hatte, bis auf einen einzigen Abend. Ich raffte meine ganze Energie zusammen, aber ich konnte ihm nicht standhalten. Ich glaube, nicht einmal Julian hatte etwas Derartiges erwartet.« Er schüttelte den Kopf. »Joshua York, der König der Vampire, versagte schon wieder. Zwei Monate hatte ich geherrscht. Und für die letzten dreizehn Jahre war Julian unser Meister gewesen.«

»Und die Gefangenen?« fragte Marsh und kannte die Antwort bereits, hoffte aber, daß er sich irrte.

»Tot. Julian und seine Gefährten holten sie in den folgenden Monaten nacheinander heraus.«

Marsh verzog mitfühlend das Gesicht. »Dreizehn Jahre, das ist eine lange Zeit, Joshua. Warum sind Sie nicht einfach geflohen? Sie hatten doch sicher eine Gelegenheit dazu.«

»Viele sogar«, gab Joshua York zu. »Ich glaube, es wäre Julian sogar ganz lieb gewesen, wenn ich verschwunden wäre. Er war schließlich tausend Jahre lang Blutmeister gewesen, und ich hatte ihn zwei Monate lang zum Sklaven gemacht. Immer wieder maßen wir unsere Kräfte, und immer wieder sah ich in seinen Augen plötzlich das Flackern der Unsicherheit, der Angst, daß er diesmal wieder besiegt würde. Aber es geschah nicht. Und ich blieb. Wohin hätte ich gehen sollen, Abner? Und was hätte ich tun können? Mein Platz war bei meinem Volk. Und die ganze Zeit über hoffte ich, daß ich sie eines Tages würde befreien können. Selbst in meiner Niederlage glaubte ich, daß meine Anwesenheit Julian irgendwie im Zaum hielt. Stets war ich es, der unsere Zweikämpfe auslöste, niemals er. Er versuchte auch niemals mehr, mich zum Töten zu zwingen. Als mein Elixier zur Neige ging, baute ich meine Geräte auf und braute mir einen frischen Vorrat, und Julian ließ mich gewähren. Er gestattete sogar anderen, sich zu beteiligen. Simon, Cynthia, Michel und noch einigen. Wir tranken und stillten unseren Durst.

Dabei blieb Julian in seiner Kabine. Manchmal bekam nicht einmal Sour Billy ihn zu Gesicht, und das wochenlang. So vergingen die Jahre. Julian verlor sich in seinen eigenen Träumen, wenngleich seine Anwesenheit uns stets bewußt war. Er hatte natürlich immer sein Blut.

Einmal im Monat begab Sour Billy sich nach New Orleans und kehrte mit einem Opfer zurück. Vor dem Krieg waren es Sklaven. Danach Tanzhallenmädchen, Prostituierte, Säufer, Ganoven — wen immer er zu uns herauslocken konnte. Der Krieg war eine schwierige Zeit. Julian zog mehrmals mit einigen Leuten in die Stadt. Später schickte er immer andere los. Dieser Krieg forderte auch bei uns seine Opfer. Cara wurde eines Abends von einem Unionssoldaten in New Orleans angegriffen. Sie tötete ihn, natürlich, aber er war nicht allein, und so war Cara die erste von uns, die sterben mußte. Philip und Alain wurden verhaftet und eingesperrt. Sie wurden in einen offenen Gefängnishof gesperrt, wo sie darauf warten mußten, verhört zu werden. Die Sonne ging auf, und sie mußten beide sterben. Und eines Abends zündeten Soldaten das Plantagenhaus an. Es war sowieso halb verfallen, aber nicht unbewohnt. Armand starb in der Feuersbrunst, und Jorge und Michel trugen furchtbare Verbrennungen davon, allerdings erholten sie sich wieder. Wir anderen flohen und kehrten erst zur *Fiebertraum* zurück, als die Marodeure sich verzogen hatten. Und seitdem ist das Schiff unser Zuhause.

In den Jahren hatte zwischen mir und Julian eine Art Waffenstillstand geherrscht. Es sind nur noch wenige von uns da, kaum ein Dutzend, und wir sind unter uns uneinig. Meine Getreuen nehmen mein Elixier, und Julians Gefolgsleute schwören auf Blut. Simon, Cynthia und Michel stehen auf meiner Seite, die anderen auf seiner, einige, weil sie genauso denken wie er, andere, weil er ein Blutmeister ist. Kurt und Raymond sind seine stärksten Helfer. Und Billy.« Sein Gesicht verzog sich grimmig. »Billy ist ein Kannibale, Abner. Seit dreizehn Jahren macht Julian ihn zu einem von uns, jedenfalls behauptet er es. Nach dieser langen Zeit wird Billy immer noch von dem Blut schlecht. Ich habe mindestens ein dutzendmal gesehen, wie er es wieder erbrochen hat. Aber dafür ißt er jetzt Menschenfleisch, allerdings kocht er es vorher. Julian findet das amüsant.«

»Sie hätten zulassen sollen, daß ich ihn töte.«

»Vielleicht. Obgleich wir ohne Billy an jenem Tag wahrscheinlich auf dem Dampfer unser Leben gelassen hätten. Er hat einen wachen, schnellen Geist, aber Julian hat ihn furchtbar verwirrt, so wie er alle verwirrt, die auf ihn hören. Ohne Billy würde das Leben, das Julian sich zusammengebaut hat, regelrecht zerschellen. Es ist Billy, der in die Stadt fährt und Julians schreckliche Beute mitbringt. Es ist Billy, der das Silber aus dem Schiff oder Landparzellen verkauft oder was immer sonst noch gebraucht wird, um Geld in die Finger zu bekommen, Und in gewissem Sinn ist Billy dafür verantwortlich, daß wir beide uns wiedersehen.«

»Ich dachte mir schon, daß Sie früher oder später darauf kommen würden«, sagte Marsh. »Sie waren so lange bei Julian, ohne zu fliehen oder sonst etwas zu tun. Und jetzt sind Sie hier, Julian und Sour Billy sind hinter Ihnen her, und Sie schreiben mir diesen verdammten Brief. Warum gerade jetzt? Was hat sich geändert?«

Joshuas Hände krampften sich um die Armlehnen seines Sessels. »Der Waffenstillstand, von dem ich sprach, ist vorüber«, sagte er. »Julian ist wieder erwacht.«

»Wie?«

»Billy«, sagte Joshua, »ist unsere Verbindung zur Welt draußen. Wenn er nach New Orleans fährt, dann bringt er mir auch immer Zeitungen und Bücher sowie Lebensmittel, Wein und neue Opfer. Billy hört auch die Geschichten, die man sich erzählt, das Gerede in der Stadt und am Fluß.«

»Und?« fragte Abner Marsh.

»Seit kurzem geht es nur noch um ein Thema. Die Zeitungen sind voll davon. Es ist eine Sache, die ganz nach Ihrem Herzen sein dürfte, Abner. Es geht um Dampfschiffe. Genaugenommen um zwei Dampfschiffe.« Abner Marsh runzelte die Stirn. »Die *Natchez* und die *Wild Bob Lee*«, sagte er. Er wußte nicht, worauf Joshua hinauswollte.

»Genau«, sagte York. »Nach dem, was ich in den Zeitungen gelesen habe und was Billy erzählt, scheint ein Wettrennen unvermeidlich zu sein.«

»Zum Teufel, ja«, sagte Marsh, »und das schon bald. Leathers prahlt überall auf dem Fluß herum, und soweit ich es gehört habe, beschneidet er ganz schön die Geschäfte der *Lee.* Cap'n Cannon läßt sich das nicht mehr lange gefallen. Das wird sicher ein ganz wildes Rennen.« Er zupfte sich am Bart. »Nur weiß ich nicht, was das mit Julian und Billy und Ihrem verdammten Nachtvolk zu tun haben soll.«

Joshua York lächelte verkniffen. »Billy hat zuviel geredet. Julian fing an, sich dafür zu interessieren. Und er erinnert sich, Abner, er erinnert sich an das Versprechen, das er Ihnen gegeben hat. Einmal konnte ich ihn zurückhalten. Aber jetzt, verflucht noch mal, will er es wieder tun.«

»Was tun?«

»Er will das Gemetzel wiederholen, das ich auf der *Fiebertraum* vorgefunden habe«, sagte Joshua. »Abner, diese Rivalität zwischen der *Natchez* und der *Robert E. Lee* hat das Interesse der gesamten Nation geweckt. Sogar in Europa werden große Wetten abgeschlossen, wenn man den Zeitungen glauben kann. Wenn sie von New Orleans bis nach St. Louis um die Wette fahren, dann sind sie drei oder vier Tage unterwegs. Und drei oder vier Nächte, Abner. Drei oder vier *Nächte.*«

Und plötzlich begriff Abner Marsh, was Joshua meinte, und eine Kälte breitete sich in ihm aus, wie er sie noch nie kennengelernt hatte. »Die *Fiebertraum*«, sagte er.

»Sie machen sie wieder flott«, sagte York, »und räumen die Fahrtrinne aus, die wir aufgefüllt haben. Sour Billy besorgt Geld. Ende dieses Monats will er in die

Stadt fahren und eine Mannschaft anheuern, die sie herrichten und später besetzen soll, wenn sie bereit ist. Julian hält das alles für einen großen Spaß. Er will sie nach New Orleans bringen und sie bis zum Tag des Rennens verstecken. Er will die *Natchez* und die *Robert E. Lee* starten lassen und dann mit der *Fiebertraum* folgen. Wenn die Dunkelheit hereinbricht, dann will er am führenden Schiff festmachen und ... Nun ja, Sie können sich schon denken, was er beabsichtigt. Beide Dampfer haben nur eine kleine Besatzung, keine Passagiere, um das Gewicht niedrig zu halten. Julian wird es leicht haben. Und er wird uns alle dazu bringen, bei der Sache mitzumachen. Ich bin sein Lotse.« Er lachte bitter. »Oder ich war es. Als ich das erstemal von diesem Wahnsinnsplan hörte, da stellte ich mich ihm zum Kampf und verlor erneut. Am nächsten Morgen stahl ich Billys Pferd und floh. Ich dachte, ich könnte seinen Plan vereiteln, indem ich mich aus dem Staub machte. Ohne Lotsen könnte er nichts unternehmen. Aber als ich mich wieder von meinem Sonnenbrand erholt hatte, erkannte ich die Sinnlosigkeit meines Tuns. Billy würde ganz einfach einen anderen Lotsen engagieren.«

Abner Marsh verspürte ein heftiges Rumoren in der Magengrube. Zum Teil war er wütend und angeekelt von Julians Plan, die *Fiebertraum* zu einem Satansdampfer zu machen. Doch ein anderer Teil seiner Persönlichkeit war gefesselt von der Kühnheit des Plans, von der Vision seiner *Fiebertraum,* die es allen zeigte, Cannon und Leathers und der ganzen verdammten Welt. »Ein Lotse, verdammt noch mal«, sagte Marsh. »Die beiden Dampfer sind die schnellsten Fahrzeuge auf dem ganzen gottverdammten Fluß, Joshua. Wenn er die beiden anderen vor sich herfahren läßt, dann wird er sie niemals einholen, und er wird niemanden töten können.« Doch noch während er das aussprach, wußte Marsh, daß er das eigentlich gar nicht glaubte.

»Julian findet es deshalb um so amüsanter«, erwiderte Joshua York. »Wenn sie den Vorsprung vor ihm halten können, dann bleiben sie am Leben. Wenn nicht ...« Er schüttelte den Kopf. »Und er sagt, er setze das größte Vertrauen in unseren Dampfer, Abner. Er will ihn berühmt machen. Anschließend sollen beide Schiffe zerstört werden, und Julian meint, wir sollten dann auf dem Landweg fliehen und nach Osten gehen, nach Philadelphia oder vielleicht auch nach New York. Er ist den Fluß leid, behauptet er. Ich halte das eher für leeres Geschwätz. Julian ist das Leben leid. Wenn er diesen Plan durchführt, dann bedeutet es das Ende meiner Rasse.«

Abner Marsh erhob sich von dem Bett und stieß seinen Stock wuchtig auf den Fußboden. »Verdammte Hölle!« brüllte er. »Sie wird sie einholen, das weiß ich genau, sie hätte auch die verdammte *Eclipse* geschafft, wenn sie die Chance bekommen hätte, darauf schwöre ich. Sie wird keine Probleme haben, die *Natchez* und die *Bad Bob* einzuholen. Zum Teufel, keines der Schiffe hätte gegen die *Eclipse* etwas ausrichten können. Himmelherrgott, Joshua, das wird er mit meinem Dampfer nicht tun, ganz gewiß nicht.«

Joshua York reagierte mit einem gefährlichen schmalen Lächeln, und als Abner Marsh ihm in Augen blickte, sah er darin die Entschlossenheit, die er damals im Planters' House gesehen hatte, und die kalte Wut, als er York einmal bei Tag gestört hatte. »Nein«, sagte York, »das wird er nicht tun. Und deshalb habe ich Ihnen geschrieben, Abner, und habe gebetet, daß Sie noch leben. Ich habe lange darüber nachgedacht. Ich habe mich endlich entschlossen. Wir werden ihn töten. Es gibt keinen anderen Weg.«

»Verdammt«, sagte Marsh. »Es hat ja lange genug gedauert, daß Sie das endlich begreifen. Das hätte ich Ihnen schon vor dreizehn Jahren sagen können. Nun, ich bin dabei. Nur eins ...« Er richtete die Spitze seines Stocks auf Yorks Brust. »... wir richten auf dem Dampfer keinen Schaden an, verstanden? Das einzige, was an

Julians Plan nicht in Ordnung ist, ist der Teil, daß alle getötet werden sollen. Der Rest gefällt mir sehr gut.« Er lächelte. »Cannon und Leathers werden eine Überraschung erleben, daß ihnen die Augen übergehen.« Joshua erhob sich lächelnd. »Abner, wir werden unser Bestes tun, das verspreche ich, und uns bemühen, daß die *Fiebertraum* heil bleibt. Denken Sie nur daran, die Männer entsprechend zu instruieren.«

Marsh runzelte die Stirn. »Welche Männer?«

Das Lächeln wich aus Joshuas Gesicht. »Ihre Mannschaft«, sagte er. »Ich nahm an, Sie sind mit einem Ihrer Dampfschiffe hergekommen und mit einer ganzen Mannschaft.«

Marsh erinnerte sich plötzlich daran, daß Joshua seinen Brief an die Fevre River Packets in St. Louis geschickt hatte. »Verdammt«, sagte er, »Joshua, ich habe keinen Dampfer und auch keine Männer. Ich bin auf einem Dampfer hergekommen, schon richtig, aber als Kabinenpassagier.«

»Karl Framm«, sagte Joshua. »Toby. Die anderen, die Männer, die Sie auf der *Eli Reynolds* hatten ...«

»Tot oder in alle Winde zerstreut. Ich war ja selbst schon fast tot.«

Joshua runzelte nachdenklich die Stirn. »Ich hatte angenommen, wir greifen tagsüber mit geballter Wucht an. Das ändert natürlich alles, Abner.«

Abner Marsh schüttelte den Kopf. »Einen Teufel tut es«, sagte er. »Das ändert überhaupt nichts, soweit ich es überblicken kann. Vielleicht haben Sie geglaubt, wir würden mit einer Armee in den Kampf ziehen, aber da weiß ich was Besseres. Ich bin ein gottverdammter alter Mann, Joshua, und ich werde wahrscheinlich schon bald sterben, und Damon Julian jagt mir keine Angst mehr ein. Er sitzt schon zu lange auf meinem Dampfer, und mir gefällt überhaupt nicht, was er mit ihr angestellt hat, und ich werde sie mir von ihm zurückholen, und wenn ich bei dem Versuch draufgehe. Sie haben geschrieben, daß Sie Ihre Wahl getroffen haben, verflucht noch mal. Was ist jetzt? Kommen Sie mit oder nicht?«

Joshua York hörte sich Marshs Wutausbruch ruhig an, und allmählich schlich sich ein widerwilliges Lächeln in die bleichen weißen Gesichtszüge. »Na schön«, meinte er schließlich, »wir versuchen es allein.«

KAPITEL ZWEIUNDDREISSIG

Julian Plantage, Louisiana
Mai 1870

Sie verließen New Orleans mitten in der Nacht und rollten und ratterten in einem Wagen, den Joshua York gekauft hatte, über dunkle zerfurchte Straßen. Bekleidet mit einem dunkelbraunen Kapuzenmantel, der hinter ihm herflatterte, sah Joshua genauso imposant aus wie in früheren Zeiten, während er die Zügel in der Faust hielt und die Pferde antrieb. Abner Marsh saß mit grimmiger Miene neben ihm, hüpfte auf seinem Platz auf und nieder, als sie über Steine und durch Erdlöcher rollten, und hielt dabei eine zweiläufige Schrotflinte krampfhaft auf den Knien fest. Die Taschen seines Rocks waren prall gefüllt mit Patronen.

Joshua verließ die Hauptstraße, sobald sie die Stadt hinter sich gelassen hatten, und blieb auch nicht lange auf der Nebenstraße, daher rollten sie nun über wenig befahrene Wege und Pfade, die um diese Nachtzeit völlig verlassen vor ihnen lagen. Die Wege wurden zu engen, sich schlängelnden Wegspuren, die durch Magnolienfelder und Zypressenwälder, durch Eichen- und Fichtenhaine führten. Manchmal neigten die Bäume sich gegenseitig ihre Kronen entgegen, so daß sie durch einen langen schwarzen Tunnel zu fahren schienen. Marsh stellte fest, daß er manchmal regelrecht blind war, wenn die Bäume dicht zusammenrückten und das Mondlicht vollständig aussperrten, aber Joshua verlangsamte kein einziges Mal die rasende Fahrt. Er hatte spezielle Augen für diese Dunkelheit.

Nach einiger Zeit tauchte neben ihnen das Bayou auf, und der Weg führte ein ganzes Stück daran entlang. Der

Mond schien bleich und ruhig auf das schwarze stille Wasser. Glühwürmchen tanzten durch die träge Nacht, und Marsh lauschte dem kehligen Quaken der Ochsenfrösche und nahm den schweren satten Duft der Wasserarme wahr, wo die Wasserlilien dicht an dicht wucherten und die Ufer bedeckt waren mit einem Teppich aus schneeweißem Hartriegel und Klematis zwischen den alten hochaufragenden Bäumen. Es ist vielleicht die letzte Nacht meines Lebens, dachte Abner Marsh. Daher atmete er tief durch, saugte alle Gerüche in sich auf, die die Natur zu bieten hatte, die süßen und die bitteren gleichermaßen.

Joshua York blickte angespannt geradeaus und lenkte sie durch die Nacht, blind für seine Umgebung und entschlossen, verloren in seinen eigenen Gedanken.

Kurz vor Tagesanbruch — ein ungewisses Licht war im Osten zu erkennen, und einige Sterne schienen zu verblassen — kamen sie an einer alten Spanischen Eiche vorbei, mittlerweile abgestorben, von deren verwitterten Ästen graue Moosflocken herabrieselten, und gelangten auf ein weites zugewuchertes Feld. Marsh sah in der Ferne eine Reihe Baracken, schwarz wie verfaulte Zähne, und dicht daneben standen die verkohlten und dachlosen Mauern eines alten Plantagenhauses, dessen leere Fenster sie angähnten. Joshua York bremste den Wagen. »Wir lassen unser Fahrzeug hier stehen und setzen den Weg zu Fuß fort«, sagte er. »Es ist nicht mehr weit.« Er schaute zum Horizont, wo sich der helle Lichtschein ausbreitete und die Sterne verschlang. »Sobald es taghell ist, schlagen wir zu.«

Abner Marsh knurrte seine Zustimmung und kletterte vom Wagen herab, wobei er die Schrotflinte nicht aus der Hand legte. »Ich glaube, es wird ein schöner Tag«, sagte er.

»Vielleicht ein bißchen grell.«

York lächelte und zog sich den Hut über die Augen. »Hier entlang«, sagte er. »Und denken Sie an unseren

Plan. Ich breche die Tür auf und suche Julian. Wenn er nur auf mich achtet, dann tauchen Sie auf und schießen ihm ins Gesicht.«

»Verdammt«, sagte Marsh, »das vergesse ich ganz bestimmt nicht. In meinen Träumen schieße ich schon seit Jahren in dieses Gesicht.«

Joshua ging schnell, mit langen Schritten, und Abner Marsh eilte etwas mühsam neben ihm her und versuchte, sein Tempo zu halten. Marsh hatte seinen Spazierstock in New Orleans zurückgelassen. An diesem Morgen, nach so vielen Jahren, fühlte er sich wieder jung. Die Luft war süß und frisch und voller Duft, und er würde seine Lady zurückholen, seinen prächtigen Dampfer, seine *Fiebertraum*.

An dem Plantagenhaus vorbei. Dann blieben die Sklavenhütten zurück. Durch ein weiteres Feld, wo Indigo mit violetten und purpurroten Blüten wild wucherte. Um eine hohe alte Weide herum, deren herabhängende Zweige Marshs Gesicht so sanft streichelten wie eine Frauenhand. Dann in ein dichteres Wäldchen, das vorwiegend aus Zypressen und Palmen bestand, durchsetzt mit blühendem Schilfgras und Hartriegel und Lilien in allen Farben. Der Erdboden wurde immer feuchter, je weiter sie vordrangen. Abner Marsh spürte, wie ihm die Nässe durch die Sohlen der alten Stiefel eindrang.

Joshua duckte sich unter einem dicken grauen Vorhang Spanischen Mooses, der von einem niedrigen verkrüppelten Ast herabhing, und Marsh, der nur einen Schritt hinter ihm war, tat es ihm nach — und da war sie.

Abner Marsh krampfte die Hand um das Gewehr. »Verdammt«, war alles, was er hervorbrachte.

Das Wasser war in den alten Nebenkanal zurückgeflossen und stand nun rund um die *Fiebertraum*, aber es war nicht tief genug, und der Dampfer schwamm nicht. Sie ruhte auf einem Streifen aus Schlamm und Sand, reckte den Kopf hoch in die Luft, neigte sich um etwa zehn Grad nach Backbord, und ihre Schaufelräder standen hoch und waren trocken. Früher war sie weiß, blau und silbern gewesen. Doch nun war sie vorwiegend grau. Es war das Grau alten verwitternden Holzes, das zuviel Sonne und zuviel Feuchtigkeit und nicht genug Farbe gesehen hatte. Das Schiff sah aus, als hätten Julian und seine gottverdammten Vampire alles Leben aus ihm herausgesaugt. Auf dem Radkasten konnte Marsh noch Spuren des Hurenrots erkennen, mit dem Sour Billy sie überpinselt hatte, und die beiden Buchstaben OZ als altes Andenken. Aber alles andere war verschwunden, und der alte echte Name war wieder zu erkennen, wo die neue Farbe sich kräuselte und abblätterte. Die weiße Farbe an den Geländern und den Säulen hatte am meisten gelitten, und dort war sie auch am grauesten, und hier und da gewahrte Marsh etwas Grünes, das am Holz klebte und sich auszubreiten schien. Er begann zu zittern, als er sie betrachtete. Diese Feuchtigkeit und Hitze und Fäulnis, dachte er, und dann war ihm irgend etwas ins Auge geraten. Ärgerlich rieb er daran herum. Die Schornsteine sahen schief aus, weil die *Fiebertraum* leichte Schlagseite hatte. Spanisches Moos bedeckte eine Seite ihres Ruderhauses und hing auch von ihrem Fahnenmast herab. Die Seile, die ihren Backbordsteg gehalten hatten, waren längst gerissen, und der Steg war auf das Vorderdeck gestürzt. Die breite Treppe, diese großzügige, prächtige Konstruktion aus poliertem Holz, war mit feuchtglänzendem Schimmelpilz bedeckt. Hier und da entdeckte Marsh Wildblumen, die sich in den Fugen zwischen den Decksplanken eingenistet hatten. »Gottverdammt«, sagte er, »Gottverdammt, Joshua, wie konnten Sie sie so verkommen lassen? Wie, zum Teufel, haben Sie …« Aber dann wurde seine Stimme brüchig und versagte, und Abner Marsh fand keine Worte mehr.

Joshua York legte ihm sanft eine Hand auf die Schulter und murmelte: »Es tut mir leid, Abner. Ich habe alles versucht.«

»Oh, ich weiß«, schimpfte Marsh. »Das war er, der ihr das angetan hat, der sie in Fäulnis verwandelt hat wie alles, was er berührt. Oh, ich weiß, wer es war, das weiß ich verdammt genau. Aber warum, zum Teufel, haben Sie mich angelogen, Mister York? Diese ganze Geschichte mit der *Natchez* und der *Robert E. Lee.* Verdammt! Sie wird niemanden mehr einholen, Sie wird nicht einmal flottkommen.« Sein Gesicht war puterrot, und seine Stimme wurde immer lauter. »Herrgott im Himmel, sie bleibt hier liegen, bis sie ganz verfault ist, verdammt noch mal, und das wußten Sie ganz genau!« Er verstummte unvermittelt, bevor er noch richtig losbrüllen und alle Vampire aufwecken konnte.

»Ich wußte es«, gab Joshua York mit sorgenvollen Augen zu. Die Morgensonne war hinter ihm aufgegangen und ließ ihn bleich und schwach aussehen. »Aber ich brauchte Sie, Abner. Es war nicht alles eine Lüge. Julian hatte wirklich den Plan, den ich Ihnen geschildert habe, aber Billy machte ihm klar, in was für einem schlechten Zustand sich die *Fiebertraum* befindet, und er gab den Plan sofort auf. Der Rest stimmt jedoch.«

»Wie, zum Teufel, kann ich Ihnen glauben?« fragte Marsh ausdruckslos. »Nach allem, was wir miteinander erlebt haben, haben Sie mich angelogen. Fahren Sie zur Hölle, Joshua York, Sie sind mein Partner, und Sie lügen mich an!«

»Abner, bitte hören Sie doch! Bitte! Ich muß es Ihnen erklären.« Er legte eine Hand auf die Stirn und blinzelte.

»Na los doch«, sagte Marsh, »reden Sie schon! Ich höre, verdammt noch mal.«

»Ich brauchte Sie. Ich wußte, daß ich Julian nicht allein besiegen kann. Die anderen ... sogar die, die auf meiner Seite sind, sie können ihm nicht standhalten, nicht diesen Augen ... er kann sie dazu bringen, alles zu tun. Sie waren meine einzige Hoffnung, Abner. Sie und die Männer, von denen ich annahm, daß Sie sie mitbringen. In allem steckt eine schmerzliche Ironie.

Wir, das Volk der Nacht, haben Tausende von Jahren vom Tagvolk gelebt, haben es gejagt und gehetzt, und nun muß ich Hilfe bei Ihnen suchen, um meine Rasse zu retten. Julian wird uns vernichten. Ihr Traum ist vielleicht verfault, Abner, aber meiner kann noch wahr werden! Ich habe Ihnen einmal geholfen. Ohne mich hätten Sie sie niemals bauen können. Helfen Sie mir jetzt!«

»Sie hätten mich darum bitten können«, sagte Marsh. »Sie hätten mir auch die gottverdammte Wahrheit sagen können.«

»Ich wußte nicht, ob Sie mitgekommen wären, mein Volk zu retten. Ich wußte aber, daß Sie ihretwegen sofort mitgehen würden.«

»Ich wäre *Ihretwegen* mitgegangen, verdammt noch mal. Wir sind Partner, oder nicht? Nun, sind wir das nicht?«

Joshua York sah ihm ernst in die Augen. »Jawohl«, sagte er.

Marsh blickte hinauf zu der grauen verrotteten Ruine, die früher seine stolze Lady gewesen war, und sah, daß ein verdammter Vogel sein Nest in einem ihrer Schornsteine gebaut hatte. Andere Vögel waren da und flatterten von Baum zu Baum und gaben Zwitscherlaute von sich, die Abner zu verspotten schienen. Das Licht der Morgensonne fiel in hellgelben Strahlen auf den Dampfer, wurde durch das Laub der Bäume gefiltert und wimmelte von Staubkörnchen. Die letzten Schatten stahlen sich davon und verschwanden im Unterholz. »Warum, zum Teufel, jetzt?« fragte Marsh und musterte York erneut stirnrunzelnd. »Wenn es nicht um die *Natchez* und die *Robert E. Lee* geht, worum geht es dann? Was unterscheidet diesen Tag von den letzten dreizehn Jahren, daß Sie mir plötzlich einen Brief schreiben?«

»Cynthia ist schwanger«, sagte Joshua. »Mit meinem Kind.«

Abner erinnerte sich an die Dinge, die York ihm vor so langer Zeit erzählt hatte. »Ihr habt gemeinsam jemanden getötet.«

»Nein. Zum erstenmal in der Geschichte unseres Volks erfolgte die Empfängnis ohne Beteiligung des roten Durstes. Cynthia trinkt mein Elixier schon seit mehreren Jahren. Sie wurde sexuell ... empfänglich ... sogar ohne das Blut, ohne das Fieber. Ich reagierte. Es war überwältigend, Abner. So stark wie der Durst, aber anders, reiner. Ein Durst nach Leben, und nicht nach Tod. Sie wird sterben, wenn ihre Zeit kommt, wenn Ihr Volk nicht helfen kann. Und das würde Julian niemals gestatten. Und dann ist da noch das Kind, an das man denken muß. Ich will nicht, daß es verdorben wird, daß Damon Julian es unterwirft. Ich möchte, daß seine Geburt ein neuer Anfang für unsere Rasse wird. Ich mußte etwas unternehmen.«

Ein gottverdammtes Vampirbalg, dachte Abner Marsh. Er sollte Damon Julian wegen eines Kindes gegenübertreten, das vielleicht genauso wurde wie Julian. Vielleicht aber auch nicht. Vielleicht würde es so wie Joshua. »Wenn Sie irgend etwas unternehmen wollen«, sagte Marsh, »warum sind wir dann nicht längst dort drin, anstatt hier draußen herumzuquatschen?« Er wies mit der Gewehrmündung auf den riesigen gestrandeten Dampfer.

Joshua York lächelte. »Die Lüge tut mir leid«, sagte er. »Abner, einen zweiten wie Sie gibt es nicht. Ich bedanke mich bei Ihnen.«

»Lassen Sie es gut sein«, knurrte Marsh unwirsch und reagierte verlegen auf Joshuas Dankbarkeit. Er verließ den Schatten unter den Bäumen und ging auf die *Fiebertraum* und auf die verrotteten, mit roten Flecken übersäten Indigotanks zu, die hinter ihr aufragten. Als er zum Wasser gelangte, schnappte der Schlamm nach seinen Stiefeln und gab obszöne schmatzende Geräusche von sich, als er sie herauszog. Marsh vergewisserte sich noch einmal, daß das Gewehr geladen war. Dann fand er eine alte verwitterte Planke im seichten stillen Wasser, lehnte sie gegen den Rumpf und kletterte mit ihrer Hilfe auf das Hauptdeck des Dampfschiffs. Joshua York, der sich geschmeidig und lautlos bewegte, folgte ihm.

Vor ihnen ragte die breite Treppe auf und führte in die Dunkelheit des Kesseldecks zu den mit Vorhängen versehenen Kabinen, wo ihre Feinde schliefen, und weiter zu der hallenden Weite des großen Salons. Marsh ging nicht sofort weiter. »Ich möchte mir meinen Dampfer anschauen«, sagte er schließlich, und er ging um die Treppe herum zum Maschinenraum.

Lötnähte waren bei einigen Kesseln gerissen. Rost hatte sich durch die Dampfleitungen gefressen. Die großen Maschinen waren braun und blätterten stellenweise ab. Marsh mußte vorsichtig auftreten, damit sein Fuß nicht durch ein verfaultes Bodenbrett brach. Er ging zu einem Ofen. Darin lag kalte Asche und noch etwas anderes, etwas Braunes und Gelbes, stellenweise Schwarzes. Er griff hinein und holte einen Knochen heraus. »Knochenreste in der Feuerung«, sagte er. »Das Deck durchgefault. Die Eisen für die Sklaven immer noch auf dem Deck verschraubt. Rost. Verdammt. *Verdammt noch mal!*« Er wandte sich um. »Ich habe genug gesehen.«

»Ich hatte Sie gewarnt«, sagte Joshua York.

»Ich wollte sie sehen.« Sie gingen zurück in den Sonnenschein auf dem Vorderdeck. Marsh blickte zurück auf die Schatten, auf die Schatten all dessen, was sie einst gewesen war und wovon er in den Jahren geträumt hatte. »Achtzehn große Kessel«, sagte er heiser. »Whitey hat die Maschinen geliebt.«

»Abner, kommen Sie! Wir müssen erledigen, weswegen wir gekommen sind.«

Sie stiegen die breite Treppe hinauf und bewegten sich dabei vorsichtig. Der Schleim auf den Stufen stank bestialisch und war schlüpfrig. Marsh stützte sich zu schwer auf einen mit Schnitzereien verzierten Pfosten, und er brach ihm unter der Hand weg. Die Promenade war grau und verlassen und wirkte unsicher. Sie betraten die Hauptkabine, und Marsh sah sich einem hundert Meter langen Saal voller Verfall und Tristheit und zugrunde gegangener Schönheit gegenüber. Der Teppich war voller Flecken und zerrissen und stellenweise aufgefressen vom Moder und Schimmelpilz. Grüne Flecken breitete sich darauf aus wie Krebsgeschwülste, die die Seele des Dampfers auffressen wollten. Jemand hatte das Oberlicht übermalt, hatte das gesamte bunte Glas mit schwarzer Farbe gestrichen. Es war dunkel. Die lange marmorne Bar war mit Staub bedeckt. Kabinentüren hingen zerbrochen und zerschmettert in den Angeln. Ein Leuchter war herabgestürzt. Sie umrundeten den Haufen Glasscherben. Ein Drittel der Spiegel war gesprungen oder fehlte ganz. Der Rest war blind geworden, die Silberbeschichtung löste sich ab oder färbte sich schwarz.

Als sie zum Sturmdeck hinaufstiegen, war Marsh froh, die Sonne wieder zu sehen. Er überprüfte erneut sein Gewehr. Das Texasdeck befand sich über ihnen; die Kabinentüren waren geschlossen und warteten. »Ist er noch immer in der Kapitänskabine?« fragte Marsh. Joshua nickte. Sie stiegen über die kurze Treppe vollends auf das Texasdeck und gingen auf die betreffende Tür zu.

Im Schatten der Texasveranda wartete Sour Billy Tipton auf sie. Wären nicht seine Augen gewesen, hätte Abner Marsh ihn niemals wiedererkannt. Sour Billy war genauso heruntergekommen wie das Schiff. Er war schon immer sehr mager gewesen. Doch nun war er nicht mehr als ein lebendes Skelett, dessen scharfe Knochen sich durch die gelbe Haut drückten. Die Haut sah aus, als wäre sie jahrelang der Witterung ausgesetzt gewesen. Das Gesicht war ein verfluchter Schädel, ein gelblicher Schädel mit Pockennarben. Fast alle Haaren waren ihm ausgefallen, und der Kopf war mit Schorf und leuchtendroten Flecken rohen Fleisches übersät. Bekleidet war er mit schwarzen Lumpen, und seine Fingernägel waren mindestens zehn Zentimeter lang. Nur die Augen waren noch dieselben: eisfarben und irgendwie fiebernd, starrend. Sie versuchten einzuschüchtern, wollten aussehen wie Vampiraugen, so wie Julian sie hatte. Sour Billy hatte gewußt, daß sie kamen. Er mußte sie gehört haben. Als sie um die Ecke bogen, war er da, hielt sein Messer in der Hand, in seiner tödlichen, erfahrenen Hand. Er sagte: »Nun ...«

Abner Marsh spannte die Schrotflinte und feuerte beide Läufe ab, mitten auf seine Brust. Marsh wartete nicht erst auf das zweite ›Nun‹. Diesmal nicht. Das Gewehr brüllte auf, schlug hart zurück und rammte schmerzhaft Marshs Arm. Sour Billys Brust färbte sich an hundert Stellen rot, und der Aufprall warf ihn nach hinten. Das verfaulte Geländer der Texasveranda gab hinter ihm nach, und er krachte hinunter auf das Sturmdeck. Das Messer immer noch in der Hand haltend, versuchte er auf die Füße zu kommen. Er schwankte und stolperte benommen vorwärts wie ein Betrunkener. Marsh sprang ihm nach, auf das Sturmdeck hinunter, und lud das Gewehr nach. Sour Billy griff nach seiner Pistole, die ihm aus dem Hosenbund ragte. Marsh verpaßte ihm zwei weitere Ladungen und blies ihn regelrecht vom Sturmdeck hinunter. Die Pistole entfiel seiner Hand, und Abner hörte Billy aufschreien und auf irgend etwas unten aufschlagen. Er blickte hinab auf das Vorderdeck. Billy lag dort mit dem Gesieht auf den Holzbohlen, der Körper war unnatürlich verrenkt, und ein roter Fleck breitete sich unter ihm aus. Er hielt immer noch das verdammte Messer umklammert, aber es sah so aus, als könnte er damit nicht mehr allzuviel Schaden anrichten. Abner Marsh knurrte, holte zwei frische Patronen aus der Tasche und drehte sich zum Texasdeck um.

Die Tür der Kapitänskabine stand weit offen, und Damon Julian stand auf der Texasveranda, sah Joshua an, das fleischgewordene bleiche Böse schlechthin mit schwarzen und seltsam lockenden Augen. Joshua York stand reglos da wie ein Mann in Trance.

Marsh riß den Blick los und richtete ihn auf die Schrotflinte in seiner Hand und auf die frischen Patronen. Tu so, als sei er gar nicht da, sagte er sich. Du stehst in der Sonne, er kann nicht zu dir kommen, schau ihn nicht an, sondern lad nach, lad das Gewehr und jag ihm beide Ladungen mitten in sein gottverdammtes Gesicht, während Joshua ihn auf die Stelle bannt.

Die Hand zitterte ihm. Er zwang sich, sie ruhigzuhalten, und lud die erste Patrone.

Und Damon Julian lachte. Beim Klang dieses Gelächters blickte Marsh unwillkürlich hoch, während er die zweite Patrone immer noch in der Hand hielt. Julians Lachen klang so melodisch, es war soviel Wärme und Humor darin, daß es einem schwerfiel, vor ihm Angst zu haben und sich daran zu erinnern, was er war und zu welchen schrecklichen Taten fähig. Joshua war auf die Knie gesunken.

Marsh fluchte und tat drei entschlossene Schritte vorwärts, und Julian wirbelte herum und kam zu ihm. Oder er versuchte es. Julian sprang über die eingebrochene Veranda auf das Sturmdeck hinunter, doch Joshua sah ihn, erhob sich, sprang hinter ihm her und erwischte Julian von hinten. Für einen Moment rangen sie auf dem Deck miteinander. Dann hörte Marsh, wie Joshua schmerzerfüllt aufschrie, wandte den Blick ab, schob die zweite Patrone in den Lauf, klappte die Waffe zu und schaute wieder hoch und sah Julian herankommen, sah das weiße Gesicht vor sich mit den funkelnden Zähnen, diesen furchtbaren Zähnen. Sein Finger krümmte sich reflexartig um den Abzug, ehe er mit der Waffe richtig zielen konnte, und der Schuß ging daneben. Der Rückstoß schleuderte Marsh rückwärts auf die Bretter. Und das rettete ihm vermutlich das Leben. Julian verfehlte ihn, wirbelte herum — und zögerte, als er Joshua aufstehen sah, der aus vier langen Rissen in seiner Wange blutete. »Sieh mich an, Julian!« rief Joshua leise. »Sieh her!«

Marsh hatte noch einen Schuß übrig. Auf dem Deck liegend, brachte er die Waffe in Anschlag, aber er war zu langsam. Damon Julian riß den Blick von Joshua los und sah den Lauf auf sich zu schwingen. Er drehte sich blitzschnell weg, und der Schuß ging ins Leere. Als Joshua York Abner Marsh auf die Füße geholfen hatte, war Julian die Treppe hinuntergerast. »Hinter ihm her!« drängte Joshua. »Und seien Sie wachsam! Vielleicht erwartet er Sie schon!«

»Und was ist mit Ihnen?«

»Ich passe auf, daß er das Schiff nicht verläßt«, sagte Joshua. Dann fuhr er herum und sprang von der Kante des Sturmdecks, huschte über das Vorderdeck, lautlos und geschmeidig wie eine Katze. Er landete einen knappen Meter von der Stelle entfernt, wo Sour Billy lag. Er kam ziemlich hart auf und rollte sich ab. Einen Moment später war er wieder auf den Füßen und huschte die breite Treppe hinauf.

Marsh holte zwei weitere Patronen aus der Tasche und lud nach. Dann ging er zur Treppe, blickte wachsam hinunter und stieg Stufe für Stufe vorsichtig abwärts, wobei er die Schrotflinte in Anschlag hielt, jederzeit bereit zu schießen. Das Holz knarrte unter seinen Füßen, doch ein anderes Geräusch war nicht zu hören. Marsh wußte, daß das nichts zu bedeuten hatte. Sie bewegten sich so leise, alle Angehörigen seines Volkes.

Er hatte eine Vorstellung davon, wo Julian sich vielleicht versteckte. Entweder im großen Salon oder in einer der dort gelegenen Kabinen. Marsh hielt den Finger auf den Abzug und drang in den Salon ein, wobei er für einige Sekunden innehielt, damit seine Augen sich an das Halbdunkel gewöhnten.

Weit hinten, am anderen Ende der Kabine, bewegte

sich etwas. Marsh zielte und erstarrte, dann ließ er das Gewehr sinken. Es war Joshua.

»Er ist nicht herausgekommen!« rief Joshua, und sein Kopf bewegte sich, während seine Augen — so unendlich viel besser als die Marshs — die Kabine absuchten.

»Das habe ich mir fast gedacht«, sagte Marsh. Und plötzlich fuhr ein eisiger Hauch durch die Kabine. Kalt und still wie der Atem aus einem vor langer Zeit geschlossenen Grab. Es war zu dunkel. Marsh konnte nichts anderes erkennen als vage drohende Schatten. »Ich brauche verdammt noch mal Licht«, sagte er. Er hob die Schrotflinte und jagte einen Schuß durch die Glaskuppel des Oberlichts. Der Knall erzeugte in der Kabine ein ohrenbetäubendes Echo, und das Glas zerschellte. Scherben und Sonnenlicht regneten von oben herab. Marsh nahm wieder eine Patrone, um nachzuladen. »Ich sehe nichts«, sagte er und trat mit dem Gewehr unter dem Arm vor. Die lange Kabine war völlig still und leer, soweit er es erkennen konnte. Vielleicht kauerte Julian hinter der Bar. Vorsichtig schob er sich darauf zu.

Ein leises Klirren drang ihm an die Ohren, es waren Gläser, die gegeneinander stießen und vom Wind bewegt wurden. Abner Marsh runzelte die Stirn.

Und Joshua brüllte: *»Abner! Über Ihnen!«*

Marsh blickte in dem Moment hoch, als Damon Julian seinen Griff an dem großen schwingenden Leuchter löste und auf ihn herabstürzte. Marsh versuchte sich zu erheben und mit dem Gewehr zu zielen, aber es war zu spät, und er war zu verdammt langsam. Julian landete genau auf ihm, trat ihm das Gewehr aus der Hand, und sie stürzten beide auf den Fußboden. Marsh versuchte sich wegzurollen. Etwas packte ihn und zog. Er schlug mit mächtiger Faust blindlings zu. Der Konterschlag kam aus dem Nichts und riß ihm fast den Kopf von den Schultern. Für einen Moment lag er benommen da. Der Arm wurde ihm verdreht und brutal nach hinten gerissen. Marsh brüllte auf. Der Druck ließ nicht nach. Er versuchte sich auf die Füße zu kämpfen, und sein Arm wurde mit brutaler Gewalt nach oben gebogen. Er hörte ein Knacken, und er schrie erneut, lauter diesmal, als der Schmerz durch ihn hindurchraste. Er wurde rauh auf das Deck hinuntergestoßen und landete mit dem Gesicht auf dem vermoderten Teppich. »Kämpfen Sie ruhig, mein lieber Kapitän, und ich breche Ihnen den anderen Arm«, sagte Julians weiche Stimme. »Bleiben Sie still liegen.«

»Weg von ihm!« sagte Joshua. Marsh hob den Kopf mühsam an und sah ihn in sieben Metern Entfernung auf dem Deck stehen.

»Lieber nicht«, erwiderte Julian. »Rühr dich nicht, lieber Joshua. Wenn du einen Schritt in meine Richtung tust, dann reiße ich Captain Marshs Kehle auf, ehe du auch nur einen Meter näher gekommen bist. Bleib, wo du bist, und ich verschone ihn. Hast du mich verstanden?«

Marsh versuchte sich zu rühren und biß sich vor Qual auf die Lippen. Joshua verharrte und hatte die Hände angriffsbereit vorgestreckt. »Ja«, sagte er, »ich verstehe.« In seinen grauen Augen lag ein tödlicher Ausdruck, der aber auch zugleich Unsicherheit signalisierte. Marsh schaute sich suchend nach seinem Gewehr um. Es lag knapp zwei Meter weit entfernt und deutlich außerhalb seiner Reichweite.

»Gut«, sagte Damon Julian. »Warum machen wir es uns nicht gemütlich?« Marsh hörte, wie Julian sich einen Sessel heranzog. Er setzte sich dicht hinter Marsh. »Ich bleibe hier sitzen, im Schatten. Du kannst dich ja in den Lichtstrahl setzen, dem der Kapitän freundlicherweise Zugang zu diesem Raum verschafft hat. Mach schon, Joshua! Tu, was ich dir sage, es sei denn, du willst ihn sterben sehen.«

»Wenn du ihn tötest, dann steht nichts mehr zwischen uns«, sagte Joshua.

»Vielleicht bin ich bereit, dieses Risiko einzugehen«, erwiderte Julian. »Bist du es?«

Joshua schaute sich langsam um, machte ein finsteres Gesicht, griff nach einem Sessel und schob ihn unter das zerschossene Oberlicht. Er nahm im Sonnenschein Platz, gut fünf Meter von ihnen entfernt.

»Nimm den Hut ab, Joshua! Ich möchte dein Gesicht sehen.« York grinste verkniffen und schleuderte seinen breitkrempigen Hut quer durch den Raum.

»Schön«, sagte Damon Julian, »jetzt können wir zusammen warten. Eine ganze Weile, Joshua.« Er lachte vergnügt. »Bis es dunkel wird.«

KAPITEL DREIUNDDREISSIG

An Bord des Raddampfers *Fiebertraum*
Mai 1870

Sour Billy Tipton versuchte zu schreien. Nichts drang über seine Lippen außer einem leisen Wimmern. Er sog den Atem ein und schluckte Blut. Sour Billy hatte genug Blut getrunken, um den Geschmack zu kennen. Nur war es diesmal sein eigenes Blut. Er hustete und rang nach Luft. Er fühlte sich nicht besonders gut. Seine Brust schien in Flammen zu stehen, und dort, wo er lag, war es naß. Blut, mehr Blut. »Helft mir!« rief er matt. Niemand, der weiter als einen Meter von ihm entfernt gewesen wäre, hätte ihn gehört. Er erschauerte und schloß die Augen wieder, als wolle er einschlafen und so die Schmerzen vertreiben.

Aber der Schmerz blieb. Sour Billy lag lange dort, die Augen geschlossen und abgehackt atmend, bis seine Brust vor Schmerzen schrie. Er konnte an nichts anderes denken als an das Blut, das aus seinem Körper herausfloß, an die harten Bretter unter seinem Gesicht und an den Gestank. Eine faulige Wolke hüllte ihn ein. Schließlich erkannte Sour Billy den Geruch: Er hatte sich in die Hose gemacht. Er fühlte nichts, aber er roch es. Er begann zu weinen.

Am Ende schaffte Sour Billy Tipton auch das nicht mehr. Seine Tränen versiegten, und die Schmerzen waren zu schlimm. Er versuchte an etwas anderes zu denken, um die Schmerzen zu vergessen. Die Erinnerung stellte sich ein. Marsh und Joshua York und die Schrotflinte, die vor seinem Gesicht losgegangen war. Sie waren gekommen, um Julian zu töten, und er hatte versucht, sie aufzuhalten, doch diesmal war er nicht schnell genug gewesen. Er versuchte erneut zu rufen.

»Julian!« Ein wenig lauter diesmal, aber immer noch nicht laut genug.

Keine Antwort. Sour Billy Tipton wimmerte und öffnete wieder die Augen. Er war vom Sturmdeck herabgestürzt. Er sah, daß er auf dem Vorderdeck lag. Und es war heller Tag. Damon Julian konnte ihn gar nicht hören. Und selbst dann wäre es zu hell gewesen. Julian würde nicht zu ihm kommen, erst nach Einbruch der Dunkelheit wieder. Aber dann wäre er längst tot. »Heute abend bin ich gestorben«, sagte er laut und zugleich so leise, daß er kaum sich selbst hörte. Er hustete und schluckte noch mehr Blut. »Mister Julian ...«, röchelte er.

Er ruhte sich für eine Weile aus und versuchte nachzudenken. Auf ihn war geschossen worden, und er war voller Löcher. Seine Brust mußte aussehen wie rohes Fleisch. Eigentlich müßte er längst tot sein, Marsh hatte direkt vor ihm gestanden. Nur er lebte noch. Sour Billy kicherte. Er wußte, warum er noch nicht tot war. Gewehrschüsse konnten ihm nichts anhaben. Er war jetzt schon fast einer von ihnen. Es war genauso, wie es Julian vorausgesagt hatte. Sour Billy hatte gespürt, wie es passierte. Jedesmal, wenn er in den Spiegel schaute, war er etwas heller, etwas weißer geworden, und seine Augen glichen mehr und mehr den Augen Julians. Er konnte es selbst sehen, und er dachte, daß er auch schon mehr in der Dunkelheit erkennen konnte. Während der vergangenen ein, zwei Jahre war es immer besser geworden. Das hatte das Blut bewirkt. Wenn ihm davon nur nicht immer so übel geworden wäre. Manchmal hatte er richtige Magenkrämpfe und mußte sich übergeben, aber er trank immer wieder, wie Julian es erklärt hatte, und das machte ihn stärker. Manchmal spürte er es, wie diesmal. Sie hatten auf ihn geschossen, und er war gefallen, aber er war nicht gestorben, nein, er lebte noch. Und erholte sich, genauso wie Damon Julian. Er war jetzt fast einer von ihnen. Sour Billy lächelte. Er würde hier liegenbleiben, bis er völlig wiederhergestellt wäre, und dann würde er aufstehen und Abner Marsh töten. Er konnte sich sehr gut vorstellen, welchen Schreck Marsh bekäme, wenn er Billy auf sich zukommen sah, den Billy, den er vermeintlich erschossen hatte.

Wenn nur die Schmerzen nicht gewesen wären! Sour Billy fragte sich, ob Julian auch solche Schmerzen durchlitten hatte, als dieser dandyhafte Zahlmeister ihn mit der Degenklinge durchbohrte. Ihm hatte Mister Julian es aber gezeigt. Und Billy würde es auch einigen Leuten zeigen. Er dachte eine Weile darüber nach, über die Dinge, die er tun würde. Er würde in die Gallantine Street gehen, wann immer er dazu Lust hätte, und alle würden ihm respektvoll begegnen, und er würde sich die blonden Mädchen nehmen und die Kreolenladies anstatt der Huren aus den Tanzhallen, und wenn er mit ihnen fertig war, dann würde er ihr Blut trinken, und dann bekäme kein anderer sie mehr, und dann würden sie ihn nie mehr auslachen, wie die Huren es früher mit ihm getan hatten, in den traurigen alten Zeiten.

Sour Billy Tipton malte sich gern aus, wie es sein würde. Aber nach einiger Zeit — ein paar Minuten, ein paar Stunden, er wußte nicht wie lange — schaffte er es nicht mehr. Statt dessen dachte er nur an seine Schmerzen, die sich bei jedem Atemzug meldeten. Dabei müßte es eigentlich weniger weh tun, dachte er. Und außerdem blutete er noch immer so schlimm, daß er sich schon richtig benommen fühlte. Wenn er sich erholte, warum blutete er dann noch? Plötzlich hatte Sour Billy Angst. Vielleicht war er noch nicht weit genug verwandelt. Vielleicht erholte er sich überhaupt nicht. Vielleicht könnte er es Abner Marsh niemals zeigen, vielleicht verblutete er. Er schrie auf. »Julian!« Er rief es so laut wie möglich. Julian könnte die Verwandlung abschließen, er könnte ihn stärker machen. Wenn er ihn nur irgendwie erreichen könnte, dann wäre alles in Ordnung.

Julian würde für ihn sorgen. Das wußte Sour Billy. Was täte Julian denn ohne ihn? Er rief erneut, schrie so laut, daß der Schmerz ihm fast die Kehle zerriß.

Nichts. Stille. Er lauschte auf Schritte, auf Julian oder einen der anderen, die kämen, um ihm zu helfen. Nichts. Außer... Er lauschte angestrengt. Sour Billy glaubte Stimmen zu hören. Und eine gehörte Damon Julian! Er konnte ihn hören! Erleichterung erfüllte ihn.

Nur konnte Julian Billy nicht hören. Und selbst wenn er ihn gehört hätte, dann käme er nicht, nicht hinaus in die Sonne. Dieser Gedanke erfüllte Sour Billy mit Angst. Julian würde erst kommen, wenn es dunkel war, dann erst würde er die Verwandlung vollenden, Aber dann wäre es zu spät.

Er müßte irgendwie zu Julian gelangen, beschloß Sour Billy Tipton, als er dalag in seinem Blut und von Schmerzen gepeinigt. Er müßte sich aufraffen und dorthin gehen, wo Julian sich aufhielt, damit er ihm helfen könnte.

Sour Billy biß sich auf die Unterlippe, raffte seine ganze Energie zusammen und versuchte aufzustehen.

Und schrie auf.

Der Schmerz, der seinen Körper durchschnitt, war wie ein glühendes Messer, eine Woge der Pein, die jeden Gedanken, jede Hoffnung und jegliche Angst aus ihm hinausspülte, bis nichts anderes blieb als nur noch Schmerz. Er schrie erneut und blieb reglos liegen. Sein ganzer Körper pulsierte. Sein Herz schlug wild, und der Schmerz flaute allmählich ab. Und in diesem Moment bemerkte Sour Billy, daß er seine Beine nicht mehr spüren konnte. Er versuchte, mit den Zehen zu wackeln. Er fühlte nichts da unten.

Er starb. Es ist nicht gerecht, dachte Sour Billy. Er stand so dicht davor. Dreizehn Jahre lang hatte er Blut getrunken und war stärker und stärker geworden, und jetzt hatte er es fast geschafft. Er würde ewig leben, doch nun nahmen sie ihm alles wieder weg, beraubten ihn, wie sie ihn immer beraubt und betrogen hatten. Niemals hatte er etwas für sich gehabt. Es war alles ein großer Betrug. Die Welt hatte ihn wieder übertölpelt, die Nigger und die Kreolen und die reichen Dandies, sie hauten ihn übers Ohr und lachten ihn aus, und nun betrogen sie ihn um sein Leben, um seine Rache, um alles.

Er mußte Julian erreichen. Wenn er die Verwandlung schaffte, dann wäre alles wieder in Ordnung. Ansonsten würde er hier sterben, und sie würden ihn erneut auslachen. Sie würden ihn einen Narren nennen, Abschaum, Niggerdreck, und sie würden auf sein Grab pinkeln. Er mußte zu Mister Julian. Dann wäre er derjenige, der lachte, ja, das würde er tun, lachen.

Sour Billy holte tief Luft. Er spürte das Messer, das er noch immer in der Hand hielt. Er bewegte den Arm, steckte sich das Messer in den Mund, zwischen die Zähne. Er zitterte. So! Das tat nicht mehr so furchtbar weh. Seine Arme waren noch in Ordnung. Seine Finger tasteten über den Boden und suchten nach einem Widerstand unter dem Moder und dem Blut. Dann zog er mit aller Kraft und rutschte vorwärts. Die Brust brannte ihm, der Schmerz tobte in den Eingeweiden, die Messerklinge verrichtete ihr furchtbares Werk in ihm. Er blieb erschöpft liegen. Aber als der Schmerz etwas abebbte, öffnete Sour Billy die Augen und lächelte. Er hatte sich bewegt! Er hatte sich fast einen halben Meter vorwärts gezogen. Noch fünf- oder sechsmal das gleiche, und er hätte die Treppe erreicht. Dann könnte er sich an dem reichverzierten Geländerbalken abstützen und sich nach oben ziehen. Denn von dort drangen die Stimmen zu ihm. Er würde zu ihnen gelangen. Er wußte, daß er es schaffen könnte. Er mußte es einfach schaffen.

Sour Billy Tipton streckte die Arme aus, grub die langen Fingernägel ins Holz, und die Zähne bissen hart auf die Messerklinge.

KAPITEL VIERUNDDREISSIG

An Bord des Raddampfers *Fiebertraum*
Mai 1870

Die Stunden vergingen in Stille, in einer Stille, die von Angst geprägt war.

Abner Marsh saß dicht bei Damon Julian, hatte den Rücken gegen die schwarze Marmorbar gelehnt, schonte den gebrochenen Arm und schwitzte. Julian hatte ihm schließlich gestattet, sich aus seiner unbequemen Lage auf dem Bauch aufzurichten, als die Schmerzen im Arm für Marsh zuviel wurden und er zu stöhnen begann. In dieser Haltung schienen die Schmerzen nicht so schlimm zu sein, aber er wußte, daß die Qualen sofort wieder anfangen würden, wenn er sich zu bewegen versuchte. Daher saß Marsh sehr still da, hielt den Arm fest und dachte nach.

Marsh war nie ein besonders guter Schachspieler gewesen, wie Jonathon Jeffers es ihm ein halbes dutzendmal bewiesen hatte. Manchmal vergaß er sogar von Spiel zu Spiel, wie die verdammten Figuren zogen. Doch sogar jetzt wußte er genug, um ein Patt zu erkennen.

Joshua York saß steif in seinem Sessel, die Augen auf diese Entfernung dunkel und undeutbar, den ganzen Körper angespannt. Die Sonne hämmerte auf ihn herab, zerstörte sein Leben, verbrannte seine Kraft, wie sie morgens auch die Flußnebel zu verbrennen pflegte. Er bewegte sich nicht. Wegen Marsh. Denn Joshua wußte, wenn er angreifen sollte, würde Abner Marsh an seinem eigenen Blut ersticken, ehe er Julian erreicht hätte. Vielleicht könnte Joshua Damon Julian dann endgültig töten, aber das würde für Marsh keinen Unterschied mehr machen.

Julian befand sich auch in einer Pattsituation. Wenn er Marsh tötete, verlöre er seinen Schutz. Dann brauchte Joshua keine Rücksicht mehr zu nehmen und könnte sich auf ihn stürzen. Davor hatte Damon Julian Angst. Abner Marsh kannte diese Situation. Julian hatte Joshua York zwar schon Dutzende von Malen gebrochen und sein Blut getrunken, um die Niederlage zu besiegeln. Aber York hatte einmal triumphiert. Und das reichte aus. Julian hatte seine Gewißheit der Überlegenheit verloren. In ihm lebte nun die Angst wie eine Made in einer Leiche.

Marsh fühlte sich schlecht. Der Arm schmerzte ihn furchtbar, und er konnte nichts tun. Wenn er York und Julian nicht beobachtete, kehrten seine Blicke immer wieder zu der Schrotflinte zurück. Zu weit, sagte er sich. Viel zu weit weg. Mindestens zwei Meter. Es war unmöglich. Marsh wußte, daß er es niemals schaffen würde, nicht einmal unter den günstigsten Bedingungen. Und mit einem gebrochenen Arm ... Er biß sich auf die Unterlippe und versuchte, einen anderen Weg zu finden. Jonathon Jeffers hätte sicherlich eine raffinierte Idee gehabt. Marsh kam nur auf eine simple, direkte und dumme Taktik — aufzuspringen und sich das Gewehr zu schnappen. Doch wenn er das täte, dann wäre er ein toter Mann.

»Stört dich das Licht, Joshua?« fragte Julian einmal, nachdem sie lange so dagesessen hatten. »Du mußt dich schon daran gewöhnen, wenn du einer von ihnen werden willst. Alles brave Vieh liebt den Sonnenschein.« Er lächelte. Dann verblaßte das Lächeln so schnell, wie es aufgetaucht war. Joshua York erwiderte nichts darauf, und Julian schwieg.

Während er ihn betrachtete, dachte Marsh, wie sehr Julian selbst verfallen zu sein schien, genauso wie der Dampfer und Sour Billy. Doch jetzt war es irgendwie anders, beängstigender. Nach dieser einen einzigen Frage dachte er nicht mehr an Spott. Er sagte nichts mehr.

Er starrte ins Nichts, und seine Augen waren kalt und schwarz und tot. Manchmal nur schienen sie noch aufzuleuchten in dem tiefen Schatten, in dem er saß. Aber sie hatten nichts Menschliches mehr an sich. Marsh erinnerte sich an den Abend, als Julian an Bord der *Fiebertraum* gekommen war. Als er in diese Augen geblickt hatte. Es war so gewesen, als hätte er verfolgen können, wie eine Maske nach der anderen abfiel, bis am Ende nur noch das nackte Tier übrigblieb. Jetzt war es anders. Nun schienen die Masken überhaupt nicht mehr zu existieren. Damon Julian war immer böse gewesen, aber ein Teil dieses Bösen war menschlich gewesen: seine Gemeinheiten, seine Lügen, sein furchtbares Lachen, diese grausame Freude an den Qualen anderer, seine Liebe zur Schönheit und deren Vernichtung. All das schien nun verschwunden zu sein. Nun war da nur noch das Tier, das mit lauernden Augen in der Dunkelheit kauerte. Julian spottete nicht mehr über Joshua oder Abner Marsh. Er saß nur noch da und wartete, eingehüllt in Dunkelheit, das alterslose Gesicht bar jeden Ausdrucks, die Augen uralt und leer.

Abner Marsh erkannte in diesem Moment, daß Joshua recht gehabt hatte. Julian war wahnsinnig oder noch schlimmer. Julian war jetzt ein Gespenst, und das Ding, das in seinem Körper lebte, war völlig gedankenlos.

Trotzdem, so dachte Marsh, wird es am Ende siegen. Damon Julian mochte sterben, wie alle anderen Masken gestorben waren. Aber die Bestie würde weiterleben. Julian träumte von der Finsternis und vom Schlaf, aber das Raubtier konnte nicht sterben. Es war schlau, geduldig und stark.

Abner Marsh blickte wieder zu dem Gewehr hinüber. Wenn er es doch nur in die Hand bekäme. Wäre er doch nur so schnell und stark wie vor vierzig Jahren! Wenn Joshua das Raubtier doch nur lange genug ablenken könnte. Marsh war weder schnell noch stark, und sein

Arm war gebrochen und ein einziger Schmerz. Er konnte nicht aufspringen und sich die Waffe holen. Die Waffe lag so, daß die Mündung auf Joshua zielte. Wenn Marsh es also doch versuchen sollte, dann riskierte er sogar, seinen Partner zu töten. Nein, mit einem gebrochenen Arm war nichts anzufangen. Es wäre vergebens. Die Bestie war zu schnell.

Ein Stöhnen drang über Joshuas Lippen, ein halb unterdrückter Schmerzensschrei. Er legte eine Hand auf die Stirn, dann beugte er sich vor und vergrub das Gesicht in den Händen. Die Haut war bereits rosig. Nicht mehr lange, und sie wäre rot. Dann schwarz und verbrannt. Abner Marsh sah geradezu, wie alles Leben aus ihm wich. Ein ungeheurer Wille mußte ihn an diesem Platz festhalten. Und plötzlich mußte Marsh etwas sagen. »Töte ihn!« rief er laut. »Joshua, geh aus dem Licht und töte ihn, verdammt noch mal. Nimm keine Rücksicht auf mich!«

Joshua York blickte auf und lächelte matt. »Nein.«

»Verdammte Hölle, du sturer Narr! Tu, was ich dir sage! Ich bin ein alter Mann, mein Leben bedeutet mir nichts mehr. Joshua, hör auf mich!«

Joshua schüttelte den Kopf und barg das Gesicht wieder in den Händen.

Die Bestie betrachtete Marsh mit einem seltsamen Ausdruck, als könne sie seine Worte nicht begreifen, als hätte sie vergessen, was Sprache ist und was sie bedeutet. Marsh schaute in diese Augen und erschauerte. Der Arm schmerzte ihn, und Tränen wallten hinter seinen Augen auf. Er fluchte halblaut, bis sein Gesicht rot anlief. Das war besser, als zu weinen wie eine verdammte Frau. Dann erhob er wieder die Stimme: »Du warst ein ganz wunderbarer Partner, Joshua. Ich werde dich nie vergessen, solange ich lebe!«

York lächelte. Sogar dieses Lächeln wirkte gequält. Joshua wurde sichtlich schwächer. Das Licht würde ihn töten, und dann wäre Marsh ganz allein.

Noch hatten sie Stunden um Stunden Tageslicht vor sich. Aber Stunden verstrichen irgendwann, dann würde die Nacht anbrechen. Abner Marsh konnte sie genausowenig aufhalten, wie er sein Gewehr erreichen konnte. Die Sonne würde untergehen, und Dunkelheit würde die *Fiebertraum* zudecken, und das Tier würde sich aus seinem Sessel erheben. Die Türen zum großen Salon würden sich öffnen, und alle anderen würden erscheinen, alle Kinder der Nacht, die Vampire, die Söhne und Töchter und die Sklaven des Tiers. Hinter zerbrochenen Spiegeln und verblichenen Gemälden würden sie hervorkommen, stumm, mit einem kalten Grinsen in den Gesichtern und mit grauenvollen Augen. Einige waren Joshuas Freunde, und eine Frau trug sogar sein Kind unter dem Herzen, aber Abner Marsh wußte, daß das keinen Unterschied machte. Sie gehörten dem Tier. Joshua hatte die Worte und das Recht und seinen Traum, aber das Tier hatte die Macht, und es würde das Tier wecken, das in den anderen lebte, und ihren roten Durst und sie seinem Willen unterwerfen. Selbst hatte es keinen Durst mehr, aber es erinnerte sich noch daran.

Und wenn sich diese Türen öffneten, dann mußte Abner Marsh sterben. Damon Julian hatte davon gesprochen, ihn zu verschonen, aber das Tier war nicht an Julians Versprechen gebunden, es wußte, wie gefährlich Marsh war. Häßlich oder nicht, Marsh würde ihnen in dieser Nacht als Nahrung dienen. Und Joshua würde genauso sterben oder — was schlimmer wäre — so werden wie sie. Und sein Kind würde heranwachsen zu einer jungen Bestie, und die Morde würden weitergehen, und der rote Durst würde ungestillt die Jahrhunderte überdauern, und die Fieberträume würden das nackte Grauen säen.

Wie sollte es auch anders enden? Das Tier war stärker als sie, war eine Macht der Natur. Die Bestie war wie der Fluß, ewig. Sie hatte keine Zweifel, keine Gedanken, keine Träume und keine Pläne. Joshua York mochte

Damon Julian überwältigen, doch wenn er fiel, dann kauerte da schon das Tier: lebendig, unzähmbar, stark. Joshua hatte seine eigene Bestie betäubt und seinem Willen unterworfen. Daher konnte er dem Tier nur mit seiner Menschlichkeit entgegentreten. Und Menschlichkeit reichte nicht aus. Er konnte nicht gewinnen.

Abner Marsh runzelte die Stirn. Irgend etwas in seinen Gedanken störte ihn. Er versuchte, herauszufinden, was es war, aber es entzog sich ihm. Der Arm schmerzte. Er wünschte, er hätte etwas von Joshuas verdammtem Elixier. Es schmeckte wie die Hölle, aber Joshua hatte einmal gesagt: daß Laudanum darin sei, und das würde wenigstens die Schmerzen betäuben. Und der Alkohol würde ihm auch nicht schaden.

Der Winkel der durch das zerstörte Oberlicht einfallenden Lichtstrahlen hatte sich verändert. Es war Nachmittag, rechnete Marsh nach. Nachmittag und sehr viel später. Ein paar Stunden standen ihm noch bevor. Er sah zu Julian hinüber, dann auf das Gewehr. Er drückte seinen Arm, als könnte er damit seine Schmerzen vermindern. Woran dachte er? Er wollte Joshuas Elixier für seinen verdammten Arm ... nein, an das Tier und daß Joshua es niemals würde besiegen können ...

Abner Marshs Augen verengten sich, und er blickte hinüber zu Joshua. Er hatte ihn besiegt. Ein einziges Mal, trotz des Tiers. Warum sollte er es nicht wieder schaffen? Marsh packte seinen Arm, schaukelte vor und zurück und versuchte, den Schmerz zu vertreiben, damit er klarer denken konnte. Warum, warum, warum?

Und es wurde ihm klar. Vielleicht war er etwas langsam, aber Abner Marsh vergaß nie etwas. Das Getränk, dachte er. Er sah, wie es gewesen war. Er hatte Joshua den letzten Rest eingeflößt, als er in der Sonne ohnmächtig geworden war. Der letzte Tropfen war auf seinen Stiefel gefallen, und er hatte die Flasche in den Fluß geworfen. Joshua war Stunden später aufgebrochen, und er hatte ... wie lange? ... Tage gebraucht, um zur

... *Fiebertraum* zurückzukehren. Er war gerannt, wollte an seine verdammten Flaschen heran, floh vor dem roten Durst. Dann hatte er den Dampfer gefunden und alle die Toten und hatte angefangen, die Bretter loszureißen, und Julian war gekommen ... Marsh erinnerte sich an Joshuas Worte ... *Ich habe ihn angeschrien. Ich wollte Rache. Ich wollte ihn töten, wie ich noch nie jemanden hatte töten wollen, ich wollte ihm die Kehle aufreißen, wollte sein verdammtes Blut schmecken! Meine Wut* ... Nein, dachte Marsh, nicht nur Wut. Durst. Joshua hatte es nicht erkannt, aber er hatte die ersten Stadien des roten Durstes durchlebt! Er mußte ein Glas von seinem Elixier getrunken haben, sobald Julian sich zurückgezogen hatte, daher hatte er gar nicht begriffen, was es gewesen war.

Marsh fröstelte und fragte sich, ob Joshua den wahren Grund kannte, weshalb er die Bretter losgerissen hatte. Was wäre geschehen, wenn Julian ihn nicht gestört hätte? Damals hatte Joshua gewonnen, und danach nicht mehr. Seine Verbrennungen, seine Angst, das Blutvergießen um ihn herum, tagelang kein Elixier ... Es mußte der rote Durst gewesen sein. In jener Nacht war sein Tier erwacht, und es war stärker als das Julians.

Abner Marsh spürte eine kurze Erregung. Dann dämmerte ihm, daß seine wilden Hoffnungen vergeblich und fehl am Platze waren. Joshua hatte bei seiner letzten Flucht einen beträchtlichen Vorrat von seinem Getränk mitgenommen. Er hatte noch in New Orleans eine halbe Flasche geleert, ehe sie sich auf den Weg zu Julians Plantage gemacht hatten. Marsh sah keine Möglichkeit, das Fieber in Joshua zu wecken, dabei war das Fieber die einzige Chance ... Seine Augen richteten sich wieder auf das Gewehr. »Verdammt«, murmelte er. Vergiß die Flinte, sagte er sich, es hat keinen Sinn, darüber nachzudenken. Es war wie bei einem Dampfschiffrennen. Man konnte ein schnelleres Boot nur mit List besiegen, wenn man zum Beispiel alle Abkürzungen und deren Beschaffenheit kannte, oder wenn man alles Buchenholz für sich reservierte, damit das andere Schiff nur mit Cottonwood heizen konnte, oder wenn man noch etwas Talg in Reserve hatte. Tricks!

Marsh verzog finster das Gesicht. Er wußte, daß er nichts tun konnte. Es kam allein auf Joshua an. Nur Joshua verbrannte von Minute zu Minute und wurde immer schwächer. Und er würde sich nicht rühren, solange Marshs Leben in Gefahr war. Wenn er Joshua doch nur aufrütteln könnte ... seinen Durst wecken könnte ... irgendwie. Der Durst meldete sich, wenn man nicht von dem Elixier trank. Aber wie ließ er sich außerdem noch wecken? Vielleicht hatte es etwas mit Wut zu tun, aber reichte das aus? Schönheit? Schöne Dinge verführten, lockten ihn, sogar wenn er sein Elixier getrunken hatte. Wahrscheinlich hat er mich als Partner ausgesucht, weil man ihm erzählt hatte, ich sei der häßlichste Mann auf dem gottverdammten Fluß, dachte Marsh. Aber auch das war nicht genug. Verdammt, Damon Julian war schön genug, und er hatte Joshua furchtbar in Wut gebracht, aber Joshua hatte verloren, verlor immer, sein Getränk sorgte dafür, es mußte ... Marsh erinnerte sich an alle Geschichten, die Joshua ihm erzählt hatte, von den Morden. Den dunklen Nächten. Den furchtbaren Zeiten, als der rote Durst seinen Leib und seine Seele beherrscht hatte.

... hatte mich voll im Magen erwischt, sagte Joshua, *und ich habe furchtbar geblutet ... Ich stand auf. Es muß ein furchtbarer Anblick gewesen sein, mit bleichem Gesicht und blutbesudelt. Und ein seltsames Gefühl breitete sich in mir aus ... Julian trank von seinem Wein, lächelte und sagte: Hast du tatsächlich Angst gehabt, ich täte dir in jener Augustnacht etwas an? Vielleicht hätte ich es getan, in meinem Schmerz und meiner Wut. Aber nicht vorher ...* Marsh sah sein Gesicht, verzerrt und raubtierhaft, als er Jeffers Stockdegen aus dem Körper zog ... Er erinnerte sich an Valerie, an das Brennen, an ihren Tod unter dem Boot,

erinnerte sich daran, wie sie geschrien hatte und sich auf Karl Framms Kehle stürzte ... Er hörte Joshua sagen: *Der Mann schlug immer wieder auf mich ein, und ich schlug zurück ... Er stürzte sich auf mich ...*

So muß es sein, dachte Abner Marsh, es war das einzige, woran er denken konnte, das einzige, was ihm einfiel. Er blickte zum Oberlicht. Der Winkel war jetzt spitzer geworden, und es kam ihm so vor, als hätte das Licht einen rötlichen Schimmer bekommen. Joshua saß nun teilweise im Schatten. Vor einer Stunde wäre Marsh noch darüber erleichtert gewesen. Nun war er sich nicht so sicher.

»Helft mir ...«, sagte die Stimme. Es war ein gebrochenes Flüstern, ein ersticktes Keuchen. Aber sie hörten es.

Sour Billy Tipton kam aus den Schatten hervorgekrochen und hinterließ eine Blutspur auf dem Teppich. Marsh sah, daß er sich mühsam vorwärtszog, während er sein Messer in den Holzboden rammte und es als Haltegriff benutzte. Seine Wirbelsäule war in einem Winkel verbogen, wie sie es eigentlich nicht sein durfte. Billy sah kaum noch wie ein Mensch aus. Er war bedeckt mit Schleim und Schmutz, war mit Blut verkrustet und blutete immer noch. Er zog sich wieder einen knappen halben Meter vorwärts. Sein Brust sah zerschmettert aus, und die Schmerzen hatten sein Gesicht zu einer abstoßenden Fratze verzerrt.

Joshua York erhob sich langsam aus seinem Sessel, wie ein Mann, der traumwandelt. Sein Gesicht hatte eine schlimme rote Farbe angenommen. »Billy ...«, begann er.

»Bleib, wo du bist!« befahl die Bestie.

York sah den anderen dumpf an und befeuchtete sich die aufgesprungenen trockenen Lippen. »Ich bedrohe dich nicht«, sagte er. »Ich will ihn töten. Es ist ein Akt der Gnade.«

Damon Julian lächelte und schüttelte den Kopf. »Töte

den armen Billy«, sagte er, »dann muß ich Captain Marsh töten.« Er klang jetzt fast genauso wie Julian.

Sour Billy rutschte noch ein Stück weiter und blieb liegen. Sein Körper bebte. Blut sickerte aus Mund und Nase. »Julian«, sagte er.

»Du mußt schon lauter reden, Billy. Wir können dich nicht verstehen.«

Sour Billy umklammerte sein Messer und verzerrte das Gesicht. Er versuchte den Kopf zu heben. »Ich ... helft mir ... Schmerzen ... Schlimm. Drinnen ... Mister Julian.«

Damon Julian stand aus seinem Sessel auf. »Das sehe ich, Billy. Was willst du?«

Sour Billys Mundwinkel zuckte. »Hilfe ...«, flüsterte er. »Verwandlung ... beenden ... muß sein ... ich sterbe ...«

Julian betrachtete Billy und auch Joshua. Joshua stand noch. Abner Marsh spannte die Muskeln an und starrte auf die Flinte. Wenn Julian schon stand, dann war es fast unmöglich. Aber vielleicht ... Er sah zu Billy hinüber, dessen Qualen Marsh beinahe den eigenen gebrochenen Arm vergessen ließen. Billy bettelte: »... ewig leben ... Julian ... verwandle mich ... einer für dich ...«

»Ah«, sagte Julian, »ich fürchte, ich habe eine schlechte Nachricht für dich, Billy. Ich kann dich nicht verwandeln. Hast du wirklich geglaubt, eine Kreatur wie du könnte so werden wie wir?«

»... versprochen«, wisperte Billy schrill. »Du hast es versprochen. Ich sterbe!«

Damon Julian lächelte. »Was fange ich bloß ohne dich an?« fragte er. Er lachte, und da wußte Marsh, daß es wieder Julian war, daß das Tier ihm den Vortritt gelassen hatte. Es war Julians Lachen, volltönend, perlend und verrückt. Marsh hörte das Lachen und beobachtete Sour Billys Gesicht und sah seine Hand zittern, als er das Messer aus dem Boden riß.

»Zur Hölle mit dir!« brüllte Marsh Julian an, als er auf

die Füße kam. Julian drehte sich erschreckt zu ihm um. Marsh unterdrückte den Schmerz und raste auf das Gewehr zu. Er stürzte auf die Waffe und wurde von dem Schmerz, der ihn durchraste, beinahe bewußtlos, doch noch während er den Lauf unter seinem Bauch spürte, fühlte er, wie Julians kalte Hände sich um seinen Hals legten.

Und dann waren sie verschwunden. Und Damon Julian schrie. Abner Marsh rollte sich herum, Julian stolperte zurück, hatte die Hände vor das Gesicht geschlagen. Sour Billys Messer ragte aus seinem linken Auge, und Blut sickerte ihm zwischen den bleichen Fingern hervor. »Stirb!« brüllte Marsh, während er den Abzug betätigte. Der Treffer fegte Julian von den Füßen. Das Gewehr sprang in Marshs Hand zurück, er schrie. Für einen kurzen Moment war er besinnungslos. Als der Schmerz so weit nachließ, daß er wieder etwas erkennen konnte, hatte er Mühe, auf die Füße zu kommen. Aber er schaffte es. Gerade rechtzeitig, um ein scharfes Knacken zu hören, wie ein nasser Baumast, der zerbrochen wurde.

Joshua York erhob sich mit blutigen Händen von Sour Billys Körper. »Für ihn gab es sowieso keine Hoffnung«, sagte York.

Marsh sog die Luft in tiefen Zügen ein, sein Herz hämmerte. »Wir haben es geschafft, Joshua«, sagte er. »Wir haben den verdammten ...«

Jemand lachte.

Marsh wandte sich um und wich zurück.

Julian lächelte. Er war nicht tot. Er hatte ein Auge verloren, doch das Messer war ihm nicht ins Gehirn gedrungen. Er war halbblind, aber nicht tot. Zu spät erkannte Marsh seinen Irrtum. Er hatte auf Julians Brust geschossen, dabei hätte er seinen Kopf treffen müssen. »Ich bin nicht so leicht zu töten wie der arme Billy«, sagte er. Blut troff ihm aus der Augenhöhle und lief an der Wange hinab. Es verkrustete bereits. »Nicht so leicht wie du.« Er kam auf Marsh zu.

Marsh versuchte das Gewehr mit dem gebrochenen Arm festzuhalten, während er zwei Kugeln aus der Tasche fingerte. Er drückte es gegen den Körper, aber der Schmerz ließ ihn taumeln. Die Finger hatten keine Kraft, und eine der Patronen fiel auf den Fußboden. Marsh stützte sich mit dem Rücken gegen eine Säule. Damon Julian lachte.

»Nein«, sagte Joshua York. Er trat zwischen sie, das Gesicht rot und aufgesprungen. »Ich verbiete es. Ich bin Blutmeister. Halt, Julian!«

»Ach«, murmelte Julian, »schon wieder, Joshua? Aber diesmal bitte zum letztenmal. Sogar Billy hat seine wahre Natur begriffen. Jetzt bist du an der Reihe, lieber Joshua.« Das linke Auge war blutverkrustet, das rechte ein schwarzer Abgrund.

Joshua York rührte sich nicht.

»Du kannst ihn nicht besiegen«, sagte Abner Marsh. »Die verdammte Bestie. Joshua, nein.« Aber Joshua York hörte nicht mehr. Das Gewehr rutschte aus Marshs Hand. Er bückte sich, hob es wieder auf, legte es auf den Tisch hinter sich und wollte es laden. Mit nur einer Hand war das ein mühsames Unterfangen. Immer wieder rutschte die Patrone weg. Schließlich konnte er sie hineinschieben, klappte das Gewehr zu und klemmte es unbeholfen unter den heilen Arm.

Joshua York hatte sich langsam umgedreht, so wie die *Fiebertraum* sich gedreht hatte, als sie die *Eli Reynolds* verfolgte. Er tat einen Schritt auf Abner Marsh zu. »Joshua, nein«, sagte Marsh. »Bleib zurück!« Joshua kam näher. Er zitterte, kämpfte dagegen an. »Weg da«, befahl Marsh, »damit ich ihn erwische!« Joshua schien ihn nicht zu hören. Sein Gesicht sah wie tot aus. Er gehörte jetzt ganz dem Tier in sich. Seine Hände waren erhoben. »Verdammt«, sagte Marsh, »verdammt. Joshua, ich muß es tun. Ich weiß, was los ist. Es ist die einzige Möglichkeit.«

Joshua York packte Abner Marsh am Hals, die grauen

Augen von einem dämonischen Glanz erfüllt. Marsh drückte das Gewehr unter Joshuas Achselhöhle und drückte ab. Eine furchtbare Explosion ertönte, dann folgte der Geruch von Pulver und Blut. York wirbelte herum und stürzte, schrie vor Schmerz auf, als Marsh zurückwich.

Damon Julian lächelte teuflisch, bewegte sich wie eine Klapperschlange und riß Marsh die rauchende Waffe aus der Hand. »Und nun sind wir nur noch zu zweit«, sagte er. »Du und ich, Captain.«

Er lächelte, als Joshua einen Laut ausstieß, der fast einem Schrei glich, und sich von hinten auf Julian stürzte. Julian schrie überrascht auf. Sie rollten herum, rangen miteinander, bis sie gegen die Bar prallten und sich voneinander trennten. Damon Julian kam als erster hoch, Joshua kurz nach ihm. Yorks Schulter war eine blutige Masse, und der Arm hing ihm lahm an der Seite, aber in seinen zu Schlitzen verengten Augen lag die rasende Wut der gierigen Bestie. York hat Schmerzen, dachte Marsh triumphierend, und Schmerzen konnten den Durst wecken.

Joshua rückte langsam vor; Julian wich zurück, lächelte. »Nicht ich, Joshua«, sagte er, »der Captain hat dich verwundet.« Joshua hielt inne und streifte Marsh mit einem kurzen Blick, und Marsh wartete gespannt, in welche Richtung der rote Durst ihn treiben würde, ob Joshua sein Tier beherrschte.

Schließlich lächelte York Damon Julian an, und der stumme Kampf begann.

Kraftlos vor Erleichterung wartete Marsh einen Moment lang, um seine Kräfte zu sammeln, ehe er sich bückte und das Gewehr aufhob, wo Julian es fallengelassen hatte. Er legte es auf den Tisch, knickte es und lud es mühsam. Als er es unter den Arm nahm, kniete Damon Julian bereits. Er hatte sein blindes blutiges Auge aus seiner Augenhöhle herausgeholt. Er hielt es hoch, während Joshua sich zu der Opfergabe hinabbeugte.

Abner Marsh trat schnell vor, stieß den Gewehrlauf gegen Julians Schläfe, zwischen die seidigen schwarzen Locken und drückte beide Läufe ab.

Joshua machte ein verdutztes Gesicht, als wäre er plötzlich aus einem Traum herausgerissen worden. Marsh knurrte und ließ das Gewehr fallen. »Das hast du eigentlich gar nicht gewollt«, erklärte er Joshua. »Bleib stehen! Ich hol' dir, was du brauchst.« Er ging hinter die Bar und fand die dunklen unetikettierten Weinflaschen. Marsh ergriff eine und blies den Staub weg. Dann schaute er auf und sah die offenen Türen und Fenster und alle die bleichen Gesichter. Die Schüsse, dachte er. Die Schüsse haben sie geweckt.

Mit einer Hand hatte Marsh Mühe, den Korken aus der Flasche zu ziehen. Schließlich nahm er die Zähne zu Hilfe. Joshua York trat wie in Trance an die Bar. In seinen Augen ging der Kampf noch weiter. Marsh hielt ihm die Flasche entgegen, und Joshua packte seinen Arm. Marsh rührte sich nicht. Lange Zeit wußte er nicht, was geschehen würde, ob Joshua die Flasche nehmen oder ihm den Arm aufreißen würde. »Wir alle müssen unsere gottverdammte Wahl treffen, Joshua«, sagte er leise.

Joshua schaute ihn eine halbe Ewigkeit lang an. Dann riß er Marsh die Flasche aus der Hand, legte den Kopf in den Nacken und setzte die Flasche an. Das dunkle Elixier floß gurgelnd heraus und rann ihm über das Kinn.

Marsh holte sich eine zweite Flasche von dem widerlichen Zeug, schlug den Hals an der Kante der Marmorbar sauber ab und hob sie ebenfalls hoch. »Auf die gottverdammte *Fiebertraum!*« rief er.

Sie tranken gemeinsam.

EPILOG

Der Friedhof ist alt und zugewuchert und erfüllt von den Geräuschen des Flusses. Er befindet sich hoch oben auf einem Felsen, und unter ihm wälzt sich der Mississippi dahin, wie er es seit Tausenden von Jahren getan hat. Man kann an der Felskante sitzen, die Beine baumeln lassen und auf den Fluß hinausschauen und seinen Frieden und seine Schönheit genießen. Der Fluß hat von hier oben tausend Gesichter. Manchmal ist er golden und erfüllt vom Gesumm und Geschwirr der Insekten, die über die Oberfläche huschen, und das Wasser umfließt eilig und geschäftig halbversunkene Äste und Baumstämme. Zum Sonnenuntergang hin färbt er sich kurz bronzen und dann rot, und das Rot breitet sich aus und erinnert an Moses und an einen anderen Fluß. In klaren Nächten fließt das Wasser dunkel und rein wie schwarzer Samt, und unter der Oberfläche funkeln Sterne, und der Feenmond auf seinen Fluten ist manchmal heller und schöner als der echte Mond am Himmel. Der Fluß verändert sich auch mit den Jahreszeiten. Während der Frühjahrshochwasser ist er braun und schlammig und schiebt sich hinauf bis zu den Hochwassermarken an den Bäumen und Uferbefestigungen. Im Herbst treiben Blätter in tausend Farben auf der dunkelblauen Oberfläche. Und im Winter friert der Fluß, erstarrt zu Eis, und Schnee bedeckt ihn, und er verwandelt sich in eine weiße Straße, die kein Mensch zu betreten wagt, weil sie so hell ist, daß es in den Augen schmerzt. Unter dem Eis fließt das Wasser weiter. Und schließlich bäumt der Fluß sich wieder auf, und das Eis zerbricht mit furchtbarem Lärm.

Alle Stimmungen des Flusses können vom Friedhof aus verfolgt werden. Von dort oben sieht der Fluß aus wie vor tausend Jahren. Selbst heute noch ist am Iowa-

Ufer nichts anderes als Wald und hohe Felsgebirge. Der Fluß selbst ist still und friedlich. Vor tausend Jahren konnte man ihn stundenlang beobachten und nicht mehr sehen als einen einsamen Indianer in einem Kanu aus Birkenrinde. Heute sieht man dafür eine endlose Prozession von rundum geschlossenen Frachtkähnen, die von einem einzigen Dieselboot geschoben werden.

Zwischen damals und heute gab es eine Zeit, als der Fluß vor Leben sprühte, als Rauch und Dampf und Pfeifen und Feuer überall zu sein schienen. Die Dampfschiffe sind nun alle verschwunden, der Fluß hat seinen Frieden gefunden. Den Toten auf dem Friedhof gefiele es heute nicht mehr. Zur Hälfte ruhen Flußleute da oben.

Auch der Friedhof ist ein Ort des Friedens. Mittlerweile sind auch die Enkelkinder derer längst gestorben, die hier oben liegen. Besucher kommen nur selten, und die wenigen, die kommen, besuchen ein einziges unauffälliges Grab.

Einige der Gräber haben große Grabsteine. Eines hat sogar eine Statue, einen großen Mann in der Kleidung eines Dampfschifflotsen, der ein Stück vom Ruder in der Hand hält und in die Ferne blickt. Mehrere Grabsteine erzählen von Ereignissen eines Lebens, von Kesselexplosionen, vom Krieg oder von Havarien. Aber zu diesen kommen die Besucher nicht. Das Grab, das sie sehen wollen, ist schlicht. Der Stein hat hundert Jahre wechselnder Jahreszeiten erlebt und hat sie gut überstanden. Die Worte, die hineingemeißelt sind, sind kaum mehr zu lesen: ein Name, ein paar Daten und zwei Zeilen eines Gedichts:

CAP'N ABNER MARSH
1805—1873

Niemals mehr auf den Fluß hinaus
In tiefer Nacht.

Über dem Namen, mit großem Geschick in den Stein graviert, befindet sich eine kleine Verzierung, leicht erhaben und sorgfältig ausgeführt. Sie zeigt zwei Raddampfer in einem Wettrennen. Zeit und Wetter haben ihr Werk geleistet, aber man kann noch immer den Rauch aus den Schornsteinen aufsteigen sehen, und man kann fast die Geschwindigkeit der Schiffe spüren. Wenn man nahe genug herangeht und mit den Fingerspitzen über den Stein streicht, dann sind sogar die Namen zu entziffern. Das Verfolgerschiff ist die *Eclipse,* ein berühmter Dampfer ihrer Zeit. Das führende Schiff ist den meisten Flußhistorikern unbekannt. Der Name scheint *Fiebertraum* zu lauten.

Der Besucher, der sich am häufigsten einfindet, berührt das Schiff fast immer, als brächte es ihm Glück.

Seltsamerweise kommt er immer nur nachts.